मुझे कुछ कहना है...

ख़्वाजा अहमद अब्बास

चयन एवं लिप्यंतरण

डॉ. ज़ोया ज़ैदी

राजकमल पेपरबैक्स

राजकमल पेपरबैक्स में
पहला संस्करण : 2017

राजकमल पेपरबैक्स : उत्कृष्ट साहित्य के जनसुलभ संस्करण

राजकमल प्रकाशन प्रा. लि.
1-बी, नेताजी सुभाष मार्ग, दरियागंज
नई दिल्ली-110 002
द्वारा प्रकाशित

शाखाएँ : अशोक राजपथ, साइंस कॉलेज के सामने, पटना-800 006
पहली मंजिल, दरबारी बिल्डिंग, महात्मा गांधी मार्ग, प्रयागराज-211 001
1, अनमोल सोराबजी संतुक लेन, धोबी तलाव, मरीन लाइंस, मुम्बई-400 002

वेबसाइट : www.rajkamalprakashan.com
ई-मेल : info@rajkamalprakashan.com

बी.के. ऑफसेट
नवीन शाहदरा, दिल्ली-110 032
द्वारा मुद्रित

मूल्य : ₹250

MUJHE KUCHH KAHANA HAI...
Stories by Khwaja Ahmad Abbas
Selection and Transliteration by Dr. Zoya Zaidi

ISBN : 978-81-267-2890-9

ख़्वाजा अहमद अब्बास

ख़्वाजा अहमद अब्बास का जन्म 7 जून, 1914 में पानीपत के मौलाना अल्ताफ़ हुसैन हाली के परिवार में हुआ। वह एक साहित्यकार, पत्रकार एवं फ़िल्म निर्देशक और निर्माता थे। उनकी कहानियाँ आधुनिक भारत की सर्वश्रेष्ठ कहानियों में शामिल की जाती हैं। यह कहानियाँ न केवल भारतीय समाज की वास्तविकता को दर्शाती हैं बल्कि ख़ुद अब्बास की आत्मा का दर्पण भी हैं। यह कहानियाँ सन् 1935 के गुलाम भारत, 1947 के स्वतंत्र भारत, विभाजित भारत के साम्प्रदायिक दंगों से प्रभावित भारत और विकास की ओर बढ़ते हुए 50, 60 एवं 70 के दशक के भारत तथा प्रगतिशील भारत की कहानियाँ हैं जो पाँच दहाइयों पर फैली हुई हैं। 'इनमें हाड़-मांस के सच्चे मनुष्य हैं, जो अच्छाइयों और बुराइयों का संग्रह हैं, जो बावजूद 'पाप' करने की मानवता से अनभिज्ञ नहीं होते। मनुष्य, जो इश्क़ और मुहब्बत ही के लिए जीवित नहीं रहते बल्कि खाते भी हैं, कमाते भी हैं, गाते भी हैं, देश पर जान भी देते हैं और देश से विश्वासघात भी करते हैं, जो गिरते भी हैं, सँभलते भी हैं, और गिरतों को सँभालते भी हैं।' इन कहानियों के माध्यम से एक पिछड़े वर्ग के मानव से सहानुभूति रखनेवाले, ज़ात-पात और साम्प्रदायिकता से घृणा करनेवाले, औरतों के शोषण से दुखी होनेवाले, आम आदमी के सपनों को साकार होते देखनेवालों की इच्छा रखनेवाले एक धर्मनिरपेक्ष, सच्चे राष्ट्रवादी एवं आदर्शवादी अब्बास सामने आते हैं।

डॉ. ज़ोया ज़ैदी

डॉ. ज़ोया ज़ैदी का जन्म प्रसिद्ध मौलाना अल्ताफ़ हुसैन हाली के वंश में हुआ। उनके माता-पिता दोनों ही प्रसिद्ध शिक्षाविद् एवं नामचीन हस्ती थे। डॉ. ज़ोया ज़ैदी ने अलीगढ़ मुस्लिम यूनिवर्सिटी से बी.एससी. किया। तत्पश्चात् मॉस्को से एम.डी. किया और स्वर्ण पदक प्राप्त किया। उन्होंने 'एम्स', दिल्ली से गठिया में विशेष निपुणता प्राप्त की। चिकित्सा-क्षेत्र में सफलता के साथ-साथ डॉ. ज़ोया ज़ैदी साहित्यिक क्षेत्र में भी अपनी पहचान रखती हैं। डॉ. ज़ोया ज़ैदी बहुमुखी प्रतिभासम्पन्न, सादगी पसन्द, स्पष्टवक्ता और कर्मठ महिला हैं जिनका समाज से जीवन्त सरोकार तो रहा ही है, उसमें उनकी सक्रिय भागीदारी भी रही है।

प्राक्कथन

ख्वाजा अहमद अब्बास अपने समय के दर्पण में

बचपन में हमारी नानी हमें परियों की कहानियाँ नहीं सुनाती थीं। वे हमें दो प्रकार की कहानियाँ सुनाती थीं। एक तो 'वाक़ियात-ए-करबला' की, मीर अनीस के सुन्दर मरसियों के साथ : अली की बहादुरी की कहानियाँ बनाकर, कैसे अली ने 'दर्र-ए-ख़ैबर' को एक ही हाथ से उखाड़ा, या किस प्रकार अली 'ख़ाना-ए-काबा' में पैदा हुए कि जब उनकी माँ प्रसूति के दर्द से व्यथित थीं, तो 'ख़ाना-ए-काबा' का द्वार अपने आप खुल गया और वह उसमें प्रवेश कर गईं और फिर यह शेर रटवाती थीं :

अली को हक़ ने उतारा जो ऐन काबे में,
खुली जो आँख, तो पहले ख़ुदा का घर देखा।

इस प्रकार वह हमें एक ही समय में धर्म से भी परिचय करातीं और हमारे मन में साहित्य के प्रति रुचि भी जाग्रत् करतीं। दूसरे प्रकार की कहानियाँ, जो हमें अधिक प्रेरित करतीं, वे होती थीं—हमारे पूर्वजों की, बुज़ुर्गों की कहानियाँ :

कैसे हमारे पूर्वज *मौलाना अलताफ़ हुसैन हाली* ने 'मुसद्दस-ए-हाली' लिखी, किस तरह वह अलीगढ़ आन्दोलन में आगे-आगे रहे। कैसे उन्होंने सैयद अहमद ख़ाँ के कन्धे-से-कन्धा मिलाकर 'एंग्लो ओरियंटल कॉलेज' की अलीगढ़ में स्थापना की, जो आगे चलकर अलीगढ़ मुस्लिम यूनिवर्सिटी बनी। दूसरे बुज़ुर्ग जिनकी योग्यता और साहित्यिक दृष्टिकोण का ज़िक्र वह करती, *वह ख़्वाजा गुलाम-उस-सक़लैन* थे, जिन्होंने शेख़ अब्दुल्ला को 'अलीगढ़ गर्ल्स कॉलेज' स्थापित करने में बड़ा सहयोग दिया था। *ख़्वाजा गुलाम-उस-सक़लैन* हमारी नानी के पिता थे जिनका विवाह मौलाना हाली की पोती से हुआ था और नानी बतातीं कि मौलाना हाली के दो बेटे थे—एक बेटे की बेटी का निकाह

ख़्वाजा ग़ुलाम-उस-सक़लैन से हुआ था और दूसरे बेटे की बेटी का *ख़्वाजा ग़ुलाम-उस-सिबतैन* से हुआ था, जो मेरे पड़नाना *ग़ुलाम-उस-सक़लैन* के भाई थे।

दूसरे महान व्यक्ति थे *ख़्वाजा ग़ुलाम-उस-सिबतैन* के बेटे *ख़्वाजा अहमद अब्बास* जिन्हें अगर हम नाना कहते तो बहुत नाराज़ होते, कहते—'नाना होगा तेरा बाप, मुझे तो भाई जान कहो!' अब हम उन्हें 'भाई जान' तो कह नहीं सकते थे, चुनांचे हम उनको अपनी माँ, ख़ालाओं की तरह 'मामू बाच्छू' कहते थे। उनका बच्चों के प्रति प्रेम, हमें उनकी ओर आकर्षित करता था। हम उनके अधिक नज़दीक थे। वह हमारे सखा थे। हम उनसे बिलकुल मरऊब भी नहीं होते थे। वह हमारे साथ खेलते थे और अक्सर कन्धे पर बिठाकर जुहू बीच की सैर कराने ले जाते थे। उनका घर—फ़िलोमीना लॉज, जुहू से कुछ क़दम की दूरी पर था। वह हर समय जीवन से भरपूर किसी-न-किसी काम में व्यस्त रहते—या तो फ़िल्म बन रही है, नहीं तो उसकी कहानी पर विचार-विमर्श हो रहा है।

अब्बास साहब का घर एक 'ओपन हाउस' था, वहाँ हर समय लोग आते रहते, बल्कि कुछ नौजवान, जो संघर्षरत थे—आकर रुकते तो कभी-कभी कई सालों तक रुके रहते। कोई नया बम्बई में आया है और उसके पास न रहने को घर है न काम, बस क़िस्मत आज़माने चला आया है, तो मामू बाच्छू के घर के दरवाज़े उसके लिए खुले हैं। जब तक सेटल न हो जाए, हर कोई रह सकता है। ऐसे ही लोगों में अमिताभ बच्चन भी थे। हम जब गर्मियों की छुट्टियों में बम्बई जाते तो उन सभी नए हीरो में से कोई अक्सर हम बच्चों को जुहू बीच पर आइसक्रीम खिलाने ले जाते, इनमें अमित जी मुख्य हुआ करते थे। अपनी आत्मकथा में अब्बास लिखते हैं कि जब अमित जी उनके पास पहली बार आए तो उन्होंने इस लम्बे, ख़ूबसूरत आँखों वाले और भारी आवाज़ वाले नौजवान को अपनी कहानी सुनाई और पूछा कि काम करोगे? अमित जी ने कहा—'हाँ, ज़रूर करेंगे।' तो उन्होंने पूछा, 'तुम क्या करते हो?' उन्होंने बताया—'मैं जहाँ काम करता था वहाँ इस्तीफ़ा देकर आया हूँ।' अब्बास ने कहा—'मगर मैंने तो कोई वादा तुमसे नहीं किया अभी, और तुम काम छोड़ आए?' अमित जी का जवाब था—'जीवन में ऐसे जोखिम तो लेने ही पड़ते हैं।' और अब्बास ने कहा—इन्हें साइन कर लो जब नाम पूछा तो कहा—'अमिताभ बच्चन।' अब्बास ने फ़ौरन कहा— 'ठहरो! तुम हरिवंश राय बच्चन के बेटे तो नहीं?'...'जी!' अमित जी बोले! 'तुम्हारे बाप की इजाज़त तो है तुम्हारे पास? तुम घर से भागकर तो नहीं आए?' अमित

जी ने कहा—'क्या मैं आपको ऐसा लगता हूँ, जो भागकर आऊँगा?' अब्बास ने कहा—'फिर भी हम तुम्हारे बाप से पहले पूछताछ कर लें।' चुनांचे हरिवंश राय बच्चन को ख़त लिखा गया। उन्होंने जवाब दिया—'अगर साहबज़ादे की यही मर्ज़ी है तो मैं कैसे मना कर सकता हूँ!' तब अमिताभ बच्चन को 'सात हिन्दुस्तानी' के लिए साइन किया गया और अमिताभ ने इसमें बहुत अच्छा काम किया।

मैंने देखा कि मामू बाच्छू हर समय अपने ड्राइंग-रूम में बैठे लिखते रहते थे। लोग आते-जाते रहते, वह उनसे बात भी करते जाते, किसी बच्चे से खेल भी लिया करते और फिर अपने काग़ज़-क़लम उठाते और लिखने लगते।

एक दिन मैंने पूछ ही लिया—'मामू बाच्छू, आप इस तरह सबके बीच में बैठकर ऐसे हंगामे में काम करते हैं, आपको ख़लल नहीं होता?'

वह बहुत सादगी से बोले—'नहीं, मुझे कोई फ़र्क़ नहीं पड़ता।'

हर बुधवार को *ब्लिट्ज़* मैगिजन के लिए 'The Last Page' और उर्दू में 'आख़िरी क़लम' लिखे जाते। उर्दू का 'आज़ाद क़लम' फ़ौरन उनके स्टाफ़ के द्वारा हिन्दी में 'आख़िरी सफ़ा' नाम से अनुवाद किया जाता और ये तीनों डिस्पैच किए जाते। अब्बास दुनिया के किसी भी कोने में क्यों न हों, अपने स्तम्भ बिना रुकावट डिस्पैच करते। अक्सर 'The Last Page' का अंग्रेज़ी में और 'आज़ाद क़लम' का उर्दू में विषय अलग-अलग होता। इस प्रकार उन्होंने 40 वर्षों तक लगातार ये दोनों स्तम्भ लिखे। अगर अनुमान लगाया जाए तो क़रीबन 2000 लेख 'The Last page' स्तम्भ के लिए और इतने ही 'आज़ाद क़लम' के लिए उन्होंने लिखे। यह अपने-आपमें एक मिसाल माना जाता है।

गुलज़ार का कहना है कि 'उस ज़माने में 'The Last Page' इतना लोकप्रिय था कि हम उसे ही सबसे पहले पढ़ते थे।'

इसी प्रकार अथक एवं अनवरत काम करते-करते उन्होंने 25 फ़िल्में और कई डॉक्यूमेंट्री फ़िल्में बनाईं, और अनेक फ़ीचर फ़िल्मों की कहानियाँ दूसरे फ़िल्मकारों के लिए लिखीं। ख़ासतौर से राज कपूर के लिए, 'आवारा' और 'चार सौ बीस' से लेकर 'जागते रहो', 'बॉबी' और 'हिना' तक, सब कहानियाँ अब्बास की लिखी हुई हैं।

उन्होंने 70 वर्ष की आयु पाई, 70 किताबें लिखीं और अनेक पत्रिकाओं में लेख लिखे। दुनिया के बड़े-बड़े महत्त्वपूर्ण लोगों के साक्षात्कार लिए और उन पर कितनी ही किताबें लिखीं।

मैंने उनकी फ़िल्में देखीं थीं। 'The Last Page' पढ़े थे। परन्तु जब

से पढ़ना-लिखना सीखा तो 'चन्दा मामा', 'पराग' और 'खिलौना' (उर्दू) के बाद मैंने लघु कहानियाँ और अफ़साने पढ़ने शुरू कर दिए। लघु कथाओं में मेरी रुचि पैदा होने की एक वजह यह भी थी कि वे जल्दी से पढ़ी जा सकती थीं। उपन्यास के विपरीत, जिन्हें पढ़ने में समय लगता था। मगर मैं प्रेमचन्द की संकलित—'प्रेम पच्चीसी' एवं 'चालीस कहानियाँ', चेख़व, गोर्की, मोपासाँ, ओ. हेनरी, सोमरसैट मॉम, टॉलस्टाय, थॉमस हार्डी, अर्नेस्ट हैमिंग्वे, जॉन स्टाइनबैक और बाद में ज्याँ पॉल सार्त्र, सीमोन द बोउवार और ख़लील जिब्रान को पढ़ती रही और उर्दू-हिन्दी में कृश्न चंदर, बेदी, इस्मत चुग़ताई, क़ुर्रतुल-ऐन-हैदर, अमृता प्रीतम, टैगोर और शरतच्चन्द्र चटर्जी को, मगर अब्बास न जाने कैसे छूट गए!

उनकी कहानियाँ महज़ एक या दो को छोड़कर पढ़ने का संयोग नहीं मिला।

ख़्वाजा अहमद अब्बास ने अपनी वसीयत में लिखा है—'जब मैं मर जाऊँगा तब भी मैं आपके बीच में रहूँगा। अगर मुझसे मुलाक़ात करनी है तो मेरी किताबें पढ़ें और मुझे मेरे 'आख़िरी पन्नों', 'Last Pages' में ढूँढ़ें, मेरी फ़िल्मों में खोजें। मैं और मेरी आत्मा इनमें हैं। इनके माध्यम से मैं आपके बीच, आपके पास रहूँगा, आप मुझे इनमें पाएँगे।'

चुनांचे जब ख़्वाजा अहमद अब्बास के सौ साल पूरे होने को आए तो मैंने निश्चय किया, एक प्रकार से अपने-आपसे वादा किया कि मैं उनकी किताबें पढ़ूँगी। उनसे नए सिरे से एक साहित्यकार की हैसियत से परिचित होने का प्रयास करूँगी। उनको फिर से पढ़कर-समझकर उनके साहित्य से परिचित होने का प्रयास करूँगी। इसके लिए उनकी सब किताबें, जो मेरे पास थीं, निकालीं। कुल छह मिलीं। मैंने उनको फिर से पढ़ना शुरू किया। सबसे पहले *I am not an Island,* उनकी आत्मकथा पढ़ी। फिर कुछ किताबें बाज़ार से लीं, कुछ पुस्तकालयों में तलाशीं, कुछ घरवालों, रिश्तेदारों और दोस्तों से लीं; दो दर्जन से ज़्यादा किताबें जमा हो गईं। तभी हमने उनकी जन्म-शताब्दी मनाने का निश्चय किया। मैंने तय किया कि उनकी सर्वश्रेष्ठ कहानियों का संग्रह तैयार करूँगी। कोई सौ कहानियाँ तीनों भाषाओं में (अंग्रेज़ी, उर्दू, हिन्दी) पढ़ने के बाद मात्र सोलह कहानियाँ चुनीं। क्योंकि सब अच्छी कहानियाँ हिन्दी में उपलब्ध नहीं थीं, तो छह कहानियों का उर्दू से अनुवाद किया।

ख़्वाजा अहमद अब्बास की कहानियों को विस्तार से पढ़ने के बाद

मुझे यह अनुभव हुआ कि उनकी कहानियों में वह सब तत्त्व मौजूद हैं जो एक अच्छी कहानी में होने चाहिए, अर्थात् चरित्र-चित्रण, कथानक, कथा-निरूपण एवं संघर्ष और अंत में क्लाइमेक्स और अक्सर उनमें ट्विस्ट एक बदलाव, एक पेंच। ख़्वाजा अहमद अब्बास उन कुछ असाधारण प्रबल सक्षम लोगों में से हैं, जो एक भावुक मन के साथ, तलवार की धार की तरह तेज़ दिमाग़ भी लेकर पैदा होते हैं। उनके जीवन का लक्ष्य होता है, एक उद्देश्य जिसके लिए वह जीते हैं। एक सोच होती है, एक मक़सद होता है—मनुष्य के समाज में बदलाव लाने का, उसकी सोई हुई अंतर-आत्मा को जगाने का और अपने साहित्य के माध्यम से दूसरे के दिलों के घावों पर मरहम रखना। मनुष्य को निराशा, हताशा और मायूसी के अँधेरे से बाहर निकालकर, उसके जीवन में आशा की एक नई किरण जगाना, उसके भविष्य को उज्ज्वल बनाने के लिए प्रयासरत होना, और ख़्वाजा अहमद अब्बास की कहानियों में यह सब है। उनकी फ़िल्मों में, डाक्यूमेंट्री में, उनके उपन्यासों और अख़बार के लेखों में उनकी आत्मा का यह पहलू ख़ूब उभरकर आता है। जो कथानक उनकी कहानियों में पाए जाते हैं, उनमें सबसे महत्त्वपूर्ण हैं :

> गरीबों से सहानुभूति, उनके सपनों का टूटना, उनके जीवन का संघर्ष, उनकी नाकामियाँ, मुहब्बत, नफ़रत, घृणा और प्रेम की भावनाएँ—इन सबसे वह हमदर्दी रखते थे। उनके साथ हँसते और रोते थे।

'अलिफ़ लैला 1956—पत्थर की सेज पर हज़ार रातें' में पढ़े-लिखे नौजवान का फुटपाथ पर रहने के लिए मजबूर जीवन का वर्णन है। किस प्रकार वह पहले तो शरमाता है कि कोई परिचित उसे देख न ले और फिर धीरे-धीरे उस जीवन का आदी हो जाता है। वह एक फुटपाथ पर ही रहनेवाली लड़की से प्रेम करने लगता है और एक घर का सपना उसके साथ देखता है। एक रात वो विवाह का निश्चय करते हैं, अहली सुबह वो कोर्ट में विवाह करने जानेवाले हैं, लेकिन उसी रात भाग्य के कठोर हाथ से एक ही क्षण में उनके सारे सपने बिखरकर टूट जाते हैं। इस कहानी को उन्होंने अलिफ़ लैला की कहानियों के विपरीत लिखा है। कहाँ शहरज़ाद की कहानियाँ, जो वह बादशाह से अपनी जान बचाने के लिए उसे सुनाती है, जहाँ वह एक हज़ार रातें मख़मल की नरम सेज पर गुज़ारती है, और कहाँ यह पत्थर की कठोर सेज पर हज़ार रातें! कहाँ एक तरफ़ काल्पनिक अलिफ़ लैला और दूसरी ओर अब्बास की, जीवन के

कठोर सत्य की, वास्तविक अलिफ़ लैला! इस कहानी में नयापन भी है और वास्तविकता भी, कि किस सुन्दरता से काल्पनिकता को वास्तविकता में दर्शाया जा सकता है। इस कहानी का आइडिया उनको एक दिन अकीरा कुरासावा की फ़िल्म देखकर देर रात पैदल लौटते समय आया था, जब उन्होंने दो प्रेमियों को फुटपाथ पर सोते देखा था। प्रेमिका अपने प्रेमी की मज़बूत भुजाओं में आराम और चैन की नींद सो रही थी, संसार की कठोरता और अपने वीरान जीवन से बेख़बर! उन्होंने कोई 12–13 साल इस आइडिया को मन ही मन पकाया, फिर कहानी के रूप में लिखा, बिलकुल उस प्रकार—जिस प्रकार उन्होंने सड़क के किनारे आँधी में इनसानों को ड्रेन-पाइप में सोते देखकर सालों बाद 'शहर और सपना' बनाई थी।

इसी प्रकार 'सुहागरात' में एक अमीर और एक ग़रीब जोड़े की सुहागरात की तुलना की है। अमीर जोड़े को खोखली, प्रेम से ख़ाली, समझौते की शादी की रात को मख़मली सेज पर भी नींद नहीं आती, और ग़रीब मगर प्रेम के नशे में चूर जोड़े को पत्थर के फुटपाथ पर भी नींद आ जाती है। फिर संयोग से न जाने कैसे उनके बिस्तर बदल जाते हैं। यह ग़रीबों की जो बड़े शहरों में रहते और आरामदेह जीवन की कल्पना करते हैं, उनके सपने—चाहे एक रात के लिए हों, साकार होने की कहानी भी है और अमीरों के जीवन की प्रेम से ख़ाली सिर्फ समझौतों की कहानी है। और दो एक-दूसरे से विपरीत लोगों के जीवन की एक-दूसरे से तुलना की भी।

> दूसरी थीम जो अब्बास की कहानियों में और फ़िल्मों में मिलती है, वह उनका मानव की मानवता पर अटूट भरोसा है। उनका मानना है कि निम्न से निम्न स्तर तक गिरा हुआ आदमी, यहाँ तक की घोर अपराधी के मन में भी एक अच्छा इनसान सदा छिपा रहता है, जो जीवन की कठोर परिस्थिति में भी उभरकर आ ही जाता है और कभी-कभी उस व्यक्ति के जीवन को बिलकुल बदल देता है, जैसा कि कहानी दो *हाथ* में दर्शाया गया है।

'दो हाथ' एक चोर की कहानी है, जो एक अँधेरी कोठरी में छिपा पहरेदारों के घर जाने का इन्तज़ार करता है कि कब साढ़े चार बजें और चौकीदार घर जाएँ, ताकि वह सुबह होने से पहले के एक घंटे में चोरी कर ले। मगर ऐन उसी समय भूचाल आ जाता है और सारे मकान एवं दुकानें गिर जाती हैं। चोर ख़ुश होता है कि अब ताले तोड़े बग़ैर ही वह

माल चुरा सकता है। वह मलबे और घायल लोगों को लाँघता हुआ दुकानों व मकानों में से जल्दी-जल्दी सामान बटोरकर एक साड़ी में बाँध लेता है और जब वह भारी गठरी उठाकर ले जा रहा है, तो उसे एक बच्चे के रोने की आवाज़ सुनाई देती है, जो मलबे के नीचे अपनी मरी हुई माँ और बाप के पास बैठा रो रहा है। पहले तो वह चल पड़ता है, पर उसकी अन्तरात्मा उसके पाँवों में बेड़ियाँ डाल देती है, और वह गठरी फेंककर बच्चे को उठा लेता है। वह सोचता है कि यह मेरा बेटा है, जो उसकी सुन्दर पत्नी के पेट से अभी जन्मा नहीं है और अपने घर की ओर चल पड़ता है, जहाँ वह लज्जा के मारे दो साल से नहीं गया है। 'स्पर्श' एक वूमनाइज़र फिल्म स्टार के परिवर्तन और सुधार की कहानी है।

> औरतों के शोषण और उन पर अत्याचार एवं उनके प्रति सामाजिक दुर्व्यवहार की कहानियाँ, नारी सशक्तीकरण की बहुत-सी कहानियाँ अब्बास के यहाँ मिलती हैं। वह इन कहानियों में समाज में औरतों के प्रति कठोरता और ऐंठ से पर्दा हटाते हैं और उनसे गहरी सहानुभूति भी रखते हैं।

उदाहरणत: 'नीली साड़ी'। इसमें औरतों को बहला-फुसलाकर उनसे प्रेम का नाटक करके किस प्रकार उनको गाँवों और क़स्बों से बड़े-बड़े शहरों में ले जाकर वेश्यालयों में बेचा जाता है। अगर वे भागना चाहें, तो सज़ा के तौर पर, पहली बार पीटा जाता है, दूसरी बार खाना बन्द कर दिया जाता है और अगर तीसरी बार भागने का प्रयास करें तो उनके चेहरों पर तेज़ाब डाल उनकी सुन्दरता और जीवन को सदा के लिए नष्ट कर दिया जाता है।

'पिंजरा' स्ट्रिप्टीज़ करनेवाली एक लड़की की दुखभरी कहानी है। इस कहानी के अन्त में ट्विस्ट है और बहुत ही प्रभावशाली क्लाइमेक्स है।

'क़िस्सा एक जले हुए स्टोव का' घरेलू अत्याचार, औरतों के शोषण एवं उनके प्रति पतियों के कठोर व्यवहार की कहानी है। यह उस समय की कहानी है, जब मिट्टी के तेल के स्टोव एवं 'नायलॉन' की साड़ियों की सहायता से दहेज़ की ख़ातिर पत्नियों को जला दिया जाता था। इस कहानी में भी एक दुखद मोड़ आता है जो जीवन की निरर्थकता, व्यंग्य और हौसले को दर्शाता है।

'भोली' औरतों के अवमूल्यन की सुन्दर कहानी है। एक काली, चेचक के दाग़ वाली, हकली लड़की गाँव में सिर्फ़ इसलिए पढ़ने जाती है कि 'इस कुरूपा से कौन ब्याह करेगा?—इसे पढ़ने भेजो...' पढ़-

लिखकर प्रतिरूपा गाँव की सबसे पढ़ी-लिखी और बुद्धिमान लड़की बन जाती है।

एक और कहानी जो अधिक प्रभावशाली एवं आज भी समय के अनुरूप है, वह है *नया इन्तेक़ाम*। यह सामूहिक बलात्कार के पश्चात् एक चौराहे पर पड़ी, आख़िरी साँसें गिनती हुई एक वस्त्रहीन महिला की कहानी है जो पुलिस के द्वारा अस्पताल में लाई जाती है। डॉक्टर उसकी दुर्दशा देखकर जवाब दे देते हैं। पुलिस उसके मरने से पहले उसका बयान लेना चाहती है। वह महिला अपना नाम या धर्म नहीं बताती और कहती रहती है कि मैं हरगिज़ नहीं बताऊँगी। यह मेरा तुम मर्दों और पापी समाज से इन्तेक़ाम है ताकि तुम मेरे क्रियाकर्म में असमर्थ रहो और मुझे जलाना है या दफ़नाना, यह तय न कर पाओ...। मुझे खेद है कि मैं इस कहानी को इस संग्रह में जगह की कमी के कारण न शामिल कर सकी...।

ज़ात-पाँत, पक्षपात, छद्म धर्मनिरपेक्षता से अब्बास को घृणा थी। वह एक सच्चे और सही मायनों में धर्मनिरपेक्ष इनसान थे और धर्म के नाम पर ग़रीबों के शोषण के ख़िलाफ़ थे।

जो कहानी उर्दू में *आसमानी तलवार* और अंग्रेज़ी में *शिवास स्वार्ड* के नाम से छपी है, उसे मैंने 'इन्द्र की तलवार' का नाम दिया है क्योंकि मुझे यह ज़्यादा सही लगा। इस कहानी में अन्धविश्वास, ज़ात-पाँत, हरिजनों के प्रति पक्षपात एवं घृणा, साहूकारों एवं पटवारियों की बेईमानी और भ्रष्टाचार, ज़मींदारों के हाथों औरतों के शोषण और हरिजनों की अमानवीय दशा पर टिप्पणी है।

यह एक अति प्रभावशाली मानवीय स्थितियों की कहानी है। इसमें ड्रामा भी है, प्लॉट भी है। दुख भी है, व्यंग्य भी है और आख़िर में चौंका देनेवाली वास्तविकता भी है। यह मेरी पसन्दीदा कहानियों में से है।

धर्मनिरपेक्षता और राष्ट्रवाद : अब्बास एक पक्के राष्ट्रवादी और धर्मनिरपेक्ष इनसान थे। उनके दोस्तों में सबसे क़रीबी थे इन्दर राज आनन्द, जो पंजाबी हिन्दू थे; करंजिया, जो पारसी थे; मुनीष नारायण सक्सेना, जो कायस्थ थे और उनकी साली और मेरी ख़ाला छादी के पति थे; वी.पी. साठे, जो उनके साथ मिलकर अब्बास की फ़िल्मी कहानियों की पटकथा लिखते थे। अपनी वसीयत में उन्होंने लिखा था—'मेरा जनाज़ा यारों के कन्धों पर जुहू बीच स्थित गांधी के स्मारक तक ले जाएँ, लेज़िम बैंड के साथ। अगर कोई ख़िराज-ए-अक़ीदत पेश करना चाहे और तक़रीर करे तो उनमें सरदार जाफ़री

जैसा धर्मनिरपेक्ष मुसलमान हो, पारसी करंजिया हों या कोई रौशन-ख़याल पादरी हो वग़ैराह, यानी हर मज़हब के प्रतिनिधि हों।'

मैं समझती हूँ कि ऐसा 'इच्छा-पत्र' लिखने के लिए साहस चाहिए क्योंकि बड़े से बड़ा दुनियावी, यहाँ तक कि नास्तिक भी, *अन्तिम समय में मुसलमान* हो जाता है।

इस संग्रह में मैंने दो साम्प्रदायिक दंगों और अलगाववाद की कहानियाँ रखी हैं, जो देश के बँटवारे के बाद के दंगों और साम्प्रदायिक उन्माद एवं हिंसा के बारे में भी हैं और उनकी धर्मनिरपेक्षता को भी दर्शाती हैं।

'मेरी मौत' एक सच्ची घटना पर आधारित है, जो मेरी माँ, बाप, ख़ालाओं और नाना अज़हर अब्बास के साथ घटी थी। 1947 के दंगों के दौरान, जब एक सरदार जी के घर उन्होंने पनाह ली थी और अपने उन पड़ोसी के घर की खिड़की से अपना घर लुटते देखा था। अब्बास की कहानी में मुख्य किरदार एक साम्प्रदायिक मुसलमान है जो सरदारों से डरता भी है और उनसे घृणा भी करता है। वह अपने सरदार पड़ोसी पर बिलकुल भरोसा नहीं करता। मगर दंगों के दौरान आख़िर में यह पड़ोसी ही उसे बलवाइयों से बचाता है।

इस कहानी को अब्बास ने पहले पाकिस्तान में छपवाया था। मगर इसका अनुवाद, बग़ैर उनकी इजाज़त के, हिन्दुस्तान में हिन्दी के रिसाले में छप गया और एक सरदारजी ने उन पर केस कर दिया। सुनवाई के दौरान, कोर्ट में उनकी मुलाक़ात उन सरदारजी से हो गई। फ़ैसला होने ही वाला था। अब्बास ने जज से घंटे भर की मोहलत माँगी और सरदारजी के पास जाकर पूछा—'आपने कहानी पूरी पढ़ी है?' सरदार जी गुस्से से बोले—'अजी हम कैसे पूरी पढ़ते, पहले दो पन्ने पढ़कर ही साडा ख़ून खौल गया।' अब्बास ने उनसे विनती की कि वह उन्हें बस आधा घंटा दें और पूरी कहानी सुन लें। वे तैयार हो गए और कहानी सुनकर केस वापस ले लिया।

अजन्ता भी असली जीवन पर आधारित है, जिसमें नायक दंगे-फ़साद से भागकर अजन्ता आ जाता है, और वहाँ उसको *अजन्ता* की गुफाओं के माध्यम से 'गीता' का उपदेश मिलता है। 'कर्म कर, फल की चिन्ता न कर'। उसको अपने कर्तव्य का बोध होता है और वह वापस बम्बई आकर शान्तिदल का कार्य सँभालने का निश्चय कर लेता है। इस कहानी में बड़ी सुन्दरता से 'अजन्ता' में 'गीता' के उपदेशों को मूर्तिमान किया गया है।

फ़िल्मी दुनिया की खोखली और ओछी ज़िन्दगी को भी अब्बास बहुत ख़ूबी से सामने रखते हैं। उन्होंने फ़िल्मी हक़ीक़त को समाज के सामने प्रस्तुत किया है।

फ़िल्मी दुनिया की तीन कहानियाँ—'दो चेहरे', 'सिनारियो : फ़िल्म के तेरह ख़ाली डिब्बों का...' और 'गेहूँ और गुलाब' इस संग्रह में शामिल हैं।

इन कहानियों में फ़िल्मी दुनिया के यथार्थ का चित्रण है। जहाँ हीरो और हीरोइन की सूरत का महत्व हर चीज़ से ज्यादा माना जाता है। जब तक जवान एवं सुन्दर हैं तब तक पूछ है, उसके पश्चात उनके जीवन का सूर्य अस्त हो जाता है। इसका आलेख 'दो चेहरे' जैसी कहानी में मिलता है।

'सिनारियो : फ़िल्म के तेरह ख़ाली डिब्बों का...' एक कामयाब निर्देशक के शिखर से गिरने की कहानी है और कुछ-कुछ गुरुदत्त के जीवन की याद दिलाती है।

'गेहूँ और गुलाब' एक पत्नी की कहानी है, जो फ़िल्मी दुनिया की चमक-दमक से प्रभावित है, और अपने वैज्ञानिक पति की योग्यता का आदर नहीं करती। वो फ़िल्म स्टार को महत्व देती है। अन्त में उसे अपनी ग़लती का अहसास होता है।

भ्रष्टाचार का विरोध और उसका पर्दाफ़ाश करना भी अब्बास की कहानियों में जगह-जगह मिलता है। उनकी व्यंग्यात्मक कहानी *टिड्डी,* जिसे मैं जगह की कमी के कारण इस संग्रह में शामिल न कर सकी, एक किसान की कहानी है जो अपनी तैयार खड़ी फ़सल को टिड्डी दल से तो बचा लेता है परन्तु फ़सल के पैसों को लाला (जिसे वह अनाज कम दामों में बेचने पर मजबूर होता है), साहूकार (जिसे भारी सूद सहित क़र्ज़ चुकाता है), और पटवारी (जिसे खेतों में पानी छोड़ने के बदले भारी घूस देनी पड़ती है) जैसी सामाजिक टिड्डियों से नहीं बचा पता। अपनी पत्नी लाजो को हँसली बनवाकर देने के छह साल पुराने सपने को साकार नहीं कर पाता और इसे अगली फ़सल तक टालने को मजबूर हो जाता है।

अब्बास, आज़ाद हिन्द के आर्थिक और सामाजिक निर्माण के नेहरू के सपने के बहुत बड़े समर्थक थे। 'चट्टान और सपना' आदिवासी, हरिजन और पिछड़े क्षेत्रों—तीनों के विकास की कहानी है। किस प्रकार एक चट्टान (जिसे तोड़कर ज़मीन में से पानी निकालना है)

एक आदिवासी लड़के के अपने पास के गाँव की लड़की से विवाह के सपने के साकार होने का प्रतीक बन जाती है। यह कहानी अब्बास की किताब 'नई धरती, नए इनसान' से लेकर मैंने अनुवाद की है, जिसका दीबाचा (प्राक्कथन) भी मैंने इस किताब में शामिल किया है।

एक कहानी जो कई लिहाज़ से सबसे महत्त्वपूर्ण है, अपने मुद्दे के हिसाब से भी और ऐतिहासिक महत्त्व से भी, वह है 'अबाबील'। इसे मैंने सबसे पहले रखा है क्योंकि यह उनकी पहली कहानी है और बिलकुल अलग भी है। इस कहानी की विशेषता यह है कि उन्होंने इसे केवल उन्नीस वर्ष की आयु में लिखा। यह 1935 में छपी और कई ज़बानों में अनूदित हुई। इसके कारण वह एक ही रात में मशहूर हो गए।

यह कहानी एक कठोर किसान का चरित्र-चित्रण है जो अपने ज़ालिम स्वभाव एवं गुस्सैलपन के कारण अपने लिए एकाकीपन पैदा करता है। उसके गाँव के सारे लोग उससे किनाराकशी कर लेते हैं। आख़िरकार बीवी-बच्चे भी उसकी मार से तंग आकर उसे छोड़कर चले जाते हैं, तो वह किस प्रकार अबाबील (काले रंग की चिड़ियाँ) से, जिन्होंने उसके झोंपड़े के छप्पर में घोंसला बना लिया है, बातें करके अपने एकाकीपन को बहलाता है। उन्हें अपने बच्चों के नाम देता है और उनको रोज़ दाना डालता है। उनके घोंसलों को बारिश से बचाने के लिए अपने छप्पर की मरम्मत करते समय वह बुरी तरह भीग जाता है, और तेज़ बुख़ार से पीड़ित हो अपनी जान गँवा बैठता है।

इस कहानी को लेकर अब्बास और कृश्न चन्दर का वार्तालाप रोचक है। कृश्न चन्दर ने अब्बास से पूछा—'क्या तुमने गाँव का जीवन देखा है?' अब्बास ने कहा—'नहीं, मैंने यह कहानी कल्पना से लिखी है।' कृश्न चन्दर ने कहा—'बग़ैर अनुभव के गाँव के जीवन पर कहानी कैसे लिखी?' अब्बास ने कहा—'कोई ज़रूरी नहीं कि हर कहानी अनुभव पर आधारित हो। जिस प्रकार क़ातिल के विषय में लिखने से पहले क़त्ल करना ज़रूरी नहीं।' मैंने इस किताब में कृश्न चन्दर का यह इंटरव्यू भी शामिल किया है।

एक बात और, इस संग्रह में दो कहानियाँ 'क़िस्सा एक जले हुए स्टोव का' एवं 'सिनारियो : फ़िल्म के तेरह ख़ाली डिब्बों का...' वास्तव में अब्बास के उपन्यास 'तीन पहियों' का हिस्सा हैं। इस उपन्यास में एक

तीन पहियों की कचरा-गाड़ी के माध्यम से समाज भर के कचरे को प्रकाशित किया गया है। भीकू अपनी कचरा-गाड़ी में दुनियाभर का कचरा भरता फिरता है। एक 'ख़ूनी टब', 'ख़ूनी टायर' और 'जला हुआ स्टोव'...और इनमें से हर कहानी बेकार फेंके हुए कचरे की कहानी है। हर कहानी अपने-आपमें मुकम्मल है और इस उपन्यास में एक धागे से बँधी हुई है। आशा है कि मेरी इस आज़ादी को पाठक माफ़ करेंगे...!

अन्त में यह कहना चाहूँगी कि अब्बास मूल रूप से एक अफ़साना-निगार हैं, वे एक साहित्यकार हैं। वह ख़ुद भी कहते थे कि 'जब भी कोई नया ख़याल, नया प्लॉट, या फ़िल्म की कहानी का विषय ज़ेहन में आता है, तो पहले मैं उसे कहानी के रूप में लिख लेता हूँ और फिर बाद में आगे विस्तार करता हूँ।'

इन कहानियों में अब्बास का सन्देश है—समाज के लिए, देश के लिए, दुनिया के लिए! ये कहानियाँ अब्बास की आत्मा का दर्पण हैं। इनके माध्यम से अब्बास की आत्मा में झाँकिए, उनसे मिलिए। आपको वह अब्बास मिलेंगे जो एक लौकिक, मानवतावादी, एक देशप्रेमी, ज़ात-पाँत से बहुत ऊपर, छद्म धर्मनिरपेक्षता के विरोधी, दयालु, ग़रीबों और निर्धनों से प्रेम करनेवाले व्यक्ति थे, जो इनसान को एक विकसित एवं अच्छे व्यक्ति के रूप में देखना चाहते थे।

—डॉ. ज़ोया ज़ैदी

मुझे कुछ कहना है...

साहित्यकार और समालोचक कहते हैं, ख़्वाजा अहमद अब्बास उपन्यास या कहानियाँ नहीं लिखता। वह केवल पत्रकार है। साहित्य की रचना उसके बस की बात नहीं।

फ़िल्म वाले कहते हैं, ख़्वाजा अहमद अब्बास को फ़िल्म बनाना नहीं आता। उसके फ़ीचर फ़िल्म भी डाक्यूमेंटरी होती है। वह कैमरे की मदद से पत्रकारिता करता है, क़लम की रचना नहीं।

और ख़्वाजा अहमद अब्बास ख़ुद क्या कहता है ? वह कहता है—"मुझे कुछ कहना है..." और वह मैं हर सम्भावित ढंग से कहने का प्रयास करता हूँ। कभी कहानी के रूप में, कभी 'ब्लिट्ज' या 'आख़िरी सफ़ा' (The Last Page) और 'आज़ाद क़लम' लिखकर। कभी दूसरी पत्रिकाओं या समाचार-पत्रों के लिए लिखकर। कभी उपन्यास के रूप में, कभी डाक्यूमेंटरी फ़िल्म बनाकर। कभी-कभी स्वयं अपनी फ़िल्में डायरेक्ट करके भी।

और जो मुझे कहना है, वह केवल यह ही है कि मनुष्य के भीतर का जीवन, स्वयं की मनोवैज्ञानिक समस्याएँ और बाह्य जीवन, सामाजिक एवं आर्थिक जीवन के बीच एक गम्भीर सम्बन्ध है। जो कुछ संसार में, उसके अपने देश में अथवा उसके समाज में होता है, उसका प्रभाव उसके अपने जीवन, चरित्र और उसके कार्य व कर्म पर पड़ता है। जैसे-जैसे संसार, समाज, देश की आर्थिक, राजनीतिक एवं सामाजिक व्यवस्था बदलती जाती है, उसी प्रकार से मनुष्य भी बदलता जाता है।

आज का मनुष्य वह नहीं रहा जो आज से चार सौ-पाँच सौ वर्ष पूर्व था। आज वह पुराने साहित्यिक मानकों में फिट नहीं बैठता। आज उसको नए ढंग से देखने की, दिखाने की, जाँचने एवं परखने की आवश्यकता है।

देश की स्वतंत्रता के बाद तो यह सामाजिक एवं मनोवैज्ञानिक बदलाव और भी तेज़ी के साथ हो रहा है। अनपढ़ इनसानों के बेटे कृषि विश्वविद्यालयों में पढ़ रहे हैं, जिनके बाप आज भी लकड़ियों के हल चलाते हैं, वह ट्रैक्टर और बड़े-बड़े बुलडोज़र चला रहे हैं। जिनके बाप-दादा ज़मींदारों एवं साहूकारों के आगे माथा टेकते थे, वह आज सिर उठाकर चल रहे हैं, अपने अधिकार माँग रहे हैं।

यह बदलता हुआ हिन्दुस्तान और बदलते हुए हिन्दुस्तानी में कहानियों के विषय हैं। विशेषकर उन कहानियों के, जो इस संग्रह में सम्मिलित हैं।

मगर सामाजिक और मनोवैज्ञानिक बदलाव समान गति से नहीं होते। मनुष्य के चरित्र और व्यवहार पर विभिन्न सामाजिक शक्तियाँ एवं मनोवैज्ञानिक समस्याएँ अपना-अपना प्रभाव विभिन्न प्रकार से डालती हैं। कोई मनुष्य अधिक प्रभावित होता है, कोई कम। कोई जल्दी बदल जाता है तो कोई देर से। कोई ऐसा भी होता है जो बदलने को तैयार नहीं होता। मेरी इन कहानियों में आपको ऐसे हर प्रकार के हिन्दुस्तानी मिलेंगे। अच्छे, बहुत अच्छे, बुद्धिमान, अधिक बुद्धिमत्तापूर्ण, बुरे, मूर्ख, अत्याचारी, मज़लूम जिन पर अत्याचार किया जाता है, अपना भाग्य आप बनानेवाले, अपनी बेचारगी, महरूमियों एवं समस्याओं पर रोनेवाले अथवा वह भी जिन्होंने भाग्य के सामने हथियार डाल दिये हैं। जो आज भी सामाजिक ज़ात-पाँत के भ्रम और ढकोसलों के बन्दी हैं। ग़ुलाम हैं।

मैं इन तमाम हिन्दुस्तानियों से प्रेम करता हूँ। सबसे सहानुभूति रखता हूँ। सबको समझने का प्रयास करता हूँ। इसलिए कि वह मेरे हमवतन, मेरे साथी, मेरे समकालीन हैं। मैं अपनी कहानियों में उनके चेहरे एवं चरित्र दर्शाना चाहता हूँ। न केवल औरों को बल्कि ख़ुद उनको। मनुष्य को समाज का दर्पण दिखाना भी एक क्रान्तिकारी काम हो सकता है क्योंकि आत्मप्रवंचना (ख़ुशफ़हमी) नहीं बल्कि आत्मदर्शन (ख़ुदफ़हमी) स्वयं की वास्तविकता जानना, अपने व्यक्तित्व को समझना भी, सामाजिक और मनोवैज्ञानिक बदलावों को बड़ी गति में ला सकता है।

मेरे इन लेखों में आपको अपने जैसे समकालीन हिन्दुस्तानी मिलेंगे। नए किसान ('नया शिवाला' और 'हनुमानजी का हाथ'), नए हरिजन ('तीन भंगी' और 'टेरेलीन की पतलून'), नए अमीर (पानी की फाँसी), नए ग़रीब ('यह भी ताजमहल है' और 'चट्टान और सपना'), नई औरतें ('भोली'), नए लिखे-पढ़े नौजवान ('सब्ज़ मोटरकार') और साथ में उन सामाजिक शक्तियों का विश्लेषण भी मिलेगा, जो इन व्यक्तियों को, उनके चरित्र और उनके 'भाग्य' को बदल रही हैं। उनके जीवन में इंक़लाब ला रही हैं। आख़िरी कहानी 'एक लड़की सात दीवाने' पूरे हिन्दुस्तान की ओर संकेत करती है।

प्रसिद्ध प्रगतिशील फ्रांसीसी विद्वान जॉन पॉल सार्त्र का कहना है कि साहित्य में जीवन को दर्पण दिखाना भी एक क्रान्तिकारी कार्य हो सकता है। जो साहित्यकार सामाजिक वास्तविकता का प्रकटीकरण करता है और उस पर से परदा भी उठाता है, वह भी इंक़लाब लाने का काम कर रहा है। रचनात्मक साहित्य के माध्यम से यह इंकलाबी कार्य जहाँ दुनिया के महान साहित्यकारों (जैसे टॉलस्टाय, गोर्की, चेख़व, टैगोर, शरतच्चन्द्र चटर्जी, मुंशी प्रेमचन्द, इप्टन सिंक्लेयर, अर्नेस्ट हैमिंग्वे) ने अपने साहित्य के माध्यम से पूर्ण किया है और दूसरे महान साहित्यकार (जैसे स्टाइनबैक, जॉन पॉल सार्त्र और कृश्न चन्दर) आज कर रहे हैं, छोटे स्तर पर मैं भी कर रहा हूँ या करने का प्रयास कर रहा हूँ...

सुनिए, पढ़िए, शायद इन कहानियों में आपको अपने दिल की धड़कन सुनाई दे!

—ख़्वाजा अहमद अब्बास

[लिप्यांतरण : डॉ. ज़ोया ज़ैदी; *नई धरती नए इनसान;* की भूमिका से]

अब्बास : व्यक्तित्व और कला

कृश्न—अपनी जन्म-तिथि याद है? मेरा मतलब साहित्यिक जन्म-तिथि से है।

अब्बास—यों तो मैं अपने जन्म से बहुत पहले पैदा हो गया था, लेकिन...

कृश्न—जन्म से पहले...कैसे?

अब्बास—मेरा अभिप्राय साहित्य, शिक्षा और संस्कृति के उत्तराधिकार से है, जो मेरे पैदा होने से पहले मेरे यहाँ वर्तमान था। हाली की शायरी में मेरा जन्म हुआ, किताबों और पत्रिकाओं में पला और बढ़ा। तुम मुझे सही मायनों में किताबों का कीड़ा कह सकते हो। ननिहाल हाली का ख़ानदान था। चचा ख़्वाजा ग़ुलाम-उस-सक़लैन वकील राजनीति और साहित्य के रसिया थे। हाली के बेटे ख़्वाजा सज्जाद हुसैन, अलीगढ़ यूनिवर्सिटी के पहले मुस्लिम ग्रेजुएट, मेरे नाना थे। घर की औरतें 'तहज़ीबे निसवाँ'[1] में बाक़ायदा लिखती थीं। इस साहित्यिक उत्तराधिकार को लेकर...

कृश्न—(बात काटकर) लेकिन सब कुछ उत्तराधिकार ही तो नहीं है। आदमी सब कुछ उत्तराधिकार ही से तो नहीं बनता। उसके विकास में बहुत से तत्त्व काम करते हैं। मुझी को देख लो, बाप डॉक्टर, किन्तु आर्यसमाजी। लेक्चर झाड़ने के बड़े शौक़ीन। माँ कुँआरपने में कविता किया करती थीं। लोकगीत क़िस्म की चीज़ें हुआ करती थीं वे। मैं जब स्कूल में पढ़ा करता था, उन्होंने मुझे अपने गीतों की एक पांडुलिपि दिखाई थी, हो सकता है, उसे उन्होंने अब तक सँभालकर रखा हो। लेकिन इसके बावजूद हमारे घर का वातावरण बिलकुल साहित्यिक नहीं था। जाने विवाह के बाद मेरी माँ जी को ऐसी किताबों से चिढ़ क्यों हो गई थी, जिन्हें लोग साहित्यिक कहते हैं। मुझे मालूम है, पहली साहित्यिक किताब जो मैंने पढ़ी, वह 'अलिफ़ लैला' थी। माँ जी ने उसे फाड़कर बाहर फेंक दिया। दूसरी किताब प्रेमचन्द की 'प्रेम पच्चीसी' थी। माँ जी ने उससे भी यही सलूक किया। मेरे दोस्तों में भी किसी को पढ़ने-लिखने का शौक़ नहीं था। मुझे स्वयं छुटपन में पहलवानी का बहुत शौक़ था।

अब्बास—पहलवानी का तो नहीं लेकिन दूसरे खेलों का मुझे भी बहुत शौक़ था। फुटबॉल, हॉकी, क्रिकेट, टेनिस—सब खेल मैंने खेले, लेकिन किसी में सफलता न मिली। इस चीज़ का मुझे बहुत मलाल रहा। अर्से तक यह बात दिल में खटकती रही

1. तहज़ीबे निसवाँ = उर्दू की एक मासिक पत्रिका।

कि मैं एक बड़ा स्पोर्ट्समैन बनना चाहता था, लेकिन न बन सका। दरअसल मेरा छोटा क़द और मेरा सन्दिग्ध क़िस्म का स्वास्थ्य (मुझे हमेशा नज़ले की शिकायत रही) मेरे मन में एक तरह का हीन भाव पैदा करने का कारण बने और मैंने सोचा कि अगर मैं खेलों के मैदान में सफल नहीं हो सका, तो मुझे जीवन के किसी दूसरे क्षेत्र में सफलता प्राप्त करनी चाहिए। फिर मैंने देखा कि जो लोग अच्छा बोल लेते हैं, अच्छी बहस कर लेते हैं, उनकी बड़ी आवभगत होती है। स्कूल के वाद-विवादों में, कॉलेज और यूनिवर्सिटी के मुक़ाबलों में मैंने भाषण-कला में बड़ी सफलता पाई। और तुम जानते हो, अच्छा बोलने का अच्छे लिखने से कितना गहरा सम्बन्ध है। यही विचार मुझे साहित्य के मैदान में खींच लाया। कई बार सोचता हूँ, यदि मैं खेलों के मैदान में सफल हो जाता, तो मर्चेंट या मुश्ताक़ की तरह एक सफल खिलाड़ी होता।

कृश्न—और मैं एक मशहूर पहलवान होता...लेकिन मैं इस बात को तुम्हारे या अपने हीन भाव से सम्बद्ध नहीं करूँगा। क़द तो मेरा भी छोटा है और नज़ले की शिकायत मुझे भी सदा रहती है, पर मेरे साहित्य-क्षेत्र में आने का यही एक कारण नहीं हो सकता। मैं इसे यों समझता हूँ कि जब मनुष्य की शारीरिक, मानसिक और आध्यात्मिक उन्नति किसी एक दिशा में रुक जाती है और भरसक कोशिश करने पर भी उस दिशा में आगे बढ़ने का उसे कोई रास्ता नहीं मिलता, तो मनुष्य पराजय स्वीकार नहीं करता। वह अपनी उन्नति के दूसरे मार्ग खोज लेता है, क्योंकि विकास मनुष्य की चेतन-प्रकृति का सहज स्वभाव है।

अब्बास—हाँ, इसकी दार्शनिक व्याख्या यों भी हो सकती है।

कृश्न—लेकिन मेरा वह पहला सवाल तो बीच ही में रह गया। तुम साहित्य-क्षेत्र में कब आए?

अब्बास—उन्नीस सौ पैंतीस में। बम्बई में एक कहानी लिखी थी—'अबाबील' और वह जिसे कहते हैं—एक रात में मशहूर हो जाना—बस, यों समझो कि मैं एक कहानी लिखकर मशहूर हो गया। उसका अनुवाद संसार की लगभग सभी सभ्य भाषाओं में हो चुका है। अंग्रेज़ी, रूसी, जर्मन, स्वीडिश, अरबी, चीनी इत्यादि-इत्यादि। जर्मन भाषा में संसार की सर्वश्रेष्ठ कहानियों का एक संकलन छपा है। उसमें वह कहानी शामिल की गई। इसी तरह डॉक्टर मुल्कराज आनन्द और इक़बाल सिंह ने जो संकलन किया है, उसमें भी वह कहानी शामिल है।

कृश्न—उस कहानी का विषय क्या है? माफ़ करना, मैंने उसे नहीं पढ़ा।

अब्बास—वह एक ज़ालिम किसान के जीवन से सम्बन्ध रखती है।

कृश्न—तुम्हें किसानों के जीवन के बारे में क्या मालूम है?

अब्बास—अजीब बात है कि वह कहानी लिखते समय किसानों के बारे में मेरा ज्ञान नहीं के बराबर था। कारण, उनके जीवन-सम्बन्धी मेरा व्यक्तिगत अनुभव बहुत कम था। शून्य ही समझो, इसलिए कि मैं आज तक गाँव में नहीं रहा। किसानों के जीवन

से बिलकुल अनभिज्ञ हूँ, परन्तु वह कहानी न केवल राष्ट्रीय दृष्टि से, बल्कि अन्तर्राष्ट्रीय साहित्य की दृष्टि से भी बहुत उच्च कोटि की समझी जाती है।

कृश्न—यह कैसे हो सकता है कि तुम्हें किसानों के जीवन के बारे में कुछ ज्ञान न हो और तुम उनके सम्बन्ध में इतनी अच्छी कहानी लिख सको?

अब्बास—यह तो मैं नहीं कह सकता कि मुझे किसानों के बारे में कुछ भी मालूम न था। व्यक्तिगत रूप से मैंने उन्हें देखा और जाना न था, लेकिन घर के राजनीतिक वाद-विवाद में और बाहर की दुनिया में किसानों की चर्चा अक्सर होती रहती थी। राजनीति और अर्थशास्त्र की पुस्तकें पढ़कर भी उनकी दरिद्रता से परिचित हो चुका था। अलीगढ़ में हर इतवार हम एक ही विचार के कुछ विद्यार्थी 'सोशल सर्विस' के बहाने देहात में पहुँच जाया करते थे और वहाँ किसानों के जीवन का अध्ययन करने का प्रयास करते थे।

कृश्न—तुमने अपने ननिहाल के बारे में तो सुनाया, लेकिन ददिहाल के बारे में कुछ नहीं बताया।

अब्बास—मेरे दादा किसान थे।

कृश्न—देखो, अब 'अबाबील' पकड़ी गई! कहाँ जाकर इसने घोंसला बनाया!

अब्बास—अजीब बात है...अब मुझे याद आ रहा है कि मेरे दादा किसान थे। पर वे अपने वंश को आगे बढ़ते, तरक़्क़ी करते हुए देखना चाहते थे। लेकिन खेती में नहीं, व्यापार में। उन दिनों, तुम जानते हो, ख़ासतौर पर मुसलमान व्यापार में बहुत पीछे थे। मेरे दादा ने कपड़े की दुकान खोली, पर उन्हें व्यापार नहीं फला। कुछ ही दिनों में दादा के दोस्त और रिश्तेदार दुकान का सारा कपड़ा उधार ले गए और उन्हें दुकान बन्द कर देनी पड़ी। फिर उन्होंने अपने लड़कों की शिक्षा पर ध्यान दिया। ज़मीन की पैदावार से तो वे अपने बच्चों को पढ़ा नहीं सकते थे, इसलिए उन्होंने ज़मीन का एक-तिहाई टुकड़ा बेचा और अपने एक लड़के को पढ़ाया। फिर दुकान बेची और दूसरे लड़के को पढ़ाया। बेटे पढ़ गए और ज़मीन ख़त्म हो गई। इसलिए जब मेरे दादा मरे, तो मेरे पिता को उत्तराधिकार में एक टुकड़ा भी न मिला।

कृश्न—तो तुम एक 'बे-ज़मीन' किसान के बेटे हो?

अब्बास—हाँ।

कृश्न—इससे यह बात भी प्रकट होती है कि एक अच्छी रचना के लिए यह आवश्यक नहीं कि लेखक का अनुभव प्रत्यक्ष हो। वह प्रत्यक्ष भी हो सकता है और परोक्ष भी।

अब्बास—हाँ। मिसाल के तौर पर एक हत्यारे के चरित्र की रचना के लिए यह आवश्यक नहीं कि लेखक ने स्वयं भी हत्या की हो या एक वेश्या के जीवन का वर्णन करने के लिए यह ज़रूरी नहीं है कि लेखक स्वयं भी किसी वेश्या के साथ सो चुका हो।

कृश्न—तुम कभी सोए हो?

अब्बास—नहीं।...और तुम?

कृश्न—इंटरव्यू मैं कर रहा हूँ कि तुम ? मेरे सवाल का जवाब दो, क्यों नहीं सोए ?

अब्बास—नहीं सो सका। एक बार कुछ दोस्त घसीटकर मुझे उस महफ़िल में ले भी गए, पर मैं जल्द ही वहाँ से भाग आया। दरअसल कृश्न, बात यह है कि मनुष्य ने अपने सांस्कृतिक प्रयास से यौन-क्रिया को प्रेम के उस ऊँचे स्तर पर पहुँचा दिया है, जहाँ से नीचे गिरना पशु बनने के बराबर है।

कृश्न—तुमने कभी प्रेम किया है ?

अब्बास—हाँ।

कृश्न—शादी से पहले या शादी के बाद ? डरो नहीं...तुम्हारी बीवी यहाँ मौजूद नहीं, इसलिए साफ़-साफ़ बता सकते हो।

अब्बास—बीवी से मैं डरता नहीं, न मेरी बीवी मुझसे डरती है। हम दोनों एक-दूसरे के बहुत गहरे दोस्त और साथी हैं। वह मेरे सारे भेद जानती है। उसे मेरे उस प्रेम का भी पता है, जो शादी से बहुत पहले की बात है। असल में उस प्रेम की असफलता ने ही मुझसे 'अबाबील' के बाद दो और कहानियाँ लिखवाईं—'फ़ैसला' और 'एक लड़की'। और ये दोनों कहानियाँ 'ग़मे-जानाँ'[1] के दो विभिन्न पहलुओं का ख़ाका खींचती हैं। 'फ़ैसला' में मैं बहुत भावुक हो गया हूँ, लेकिन 'एक लड़की' में उस प्रेम को हास्य द्वारा जीतने और उस पर क़ाबू पाने की कोशिश करता हूँ।

कृश्न—यानी ज़िन्दगी प्रेम पर भी हावी है ?

अब्बास—कुछ समझ लो। परन्तु मेरा यह प्रेम बड़ा अजीब-सा प्रेम था। वह बेहद हसीन थी। साहित्यिक अभिरुचि रखती थी। हम लोग घंटों पास बैठे बातें करते रहते। पर तुम विश्वास न करोगे, मैंने उसे कभी हाथ से भी नहीं छुआ। कभी प्रेम का एक शब्द भी मुँह पर नहीं लाया।

कृश्न—यही तुम्हारी सबसे बड़ी भूल थी, प्यारे!

अब्बास—साले...पर उसे मेरे प्रेम का पता था।

कृश्न—फिर शादी क्यों न हो सकी ?

अब्बास—शायद उसके ख़ानदानवाले न चाहते थे। और मेरे ख़ानदानवाले तो बहुत ही ख़िलाफ़ थे। लेकिन इस विरोध से भी ज़्यादा दिलचस्प पहलू यह है कि अपने प्रेम की असफलता का बोझ सीने पर लिये हुए जब मैं आख़िरी बार उससे मिलकर घर लौट रहा था, तो रास्ते में मौत के एक अजीब से एहसास ने मुझे घेर लिया। मेरा दम घुटने लगा और मुझे महसूस हुआ कि मैं अभी-अभी रास्ते ही में मर जाऊँगा। लेकिन जब मैं रेलवे स्टेशन पर पहुँचा और लोगों की भीड़-भाड़ देखी, तो स्टेशन की उस चहल-पहल में मेरा वह मूड ख़त्म हो गया। वह भी अपनी उसी प्रेमिका को देखकर। उसकी शादी के आठ-दस वर्ष बाद फिर उससे अचानक मेरी भेंट हो गई तो उससे बिछुड़ते समय फिर बड़ी तीव्रता से मुझे ऐसा लगा मानो मेरा दम घुटा जा रहा है, साँस रुकी जा रही है ! या तो मेरा सीना फट

---

1. ग़मे-जानाँ = प्रिय का दुख।

जाएगा या हृदय की गति रुक जाएगी। यह अजीब तरह की शारीरिक अनुभूति थी, जो फिर उसके घर से बाज़ार तक आते-आते रास्ते की चहल-पहल में आप-से-आप खो गई। इसी अनुभूति को मैंने एक अप्रकाशित उपन्यास में यों बयान किया है :

'...आख़िरकार वह रो पड़ा और उसके सीने में दुख की सारी घुटन आँसुओं के प्रबल वेग में बदल गई। मस्जिद के विशाल, खुले दालान में खड़े होकर, ऊँचे मीनारों के साए में उसने अपने-आपको नितान्त बेबस, अकेला, असहाय और अनदेखे ज़ुल्म देनेवाली उस नियति से भयभीत पाया, जिसे वह अभी-अभी अच्छी तरह कोस चुका था। उसने अपने आँसू पोंछ लिये और थकान से लड़खड़ाता-सा बाहर चला आया और सोचने लगा—क्या प्रेम के बिना जीवित रहा जा सकता है?

'पूर्वी द्वार से बाहर निकलते हुए वह कुछ क्षण के लिए ऊँची-ऊँची सीढ़ियों पर खड़ा हो गया। सामने प्राची के क्षितिज पर गुलाब में सोना घुल रहा था। नीचे लोग-बाग काम-काज के लिए बाहर निकल रहे थे। सफ़ेद साड़ियाँ पहने स्त्रियाँ नदी की ओर जा रही थीं। एक ट्राम शोर मचाती हुई आई और गुज़र गई एक धचके के साथ—जो तुरन्त एक गहरे सन्नाटे में समा गया। उसे लगा कि उसके प्रेम की असफलता के बाद भी दुनिया ख़त्म नहीं हुई है। जीवन उसी तरह चल रहा है। सुबह होती है, लोग काम करते हैं और खेलते हैं। ज़िन्दगी में मौत और मौत में ज़िन्दगी आती है।

'और तब उसे याद आया कि 'ग़ालिब' ने जो कुछ कहा था, वह ठीक था। एक गूँज के साथ उसके विचार उसके पास लौट आए। एक ओर सृजन थी और दूसरी ओर मृत्यु। और दोनों के बीच दुख और पीड़ा का एक लम्बा सिलसिला था। लेकिन उस सिलसिले में ज़िन्दगी भी थी। वह ज़िन्दगी, जो उसके सामने एक फूल की तरह स्वच्छ थी। पुरुष और स्त्रियाँ चलती हुई, बच्चे स्कूल जाते हुए, ट्राम पैसेंजरों से भरी हुई, अख़बार बेचनेवाले लड़के—सुर्ख़ियों पर शोर मचाते हुए...उस क्षण उसके अन्तर में अनजाने से एक नया विश्वास उत्पन्न हो गया...उस क्षण अनजाने वह अपनी उम्र से बड़ा हो गया!...'

कृश्न—यानी ग़मे-जानाँ ग़मे-दौराँ[1] में बदलता ही नहीं है, ग़मे-दौराँ से ग़मे-जानाँ का इलाज भी किया जा सकता है!

अब्बास—हाँ, आन्तरिक सत्य बाह्य सत्य के अधीन है। और इनसान के अन्दर जब प्रेम की असफलता के कारण मर जाने का ख़याल पैदा होता है, उस समय यही बाह्य सत्य उसे जीवित रहने की प्रेरणा देता है।

कृश्न—लेकिन प्रेम-कहानियों के विषय में तुम्हारा क्या ख़याल है? क्या प्रेम-कहानियों का, जिन्हें कुछ लोग भूल से रूमानी कहानियाँ कहकर पुकारते हैं, प्रगतिशील साहित्य में कोई स्थान है?

अब्बास—प्रेम जीवन और सामाजिक यथार्थ का एक आवश्यक अंग है। प्राय: प्रेम की कटुता सारे जीवन को कटु बना देती है। यदि उस कटुता को उचित ढंग से दूर

1. ग़मे-दौराँ = दुनिया का दुख।

न किया जाए तो कभी-कभी बड़े बुरे परिणाम निकलते हैं। इसलिए उपादेय साहित्य में हमेशा प्रेम-कहानियों की जगह रहेगी। लेकिन मैं ऐसी रूमानी कहानियों को पसन्द नहीं करता, जिनमें रूमान के परदे में पलायन छिपा हुआ हो।

कृश्न—कभी-कभी प्रेम की कटुता जीवन-भर मज़ा देती है।

अब्बास—हाँ, अगर यह तीर तीरे-नीम-कश[1] हो।

कृश्न—और जिगर के पार न हो। इस कटुता की तीव्र भावना की धारा यदि दूसरी ओर मोड़ दी जाए और जीवन पर आक्रमण करने के बदले यह मृत्यु पर बाज़ बनकर झपटे...

अब्बास—तो ठीक है। नहीं तो यह रोग आदमी को 'फ़ानी'[2] बना देता है। मुझे इस पर हंगरी की एक कहानी याद आती है। एक आदमी को बड़ी प्यास लगी थी और यह प्यास किसी तरह न बुझती थी। किसी ने कहा, पानी पी लो। परन्तु प्यासे की प्यास किसी तरह न बुझी। फिर किसी ने एक शर्बत बताया, किन्तु प्यास फिर भी न बुझी। फिर किसी ने कहा, शराब पियो, लेकिन प्यासे की प्यास शराब पीकर भी न बुझी। फिर किसी ने कहा, ख़ून पियो। प्यासे ने एक आदमी को क़त्ल किया और उसका ख़ून पिया। उसकी प्यास अब भी न बुझी। आख़िर जब उसे फाँसी पर चढ़ाया जा रहा था, उस समय फाँसी के तख़्ते पर एकाएक उसे याद आया कि एक बार जब वह बहुत छोटा-सा था और माँ की छाती से लगा दूध पी रहा था, किसी ने उसे ज़ोर से झटककर माँ की छाती से अलग कर लिया था और तब से वह प्यासा था। मानो उसकी जो ख़ूनी प्यास थी, वह अपने प्रथम रूप में माँ के दूध की प्यास थी...

कृश्न—इसी तरह मैं सोचता हूँ कि प्रेम की प्यास भी बड़ी ख़तरनाक हो सकती है।

अब्बास—यदि मैं इन सारे तत्त्वों को इकट्ठा करूँ जिन्होंने मेरी साहित्यिक रुचि को एक रूप दिया, तो मैं उन्हें क्रमानुसार यों रखूँगा—1. घर का साहित्यिक और सांस्कृतिक वातावरण, 2. राष्ट्र-प्रेम की भावना, जो सारे देश में राष्ट्रीय आन्दोलन के रूप में उभरी, 3. अस्वास्थ्य और 4. प्रेम में असफलता।

कृश्न—बहुत से साहित्यिकार कम या ज़्यादा इन्हीं रास्तों से साहित्य-क्षेत्र में आए हैं। अच्छा, अब यह बताओ, तुमने प्रेमचन्द को कब पढ़ा था ? मैं तो तुम्हें बता चुका हूँ कि मैंने प्रेमचन्द को बचपन में पढ़ा था जब मैं तीसरी क्लास में पढ़ता था...

अब्बास—(बात काटकर) मैंने प्रेमचन्द को बाद में पढ़ा। वास्तव में मैंने प्रेमचन्द को कॉलेज में पढ़ा। लेकिन शुरू-शुरू में प्रेमचन्द की कहानियों का कोई विशेष प्रभाव मुझ पर नहीं पड़ा। हाँ, उनकी कहानियों की अपेक्षा उनके उपन्यासों को मैंने अधिक पसन्द किया था। वह भी बहुत बाद में।

---

1. कमान को आधी दूरी तक खींचकर छोड़ा गया तीर—
कोई मेरे दिल से पूछे, तेरे तीरे-नीम-कश को
यह ख़लिश कहाँ से होती जो जिगर के पार होता। —ग़ालिब
नीम-निगाह को उर्दू कवि तीरे-नीम-कश कहते हैं।
2. फ़ानी = उर्दू का एक प्रसिद्ध निराशावादी कवि।

कृश्न—बाद में प्रेमचन्द से तुमने क्या पाया ?

अब्बास—बाद में प्रेमचन्द को पढ़कर मुझे ऐसा लगा कि जैसे मैं ज़िन्दगी में पहली बार अपने देहात की जनता से मिल रहा हूँ, इसके साथ ही प्रेमचन्द के उपन्यासों में मुझे अपने देश के राष्ट्रीय आन्दोलन का प्रतिबिम्ब और उसकी सफलता का उज्ज्वल भविष्य दिखाई दिया।

कृश्न—टैगोर से प्रभावित हुए ?

अब्बास—नहीं। मैं वास्तव में कवियों की अपेक्षा गद्य-लेखकों से अधिक प्रभावित होता हूँ। मुझे कुछ ऐसा लगता है कि कवियों में आन्तरिकता ज़रूरत से अधिक पाई जाती है, इसलिए मैं टैगोर से अधिक प्रभावित नहीं हो सका।

कृश्न—पश्चिमी लेखकों में किस-किसको चाव से पढ़ा ?

अब्बास—हार्डी को, शॉ को, फिर मोपासाँ को—कथाकारों में, ओ. हेनरी और समरसेट मॉम को, जो वास्तव में मोपासाँ ही की छाया हैं।

कृश्न—अमेरिकी लेखकों में ?

अब्बास—अमेरिकी लेखकों में 'डॉस पास्को' की कला से मैंने सीखा है। स्टाइनबैक और हैमिंग्वे को भी बड़े ध्यान से पढ़ा है, लेकिन विषयवस्तु के विचार से थ्योडार ड्रेगर बहुत अच्छे लगे।

कृश्न—और इप्टन सिंक्लेयर ? मुझे मालूम है। शुरू-शुरू में मुझे इप्टन सिंक्लेयर बहुत अच्छा लगा था। उसके उपन्यास 'तेल' और 'जंगल' मुझे विशेष पसन्द आए थे। लेकिन मुझे उसकी नई पुस्तकें पसन्द नहीं आईं।

अब्बास—हाँ, अब उसका दृष्टिकोण बहुत बदल गया है और उसका प्रभाव उसकी कला पर, उसके पात्रों पर और उसकी अभिव्यक्ति पर तो पड़ेगा ही। यही बात तुम हैमिंग्वे के बारे में भी कह सकते हो।

कृश्न—रूसी साहित्यिकों में से तुम्हें कौन सबसे अधिक पसन्द है ?

अब्बास—चेख़व और गोर्की !

कृश्न—और आधुनिक सोवियत लेखकों में ?

अब्बास—आधुनिक सोवियत लेखकों में...वास्तव में मैंने नए सोवियत लेखकों को बहुत कम पढ़ा है। और जो पढ़ा है, वह भी मुज्जी (मिसेज़ अब्बास) के उकसाने से, लेकिन मैं नहीं समझता कि नए सोवियत साहित्य में अब कोई भी गोर्की के समान महान है।

कृश्न—शोलोख़ोव के बारे में क्या कहोगे ?

अब्बास—शोलोख़ोव कहीं-कहीं बहुत ऊँचा है, लेकिन कहीं-कहीं बेतरह बोर करने लगता है। उसके उपन्यास पढ़ते हुए, कम-से-कम मुझे ऐसा ही लगा।

कृश्न—गोर्की को हम लोग जो बहुत पसन्द करते हैं, उसका एक कारण यह भी हो सकता है कि गोर्की जिस जीवन का वर्णन करता है, वह क्रान्ति से पहले का जीवन है और वह ज़िन्दगी हमारी अपनी ज़िन्दगी से भी मिलती-जुलती है। लेकिन आज के

सोवियत लेखक जिस जीवन के बारे में लिखते हैं, उसकी सतह हमारे जीवन से बहुत ऊँची है। वहाँ ऐसे नए पात्र उत्पन्न हो चुके हैं, जिनके सोचने-समझने, काम करने का ढंग, हमसे बिलकुल अलग है, और जब हम उन इनसानों को सोवियत साहित्य में देखते हैं तो वे हमें एक तरह से अपरिचित मालूम होते हैं।

अब्बास—मैं समझता हूँ कि साहित्य सामाजिक संघर्ष और पीड़ा से उत्पन्न होता है। आज के सोवियत समाज में ये दोनों चीज़ें बहुत कम हो गई हैं। एक सकारात्मक समाज में जहाँ ख़ुशहाली और सम्पन्नता-ही-सम्पन्नता हो, वहाँ साहित्य में सामाजिक संघर्ष और पीड़ा की ऊँचाई कहाँ से आएगी ?

कृश्न—सोवियत समाज के सकारात्मक समाज होने में कोई सन्देह नहीं, लेकिन यह नहीं हो सकता कि वहाँ आज किसी क़िस्म का संघर्ष और दुख शेष न रहे। सकारात्मक समाज होते हुए भी वहाँ नकारात्मक पात्र अवश्य होंगे। स्वयं सोवियत लेखकों में आजकल साहित्य में नेगेटिव पात्रों की ज़रूरत पर बहस छिड़ी हुई है, क्योंकि सोवियत समाज कोई एक अपरिवर्तनशील समाज तो है नहीं। और जब परिवर्तनशील समाज है तो स्पष्ट ही कोई चीज़ पुरानी हो जाएगी और कोई नई पैदा होगी। और यह संघर्ष अपने-आप पॉज़िटिव और नेगेटिव पात्रों को पैदा करेगी। इसलिए तुम्हें अपनी राय के लिए दूसरी दलील ढूँढ़नी पड़ेगी।

अब्बास—उसकी ज़रूरत नहीं। मैं दरअसल नए सोवियत साहित्य के बारे में कोई पक्की राय नहीं रखता, क्योंकि मैंने उसे बहुत कम पढ़ा है।

कृश्न—तुम्हारे विचार में क्या साहित्य में राजनीति का दख़ल होना चाहिए ?

अब्बास—इसके बिना साहित्य का निर्माण असम्भव है। हर चीज़ कहानी का विषय हो सकती है—चाहे वह आर्थिक हो या राजनीतिक, भौगोलिक हो या यौनिक। कहानी का विषय कुछ भी हो सकता है, लेकिन शर्त यह है कि पढ़ने में रोचक हो और इनसानियत से ख़ाली न हो।

कृश्न—और कथानक के बारे में तुम्हारा क्या विचार है ?

अब्बास—मैं तकनीक और कथानक के बिना किसी कहानी की कल्पना ही नहीं कर सकता। वास्तव में तकनीक और प्लॉट हर कहानी में होते हैं, लेकिन किसी में गठकर आते हैं और किसी में बड़े भद्दे, ढीले-ढाले और बेडौल मालूम होते हैं। यों समझो कि सामग्री कहानी का शरीर है और तकनीक उसका लिबास : कभी यह लिबास चुस्त और फिट मालूम होता है, कभी अनफिट और ढीला-ढाला।

कृश्न—तुमने तो कहानीकारों को दर्ज़ी बना दिया। ख़ैर, इसे छोड़ो, क्या कहानी की तकनीक बदल सकती है या यह कि पुराने दर्ज़ियों के सिले हुए कपड़ों की नक़ल करना ही हमारे लिए काफ़ी है ? जैसे मोपासाँ, ओ. हेनरी, समरसेट मॉम और दूसरे ऐसे बड़े-बड़े उस्ताद दर्ज़ी, जिनके यहाँ बड़े ढले-ढलाए, लोहा किए हुए, बँधे-बँधाए पात्र मिलते हैं, तकनीक में हमारा आदर्श बने रहें ?

अब्बास—तकनीक को बदलना ही चाहिए, क्योंकि तकनीक विषयवस्तु के साथ बदलती है और हमारी आज की कहानियों का विषय ओ. हेनरी और मोपासाँ के विषयों से अलग है। आज की ज़िन्दगी बहुत आगे जा चुकी है।

कृश्न—सामग्री को छोड़ मुझे तो ओ. हेनरी और मोपासाँ की बहुत-सी कहानियाँ बड़ी ज्योमेट्रिक नज़र आती हैं। त्रिकोण का प्रत्येक कोण ठीक है। और दो और दो हमेशा चार होते हैं। मैं समझता हूँ,साहित्य गणित से कहीं भिन्न है। यहाँ कभी दो और दो तीन होते हैं और कभी दो और दो पाँच भी होते हैं। क्योंकि यहाँ हम इकाइयों से बहस नहीं करते, मनुष्यों से सम्बन्ध रखते हैं।

अब्बास—यहाँ मैं तुमसे सहमत हूँ। मुझे स्वयं ओ. हेनरी की अक्सर कहानियों में रेखागणित का आभास अधिक और मानवीय भावनाओं तथा आवश्यकताओं का अनुभव कम होता है। उन लोगों की कहानी की तकनीक हमारी आज की दुनिया में अधिक लाभदायक न होगी। मैंने स्वयं पहले डांस पास्को और बाद में तुम्हारी कुछ कहानियों के प्रयोगों से साहस पाकर अपनी कहानियों में अनेक तकनीकी प्रयोग किए हैं।

कृश्न—क्या लेखक का अपना चरित्र और उसका 'मैं' तथा उसकी अनुभूतियाँ और विचार साहित्य में स्थान पाने के अधिकारी हैं ?

अब्बास—'साहित्य' साहित्यकार से अलग होकर कैसे पैदा हो सकता है ? साहित्य एक साहित्यकार के व्यक्तित्व, उसके विचारों, भावों और अनुभूतियों की सृष्टि होता है और उससे बाहर नहीं जा सकता।

कृश्न—इसलिए स्पष्ट ही उस 'साहित्य' की ज़ोरदार अभिव्यक्ति में, उसके शब्दों के सुन्दर चुनाव में, उसकी कल्पनामयता और प्रवहमानता में उस साहित्यिक का निजत्व झलकेगा। उसके पात्रों के निर्माण और उनके काल्पनिक व्यक्तित्व में उसके अपने व्यक्तित्व, दृष्टिकोण और अनुभूतियों का प्रतिबिम्ब दिखाई देगा।

अब्बास—हाँ, यह अनिवार्य है। पर यह भी ज़रूरी है—ख़ासकर कहानियों और उपन्यासों में—कि यह जीवनी की क़िस्म का प्रभाव इतना न बढ़ जाए कि हर साहित्यिक कृति लेखक का जीवन-चरित्र मालूम हो। जीवनी को भी साहित्य का दर्ज़ा प्राप्त होता है, किन्तु प्रत्येक साहित्यिक रचना जीवनी नहीं बन सकती। 'आप बीती' यदि 'जग बीती' भी मालूम हो तो मज़ा बढ़ जाता है।

कृश्न—दूसरे शब्दों में, आप अपनी व्यक्तिगत अनुभूतियों को उस हद तक उपन्यास और कहानियों का विषय बना सकते हैं, जहाँ तक वे सामाजिक यथार्थ के अनुकूल हों।

अब्बास—हाँ! और दूसरी बात यह है कि एक लेखक को अपने पात्रों में अपने आपको व्यक्त करते हुए भी उनसे अलग-थलग रहना चाहिए, जैसे एक डॉक्टर अपने रोगियों से सहानुभूति रखता हुआ भी उनसे अलग रहता है। उसे डॉक्टर रहना चाहिए, स्वयं रोगी न बनना चाहिए, जैसे बहुत-से कथाकार अपने साहित्य में व्यक्त यौन-सम्बन्धों में अपनी वासना की भूख मिटाने लगते हैं।

कृश्न—योनि से रचना और रचना से रचयिता याद आया। ख़ुदा के बारे में तुम्हारा क्या विचार है?

अब्बास—ख़ुदा और शैतान के बारे में मेरी कल्पना उस तरह की नहीं है जिस तरह बहुत-से लोग सोचते हैं। हाँ, मैं ख़ुदाई और शैतनत, नेकी और बदी, उन्नति और अवनति के सिलसिले में विश्वास रखता हूँ। मेरा मन एक ऐसी नैतिक व्यवस्था को पसन्द करता है जिसमें इनसान इनसान के लिए सच्ची ख़ुशी लाए।

कृश्न—मगर मैं इनसान की उस कल्पना के बारे में पूछ रहा हूँ, जो ख़ुदा को अकेला (एको ब्रह्म द्वितीयो नास्ति) मानती है—यानी एक ऐसी अकेली, सर्वशक्तिमान, सर्वव्यापक हस्ती जो इस संस्कृति की व्यवस्था और उसके कार्य-कारण के सिलसिले की उत्तरदायी हो सकती है।

अब्बास—असल में वैज्ञानिक दृष्टिकोण से हमारा ज्ञान इस सारे ब्रह्मांड और उसके प्राकृतिक परिवर्तनों के बारे में इतना सीमित है कि अभी ऐसी हस्ती का अन्दाज़ा नहीं किया जा सकता। तुम यों कह सकते हो कि मैं ख़ुदा की हस्ती से इनकार नहीं करता, उसमें सन्देह ज़रूर करता हूँ। बुद्धिवादी हूँ और इनसान ने साइंस के क्षेत्र में खोज करके जो पाया है, उसमें विश्वास रखता हूँ।

कृश्न—और जब तक बुद्धि और विज्ञान और मानव-श्रम ब्रह्मांड और प्रकृति के गहरे अध्ययन के बाद किसी नतीजे पर न पहुँचे, हम कोई फ़ैसला नहीं कर सकते।

अब्बास—हाँ, यह सही है।

कृश्न—ख़ुदा से मार्क्सवाद की ओर आना बड़ा अजीब लगता है, लेकिन इसके सिवा कोई चारा ही नहीं है। इसलिए आख़िरी सवाल पूछता हूँ, मार्क्सवाद के बारे में तुम्हारा क्या ख़याल है?

अब्बास—मैं मार्क्सवाद को मूल रूप में ठीक मानता हूँ, लेकिन मैं यह सही नहीं समझता कि मार्क्सवाद में कभी कोई परिवर्तन नहीं आ सकता। आज की परिस्थितियों में, अतीत के प्रकाश में, बुद्धि और मेधा तथा साइंस के प्रयोगों के आधार पर मार्क्सवाद जीवन का उचित दर्शन मालूम होता है। लेकिन यह अन्तिम सच्चाई नहीं है।

कृश्न—अन्तिम सच्चाई का रूप किसी ने नहीं देखा, क्योंकि सच्चाई भी एक सीढ़ी है जो मानव-विकास के साथ स्तर-स्तर ऊँची होती जाती है। हाँ, हम यह कह सकते हैं कि आज ज्ञान और विज्ञान के प्रकाश में मार्क्सवाद का दर्शन इनसान को बहुत आगे ले जा सकता है, उसके लिए एक उज्ज्वल भविष्य का निर्माण कर सकता है।

अब्बास—कर सकता है। परन्तु यह भी न भूलना चाहिए कि उस उज्ज्वल भविष्य की ओट में कितने ही उससे बेहतर भविष्य छिपे हुए हैं। मैं मार्क्सवाद पर विश्वास रखता हूँ। लेकिन मैं यह भी समझता हूँ कि यह 'मानव-इतिहास' का अगला क़दम है, आख़िरी क़दम नहीं है।

—कृश्न चन्दर

[*अब्बास : व्यक्तित्व और कला,* कृश्न चन्दर (एक इंटरव्यू); *आधा इनसान;* संकलन से]

क्रम

अबाबील / 31
मेरी मौत / 34
अलिफ़ लैला 1956 / 45
इन्द्र की तलवार / 63
अजन्ता / 71
भोली / 91
चट्टान और सपना / 100
नीली साड़ी / 110
दो हाथ / 128
दो चेहरे / 137
क़िस्सा एक जले हुए स्टोव का / 146
सिनारियो फ़िल्म के तेरह ख़ाली डिब्बों का / 157
पिंजरा / 185
स्पर्श / 196
गेहूँ और गुलाब / 214
लाल और पीला / 245
सुहागरात / 254

अबाबील

उसका नाम तो रहीम ख़ाँ था, मगर उस जैसा ज़ालिम भी शायद ही कोई हो। गाँव भर उसके नाम से काँपता था। न आदमी पर तरस खाए न जानवर पर। एक दिन रामू लुहार के बच्चे ने उसके बैल की दुम में काँट बाँध दिये थे तो मारते-मारते उसे अधमरा कर दिया। अगले दिन जेलदार की घोड़ी उसके खेत में घुस आई तो लाठी लेकर इतना मारा कि लहूलुहान कर दिया। लोग कहते थे कि कम्बख़्त को ख़ुदा का ख़ौफ़ भी नहीं है। मासूम बच्चों व बेज़बान जानवरों तक को माफ़ नहीं करता। यह ज़रूर जहन्नुम में जलेगा। मगर यह सब उसकी पीठ पीछे कहा जाता था। सामने किसी की हिम्मत ज़बान हिलाने की न होती थी।

एक दिन बुन्दू की जो शामत आई तो उसने कह दिया—"अरे भई, रहीम ख़ाँ, तू बच्चों को क्यों मारता है?" बस, उस ग़रीब की वो दुर्गत बनाई कि उस दिन से लोगों ने बात भी करनी छोड़ दी कि नामालूम, किस बात पर बिगड़ पड़े? बाज़ का ख़याल था कि उसका दिमाग़ ख़राब हो गया है, उसको पागलख़ाने में भेजना चाहिए। कोई कहता था, अब के किसी को मारे तो थाने में रिपोर्ट लिखवा दो। मगर किसी की मजाल कि उसके ख़िलाफ़ गवाही देकर उससे दुश्मनी मोल लेता!

गाँव-भर ने उससे बात करनी छोड़ दी मगर उस पर कोई असर न हुआ। सुबह-सवेरे वह हल काँधे पर धरे अपने खेत की तरफ़ जाता दिखाई देता था। रास्ते में किसी से न बोलता था। खेत में जाकर बैलों से आदमियों की तरह बातें करता। उसने दोनों के नाम रख रखे थे। एक को कहता था नत्थू, दूसरे को छिद्दू। हल चलाते हुए बोलता जाता—'क्यूँ बे नत्थू, तू सीधा नहीं चलता, ये खेत आज तेरा बाप पूरा करेगा?' और 'अबे छिद्दू तेरी भी शामत आई है क्या?' और फिर इन ग़रीबों की शामत आ ही जाती। सूत की रस्सी की मार! दोनों बैलों की कमर पर ज़ख़्म हो गए थे।

शाम को अपने घर आता तो वहाँ अपने बीवी-बच्चों पर ग़ुस्सा उतारता। दाल या साग में नमक कम है, बीवी को उधेड़ डाला। कोई बच्चा शरारत कर रहा है, उसको उलटा लटकाकर बैलों वाली रस्सी से मारते-मारते बेहोश कर दिया। ग़र्ज़ हर रोज़ एक आफ़त मची रहती थी। आसपास के झोंपड़े वाले रोज़ रात को रहीम ख़ाँ की गालियाँ और उसकी बीवी और बच्चों के मार खाने और रोने की आवाज़ सुनते, मगर बेचारे क्या कर सकते थे! अगर कोई मना करने जाए तो वह भी मार खाए। मार खाते-खाते बीवी

ग़रीब तो अधमरी हो गई थी। चालीस वर्ष की उम्र में साठ की मालूम होती थी। बच्चे जब तक छोटे-छोटे थे तो पिटते रहे। बड़ा जब बारह वर्ष का हुआ, तो एक दिन मार खाकर जो भागा तो फिर वापस न लौटा। क़रीब गाँव में एक रिश्ते का चाचा रहता था, उसने अपने पास रख लिया। बीवी ने एक दिन डरते-डरते कहा—''हलासपुर की तरफ़ जाओ, ज़रा, नूरू को लेते आना!'' बस, फिर क्या था, आग-बबूला हो गया—''मैं उस बदमाश को लेने जाऊँ? अब अगर वह ख़ुद भी आया तो टाँगें चीरकर फेंक दूँगा!''

वह बदमाश क्यूँ मौत के मुँह में वापस आने लगा। दो साल बाद छोटा बेटा बुन्दू भी भाग गया और भाई के पास रहने लगा। रहीम ख़ाँ को ग़ुस्सा उतारने के लिए फ़क़त बीवी रह गई थी, सो वह ग़रीब इतनी पिट चुकी थी कि अब आदी हो चली थी। मगर एक दिन उसको इतना मारा कि उससे भी न रहा गया और मौक़ा पाकर जब रहीम ख़ाँ खेत पर गया हुआ था, वह अपने भाई को बुलाकर उसके साथ अपनी माँ के यहाँ चली गई। पड़ोसी की औरत से कह गई कि आए तो कह देना कि मैं कुछ रोज़ के लिए अपनी माँ के पास रामनगर जा रही हूँ।

शाम को रहीम ख़ाँ बैलों को लिये वापस आया तो पड़ोसिन ने डरते-डरते बताया कि उसकी बीवी अपनी माँ के यहाँ चन्द रोज़ के लिए गई है। रहीम ख़ाँ ने अपने स्वभाव के विपरीत ख़ामोशी से बात सुनी, और बैल बाँधने चला गया। उसको यक़ीन था कि उसकी पत्नी अब कभी नहीं आएगी।

अहाते में बैल बाँधकर झोंपड़े में अन्दर गया, तो एक बिल्ली म्याऊँ-म्याऊँ कर रही थी, कोई और नज़र नहीं आया तो उसकी ही दुम पकड़कर दरवाज़े से बाहर फेंक दिया। चूल्हे को जाकर देखा तो ठंडा पड़ा था। आग जलाकर रोटी कौन डालता। बग़ैर कुछ खाए-पिए ही पड़कर सो गया।

अगले दिन रहीम ख़ाँ सोकर उठा, तो दिन चढ़ चुका था, लेकिन आज उसे खेत पर जाने की जल्दी न थी। बकरियों का दूध दुहकर पिया और हुक्का भरकर पलंग पर बैठ गया। अब झोंपड़े में धूप भर आई थी। एक कोने में देखा तो जाले लगे हुए थे, सोचा कि सफ़ाई ही कर डालूँ। एक बाँस में कपड़ा बाँधकर जाले उतार रहा था कि खपरैल में अबाबीलों का एक घोंसला नज़र आया। दो अबाबीलें कभी अन्दर जाती थीं, कभी बाहर आती थीं। पहले उसने इरादा किया, बाँस से घोंसला तोड़ डाले, फिर मालूम नहीं क्या सोचा, घड़ौंची लगाकर उस पर चढ़ा और घोंसले में झाँककर देखा। अन्दर देखा, दो लाल बोटी-से बच्चे चूँ-चूँ कर रहे थे और उनके माँ-बाप अपनी औलाद की हिफ़ाज़त के लिए उनके सिर पर मँडरा रहे थे। घोंसले की तरफ़ उसने हाथ बढ़ाया ही था कि मादा अबाबील अपनी चोंच से उस पर हमलावर हुई।

''अरी, आँख फोड़ेगी क्या?'' उसने अपना ख़ौफ़नाक क़हक़हा मारते हुए कहा और घड़ौंची पर से उतर आया। अबाबील का घोंसला सलामत रहा।

अगले दिन से उसने खेत जाना शुरू कर दिया। गाँववालों में से अब भी कोई उससे बात नहीं करता था। दिन-भर हल चलाता, पानी देता और खेत काटता। लेकिन शाम

को सूरज छिपने से पहले ही घर आ जाता। हुक़्क़ा भरकर पलंग के पास लेटकर, अबाबील के घोंसले की तरफ़ देखता रहता। अब दोनों बच्चे भी उड़ने के क़ाबिल हो गए थे। उसने उन दोनों के नाम भी अपने बच्चों के नाम पर नूरू और बुन्दू रख दिये थे। अब दुनिया में उसके दोस्त ये चार अबाबील ही रह गए थे। लेकिन गाँववालों को यह हैरत ज़रूर थी कि मुद्दत से किसी ने उसे बैलों को मारते नहीं देखा था। नत्थू और छिद्दू भी ख़ुश थे। उनकी पीठों पर से घावों के निशान भी लगभग समाप्तप्राय थे।

रहीम ख़ाँ एक दिन खेत से ज़रा सवेरे चला आ रहा था कि चन्द बच्चे सड़क पर कंडी खेलते मिले। उसको देखना था कि सब बच्चे अपने-अपने जूते छोड़कर भाग गए। वह कहता ही रहा—''अरे, मैं कोई मारता थोड़े ही हूँ।'' आसमान पर बादल छाए हुए थे। जल्दी-जल्दी बैलों को हाँकता हुआ घर लाया। उनको बाँधा ही था कि बादल ज़ोर से गरजे और बारिश शुरू हो गई।

अन्दर आकर किवाड़ बन्द किए और चिराग़ जलाकर उजाला किया और रोज़ की तरह बासी रोटी के टुकड़े करके अबाबीलों के घोंसले के क़रीब एक ताक़ में डाल दिए। ''अरे ओ बुन्दू! अरे ओ नूरू!'' उसने पुकारा, मगर वे न निकले। घोंसले में झाँका तो चारों अपने परों में सिर दिये, सहमे बैठे थे। ठीक उसी जगह जहाँ छत में घोंसला था, वहाँ एक सुराख़ था और उसमें से बारिश का पानी टपक रहा था। अगर कुछ देर यह पानी इस तरह ही आता रहा, तो यह घोंसला तबाह हो जाएगा और अबाबील बेचारे बेघर हो जाएँगे। यह सोचकर उसने किवाड़ खोले और मूसलाधार बारिश में सीढ़ी लगाकर छत पर चढ़ गया। जब तक मिट्टी डालकर सुराख़ को बन्द करके वह नीचे उतरा, तो वह पानी से बुरी तरह भीग चुका था। पलंग पर जाकर बैठा तो कई छींकें आईं, मगर उसने परवाह न की और गीले कपड़ों को निचोड़ा और चादर ओढ़कर सो गया।

अगले दिन सुबह को उठा तो पूरे शरीर में दर्द और तेज़ ज्वर था। कौन हाल पूछता और कौन दवा लाता? दो दिन उसी हालत में पड़ा रहा। जब दो दिन किसी ने उसे खेत पर जाते हुए नहीं देखा, तो गाँववालों को चिन्ता हुई। कालू ज़ेलदार और कई किसान शाम को उसके झोंपड़े में देखने आए। झाँककर देखा तो, पलंग पर पड़ा आप ही आप स्वयं से बातें कर रहा था—''ओ बुन्दू! ओ नुरू! कहाँ मर गए? आज तुम्हें कौन खाना देगा।'' चन्द अबाबीलें कमरे में फड़फड़ा रही थीं।

''बेचारा पागल हो गया है?'' कालू ज़ेलदार ने सिर हिलाकर कहा—''सुबह को अस्पताल वालों को ख़बर कर देंगे कि इसे पालगख़ाने भिजवा दें।''

अगले दिल सुबह को उसके पड़ोसी जब झोंपड़े पर अस्पताल वालों को लेकर आए और उसके झोंपड़े का दरवाज़ा खोला तो वह मर चुका था। उसकी पायँती पर चार अबाबील सिर झुकाए ख़ामोश बैठी थीं।

[लिप्यांतरण : डॉ. ज़ोया ज़ैदी; *ख़्वाजा अहमद अब्बास के मुन्तख़िब अफ़साने;* संकलनकर्ता : राम लाल]

मेरी मौत

लोग समझते हैं कि सरदार जी मारे गए।

नहीं, यह मेरी मौत है।

पुराने 'मैं' की मौत। मेरी साम्प्रदायिकता की मौत। उस घृणा की मौत, जो मेरे दिल में थी।

मेरी मौत कैसे हुई, यह बताने के लिए मुझे अपनी स्मृति में 'मैं' को जीवित करना पड़ेगा।

मेरा नाम शेख़ बुरहानुद्दीन है।

जब दिल्ली व नई दिल्ली में साम्प्रदायिक हत्याओं और विध्वंस का बाज़ार गरम और मुसलमान का ख़ून सस्ता हो गया, तो मैंने सोचा, वाह री क़िस्मत, पड़ोसी भी मिला तो सिक्ख! पड़ोसी धर्म-निभाव और जान बचाना तो दूर, न जाने कब कृपाण भोंक दे!

बात यह है कि उस वक़्त तक मैं सिक्खों पर हँसता भी था, उनसे डरता भी था और काफ़ी नफ़रत भी करता था। आज से नहीं, बचपन से। शायद मैं छह वर्ष का था जब पहली बार मैंने एक सिक्ख को देखा था, जो धूप में बैठ, अपने बालों में कंघी कर रहा था। मैं चिल्ला पड़ा—"अरे, यह देखो, औरत के मुँह पर कितनी लम्बी दाढ़ी?"—जैसे-जैसे उम्र गुज़रती गई, यह 'इस्तिजाब' एक साम्प्रदायिक अरुचि में परिवर्तित होती गई। घर की बड़ी-बूढ़ियाँ जब किसी बच्चे के बारे में किसी अनिष्ट बात का ज़िक्र करतीं, उदाहरणत: उसे निमोनिया हो गया था या उसकी टाँग टूट गई थी, तो कहतीं—"अब से दूर किसी सिक्ख या फ़िरंगी की टाँग टूट गई थी।" बाद में मालूम हुआ कि यह कोसना 1857 की यादगार था। जब हिन्दू-मुसलमानों की जंगे आज़ादी को दबाने में पंजाब के सिक्ख राजाओं और उनकी फ़ौजों ने फ़िरंगियों का साथ दिया था। मगर उस वक़्त ऐतिहासिक तथ्यपरक दृष्टि नहीं थी, सिर्फ़ एक अदृश्य भय था। एक अजीब-सी नफ़रत और एक साम्प्रदायिकतापूर्ण विचार था। भय अंग्रेज़ से भी लगता था और सिक्ख से भी, मगर अंग्रेज़ से अधिक। उदाहरणत: जब मैं लगभग दस वर्ष का था, एक रोज़ देहली से अलीगढ़ जा रहा था। सफ़र हमेशा तीसरे या ड्यौढ़ा (इंटर) में ही था। सोचा कि इस बार सैकिंड का सफ़र करके देखा जाए। टिकट ख़रीद

लिया और एक ख़ाली डिब्बे में बैठकर गद्दों पर ख़ूब कूदा; बाथरूम के आईने में उचक-उचककर अपनी शक्ल देखी। सब पंखों को एक साथ चला दिया। रोशनियों को कभी जलाया, कभी बुझाया। मगर अभी गाड़ी चलने में दो-तीन मिनट बाक़ी थे कि लाल-लाल मुँह वाले चार फ़ौजी गोरे, आपस में 'डैम', 'ब्लडी' जैसी बातें करते हुए डिब्बे में आ गए। उनको देखना था कि सैकिंड क्लास में सफ़र करने का शौक़ ग़ायब हो गया और अपना सूटकेस घसीटता हुआ भागा और एक निहायत खचाखच भरे हुए थर्ड क्लास के डिब्बे में आकर दम लिया। यहाँ देखा तो कई सिक्ख दाढ़ियाँ खोले, कच्छे पहने बैठे थे, मगर उनसे डरकर मैं डिब्बा छोड़कर नहीं भागा। सिर्फ़ उनसे कुछ दूर बैठ गया।

हाँ, तो डर सिक्खों से भी लगता था और अंग्रेज़ों से उनसे भी ज़्यादा मगर अंग्रेज़, अंग्रेज़ थे और कोट पतलून पहनते थे, जो मैं भी पहनना चाहता था और 'डैम', 'ब्लडी-फूल' वाली भाषा बोलते थे, जो मैं भी बोलना चाहता था। इसके अलावा वह हाकिम थे और मैं भी छोटा-मोटा हाकिम बनना चाहता था। इसके अलावा वे काँटे, छुरी से खाना खाते थे और मैं भी काँटे-छुरी से खाना खाने का इच्छुक था, ताकि दुनिया मुझे भी प्रगतिशील समझे। मगर सिक्खों से जो डर लगता था, वे घृणित और कितने विचित्र थे! वे सिक्ख जो पुरुष होकर भी सिर के बाल औरतों की तरह लम्बे-लम्बे रखते थे। यह और बात है कि अंग्रेज़ी फ़ैशन की नक़ल में सिर के बाल मुँड़वाना, ख़ुद मुझे भी पसन्द नहीं था। अब्बा के हुक्म के बावजूद कि हर शुक्रवार को सिर के बाल छोटे-छोटे कटवाए जाएँ, मैंने बाल ख़ूब बढ़ा रखे थे, ताकि हॉकी और फुटबॉल खेलते वक़्त बाल हवा में उड़ें, जैसे अंग्रेज़ खिलाड़ियों के। अब्बा कहते—'यह क्या औरतों की तरह पट्ठे बढ़ा रखे हैं?' मगर अब्बा तो थे ही पुराने दक़ियानूसी ख़याल के, उनकी बात को सुनता कौन था! उनका वश चलता तो सिर पर उस्तरा चलवाकर बचपन में भी हमारे चेहरों पर दाढ़ियाँ बनवा देते!...

हाँ, इस पर याद आया कि सिक्खों की इस विचित्रता की निशानी उनकी दाढ़ियाँ थीं और फिर दाढ़ी-दाढ़ी में भी फ़र्क़ होता है। उदाहरणत: अब्बा की दाढ़ी, जिसे नाई बड़े क़रीने से फ्रेंच-कट बनाता था या ताया अब्बा की, जो नुकीली और चोंचदार थी। मगर यह क्या कि दाढ़ी को कभी कैंची लगे ही नहीं। झाड़-झंकाड़ की तरह बढ़ती ही रहे बल्कि तेल और दही और न जाने क्या-क्या मलकर बढ़ाई जाए और जब कई फ़ीट लम्बी हो जाए तो उसमें कंघी की जाए, जैसे औरतें अपने सिर के बालों में करती हैं!...औरतें या फिर मुझ जैसे स्कूल के फ़ैशनेबल लड़के, इसके अलावा दादाजान की दाढ़ी भी कई फ़ीट लम्बी थी और वह भी उसमें कंघी करते थे। मगर दादाजान की बात और थी। आख़िर वह...मेरे दादाजान ठहरे! और सिक्ख फिर सिक्ख थे।

मैट्रिक करने के बाद मुझे पढ़ने-लिखने के लिए मुस्लिम यूनिवर्सिटी अलीगढ़ भेजा गया। कॉलज में जो पंजाबी लड़के पढ़ते थे, उन्हें हम दिल्ली व यू.पी. वाले मूर्ख,

जाहिल व उजड्ड समझते थे। न बात करने का सलीक़ा और न खाने-पीने की तमीज़। सभ्यता व संस्कृति छूकर भी नहीं गई थीं। गँवार, लट्ठ! यह बड़े-बड़े लस्सी के गिलास पीने वाले भला केवड़ेदार फ़ालूदे और लिपटन की चाय की लज़्ज़त क्या जानें! ज़बान बहुत ही गँवारू, बात करें तो मालूम हो, लड़ रहे हैं। असी, तुसी, साड्डे, तुहाड्डे...लाहोल-विला क़ुव्वत!! मैं तो हमेशा इन पंजाबियों से कतराता था। मगर ख़ुदा भला करे हमारे वार्डन साहब का, जिन्होंने एक पंजाबी को मेरे कमरे में जगह दे दी। मैंने सोचा, जब साथ हो ही गया है तो थोड़ी-बहुत हद तक दोस्ती भी कर ली जाए। कुछ दिनों में काफ़ी गाढ़ी छनने लगी। उसका नाम ग़ुलाम रसूल था। रावलपिंडी का रहनेवाला था। काफ़ी मज़ेदार आदमी था और लतीफ़े ख़ूब सुनाता था।

अब आप कहेंगे कि ज़िक्र शुरू हुआ था सरदार साहब का, यह ग़ुलाम रसूल कहाँ से टपक पड़ा? मगर असल में ग़ुलाम रसूल का इस क़िस्से से गहरा ताल्लुक़ है। बात यह है कि वह जो लतीफ़े सुनाता था, वह आमतौर पर सिक्खों के बारे में होते थे, जिनको सुन-सुनकर मुझे पूरी सिक्ख क़ौम की प्रकृति व विशेषताएँ, उनकी जातिगत विशेषताएँ और उनके सामाजिक जीवन का ज्ञान हो गया था। ग़ुलाम रसूल के अनुसार :

सिक्ख तमाम बेवक़ूफ़ और बुद्धू होते हैं। बारह बजे तो उनकी बुद्धि बिलकुल भ्रष्ट हो जाती है। उसके सबूत में कितने ही वाक़यात बयान किए जा सकते हैं। उदाहरणत: दिन में बारह बजे, एक सरदार जी अमृतसर के माल बाज़ार से गुज़र रहे थे। चौराहे पर एक सिक्ख कांस्टेबल ने रोका और पूछा—''तुम्हारी साइकिल की लाइट कहाँ हैं?'' साइकिल सवार सरदार जी गिड़गिड़ाकर बोले—'जमादार साहब, अभी-अभी बुझ गई है, घर से तो जलाकर चला था।' इस पर सिपाही ने चालान करने की धमकी दी। एक राह चलते सफ़ेद दाढ़ी वाले सरदार जी ने बीच-बचाव करवाया—'चलो, भाई, कोई बात नहीं, लाइट बुझ गई है, तो अब जला लो!' और इसी क़िस्म के सैकड़ों क़िस्से ग़ुलाम रसूल को याद थे, और उन्हें वह पंजाबी भाषा में संवाद के साथ में सुनाता था, तो सुनने वालों के पेट में बल पड़ जाते थे। असल में उनको सुनने का मज़ा पंजाबी ही में था। चूँकि सिक्खों की अजीबो-ग़रीब हरकतों की बयान करने का हक़ कुछ पंजाबी कैसी उजड्ड ज़बान में ही हो सकता था।

सिक्ख न सिर्फ़ बेवक़ूफ़ व बुद्धू थे बल्कि गन्दे भी थे। जैसा कि एक सबूत तो ग़ुलाम रसूल का (जिसने सैकड़ों सिक्खों को देखा था) यह था कि वह बाल नहीं मुँड़वाते थे। इसके विपरीत हम साफ़-सुथरे नमाज़ी मुसलमानों के जो हर अठवारे जुमे-के-जुमे नहाते हैं, यह सिक्ख कच्छा बाँध के सामने नल के नीचे बैठ नहाते तो रोज़ हैं मगर अपने बालों व दाढ़ी में न जाने क्या-क्या गन्दी व ग़लीज़ चीज़ें मलते हैं, मसलन दही। वैसे तो मैं भी सिर में लाइम जूस व गिलिसरीन लगाता हूँ, जो किसी क़दर गाढ़े-गाढ़े दूध से मिलती-जुलती है, मगर उसकी बात और है। वह विलायत की मशहूर इत्र

(परफ़्यूम) बनाने वाली फ़ैक्टरी से बड़ी ख़ूबसूरत शीशी में आती है और दही किसी गन्दे-संदे हलवाई की दुकान से।

ख़ैर जी, हमें दूसरों के रहने-सहने से क्या लेना? मगर सिक्खों का सबसे बड़ा क़ुसूर यह था कि ये लोग अक्खड़पन, बदतमीज़ी और मार-धाड़ में मुसलमानों का मुक़ाबला करने की जुर्रत रखते थे। अब दुनिया जानती है कि अकेला मुसलमान दस हिंदुओं और दस सिक्खों पर भारी होता है। मगर फिर ये सिक्ख मुसलमानों का रौब क्यों नहीं मानते थे? कृपाणें लटकाए, अकड़-अकड़कर मूँछों, बल्कि दाढ़ी पर भी ताव दे के चलते थे। ग़ुलाम रसूल कहता, उनकी हेकड़ी एक दिन हम ऐसी निकालेंगे कि खालसा जी याद करेंगे।

कॉलेज छोड़े कुछ साल गुज़र गए। विद्यार्थी से मैं क्लर्क और क्लर्क से हेड क्लर्क बन गया। अलीगढ़ का हॉस्टल छोड़ नई दिल्ली में एक सरकारी क्वार्टर में रहना शुरू कर दिया। शादी हो गई। बच्चे हो गए। मगर कितने लम्बे समय के बाद मुझे ग़ुलाम रसूल का वह कहना याद आया, जब एक सरदार साहब मेरे बराबर क्वार्टर में रहने को आए।

यह रावलपिंडी से बदली कराकर आए थे, क्योंकि रावलपिंडी के ज़िले में ग़ुलाम रसूल की भविष्यवाणी के अनुसार सरदारों की अकड़ अच्छी तरह निकाली गई थी। मुजाहिदों ने उनका सफ़ाया कर दिया। बड़े सूरमा बनते थे। कृपाणें लिये फिरते थे। बहादुर मुसलमानों के सामने इनकी एक न चली। उनकी दाढ़ियाँ मुँड़वाकर उनको मुसलमान बनाया गया था। हिन्दू प्रेस अपनी आदत के अनुसार उनको बदनाम करने के लिए लिख रहा था कि सिक्ख औरतों और बच्चों को भी मुसलमानों ने क़त्ल किया है। हालाँकि यह इस्लामी रीतियों के ख़िलाफ़ है! कोई मुसलमान मुजाहिद कभी औरत या बच्चे पर हाथ नहीं उठाता! रही औरतों और बच्चों की लाशों की तस्वीरें जो छापी जा रही थीं, वे या तो जाली थीं, और या सिक्खों ने मुसलमानों को बदनाम करने के लिए, ख़ुद अपनी औरतों और बच्चों का क़त्ल किया होगा। रावलपिंडी और पश्चिमी पंजाब के मुसलमानों पर यह आरोप लगाया था कि उन्होंने हिन्दू व सिक्ख लड़कियों को भगाया था। हालाँकि वास्तविकता यह है कि मुसलमानों की जवाँमर्दी की धाक बैठी है। अगर नौजवान मुसलमानों पर हिन्दू व सिक्ख लड़कियाँ ख़ुद ही लट्टू हो जाएँ तो उनका क्या क़सूर है कि तबलीग़-ए-इस्लाम के सिलसिले में, इन लड़कियों को अपनी पनाह में ले लें। हाँ, तो सिक्खों का नामनिहाद (तथाकथित) बहादुरी का भाँडा फूट गया था। भला अब तो मास्टर तारा सिंह लाहौर में कृपाण निकालकर मुसलमानों को धमकियाँ दें? पिंडी के भागे हुए सरदारों की दुर्दशा को देखकर मेरा सीना इस्लाम की महानता से पूर्ण हो गया।

हमारे पड़ोसी सरदार जी की उम्र कोई साठ वर्ष की तो होगी। दाढ़ी बिलकुल सफ़ेद हो चुकी थी। हालाँकि मौत के मुँह से बचकर आए थे मगर यह हज़रत हर

समय दाँत निकाले हँसते रहते थे, जिससे साफ़ ज़ाहिर होता था कि कितना बेवक़ूफ़ और बेहिस है। शुरू-शुरू में उन्होंने मुझे अपनी दोस्ती के जाल में फँसाना चाहा। आते-जाते ज़बर्दस्ती बातें करनी शुरू कर दीं। न जाने सिक्खों का कौन-सा त्यौहार था, उस दिन प्रसाद की मिठाई भी भेजी (जो मेरी बीवी ने फ़ौरन मेहतरानी को दे दी) पर मैंने मुँह न लगाया। कोई बात हुई टका-सा जवाब दे दिया, और बस! मैं जानता था कि सीधे मुँह दो-चार बात कर ली तो पीछे ही पड़ जाएगा। आज बातें तो कल गाली-गलौज। गालियाँ तो आप जानते ही हैं, सिक्खों की दाल-रोटी होती हैं। कौन अपनी ज़बान गन्दी करे, ऐसे लोगों से सम्बन्ध बढ़ाकर? हाँ, एक इतवार की दोपहर को मैं अपनी पत्नी को सिक्खों की हिमाक़त के क़िस्से सुना रहा था, उसका अमली सबूत देने के लिए, मैंने अपने नौकर को ठीक बारह बजे सरदार जी के घर भेजा कि पूछकर आए कि क्या बजा है? उन्होंने कहलवा दिया—"बारह बज कर दो मिनट हुए हैं!" मैंने कहा—"देखा? बारह बजे का नाम लेते घबराते हैं ये!" और हम ख़ूब हँसे! उसके बाद मैंने उनको कई बार बेवक़ूफ़ बनाने के लिए पूछा—"क्यों सरदार जी, बारह बज गए?" वह बेशरमी से दाँत फाड़कर जवाब देते—"जी, असाँ दे ताँ चौबीस घंटे बारह बजे रहते हैं।" और यह कहकर ख़ूब हँसे, गोया यह बड़ा मज़ाक़ हुआ।

मुझे सबसे ज़्यादा डर बच्चों की ओर से था। अव्वल तो किसी सिक्ख का एतबार नहीं, कब बच्चे के गले पर कृपाण चला दे! फिर यह तो रावलपिंडी से आए थे। ज़रूर दिल में मुसलमानों की तरफ़ से कीना रखते होंगे, और बदला लेने की ताक में होंगे! मैंने बीवी को ताकीद कर दी कि बच्चे हरगिज़ सरदार जी के क्वार्टर की तरफ़ न जाने दिए जाएँ! मगर बच्चे तो बच्चे ही होते हैं। चन्द रोज़ में मैंने देखा कि सरदार की छोटी लड़की मोहिनी उनके पोतों के साथ खेल रही है। यह बच्ची जिसकी उम्र मुश्किल से दस वर्ष की होगी, सचमुच मोहिनी थी। गोरी चिट्टी, अच्छा नाक-नक़्श, बड़ी ख़ूबसूरत। कम्बख़्तों की औरतें काफ़ी सुन्दर होती हैं। मुझे याद आया कि ग़ुलाम रसूल कहा करता था कि अगर पंजाब से सिक्ख मर्द चले जाएँ और अपनी औरतों को छोड़ जाएँ तो फिर हूरों की तलाश की ज़रूरत नहीं। हाँ, तो जब मैंने बच्चों को सरदाजी के बच्चों में खेलते देखा, तो मैं उन्हें घसीटता हुआ अन्दर ले आया। फिर मेरे सामने उनकी हिम्मत न हुई कि उधर की तरफ़ जाएँ।

बहुत जल्दी सिक्खों की असलियत पूरी तरह ज़ाहिर हो गई। रावलपिंडी से तो डरपोकों की तरह पिटकर भागकर आए थे, पर पूर्वी पंजाब में मुसलमानों के अल्पसंख्यक होने पर, उन पर ज़ुल्म ढाहना शुरू कर दिया। हज़ारों बल्कि लाखों मुसलमानों को बलिदान देना पड़ा। इस्लामी ख़ून की नदियाँ बह गईं। हज़ारों औरतों को नंगा करके जुलूस निकाला गया। जब से पश्चिमी पंजाब से भागे हुए सिक्ख इतनी बड़ी संख्या में दिल्ली आने शुरू हुए थे। इस वबा का यहाँ तक पहुँचना यक़ीनी था।

मेरे पाकिस्तान जाने में अभी चन्द हफ़्तों की देर थी, इसलिए मैंने अपने बड़े भाई के साथ अपने बीवी बच्चों को कराची भेज दिया और ख़ुद ख़ुदा पर भरोसा करके ठहरा रहा। हवाई जहाज़ में सामान तो ज़्यादा जा नहीं सकता था, इसलिए मैंने एक पूरी वैगन बुक करा ली। मगर जिस दिन सामान चढ़ाने वाले थे, उस दिन सुना कि पाकिस्तान जानेवाली गाड़ियों पर हमले हो रहे हैं, इसलिए सामान घर में ही पड़ा रहा।

15 अगस्त को आज़ादी का जश्न मनाया गया मगर मुझे इस आज़ादी में क्या दिलचस्पी थी, मैंने छुट्टी मनाई और दिन भर लेटा डान और पाकिस्तान टाइम्स को पढ़ता रहा। दोनों में निहाद आज़ादी के चिथड़े उड़ाए गए थे और साबित किया गया था कि किस तरह हिन्दुओं और अंग्रेज़ों ने मिलकर मुसलमानों का ख़ात्मा करने की साज़िश की थी। वो तो हमारे क़ायदे आज़म का ऐजाज़ था कि पाकिस्तान लेकर ही रहे, अगरचे अंग्रेज़ों ने हिन्दुओं और सिक्खों के दबाव में आकर अमृतसर को हिन्दुस्तान के हवाले कर दिया। हालाँकि दुनिया जानती है, अमृतसर ख़ालिस मुसलमानों का इस्लामी शहर है और यहाँ की सुनहरी मस्जिद जो Golden Mosque के नाम से दुनिया में प्रसिद्ध है...नहीं, वह तो गुरुद्वारा है और गोल्डन टेम्पल (Golden Temple) कहलाता है। सुनहरी मस्जिद तो दिल्ली में है। सुनहरी मस्जिद ही नहीं, जामा मस्जिद, लाल क़िला भी हैं। निज़ामुद्दीन औलिया का मज़ार, हुमायूँ का मक़बरा, सफ़दरजंग का मदरसा, गरज़ कि चप्पे-चप्पे पर इस्लामी हुकूमत के निशान पाए जाते हैं। फिर भी आज उसी दिल्ली बल्कि उसी शाहजहानाबाद पर हिन्दू साम्राज्यवाद का झंडा बुलन्द किया जा रहा था—'रो ले अब दिल खोलकर ए दीदये ख़ूँबार।'

और यह सोचकर मेरा दिल भर आया, कि दिल्ली जो कभी मुसलमानों का राज्य-स्तम्भ था, सभ्यता और संस्कृति का केन्द्र था, हमसे छीन लिया गया था और हमें पश्चिमी पंजाब, सिंध, बिलोचिस्तान जैसे उजड्ड और असभ्य इलाक़ों में ज़बर्दस्ती भेजा जा रहा था जहाँ किसी को शुद्ध उर्दू भाषा बोलनी नहीं आती। जहाँ सलवारों जैसी पोशाक पहनी जाती है, जिसे देखकर हँसी आती है। जहाँ हल्की-फुल्की पाव भर में बीस चपातियों के बजाय दो-दो सेर की नानें खाई जाती हैं। फिर मैंने अपने दिल को यह कहकर और मज़बूत किया कि क़ायदे आज़म और पाकिस्तान की ख़ातिर हमें यह क़ुरबानी तो देनी ही होगी। मगर फिर भी दिल्ली छोड़ने के ख़याल से दिल मुरझाया ही रहा।

शाम को जब मैं बाहर निकला; और सरदार जी ने दाँत निकालकर कहा—'क्यों बाबूजी! तुमने आज कुछ ख़ुशी नहीं मनाई?' तो मेरे जी में आया कि उसकी दाढ़ी में आग लगा दूँ। हिन्दुस्तान की आज़ादी और दिल्ली में सिक्खशाही आख़िर में रंग लाकर ही रही। अब पश्चिम पंजाब से आए शरणार्थियों की संख्या हज़ारों से लाख़ों तक पहुँच गई। ये लोग दरअसल पाकिस्तान को बदनाम करने के लिए अपने घर-बार छोड़कर वहाँ से भागे थे। यहाँ आकर गली-कूचें में अपना रोना-रोते फिरते

थे। कांग्रेसी प्रोपेगेंडा मुसलमानों के ख़िलाफ़ ज़ोरों पर चल रहा था और इस बार कांग्रेसियों ने चाल यह चली कि बजाय कांग्रेस का नाम लेने के, राष्ट्रीय सेवक संघ और शहीदी दल के नाम से काम कर रहे थे। हालाँकि दुनिया जानती है कि कांग्रेसी चाहे हिन्दू हो या मुसलमान, सब एक ही थैली के चट्टे-बट्टे हैं। चाहे दुनिया को दिखाने की ख़ातिर वे प्रकट रूप में गांधी और जवाहरलाल को गोलियाँ ही क्यों न देते हों।

एक दिन सुबह को ख़बर आई कि दिल्ली में क़त्ल-ए-आम शुरू हो गया। करोल बाग़ में मुसलमानों के सैकड़ों घर फूँक दिये गए। चाँदनी चौक के मुसलमानों की दुकानें लूट ली गईं और हज़ारों का सफ़ाया हो गया। यह है कांग्रेस के हिन्दू राज का नमूना! ख़ैर, मैंने सोचा कि नई दिल्ली तो काफ़ी समय से अंग्रेज़ों का शहर रहा है, लॉर्ड माउंटबेटन यहाँ रहता है। कमांडर-इन-चीफ यहाँ रहता है। कम-से-कम यहाँ तो मुसलमानों के साथ ऐसा ज़ुल्म नहीं होने देंगे। यह सोचकर मैं दफ़्तर की ओर चला, क्योंकि उस दिन मुझे प्रॉविडेंड फंड का हिसाब करना था और इसीलिए दरअसल, मैंने पाकिस्तान जाने में देर की थी। अभी गोल मार्किट के पास पहुँचा ही था कि दफ़्तर का एक हिन्दू बाबू मिला, उसने कहा—"यह क्या कर रहे हो? जाओ! वापस जाओ। बाहर न निकलना, क्नाट प्लेस में बलवाई मुसलमानों को मार रहे हैं...मैं वापस भाग आया! अपने स्क्वायर में पहुँचा ही था कि सरदार जी से मुठभेड़ हो गई। कहने लगे—"शेख़ जी, फ़िकर न करना। जब तक हम सलामत हैं, तुम्हें कोई हाथ नहीं लगा सकता।" मैंने सोचा, इसकी दाढ़ी के पीछे कितनी मक्कारी छिपी हुई है! दिल में तो ख़ुश हो रहा होगा कि चलो, अच्छा हुआ, मुसलमानों का सफ़ाया हो रहा है। मगर ज़बान से हमदर्दी दिखाकर मुझ पर अहसान कर रहा है; बल्कि शायद मुझे चिढ़ाने के लिए कह रहा है क्योंकि सारे स्क्वायर में बल्कि सारी सड़क पर मैं मात्र अकेला मुसलमान था!

पर मुझे इन काफ़िरों का रहम-ओ-करम नहीं चाहिए। यह सोचकर मैं अपने स्क्वायर में आ गया। मैं मारा भी जाऊँ तो दस-बीस को मारकर मरूँ! मैं सीधा अपने क्वार्टर में गया, जहाँ मेरे पलंग के नीचे मेरी दोनाली बन्दूक़ रखी थी। जब से फ़सादात शुरू हुए थे, मैंने कारतूसों और गोलियों का काफ़ी ज़ख़ीरा जमा कर लिया था। पर वहाँ मुझे बन्दूक़ नहीं मिली। सारा घर छान मारा, पर उसका कहीं पता न चला।

"क्यूँ हज़ूर, क्या ढूँढ़ रहे हैं आप?"

यह मेरा वफ़ादार मुलाज़िम ममदू था।

"मेरी बन्दूक़ क्या हुई?"

उसने कोई जवाब नहीं दिया, मगर उसके चेहरे से साफ़ ज़ाहिर था कि उसे मालूम है। शायद उसने छिपाई है या चुराई है।

"बोलता क्यों नहीं?" मैंने डाँटकर कहा।

तब हक़ीक़त मालूम हुई कि ममदू ने मेरी बन्दूक़ चुराकर अपने चन्द दोस्तों को दे दी थी, जो दरियागंज में मुसलमानों की हिफ़ाज़त के लिए हथियारों का ज़ख़ीरा जमा कर रहे थे।

"कई सौ बन्दूक़ें हैं हमारे पास—सात मशीनगनें, दस रिवॉल्वर और एक तोप! काफ़िरों को भूनकर रख देंगे, सरकार, भूनकर।"

मैंने कहा—"दरियागंज में मेरी बन्दूक़ से काफ़िरों को भून दिया गया तो इसमें मेरी हिफ़ाज़त कैसे होगी? मैं तो यहाँ निहत्था काफ़िरों के घेरे में फँसा हुआ हूँ। यहाँ मुझे भून दिया गया तो कौन ज़िम्मेदार होगा?" मैंने ममदू से कहा।

वह किसी तरह छिपता-छिपाता दरियागंज तक जाए और वहाँ से मेरी बन्दूक़ और सौ-दो सौ कारतूस ले आए। वह चला तो गया मगर मुझे यक़ीन था कि अब लौटकर नहीं आएगा।

अब मैं घर पर बिलकुल अकेला रह गया था और सामने कार्नेस पर मेरे पत्नी और बच्चों की तस्वीर ख़ामोशी से मुझे घूर रही थी।

यह सोचकर मेरी आँखों में आँसू आ गए कि अब उनसे मुलाक़ात होगी भी कि नहीं? लेकिन यह ख़याल करके इत्मीनान भी हुआ कि कम-से-कम वे तो ठीक तरह से पहुँच गए थे। काश, मैंने प्रॉविडेंट फ़ंड का लालच न किया होता और पहले ही चला गया होता। पर अब पछताने से क्या! 'सत श्री अकाल'...'हर हर महादेव'...दूर से आवाज़ें क़रीब आ रही थीं। ये बलवाई थे। ये मेरी मौत के हरकारे थे। मैंने ज़ख़्मी हिरण की तरह इधर-उधर देखा, जो गोली खा चुका हो और जिसके पीछे शिकारी कुत्ते लगे हों! बचाव की कोई सूरत न थी। क्वार्टर के किवाड़ पतली लकड़ी के थे और उनमें शीशे लगे हुए थे। अगर मैं बन्द होकर बैठा भी रहा तो दो मिनट में बलवाई किवाड़ तोड़कर अन्दर आ सकते थे।

'सत श्री अकाल! हर हर महादेव!!'

आवाज़ें और क़रीब आ रही थीं। मेरी मौत क़रीब आ रही थी।

इतने में दरवाज़े पर दस्तक हुई। सरदार जी दाख़िल हुए।

"शेख़ जी, तुम हमारे क्वार्टर में आ जाओ! जल्दी करो!" बग़ैर सोचे-समझे, अगले क्षण मैं सरदार जी के बरामदे में पड़ी चिक के पीछे था। मौत की गोली सन्न से मेरे सिर पर से गुज़र गई क्योंकि मैं वहाँ दाख़िल ही हुआ था कि एक लारी आकर रुकी और उसमें से दस-पन्द्रह नौजवान उतरे, उनके लीडर के हाथ में एक टाइप की हुई फ़ेहरिस्त थी : "क्वार्टर न. 8 शेख़ बुरहानुद्दीन!" उसने काग़ज़ पर नज़र डालते हुए हुक्म दिया और यह पूरा दल क्वार्टर पर टूट पड़ा! मेरी गृहस्थी की दुनिया मेरी आँखों के सामने उजड़ गई, लुट गई! कुर्सियाँ, मेज़ें, संदूक़, तस्वीर, किताबें, दरियाँ, क़ालीन, यहाँ तक कि मैले कपड़े, हर चीज़ लारी पर पहुँचा दी गई।

डाकू!

लुटेरे!!

क़ज़्ज़ाक़!!!

और यह सरदार जी! जो, बज़ाहिर हमदर्दी जताकर मुझे यहाँ ले आए थे, यह कौन-से कम लुटेरे थे?

बाहर जाकर बलवाइयों से कहने लगे—"ठहरिए साहब! इस घर पर हमारा हक़ ज़्यादा है, हमें भी इस लूट में हिस्सा मिलना चाहिए।" और यह कहकर उन्होंने अपने बेटा-बेटी को इशारा किया और वे भी लूटमार में शामिल हो गए। कोई मेरी पतलून उठाए चला आ रहा है, कोई कोट, सूटकेस। कोई मेरी बीवी-बच्चों की तस्वीरें भी ला रहा है और यह सब माल-ए-ग़नीमत सीधा अन्दर के कमरे में जा रहा था।

'अच्छा रे सरदार! ज़िन्दा रहा तो तुझसे भी समझूँगा!!' पर, उस वक़्त तो मैं चूँ भी नहीं कर सकता था; क्योंकि हमलावर सभी हथियारबन्द थे और मुझसे चन्द गज़ के फ़ासले पर थे। अगर उन्हें कहीं मालूम हो गया कि मैं यहाँ हूँ...

"उरे, अन्दर आओ, तुसी!"

अचानक मैंने देखा कि सरदार नंगी कृपाण हाथ में लिये मुझे अन्दर बुला रहे हैं। मैंने एक बार उस दढ़ियल चेहरे को देखा, जो लूट-मार की भाग-दौड़ से और भी ख़ौफ़नाक हो गया था और फिर कृपाण को जिसकी चमकीली धार मुझे मौत का न्योता दे रही थी। बहस करने का मौक़ा नहीं था। अगर मैं कुछ भी बोलता और बलवाइयों ने सुन लिया होता, तो एक गोली मेरे सीने के पार होती। कृपाण और बन्दूक़ में एक को पसन्द करना था। मैंने सोचा, इन दस बन्दूक़ वाले बलवाइयों से कृपाण वाला बूढ़ा बेहतर है। मैं कमरे में चला गया झिझकता हुआ, ख़ामोशी से।

"इत्थे नहीं, ओस अन्दर आओ!"

मैं और अन्दर के कमरे में चला गया, जैसे क़साई के साथ बकरा ज़िबाहख़ाने में दाख़िल होता है। मेरी आँखें कृपाण की धार से चकाचौंध हो रही थीं।

"यह लो जी, अपनी चीज़ें सँभालो!" यह कहकर सरदार जी ने वह तमाम मेरा सामान मेरे सामने रख दिया, जो उन्होंने और उनके बच्चों ने झूठ-मूठ की लूट में शामिल होकर हासिल किया था।

सरदारनी बोली—"बेटा, हम तो तेरा कुछ भी सामान न बचा सके..."

मैं कोई जवाब न दे सका।

इतने में बाहर से कुछ आवाज़ें सुनाई दीं। बलवाई मेरी लोहे की अलमारी को बाहर निकाल रहे थे और उसको तोड़ने की कोशिश कर रहे थे।

"इसकी चाबियाँ मिल जातीं तो सब मामला आसान हो जाता!"

"चाबियाँ तो अब पाकिस्तान में मिलेंगी। भाग गया न, डरपोक कहीं का! मुसलमान का बच्चा था तो मुक़ाबला करता!"

नन्ही मोहिनी मेरी बीवी के चन्द रेशमी क़मीज़ और ग़रारे, न जाने किससे छीनकर ला रही थी! उसने सुना तो बोली—"तुम बड़े बहादुर हो! शेख़जी डरपोक क्यों होने लगे! वह तो कोई पाकिस्तान नहीं गए।"

"नहीं गया तो यहाँ से कहीं मुँह काला कर गया।"

"मुँह काला क्यों करते, वह तो हमारे यहाँ..."

मेरे दिल की हरकत एक लम्हे के लिए बन्द हो गई। बच्ची अपनी ग़लती का अहसास करते ही ख़ामोश हो गई। मगर उन बलवाइयों के लिए इतना ही काफ़ी था। सरदार जी पर जैसे ख़ून सवार हो गया। उन्होंने मुझे अन्दर के कमरे में बन्द करके कुंडी लगा दी। अपने बेटे के हाथ में कृपाण दी और ख़ुद बाहर निकल गए। बाहर क्या हुआ, यह मुझे ठीक तरह मालूम न हुआ। थपड़े की आवाज़—फिर मोहिनी के रोने की आवाज़ और उसके बाद सरदार जी की आवाज़। पंजाबी गालियाँ, कुछ समझ में न आया कि किसे गाली दे रहे हैं और क्यों। मैं चारों तरफ़ से बन्द था। इसलिए ठीक से सुनाई न देता था।

और फिर—गोली चलने की आवाज़—सरदारनी की चीख़, लारी रवाना होने की गड़गड़ाहट और फिर तमाम स्क्वायर पर जैसे सन्नाटा छा गया।

जब मुझे कमरे की क़ैद से निकाला गया, तो सरदारजी पलंग पर पड़े थे और उनके सीने के क़रीब सफ़ेद क़मीज़ ख़ून से सुर्ख़ हो रही थी। उनका लड़का पड़ोसी के घर से डॉक्टर को टेलीफ़ोन कर रहा था।

"सरदार जी, यह तुमने क्या किया?" मेरी ज़बान से न जाने यह वाक्य कैसे निकला! मैं सकते में था...

मेरी बरसों की दुनिया, ख़यालात, भावनाएँ, साम्प्रदायिकता की दुनिया खंडहर हो गई थी।

"सरदार जी, यह तुमने क्या किया?"

"मुझे क़र्ज़ा उतारना था बेटा!"

"क़र्ज़ा?"

"हाँ! रावलपिंडी में तुम्हारे जैसे ही एक मुसलमान ने अपनी जान देकर मेरी और मेरे घरवालों की जान व इज़्ज़त बचाई थी!"

"क्या नाम था उसका, सरदारजी?"

"ग़ुलाम रसूल!"

"ग़ुलाम रसूल?"

और मुझे ऐसा लगा, जैसे क़िस्मत ने मेरे साथ धोखा किया हो! दीवार पर लटके हुए घंटे ने बारह बजाने शुरू किए—एक...दो...तीन...चार...पाँच...

सरदार जी की निगाहें घंटे की तरफ़ फिर गईं, जैसे मुस्करा रहे हों और मुझे अपने दादा याद आ गए, जिनकी कई फ़ीट लम्बी दाढ़ी थी। सरदारजी की शक्ल उनसे कितनी मिलती थी! छह...सात...आठ...नौ...

जैसे वह हँस रहे हों, उनकी सफ़ेद दाढ़ी और सिर के खुले बालों ने चेहरे के गिर्द एक चमकदार आभामंडल-सा बनाया हुआ था!

दस...ग्यारह...बारह।

जैसे वह कह रहे हों—'जी असाँ दे हाँ, चौबीस घंटे बारह बजे रहते हैं...'

फिर वह निगाहें हमेशा के लिए बन्द हो गईं।

और मेरे कानों में ग़ुलाम रसूल की आवाज़, दूर से, बहुत दूर से आई—

'मैं कहता न था कि बारह बजे इन सिक्खों की अक़्ल ग़ायब हो जाती है और वे कोई-न-कोई हिमाक़त कर बैठते हैं। अब इन सरदारजी ही को देखो ना...एक मुसलमान की ख़ातिर अपनी जान दे दी।'

पर यह सरदार जी नहीं मरे थे। मैं मरा था!

[लिप्यांतरण : डॉ. ज़ोया ज़ैदी; *ख़्वाजा अहमद अब्बास के मुन्तख़िब अफ़साने;* संकलनकर्ता : राम लाल]

अलिफ़ लैला 1956

यानी पत्थर की सेज पर एक हज़ार रातें

'बेटा! पहली ही रात हमेशा सबसे ज़्यादा कठिन होती है!' बूढ़े भिखारी के ये शब्द मुझे सदा याद रहेंगे।

जिस अनाड़ीपन से मैं फुटपाथ पर अख़बार के काग़ज़ बिछाकर सोने की तैयारी कर रहा था, उससे वह पहचान गया था कि मैं इस दुनिया में नवागन्तुक हूँ और एक ख़ुश्क हँसी हँसते हुए उसने कहा—'लेकिन घबराओ नहीं, बेटा! बहुत जल्द इस पत्थर की सेज पर सोने की आदत पड़ जाएगी।'

अपनी नई ज़िन्दगी की पहली रात गुज़ारने के लिए मैंने जान-बूझकर एक सुनसान-सी गली का अँधेरा-सा फुटपाथ तलाश किया था। प्रति क्षण यह डर लगा हुआ था कि कोई परिचित न मिल जाए। इन तीन वर्षों में उस स्वाभिमान और शर्म के एहसास को मैं कितनी दूर छोड़ आया हूँ! दरअसल यह कहना सही होगा कि उस रात को मेरी मौत हुई। पुराना 'मैं' मर गया और फुटपाथ पर रहनेवालों की गुमनाम बिरादरी में एक ख़ानाबदोश और बढ़ गया।

फुटपाथ से पहले

मुझे उस समय बम्बई आए सिर्फ़ एक महीना हुआ था लेकिन उन तीस दिनों में मेरी काया ही पलट गई थी। ऐसा लगता था कि वह नौजवान जो बोरीबन्दर के स्टेशन पर उतरा था, अब साठ वर्ष का बूढ़ा हो चुका है। न जाने मेरी आँखों की चमक, मेरे गालों की सुर्ख़ी, मेरे बदन की ताक़त इन तीस दिनों में कहाँ ग़ायब हो गई थी! मैं थर्ड क्लास में हाथरस से बम्बई आया था, लेकिन बिना टिकट नहीं। टिकट के अलावा मेरी जेब में बाईस रुपए थे, मैट्रिकुलेशन का सर्टीफ़िकेट था और अपनी पुरानी लेकिन काम करती हुई घड़ी थी, जो मुझे अपने स्वर्गवासी पिता से मिली थी, और मेरे दिल में जवानी का जोश था, काम करने और उन्नति करने की उमंग थी।

मेरे एक दोस्त ने अपने चचेरे भाई के नाम एक चिट्ठी दी थी कि जब तक मुझे काम और रहने की कोई अलग जगह न मिल जाए, वह मुझे अपने घर रख लें। वह बेचारा एक कपड़े के कारख़ाने में काम करता था और अपनी पत्नी तथा दो बच्चों के

साथ परेल की एक चाल में पाँचवें माले पर एक कोठरी में रहता था, जो बम्बई की भाषा में 'खोली' कहलाती है। यह कोठरी या खोली रहने के अलावा नहाने-धोने और खाना पकाने के लिए भी इस्तेमाल होती है। खोलियों की क़तार के पीछे एक पतला-सा बरामदा था, जिसमें से होकर सम्मिलित पाख़ानों को रास्ता जाता था। रात को मैं बरामदे में चटाई बिछाकर सो रहता। पास ही एक कारख़ाने की चिमनी थी, जिसका धुआँ अक्सर हवा के साथ उड़ता हुआ वहाँ आ जाता। इसके अलावा पाख़ानों के नल कभी काम न करते थे और रात-भर ऐसा मालूम होता, जैसे असग़र अली मुहम्मद अली इत्रवाले के कारखाने से ख़ुशबुओं के भभके आ रहे हैं लेकिन दिनभर काम तलाश करने के बाद मैं घर लौटता, तो इतना थका हुआ होता कि बिस्तर पर लेटते ही सो जाता। न फ़ैक्टरी का धुआँ मुझे सताता, न पाख़ानों की बदबू और न उन तमाम लोगों के सुरीले खर्राटे, जो मेरी तरह उस बरामदे में सोते थे। और मैं अपने दोस्त के भाई का एहसानमन्द था कि उसकी मेहरबानी से मेरे पास सिर छिपाने का ठिकाना तो है, घर से चिट्ठी मँगाने का एक पता तो है!

और फिर एक रात को जब हवा बन्द थी और बरामदे में हम लोग हाथ के पंखे झलने पर मजबूर थे, खोली के बन्द दरवाज़े के पीछे मुझे खुसुर-फुसुर सुनाई दी :

'बाप रे बाप, कैसी गरमी है!'—पत्नी कह रही थी—'भगवान के लिए दरवाज़ा तो खोल दो! शायद हवा की कोई लहर आ जाए।'

'पागल हुई है!'—उसके पति ने जवाब दिया—'दरवाज़ा कैसे खोल सकते हैं, जब वह वहाँ पर सो रहा है? यह तो बड़ी बेशर्मी होगी।'

सो अगले दिन 'वह' यानी मैंने उनसे कहा कि मैंने दूसरी जगह सोने का इन्तज़ाम कर लिया है।

'सोच लो, भाई! न जाने वहाँ तुम्हें आराम भी मिलेगा!' उस भले आदमी ने तक़ल्लुफ़ करते हुए मुझसे कहा।

और मैंने सफ़ाई से झूठ बोला—'फ़िक्र न करो, वहाँ जगह बहुत है।'—यह मैंने नहीं कहा इतनी बड़ी जगह है, जितना बम्बई शहर है।

पहली रात

'बेदरोदीवार का एक घर बनाना चाहिए।'

'बेटा, पहली रात सबसे ज़्यादा कठिन होती है!'

भिखारी का कहना कितना सही था! उस रात को मुश्किल से चन्द मिनट सो सका होऊँगा। फुटपाथ के पत्थरों की हज़ारों नोकें मेरे बदन में चुभ रही थीं। पास की नाली से दुनिया की बदतरीन बदबुओं के झोंके आ रहे थे। मुझे नवागन्तुक समझ एक खाज का मारा कुत्ता मेरा मुआयना करने पर तुला हुआ था। एक मरियल-सी बिल्ली मेरी टाँगों से उलझती हुई एक चूहे का पीछा कर रही थी और कुछ क्षण पहले यही चूहा

मेरे पाँव की उँगलियों को कुतरने की चेष्टा कर रहा था। मैंने सोचा कि पैरों की सुरक्षा के लिए जूते पहनकर सोऊँ। अँधेरे में टटोला, तो लगा कि जूते ग़ायब हैं। मैंने तय किया भविष्य में सोते समय कभी जूते नहीं उतारूँगा।

जब आँख न लगी, तो मैंने बीड़ी सुलगाई और आसमान की तरफ़ देखता रहा। सितारे उस फुटपाथ से दूर, बहुत दूर थे। एक क्षण के लिए मुझे यह डर लगा कि आस-पास की ऊँची-ऊँची इमारतें झुककर मुझे देख रही हैं और न जाने कब अड़ा-डा-धम्म करके गिर पड़ें और हम फुटपाथ पर सोनेवालों को चकनाचूर कर दें।

स्कूल में पढ़ा हुआ 'ग़ालिब' का एक मिसरा याद आया :

'बेदरोदीवार का एक घर बनाना चाहिए।'

मैंने सोचा, शायद 'ग़ालिब' भी फुटपाथ पर रहना चाहता था, क्योंकि यह भी बेदरोदीवार का घर है! और फिर एक फ़िल्मी गीत का टुकड़ा न जाने कहाँ से तैरता हुआ दिमाग़ में आ गया :

'बिस्तर बिछा दिया है तेरे घर के सामने।'

फिर मैंने पथरीले फ़र्श पर पहलू बदलते हुए सोचा, शेर कहना आसान है, पर फुटपाथ पर सोना मुश्किल है।

अड़तालीसवीं रात

चाँदी की लम्बी सड़क।

अब मैं फुटपाथ के पुराने रहनेवालों में गिना जाता हूँ।

उस पहली रात के बाद कई रातें मैंने एक उपयुक्त 'बेड-रूम' की तलाश में गुज़ार दीं। कभी मालाबार हिल पर हैंगिंग गार्डन की एक बेंच पर सोया, कभी चौपाटी की नरम रेत पर समुद्र की ठंडी हवा के झोंकों में, कभी मैरीन ड्राइव पर एक मशहूर फ़िल्म-स्टार के फ़्लैट के बिलकुल सामने, इतने क़रीब कि कभी-कभी खिड़की के शीशों पर उसका साया कपड़े बदलते हुए नज़र आ जाता और मेरी नींद उचाट कर जाता। लेकिन कहीं भी मैं दो-चार रातों से अधिक न काट सका। हर जगह से पुलिसवालों ने मुझे हँका दिया, जैसे उन ढोर-डंगरों को हँका दिया जाता है, जो पकी हुई खेती में घुस आते हैं। हर बार मैं मन में कहता—'अरे भाइयो! मैं महल नहीं माँगता, बँगला नहीं माँगता, लेकिन मुझे आसमान-तले किसी साफ़-सुथरी जगह पर तो सोने दो!' लेकिन अब मुझे मालूम हो गया है कि जैसे ग़रीब-ग़ुरबा अमीरों के घरों में नहीं रह सकते, उसी तरह वह अमीरों के टहलने तफ़रीह करने की जगहों या उनके घरों के सामने फुटपाथ पर भी नहीं सो सकते।

सो, अब मैं फ़ीरोज़ शाह मेहता रोड पर ठहरा हूँ। ठीक एक बैंक के सामने सोता हूँ। न जाने क्यों, मगर यहाँ सोकर बड़ा सन्तोष-सा होता है मानो यह बैंक मेरी ही सम्पत्ति हो और मैं यहाँ उसकी रक्षा के लिए सो रहा हूँ।

सोते समय मैं हमेशा अपना मुँह बैंक की शीशेवाली दीवार की तरफ़ रखता हूँ। यहाँ बड़े-बड़े सुनहरे अक्षरों में लिखा है—'इस बैंक की पूँजी है 50000000 रुपए'। अब मुझे अपनी पत्थर की सेज पर सोने की आदत पड़ चुकी है, लेकिन आँख बन्द करने से पहले मैं काफ़ी देर तक इन सात सुनहरे शून्यों को ताकता रहता हूँ, 50000000 रुपए, यानी पाँच करोड़ या पचास करोड़ हिसाब में मैं हमेशा कमज़ोर रहा हूँ।

कल रात मैंने सपने में देखा कि मेरे पास चाँदी के रुपयों का ढेर है। लाखों-करोड़ों रुपए और मैं उन्हें सड़क के बराबर-बराबर रखता चला जाता हूँ, यहाँ तक कि चाँदी की यह ज़ंजीर बम्बई से हाथरस तक जा पहुँची है, जहाँ मेरी माँ और भाई-बहन इस आशा में दिन बिता रहे हैं कि एक दिन उनका सपूत बम्बई से लाखों कमाकर लाएगा।

एक सौ सत्ताईसवीं रात

मेरा पता, ताजमहल होटल।

जिस रात बैंक में डाका पड़ा और मुझे वह जगह छोड़नी पड़ी, उस रात की घटनाएँ अब तक मेरे दिमाग़ में उसी तरह घूमती हैं, जैसे सिनेमा के पर्दे पर कोई ड्रामा। बैंक में आप-से-आप बजनेवाली बिजली की घंटी लगी हुई थी। सुबह के तीन बजे होंगे कि यह घंटी एकाएक बजने लगी और आस-पास के सब फुटपाथ पर सोनेवाले हड़बड़ाकर उठ बैठे। आँखें मलते हुए मैंने देखा कि डाकू बैंक की खिड़की में से कूद रहे हैं। मुझे उन पर बहुत ग़ुस्सा आया, क्योंकि आख़िर वह बैंक मेरा ही तो था, जिसमें उन्होंने डाका डाला था और मेरा ही रुपया लेकर तो वे भाग रहे थे।...

सो, मैंने एक डाकू को उसकी पतलून की मोहरी पकड़कर अपनी गिरफ़्त में ले लिया। उसके हाथों में नोटों के बंडल थे, वह उन्हें छोड़े बिना मुझ पर हमला नहीं कर सकता था। मैंने सोचा, क्या पकड़ा है बदमाश को! अब भागकर कहाँ जाता है? लेकिन जब पुलिस की सीटियों की आवाज़ क़रीब आती सुनाई पड़ी, तो उसने बड़े ज़ोर से मेरे लात मारी। लेकिन मैंने तब भी पतलून की मोहरी न छोड़ी। मैं धड़ाम से फुटपाथ पर गिर गया और मेरे सिर में इतने ज़ोर से पत्थर लगा कि तारे नज़र आने लगे। और जब मेरे होश ठिकाने हुए, तो मैंने देखा कि डाकू की पतलून तो मेरे हाथ में है और डाकू सड़क पर भागा चला जा रहा है...अर्द्धनग्न...बेशर्म कहीं का!

डाकू की पतलून अच्छे क़ीमती कपड़े की थी। पहले तो मैंने सोचा, इसे गोल कर जाऊँ, लेकिन फिर मैंने स्वतंत्र भारत के एक सम्मानित नागरिक की हैसियत से अपने कर्तव्य का अनुभव किया और वह पतलून पुलिस को दे दी; क्योंकि मेरा ख़याल था कि इस निशान से सरकारी जासूस तुरन्त डाकुओं का पता लगा सकेंगे और मेरे बैंक का लुटा हुआ रुपया वापस मिल जाएगा लेकिन थाने में जब उन्होंने मेरा पता पूछा और मैंने जवाब दिया, बैंक के सामने वाला फुटपाथ, तो उन लोगों की नज़रें ही बदल गईं और वे लगे मुझसे सवाल करने, जैसे मैं कोई प्रतिष्ठित और अपना कर्तव्य जाननेवाला

नागरिक नहीं, चोर-डाकू हूँ। इसके बाद मैंने तय कर लिया कि बैंक के निकट सोना ख़तरनाक है, उससे दूर ही रहना चाहिए। हो सकता है, वह बैंक मेरा नहीं, किसी और का हो।

और अगले दिन से मैं ताजमहल होटल में उठ आया, मेरा मतलब है कि ताजमहल होटल के बाहरवाले बरामदे में, जहाँ उस होटल के मेरे जैसे ग़ैरसरकारी मेहमान ठहरते हैं। इस जगह पर कई सुविधाएँ हैं। एक तो समुद्र के किनारे है, इसलिए रात को ठंडी हवा आया करती है, दूसरे जहाँ मैं सोता हूँ, वहाँ से किचन क़रीब है और खानों की इतनी अच्छी-अच्छी ख़ुशबुएँ आती हैं कि सपने में हमेशा मुर्ग़-मुसल्लम और कैटलेटों के पहाड़ नज़र आते हैं। तीसरे यह कि रात को देर से आने और जानेवाले मेहमानों का नज़्ज़ारा मुफ़्त में होता है। काले सूटोंवाले विलायती साहब लोग, पतले रेशमी फ़्रॉक पहने मेमें, खादी पहने नेता और विलायती सेंट लगाए उनकी श्रीमतियाँ, हीरे-जवाहरात से लदी रानियाँ, महारानियाँ, बड़ी-बड़ी सुन्दर कारें...

—टा-टा, माई डियर!

—बाई-बाई, डार्लिंग!

दौलत, हुस्न और फ़ैशन का यह तमाशा सिनेमा से भी अधिक दिलचस्प और आनन्दपूर्ण है। और फिर बिलकुल मुफ़्त और बिना टिकट। सिनेमा में तो चलती-फिरती परछाइयाँ होती हैं, लेकिन ये मेमें, ये मिसें, ये बेगमें, ये रानियाँ, ये देवियाँ, ये कुमारियाँ और ये श्रीमतियाँ, ये सुन्दर नारियाँ जो ताजमहल होटल में डिनर खाने और डांस करने आती हैं, ये तो सब असल हैं, असल! फुटपाथ पर लेटे-लेटे उनके इत्र और सेंट की ख़ुशबुएँ सूँघी जा सकती हैं। कभी-कभी जब कोई जार्जेट की साड़ी या पाँव तक का फ़्रॉक पास से गुज़रता है, तो उसका नरम स्पर्श महसूस किया जा सकता है। गोरी-गोरी पिंडलियाँ नज़र आती हैं। मेरे पास ही जो नौजवान सोता है, वह फ़िल्मों में एक्स्ट्रा का काम करता है। उसका कहना है कि अगर हम आदमी होते, सिनेमा का कैमरा होते, और जो कुछ हम लेटे-लेटे कनखियों से देखते हैं, वह फ़िल्मा लिया जाता, तो सेंसर वाले उस सीन को कभी पास न करते।

और डायलॉग तो ऐसे-ऐसे सुनाई देते हैं कि क्या कभी किसी फ़िल्म में सुने होंगे! कहते हैं कि शराबबन्दी के इस दौर में भी बड़े-बड़े होटलों में एक 'परमिट रूम' होता है, जहाँ बड़े आदमी सरकारी लाइसेंस लेकर शराब पीते हैं, शायद इसीलिए आधी रात के बाद जो लोग होटल से निकलते हैं, वे बहुत ही रंगीन और मज़ेदार बातें करते होते हैं, निस्संकोच और निर्भीक होकर, धरती पर पड़े लोगों से बिलकुल बेपरवाह! जैसे हम मुर्दे हों या मूर्ख और मूढ़ जानवर। या शायद वे लोग समझते हैं कि ये लोग तो सो रहे हैं और जाग भी रहे हैं, तो फुटपाथ पर बसनेवाले अंग्रेज़ी की बातचीत कैसे समझ सकते हैं! और उन्हें मेरे मैट्रिकुलेशन सर्टीफ़िकेट का तो पता ही नहीं है, न उन्हें मालूम है कि मेरे पास ही सोनेवाला राजू, जो अपने को बेकारी के महकमे

का इंस्पेक्टर कहता है, पंजाब युनिवर्सिटी से बी.ए. पास है। और वे हमारी हस्ती को बिलकुल भूलकर बात करते हैं।

—चलो, डार्लिंग!

—रात को इस वक़्त? कहाँ?

—चलो, जुहू चलें।...कैसी सुन्दर चाँदनी रात है!

और फिर उनके क़हक़हों में मोटरें स्टार्ट होने की आवाज़ शामिल हो जाती है और कारें रवाना हो जाती हैं। अपोलो बन्दर पर एक सन्नाटा छा जाता है, सिर्फ़ समुद्र की लहरें पत्थर की दीवार से टकराकर फ़रियाद करती हैं और मेरी नींद मुझसे आँख चुराकर उन कारों के साथ उड़ती हुई जुहू के सागर-तट पर जाती है और चाँदनी रात में चमकती हुई रेत पर न जाने किसकी तलाश में घूमती रहती है।...

दो सौ पचहत्तरवीं रात

—अरे वाह यार, दिलीप कुमार!

ताजहल होटल छोड़े मुझे काफ़ी दिन हो चुके हैं। दरअसल यह जगह मैंने अपनी इच्छा से नहीं छोड़ी, बल्कि मजबूरी से। हुआ यह कि एक लँगड़ा, खाजग्रस्त भिखारी भी हम लोगों के निकट सोने लगा था और एक रात उसने होटल से बाहर निकलती हुई मेम साहब से भीख माँगते हुए उसकी सफ़ेद फ्रॉक को अपने गन्दे हाथ से छू लिया। मेम साहब ने उसे तो अंग्रेज़ी में गाली देकर झिड़क दिया। फिर शायद मैनेजर से रिपोर्ट की। फलस्वरूप अगली रात को जब हम अपने-अपने बिस्तर बिछाने वहाँ पहुँचे, तो हमें पुलिस की मदद से बरामदे के बाहर निकाल दिया गया।

तब से मैं मौसम के अनुसार कई मकान बदल चुका हूँ। बरसात से पहले के गरमी के महीने तो मैंने अपोलो बन्दर पर बिताए। जब बरसात शुरू हो गई, तो एक बड़ी दुकान के चौड़े बरामदे में शरण ली। यह जगह वर्षा से थोड़ा-बहुत बचाती थी, लेकिन उस दुकान के शीशे की खिड़कियों में प्लास्टर की आदमक़द अर्द्धनग्न लड़कियाँ, जो तैरने का लिबास पहने खड़ी थीं, वे रात-भर मुझे घूरती रहीं। अब मैं बेकार नहीं हूँ। एक दफ़्तर में पैंतालीस रुपए माहवार पर चपरासी की नौकरी मिल गई है। यह दफ़्तर 'इम्पोर्ट-एक्सपोर्ट' का है। यानी इधर का माल उधर और उधर का माल इधर! लेकिन मैं तो कभी न कोई सामान आता-जाता देखता हूँ, न कोई ग्राहक आता है। अलबत्ता तार दिन-रात आते हैं, टेलीफ़ोन हर वक़्त बजते रहते हैं। कभी सिंगापुर, कभी कोलम्बो, कभी लन्दन, कभी न्यूयॉर्क। मुझे तो कोई काला बाज़ार का धन्धा मालूम होता है। लेकिन जब तक अपने पैंतालीस रुपए हर महीने खरे हैं, अपने से क्या मतलब कि उस दफ़्तर में क्या होता है!

हाँ, तो काम मेरे पास है, लेकिन सिर छिपाने और सामान रखने का अब तक कोई ठिकाना नहीं है। छोटी-से-छोटी खोली के लिए लोग दो सौ पगड़ी माँगते हैं। इतने रुपए

इकट्ठे मेरे पास कहाँ से आते ? हो सकता था कि मैं शहर के बाहर मज़दूरों के झोंपड़ों की बस्तियों में चला जाता, जो उन्होंने अपने हाथों से स्वयं बनाई हैं। लेकिन ऐसी बस्तियाँ शहर से बहुत दूर हैं और मैं शहर के हंगामों में रहना चाहता हूँ। एक समय था कि निकट से एक ट्राम गुज़र जाए, तो मेरी आँख खुल जाती थी, पर अब दर्जनों ट्रामों और बसों के शोर में भी आराम से सोता रहता हूँ। कान पर जूँ नहीं रेंगती, बल्कि अब शहर की हलचल, रोशनी, दौड़-धूप और चीख़-पुकार के बिना मुझे ऐसा लगता है कि ज़िन्दगी अधूरी है।

यह भी सम्भव था कि मैं चार-पाँच आदमियों के साथ मिलकर एक खोली ले लूँ। ऐसी हालत में मुझे दस-बारह रुपए माहवार किराया देना पड़ता। किसी दोस्त की मेहरबानी से रात-भर के लिए मैं ऐसी खोली में सोया भी। लेकिन वहाँ इतनी गरमी थी, इतनी गरमी थी कि रात-भर मैं पसीने में सराबोर रहा। छोटी-सी कोठरी बिना खिड़कियों की और उसमें छह सोनेवाले। सबके हाज़मे ख़राब और सब खर्राटे लेनेवाले। अगले दिन ही मैं वहाँ से भाग आया। उस कोठरी से तो अपना हवादार फुटपाथ हज़ार दर्जा बेहतर है।

सो, अब मैं लैमिंगटन रोड पर आ गया हूँ, ताकि जब जेब में सिनेमा देखने के पैसे न हों, तो फुटपाथ पर से ही सिनेमाघरों की रौनक़ और हलचल का नज़ारा कर सकूँ। जब किसी फ़िल्म का प्रीमियर होता है, उस रात तो बड़े-बड़े फ़िल्मस्टारों का नज़ारा हो जाता है। कैसी अच्छी-अच्छी मोटरों में वे सब आते हैं! वाह-वाह! एक दिन तो भीड़-भड़क्के में मैं दिलीप कुमार की मोटर के इतने क़रीब था कि मोटर की खिड़की में सिर डालकर कह दिया—अरे वाह यार, दिलीप कुमार! हाथ तो मिलाओ!

लेकिन उस शोर और गड़बड़ के कारण शायद उस बेचारे ने सुना नहीं और इससे पहले कि वह मुझसे हाथ मिलाता, पुलिसवालों ने धक्के और लाठियाँ मार-मारकर हम लोगों को वहाँ से हटा दिया।...

मेरे ख़याल में मुझे वहाँ से भी कहीं और जाना पड़ेगा। यह जगह पुलिस-थाने से बहुत ही क़रीब है।

पाँच सौ छब्बीसवीं रात

—जहाँ रेलें लोरियाँ सुनाती हैं!

रात को ख़ासी सर्दी पड़ने लगी है और मैं खुला फुटपाथ छोड़कर दादर में एक रेल के पुल के नीचे आबाद हो गया हूँ। रात-भर रेलें लोरियाँ सुनाती हुई सिर पर से गुज़रती रहती हैं। ऐसा महसूस होता है, जैसे सिर की मालिश और सारे बदन की चम्पी हो रही है और बिलकुल मुफ़्त!

रात को ओढ़ने के लिए मैं कैनवस का एक पोस्टर ले आया हूँ, जिस पर 'रात की रानी' फ़िल्म की हिरोइन मिस चंचलबाला का एक बहुत बड़ा चेहरा बना

हुआ है। सिर्फ़ नाक ही एक फ़ीट से अधिक लम्बी है और एक-एक आँख मेरे जूते के बराबर। आधी रात बाद जब ठंडी हवा चलती है, मैं कैनवस की उस रंगीन रज़ाई को ओढ़ लेता हूँ।

पहले तो मैंने शराफ़त बरती और कैनवस को सीधी तरफ़ से ओढ़ता रहा, ताकि तस्वीर वाली साइड बाहर रहे, लेकिन आस-पास के फुटपाथ पर रहनेवाले ठहरे सबके सब बदमाश लोफ़र। आते-जाते फ़िक़रे कसते, चंचलबाला के हसीन चेहरे को ताकते, घूरते और एक बेहूदे ने तो उसके सुन्दर अधरों के ऊपर कोयले से एक मूँछ भी बना दी। सो, उस दिन से मैं कैनवस को उलटा करके ओढ़ने लगा हूँ और रात भर सपने में मुझे एक अजीब ख़ुशबू परेशान करती रहती है और समझ में नहीं आता कि यह कैनवस और ऑयल पेंट की बू है या मिस चंचलबाला के चेहरे पर जो गुलाबी पाउडर लगा है, उसकी ख़ुशबू...

आठ सौ चालीसवीं रात

—सुर्ख़ फूल और एक साँवला, पीला चेहरा!

बहार का मौसम फुटपाथ को भी नज़रअन्दाज़ नहीं करता। गुलमोहर के पेड़ पर पत्ता एक भी नहीं, लेकिन उसकी सूखी टहनियों पर हज़ारों लाल-लाल फूल खिल गए हैं। जब कभी मैं उन फूलों को देखता हूँ, तो सोचता हूँ कि इनमें कोई गहरा दार्शनिक संकेत छिपा है। अगर मेरी बेरंग ज़िन्दगी इस सूखी हुई टहनियोंवाले पेड़ की तरह है, तो यह सूखे फूल? मगर बस, इसके आगे मेरा दिमाग़ काम नहीं करता। असल में फुटपाथ पर रहनेवालों को कोई फ़िलासफ़ी नहीं सूझती। यह और बात है कि फ़िल्मों में भिखारी भी बात-बात पर फ़िलासफ़ी बघारते हैं, लेकिन वास्तव में वे विचार भिखारी के नहीं, संवाद-लेखक के होते हैं, जो शायद अपने एयरकंडीशंड कमरे में बैठकर फुटपाथ की फ़िलासफ़ी सोचता है।

फिर भी इतना मैं ज़रूर जानता हूँ कि बहार का मौसम शुरू हो चुका है और शायद मेरी ज़िन्दगी में भी बहार आ गई। मेरा जी चाहता है कि घंटों गुलमोहर के फूलों को देखता रहूँ और इससे भी ज़्यादा मेरा जी चाहता है कि मैं चम्पा को देखा करूँ। चम्पा, जिसका हुस्न फुटपाथ की इस गन्दी दुनिया में उतना ही अजीब और हैरतअंगेज़ है, जैसे कीचड़ में उगा हुआ कमल या सूखी टहनियों पर खिले सुर्ख़ फूल। मुझे पता नहीं, वह कहाँ से आई है, लेकिन मैं इतना ज़रूर जानता हूँ कि वह ख़ूबसूरत है। उसकी साँवली रंगत में नमक भी है और पुराने सोने जैसी एक मद्धिम पीलाहट भी। बड़ी-बड़ी ख़ूबसूरत आँखें, जो पलकों की जालियों में से ऐसे झाँकती हैं, जैसे कोई पर्देदार हसीना। लम्बे, चमकीले, काले बाल, जिन्हें वह अक्सर एक टूटे हुए कंघे से बैठी-बैठी सँवारा करती है और ऐसा लगता है मानो उन बालों में भी जान है, अपना अलग व्यक्तित्व है। कभी वे हवा के झोंके से चम्पा के चेहरे पर बिखर जाते हैं। कभी वे कंघे के टूटे हुए दाँतों

से उलझ जाते हैं। कभी लम्बी चोटी की शक्ल में नागिन बनकर देखनेवालों को डसते हैं। कभी जूड़ा बनकर सिमट जाते हैं। चम्पा के पास ज़ेवर तो क्या, कोई ढंग का कपड़ा भी नहीं है। जवानी से गदराया हुआ उसका बदन मैले-गन्दे कपड़ों में छिपा रहता है। लेकिन उसके घने, लम्बे, चमकीले, काले बाल ज़ेवर और गहनों, रेशमी साड़ियों और हर तरह की सजावट से अधिक मनोहर और सुन्दर हैं।

अपने कोने में बैठा-बैठा मैं चम्पा को घूरता रहता हूँ। हमारे फुटपाथ पर जितने लोग रहते हैं, सब ही उसे घूरते हैं। लेकिन मैं जानता हूँ कि वह मुझे एक ख़ास नज़र से देखती है। और वह शायद महज़ संयोग नहीं था कि कल सवेरे हम नल पर मुँह धोने एक ही साथ पहुँचे और जब नल बन्द करते हुए मेरा हाथ संयोगवश उसके हाथ से छू गया, तो उसने मेरा हाथ झटका नहीं, न उसकी त्योरी पर नाराज़ी का कोई बल आया, बल्कि मुझे ऐसा अनुभव हुआ कि उसे यह स्पर्श अच्छा लगा...या हो सकता है, यह सब मेरी अपनी कल्पना की करामात हो।

बात यह है कि चम्पा कोई ऐसी-वैसी लड़की नहीं है जैसी कई लड़कियाँ पिछले दो वर्ष में मुझे फुटपाथ पर मिली हैं। उसकी आँखों में एक अजीब दर्द छिपा है। दर्द भी और भय भी। उसकी आँखें हिरनी की तरह मालूम होती हैं, जो शिकारियों के घेरे में फँस गई हो और उसे प्रति क्षण गोली खाने का डर हो। या शायद यह हिरनी गोली खाकर घायल हो चुकी थी। लेकिन कभी-कभी जब वह अपने विचारों में खोई हुई होती है और उसे मालूम नहीं होता कि कोई उसे देख रहा है, लेकिन मैं कनखियों से देखता होता हूँ, उस समय मुझे ऐसा मालूम होता है कि उसकी ख़ूबसूरत, काली आँखें किसी सुन्दर, प्यारी कल्पना से चमक रही हैं और उसके पतले-पतले ओठों पर धीमी-सी, मद्धिम-सी, बुझी-बुझी मुस्कराहट उभर आई है...जैसे वह अपनी ज़िन्दगी का कोई बहुत सुन्दर, बहुत प्यारा क्षण याद कर रही हो...

हर आदमी ने उससे दोस्ती करने की चेष्टा की है लेकिन चम्पा किसी से बात नहीं करती। कई आवारा नौजवानों ने उसकी तरफ़ देखकर सीटियाँ बजाई हैं, आहें भरी हैं, फब्तियाँ कसी हैं, लेकिन चम्पा ने आज तक किसी को मुँह नहीं लगाया। दुनिया में उसकी सिर्फ़ एक दोस्त और साथी है वह एक लँगड़ी, खाजग्रस्त, भूख की मारी कुतिया, जिसे वह 'मोती-मोती' कहकर पुकारती है। समझ में नहीं आता, ऐसी ख़ूबसूरत जवान लड़की ऐसे कुरूप और गन्दे जानवर से कैसे प्यार कर सकती है, लेकिन फुटपाथ की दुनिया में अनोखे पात्र रहते हैं, अजीब व ग़रीब घटनाएँ होती हैं। और इसलिए थोड़े दिनों में हम चम्पा और उसकी कुतिया को भी अपने फुटपाथ की छोटी-सी बिरादरी में शामिल समझने लगे हैं, लेकिन वह अब भी उसमें से किसी से बात नहीं करती है।

दिन में चम्पा क्या करती है, यह मुझे या किसी को भी नहीं मालूम लेकिन प्रतिदिन शाम को जब मैं काम पर से लौटकर आता हूँ तो मेरा दिल इस डर से धड़कता होता

है कि शायद वह हमारा फुटपाथ छोड़कर कहीं और न चली गई हो। लेकिन जब मैं देखता हूँ कि वह मौजूद है और अपने कोने में बैठी मोती से बातें करती है, जैसे वह कुतिया न हो, उसकी सहेली हो, उस वक़्त मुझे एक अजीब इत्मीनान और प्रसन्नता का अनुभव होता है और अनायास मैं कोई फ़िल्मी गीत गुनगुनाने लगता हूँ और जब रात को हम सब चिथड़े या रद्दी काग़ज़ बिछाकर अपने-अपने बिस्तर तैयार करते हैं, तो दो-चार मनचले हमेशा इस ताक में रहते हैं कि चम्पा के कोने की तरफ़ सरकते जाएँ। राधिया जिसका स्याह शरीर पहलवानों जैसा है, और बंसी जो दुबला-पतला है, हमेशा पान खाता, फ़िल्मी गीत गाता रहता है और किसी सिनेमा हॉल के सामने टिकटों का काला बाज़ार करता है, उन दोनों की गन्दी निगाहें हमेशा चम्पा का पीछा करती रहती हैं। लेकिन चम्पा इत्मीनान की नींद सोती है इसलिए कि रातभर मोती उसके सिरहाने बैठी चौकीदारी करती है और अगर कोई चम्पा की तरफ़ पग बढ़ाता है, तो वह इतने ज़ोर से भूँकती है कि सब जाग उठते हैं और मुजरिम लज्जित होकर बड़बड़ाता अपने बिस्तर पर आकर लेट जाता है।

कल रात तो मोती ने बंसी की टाँग ही पकड़ ली थी। यद्यपि वह यही कहे जा रहा था कि मैं तो नल पर पानी पीने जा रहा हूँ, लेकिन कुतिया भूँके जा रही थी और हम लोगों का हँसी के मारे बुरा हाल था।

सुना है, आज बंसी ने अस्पताल जाकर पेट में सुए लगवाए हैं। मुझे मोती की यह हरकत बहुत पसन्द आई, इसलिए कि मुझे चम्पा से काफ़ी दिलचस्पी पैदा हो चली है, बल्कि शायद दिलचस्पी से भी ज़्यादा...

नौ सौ सातवीं रात

एक आदमी, एक औरत, एक जानवर!

आज रात मैं बहुत ख़ुश हूँ। इतना ख़ुश हूँ कि सो नहीं सकता।

आज चम्पा ने जो मुझसे बात की, पहली बार।

शाम को जब मैं काम से वापस आया, तो मैंने देखा कि फुटपाथ पर सन्नाटा है। तब मुझे याद आया कि आज दीवाली की रात है। इसलिए फुटपाथ के हमारे सारे पड़ोसी रोशनियाँ देखने, भीड़ में जेबें काटने, भीख माँगने और मन्दिरों में से मुफ़्त मिठाई लाने गए हैं।

सिर्फ़ चम्पा वहाँ मौजूद थी और वह नल के पास बैठी अपनी कुतिया को नहला रही थी।

मेरा जी चाहा कि दूसरों की अनुपस्थिति से लाभ उठाकर चम्पा से बात करूँ, लेकिन फिर मैंने सोचा कि शायद वह झिड़क दे, इसलिए मैंने सिर्फ़ खँखारकर अपनी वापसी का ऐलान किया।

—अरी मोती! चम्पा ने कुतिया से कहा—तू दीवाली की रोशनी देखने नहीं जाएगी?

कुतिया ने अपना गीला सिर ज़ोर से हिलाया और पानी की नन्ही-नन्ही बूँदें हवा में उड़ने लगीं। मैं समझ गया कि सवाल दरअसल मुझसे किया गया है। लेकिन फिर भी मुझमें सीधे उससे बात करने का साहस न हुआ।

फिर वह बोली—शायद तुझे भीड़ से डर लगता है। आज सड़कों पर लोग भी तो बहुत होंगे!

इस बार मैं बोल ही पड़ा—तुम ठीक कहती हो, चम्पा, मैं भीड़-भाड़ पसन्द नहीं करता।

उसे मालूम था कि मैं कुछ कहूँगा लेकिन फिर भी जब मैंने सीधे उससे बात करने का साहस किया, तो वह कुछ घबरा-सी गई।

फिर वह उठी और कुतिया से या मुझसे बोली—चलो, हम भी दीवाली की रोशनी देख आएँ, मगर देखना भीड़-भड़क्के से दूर ही रहना।

एक आदमी, एक औरत, एक जानवर! हमारा अजीब-ग़रीब जुलूस शहर की तरफ़ रवाना हुआ। चम्पा ने हैरत और ख़ुशी से जगमगाती ऊँची-ऊँची इमारतें देखीं और मैंने उन तमाम रोशनियों को चम्पा की आँखों में झिलमिलाते देखा। फिर भी हमने कोई बात नहीं की। ख़ामोशी से चलते रहे। वापस होते वक़्त हम एक बड़ी शानदार दुकान के सामने से गुज़र रहे थे, जिसके शीशे की खिड़कियों में रंग-बिरंगी रेशमी साड़ियाँ और सोने-चाँदी के गहने सजे थे। एक क्षण के लिए चम्पा उन साड़ियों के सामने ठहरी और मैंने उसके चेहरे का प्रतिबिम्ब शीशे में देखा। उसकी आँखों में एक अजीब आरज़ू थी और एक अजीब मायूसी और वह उन साड़ियों को इस तरह देख रही थी, जैसे वे केवल रेशमी साड़ियाँ न थीं, भोग-विलास की वे सारी वस्तुएँ थीं, जिनसे उसका जीवन वंचित था।

और मेरा जी चाहा कि मैं उससे चीख़कर कहूँ—चम्पा! मेरी अपनी चम्पा! मैं एक दिन तुम्हें ये सब चीज़ें ला दूँगा। ये रेशमी साड़ियाँ, ये ज़ेवर, ये गहने! मैं तुम्हें दुनिया की सारी सुन्दर वस्तुएँ भेंट करूँगा इसलिए कि तुम सुन्दर हो, जवान हो और तुम्हारा अधिकार है कि तुम्हारे शरीर पर ऐसी रंगीन साड़ियाँ हों, तुम्हारे कानों में ये सुन्दर बुन्दे झूलते हों और तुम्हारे माथे पर वह झूमर जगमगाता हो। नहीं-नहीं, मैं तुम्हें इन सबसे ज़्यादा ख़ूबसूरत और प्यारी भेंट देना चाहता हूँ, एक प्रेम करनेवाला पति, एक छोटा-सा घर, सन्तान! काश, एक बार तुम मुझसे कुछ माँगो तो सही!...लेकिन उसने मुझसे कुछ नहीं माँगा, उसने मुझसे कुछ नहीं कहा। सिर्फ़ हल्की-सी एक ठंडी साँस भरी और अपनी कुतिया से कहा—चल, मोती, घर चल।

घर! वह इस फुटपाथ को घर कहती है! वह चन्द चीथड़ों और चन्द ठीकरों को घर कहती है, आह चम्पा! काश, मैं तुझे एक सचमुच के घर में ले जा सकता।...

और अब आधी रात बीत चुकी है। सब सो रहे हैं और मैं अपनी डायरी लिख रहा हूँ। जहाँ मैं बैठा हूँ, वहाँ से चम्पा को देख सकता हूँ। गैस की पीली रोशनी उसके चेहरे

पर पड़ रही है और वफ़ादार मोती पास बैठी चौकीदारी कर रही है। इस समय चम्पा और भी सुन्दर दीख रही है। ऐसा मालूम होता है कि सोते समय वह अपनी ज़िन्दगी की सब महरूमियों, सब तक़लीफ़ों को भूल जाती है! उसके ओठों पर एक मासूम-सी मुस्कराहट है, जैसे वह कोई सुखद सपना देख रही हो! और मैं सोचता हूँ कि उसके मुस्कराते हुए सपनों में मेरे लिए भी कोई जगह है या नहीं?

नौ सौ चवालीसवीं रात

ख़ुशख़बरी, मगर कब?

हम फुटपाथ पर रहनेवालों को राजनीति, इलेक्शन, कांग्रेस, सोशलिस्ट पार्टी, कम्युनिस्ट पार्टी, लोकसभा, पंचवर्षीय योजना, बजट आदि में कोई दिलचस्पी नहीं है, क्योंकि ये सब चीज़ें हमें अपनी ज़िन्दगी से बिलकुल अलग मालूम होती हैं। अख़बारों से हम ज़रूर दिलचस्पी रखते हैं। लेकिन सिर्फ़ रद्दी अख़बारों से, फुटपाथ पर बिस्तर बिछाने के लिए और कभी ओढ़ने के लिए लेकिन आज सुबह मैं सोकर उठा और काग़ज़ी बिस्तर लपेटने लगा, तो अख़बार में एक सुर्ख़ी देखी : 'बेघरों के लिए घर बनेंगे।'

पूरी ख़बर पढ़ी, तो मालूम हुआ कि सरकार ने कई हज़ार छोटे-छोटे घर बनाने की योजना बनाई है और ये घर हमारे जैसे ग़रीबों के लिए बनेंगे। मैंने यह ख़बर अख़बार में से फाड़ ली और एहतियातन लपेटकर जेब में रख ली, बाईं तरफ़ की जेब में, अपने दिल के क़रीब न जाने क्यों दिन-भर मुझे हार्दिक सन्तोष रहा और मैं अपना काम बड़ी प्रसन्नता और फुर्ती से करता रहा। यद्यपि दफ़्तर के मैनेजर की डाँट सुननी पड़ी, क्योंकि मैं दफ़्तर में बहुत ज़ोर से सीटी बजा रहा था।

शाम होते ही मैं सीधा घर, यानी फुटपाथ को वापस आया, खाना भी नहीं खाया इस समय तक और लोग अपने-अपने काम से नहीं लौटे थे। चम्पा अकेली बैठी मोती से बातें कर रही थी।

—चम्पा! चम्पा!

आज मैंने उसका नाम लेकर पुकारा।

—देख तो सही, इस पेपर में कितनी अच्छी ख़बर है!—और वह कतरन मैंने जेब से निकालकर उसे दे दी।

उसने काग़ज़ को पढ़े बिना इनकार में सिर हिलाकर कहा—मैं तो अनपढ़ हूँ। तुम ही बताओ, क्या लिखा है?

—लिखा है कि सरकार हमारे जैसे बेघरों के लिए, जो फुटपाथ पर सोते हैं, घर बना रही है!—मैं बहुत जोश में बातें कर रहा था—है न बहुत अच्छी ख़बर! अब हम फुटपाथ पर सोने के बजाय अपने घर में रहेंगे!...अपने घर में!...और...तुम...समझी न, चम्पा?

उसने सिर हिलाकर 'हाँ' कहा और फिर एक अजीब-सी मुस्कराहट के साथ, जो मुस्कराहट भी थी और ठंडी साँस भी, उसने पूछा—मगर कब?

अब मुझे सारी ख़बर को ग़ौर से पढ़ना पढ़ा। लिखा था कि उन घरों को बनाने के लिए काम तो जल्द शुरू हो जाएगा, लेकिन अनुमान किया जाता है कि सब बेघरों को बसाने के लिए काफ़ी मकान बनाने होंगे और इसमें कम-से-कम दस बरस लगेंगे।

दो शब्दों 'मगर कब ?' से मेरा सुबहवाला जोश किसी हद तक ठंडा पड़ गया है लेकिन फिर भी मैं निराश नहीं हूँ और भगवान से मना रहा हूँ कि जब ये घर तैयार होने शुरू हों, तो हमारा, यानी मेरा और चम्पा का, घर पहले बन जाए। और लोग इन्तज़ार कर सकते हैं लेकिन मुझे जल्दी है। शादी करनी है, गृहस्थी बनानी है।...फिर बच्चे होंगे! ...इसलिए जल्दी-से-जल्दी हमें घर मिलना ही चाहिए!...

नौ सौ पचहत्तरवीं रात

हमारा घर!...हमारा घर!

आज रात तो मेरी प्रसन्नता की कोई सीमा नहीं और तो और, चम्पा भी अपनी मुस्तक़िल ख़ामोशी के गुम्बद से निकल रही है। मैं डायरी लिख रहा हूँ और वह ईंटों के चूल्हे पर मिट्टी की हाँड़ी में दाल पका रही है। मैं इस गीत से परिचित हूँ। यह गीत गाँव की औरतें शादी के मौक़े पर गाती हैं।

चम्पा को ख़ुश और आनन्दमग्न गाती देखकर फुटपाथ पर रहनेवाले सब हैरान हैं। सिर्फ़ एक मुझे अचरज नहीं है, इसलिए कि मुझे चम्पा की ख़ुशी का कारण मालूम है।

आज हम अपने घर को देखने गए, जिसमें हम शादी के बाद रहनेवाले हैं।

हुआ यह कि हमारे फुटपाथ के पास कई दिन से बड़ी चहल-पहल है। रोशनी, लाउड स्पीकरों पर चीख़-पुकार, हज़ारों लोगों की भीड़—रात के एक बजे तक मेला-सा लगा रहता है। हमारा सोना मुश्किल हो गया है। यह कोई नुमाइश हो रही है। दरवाज़े पर बोर्ड लगा है—

पंचवर्षीय योजना

जैसा मैंने पहले भी इस डायरी में लिखा है, हम फुटपाथ पर रहनेवाले ऐसी बातों में कोई ख़ास दिलचस्पी नहीं लेते, क्योंकि हम तो यही समझते हैं कि ये योजनाएँ, ये प्लान, ये प्रोजेक्ट हमारे जीवन से कोई सम्बन्ध नहीं रखते लेकिन जब मैंने बोर्ड पर लिखा देखा—पंचवर्षीय योजना—तो मेरी याद में घंटी-सी बजी, क्योंकि उस ख़बर में, जिसकी कतरन अब तक मेरी जेब में सुरक्षित है, लिखा था—दूसरी पंचवर्षीय योजना में बेघरों के लिए घर बनाने की योजना भी सम्मिलित है। सो, मैंने यह सोचा, इस नुमाइश में जाकर देखना तो चाहिए। भीड़ के साथ बहता हुआ मैं भी अन्दर पहुँच गया। बहुत ही अजीब-ग़रीब चीज़ें देखीं। तस्वीरें, नक़्शे, पाँच साल में यह होगा, पाँच साल में वह होगा। इतने इंजन बनेंगे, इतने हज़ार मील रेल की पटरी बनेगी, इतने कॉलेज, इतने अस्पताल। और मैं मन-ही-मन कहता रहा—हमें क्या, हमें क्या ? लेकिन एक

चीज़ ऐसी भी देखी, जिसमें मुझे बहुत दिलचस्पी है और जिसे मैं देखना चाहता था। कई मिनट तक मैं उसके सामने खड़ा रहा। फिर मैं वहाँ से भागा, अपने फुटपाथ पर आया और किसी की परवाह किए बिना चम्पा का हाथ पकड़कर उसे घसीटता हुआ नुमाइश में ले गया।

—देख चम्पा, हमारा घर!

मैंने मॉडल की तरफ़ इशारा करते हुए ख़ुशी से चीख़कर कहा। वह घर नहीं था, सिर्फ़ घर का मॉडल था, जैसे गुड़ियों का घर होता है। लेकिन उस पर जो बोर्ड लगा था, उस पर लिखा था—बेघरों के लिए ऐसे हज़ारों घर बनाए जाएँगे।

देर तक हम उस गुड़िया-घर के सामने खड़े उसे अचरज और प्रसन्नता से ताकते रहे। एक कमरा, एक रसोईघर, एक बरामदा, एक पेड़ और पेड़ के नीचे तीन नन्ही गुड़ियाँ, तीन बच्चे—ऐसा लगता था मानो हमारी सारी आकांक्षाएँ, हमारे सारे सपने इस मॉडल में सिमट आए हैं। जब हम वहाँ से लौटे, तो मैंने देखा कि चम्पा की आँखों में ख़ुशी के आँसू थे।

अब वह सो रही है और उसके चेहरे पर एक सन्तोष, प्रसन्नता और आशा की मुस्कान है।...

नौ सो अठहत्तरवीं रात

मौत का साया!

हमारे सुख के सपनों पर मौत ने अपना भयानक साया डाल दिया है।

चम्पा की कुतिया मोती मर गई है।

किसी ने उसे ज़हर दे दिया है और ऐसा लगता है कि मोती के साथ चम्पा के दिल का एक टुकड़ा भी मर गया है। ज़हर किसने दिया, इसका कोई प्रमाण नहीं है लेकिन राधिया इतना प्रसन्न क्यों दिखता है? हो सकता है यह हत्या उसने ही की हो!

बहुत देर तक तो चम्पा मोती को गोद में लिये बैठी रही और उसकी मूक आँखों से आँसू बहते रहे। फिर वह उठी और दोनों हाथों पर शव उठाए, जैसे बाप अपने बेटे का शव लेकर श्मशान जाता है, समुद्र की ओर चली गई। मैंने चाहा कि उस समय उसके साथ जाऊँ, लेकिन चम्पा ने ख़ामोशी से मुड़कर इस ढंग से मुझे देखा कि मैं वहीं ठहर गया। उसकी आँसुओं से भरी आँखें कह रही थीं—तुम मत जाओ, इस समय मैं अकेली जाना चाहती हूँ।

कोई एक घंटे बाद वह वापस आई। ख़ाली हाथ। उस समय उसकी आँखें ख़ुश्क थीं। वह ऐसी मौन और मलीन थी कि डर लगता था, कहीं दिमाग़ पर तो कोई असर नहीं हुआ। मैंने उसे सान्त्वना देने की कोशिश की, खाने को भी कहा, लेकिन चम्पा ने जवाब में मेरी ओर निगाहें उठाकर अचरज से देखा मानो कह रही हो, मेरी प्यारी मोती मर गई है! आज की रात मैं कैसे खा सकती हूँ?

और मैं चुप रह गया।

राधिया ने चिल्लाकर कहा—क्यों, चम्पा? अब तेरी चौकीदारी कौन करेगा? कुतिया तो मर गई! उसकी जगह अपनी रक्षा के लिए मुझे रख ले।—और यह कहकर अपनी बात पर वह स्वयं ही हँसा। लेकिन किसी ने उस हँसी में उसका साथ न दिया। चम्पा ने भी कोई जवाब न दिया, सिर्फ़ ख़ामोशी से एक बार उसकी ओर देखा। उसकी निगाह में इतनी घृणा, इतना विरोध था कि राधिया के चेहरे पर से हँसी ग़ायब हो गई और वह खीजकर खाँसने लगा।

फिर चम्पा ने अपने चिथड़ों-गुदड़ों का पुलिन्दा उठाया और हम सबसे दूर फुटपाथ के किनारे पर अपना बिस्तर बिछाकर चुपचाप लेट गई। लेकिन सोई नहीं। तब से लेटी तारों-भरे आकाश को ताक रही है। और मैं जाग रहा हूँ, क्योंकि मोती मर गई है और अब चम्पा की रक्षा करनेवाला कौन है सिवाय मेरे।

नौ सौ नवासीवीं रात

ख़्वाब की तस्वीर।

बुजुर्गों ने कुछ ग़लत नहीं कहा है कि समय सब कुछ भुला देता है। ऐसा लगता है कि धीरे-धीरे चम्पा भी मोती के दुख को भूलती जा रही है। आज शाम को जब मैं काम से वापस आया, तो उसने एक धीमी-सी, पीली-सी मुस्कराहट के साथ जवाब दिया।

आज तो मैं उसके लिए एक उपहार लाया था, अपने और उसके सपनों के घर की तस्वीर। यह उसी गुड़िया-घर का चित्र था, जो हमने 'पंचवर्षीय योजना' वाली नुमाइश में देखा था। हमारे सपनों का यह चित्र रंगीन था। लाल ईंटों का मकान, चिमनी में से काला-काला धुआँ उठता हुआ। आँगन में पेड़ के हरे-घने पत्ते, उनमें लाल फूल। दो बच्चियाँ, एक नीली फ्रॉक पहने, दूसरी नारंगी। एक के हाथ में पीले रंग का ग़ुब्बारा, दूसरी के हाथ में ऊदे रंग का ग़ुब्बारा। लड़के के बदन पर सफ़ेद क़मीज़, ख़ाकी नेकर, काले चमकते हुए जूते; ज़मीन पर हरी-हरी घास।

—यह...यह...तस्वीर मैं रख लूँ?

चम्पा ने कहा और मैंने देखा कि उसकी आँखें आशा और प्रसन्नता से चमक रही हैं। मैंने कहा—हाँ और क्या, तुम्हारे लिए ही तो लाया हूँ!

और उसकी बड़ी-बड़ी आँखों ने ख़ामोशी से मुझे धन्यवाद दिया। कितनी मुहब्बत थी उन आँखों में, कितनी कृतज्ञता थी! उन आँखों में आशाएँ और आकांक्षाएँ भी थीं और वादे भी और मेरे लिए तो उन आँखों में ज़िन्दगी का सबसे महत्त्वपूर्ण सन्देश था।

कितनी ही रातों के बाद आज चम्पा इत्मीनान से गहरी नींद सो रही है। आख़िरी ट्राम भी गड़गड़ाती हुई गुज़र रही है। यूनिवर्सिटी क्लॉक टावर दो बजा चुका है और अब मेरी आँखें भी बन्द हुई जा रही हैं।

नौ सौ नब्बेवीं रात

घर बना नहीं और गिर गया!

मुझे नहीं मालूम था कि एक रात में, बल्कि कुछ क्षणों में ज़िन्दगी ख़त्म हो जाएगी और जीवन की समस्त उमंगें, आकांक्षाएँ, जीवन के समस्त सुन्दर सपने और भविष्य की सारी इमारत शीशे के घर के समान एकाएक चकनाचूर हो जाएगी। कल रात दो बजे के बाद जब मेरी आँख लगी, तो मैंने एक अजीब सपना देखा। पहले भी मैंने कई बार सपने में देखा था कि हमारा घर बन रहा है, सफ़ेदी हो रही है, लेकिन इस बार मैंने देखा कि घर तैयार हो गया है और हम उसमें उठ आए हैं। रसोई-घर में चम्पा बैठी भोजन बना रही है, आँगन में गुलमोहर का पेड़ लाल-लाल फूलों से लदा हुआ है और हरी-हरी घास पर हमारे बच्चे, दो लड़कियाँ और एक लड़का, गेंद-बल्ला खेल रहे हैं। और फिर एकाएक आकाश पर काले-काले बादल छा गए। बिजली कड़कने लगी और तूफ़ानी बादलों की गरज से हमारा छोटा-सा घर काँपने लगा। अँधेरा, आँधी और तूफ़ान। सारी ज़मीन हिल रही थी। और मैंने देखा, काले आकाश पर बिजली कौंधी और हमारे घर की ओर लपकी। बिजली की चमक में मैं देख रहा था, चम्पा रसोई-घर में खाना बना रही है और मेरे बच्चे पेड़ के नीचे खड़े हैं और वे सब इस आग की तलवार की मार में हैं। मैं चाहता था कि मैं चीख़ूँ--चम्पा! बाहर आ जाओ! बच्चो! पेड़ के नीचे से हट जाओ!

लेकिन एकाएक मैं गूँगा हो गया। मेरे मुँह से आवाज़ ही न निकली। एक शोला-सा भड़का, एक भीषण तड़ाका हुआ और फिर अँधेरा-सा छा गया और उस अँधेरे में हमारे घर के गिरने की आवाज़ ऐसी आई, जैसे कोई कार दीवार से टकराई हो और ब्रेक लगने की भयानक चीख़ के साथ शीशे छन-छन करके टूट गए हों।...

मैं घबराकर उठा और सुबह की धुँधली रोशनी में देखा, सारे फुटपाथ पर खलबली-सी मची है। एक बड़ी-सी, ख़ूबसूरत काली कार अपने अगले दो पहिए हवा में उठाए दीवार से लिपटी है। उसके पहिए अब तक घूम रहे हैं और घूमते हुए टायरों पर से गहरे लाल रंग की बूँदें टप-टप करके फुटपाथ पर गिर रही हैं।

—ख़ून!...चम्पा का ख़ून!

पागलों की तरह मैं उधर दौड़ा जहाँ उसकी लाश पड़ी थी। भारी, ज़ालिम मोटर ने उसके दुबले-पतले शरीर को पीसकर रख दिया था। लेकिन उसके चेहरे पर एक ख़राश भी न आई थी और उसके ओठों पर अब भी वही मुस्कराहट थी, जैसे वह मरी न हो, कोई बहुत ही सुन्दर, बड़ा ही मधुर सपना देख रही हो और उसके दाएँ हाथ की मुट्ठी में तह किया हुआ एक काग़ज़ था, उस घर की रंगीन तस्वीर, जो बनने से पहले ही खँडहर हो गया था।

काला सूट पहने एक युवक, जो व्हिस्की के नशे में था, गाड़ी में से खींचकर निकाला गया। होश आते ही वह बड़बड़ाया—च...च...च...! स्टीयरिंग व्हील न जाने

कैसे एकदम टूट गया। हाँ!—और फिर चम्पा की लाश को देखकर—ओह! आई एम सॉरी! मगर न जाने ये लोग फुटपाथ पर क्यों सोते हैं?

मेरे मन में आया कि उसे बताऊँ, लोग फुटपाथ पर क्यों सोते हैं और क्यों चम्पा सबसे दूर फुटपाथ के किनारे सो रही थी। लेकिन उस समय मैं गूँगा हो गया था। एक शब्द भी मुँह से न निकला। अवाक् हो सिर्फ़ देखता और सुनता रहा।

पुलिसवाले ने कार के मालिक से उसका पता पूछा, तो उसने मालाबार हिल पर एक बिल्डिंग का नाम बताया।

—फ़्लैट का नम्बर?—सिपाही ने नोटबुक में लिखते हुए पूछा।

और उस काले सूटवाले युवक ने जवाब दिया—सारी बिल्डिंग ही हमारी है।

और अब सरकारी ख़र्च पर चम्पा का क्रिया-कर्म हो चुका है। चिता के शोलों में वह राख हो चुकी है। अब रहा क्या है? फुटपाथ पर उसके ख़ून का एक धब्बा! यही सोचते हुए मैं रद्दी अख़बार के काग़ज़ों को बिछाकर लेटने की तैयारी करता हूँ। इस अख़बार में एक बहुत ही अहम और दिलचस्प ख़बर छपी है। बम्बई सरकार ने फुटपाथ पर सोनेवाले बेघरों के लिए घर बनाया है, जहाँ साढ़े तीन सौ आदमियों को सिर्फ़ पाँच आने फ़ी आदमी प्रतिदिन देने पर रात को सोने की जगह मिलेगी।

हज़ारवीं रात

हम हैं सिर्फ़ उन्नीस हज़ार नौ सौ निन्यानबे! यह मेरी इस डायरी का शायद आख़िरी पन्ना है।

इस समय सुबह के चार बजे हैं। थोड़ी ही देर में उजाला हो जाएगा। चम्पा की याद में दस रातें जागकर बिताने के बाद कल रात मैं पहली बार सो सका था। आँख लगी ही थी कि किसी ने मुझे झँझोड़कर उठा दिया।

चन्द पुलिस के सिपाही और चन्द समाज-सुधारक स्वयंसेवक।

—हम फुटपाथ पर रहनेवालों की गिनती कर रहे हैं। उनमें से एक ने कहा—तुम्हारा नाम?

इस पूछताछ के बीच उनमें से एक ने बताया—अब बम्बई में सिर्फ़ बीस हज़ार लोग हैं, जो फुटपाथ पर अपनी रातें बिताते हैं।

और मैंने कहा—नहीं, सिर्फ़ उन्नीस हज़ार नौ सौ निन्यानबे, इसलिए कि चम्पा तो मर चुकी है। सिर्फ़ उसके ख़ून का एक धब्बा रह गया है, सो वह भी एक छींटा पड़ते ही धुल जाएगा। आप फ़िक्र न कीजिए।

उन्होंने मुझसे पूछा—तुम सरकारी घर में क्यों नहीं रहते, जहाँ बेघरों के सोने का प्रबन्ध किया गया है? क्या तुम पाँच आने रोज़ ख़र्च नहीं कर सकते?

मैंने कहा—मेरी आमदनी पैंतालीस रुपए मासिक है।

—फिर वहाँ क्यों नहीं जाते? यहाँ क्यों सोते हो?

क्यों ?...क्यों...क्यों ?

उनके सवालों की बौछार होती रही और मेरी ज़बान बन्द रही। अब मैं उन्हें क्या बताऊँ, कैसे बताऊँ! अगर बता भी पाऊँ, तो मेरी बात नहीं समझेंगे।

मैं उनसे कहना चाहता हूँ—आपने मेरे जैसे बेघर लोगों के लिए सरकारी घर बनाया है। चलिए, बीस हज़ार के लिए नहीं तो साढ़े तीन सौ के लिए तो सोने का इन्तज़ाम किया है। बहुत अच्छा किया, शुक्रिया! धन्यवाद! जयहिन्द! लेकिन सरकार! मैं उस घर में दूसरे लोगों के साथ सोना नहीं चाहता। मैं ठहरा घर-गृहस्थी वाला। मुझे, मेरी पत्नी और तीन बच्चों को तो एक अलग घर, कम-से-कम एक अलग फ़्लैट चाहिए। एक कमरा, एक रसोई-घर और आँगन में सुर्ख़ फूलों से लदा हुआ गुलमोहर का एक पेड़!...लेकिन मैं उनसे कुछ भी न कह पाया और वे मुझे पागल समझकर चले गए और मैं सड़क पर गैस के हंडे के नीचे बैठा यह डायरी लिख रहा हूँ और पास ही फुटपाथ पर चम्पा के ख़ून का धब्बा है, जो बहुत मद्धिम पड़ चुका है। आसमान पर बादल घिरने लगे हैं। जल्द बारिश शुरू हो जाएगी और फिर यह ख़ून का धब्बा भी बम्बई के दामन से धुल जाएगा। फिर क्या रहेगा ?

यह है पत्थर की सेज पर बिताई हुई एक हज़ार रातों की दास्तान!

पुनश्च

मुझे पता नहीं, कौन लोग वे बड़ी-बड़ी पंचवर्षीय योजनाएँ और प्रोजेक्ट बनाते हैं। लेकिन अगर उनमें से किसी की नज़र से मेरी यह डायरी गुज़रे तो उनसे मेरी इतनी अर्ज़ है कि बेघरों के लिए जो घर आप बना रहे हैं, यह बड़ा काम है, अच्छा काम है। लेकिन भगवान के लिए जल्दी कीजिए, अगर आप मुझे और मेरी चम्पा और हमारे बच्चों को बचाना चाहते हैं!

[*अलिफ़ लैला 1956—यानी पत्थर की सेज पर हज़ार रातें;* संकलन से]

इन्द्र की तलवार

आओ बेटा, आओ! बारिश में क्यूँ खड़े हो? अन्दर आ जाओ, नहीं तो सर्दी लगकर बुख़ार हो जाएगा। जब तक पानी पड़ रहा है, तुम ग़रीब बुढ़िया की झोंपड़ी में आराम करो। फिर चले जाना... भगवान की लीला भी न्यारी है बेटा! जिस बारिश से धरती में ज़िन्दगी पड़ती है, बीज कोंपल बनता है और कोंपल पौधा बनती है, वही बारिश सैलाब बनकर हज़ारों की जान लेती है। जब गंगा माई बिफर जाती हैं, बेटा, तो पूरे-पूरे गाँव बहा ले जाती हैं। यह सब हमारे कर्मों का फल है, और क्या? जैसा बोओगे वैसा ही काटोगे। ऐसा तो सम्भव नहीं कि बीज तो डालो ज्वार के और फ़सल काटो धान की! दुनिया में जो कुछ हो रहा है, भगवान शिव की आँख सब देखती है और जब पाप और अन्याय हद से ज़्यादा बढ़ जाते हैं, तो वह आँख एक ही नज़र में सब भस्म कर डालती है।

यूँ तो भगवान के लाखों हथियार हैं, एक से एक अनोखे। उसकी लाठी बे-आवाज़ है, जिस किसी पर पड़ती है, तो पता भी नहीं चलता और अपना काम कर जाती है। लेकिन सबसे ज़बर्दस्त हथियार भगवान ने इन्द्र देवता को सौंप रखा है और होना भी यही चाहिए, सारे देवी-देवताओं के वह राजा जो ठहरे! देवलोक में उनका ही तो आदेश चलता है। सच्चाई की फ़ौज को लेकर राक्षसों से भी तो उन्हें ही लड़ना पड़ता है। तो ऐसे भयंकर दुश्मनों का सामना करने के लिए हथियार भी भयंकर होने चाहिए।

यह बिजली जो तुम बादलों में चमकते देख रहे हो, बेटा, यही इन्द्र देवता की दो-धारी तलवार है। इसकी चमक और कड़क बड़े-बड़ों का दिल हिला देती है। पलक झपकते ही अपना काम करके, फिर आसमान पर इन्द्र देवता के पास पहुँच जाती है। जब ही तो बादलों की गरज सुनते ही पापी काँपने लगते हैं। इन्द्र देवता की यह तलवार लोहे-फ़ौलाद की बनी हुई नहीं है बेटा। लोहे की तलवार में तो ज़ंग लग जाता है, वह भी कुन्द हो जाती है। टूट भी सकती है। लेकिन यह निराला हथियार तो एक अनोखी ही धातु से बना हुआ है। कहते हैं कि एक बड़े पहुँचे हुए ऋषि ने भगवान की इतनी भक्ति और तपस्या की कि उनके शरीर का सारा मांस झड़ गया। बस सूखी हड्डियों का ढाँचा रह गया। उन पावन हड्डियों से जो हीरे की तरह सख़्त और तेज़ और चमकीली थीं, भगवान ने एक तलवार बनाई और इन्द्र देवता को सौंप दी कि जहाँ कहीं पाप और अत्याचार बढ़ता हुआ देखें, उस आसमानी तलवार से उसको ख़त्म कर दें।

यह तो तुमने सुना होगा, बेटा कि बिजली काले साँप पर गिरती है। भला क्यूँ? इसलिए कि ज़हरीले नाग पिछले जन्म में पापी और ज़ालिम थे। जिन्होंने दूसरों को डसकर दुख पहुँचाया और दुनिया में ज़हर फैलाया। इसी की तो यह सज़ा है कि इस बार भगवान ने उन्हें साँप के रूप में पैदा किया। लेकिन बिजली सिर्फ़ साँपों पर ही नहीं बेईमान, गन्दे और ज़हर-भरे इनसानों पर भी गिरती है। भगवान शिव की आँख उजले कपड़ों, ऊँची पगड़ियों और अमीरी ठाट-बाट से धोखा नहीं खाती। वह दिल के अन्दर के सारे मैल और खोट को देख सकती है और जब इन्द्र देवता की तलवार का वार पड़ता है, तो ऊँचे-ऊँचे दरख़्तों की छाती चीरती हुई पापियों की गर्दन तक जा पहुँचती है।

तुम लोग पढ़े-लिखे हो, बेटा, एक पागल बुढ़िया की बात क्यूँ मानोगे, लेकिन मैं भगवान की क़सम खा के कहती हूँ कि जो कह रही हूँ, सब सच है। यह तो अब याद नहीं कितने वर्ष की बात है, शायद बीस-पच्चीस या तीस वर्ष हुए होंगे। अब भी बहुतेरे लोग इस गाँव में होंगे जिन्हें यह बात शायद याद होगी और अगर अपनी आँखों-देखा सबूत चाहते हो, तो तालाब के परे खेतों के बीच में जो नीम के पेड़ का ठूँठ खड़ा है, जाकर उसे देख लो। किसी ज़माने में वह इतना बड़ा और घना पेड़ था कि बीस आदमी भी नीचे खड़े हो जाएँ तो उन पर एक बूँद भी बारिश की ना गिरे! लेकिन उस दिन से आज तक इसकी टहनियों में हरियाली नहीं आई। यूँ ही जला-भुना खड़ा है और आसमान की तरफ़ उँगली उठाए उस दिन की याद दिला रहा है।

वह बारिश मुझे आज तक याद है। इस बरस से भी कहीं अधिक पानी बरसा था। यह कच्ची सड़क, जो आगरावाली पक्की सड़क से हमारे गाँव तक आती है, पूरी पानी में डूब गई थी और आने-जानेवाले खेतों-खेतों पगडंडियों पर से आते-जाते थे। हम अछूतों की यह बस्ती गाँव के बाहर है, यहाँ कितने ही झोंपड़ों की कच्ची ईंटों की दीवार गिर पड़ी थी। एक नन्हा-सा बीस-बाईस दिन का बच्चा भी मर गया था...।

मुझ बुढ़िया को माफ़ करना बेटे, मेरी आँखें दुखती हैं, तो उनमें से पानी निकलता है। हाँ, तो मैं कह रही थी, उस बरसात में एक दिन की बात है कि रात भर की मूसलाधार बारिश के बाद, सुबह-सवेरे पानी ज़रा थमा तो बहुत से गाँववाले जो कई दिनों से अपने घरों में बन्द बेकार बैठे थे, काम-काज को निकल पड़े। कोई खेतों में निराई करने निकल गया। किसी को पास के क़स्बे में कोई काम याद आ गया। सोमवार का दिन था। शायद उस दिन सामने वाले गाँव राजापुर में बाज़ार लगा था। कई वहाँ चले गए। मगर आसमान पर बादल तब भी छाए हुए थे। बारिश का कोई ठिकाना नहीं बेटा! कौन जाने कब फिर झड़ी लग जाए? और हुआ भी यही। दो-चार घंटे तो खुला रहा, फिर वह घटाटोप छा गया कि दिन को रात जैसा अँधेरा हो गया। साथ में घड़ी-घड़ी बिजली ऐसे चमकने लगी जैसे अँधेरे में कोई तलवार चला रहा हो। फिर एकदम मूसलाधार बारिश शुरू हो गई। बिलकुल ऐसी, जैसी आज हो रही है।

गाँव के कितने ही आदमी बाहर निकले हुए थे। जो कहीं पास ही थे, वो तो भीगते-भीगते गाँव की ओर भागे। जो दूर गाँव गए थे, वे वहीं रुक गए। लेकिन चार आदमी ऐसे थे, जो निकले तो थे अलग-अलग, मगर एक-एक करके सब उसी नीम के नीचे पहुँच गए। या यूँ कहो कि उनका भाग्य उन्हें वहाँ खींचकर ले आया।

उन चारों में से तुमने किसी को तो क्या देखा होगा, बेटा! तुम तो शायद पैदा भी नहीं हुए होगे। फिर भी शायद उनमें से किसी एक का नाम तो सुना होगा! यह जो आजकल हमारा ज़मींदार हैं न, इनका बड़ा भाई ठाकुर हरनाम सिंह। बड़ा तगड़ा और रंगीला नौजवान था। यह चौड़ी छाती, बड़ी-बड़ी मूँछें! शादी नहीं हुई थी। आस-पास के ठाकुरों की कितनी ही बेटियाँ उसके नाम पर कुँआरी बैठी थीं। गाँव में कभी घोड़े पर सवार होकर निकलता तो लड़कियाँ उसे किवाड़ों के पीछे से झाँकतीं। ज़बान का भी बड़ा मीठा था। बोलता तो ऐसा कि सुननेवाले पर बस जादू ही हो जाए! आज न जाने मेरी आँखों को क्या हो गया है बेटा, बहे ही जा रही हैं...!

हाँ, तो वह था ज़मींदार का बेटा, मगर प्रजा से हमेशा मीठा बोल ही बोलता था। इनामो-इकराम भी बहुत देता था। गाँव भर में सब उसकी बड़ी इज़्ज़त करते थे। कहते थे ज़मींदार हो तो हरनाम सिंह जैसा हो! शिकार का बहुत शौक़ था उसे। उस दिन भी घोड़े पर सवार होकर मुर्ग़ाबियों के शिकार पर निकला था। लेकिन झील तक पहुँचा नहीं था कि घोड़ा ऐसा बिदका कि भागता-भागता दलदल में जा गिरा। ठाकुर मरते-मरते बचा। मगर घोड़े की टाँग टूट गई। बेज़बान जानवर को दर्द से चिल्लाते देखा तो ठाकुर से रहा न गया और उसे गोली मार दी। मैंने कहा ना कि वह था बड़ा दयालु! उधर से पैदल अपनी कोठी को वापस जा रहा था कि एकदम ज़ोर की बारिश आ गई। उसे भागकर नीम के पेड़ के नीचे पनाह लेनी पड़ी, जहाँ उसके तीन जाननेवाले पहले से ही वहाँ खड़े थे।

उनमें एक तो पं. धर्मदास था। दुबला-पतला सूखा ब्राह्मण गले में जनेऊ, माथे पर बड़ा चन्दन का टीका, सारे गाँव में वह ही सबसे पढ़ा-लिखा, बुद्धिमान आदमी था। कहते थे उसे सारे वेदशास्त्र ज़बानी याद थे। हर समय उसे धर्म और समाज की रक्षा की चिन्ता रहती थी। वह उसी का दम था कि हमारे गाँव में अधर्मी और नास्तिक विचार कभी न फैल सके। एक बार कहीं से एक सुधारक आ गया और कहने लगा कि हिन्दुओं को ज़ात-पाँत छोड़कर अछूतों को अपना भाई समझना चाहिए। लेकिन धर्मदास ने उसे नास्तिक और अधर्मी कहकर तुरन्त गाँव से निकलवा दिया। धर्मदास ख़ुद तो अविवाहित था किन्तु उसे गाँव की इज़्ज़त व आबरू की बड़ी चिन्ता रहती थी। गाँव के किसी लड़के या लड़की को कभी ऐसी-वैसी बात करते देख लेता तो आग-बबूला हो जाता और पंचायत से ऐसी कड़ी सज़ा दिलवाता कि फिर किसी की हिम्मत न होती कि वह पाप के रास्ते पर क़दम रख सके। हाँ, एक लड़की थी, भोलाराम सुनार की अभागिन बेटी चन्दा। वह न जाने कैसे पाप के गड्ढे में गिर पड़ी। उस कलंकिन

ने बिन-ब्याही होकर बच्चा जना था। माँ-बाप ने उसे कितना ही पीटा और पंचों ने उसे कितना ही समझाया-धमकाया, लेकिन उसने न बताया कि बच्चे का बाप कौन है। वह कहती रही कि मैं पापिन हूँ, जो सज़ा देना है मुझे दे दो! इसलिए पं. धर्मदास के कहने पर चन्दा को उसके पाप की निशानी समेत गाँव से निकाल दिया गया। फिर गाँववालों ने सुना कि उसे गाँव के बाहर अछूतों की बस्ती में पनाह मिल गई है और यह सुनकर पंडित जी ने कहा कि यह कोई अचम्भे की बात नहीं, क्योंकि भगवान की नज़र में पापी और अछूत बराबर हैं।

दूसरा वहाँ पेड़ के नीचे साहूकार मूलचन्द था, जो रहता तो था राजापुर में, लेकिन जिससे लेन-देन हमारे गाँववालों का भी बहुत चलता था। जब भी ज़रूरत पड़े, उसके पास चले जाओ, रुपए का इन्तज़ाम कर ही देता था। यह और बात है कि ब्याज कड़ा लेता था और पहले बरस का ब्याज तो रक़म में से पहले ही काट लेता था। लेकिन सब कहते—यह तो साहूकारी का उसूल है; इसका क्या रोना! मूलचन्द बात तो बड़ी मीठी करता है और आड़े वक़्त में काम भी आता है...।

वह दीन-धर्म के कामों में हमेशा बढ़-चढ़कर हिस्सा लेता। कथा हो या पूजा हो, पाठ हो कि कीर्तन हो या हवन हो—हर बात में सबसे बड़ी रक़म चन्दे की उससे ही मिलती थी। दान-धर्म का उसे बड़ा ख़याल रहता था। भोलाराम सुनार की बेटी चन्दा को जब गाँव से निकाला गया, तो मूलचन्द महाजन ने पंडित जी को बहुत शाबाशी दी और कहा—"पंडितजी, तुमने तो फिर भी नरमी से काम लिया, हमारे गाँव की कोई छोकरी ऐसा करती तो तोड़ देते हम उसकी टाँगें!"

एक और बात मूलचन्द की थी, वह कपड़े हमेशा बड़े उजले पहनता था, जैसे अभी धोबी के घर से धुलकर आए हों। महीन मलमल का बेल लगा हुआ कुर्ता। आस्तीनों पर चुन्नट पड़ी हुई। सफ़ेद चिट्टी धोती। इत्र भी बहुत लगाता था। दूर ही से पता चल जाता था कि महाजन आ रहा है। कहनेवाले यह भी कहते थे कि उसका पसीना बड़ा बदबूदार है, इसीलिए इतना इत्र लगाता है। एक दिन किसी ने उससे कहा—"महाजन, यह तुम्हारे कपड़े हर समय इतने उजले कैसे रहते हैं? दिन में दो-तीन बार बदलते होंगे?"

इस पर हँसकर बोला—"यह धोबी की धुलाई की बाबत नहीं, भैया! यह मन की सफ़ाई है। और तुम तो जानते हो कि मन उजला, सो तन उजला, तन उजला, सो मन उजला!"

तीसरा वहाँ रहमत ख़ाँ पटवारी था, बेटा! अब तो पटवारियों, नम्बरदारों की वह पुरानी बात रही नहीं, लेकिन उन दिनों में यूँ समझो कि रहमत ख़ाँ हमारे गाँव का बादशाह जॉर्ज पंचम, बड़ा लाट, छोटा लाट और कलक्टर सभी कुछ था। ज़मीनों का नापना, दाख़िल ख़ारिज, सब काम उसी के हाथ से होते थे। गाँववाले ठहरे अनपढ़। जैसे साहूकार के कहने पर उसके काग़ज़ पर अँगूठा लगा देते थे, वैसे ही पटवारी के कहने पर स्टाम्पों

और सरकारी काग़ज़ों पर अँगूठा लगा देते थे। ज़मीनों के बारे में जो काम भी होता, वह रहमत ख़ाँ ख़ुशी से कर देता और काम हो जाने के बाद, वह भी उसे ख़ुश कर देते थे। अब इसे चाहे रिश्वत कह लो या कुछ और समझ लो, लेकिन वैसे बड़ा शानदार आदमी था। यह लम्बी दाढ़ी थी! रोज़े-नमाज़ का बड़ा पाबन्द था। गाँव की मस्जिद में पाँचों वक़्त की नमाज़ की हाज़िरी देता था। एक बार हज भी कर आया था और उस साल भी हज को जाने की बात कर रहा था और इसीलिए उसे ख़ुश करने के लिए अब किसान को ज़रा ज़्यादा रक़म देनी पड़ती थी। दो बीवियाँ थीं और दोनों से बड़ा कड़ा पर्दा करवाता था। ख़ासकर छोटी से, जो मुश्किल से बीस-बाईस वर्ष की होगी और उम्र में उसकी बेटी मालूम होती थी। ज़ात का पठान था, इसलिए दिमाग़ ज़रा गरम था। वैसे भी तगड़ा तो था ही। एक दिन ताव में आ के नूरबख़्श जुलाहे को थप्पड़ मार दिया था, क्योंकि उसने उसे अच्छी तरह ख़ुश जो नहीं किया था। वह तीन दिन खाट पर पड़ा रहा! ऐसे ही एक दिन छिद्दू चमार पर ग़ुस्सा हो गया तो उसे ज़मीन पर दे मारा!

लेकिन ऐसा ग़ुस्सा वह नीच ज़ातवालों के साथ ही बरतता था। ज़मींदार साहब से, पंडित जी से, साहूकार से वह बड़े अदब से बात करता था और गाँव में तहसीलदार, नायब तहसीलदार, थानेदार या कोई दूसरा अफ़सर दूर से भी आ निकलता तो उसकी आव-भगत के लिए वह इतनी दौड़-धूप करता था कि सब कहते—"अपना पटवारी है बड़ा दिलवाला और उसकी पहुँच भी देखो, कितने बड़े-बड़े अफ़सरों तक है... !"

हाँ, तो चारों पेड़ तले खड़े भगवान से प्रार्थना कर रहे थे कि बारिश रुक जाए। उस दिन गरज-चमक भी बहुत ज़ोरों पर थी। एक बार बिजली बहुत ज़ोर से चमकी, तो वे देखते हैं कि सामने पगडंडी पर रुल्दू चमार और वह सुनार की लौंडिया, जिसे उन्होंने गाँव से निकाला दे रखा था, दोनों पानी में तरबतर उस पेड़ की ओर चले आ रहे हैं! हाँ, बेटा, यह बताना तो मैं भूल ही गई, कि रुल्दू चमार था तो ज़ात का अछूत, लेकिन क्योंकि गाँववाले उसी से जूते बनवाते थे, इसलिए गाँव के सारे बच्चे उसे रुल्दू काका-रुल्दू काका कहते थे। जिस दिन चन्दा को गाँव से निकाला गया, वह अछूतों की बस्ती में से अपने बच्चे को लिये रोती हुई जा रही थी। रुल्दू ने देखा तो कहा—"बेटी, इस हालत में तू कहाँ जाएगी? जब तक तेरे बाप का ग़ुस्सा ठंडा न हो, तू मेरे यहाँ ठहर जा!"

अन्धा क्या चाहे, दो आँखें! और डूबते को तिनके का सहारा, सो चन्दा रुल्दू चमार के टूटे-फूटे झोंपड़े में रहने लगी। उसके बाप ने जब यह सुना, तो उसने भी कहा—"चलो अच्छा ही हुआ। रुल्दू है तो चमार, लेकिन अपनी जान-पहचानवाला है। और वैसे आदमी भी अच्छा है। इधर-उधर मारे-मारे फिरने से तो यही अच्छा है कि चन्दा इसी के यहाँ रहे।" लेकिन बहुत से ऊँची ज़ातवाले ऐसे भी थे, जो कहने लगे कि अछूत के यहाँ रहने से तो अच्छा था कि चन्दा झील में डूबकर जान दे देती! और अगर बिगड़े-दिल नौजवानों का बस चलता तो रुल्दू का झोंपड़ा जलाकर राख कर डालते। वो तो

बड़े-बूढ़ों ने उन्हें रोक लिया। और फिर बारिश भी इतनी ज़ोर की हो रही थी कि किसी का बाहर निकलना भी मुश्किल था। जब आस-पास छप्पर फाड़कर इतना पानी बरस रहा हो तो आग भी कहाँ लग सकती है?

मैंने कहा न बेटा, यह सब भगवान की लीला है! बारिश ने रुल्दू चमार के झोंपड़े को जलने से तो बचा लिया; लेकिन उसी बारिश ने उसकी कच्ची ईंटों की दीवारों को ढहा दिया। उस समय रुल्दू तो अपनी दुकान में बैठा जूते बना रहा था और चन्दा के बच्चे को सर्दी लगकर बुख़ार आ रहा था। इसलिए वह पड़ोस की चमारिन के यहाँ कोई दवा माँगने गई हुई थी। झोंपड़े में बस उसका बच्चा ही अकेला था। इतने में अड़र-अड़र-धम्म पिछवाड़े की दीवार ढहकर छप्पर नीचे आ रहा। रुल्दू और चन्दा दोनों भागे आए, मगर जब तक बच्चा मर चुका था। नामुराद नन्ही-सी जान। उसने एक चीख़ भी तो न मारी, बस चुपके से जान दे दी। बेटा, मैं सोचती हूँ कि चन्दा का बच्चा उस दिन मरा न होता तो आज तुम्हारी उमर का होता...!

अपने मुर्दा बच्चे को देखकर चन्दा की आँख से एक आँसू भी न निकला। ऐसी हो गई जैसे पत्थर की बनी हो। लोग कहते हैं कि उसने अपने बच्चे के मरने पर रोकर अपने दिल की भड़ास नहीं निकाली, इसलिए उसका दिमाग़ फिर गया और वह पागल हो गई।

न जाने आज मेरी आँखों को क्या हो गया है, बेटा! पानी थमे और तुमसे हो सके, तो बाज़ार में जो वैद जी की दुकान है, वहाँ से दवा ला देना...!

मैं भी कहाँ से कहाँ बहक जाती हूँ! हाँ, तो, रुल्दू चमार और उस कलंकिन चन्दा को उस पेड़ की तरफ़ आते देखकर, उन चारों का माथा ठनका।

पं. धर्मदास ने चिल्लाकर कहा—"रुल्दू! कहाँ मुँह उठाए चला आ रहा है? वहीं ठहर!"

रुल्दू ठिठका! फिर दूर से हाथ जोड़कर उसने कहा—"पंडित जी, दया करो! तूफ़ान बड़ा भयानक है। हम दोनों एक तरफ़ खड़े हो जाएँगे।" यह कहकर रुल्दू आगे बढ़ने ही वाला था कि धर्मदास ने फिर ललकारा—"बस, बस! एक ज़रा-सा पेड़ ही तो है। यहाँ कौन-सा महल खड़ा है, जो एक कोने में तुम भी खड़े हो जाओगे?"

और फिर उसने ठाकुर हरनाम सिंह से कहा—"ठाकुर साहब, इन्हें यहाँ न आने देना चाहिए, नहीं तो हम भी मारे जाएँगे!"

इस पर पटवारी रहमत अली ख़ाँ बोला—"क्यूँ पंडित जी, क्या ख़तरा है?"

पंडित बोला—"तुम नहीं जानते, ख़ाँ साहब! धर्मशास्त्रों में लिखा है कि बिजली पापी और अपवित्र लोगों पर गिरती है। इनमें एक अछूत है, दूसरी कलंकिन! अगर यह यहाँ आ गए तो समझ लो साथ में हमारी भी मौत आ गई!"

पटवारी बोला—"जल तू, जलाल तू, आई बला को टाल तू!...पंडितजी, ऐसा है तो इन्हें पास भी न फटकने देना चाहिए!"

"हाँ, और क्या!" महाजन जल्दी से बोला—"जान थोड़े ही देना है, इनके लिए!"

चन्दा जो टकटकी बाँधे, पागलों की तरह, ठाकुर हरनाम सिंह को घूर रही थी, अब मारे सर्दी के काँपने लगी। उसकी हालत देखकर रुल्दू ने एक बार फिर मिन्नत की—"सरकार, लौंडिया को कँपकँपी छूट रही है। निमोनिया होकर मर जाएगी। इसका बच्चा तो पहले ही झोंपड़ी की दीवार के नीचे पिचकर मर चुका है!"

चन्दा अब ठाकुर को घूर रही थी। मगर ठाकुर ने मुँह दूसरी ओर फेर लिया और अपनी बन्दूक़ को खोलकर उसकी नाल में झाँकने लगा। जैसे इस बातचीत से उसे कोई सरोकार न हो। और बेटा, था भी ठीक, वह ठहरा जमींदार, उसे इन नीच लोगों के मरने-जीने से क्या?

चन्दा के बच्चे के मरने की सुनकर धर्मदास ने कहा—"चलो अच्छा हुआ, पाप की निशानी ख़त्म हुई!"

रुल्दू बोला—"जो होना था, सो हो चुका! मैं तो इसलिए चन्दा को उसके बाप के पास ले जा रहा था कि जिस कारण इस बेचारी को घर से निकाला था, वह बच्चा ही नहीं रहा, तो अब तो प्रायश्चित्त कराके उसे घर में रख लें!"

लेकिन महाजन ने हमेशा की तरह अब भी अपनी मीठी ज़बान से काम निकालना चाहा। कहने लगा—"वो सब बाद में देखा जाएगा, रुल्दू मगर अब तुम जाओ! कोई और पेड़ तलाश करो। इस पेड़ के नीचे अब कोई जगह नहीं है।"

रुल्दू ने कहा—"साहूकार जी, तुम तो जानो हो, यहाँ दूर-दूर तक कोई दूसरा पेड़ नहीं है!"

और महाजन ने उसे बात समझाने के लिए कहा—"रुल्दू, ज़रा सोच-समझकर बात कर! धर्म-शास्त्र के लिखे का तो ख़याल कर। तुम दोनों पर बिजली गिरने का डर है। अपने साथ क्यूँ हमारा भी ख़ून करवाते हो? मुझे अपनी कोई फ़िक्र नहीं है, मगर देखो तो ठाकुर साहब हैं, यहाँ के पंडित जी हैं, पटवारी जी हैं..."

इतने में वह क्या देखते हैं कि वह अभागिन चन्दा सर्दी से काँपती कीचड़ में फिसलती, उनकी ओर बढ़ती चली आ रही है और उसके पीछे रुल्दू—"चन्दा बेटी, क्या करती है! चन्दा बेटी, क्या कर रही है!" कहता हुआ आ रहा है और उसी वक़्त उनके सामने के बादलों में बिजली ज़ोर से चमकी। और इतनी ज़ोर का धमाका हुआ कि धरती काँप उठी!

पंडित ज़ोर से चिल्लाया—"ठाकुर साहब, बन्दूक़ सँभालिए नहीं तो ग़ज़ब हो जाएगा! हम सब मारे जाएँगे!"

ठाकुर ने बन्दूक़ उठाकर कन्धे से लगाई, लेकिन, उसके हाथ काँप रहे थे! अपनी तरफ़ बन्दूक़ का मुँह देखकर, चन्दा तो जैसे बिलकुल ही पागल हो गई। चिल्लाई—"तुम तो मुझे पहले ही मार चुके हो, ठाकुर! अब बन्दूक़ चलाना चाहते हो, तो यह शौक़ भी पूरा कर लो! मैं भी अपने बच्चे के पास पहुँच जाऊँ!" और फिर मरी हुई आवाज़ में उसने कहा—"तुम्हारे बच्चे के पास...!"

उसकी यह अजीब बात सुनकर सबको पक्का यक़ीन हो गया कि वह सचमुच पागल हो गई है।

दूर बादलों में एक बार फिर गड़गड़ाहट हो रही थी, जैसे बिजली गिरने की तैयारी हो। चन्दा को एक क़दम और बढ़ाते देखकर, महाजन चिल्लाया—"सरकार, देखते क्या हैं? चलाइए गोली! नहीं तो यह पगली अपने साथ हमें भी ले मरेगी!"

लेकिन बेटा! ठाकुर की बन्दूक़ नहीं चली। उससे पहले भगवान की तलवार चल गई! अभी वह बन्दूक़ का घोड़ा दबाने वाला ही था कि ऐसी भयानक चमक हुई, जैसे सूरज देवता धरती पर आ गए हो! रुल्दू और चन्दा ने डर के मारे आँखें बन्द कर लीं। एक धमाका हुआ! इतने ज़ोर का धमाका, बेटा, जैसे सैकड़ों तोपें एकदम चली हों। धरती काँप उठी। और रुल्दू और चन्दा ज़मीन पर आ रहे और उन्हें यक़ीन हो गया कि बिजली उन ही पर गिरी है...!

मगर बेटा, जिसे भगवान रखे, उसे कौन चखे! जब उन्होंने आँखें खोलीं तो देखा कि नीम का पेड़ चोटी से लेकर जड़ तक बिजली से जला हुआ है। और उसके नीचे चार लाशें झुलसी पड़ी हैं। ठाकुर की बन्दूक़ अब भी उसके हाथ में थी, लेकिन उसकी नाल पर बिजली गिरी थी और वह गलकर इस तरह तुड़-मुड़ गई थी, जैसे लोहे की नहीं मोम की बनी हो।

हाँ बेटा! मैं कहती हूँ कि इन्द्र देवता की आसमानी तलवार का हम इनसानों की तलवारें, बन्दूक़ें भला क्या मुक़ाबला कर सकती हैं? यह सब हमारे कर्मों का फल है और क्या? जैसा बोओगे, वैसा काटोगे। यह थोड़ा ही है कि बीज तो डालो ज्वार के और फ़सल काटो धान की। दुनिया में जो कुछ हो रहा है, भगवान शिव की आँख वह सब देखती रहती है। वह उजले कपड़ों, ऊँची पगड़ियों या अमीरी ठाट-बाट से धोखा नहीं खा सकती। दिल के अन्दर की सारी मैल और सारे खोट को देख लेती है और इसलिए जब इन्द्र देवता की तलवार का वार पड़ता है तो ऊँचे-ऊँचे दरख़्तों की छाती चीरती हुई पापियों की गर्दन तक जा पहुँचती है...मैंने जो कुछ कहा है, तुम उसे एक पगली बुढ़िया की बड़ समझ रहे हो ना, बेटा? तुम सोचते हो कि जब वे सब वहीं मर गए तो मुझे कैसे यह सब हाल मालूम हुआ? लेकिन मैंने जो कुछ कहा है, वह झूठ नहीं है बेटा, लो बारिश भी कम हो गई। अब बाहर जाओ तो बाज़ार में वैद जी की दुकान पर होते आना। उनसे कहना, आज मेरी आँख से फिर पानी बह रहा है। कोई दवा दे दें। कहना तुम्हें पगली चन्दा ने भेजा है लेकिन तुम तो पहले ही चले गए। मेरी ऊटपटाँग बातों से उकताकर। आख़िर तुमने भी मेरी कहानी नहीं सुनी! कोई मेरी कहानी नहीं सुनता। मैं पगली जो हूँ...!

...बारिश थमने तक तो ठहर जाते, बेटा,...!

[लिप्यांतरण : डॉ. ज़ोया ज़ैदी; *गेहूँ और गुलाब;* संकलन से]

अजन्ता

"अजन्ता हिन्दुस्तान की कला का शिखर है। दुनिया में इसका जवाब नहीं है... बड़े-बड़े अंग्रेज़ और अमेरिकन यहाँ आकर मंत्रमुग्ध हो जाते हैं... ये गुफाएँ डेढ़ हज़ार साल पुरानी हैं। इनके खोदने, तराशने, इनमें मूर्तियों और चित्रों को बनाने में कम-से-कम आठ सौ वर्ष का समय लगा होगा...महात्मा बुद्ध की इस मूर्ति को देखिए..."

सरकारी गाइड की मँझी हुई आवाज़ गुफा की ऊँची पथरीली छत से टकराकर गूँज रही थी। अठाईस रुपए माहवारी के वेतन और डेढ़ रुपए रोज़ाना बख़्शीश के बदले में, वह अपना तोते की तरह रटा हुआ सबक़ दिन में न जाने कितनी बार दोहराता था! निर्मल को उसकी आवाज़ ऐसे मालूम हुई, जैसे रहट चल रही हो या चर्ख़ा या कोल्हू...रूँ, रूँ, रूँ, रूँ...एक बेमायनी, बेरूह आवाज़ का अनन्त सिलसिला, जो ख़त्म होने में ही नहीं आता था!

भारती, जो कला की पुजारिन थी और ख़ुद भी कला का एक दुर्लभ नमूना थी—गाइड के शब्दों पर सिर धुन रही थी। हज़ारों वर्ष पुराने कला के इस अथाह समुद्र में वह डूब जाना चाहती थी। हर चित्र, हर मूर्ति, हर स्तम्भ, हर मेहराब पर फूल और पत्ती को देखकर उसके मुँह से प्रशंसा के झरने अपने आप फूट पड़ते थे। ओह! निर्मल यह देखो...आह! निर्मल वो देखो...महात्मा बुद्ध के चेहरे पर यह कितना सौम्य और शान्त भाव है—इस अप्सरा के बालों का शृंगार तो देखो!...कितना मधुर!...कितना आश्चर्यजनक!...कितना सुन्दर!

निर्मल ख़ामोश था। वह न गाइड की रूँ-रूँ सुन रहा था और न भारती के जोशीले प्रशंसा भरे शब्द...उसकी निगाहें दीवार पर बने हुए चित्रों पर ज़रूर थी, मगर उसे सिवाय धुँधले रंगीन धब्बों के कुछ नज़र नहीं आ रहा था...उसके कान गाइड के रटे हुए भाषण को सुन रहे थे, पर अब तक वह सिर्फ़ आवाज़ थी। बे-अर्थ, धीमा-धीमा शोर चर्ख़े या रहट या कोल्हू की रूँ-रूँ की तरह भारती जब बोलती तो निर्मल को ऐसा लगता कि उसके कान पर कोई अनजानी और एकदम अनावश्यक चोट पड़ रही है।...जैसे गरमी की दोपहर में ताँबे की तरह तपा हुआ आकाश, एक उड़ती हुई चील की डरावनी

चीख़ से गूँज उठे...ना जाने वह किस नम्बर की गुफा में थे! न जाने वह किस चित्र के सामने खड़े थे!...

गाइड की रूँ-रूँ जारी थी!...''यह देखिए एक पिछले जन्म में संन्यासी के रूप में गौतम बुद्ध उपदेश दे रहे हैं। बनारस के राजा की यह नर्तकी महात्मा का उपदेश सुनती है...राजा को जब यह ज्ञात होता है, तो वह स्वयं जाकर संन्यासी से सवाल-जवाब करता है।...तुम कौन हो? और क्या उपदेश दे रहे हो?...वह कहते हैं—मैं शान्ति और सच्चाई की बात कर रहा हूँ!...राजा अपने जल्लाद को आदेश देता है कि वह संन्यासी के हाथ, पाँव, नाक, कान तलवार से काट डाले। पर हर बार महात्मा बुद्ध ने यही कहा कि शान्ति और सत्य तो मेरे दिल में हैं। मेरी आत्मा में हैं। नाक, कान, हाथ, पाँव में नहीं...यह देखिए इनके ज़ख़्मों से ख़ून...''

''ख़ून!''

ख़ून की नदियाँ, ख़ून का दरिया, ख़ून का समुद्र और इन ख़ूनी लहरों पर बहता हुआ निर्मल फिर बम्बई पहुँच गया। वही ख़ूनी बम्बई जिससे भागकर उसने तीन सौ मील दूर और डेढ़ हज़ार वर्ष पुरानी गुफाओं में पनाह ली थी...

एक सितम्बर : शाम को रोज़ाना की तरह वह अपना काम करके गोरे गाँव अपने दोस्त वसन्त के दफ़्तर गया था कि वे दोनों साथ ही ट्रेन से दादर जाएँगे तभी ख़बर मिली कि शहर में हिन्दू-मुस्लिम दंगा-फ़साद हो गया है। काम छोड़कर हर कोई इसी विषय पर वार्तालाप करने लगा, अपनी राय देने लगा :

''तुम देखना, यह दंगा-फ़साद चन्द घंटे में दब जाएँगे, इस बार सरकार ने पूरी तैयारी कर रखी है...''

''पर आज कैसे हो गया?...मुस्लिम लोग तो काले झंडों का जुलूस कल निकालने वाले हैं...''

''यह कलकत्ता की ख़बरों का परिणाम है....''

''सुना है, कई हज़ार छुरे पकड़े गए!...''

''सुना है 'गोल पैठा' पर पं. जवाहरलाल नेहरू की तस्वीर को एक मुसलमान जूतों के हार पहनाने का प्रयास कर रहा था...''

''सुना है कि भिंडी बाज़ार में मुसलमानों ने कई हिन्दुओं को मार डाला।''

''पर तुम चिन्ता न करो, अब के हिन्दू चुपके बैठनेवाले नहीं हैं।...''

इतने में एम्बुलेंस की आवाज़ आई, और सब खिड़की की ओर भागे। हरिकृष्णदास अस्पताल में घायलों की मोटर दाख़िल हो रही थी। एक गठे हुए जिस्म के राहगीर ने, जो धोती और धारीदार मैली क़मीज़ और काली मराठी टोपी पहने हुए था, अस्पताल के दरबान से पूछा—''यह कौन थे, हिन्दू या मुसलमान?''

दरबान ने, जो मोटर में झाँक चुका था, जवाब दिया—''एक मुसलमान, दो हिन्दू।''

और फ़ौरन कोने के हिन्दू होटल के सामने खड़े हुए गिरोह में खुसुर-फुसुर होने लगी। पूरे चीर्नी रोड पर दुकानें बन्द हो चुकी थीं। होटल के सब दरवाज़े बन्द थे केवल बीचवाले लोहे के जँगले का दरवाज़ा आधा खुला था। ट्राम देर हुए बन्द हो चुकी थी। सड़क पर सन्नाटा था। हाँ, ऊपर की मंज़िलों से लोग झाँक रहे थे। वातावरण में एक अजीब तनाव था। जैसे तना हुआ ढोल चोट पड़ने का मुन्तज़िर हो।

अचानक सेंडहर्स्ट रोड के चौराहे की ओर से किसी की पदचाप सुनाई दी। हर व्यक्ति की नज़रें आवाज़ की ओर फिर गईं। एक दुबला सूखा-सा युवा, कुर्ता-पाजामा पहने हुए आ रहा था। बिलकुल बेफ़िक्र, जैसे शहर में दंगा-फ़साद हुआ ही नहीं हो।

''साले की हिम्मत तो देखो?'' होटल के सामने खड़े हुए समूह में से एक आदमी ने कहा और गठे हुए जिस्म के आदमी का हाथ, धारीदार क़मीज़ के नीचे अपनी मैली धोती की तहों में न जाने क्या खोजने लगा! बेफ़िक्र, दुबला युवा अब वसन्त के दफ़्तर की खिड़की के नीचे से गुज़र रहा था। निर्मल ने देखा कि उसके मलमल के कुर्ते में से उसकी हड्डियाँ नज़र आ रही हैं। साँवला रंग, छोटा-सा क़द, मगर अच्छा बुद्धिमत्तापूर्ण चेहरा। कोई क्लर्क या विद्यार्थी लगता था। न जाने क्यों निर्मल का मन चाहा, चिल्लाकर कहे—'मियाँ भाई, ज़रा सँभलकर आगे जाना! बड़ा ख़राब समय है!' पर उसके मुँह से कोई आवाज़ न निकली। और आँख झपकते ही उसने एक चमकीली छुरी को हवा में लहराते देखा।

छुरी दस्ते तक दुबले-पतले युवा की पीठ में उतर गई। उसके हाथ एक बार अनायास उठे, शायद बचाव करने के लिए! मगर दूसरे ही क्षण वह चकराकर गिर पड़ा, और उसके मुँह से एक कराहती हुई आवाज़ निकली, जो फ़रियाद भी थी और आख़िरी हिचकी भी!

''हाय भगवान!''

और होटल के मजमे में एक खलबली-सी मच गई।

''अरे, यह तो हिन्दू है, हिन्दू!''

''नहीं रे, साला बन रहा है!''

''पाजामा पहने हिन्दू कैसे हो सकता है?''

''साले का पाजामा खोलकर ख़तना देखो!''

छुरी अभी तक युवा की कमर में गड़ी हुई थी। मगर उसकी परवाह न करते हुए कई आदमियों ने बढ़कर सिसकती हुई लाश को पकड़कर पलट दिया और एक ने नाड़े को खींचकर गाँठ खोल दी।

निर्मल की आँखें शर्म से बन्द हो गईं; उसे ऐसा लगा जैसे किसी ने गन्दगी के ढेर से उसका मुँह रगड़ दिया हो। जब उसने आँखें खोलीं तो क़ातिल लाश को फिर उलटकर ज़ख़्म में से अपनी छुरी बाहर खींच रहा था।

''यह तो मिश्टेक हो गया!''

उसने कहा और अपनी मैली धोती में से एक कतरन फाड़कर उससे छुरी का ख़ून पोछने लगा।

छुरी जब घाव से बाहर निकली, तो निर्मल ने देखा कि घाव में से सियाही लिये हुए गाढ़ा-गाढ़ा ख़ून बह निकला और मृत युवा के कपड़ों को रँगता हुआ सड़क पर फैल गया...

ख़ून!

"ख़ून-ख़राबे! फ़साद-दंगे से दूर यह कितनी सुन्दर और शान्त दुनिया है, निर्मल?"

भारती ने नरमी से, प्रेम से निर्मल की कमर पर हाथ रखते हुए कहा।

एक झटके के साथ एक लहर ने उसे ख़ूनी समुद्र के बाहर किनारे पर ला फेंका।

"क्या, क्या कहा तुमने, भारती?"

"मैं कह रही थी कि अजन्ता की इन शान्त और सौम्य गुफाओं में हम बम्बई-कलकत्ते के भयानक ख़ून-ख़राबे से कितनी दूर मालूम होते हैं। कई हज़ार वर्ष दूर, यहाँ तुम ज़रूर उन भयानक दृश्यों को भूल सकोगे जो तुमने बम्बई में देखे हैं।" बेचारी भारती! सुन्दर एवं सौन्दर्य-प्रेमी, भारती! उसका दिल प्रेम से कितना भरपूर था और उसकी बुद्धि समझ-बूझ से कितनी ख़ाली! उसे निर्मल से वास्तव में प्रेम था और वह उसे एक मिनट के लिए भी दुखी नहीं देख सकती थी। जिस दिन दंगे-फ़साद आरम्भ हुए, उसके दूसरे दिन ही वह जान गई कि निर्मल का कोमल एवं भावुक मस्तिष्क इस ख़ून-ख़राबे को सह न सकेगा। चर्नी रोड के ख़ून के बाद जो उसने अपनी आँखों से देखा था। निर्मल ने तीन दिन खाना नहीं खाया था और न ही वह सो सका था। उसको चुप-सी लग गई थी। उसने किसी से इसका कारण नहीं बताया था। उसके साथियों ने पूछा भी तो उसने टाल दिया था। पर भारती से वह हर बात कह देता था। उसकी गोद में सिर रखकर निर्मल ने वह ख़ूनी दुर्घटना सारी की सारी उसी विस्तार से बता दी थी...।

"उस दुबले-पतले युवा की सूरत मेरी आँखों के सामने घूमती है, भारती, उसकी आख़िरी चीख़ अब भी मेरे कानों में गूँज रही है। उसने मेरी नींद उड़ा दी है। रात को मैं सोता भी हूँ तो सपने में देखता हूँ कि मैं एक ख़ून के समुद्र में डूब रहा हूँ और कोई मेरी मदद को नहीं आता।"

और उसके घुँघराले बालों में अपनी मुलायम उँगलियों से कंघी करते हुए भारती ने कहा—"बेचारा निर्मल!"

अपने प्रेम, अपनी बातों, सिनेमाघर, ग्रामोफ़ोन, रेडियो, किस-किस तरह उसने अपने दोस्त के दिल से इस घटना को भुलाने की कोशिश की थी, मगर वह नाकाम रही थी। निर्मल की ताज़गी, उसकी चंचलता, उसका जगज़ाहिर हँसोड़पन, उसकी विवेकशीलता सिरे से ग़ायब हो गई थी। वह जब कभी भी भारती से मिलने आता तो

घंटों चुपचाप बैठा रहता और उसकी वहशत भरी आँखें टकटकी बाँधे फ़िजा में न जाने क्या देखती रहती हैं! वह कहती—"मैं जानती हूँ निर्मल तुम्हारे भावुक दिमाग़ को कितना गहरा घाव लगा है! मगर भगवान के लिए अपने आपको सँभालो और इस दुर्घटना को भूलने का प्रयास करो!"

वह जवाब देता—"हाँ, भूल ही जाना चाहिए।" और वह सोचता—कौन-कौन से वाक़यात भूलने की कोशिश करूँ!

निर्मल कुमार क़ुदरत की तरफ़ से शायराना दिल और दिमाग़ लेकर आया था। उसकी ग़ज़लें और कविताएँ, लेख और कहानियाँ देश की चोटी की पत्रिकाओं में छपती थीं। अमीर बाप की बेटी भारती उसकी साहित्यिक प्रतिभा की प्रशंसिका एवं दीवानी थी। उसका बस चलता तो निर्मल के लिए किसी पहाड़ की चोटी पर एक सुन्दर बँगला बनवाती जहाँ वह शान्ति से अपनी पत्तिमाओं की रचना में व्यस्त रहे। मगर वह तो एक दैनिक का रिपोर्टर था। भारती अक्सर कहती कि उस जैसे साहित्यकार के लिए एक पत्रकार का कार्य करना सरासर ग़लत है?

निर्मल कहता—आधुनिक हिन्दुस्तान में साहित्य की रचना केवल बुद्धि का व्यभिचार है, दिमाग़ी ऐश है और लिखनेवाले के लिए पत्रकारिता ही पेट पालने का साधन बन सकती है। इसके अलावा रिपोर्टर के रूप में वह जीवन के ड्रामाई पहलू से दो-चार रहता। अदालत के मुक़दमों, थाने-कोतवाली की वारदातों, मज़दूरों की हड़तालों, जलसों और जुलूसों में उसको मानवीय रूप व्यक्ति करने का, सच्चाई व्यक्त करने का अवसर मिलता था और यही अनुभव उसकी रचनाओं के साँचे में ढलकर ऐसे लेख, अफ़साने और कविताएँ बन जाते थे जिनमें जीवन की सच्चाई, ज़िन्दगी की तड़प और समाज की आत्मा दिखाई देती थी।

पत्रकार की हैसियत से निर्मल को दंगे-फ़साद के ज़माने में भी सारे शहर में घूमना पड़ा था। सेंडहर्स्ट रोड, भिंडी बाज़ार, पायधूनी, बाईकुला, परेल, दादर सारा शहर रणभूमि बना हुआ था। हर जगह पर ख़ून और क़त्ल की वारदातें हो रही थीं। यहाँ एक मुसलमान डबलरोटी वाला मारा गया। वहाँ एक हिन्दू दूधवाले को किसी मुसलमान ने छुरी घोपकर मार डाला। यहाँ एक पठान का ख़ून हुआ, यहाँ एक पूरबी भय्या क़त्ल हुआ। यहाँ एक दस वर्ष के बच्चे को किसी ने मार दिया। वहाँ एक ग्यारह वर्ष के बच्चे ने किसी राह चलते आदमी की पसलियों में चाक़ू घोंप दिया। सारा शहर 'हिन्दू बम्बई' और 'मुसलमान बम्बई' में विभाजित हो गया। किसी हिन्दू की हिम्मत न थी कि वह भिंडी बाज़ार में क़दम रख सके। किसी मुसलमान की जुर्रत न थी कि वह पायधूनी से गुज़र सके। पाकिस्तान और अखंड भारत स्थापित हो गए थे। निर्मल और दूसरे पत्रकारों को अक्सर पुलिस या फ़ौज के साथ लॉरियों में गश्त करना पड़ता था। एक दिन एक गोरे सार्जंट ने निर्मल से कहा—"तुम कांग्रेसी पाकिस्तान नहीं चाहते, फिर भी इस समय बम्बई में पाकिस्तान क़ायम है या नहीं?"

अगले दिन एक अंग्रेज़ टॉमी ने निर्मल और उसके पत्रकार साथी से कहा—"तुम लोग तो 'क्विट इंडिया!' का नारा लगाते थे न! हमसे कहते थे कि 'निकल जाओ। हिन्दुस्तान छोड़ दो!' अब हम छोड़ने को तैयार हैं तो क्यों हमारी ख़ुशामद करते हो? हिन्दू कहते हैं, हमें मुसलमानों से बचाओ, मुसलमान कहते हैं, हमें हिन्दुओं से बचाओ! पर दोनों हमारी पुलिस, हमारी बन्दूक़ों और तोपों के मोहताज हैं। दोनों कहते हैं—'डोंट क्विट इंडिया'..."

और निर्मल को ऐसा लगा कि जैसे हिन्दुस्तान की आज़ादी का महल अड़ा-ड़ा-धम गिर पड़ा हो। जैसे पिछले सौ वर्षों की तमाम क़ौमी रवायतें एक पल में मिट्टी में मिल गई हों।...तरके मवालात (असहयोग आन्दोलन) और ख़िलाफ़त तहरीक, स्वदेशी और बायकाट, जलियाँवाला बाग़ की क़ुरबानी, गांधी जी और अली बिरादरान, भगत सिंह, सत्याग्रह और सिविल नाफ़रमानी...तमाम नारे और देशभक्ति के गीत, हिन्दुस्तान की अखंडता, असहयोग आन्दोलन, इत्तेहाद और हिन्दुस्तान की इज़्ज़त और आबरू...आर्ट, साहित्य, संगीत और कविता, चित्रकला...हर चीज़ मिट्टी में मिल गई हो!

"मिट्टी में मिलकर भी इस कुन्दन की चमक नहीं गई।" गाइड बक रहा था।

"अजन्ता, हिन्दुस्तान के आर्ट और साहित्य, संगीत और कविता की अमर प्रतिमा है।" भारती कह रही थी। मगर निर्मल को इस अँधेरी गुफा में बिजली की पीली-पीली रोशनी के घेरे में भी सिवाय फीके-फीके रंगों के चन्द बेमायने धब्बों के, कुछ नज़र नहीं आ रहा था। ना सुन्दरता, ना आर्ट, ना अर्थ ना लक्ष्य। बजाय सुन्दरता के एहसास के उसका दिल अनजाने क्रोध, एक अथाह घृणा से भरा था। उसका बस चलता तो वह चिल्ला उठता।

"यह सब क्यूँ?...यह हज़ारों आदमियों की हज़ारों सालों की मेहनत! क्यों? और किसलिए?...यह पहाड़ की गोद में तराशी हुई गुफाएँ, ये मूर्तियाँ, यह चित्र, यह कला, यह चित्रकारी क्यों और किसलिए?...बेकार हैं ये सब। यह सारा परिश्रम बेकार था। दुनिया के लाखों वर्ष के विकास में एक अर्थहीन और हास्यपूर्ण क्षण...बेहतर होता कि इतनी मेहनत पत्थरों में फूल तराशने के बजाय, इनसानों को इनसान बनाने में ख़र्च की जाती, ताकि वे आज एक-दूसरे का ख़ून ना कर रहे होते...अजन्ता से हिन्दुस्तान ने कुछ नहीं सीखा है और न सीखेगा! ये गुफाएँ दुनिया से असलियत, वास्तविकता, सच्चाई से फ़रार के लिए, भागने के लिए बनाए गए हैं। अजन्ता ना सिर्फ़ बेकार है बल्कि एक ज़बर्दस्त झूठ है, धोखा है, फ़रेब है..." गाइड निर्मल की भयानक विचारधारा से अनजान अपनी रूँ-रूँ किए जा रहा था।

"यह देखिए, महात्मा बुद्ध घोड़े पर चढ़े बाज़ार में से गुज़र रहे हैं, इनके चेहरे पर कितनी शान्ति है!...और देखिए, ये औरतें अपने-अपने घरों पर से कितनी श्रद्धापूर्ण निगाहों से इनकी ओर देख रही हैं!"

और भारती कह रही थी—"निर्मल देखो, इन औरतों के चेहरे देखो, आस्था से कितने चमक रहे हैं! सुन्दरता ऐसी जैसे निर्वाण प्राप्त कर लिया हो! सच तो यह है कि हिन्दुस्तानी औरतों की असली रूह, उनकी शान्त आत्मा, उनकी कोमलता, उनकी क्षमता को अजन्ता के कलाकार ही समझे हैं...।"

हिन्दुस्तानी नारियों की असली रूह, उनकी शान्त आत्मा, उनकी कोमलता, उनकी ममता!

निर्मल का दिल चाहा कि क़हक़हा मारकर इतनी ज़ोर से हँसे कि गुफाओं की पथरीली दीवारें लरज़ उठें, ये चट्टानें थर्रा जाएँ, गुफाओं का यह सिलसिला उसके घृणा भरे नारों से गूँज उठे।

हिन्दुस्तानी औरतों की असली रूह! उनकी शान्त आत्मा! उनकी कोमलता! उनकी ममता! झूठ, सरासर झूठ, धोखा, ख़ुदफ़रेबी।

निर्मल न तो कम्युनिस्ट था और न कम्युनिस्टों से हमदर्दी रखता था। मगर एक दिन वह कम्युनिस्ट पार्टी के दफ़्तर में पार्टी सेक्रेटरी पूर्ण सिंह जोशी का बयान लेने गया था कि यकायक (अचानक) सड़क की ओर से शोर की आवाज़ आई और सब खिड़कियों की तरफ़ भागे। झाँककर देखा तो एक सफ़ेद दाढ़ीवाला वृद्ध बोहरा मुसलमान अपने ख़ून में लथपथ सड़क के बीचोबीच पड़ा आख़िरी साँसें ले रहा था और साथ के मकान की बालकनी पर और उसकी निचली वाली मंज़िल की दहलीज़ पर मराठा औरतों का समूह खड़ा हँस रहा था, जैसे कोई रोचक और मज़ेदार तमाशा हो रहा हो। हिन्दुस्तानी औरतों की असली रूह! उनकी शान्त आत्मा! उनकी कोमलता! उनकी ममता!

रेडक्रॉस की एक गाड़ी आई और बूढ़े बोहरा मुसलमान की लाश को उठाकर ले गई और सामने वाले मकान में से एक मराठा औरत बाल्टी हाथ में लटकाए निकली और जहाँ बूढ़े का ख़ून गिरा था वहाँ निहायत इत्मीनान से पानी बहाकर सड़क को धोकर चली गई और कई रोज़ निर्मल के कानों में उन औरतों को क़हक़हे एक भयानक शोर बनकर गूँजते रहे और उसकी आँखों के सामने उस वृद्ध की सफ़ेद दाढ़ी, जो ख़ुद उसके ख़ून से रंगीन हो गई थी, एक भयानक बगुला बनकर फड़फड़ाती रही और उसे ऐसा लगा जैसे सारे हिन्दुस्तान की औरतें किसी ऐसे भयानक और ख़ूनी मज़ाक़ पर हँस रही हैं, जो उसकी समझ से बाहर है।

हिन्दुस्तानी औरतों की असली रूह! उनकी शान्त आत्मा! उनकी कोमलता! उनकी ममता!

निर्मल के बहुत से दोस्त मुसलमान थे, मगर दंगे-फ़साद के दिनों में वह उनके मोहल्लों में नहीं जा सकता था। एक दिन उसको मालूम हुआ कि उसके पत्रकार साथी और दोस्त हनीफ़ को बड़ी ज़ोर का बुख़ार चढ़ा है और सरसाम हो गया है। निर्मल से रहा न गया और भिंडी बाज़ार पहुँच ही गया, जहाँ एक चाल में हनीफ़ अकेला रहता

था। क्रोफर्ट मार्किट में तमाम हिन्दू, सिवाय निर्मल के, बस से उतर गए। वह ख़ुद कोट-पतलून पहने हुए था और उसके रंग-ढंग से यह हरगिज़ नहीं मालूम होता था कि वह हिन्दू है या मुसलमान या ईसाई। रंग गोरा होने की वजह से भतेरे (बहुतेरे) तो उसे पारसी ही समझते थे। मगर फिर भी जूँ-जूँ वह बम्बई के 'पाकिस्तानी' इलाक़े में जा रहा था, उसका दिल ख़ौफ़ और परेशानी से धड़क रहा था। एक बार तो उसे ऐसा मालूम हुआ कि उसके बराबर बैठा हुआ हट्टा-कट्टा गुंडानुमा मुसलमान युवा, उसके दिल की धड़कन सुनकर समझ जाएगा कि वह हिन्दू है और अपने जैकेट में से छुरा निकालकर उसकी कमर में घोंप देगा। उसी तरह जैसे चर्नी रोड पर उस दुबले-पतले युवा को एक हिन्दू गुंडे ने 'मिश्टेक' से मार डाला था और अचानक न जाने क्यों, उसकी कमर की रीढ़ की हड्डी के पास ज़ोर की खुजली-सी महसूस हुई और एक ख़याली चाक़ू का तेज़ फल उसकी पसलियों में प्रविष्ट होता चला गया।

'बाटली वाला' अस्पताल के पास वह बस से उतरकर पटरी-पटरी चला तो उसे चारों ओर से क़ातिल ही क़ातिल नज़र आए। वह छाबड़ी वाला जो केले और मौसमियाँ बेचता था, न जाने किस समय अपना फल काटनेवाला चाक़ू, एक हिन्दू की कमर में घुसा दे। वह भयानक लाल दाढ़ीवाला पठान तो ज़रूर ही एक 'काफ़िर बच्चे' की तलाश में होगा। पीछे से पथरीली सड़क पर खट-खट क़दम क़रीब आते हुए सुनाई दिए। निर्मल ने घबराकर मुड़कर देखा, कोई बुरक़ापोश औरत थी। एक पल के लिए उसने इत्मीनान की साँस ली ही थी कि अचानक उसे ख़याल आया कि इस बुरक़े में कोई 'गुंडा' ही छुपा हुआ हो? और वह तक़रीबन दौड़कर हनीफ़ की चाल की सीढ़ियों पर चढ़ गया।

हनीफ़ सरसामी हालत में बेहोश पड़ा था। निर्मल को उसके पास शाम तक ठहरना पड़ा। जब हनीफ़ की हालत किसी क़दर बेहतर हुई और उसने वापस जाने का इरादा किया, उसी समय एक सिपाही भोंपू में पुकारता हुआ वहाँ से गुज़रा कि शाम के पाँच बजे से कई इलाक़ों में चौबीस घंटों का कर्फ़्यू लगा दिया गया है, कोई घर से न निकले क्योंकि गश्ती फ़ौजियों को राह चलनेवालों पर गोली चलाने का आदेश दिया गया है। निर्मल ने घड़ी देखी, पाँच बजने में दस मिनट थे। इतनी देर में उसका शिवाजी पार्क पहुँचना असम्भव था। लाचार उसने वह रात हनीफ़ के कमरे में गुज़ारने का निश्चय कर लिया।

हनीफ़ का कमरा किनारे पर था। एक खिड़की से बड़ी सड़क नज़र आती थी; दूसरी एक गली में खुलती थी। सड़क पर भगदड़ थी, हर कोई जल्द से जल्द अपने घर पहुँचने की फ़िक्र में था। निर्मल ने देखा कि पूरबी 'दूधवाला भैया', जिसकी लम्बी चोटी दूर से ही पुकारकर कह रही थी कि 'मैं हिन्दू हूँ!' कन्धे पर बेहँगी, जिसमें दूध की बाल्टियाँ रखी हुई हैं, कनखियों से डरी हुई नज़रों से इधर-उधर, आगे-पीछे देखते हुए चला जा रहा है और उस चर्नी रोड वाली घटना की तरह निर्मल का फिर दिल चाहा

कि चिल्लाकर 'दूधवाला भैया' को ख़तरे में आगाह कर दे। मगर इस बार भी फिर शब्द उसकी जीभ पर जमकर रह गए और पलक झपकते ही तीन तहमत-बँधे युवाओं ने उस दुबले-पतले काले पूरबी को घेर लिया।

''कहाँ जाता है बे, काफ़िर के बच्चे!''

दूधवाले भैया की घिग्घी बँध गई। उससे कोई ज़वाब न बन पड़ा। शायद उसे उन तीनों की आँखों में अपनी मौत नज़र आई। वह वापस मुड़ा। उधर भी बलवाइयों का एक गिरोह खड़ा उसे क़ातिलाना नज़रों से घूर रहा था। एक हिरण की तरह, जो हर तरफ़ शिकारियों से घिर गया हो, उसने एक पल के लिए निराश आँखों से इधर-उधर देखा और फिर वह अचानक उस गली की ओर भागा और उसके पीछे पाँच शिकारी कुत्ते...!

निर्मल भागकर गली वाली खिड़की की ओर गया, मगर अभी वह उधर पहुँच न पाया था कि 'दूधवाले भैया' के ख़ुद अपनी बेहँगी में उलझकर गिरने की आवाज़ आई। पीतल की बाल्टियाँ एक झनकार के साथ सड़क पर औंध गईं और उनका दूध एक सफ़ेद नहर बनकर बह निकला। जब निर्मल ने खिड़की में से देखा तो उस सफ़ेद दूध में पूरबी का सुर्ख़ ख़ून मिल चुका था।

''भागकर जाता था साला!''

और फिर निर्मल ने बराबर के कमरे से किसी औरत के हँसने की आवाज़ सुनी।

''अरी, ओ गुलबानो देख तो सही, एक काफ़िर हमारी गली में मारा गया है...'' जैसे कोई कह रहा हो, 'अरी, ओ गुलाबो! मुबारक हो, हमारी गलीवालों ने कितनी बहादुरी का काम किया है!...'

और फिर तीन-चार जवान, बूढ़ी, अधेड़ आयु की औरतों की ख़ुशी की आवाज़ें।

''अरी, उसकी चुटिया तो देख!''

''अच्छा हुआ! ये पुरबिए दूध में बराबर का पानी मिलाते हैं! अब सज़ा मिली!''

''गोरे गाँव में जो मुसलमान मरे हैं, हमारे आदमी भी उनमें से एक-एक का बदला लेंगे!''

और फिर उनमें से कोई औरत अन्दर गई और घर-भर का कूड़ा, तरकारी के छिलके, अंडों के खोल, गोश्त के छीछड़े और हड्डियाँ गली में फेंक दिया। ऐन वहाँ, जहाँ मक्खियों ने 'पुरबिया भैया' के दूध और ख़ून पर भिनभिनाना शुरू कर दिया था।

हिन्दुस्तानी औरतों की असली रूह! उनकी आत्मा! उनकी निर्मलता, उनकी ममता!

सेंडहर्स्ट रोड वाली औरतों और भिंडी बाज़ार वाली औरतों के ख़ूनी क़हक़हे मिलकर निर्मल की अन्तर्रात्मा, उसके विवेक पर भयानक गूँज बनकर छाए हुए थे। वही गूँज उसे अब तक अजन्ता की इन गुफाओं में भी सुनाई दे रही थी और निर्मल का दिल एक अथाह घृणा से भर गया।

'मैं हर औरत से घृणा करता हूँ!' वह सोच रहा था, 'हर औरत से, यहाँ तक कि भारती से भी,'—भारती—जो उससे प्रेम करती है और जिससे मुद्दत से वह भी प्रेम करता था। भारती जो निर्मल को, उसकी भावुक आत्मा और हृदय को अपनी दौलत की पनाह में रखना चाहती थी। जो बम्बई और उस ख़ून-ख़राबे के वातावरण से निर्मल को तक़रीबन ज़बर्दस्ती भगाकर अजन्ता ले आई थी। मोहब्बत, नफ़रत, नफ़रत, मोहब्बत हम भाई-भाई हैं। हम आशिक़ और माशूक़ हैं। हम दोस्त और साथी हैं। हम एक सिक्के के दो पहलू हैं। हम एक-दूसरे के साथ प्रेमबन्धन में बँधे हुए हैं। मगर हम एक-दूसरे से नफ़रत करते हैं। हम एक-दूसरे की कमर में छुरा घोंपते हैं। हम एक-दूसरे पर पत्थर फेंकते हैं। एक-दूसरे का ख़ून बहाते हैं। एक-दूसरे का गला काटते हैं...!

"देखिए, ये लाशें देखिए। सिर अलग और धड़ अलग!" गाइड अपनी रूँ-रूँ किए जा रहा था। बोलते-बोलते उसको पसीना आ गया था, मगर उसकी आवाज़ न थकी थी—और भारती—कोमल, नफ़ासत-पसन्द, भावुक, नरम दिल भारती—गुफा की दीवार पर तस्वीरों ही में लाशें देखकर उसके चेहरे का रंग उड़ा जा रहा था।

"इस ज़ालिम राजा ने सबको क़त्ल करवा दिया है, सिर कटवाकर लाशें इस गड्ढे में फिंकवा दी हैं, चीलों, गिद्धों के खाने के लिए..."

और निर्मल के दिमाग़ में यह बेतुका विचार रेंगता हुआ चला आया कि वास्तव में राजा ज़ालिम नहीं था बल्कि शायद उसे गिद्धों-चीलों की भी चिन्ता थी। उनको बराबर ख़ुराक पहुँचाने के लिए उसने इन सब लोगों को मरवाकर, उनकी लाशें यहाँ डलवाई थीं। उसके अत्याचारों से कम-से-कम मांसाहारी जानवरों का तो भला था...!

लाशें...।

सत्ताईस—ठंडी, बिगड़ी हालत, काली और नीली लाशें, जो ठंडे पत्थर के फ़र्श पर इस तरह बिखरी हुई थीं, जैसे फ़सल काटने के समय किसान ने गेहूँ की बालियाँ काटकर खेत में छोड़ दी हों...जैसे मुर्दाघर में सत्ताईस बकरों की खाल उतारकर एक लाइन में लगा रखा हो...। जैसे सत्ताईस इनसानी लाशें बिखरी हुई हों...।

निर्मल अख़बार के लिए रिपोर्ट लेने अस्पताल गया था और वहाँ से उसे पता चल गया कि किस कमरे में दंगे-फ़साद में मृत व्यक्तियों की लाशें पोस्टमार्टम एवं कोरोनर के फ़ैसले के लिए रखी गई हैं। उसने उम्र-भर में सिर्फ़ एक बार एक लाश मेडिकल कॉलेज के सर्जरी वार्ड में रखी देखी थी। तब भी तीन वक़्त उससे खाना न खाया गया था। वे फटी-फटी मुर्दा आँखें उसका पीछा करती रहीं। मगर यहाँ एक नहीं, सत्ताईस लाशें रखी देखी थीं। बूढ़े, जवान, बच्चे, सूखे हुए जिस्म, किसी की कमर में घाव, किसी की आँतें पेट से बाहर निकली हुईं। किसी की गरदन से सिर अलग धड़ के पास रखा हुआ। किसी का भेजा फटे हुए सर से बाहर उबलता हुआ। इनमें से कौन हिन्दू था और कौन मुसलमान? मौत की बिरादरी में सब एक थे। क़ातिल की छुरी ने सबको बराबर-बराबर लिटा दिया था। ठंडा पथरीला फ़र्श यह था उनका पाकिस्तान

और हिन्दुस्तान। यह बेकार मौत, ये पथराई हुई आँखें, यह सन्नाटा, यह बेचारगी—यह थी इनकी आज़ादी, यह था इनका इस्लाम और यह था इनका वैदिक धर्म! जय-जय महादेव, अल्लाह-हो-अकबर!

निर्मल व्यावहारिक राजनीति से हमेशा दूर भागता था। अलावा अख़बार के काम के, जो वह रोज़गार के कारण करता था, वह वास्तविक राजनीति व व्यावहारिक मैदान का धनी नहीं था। उसकी दुनिया विचारों और भावनाओं की दुनिया थी। फिर भी दंगे-फ़सादों के शुरू होने के तीसरे दिन वह अपने मोहल्ले के शान्तिदल में शामिल हो गया था। और शायद इसलिए कि उसका सम्बन्ध एक प्रसिद्ध समाचार-पत्र से था और शान्तिदल हो या समाज सेवा हो, राष्ट्रीय-सेवक हो, पब्लिक संस्था सबको सार्वजनिक प्रचार की आवश्यकता होती है। उसको कमेटी का सदस्य भी चुन लिया था। निर्मल का दोस्त और पड़ोसी अहमद जो दूसरी समाचार पत्रिका में सह-सम्पादक था, वह भी कमेटी का सदस्य चुन लिया गया था। इसलिए कि सारे शिवाजी पार्क के इलाक़े में वही सिर्फ़ अकेला मुसलमान था जो शान्तिदल में शामिल हुआ था। और इसलिए ऐसी कमेटियाँ सरकारी मंजूरी नहीं प्राप्त कर सकतीं जब तक उनमें विभिन्न जातियों व सम्प्रदायों एवं विभिन्न वर्गों का प्रतिनिधित्व न होता हो।

चन्द दिन तक निर्मल शान्तिदल के संगठन के कार्य में निमग्न (सम्पूर्ण रूप से डूबा) रहा। और उसे लगा कि दंगे-फ़साद के प्रभाव से वह जिस भयावह जड़ता एवं भयान्तक शोक व बेबसी से पीड़ित हो गया था और विमूढ़ता का शिकार हो गया था, वह अब जाती रहेगी और वह इन परिस्थितियों से मुक्त हो जाएगा। शान्तिदल में शामिल होकर उसको वही उत्साहजनक हर्ष व उल्लास प्राप्त हुआ, जो एक सिपाही को जंग की दुन्दुभी सुनकर होता है। यह जंग अन्धकार और रोशनी के बीच थी। विनाश, लूट-पाट और शान्ति व अमन के बीच थी। वह इस जंग में एक सिपाही था। वह शैतानी साम्प्रदायिकता, पक्षपात और अमानवीयता के विरुद्ध जिहाद में शरीक था। सम्भवतः वह इस युद्ध में कोई प्रत्यक्ष कार्य न कर सके, मगर कम-से-कम उसको यह सन्तुष्टि तो होगी कि वह अपना कर्तव्य निभा रहा है कि उसका जीवन बिलकुल व्यर्थ, निराधार, बेमानी और लक्ष्यहीन तो नहीं हो गया है।

भारती ने कई बार निर्मल से कहा—"चलो बम्बई से बाहर कहीं चलें। जब दंगे समाप्त हो जाएँगे, तब आ जाएँगे।"

आगरा, देहली, कश्मीर, अजन्ता-एलोरा, मैसूर, सीलोन और न जाने कहाँ-कहाँ का लालच दिखाया, मगर निर्मल को ऐसे समय बम्बई छोड़कर बाहर जाना निरसाहस्त, कायरता और कमज़ोरी की परोमष्ठा लगी। भारती ने लाख समझाया कि उस जैसे भावुक कलाकार के लिए अपनी जान ख़तरे में डालना, उसको प्रकृति के दिए हुए उपहार का निरादर था, अपमान था। मगर वह न माना, वो दफ़्तर के समय को छोड़कर बाक़ी सारे दिन और रात का अधिकतम हिस्सा शान्तिदल के कामों में बिताता रहा।

शान्तिदल का काम ? निर्मल समझता था कि उसका काम वास्तव में शान्ति का प्रचार होगा। उसका ख़याल था कि शान्तिदल के सदस्य घर-घर जाएँगे और लोगों को अमन और शान्ति से रहने का उपदेश देंगे। आपस की साम्प्रदायिक घृणा को दूर करके, एकता एवं आपसी भाईचारे के सम्बन्ध पैदा करने की कोशिश करेंगे। शहर में, ख़ुद उसके क्षेत्र में, हरदम, हर प्रकार की अफ़वाहें फैल रही थीं। माहिम के मुसलमान शिवाजी पार्क के हिन्दुओं पर हमला करनेवाले हैं। शिवाजी पार्क के हिन्दू माहिम के मुसलमानों पर आक्रमण करनेवाले हैं। हिन्दू दूधवाले, दूध में ज़हर मिलाकर मुसलमानों के हाथ बेच रहे हैं। मुसलमान तरकारी और फल बेचनेवाले, बैंगनों और मौसमियों में ज़हर के इंजेक्शन लगाकर हिन्दुओं के हाथों बेच रहे हैं। इरानी होटलों की चाय मत पियो, इसमें ज़हर है। झूठ, झूठ, झूठ, झूठ! और धार्मिक अलगाव एवं घृणा का एक तूफ़ान जिसमें तमाम शहर डूबा जा रहा था। निर्मल और उसके दोस्त अहमद को उम्मीद थी कि शान्तिदल का पहला काम होगा इस ख़ूनी सैलाब को रोकना, शीघ्र ही उनको ज्ञात हो जाएगा कि वास्तविकता कुछ और ही है।

शान्तिदल का पहला काम चन्दा जमा करना...अहमद के साथ निर्मल हर किसी के यहाँ गया। गिनती के जो चन्द मुसलमान थे, उन्होंने मदद करने से साफ़ इनकार कर दिया— ''हम ख़ूब जानते हैं।...हमने भी अपनी रक्षा के लिए पठान रख लिये हैं...।''

कुछ हिन्दुओं ने कहा—''आपके निहत्थे वालंटियर हमारी रक्षा क्या ख़ाक करेंगे! हम सिख दरबान रख रहे हैं,'' और फिर रहस्यमय लहजे में कहा—''सिख कृपाण रख सकते हैं, क्या समझे?''

ख़ैर—चन्दा जमा किया गया। बीस पहरेदार, पचास रुपए माहवार पर मुलाज़िम रखे गए। कमेटी में यह मुद्दा रखा गया कि इनको कहाँ-कहाँ ड्यूटी पर लगाया जाए।

''एक-एक आदमी हर सड़क के किनारे पर लगाया जाए!''

''नहीं, यह मूर्खता होगी! आक्रमण सिर्फ़ तीन तरफ़ से हो सकता है—माहिम की तरफ़ से या वरली की तरफ़ से या समुद्र की तरफ़ से। केवल इन नाकों पर पहरा लगाना चाहिए।''

''आक्रमण? हमला?—किसका हमला?''

''मुसलमान अगर हमला करेंगे, तो और किधर से करेंगे?''

''पर इन पहरेदारों का काम क्या होगा?''

''इनसे कह दिया जाएगा कि जैसे ही किसी मुसलमान गुंडे को देखें, सीटी बजा दें ताकि चारों ओर से लोग जमा हो जाएँ।''

''सिर्फ़ मुसलमान गुंडे? अगर हिन्दू गुंडे हों, तो?'' निर्मल ने सवाल किया। मगर वह अहमद से आँखें चार न कर पाया। कमेटी के जलसे के बाद उसने अहमद से कहा—''यह तुम्हारी ही हिम्मत व साहस है कि ऐसे लोगों के साथ काम कर सकते हो। मुझे तो यह सब महासभाई लगते हैं!''

अहमद ने कहा—"ऐसे मूर्खों और जाहिलों की कमी केवल यहाँ ही नहीं है, दोनों तरफ़ यही हाल है। तुम नहीं जानते, माहिम के मुसलमानों में क्या-क्या अफ़वाहें फैलाई जा रही हैं? वह समझते हैं कि शिवाजी पार्क में शान्तिदल के नाम पर हिन्दुओं की एक फ़ौज तैयार की जा रही है, जो बहुत जल्दी ही माहिम के मुसलमानों पर रात को हमला करेगी!"

चन्दा, वालंटियर, रक्षक, वर्दियाँ, सीटियाँ, जलसे, रैज़ोलूश पुलिस कमिश्नर के नाम अर्ज़ियाँ—मगर शान्ति का प्रचार? भाईचारे एवं एकता का प्रचार? इनका नाम नहीं! तो फिर शान्तिदल का उद्देश्य? इस दौड़-धूप का फ़ायदा? मुसलमान गुंडे, हिन्दू गुंडे!—'घरों में पत्थर जमा करके रखो!' 'मैंने तो ढेर सारी लाठियाँ छिपा रखी हैं!' 'मेरे पड़ोसी के पास पिस्तौल है!'

"शान्ति! शान्ति! शान्ति!"

"यह शान्ति का महासागर है, निर्मल!" भारती कह रही थी—"अगर हम आठ-दस दिन तक रोज़ यहाँ आकर कई घंटे बिताएँ तो मुझे विश्वास है कि तुम्हारे व्याकुल मन को ज़रूर शान्ति मिलेगी!"

और गाइड कह रहा था—"आपने सब गुफाएँ देख ली हैं। अब एक बाक़ी रह गई है। मगर इसमें आपको दूसरी गुफाओं की तरह संगतराशी और चित्रकला की बेमिसाल और सुन्दर आकृतियाँ नहीं मिलेंगी। छत, स्तम्भ, फ़र्श, हर चीज़ अधूरी है। इस गुफा का काम अधूरा ही रह गया है...।"

"अधूरा काम!" वह—निर्मल—भी तो बम्बई में अपने काम को अधूरा छोड़कर चला आया था। बल्कि अधूरे से भी कम—अभी जंग आरम्भ भी नहीं हुई थी कि उसने हार मान ली थी।

शान्तिदल कमेटी की आख़िरी सभा :

निर्मल ने शुरू में ही यह प्रस्ताव रखा था कि बजाय मामूली अनपढ़ और उज्झड़ गँवार दरबानों और चौकीदारों के आज़ाद हिन्द फ़ौज के भूतपूर्व सिपाहियों को उचित वेतन पर रक्षा के लिए रखा जाए, क्योंकि वह साम्प्रदायिक पक्षपात से अलग एवं ऊपर थे। उनमें देश-सेवा का मनोभाव था और वे पुरानी सेवाओं और बलिदान के कारण सहायता के योग्य थे। शान्तिदल के सेक्रेटरी ने इस सभा में यह संकेत दिया था कि पुराने सब पहरेदार अलग कर दिए गए हैं। और उनकी जगह चौदह आज़ाद हिन्द फ़ौज के भूतपूर्व सिपाही रख लिए गए हैं। यह सुनकर निर्मल का साहस बढ़ गया। उसे ऐसा लगा कि अब शान्तिदल का काम ठीक ढंग से होगा। मगर एक पल में ही उसकी आशाओं पर पानी फिर गया।

एक बूढ़े मराठी वकील ने प्रश्न किया—"क्या यह सच है कि इन आज़ाद हिन्द फ़ौज के सिपाहियों में मुसलमान भी हैं?"

सेक्रेटरी ने कहा—"हाँ, मगर सिर्फ़ एक!"

एक मोटे गुजराती सेठ ने कहा—"मेरे समूह में इस बात को लेकर बहुत बेचैनी फैली हुई है।"

एक दुबले-सूखे मारवाड़ी ने कहा—"यह तो ग़ज़ब की बात है!"

बुज़ुर्ग वकील ने ऊँची आवाज़ में कहा—"मैं सेक्रेटरी साहब से इस विषय में जवाब तलब करता हूँ कि क्यों एक मुसलमान को रखा गया?"

गुजराती सेठ ने अपना फ़ैसला सुनाया—"अगर ऐसा होगा, तो हम लोग एक पैसा चन्दा नहीं देंगे।"

एक छोटे क़द के डॉक्टर ने कहा—"मेरे समूह में भी लोग यही कहते हैं कि अगर मुसलमान..."

दुबले-सूखे मराठी ने कहा—"यह हमारी स्त्रियों की इज़्ज़त का सवाल है।"

बूढ़े वकील ने कहा—"मैं जवाब तलब करता हूँ!"

अध्यक्ष ने कहा—"ख़ामोश! ख़ामोश!"

सचिव ने कहा—"मैं तो इसमें कोई आपत्ति नहीं समझता। आज़ाद हिन्द फ़ौज में हिन्दू-मुस्लिम का भेदभाव नहीं किया जाता। लेकिन अगर कमेटी का यही प्रस्ताव है तो हम किसी बहाने से उस मुसलमान सिपाही को अलग कर सकते हैं।"

सबने एकदम शोर मचाया—"हाँ! हाँ! फ़ौरन! एकदम! उसको रखें ही क्यों?"

सिर्फ़ अहमद ख़ामोश बैठा मुस्करा रहा था। न जाने क्यों अहमद को इस प्रकार इत्मीनान से मुस्कराते देखकर निर्मल की सहनशीलता का पैमाना एकदम छलक उठा। उसकी बुद्धि के अन्दर की कोई कल अचानक तड़ाक-से टूट गई।

"नहीं! नहीं! नहीं!" जैसे इस एक शब्द को दस बार दोहराने से बाक़ी दस सदस्यों की राय निरस्त हो जाएगी—"मैं ऐसे प्रस्ताव का किसी भी हालत में समर्थन नहीं कर सकता।"

निर्मल के शब्दों की कठोरता ने क्षण भर के लिए सभा में सबको चुप कर दिया। मगर इस चुप्पी में उसे अपनी आवाज़ खोखली और बेमायनी महसूस हुई—"ऐसा प्रस्ताव हमारे लिए अति लज्जाजनक होगा! हम शान्ति और अखंडता के पुजारी हैं। मगर हम ख़ुद घिनौने साम्प्रदायिक विवाद का प्रदर्शन कर रहे हैं। अगर यह प्रस्ताव पास हुआ तो मैं इस मामले को प्रेस एवं जनता के सामने रखना अपना कर्तव्य समझूँगा!"

और अहमद मुस्कराए जा रहा था, जैसे कह रहा हो—'शाबाश बच्चे! मगर यह सब बेकार है!'

दुबले मारवाड़ी ने इसका विरोध करते हुए कहना शुरू किया—"मिस्टर निर्मल को नहीं मालूम कि हम हिन्दू कितने ख़तरे में हैं!"

गुजराती सेठ ने कहा—"हम तो साफ़ बोलेंगे! अगर मुसलमान रहेगा तो हम चन्दा नहीं देंगे...!"

ठिंगने सेठ ने कहा—"हम त्याग-पत्र देकर हिन्दू महासभा के संरक्षण दल में चले जाएँगे।"

मगर चालाक बूढ़े वकील ने दूसरों को हाथ के इशारे से चुप करते हुए निर्मल से कहा—"मिस्टर निर्मल, एक बात बताएँ, यह हिन्दू क्षेत्र है। अगर यहाँ पहरा देते हुए उस बेचारे मुसलमान सिपाही को कुछ ऐसा-वैसा हो गया तो कौन उत्तरदायी होगा? आप?" और यह कहकर उसने गुजराती सेठ और ठिंगने डॉक्टर की ओर देखकर आँख मारी मानो कह रहा हो कि देखा मेरा क़ानूनी पैतरा, ऐसे-ऐसे लौंडे मैंने बहुत देखे हैं...।

अहमद ने मुस्कराकर निर्मल की तरफ़ देखा और आँखों-आँखों में कहा—'मैं न कहता था कि कोई फ़ायदा नहीं...।'

प्रस्ताव पास हो गया, निर्मल बिफरा हुआ चुप बैठा रहा। वह बहुत-कुछ कह सकता था—दावे, दलीलें, राजनीति मगर उसे पता चल गया था कि इस धार्मिक पक्षपात एवं अज्ञानता और जहालत की दीवार से सिर टकराने से कोई लाभ नहीं। उसके चारों ओर आवाज़ों का समुद्र ठाठें मारता रहा। प्रस्ताव पास होते गए, वाद-विवाद चलते रहे। रोज़मर्रा के अनुसार मेम्बरों और अनुशासन के बीच गाली-गलौज भी चलती रही। मगर निर्मल ने न कुछ कहा न सुना। उसकी बुद्धि भयानक विचारों और दृश्यों का मंच बनी हुई थी।

कलकत्ता, बम्बई, अहमदाबाद, नोआखाली, बिहार—क़त्ल, ख़ून, ख़ून की नदियाँ, ख़ून के दरिया, घृणा और अत्याचार, पक्षपात और घृणा, औरतों की अशिष्टता, बच्चों की लाशें, लाशों के पहाड़, एक ख़ूनी आकाश की ओर लपकते हुए हज़ारों शोले...और एक हथौड़े की तरह यह ख़याल उसके दिमाग़ पर चोट लगाता रहा कि यह सब इसलिए हो रहा है कि शिवाजी पार्क के शान्तिदल के सदस्य आज़ाद हिन्द फौज के मुसलमान सिपाही को अपनी रक्षा के लिए रखने को तैयार नहीं हैं...!

और उसे ऐसा लगा कि आज़ाद हिन्द फ़ौज के शानदार, भव्य, ऐतिहासिक कारनामे बेकार थे। सारी स्वतंत्रता की लड़ाई बेकार थी। तमाम देशभक्तों और वतन के शहीदों का बलिदान बेकार था। सारे देशभक्ति के नारे; तमाम राष्ट्रीय आन्दोलन, स्वतंत्रता संग्राम, सारे राष्ट्रीय लीडर, हर आदमी बेकार है! हर चीज़ बेकार है!

शिवाजी पार्क, शान्तिदल बेकार था। इस विषय (शृंखला) में निर्मल का काम बेकार था। उसका बम्बई में रहना बेकार था। उसका जीवन बेकार था...इसलिए कि हिन्दू और मुसलमान के ठप्पे स्वतंत्रता और हिन्दुस्तान से अधिक महत्त्वपूर्ण साबित हुए थे।

उसे शान्तिदल कमेटी के सब सदस्य उस समय पक्षपात, घृणा और भयानक जहालत के देवता लगे, जो अपनी अग्निमय आँखों से उसको घूर रहे थे। जो उसको भस्म करने के लिए उसकी ओर बढ़े आ रहे थे। वे दस नहीं बल्कि हर ओर से राक्षसों के दल के दल उसकी ओर बढ़ रहे थे। उनमें चोटीवाले भी थे और दाढ़ीवाले भी, हिन्दू

भी थे मुसलमान भी, बंगाली भी थे बिहारी भी, पंजाबी, पूरबी, पठान और सब उसके ख़ून के प्यासे!

'भाग!' निर्मल के धड़कते हुए दिल ने उसे ललकारा—'भाग!'

और निर्मल न सिर्फ़ सभा के समाप्त होने से पहले ही शान्तिदल के कार्यालय से भागा, बल्कि उस दिन भारती के साथ बम्बई से भी भाग आया।

"कहाँ चलें?" भारती ने पूछा।

"जहाँ यह क़त्ल व ख़ून न हो। जहाँ अख़बार न हो, रेडियो न हो। जहाँ हिन्दू न हों, मुसलमान न हों। जहाँ चाक़ू, छुरियाँ, बरछी, भाले, तेज़ाब, गुंडे, मवाली न हों। दूर...दुनिया और ज़िन्दगी से दूर...।"

और भारती ने सोचा और कहा—"अजन्ता!"

अहमद निर्मल को छोड़ने स्टेशन आया। गाड़ी चलने लगी तो उसने कहा—"अच्छा है चन्द रोज़ के लिए तब्दील-ए-आब-ओ-हवा हो आओ, मगर अगले रविवार को शान्तिदल की सभा है, जिसमें मैं कुछ प्रस्ताव रखनेवाला हूँ, उसमें तुम्हारा होना आवश्यक है!"

और जब निर्मल ने कहा—"मैं अब शान्तिदल की सभा में कभी नहीं आऊँगा।" तो अहमद ने चलती हुई रेल के साथ भागते हुए कहा था—"तुम इस तरह, इस काम को अधूरा छोड़कर नहीं भाग सकते निर्मल!"

"अधूरा काम!"

"हूँ, यह अजन्ता के चित्रकार और संगतराश, यह तो अजन्ता की इस आख़िरी गुफा को अधूरा ही छोड़कर चले गए। न जाने क्यूँ? क्या घटना घटी होगी कि आठ-नौ सौ वर्ष तक दर्जनों पीढ़ियों की लगातार मेहनत के बाद इस गुफा को वे अधूरा छोड़ने पर मजबूर हो गए?"

"तुम्हारा क्या विचार है, भारती..."

पर भारती वहाँ नहीं थी। न गाइड था! कोई भी नहीं था। निर्मल की आवाज़ गुफा की पथरीली दीवारों से टकराती हुई घूम-फिरकर उसके पास लौट आई। शायद वह इस अँधेरी अधूरी गुफा के किसी कोने में अपने विचारों में गुम हो गया था और भारती और गाइड यह समझकर बाहर चले गए थे कि सम्भवतः वह तंग आकर वापस चला गया हो। उसको गुफा में घूमते काफ़ी समय हो गया था, क्योंकि दरवाज़े के बाहर जो सामने हरी-भरी घाटी नज़र आती है, वह काली पड़ गई थी। शायद सूर्य अस्त हो चुका था...एक बढ़ती हुई घुटन की तरह गुफा में अन्धकार बढ़ता जा रहा था...।

निर्मल बाहर जाने के लिए क़दम बढ़ा ही रहा था कि उसने एक मशाल को अपनी तरफ़ आते देखा और वह यह देखकर चकित रह गया कि जो भी यह मशाल लिये आ रहा था, वह गुफा के अकेले दरवाज़े से दाख़िल नहीं हुआ बल्कि उल्टी दिशा से

आ रहा है। फिर उसने सोचा कि शायद गाइड उसे ढूँढ़ते-ढूँढ़ते गुफा के किसी दूसरी ओर अँधेरे कोने में चला गया हो और अब लौट रहा हो।

मगर उसके अचम्भे की कोई सीमा नहीं रही, जब उसने देखा कि मशाल हाथ में लिये जो आदमी केसरिया बाना पहने हुए आया था, उसको किसी की तलाश नहीं थी। उसने एक अधूरे स्तम्भ के सहारे मशाल लगा दी और अपनी कफ़नी के किसी झोले में से एक छेनी और हथौड़ा निकालकर पत्थर को छीलने लगा।

निर्मल उसकी ओर बढ़नेवाला ही था कि उसने देखा वैसे ही केसरिया बाना पहने, सर-मुँड़े दर्जनों भिक्षु मशालें लिये गुफा के अँधेरे की कोख से निकले चले आ रहे हैं...

उनमें से किसी ने भी निर्मल की ओर ध्यान नहीं दिया, सब अपनी-अपनी छेनियाँ और हथौड़े निकालकर छत और दीवारें छीलने लगे या स्तम्भों को गोल करने में व्यस्त हो गए। कुछ दीवार पर मिट्टी का लेप लगाकर उनको चिकना कर रहे थे; ताकि जब वह सूख जाए तो चित्रकार उन पर रंग लगाकर सुन्दर कलाकृतियाँ बना सकें और गुफा पत्थर पर लोहे की चोट की आवाज़ों से गूँज उठी।

कुछ क्षण तो निर्मल इस आश्चर्यजनक दृश्य को देखता रहा, फिर उससे न रहा गया और वह उस पत्थर तराशनेवाले भिक्षु के पास गया जो सबसे पहले गुफा में आया था—"माफ़ कीजिएगा, मैं आपके काम में बाधा डाल रहा हूँ, मगर मुझे आपको यूँ काम में व्यस्त देखकर बड़ा अचम्भा हो रहा है।"

"क्यों?"

"इसलिए कि मैं समझता था कि इस गुफा का निर्माण अधूरा ही है और यह अधूरा ही रहेगा...।"

"संसार का निर्माण भी तो अधूरा है! मनुष्य भी अधूरा है। मगर इसकी पूर्ति होनी चाहिए।"

इस उत्तर को निर्मल कुछ समझा, कुछ नहीं समझा। फिर उसने पूछा—"आप कब से कार्य कर रहे हैं?"

"नौ सौ वर्ष से!"

"नौ सौ वर्ष? आपका मतलब है कि आपकी आयु... ?"

"मैं और मुझसे पहले मेरा बाप और उससे पहले उसका और उससे पहले उसका बाप, एक पीढ़ी से दूसरी पीढ़ी और उसके बाद तीसरी पीढ़ी, आत्मा के चक्र के समान कर्म का चक्र भी तो चलता रहता है!"

"आपका शुभ नाम?" निर्मल ने बातचीत को निजी मोड़ देने का प्रयास किया।

"मेरा नाम? कुछ नहीं! हम सब अनाम हैं!"

और निर्मल को याद आया कि उसने इन सारी गुफाओं में किसी चित्रकार या संगतराश का नाम खुदा हुआ या लिखा हुआ नहीं देखा था।

"फिर आप किसलिए इतना काम करते हैं?"

"काम किसी स्वार्थ से नहीं किया जाता। मनुष्य कार्य से अपने जन्म का उद्देश्य पूरा करता है।"

"तो यह काम कब समाप्त होगा?"

"कौन जानता है?"

"इस गुफा को..."

"पूरा होने में दो सौ वर्ष लगेंगे, इसके बाद दूसरी गुफा और उसके बाद तीसरी..."

"तो क्या अजन्ता निर्माण (कार्य) कभी पूरा नहीं होगा?"

"होगा—जब मनुष्य का निर्माण पूरा होगा।"

निर्मल की शंका उसके आश्चर्यचकित मन पर विजयी हुई तो उसने अति कटुता से पूछा—"कृपया मुझे समझाइए कि हज़ारों सालों से आप जैसे हज़ारों आदमी जो इतनी मेहनत कर रहे हैं, यह क्यों और किसलिए? पहाड़ की गोद में तराशी हुई ये गुफाएँ, ये मूर्तियाँ, यह चित्र, यह शिल्प, यह कला यह क्यों और किसलिए?"

तथा उसकी आवाज़ में कटुता के बजाय जोश और क्रोध आता चला गया।

"बेहतर होता कि इतना श्रम पत्थरों में गुलकारी करने के बजाय इनसानों को इनसान बनाने में ख़र्च करते ताकि आज वह एक-दूसरे का ख़ून न करते! आप लोगों ने शिल्प और कला के ये जादूघर हमें धोखा देने के लिए बनाए हैं। ये गुफाएँ दुनिया से, सत्य से, असलियत से फ़रेब और फ़रार सिखाने के लिए बनाई गई हैं। सच से भागने के लिए!"

संगतराश भिक्षु के चेहरे पर एक अद्भुत पुरसुकून एवं शान्तिपूर्ण मुस्कराहट थी। जिसमें कटुता तिल भर भी न थी, केवल प्रेम, करुणा और गहरी बुद्धिमत्ता थी उसने अपने काम से सर उठाए बिना नरमी से कहा—"नहीं!"

निर्मल को उस आदमी की मुस्कराहट, उसके धैर्य एवं शान्ति पर ग़ुस्सा आ रहा था। उसने चिल्लाकर कहा—"तो फिर अजन्ता का क्या उद्देश्य है? अजन्ता का क्या सन्देश है?"

"सुनो!" और केवल इतना कहकर वह अपने काम में व्यस्त हो गया। गुफा में सम्पूर्ण शान्ति थी। केवल पत्थर पर लोहा पड़ने की आवाज़ थी...!

निर्मल इन्तज़ार करता रहा कि भिक्षु उसको अजन्ता का दर्शन, अजन्ता का सन्देश सुनाएगा, मगर उसकी ज़बान से एक शब्द भी नहीं निकला। उसकी छेनी की खट, खट, खट और पत्थर के पतले-पतले टुकड़े छिलकर फ़र्श पर गिरते रहे।

"तो क्या तुम नहीं बताओगे कि अजन्ता का उद्देश्य..."

मगर अचानक निर्मल की अँधेरी बुद्धि में, अँधेरे मस्तिष्क में ज्ञान की किरण चमकी और उसकी जीभ का जुमला अधूरा रह गया। गुफा में पूर्ण ख़ामोशी थी, सिर्फ़ पत्थर पर लोहे की चोट पड़ने की ध्वनि...यही था अजन्ता का उद्देश्य, यही था अजन्ता का सन्देश, जिसे वह भिक्षु निर्मल को सुनाना चाहता था।

निर्मल की आँखों में समझ की नई चमक देखकर वह भिक्षु अपनी मासूम अदा से मुस्कराया और फिर अपने कार्य में लीन हो गया और निर्मल को ऐसा ज्ञात हुआ कि उसे अचानक दुनिया का सबसे बड़ा ख़ज़ाना मिल गया है। अमृत, कीमिया और बहुमूल्य नुस्ख़े सामने हैं। उसे अजन्ता का पैग़ाम मिल गया था।

न जाने कब तक वह उस गुफा के कोने में बैठा हुआ पत्थर पर लोहे की चोट पड़ने की आवाज़ को सुनता रहा—खट, खट, खट, खट, खट...।

और हर बार जब लोहे की छेनी पत्थर की दीवार पर पड़ती थी निर्मल को लगता था, वह ज़बान-ए-हाल कह रही है—कर्म! कर्म! कर्म! कार्य! कार्य! कार्य! श्रम! श्रम! श्रम! कर्म से पत्थर मोम की तरह छीला जाता है। कर्म से पहाड़ की चट्टान काटी जाती है। कर्म से पत्थर में गुलकारी की जाती है। कर्म से चित्रों में जीवन का रंग भरा जाता है। कर्म से इनसान, इनसान बनता है। कर्म ही पूजा है। कर्म ख़ुद कर्म का फल है...!

खट, खट, खट, खट, खट...।

पत्थर पर लोहे की चोट पड़ने की आवाज़। आज नहीं तो कल, सौ वर्ष नहीं तो हज़ार वर्ष में, पत्थर निश्चित रूप से छिलकर संगतराशी और कला का नायाब नमूना बनेंगे। एक-दो के हाथ नहीं, हज़ारों हाथ इसको मिलकर तराशेंगे। नस्लों के बाद नस्लें, इस काम को जारी रखेंगी। यह काम कभी समाप्त नहीं होगा, इसकी मंज़िल कला का शिखर है।

खट, खट, खट, खट, खट...।

पत्थर पर लोहे की चोट पड़ने की आवाज़। आज नहीं तो कल, सौ वर्ष नहीं तो हज़ार वर्ष में, मनुष्य की फ़ितरत का पत्थर छिलकर, तराशकर, सुन्दरता और रूप का, कला एवं ज्ञान का नादिर नमूना अवश्य बनेगा। एक-दो के हाथों नहीं, हज़ारों, लाखों, करोड़ों, तमाम (सब) इनसान मिलकर तराशेंगे। पीढ़ियों के बाद नस्लें, इस कार्य को जारी रखेंगी! इस पूर्ति का शिखर इंसानियत है! मनुष्य का पूर्ण निर्माण है!

खट, खट, खट, खट, खट...।

पत्थर पर लोहे की चोट पड़ने की आवाज़।

निर्मल ने देखा कि भिक्षु अपने कार्य में इतना लीन है उसे पता भी न चला कि कब हथौड़े की चोट उसके अँगूठे पर पड़ी, ज़ख़्म से लाल-लाल रक्त की बूँदें टपककर पत्थर पर गिर रही थीं।

और अचानक निर्मल को वे तमाम चित्र याद आ गए, जो उसने इन गुफाओं में देखे थे। हज़ारों वर्ष के बाद भी कितने ताज़ा, कितने हरे-भरे थे उनके रंग! और न जानें क्यों निर्मल ने सोचा, कि इन चित्रों की लाली में मनुष्य के ख़ून का रंग है! जब ही तो वे इतने जीते-जागते हैं! जब ही उनमें इतनी ज़िन्दगी है...! मनुष्य की, चित्रकला की आत्मा है इनमें...शायद वह सो गया। शायद वह अपने विचारों में खो गया।

जब उसको होश आया, तो गुफा सूर्य की धीमी-धीमी तिरछी किरणों से प्रकाशित हो रही थी। मगर हर ओर सन्नाटा था। न वे संगतराश थे! न चित्रकार, न मशालें...

तो क्या उसने सपना देखा था...शायद...कितना अद्‌भुत सपना...!

उसने सोचा—'हाँ सपना ही होगा? रात-भर इस वातावरण में बिता के कोई आश्चर्य नहीं कि मेरी कल्पना ने एक अवस्था पैदा कर दी हो...!'

मगर बाहर जाते समय, जब वह उस स्तम्भ के पास से गुज़रा, जिसको उसके सपने वाला भिक्षु तराश रहा था, तो उसने देखा कि उस स्तम्भ पर एक फूल खुदा है, जो कल वहाँ नहीं था। मगर शायद, यह भी उसका भ्रम ही हो...?

फिर कुछ याद करके उसकी नज़रें फ़र्श पर गईं। वहाँ, फ़र्श पर, सुर्ख़ मोतियों की तरह ताज़ा-ताज़ा ख़ून की कई बूँदें पत्थर पर बिखरी हुई थीं।...!

निर्मल भारती से मिले बिना ही स्टेशन पहुँच गया। अगले दिन रविवार था और उसे शान्तिदल की सभा में अहमद के प्रस्ताव का समर्थन करने के लिए पहुँचना आवश्यक था! बम्बई से, दंगे-फ़साद से, जिन्दगी से कोई फ़रार नहीं था...!

रास्ते में एक हमसफ़र ने पूछा—''आप शायद अजन्ता से होकर आ रहे हैं?''

और निर्मल ने जवाब दिया—''जी नहीं! मैं अजन्ता की ओर जा रहा हूँ!''

[लिप्यांतरण : डॉ. ज़ोया ज़ैदी; *ख़्वाजा अहमद अब्बास के मुन्तख़िब अफ़साने;* संकलनकर्ता : राम लाल]

भोली

उसका नाम तो सुलेखा था मगर बचपन से ही, उसके घरवाले ही नहीं, सारे गाँववाले उसे भोली कहते थे।

उसके पड़ोस के रहनेवालों का कहना था कि नम्बरदार रामलाल की चौथी बेटी जब दस महीने की थी, तो खाट पर से सिर के बल गिर पड़ी थी। वो तो ख़ैरियत हुई, ज़मीन कच्ची मिट्टी की थी, सो नन्ही-सी जान बच गई। मगर दिमाग़ की कोई नाज़ुक रग शायद पिचक गई और इसलिए दूसरे बच्चों की तुलना में उसकी बुद्धि ज़रा कम रह गई।

मगर बिरादरी की बड़ी-बूढ़ियों का कुछ और ही कहना था। नम्बरदार की चौथी बेटी जब पैदा हुई, तो इतनी सुन्दर थी कि बिलकुल मेम की बच्ची मालूम होती थी। गोरी-चिट्टी, लाल फूले-फूले गाल, रेशमी काले बाल और बड़ी-बड़ी आँखें, जो काजल लगाने से और भी बड़ी लगती थीं। सारे गाँव में शायद ही कोई होगा जो उसे देखने नहीं आया। बस उन ही आने-जानेवालों में से किसी की नज़र लग गई। अभी दो साल की भी नहीं हुई थी कि 'माता' निकल आई। वह तो भगवान की कृपा हुई कि आँखें बच गईं, मगर सारे मुँह और बदन पर पूरी उम्र के लिए चेचक के काले-काले दाग़ पड़ गए और बुख़ार की गरमी से दिमाग़ कमज़ोर हो गया तथा जीभ भी हकलाने लगी।

किसी का कहना यह भी था कि सारा क़ुसूर असल में लाडो दाई का था। उसके हाथों गाँव का हर बच्चा जन्म लेता था। पैदा हुए बच्चे की वही नाल काटती थी, वही नहलाती थी और वही बच्चे के मुँह में उँगली डालकर गले के सूराख़ को साफ़ करके बड़ा करती थी। तभी तो लाडो के हाथों पैदा किए बच्चे इतनी ज़ोर से रोते थे कि सारे गाँव को पता चल जाता था कि किसी के घर में एक और बच्चे ने जन्म लिया है।

हाँ, तो कहना यह था कि नम्बरदार की चौथी बेटी जिस वक़्त पैदा हुई तो लाडो दाई जल्दी में थी क्योंकि उसे नायब तहसीलदार के घर भी जाना था, जिसकी बीवी के सुबह से दर्द हो रहा था और वहाँ से कम-से-कम पाँच रुपए फ़ीस मिलने की उम्मीद थी और अगर भगवान की कृपा से लड़का हुआ तो दस रुपए इनाम भी। सो

उसने जल्दी-जल्दी नाल तो काटी और बच्ची को नहलाया भी, मगर मुँह में उँगली डालकर गले का सूराख़ बड़ा करना भूल गई। परिणाम यह हुआ कि बच्ची के मुँह से कभी भी, किसी ने भी ऊँची आवाज़ नहीं सुनी और जब पाँच वर्ष की उम्र में बोलना भी शुरू किया तो ना सिर्फ़ तुतला के, बल्कि हकलाकर भी और जब दूसरे बच्चों ने उसका मज़ाक़ उड़ाया और उसके हकलाकर बोलने की नक़ल करके हँसने लगे तो उसने मुँह पर मानो ताला ही लगा लिया। बस कोई बहुत ही ज़रूरी बात होती तो रुक-रुककर दो-चार शब्द बोलती और चुप हो जाती। और कभी बात करती भी तो वह इतनी सीधी और बचकानी होती कि सुननेवाले अचानक हँस पड़ते और कहते—बड़ी भोली है बेचारी!

नम्बरदार के सात बच्चे थे। तीन लड़के और चार लड़कियाँ, जिनमें सबसे छोटी भोली थी। घर में खाने-पीने को काफ़ी था, दूध, दही, घी, मक्खन किसी चीज़ की कमी न थी। सबका स्वास्थ्य बड़ा अच्छा था। बड़ा लड़का सुरेन्द्र चौदह वर्ष की आयु में ही बाप के बराबर लम्बा और तगड़ा था। उससे छोटी लड़की राधा तेरह वर्ष की आयु में ही अच्छी-ख़ासी सुन्दर औरत लगती थी। नम्बरदार ने राधा की शादी बड़ी धूमधाम से की। लड़के का बाप भी पास के गाँव में नम्बरदार था और लड़का खुद शहर में मैट्रिक करके कॉलेज में दाख़िल हुआ था। दामाद की देखादेखी नम्बरदार ने भी अपने लड़कों को आगे पढ़ने के लिए शहर भेज दिया। अब घर में केवल लड़कियाँ रह गई थीं। मंगला जो बारह वर्ष की थी और जिसके ब्याह की बातचीत भी चल रही थी, कि हाथ पीले करते ही चम्पा की सगाई भी कहीं कर दी जाए।

मगर रात को जब खाने के बाद आँगन में नम्बरदार खाट पर बैठकर हुक़्क़ा गुड़गुड़ाता तो अक्सर अपनी पत्नी से कहता—"सुरेन्द्र की माँ, और सब बच्चे तो ठौर-ठिकाने लग जाएँगे मगर इस कम्बख़्त भोली का क्या होगा? इसको कौन ब्याहेगा?"

वह ठंडी साँस लेकर कहती—"जो भगवान को मंजूर होगा, सो वही होगा!"

और अपनी छोटी-सी पलँगड़ी पर लेटी पाँच साल की बच्ची सोचती—'यह ब्याह क्या होता है? और भगवान कहाँ रहता है?'

भोली सात वर्ष की थी कि मंगला का ब्याह भी हो गया और वह भी अपने ससुराल चली गई। उस वर्ष उनके गाँव में एक लड़कियों का प्राइमरी स्कूल भी खुल गया। तहसीलदार साहब जब स्कूल का उद्‌घाटन करने आए तो उन्होंने नम्बरदार से कहा—"तुमको भी अपनी लड़कियों को स्कूल में भर्ती करना चाहिए ताकि दूसरे गाँववालों के सामने उदाहरण क़ायम हो।

उस रात नम्बरदार ने पत्नी से इस विषय में सलाह की। उसने कहा—"पागल हुए हो? लड़कियाँ स्कूल में पढ़ने जाएँगी तो बदनाम हो जाएँगी। फिर उनसे ब्याह कौन करेगा? फिर चम्पा की तो अब सगाई हो गई है। कौन जाने इस बात पर वे लोग इनकार न कर दें!"

फिर नम्बरदार ने समझाया—"यह सरकारी मामला है, तहसीलदार साहब को मालूम हुआ तो क्रोधित होंगे! कौन जाने मुझे नौकरी से बरख़्वास्त न कर दें। यह सरकार न जाने क्यूँ लड़कियों को पढ़ाने के पीछे पड़ी हुई है! फिर नम्बरदार, जेलदार और पटवारी को हुक्म दिया जाता है कि दूसरे गाँववालों के सामने उदाहरण क़ायम करो! मैं तो बड़ी दुविधा में फँस गया हूँ।"

नम्बरदार की पत्नी बड़ी समझदार थी। बोली—"मैं बताऊँ, भोली को स्कूल में भर्ती कर दो! वैसे भी इस बेचारी को कौन ब्याहनेवाला है? न सूरत, न शक्ल, न भेजे में बुद्धि ही है।"

नम्बरदार ने पत्नी से सहमति दिखाई और अगले दिन ही भोली को स्कूल में भर्ती कराने ले गया। उस बेचारी को तो यह भी नहीं पता था कि स्कूल क्या होता है? जब बाप ने कहा कि चल मेरे साथ, तो यह समझी कि घर से निकाल रहे हैं। जैसे लक्ष्मी को निकाल दिया था। लक्ष्मी उनकी एक बूढ़ी गाय थी, जिससे भोली बहुत प्यार करती थी क्योंकि वह गाय कभी उसका मज़ाक़ नहीं उड़ाती थी। उससे उलटे-सीधे सवाल नहीं करती थी, जिनसे भोली को अपनी जहालत और कमतरी का अहसास हो। बाप की तरह उसे डाँटती भी नहीं थी और माँ की तरह कोसती भी नहीं थी। केवल अपनी मोटी-मोटी आँखों से भोली की ओर देखती थी। और कभी-कभी अपनी गरम-गरम गुलाबी जीभ से बच्ची के गालों को चाटती थी। लक्ष्मी बूढ़ी हो गई थी, अब वह दूध नहीं देती थी। अब वह कभी बछड़ा भी नहीं दे सकती थी। केवल खड़ी-खड़ी खा सकती थी। सो नम्बरदार ने चुपके से पच्चीस रुपए में बेच दिया और वह आदमी लक्ष्मी को रस्सी से बाँधकर खींचता हुआ ले गया था। उस समय गली में कोई नहीं था सिवाय भोली के, जो लक्ष्मी के डकराने की आवाज़ सुनकर घर से निकल आई थी। भोली ने आदमी के हाथ से रस्सी छुड़ाने की कोशिश की मगर उसने झटका मारकर रस्सी छुड़ा ली और भोली दूर जा गिरी। वह चिल्लाना चाहती थी—'मेरी लक्ष्मी को मत ले जाओ! मेरी लक्ष्मी को मत ले जाओ!' मगर ग़म और ग़ुस्से से उसकी हकलाहट और भी बढ़ गई और उसकी ज़बान से सिवाय 'मैं-मैं-मैं-' के कुछ भी नहीं निकला। ग़रीब लक्ष्मी पीछे मुड़-मुड़कर अपनी बड़ी-बड़ी आँखों से भोली की तरफ़ देखती रही, मगर वह आदमी उसे घसीटता हुआ ले गया और भोली वहीं धरती पर पड़ी रोती रही।

सो जब उसके बाप ने भोली का हाथ पकड़कर उठाया और कहा—"चल मेरे साथ! मैं तुझे स्कूल छोड़कर आऊँ।" तो वह समझी कि लक्ष्मी की तरह उसे भी घर से निकाला जा रहा है, किसी अजनबी के हवाले किया जा रहा है। और वह ज़मीन पर पछाड़ें खा-खाकर रोने लगी।

"अरी, मरी क्यों जा रही है? स्कूल ही तो ले जा रहा हूँ, मास्टरनी के पास। किसी राक्षस के हवाले तो नहीं कर रहा!" नम्बरदार ने डाँटकर कहा और फिर पत्नी

को आदेश दिया—"ज़रा इसे कोई ढंग के कपड़े तो पहना दो! स्कूल में दूसरी बच्चियाँ क्या कहेंगी?"

भोली के लिए कभी नए कपड़े बने ही नहीं थे। चम्पा की जो सलवार-क़मीज़ छोटी हो जातीं, वही भोली को मिल जाती थीं। फिर उनको न कभी धोया जाता था, न ही अगर फट जाएँ तो सीया जाता था। कपड़े मैले चीकट हो जाते, फट-फटकर चिथड़े हो जाते, तब भी उसको दूसरा जोड़ा नसीब न होता। मगर आज माँ ने उसे चम्पा का पुराना, मगर साफ़-सुथरा, जोड़ा पहनाया। सिर में तेल डालकर चोटी गूँथी, तब जाकर भोली को विश्वास हुआ कि उसको किसी राक्षस के हवाले नहीं किया जा रहा है, बल्कि शायद किसी अच्छी जगह ले जाया जा रहा है।

भोली जब स्कूल पहुँची तो पढ़ाई आरम्भ हो चुकी थी। नम्बरदार तो भोली को बड़ी मास्टरनी के सुपुर्द करके चला आया और भोली घबराकर फटी-फटी आँखों से इधर-उधर देखने लगी। कई कमरे थे और हर कमरे में उस जैसी कितनी ही लड़कियाँ चटाई पर बैठी पढ़ रही थीं। बड़ी मास्टरनी ने उसे एक कमरे के कोने में सबसे पीछे बिठा दिया। अभी तक भोली की समझ में यह नहीं आया था कि स्कूल क्या होता है और वहाँ बच्चे क्यों आते हैं। मगर इतनी बहुत-सी बच्चियों को देखकर उसे सन्तोष हो गया कि शायद इन लड़कियों में से कोई उसकी सहेली बन जाए, जैसे लक्ष्मी गाय उसकी सहेली थी और वह अपनी गाय को याद करके फिर उदास हो गई।

मास्टरनी और बच्चियों की कुछ बे-मतलब आवाज़ें कमरे में गूँज रही थीं। मगर ना तो भोली की समझ में आ रहा था कि वे क्या कह रही हैं और न ही उनकी बातों में उसे कुछ विशेष रुचि थी। उसे तो दीवार पर लटके हुए चित्रों में रुचि थी। अरे, वाह-वाह! कितनी अच्छी रंगीन तस्वीरें हैं, बिलकुल जैसे सचमुच की हों। लाल-लाल घोड़ा, जैसे घोड़े पर थानेदार साहब गाँव में आए थे और काली-काली बकरी, जैसे उनके पड़ोसी तेली की बकरी और लाल-लाल चोंच का हरा-हरा तोता, जैसा उसने आमों के बाग़ में देखा था और काली-काली चित्तियोंवाली गाय, बिलकुल लक्ष्मी जैसी...अचानक भोली ने देखा कि मास्टरनी उसके पास खड़ी है और उससे प्रश्न कर रही है—"तुम्हारा नाम क्या है?"

"भो-भो-भो-" घबराहट और हकलाहट के मारे वह अपना नाम भी न बता सकी।

एक लड़की बोली—"दीदी, इसका नाम भोली है, भोली!"

और सारी क्लास की लड़कियाँ उसकी ओर देखकर हँस पड़ीं और भोली को ऐसा लगा जैसे उनकी हँसी के तमाचे उसके गालों पर पड़ रहे हों। शर्म और ग़ुस्से से वह लाल हो गई और दाँत किचकिचाकर उसने अपना नाम बताना चाहा—"भो-भो-भो-"

और फिर वह रोने लगी—ज़ोर-ज़ोर से दहाड़ें मार-मार के। यहाँ तक कि हिचकियाँ बँध गईं और वह कोने में मुँह छिपाकर बैठ गई।

जब स्कूल समाप्त होने की घंटी बजी और सब लड़कियाँ क्लास छोड़कर भागीं, तब भी भोली वहीं सर झुकाए सिसकियाँ लेती रही।

"भोली!"

भोली तो उसे सब ही कहते थे—घृणा से, नफ़रत से, मज़ाक़ से, मगर मास्टरनी की आवाज़ में ऐसी नरमी थी कि भोली को ऐसा लगता जैसे उसके दिल के घावों पर किसी ने मरहम रख दिया हो। उसने आँखें उठाकर देखा कि मास्टरनी उसके साथ खड़ी है।

"उठो।" मास्टरनी ने कहा, और वह उठकर खड़ी हो गई।

"अब अपना नाम बताओ!"

भोली को डर से पसीना आ गया। अब फिर उसे हकलाहट के मारे शर्मिन्दा होना पड़ेगा। फिर भी उसने दयालु मास्टरनी की ख़ातिर कोशिश की—"भो-भो-भो-"

"शाबाश, शाबाश!—पूरा नाम बताओ।"

"भो, भो, भोली—" आख़िर को नाम पूरा हो ही गया और भोली को यूँ लगा जैसे उसने बहुत बड़ा काम किया हो।

"शाबाश!" मास्टरनी ने उसे प्यार से पुचकारते हुए कहा—"जब तुम्हारे दिल से डर निकल जाएगा, तो तुम और सबकी तरह बोलने लगोगी।"

भोली की आँखों ने मास्टरनी से पूछा—"सच!"

"हाँ-हाँ, यह कोई असम्भव बात नहीं है। बस तुम रोज़ स्कूल आया करो! आओगी?"

भोली ने सिर हिलाकर 'हाँ' कहा।

"यूँ नहीं! ज़बान से 'हाँ' करो। अगर तुम सच-सच यहाँ आना चाहती हो, तो 'हाँ' तुम्हारी ज़बान से फ़ौरन निकल आएगा!"

"हह-हह-हाँ!" और भोली ख़ुद हैरान हो गई कि यह कैसे हुआ।

"देखा तुमने? यह लो किताब!"

किताब रंगीन थी और उसमें बड़ी अच्छी-अच्छी तस्वीरें थीं। कुत्ता और बिल्ली, बकरी और घोड़ा, तोता और शेर और गाय—लक्ष्मी जैसी गाय। साथ में हिन्दी के शब्द भी लिखे हुए थे।

"यह किताब पढ़ना तुम्हें एक महीने में आ जाएगा, भोली। फिर तुम इससे भी बड़ी किताब पढ़ोगी। फिर उससे भी बड़ी पढ़ोगी। फिर उससे भी बड़ी—और फिर तुम सब गाँववालों से ज़्यादा पढ़ जाओगी। फिर कोई तुम्हारा मज़ाक़ नहीं उड़ाएगा। हर कोई तुम्हारा आदर करेगा और जो बात भी तुम्हारे मन में आएगी, तुम उसको बता सकोगी! समझीं तुम? शाबाश! अब जाओ, कल सवेरे आना!"

भोली को ऐसा लगा जैसे मन्दिर के घंटे एकदम बज उठे हों, जैसे स्कूल के सामने उगे हुए कीकर के पेड़ पर लाल-लाल फूल निकल आए हों, जैसे अपनी हकलाहट

को दूर करके वह सारे गीत गाने लगी हो जो उसकी बहनें गाती थीं और जिन्हें वह आज तक न गा सकी थी।

उसने सोचा—जब मैं घर जाऊँगी और बापू, माँ और चम्पा मुझसे पूछेंगे कि स्कूल कैसा लगा, तो मैं उन्हें बताऊँगी कि स्कूल कितना बड़ा है और मास्टरनी कितनी अच्छी हैं और उन्हें यह सुन्दर किताब दिखाऊँगी और उसमें दी हुई सुन्दर रंगीन तस्वीरें। उनसे बात करते समय मैं एक बार भी नहीं हकलाऊँगी।

मगर जब वह घर पहुँची तो उसके बाप ने कुछ नहीं पूछा। उसकी माँ ने कुछ नहीं पूछा। सिर्फ़ इतना कहा, डाँटकर—"चल यह कपड़े उतार के सँभाल के रख। घर में धूल-मिट्टी में ख़राब करेगी।"

और चम्पा ने कुछ नहीं पूछा। बैठी अपनी रेशमी सलवार सीती रही, जो उसके जहेज़ के लिए बन रही थी।

सो भोली किसी को कुछ न बता सकी। काश! लक्ष्मी ही होती तो वह उसे ही अपने स्कूल, अपनी मास्टरनी और अपनी किताब के विषय में बताती और कहती—"देख लक्ष्मी, किसी से मत कहना कि मैं भी एक दिन फटाफट बातें करूँगी। मास्टरनी झूठ थोड़ा ही बोलती हैं।"

मगर लक्ष्मी कब की उस घर से जा चुकी थी।

सो भोली चुपचाप अपने कोने में बैठी रही और उसने अपनी किताब को अनाज की कोठरी में छुपा दिया।

मगर उसका दिल धड़क-धड़ककर कह रहा था—'भोली बोलेगी। भोली बोलेगी।'

और यूँ सात वर्ष बीत गए।

भोली स्कूल जाती रही। इसलिए कि नम्बरदार को अपनी एक बेटी को पढ़ाना था। गाँव के लिए उदाहरण क़ायम करना था।

चम्पा का विवाह हो गया। सुरेन्द्र बी.ए. करके शहर के एक दफ़्तर में मुलाज़िम हो गया।

नम्बरदार ने अपने कच्चे मकान को पक्का करवा लिया।

गाँव की आबादी इतनी बढ़ गई कि वहाँ स्कूल के अलावा एक तम्बूवाला सिनेमा भी बन गया और एक कपास को ओटने का कारख़ाना और अब तो डाक-गाड़ियाँ भी वहाँ रुकने लगीं और तहसीलदार तो क्या, अब तो कलक्टर भी कभी-कभी आने लगे और एक बार तो एक मिनिस्टर भी वहाँ का दौरा कर चुके थे।

एक रात को अपने पक्के नए मकान की छत पर खाट पर बैठकर हुक़्क़ा गुड़गुड़ाते हुए नम्बरदार ने पत्नी से कहा—"तो फिर मैं बिशम्भर से 'हाँ' कर दूँ?"

"हाँ तो और क्या! उससे अच्छा वर भला इस निगोड़ी, अभागिन को कहाँ मिलेगा? अच्छी बड़ी दुकान है। अपना पक्का मकान है। आठ-दस हज़ार रुपए नक़द भी हैं। फिर बेचारा दहेज़दान कुछ नहीं माँगता!"

''वो तो ठीक है, मगर उमर ज़रा ज़्यादा है न! पहली पत्नी के बच्चे भी बड़े-बड़े हैं!''

''तो फिर क्या हुआ? चालीस-पचास की भी कोई उमर होती है क्या? अब इस कलमुँही के लिए कोई राजकुमार आएगा क्या? वो तो अच्छा हुआ, बिशम्भर दूसरे क़स्बे का है! नहीं तो काहे को हमसे रिश्ता करता? यह रिश्ता न हुआ तो फिर उमर भर कुँवारी रहेगी और हमारी छाती पर मूँग दलेगी।''

''फिर भी डरता हूँ, न जाने बेटी क्या कहेगी?'' नम्बरदार ने कहा।

''अरे, वह पगली क्या कहेगी? भेजे में बुद्धि नहीं! मुँह में ज़बान नहीं। वह तो बेचारी गाय है गाय! लक्ष्मी को तुमने जब किसी के हवाले कर दिया था, वह कुछ बोली थी क्या?''

''तुम भी ठीक ही कहती हो!'' और फिर वह हुक़्क़ा गुड़गुड़ाने लगा।

और भोली, जो अभी सोई नहीं थी और वह सब सुन रही थी, बड़ी देर तक लेटी आसमान को ताकती रही, जहाँ लाखों सितारे झिलमिल कर न जाने उससे क्या कह रहे थे।

बिशम्भर नाथ, जिसकी दूसरे क़स्बे में पंसारी की दुकान थी, जहाँ वह हल्दी, धनिया, नमक, घी आदि बेचता था, बड़ी भारी बरात लेकर आया। नम्बरदार रामलाल की तो ख़ुशी के मारे बाछें खिल गईं। उसे क्या पता था कि उसकी चौथी बेटी के भाग्य यूँ चमकेंगे! राधा, मंगला, चम्पा जो अपनी-अपनी ससुराल से भोली के ब्याह में आई थीं, बरात के ठाठ देखकर जल ही तो गईं!

''इस पगली, हकली, मुरदार की यह क़िस्मत?'' मंगला ने कहा।

फिर राधा बोली—''अरी, इसके दूल्हे को भी देखा है? मूँछों पर ख़िज़ाब लगाता है!''

और चम्पा ने कहा—''मैंने सुना लँगड़ाता भी है!''

''हाँ! और यह बड़े-बड़े लड़के हैं उसके!''

यह सब सोचकर उन सबको थोड़ी-सी तसल्ली हुई कि बरात शानदार सही, मगर भोली का दूल्हा तो लँगड़ा और बुड्ढा है।

बरातियों में हार-पान बाँटे जा रहे हैं। बैंडबाजा एक फ़िल्मी धुन बजा रहा था—'दुल्हनिया छमाछम-छमाछम चली—'

पुरोहित ने कहा—''मुहूरत का समय हो गया, अब कन्यादान होना चाहिए!''

बिशम्भर नाथ तो बेताबी से ख़ुद ही सेहरा हिलाता हुआ हवन-कुंड के पास आकर बैठ गया।

''लड़की को लाओ, लड़की को लाओ!'' आवाज़ें बाहर से अन्दर को गईं।

माँ ने भोली को सहारा देकर उठाया—''आ, भोली, तू तो बड़ी सौभाग्यवती है!''

भोली नज़रें झुकाए बाहर आई। ज़ेवर और भारी कपड़ों के बोझ से दबी हुई!

हवन-कुंड के पास उसे दूल्हे के बराबर पटरे पर बिठा दिया गया।

बिशम्भर नाथ के दोस्त ने कहा—"चल भाई बिशम्भर, कन्या को हार पहना।

उसने हार पहनाने को हाथ उठाया, पास खड़ी एक औरत ने घूँघट सरका दिया। हार बिशम्भर के झुर्री-पड़े हाथों ही में लरज़ता रहा।"

"ठहरो!" उसने अपने दोस्त से दबी ज़बान से कहा—मगर आस-पास वालों ने सुन ही लिया। दुल्हन के मुख पर घूँघट फिर आ गया।

"अरे, इसके तो मुँह पर 'माता' के दाग़ हैं।" बिशम्भर बोला।

"तो अब क्या हो सकता है? तू भी कौन सा जवान पट्ठा है?" उसके दोस्त ने समझाया।

"अरे, यह ऐसी थी, तो हमें कम-से-कम पाँच हज़ार माँगना चाहिए था।"

"यह पहले सोचना चाहिए था, अब क्या बरात वापस ले जाओगे?"

नम्बरदार रामलाल के हाथों के तोते उड़ गए। इतना अपमान उसका कभी भी नहीं हुआ था। आज कर्मजली भोली के हाथों उसकी इज़्ज़त को यूँ लुटना था? और फिर एक ना-दो, पूरे पाँच हज़ार! इतनी बड़ी रक़म वह कैसे दे दे? मुश्किल से उमर भर जोड़-जमा करके, रिश्वतें लेकर, छह-सात हज़ार तो उसने जमा-जोड़ा था।

उसने बिशम्भर के पाँवों में अपनी पगड़ी डाल दी।

"मेरी इज़्ज़त का सवाल है, बेटा! दो हज़ार देता हूँ, अभी!"

"नहीं! पाँच हज़ार! वरना हम जाते हैं, अभी!"

"कुछ तो ख़याल कर। तू अगर बरात वापस ले गया, तो मैं किसी को मुँह दिखा न सकूँगा!"

"तो फिर निकालो पाँच हज़ार!"

रोता हुआ नम्बरदार गया, काँपते हाथों से अलमारी खोली, नोट गिने और पूरे पाँच हज़ार दूल्हे के चरणों में डाल दिए!

बिशम्भर के मुँह पर एक विजयी मुस्कान थी।

"लाओ जी, अब हार दो!"

एक बार फिर दुल्हन का घूँघट सरकाया गया, मगर इस बार उसकी नज़रें झुकी हुई नहीं थीं। वह अपने होनेवाले पति को घूर रही थी और उसकी आँखों में नफ़रत नहीं, ग़ुस्सा नहीं, घृणा थी।

बिशम्भर अपना हाथ उठा के माला भोली के गले में डाल दे, मगर इससे पहले भोली का हाथ बिजली की तरह कौंधा और उसने वरमाला छीनकर फेंक दी। उसी समय वह पटरे पर से उठ खड़ी हुई। सारी बरात व घरात में खलबली मच गई। जितने मुँह उतनी बातें—कमबख़्त कुरूप भी है और बेशर्म भी! कुलटा है, कुलटा! क्या ज़माना आया है, जी! इसे तो सब भोली समझते थे...

"पिताजी!" भोली की आवाज़ गूँजी और उसमें हकलाहट दूर-दूर भी न थी। उसका बाप, उसकी माँ और उसके सब भाई और बहनें एवं गाँव के सब परिचित यह सुनकर दंग रह गए।

"पिताजी, उठाइए अपने पाँच हज़ार रुपए। मुझे इससे विवाह करना मंज़ूर नहीं।"

"अरी जनमजली, क्या कह रही है? माँ-बाप की नाक काटना चाहती है? कुछ तो हमारी इज़्ज़त का का ख़याल कर!"

"तुम्हारी इज़्ज़त की ख़ातिर मैं इस बूढ़े-लँगड़े से ब्याह करने को तैयार थी। मगर इस लालची कमीने से शादी नहीं करूँगी, नहीं करूँगी, नहीं करूँगी..."

वह यह शब्द दोहराए जा रही थी, जैसे उस पर हिस्टीरिया का दौरा पड़ गया हो।

"अरे, हम तो इसे गाय समझते थे!"

भोली कहनेवाले की ओर तेज़ी से घूमी—"हाँ मौसी, मुझे सब गाय समझते थे, तभी इस राक्षस के हवाले किए दे रहे थे। पर अब हकली बोल रही है और भोली इतनी भोली नहीं रही कि जान-बूझकर नरक में कूद पड़े!"

बिशम्भर नाथ गालियाँ बकता वापस जा रहा था। उसके साथी भयानक बदले की धमकियाँ दे रहे थे। नम्बरदार रामलाल सिर झुकाए खड़ा था। उसकी पत्नी दहाड़ें मार-मारकर रो रही थी। जब बाहर वाले चले गए और हवन-कुंड की आग ठंडी हो गई, तब रामलाल ने बेटी को देखा और बोला—"जो हुआ सो हुआ! मगर अब तेरा क्या होगा?"

और, वह जो भोली थी, और वह जो हकली थी और वह जिसे सब बुद्धिहीन और पागल समझते थे, बोली—"घबराओ नहीं पिताजी, मैं बुढ़ापे में तुम्हारी और माँ की सेवा करूँगी और जहाँ मैंने पढ़ा है, उसी स्कूल में पढ़ाऊँगी। क्यों दीदी?"

मास्टरनी जो कोने में खड़ी थी, बोली—"हाँ भोली ज़रूर!" और उसकी मुस्कराती हुई आँखों में वह रोशनी थी, जो एक लेखक की आँखों में होती है, जब वह अपनी मशहूर कृति की आख़िरी लाइन लिखता है। जो एक चित्रकार की आँखों में होती है, जब वह अपनी कलाकृति को पूर्ण करता है।

[लिप्यांतरण : डॉ. ज़ोया ज़ैदी; *ख़्वाजा अहमद अब्बास के मुन्तख़िब अफ़साने;* संकलनकर्ता : राम लाल]

चट्टान और सपना

रमना माँझी ने जब ख़ाकी कपड़ेवालों को पगडंडी के रास्ते से पहाड़ चढ़कर अपने गाँव पहाड़पुर की ओर आते देखा तो उसने अपने तीर-कमान सँभाल लिये और एक पेड़ की आड़ में हो गया।

उसका और उसके क़बीलेवालों का अनुभव यही था कि यह ख़ाकी कपड़ोंवाले, कभी किसी नेक इरादे से उनके गाँव को नहीं आते। कभी लगान वसूल करने आते हैं, कभी वोट माँगने, कभी शराब की भट्ठियों की खोज में उनके झोंपड़ों की तलाशी लेने आते हैं। एक बार तो वे उन सबका नाम, बाप का नाम, जाति, कुटुम्ब, भाषा सब लिख ले गए। वे कहते थे—जनगणना हो रही है। रमना माँझी नहीं जानता था कि जनगणना क्या होती है लेकिन वह यह ज़रूर जानता था कि ख़ाकी कपड़ेवाले अफ़सर हमेशा कुछ लेने आते हैं, कभी उन्हें कुछ देने नहीं आते और कुछ नहीं तो गोरी चमड़ीवाले आते थे और उनके फ़ोटो ही खींचकर ले जाते थे। काले-काले डिब्बों में फ़ोटो के साथ उनकी आत्मा भी खिंचकर गोरे लोगों के साथ चली जाती और वे ख़ुद को संज्ञाहीन-सा महसूस करते, यहाँ तक कि काले-काले डिब्बों की तोड़ के लिए उन्हें महुआ का पूरा लोटा ही पीना पड़ता, तब उनकी रूह उनके बदन में वापस आती। रमना को वह दिन याद था, जब गोरी चमड़ीवाले काले-काले डिब्बे लिये राजापुर में आदिवासी लोक-नृत्य का फ़ोटो लेने आए थे। वह त्योहार का दिन था। उस दिन रम्भा कितनी सुन्दर लग रही थी! उसका काला चमकीला बदन बग़ैर चोली की सफेद साड़ी में कसा हुआ ऐसा लगता था, जैसे कमान से तीर निकलने ही वाला हो!

रम्भा के गाँव में झूमर-नृत्य हो रहा था। एक तरफ़ दस कुमारियाँ थीं, दूसरी ओर दस जवान थे। कुछ जवान हाथ में ढोलक लेकर नाच रहे थे, कुछ ऐसे ही ढोलक की ताल पर थिरक रहे थे। कुमारियाँ नाच-नाच कर लहरें बना रही थीं। वे नाच नहीं रही थीं, समुद्र की लहरों की तरह खेल रही थीं। उनके क़दम-से-क़दम मिले हुए थे, कन्धे-से-कन्धा। हाथ एक-दूसरे की कमर में डाले हुए थीं। उन सबके साथ रम्भा जब नीचे झुकती थी, तो उसके सुडौल नितम्बों पर नज़र जाती थी, जब सब के साथ सिर उठाती थी, तो उसके सीने का उभार देखकर रमना का दिल धड़क उठता था। रम्भा के श्याम

रंग और तेल से चमकते हुए बालों में एक सफ़ेद फूल लगा था, जिसको देखकर रमना के मन में न जाने कितने अरमान खिल उठे थे!

नाच दूसरे गाँववालों का था। रमना वहाँ एक मेहमान के रूप में था, मगर जब उससे नहीं रहा गया, तो वह भी अपनी ढोलक उठाकर मैदान में कूद पड़ा। पहले तो कुवारियाँ एक अजनबी को इस प्रकार नाचते देखकर ठिठकीं, मगर फिर रम्भा ने एक अदा से कहा—"पहाड़पुर वालों को भी थका देते हैं!"

ढोलक की लय तेज़ हो गई। रमना को गले में पड़ी हुई ढोलक पर थाप भी देनी थी और उसकी लय पर नाचना भी था। लड़कियों का जवाब लड़के देते थे और लड़कों का जवाब लड़कियाँ। रमना ढोलक पर थाप दे रहा था, मगर उसकी नज़रें रम्भा पर थीं। अब उसने पास से देखा कि उसकी काली-काली, बड़ी-बड़ी आँखों में काजल लगा है और जब हँसती है तो उसके गालों में गड्ढे पड़ जाते हैं। रमना ने निडर होकर रम्भा की आँखों-में-आँखें डालकर ढोलक पर लय तेज़ कर दी और आँखों-ही-आँखों में रम्भा को इशारा किया कि अब उसका जवाब दे! रम्भा के नाचने की लय भी तेज़ हो गई और फिर रमना को ऐसा लगा कि वह है और रम्भा है और उसकी ढोलक की तेज़ होती हुई लय है और वे दोनों नाच की डोर में बँधे हुए हैं और कोई नहीं है! रम्भा के गाँववाले नहीं हैं। उसके साथ की नाचनेवाली कुमारियाँ नहीं हैं। ढोलक बजाकर नाचनेवाले दूसरे नौजवान नहीं...उसकी तरह पहाड़पुर से आए हुए मेहमान नहीं हैं। न उसे थकान महसूस हो रही थी, न ढोलक का भार। वह सख़्त ज़मीन पर नाच नहीं रहा था, बादलों पर उसके क़दम पड़ रहे थे और उसका सिर आकाश को छू रहा था।

उसी समय एक गोरी चमड़ीवाले ने अपने काले-काले डिब्बे का बटन दबा दिया और रमना को ऐसा महसूस हुआ जैसे उसकी और रम्भा दोनों की आत्माएँ, खिंचकर उस काले डिब्बे में बन्द हो गई हों। उसके क़दम बादलों से ज़मीन पर आ रहे। ज़मीन सख़्त थी और कितने ही नुकीले पत्थर उसमें से झाँक रहे थे। रमना ने देखा कि उसके पैरों के तलवे लहूलुहान हो चुके हैं। एकदम उसे बड़ी थकन महसूस होने लगी। उसने देखा कि रम्भा की भी साँस फूल रही है। अब कुमारियों के क़दम-से-क़दम भी नहीं मिल रहे हैं। एक-एक करके सब भाग गईं। अब रमना माँझी भी अपनी ढोलक लेकर एक तरफ़ बैठ गया।

"क्यों, डांस क्यों बन्द कर दिया?" काले डिब्बेवाले गोरे ने उनसे पूछा और जब सबने अपने ज़ख़्मी पैरों की ओर इशारा किया तो उसने फिर अपने काले डिब्बे का बटन दबाया और उनके पैरों की फ़ोटो खींच ली और अब उनके पैरों की जान निकलकर डिब्बे में बन्द हो गई।

"क्या तुम अपना फ़ोटो देखना पसन्द करोगे?" गोरी चमड़ीवाले ने कहा। और जब रमना ने 'हाँ' कहने के लिए ज़ोर-ज़ोर से सिर हिलाया, तो फ़ोटो खींचनेवाले ने काले डिब्बे के अन्दर हाथ डाला और एक तस्वीर बाहर निकाली और रमना की

तरफ़ बढ़ा दी—''मेरा कैमरा पोलरॉयड (Poloroid) है, एक मिनट में तस्वीर तैयार हो जाती है।''

रमना ने तस्वीर हाथ में ली तो देखा कि उसमें न सिर्फ़ उसकी बल्कि रम्भा की भी आत्मा खिंच आई थी। रमना का ढोल उठा हुआ था, उसका एक क़दम ज़मीन पर था, दूसरा हवा में, वह नाच रहा था और उसके साथ रम्भा नाच रही थी और फ़ोटो के काग़ज़ पर दोनों की तस्वीर उभर आई थी। यह क्या जादू था, जिसने रमना और रम्भा दोनों को हमेशा के लिए इकट्ठा कर दिया था? रमना को डर था कि काले डिब्बेवाला उससे तस्वीर वापस न माँग ले, सो वह उसकी आँख बचाकर भाग आया और दोनों गाँवों के बीच जो चार कोस का फ़ासला था, वह उसने भागकर ही तय किया, यहाँ तक कि पहाड़ी पर भी वह चढ़ता ही चला गया। अपने झोंपड़े में जाकर ही दम लिया। वहाँ जाकर उसने फिर एक बार तस्वीर को देखा। सचमुच रम्भा उसमें नाच रही थी, ऐसा लगता था अभी बोल पड़ेगी। उसने तस्वीर को दीवार पर टाँग दिया, फिर किसी की नज़र न लगे, इसलिए उसके ऊपर फटा कम्बल डाल दिया। फिर काले डिब्बे के जादू के तोड़ के लिए उसने एक लोटा महुआ की शराब गले में उड़ेल ली।

उसका इरादा था कि अब के फ़सल पर उसके खेत में जितना भी अनाज होगा, उसे बेचकर वह अपने झोंपड़े की मरम्मत करेगा, नई छत डालेगा और फ़र्श को गोबर से लीपेगा और लकड़ी के नए किवाड़ लगवाएगा, जिन पर फूल और परिन्दे खुदे हुए होंगे (जैसे उसने मुखिया के घर में देखे थे।) और जब उसका घर रम्भा के योग्य हो जाएगा, फिर जाकर रम्भा के बाप से मिलेगा और उससे शादी की बात करेगा।

मगर इस वर्ष उसके खेत में फ़सल नहीं हुई। न ही उसके खेत में, न ही उसके गाँववालों के खेतों में।

रम्भा के गाँव में भी यही हाल था। सुनने में आया था कि सारे देश में सूखा प्रड़ा था। बारिश एक बूँद भी न पड़ी थी। आस-पास के ताल-तलैया एवं कुएँ सब सूख गए थे। बड़े-बूढ़े कहते थे कि देवता उनसे रूठ गए हैं।

रमना को यह बात समझ में नहीं आती थी। उसको याद नहीं था कि उसने या उसके गाँववालों ने कोई ऐसा पाप किया हो, जिसकी यह सज़ा मिली है। रमना का गाँव तो पहाड़ी पर था। पहले भी पहाड़ के नीचे एक कुआँ था, वहाँ से पीने का पानी भरकर ऊपर लाना पड़ता था, अब वह कुआँ भी सूख गया। फिर...उन्हें साढ़े तीन मील से एक-एक घड़ा पानी लाना पड़ता था जिसमें मुश्किल से पीने और खाना पकाने का पानी पूरा पड़ता था।

पूरा साल हो गया, गाँव में कोई नहाया ही नहीं था।

ऐसी हालत में रम्भा जैसी सुन्दर लड़की से शादी का ख़याल भी वह कैसे कर सकता था। वह अक्सर सोचता—'वह तो मेरे शरीर की बू से ही दूर भाग जाएगी!'

जब उसकी याद बहुत सताती, तो वह रम्भा की तस्वीर पर से फटा हुआ कम्बल हटाकर देख लेता। मगर शायद तस्वीर को भी स्नान की ज़रूरत थी। रमना ने देखा कि तस्वीर में उसके और रम्भा दोनों के शरीर पर पीले-पीले धब्बे पड़े जा रहे हैं।

दो-चार महीने तो जो अनाज घर में था, उस पर गुज़ारा किया। फिर रमना और उसके गाँववालों ने ढोर-डंगर, बर्तन-भाँड़े बेचने शुरू कर दिए। मगर बाज़ार में अनाज की क़ीमतें भी तो बढ़ती जा रही थीं। चावल तो अब ढाई रुपए सेर हो गया था। सिर्फ़ सपने में वह खा सकते थे। गेहूँ के बजाय बाजरा, बाजरे के बजाय ज्वार खाने लगे। मगर घर के बर्तन-भाँड़े भी कितने दिन काम देते, ख़त्म हो गए और आख़िर वह दिन आया जब रमना माँझी के घर में न अनाज था, न कोई ऐसी चीज़ जो बेच सके। वह पानी भरने भी नहीं गया, कि जब खाने को ही नहीं है, तो पानी भी क्यों पियूँ? घर में फटी चटाई पर पड़ा रहा।

शाम को उसके पड़ोसी घीसू काका ने आकर उठाया। कहने लगा—"रमना, आज मैं पानी लाने गया था, तो मालूम हुआ कि वह कुआँ भी सूख गया है। सो मैंने सोचा कि अगले गाँव में चलूँ, वहाँ से एक घड़ा पानी तो ले आऊँ। वहाँ गया तो देखा एक धर्मात्मा ने लंगर खोल रखा है। उसका नाम रखा है—'मानव राहत मंडल।' हर किसी को एक वक़्त का खाना मुफ़्त मिलता है। कभी दो रोटियाँ, कभी खिचड़ी, कभी दलिया। सुना है, किसी-किसी दिन हलवा-पूरी भी मिलती है।

रमना के मुँह में पानी आ गया। उठकर बैठ गया। बोला—"काका, कल मैं भी तुम्हारे साथ चलूँगा। इस वक़्त एक कटोरा पानी का तो देना!"

और, अगले दिन रमना माँझी पहाड़ी से ही नीचे नहीं उतरा, अपनी मानवता की सीढ़ी से भी नीचे उतर आया। उसके क़बीले में से किसी ने कभी भीख का टुकड़ा भी नहीं खाया था और आज वह लंगर में जाकर दो रोटियों या मुट्ठी भर खिचड़ी के लिए हाथ फैलाएगा! वह चल रहा था, मगर शर्म से उसकी निगाहें झुकी थीं। सड़क पर लगी थीं। मगर उसने देखा कि उस सड़क पर उस जैसे कितने ही साये, उस तरफ़ चल रहे हैं, जिधर 'मानव' को 'राहत' देने के लिए खिचड़ी दी जाती है। मगर उसके बदले में उनकी इज़्ज़त व सम्मान ख़रीद लिये जाते हैं। रमना ने आँखें उठाईं और पीछे मुड़कर देखा। सब उसके क़बीले वाले थे और सबकी निगाहें झुकी हुई थीं।

'मानव राहत मंडल' का लंगर क्या था, एक मेला लगा था! हज़ारों की भीड़ थी। नहाई-धोई सफ़ेद साड़ियाँ पहने, माथे पर बिन्दी लगाए स्त्रियाँ लंगर का इन्तज़ाम कर रही थीं। पुलिसवाले भूखों को लाइन से बैठने को कह रहे थे। जो नहीं समझते थे, उन्हें लाठियों से समझा रहे थे। एक लाइन में रमना भी बैठ गया। इधर-उधर नज़र दौड़ाई, तो देखा, सब लोग बर्तन सामने रखे, इन्तज़ार कर रहे हैं। कोई एल्यूमीनियम का पुराना प्याला लाया है, तो कोई मिट्टी की ढोबरी लाया है, किसी ने पत्तों का दोना बना रखा है। किसी ने तो अपने दो हाथों को ही जोड़कर फैला रखा है।

"खिचड़ी कब मिलेगी?" रमना ने घीसू चाचा से पूछा।

"अभी तो कम-से-कम दो घंटे हैं! मगर तीन भी लग सकते हैं!"

रमना ने सोचा—'दो घंटे गाँव से यहाँ तक आने में लगे, दो-तीन घंटे इन्तज़ार करना पड़ेगा, फिर खाकर वापस जाने में पहाड़ चढ़ना पड़ेगा, इसमें तीन घंटे लगेंगे; इतनी देर में तो मैं कितना ही काम कर सकता हूँ। लकड़ी काट सकता हूँ, पत्थर तोड़ सकता हूँ...!'

वह यह सोच ही रहा था, कि...

इतने में एक कोने में कुछ शोरग़ुल हुआ, तो उसने उधर देखा। वर्दी पहने हुए वालंटियर एक आदमी को बाहर निकाल रहे थे और वह हाय-बावेला मचा रहा था। रमना ने बूढ़े काका की तरफ़ सवालिया नज़रों से देखा—काका ने धीरे से उसके कान में कहा—"लंगर असल में बूढ़ों, औरतों, बच्चों और बीमारों के लिए है। वह जवान आदमी है इसलिए उसे निकाल रहे हैं। तुमसे कोई कुछ कहे तो तुम बीमार बन जाना!"

भीख की रोटी खाने के लिए रमना ने अपने मन को तैयार किया था, मगर अब उसे मालूम हुआ कि झूठ की रोटी भी खानी पड़ेगी।

यही सोचकर वह इधर-उधर देख रहा था, किस तरह बीमार बनने का ढोंग रचाए? कि उसने कुछ दूर पर जहाँ औरतों की लाइन लगी हुई थी, वहाँ एक जाना-पहचाना चेहरा देखा—'नहीं!' उसने सोचा—'यह रम्भा नहीं हो सकती!'

वह रम्भा ही थी। जिस रम्भा को वह जानता था, वह नहीं थी। उस रम्भा के शरीर में जवानी का ख़ुमार था, इस रम्भा के गाल पिचके थे। उस रम्भा के बाज़ू गोल और गुदाज़ थे, इस रम्भा का चमड़ी हड्डी को लगी हुई थी। उसकी आँखें बड़ी-बड़ी और चमकीली थीं, इसकी आँखें बुझी हुईं और अन्दर को धँसी हुई थीं। मगर यह रम्भा ही थी।

रम्भा भी शर्म से नीचे ही देख रही थी। मगर जब उसको दो रोटियाँ मिलेंगी (या खिचड़ी या दलिया या हलवा-पूरी) तो उसको ऊपर नज़र उठानी पड़ेगी; और तब वह देखेगी कि सामने रमना भी भिखारियों की तरह हाथ पसारे बैठा है, तो वह क्या सोचेगी?

एक पल में रमना ने फ़ैसला किया और वहाँ से उठ खड़ा हुआ और जल्दी से उसकी जगह एक और आदमी ने ले ली, जो इसका इन्तज़ार ही कर रहा था।

रमना लंगर के अहाते से निकल आया। रमना उस गाँव से निकल आया। रास्ते में उसे सैकड़ों आदमी लंगर की तरफ़ जाते मिले। बूढ़े, बच्चे, औरतें और कुछ उस जैसे जवान भी, सबको दो रोटियों की चाहत लंगर की तरफ़ ले जा रही थी और रमना की निगाहें अब भी नीची थीं, वह नहीं चाहता था कि वे जो जा रहे हैं, उनको उसकी निगाहों से शर्मिन्दा होना पड़े।

वह चलता रहा, चलता रहा, यहाँ तक कि वह अपने गाँव की तरफ़ लौटने के बजाय किसी दूसरी ओर ही निकल आया। यहाँ उसने देखा कि सैकड़ों आदमी—जवान, अधेड़ उम्र के, बच्चे, औरतें, कुदालें हाथ में लिये, टोकरियाँ सिर पर उठाए मिट्टी काट रहे हैं और मिट्टी उठाकर बाँध बना रहे हैं। वह ठहर गया। उसने किसी से पूछा—"यह क्या है?"

"यह हैवी मैनुअल है।"

"वह क्या होता है?"

"काम! सख़्त मेहनत करनी पड़ती है! तुम करोगे?"

रमना यह सुनकर मुस्करा दिया। उम्र-भर उसने सख़्त मेहनत के सिवा किया ही क्या था! पहाड़ी पर फ़सल उगाना कोई आसान काम नहीं था!

"खाना मिलेगा?"

"मज़दूरी मिलेगी डेढ़ रुपया रोज़। राशन ख़रीद सकते हो!"

रमना ने अपनी फटी हुई क़मीज़ उतारी और एक फावड़ा लेकर मिट्टी काटना शुरू कर दिया। एक बरस हुआ था उसने हल नहीं चलाया था। खेत में बुआई नहीं की थी। कटाई नहीं की थी। निराई नहीं की थी। काम करते हुए उसने सोचा—मेरी भुजाओं में अब भी ताक़त है!

उस दिन से दिन-भर वह मिट्टी काटता, शाम को मज़दूरी लेकर पानी भरने जाता। नीचे गाँव में एक ट्यूबवेल लग गया था। वहाँ शाम को बड़ी भीड़ होती थी। रमना भी लाइन में खड़ा हो जाता और सोचता रहता कि कब वह जादू का कुआँ उसके गाँव में भी लगेगा। फिर घड़ा भरकर वह सितारों की रोशनी में पगडंडी पर चलता हुआ, अपने गाँव पहुँचता, वहाँ जाकर खाना पकाता, खाता और आधी रात होने को आती, तब सोने की नौबत आती और फिर चुपके से रम्भा उसके पास आती और अब वह वैसी ही होती, जैसी पन्द्रह महीने पहले थी। वह रमना के साथ नाचती और नाचते-नाचते उनके शरीर एक-दूसरे को छूते, यहाँ तक कि एक-दूसरे में घुल जाते। फिर रमना की आँख खुल जाती।

फिर एक दिन उसने सुना कि रम्भा के गाँव में भी ट्यूबवेल लग गया है। (अब उसे मालूम हो गया था कि जादू के कुओं का असली नाम क्या है) फिर सुना कि ट्यूबवेल लगने से राजापुर में ज़िन्दगी की एक लहर-सी दौड़ गई है। अब वहाँ से कोई लंगर में खाना माँगने नहीं जाता। रमना का दिल चाहा कि शाम को वहाँ जाए और रम्भा को दूसरी कुमारियों के साथ ट्यूबवेल पर पानी भरते हुए देखे। वह सोचता—रम्भा सिर पर पानी से भरी गागर लेकर चलती होगी तो कितनी अच्छी लगती होगी! मगर फिर वह यह ख़याल करके रुक जाता कि उनके गाँव में तो अब भी कोई कुआँ नहीं है। उसका खेत उसी तरह वीरान और बंजर पड़ा है। उसको पीने का पानी भी पाँच मील से लाना पड़ता है। मज़दूरी से जो कुछ मिलता है उसमें अकेले

का राशन भी मुश्किल से पूरा पड़ता है और कभी-कभी तो उसको यह महसूस होता कि पहाड़पुर गाँव इतना छोटा है (सब मिलाकर पचास झोंपड़े और ढाई सौ आदमी होंगे) कि दुनिया उनकी हस्ती ही भूल गई है। और फिर वह सोचता—अगर उनको हमारी परवाह नहीं तो मैं क्यों उनका काम करूँ? दूसरे गाँव में बाँध क्यूँ बाँधूँ? दूसरों की सड़कें क्यों बनाऊँ और उनके लिए कुएँ क्यों खोदूँ जब मेरे अपने गाँव में...।

यह सोचकर वह अगले रोज़ काम पर नहीं गया। कुदाल और फावड़ा लेकर दिन-भर अपने खेत में गड्ढा खोदता रहा। शाम तक दो हाथ तो उसने खोद डाला, मगर उसके बाद सख़्त पथरीली ज़मीन थी। उसकी कुदाल भी मोथरी पड़ गई, शाम को थक-हारकर वह बग़ैर खाए-पिए चटाई पर पड़कर सो गया। सपने में देखा कि जहाँ उसने खोदा था, वहाँ पानी का सोता उबल रहा है। सुबह होते ही वह भागा-भागा वहाँ गया तो गड्ढा वैसा-का-वैसा ही पड़ा है। गड्ढे की तली में से सूखी काली चट्टान झाँक रही है और उसको मुँह चिढ़ा रही है।

गाँववालों में से कुछ 'हैवी मैनुअल' काम पर गए हुए थे और कुछ 'मानव राहत मंडल' के लंगर में खाना माँगने। सिर्फ़ रमना ही था जो पहाड़ी की चोटी पर खड़े हुए इमली के पेड़ पर पत्थर मार-मारकर इमलियाँ गिरा रहा था क्योंकि आज उसके घर में खाने को कुछ भी नहीं था। उसी वक़्त उसने ख़ाकी कपड़ेवालों को पगडंडी के रास्ते अपने गाँव की तरफ़ आते देखा। पत्थर जो मारनेवाला था, वह उसके हाथ ही में रह गया। फिर पत्थर को ज़मीन पर फेंककर वह अपने झोंपड़े की ओर भागा और उन अनजाने दुश्मनों के ख़िलाफ़ गाँव की रक्षा के लिए अपनी तीर-कमान सँभाल ली। तीन आदमी थे। तीनों ख़ाकी कपड़े पहने थे। एक के हाथ में एक छड़ी थी जिसे वह बार-बार ज़मीन पर मार रहा था। कभी-कभी वह रुककर हाथ में पत्थर उठाकर उनकी जाँच-पड़ताल करता था, फिर पत्थरों को ज़मीन पर फेंक देता था। मगर किसी-किसी पत्थर को जेब में रख लेता था। सोने या लोहे या कोयले की खोज में आते हैं, रमना ने सोचा। पेड़ के पास से गुज़रे तो रमना ने देखा कि तीनों नौजवान आदमी हैं। धूप में पहाड़ी चढ़ने से उनकी साँस फूल गई। वे हाँफ गए। उनके पास हथियार नहीं थे। कोई सरकारी काग़ज़ नहीं था। किसी का वारंट या सम्मन नहीं था। सिर्फ़ एक के बग़ल में एक नक़्शा था, जो ऊपर पहुँचकर उन्होंने ज़मीन पर फैला दिया और फिर नौजवान ने अपनी छड़ी से उस तरफ़ इशारा किया, जिधर रमना ने गड्ढा खोदा था।

थोड़ी देर में लोग वहाँ गड्ढे के किनारे खड़े थे। अब तो रमना माँझी से रहा न गया। भागा हुआ वहाँ पहुँच गया। तीर-कमान अब भी उसके हाथ में थे।

''यह खेत मेरा है!'' उसने चिल्लाकर कहा।

''बड़ी ख़ुशी की बात है।'' छड़ी वाले नौजवान ने जवाब दिया—''मगर तुम्हें कैसे मालूम हुआ कि इस जगह पानी निकल सकता है?''

''मुझे कुछ नहीं मालूम।'' रमना बोला—''मैं तो अपनी ज़मीन पर कुआँ खोद रहा था। मगर रास्ते में यह चट्टान आ गई। अब पानी कहाँ से निकलेगा?''

''इस चट्टान के नीचे पानी है।'' नौजवान ने अपनी छड़ी से ज़मीन कुरेदते हुए कहा।

''होगा, मगर चट्टान को कौन हटा सकता है?''

''इनसान हटा सकता है। तुम लोगों को तो सैकड़ों बरस पहले इसकी तरकीब मालूम थी, जब तुम चट्टान पर पहले जलती हुई लकड़ियाँ डालकर उसे गरम करते थे, फिर पानी डालकर उसे ठंडा करते थे और इस तरह चट्टान चटखकर टूट जाती थी। मगर अब यही काम डायनामाइट से हो सकता है। बोलो, अपनी ज़मीन पर कुआँ खोदने दोगे हमें?''

रमना ने कुछ सोचकर कहा—''और कहीं पानी नहीं निकल सकता?''

''नहीं, यही जगह है, जहाँ से पानी निकलेगा।''

''अच्छा, मुझे मंजूर है।''

''मगर एक शर्त है।''

''वह क्या है?''

''यह कुआँ सबके लिए होगा। सब गाँववालों को यहाँ से पानी लेने का अधिकार होगा।''

फिर कुछ सोचकर रमना ने कहा—''मुझे मंज़ूर है।''

''तो फिर ठीक है ना? कल से यहाँ काम शुरू हो जाएगा।'' छड़ी वाले नौजवान ने कहा।

''पहले यह बताओ,'' रमना ने कहा—''इस गाँव को तो भूल गए थे, तुम्हें इसका नाम पता किसने बताया?''

''हमें राजापुर में मालूम हुआ, जब हम वहाँ 'ट्यूबवेल' की जाँच-पड़ताल करने गए थे। वहाँ एक लड़की ने पहाड़पुर के बारे में बताया।''

''क्या नाम था उसका?'' रमना ने पूछा और फिर आप-ही-आप मुस्कुरा दिया। उसको जवाब मालूम था।

नौजवान इंजीनियर ने बताया—''रम्भा!''

उस रात को रमना को ख़ुशी के मारे नींद नहीं आई। सुबह-सवेरे वह उठा, जल्दी से अपनी ज़मीन पर पहुँच गया। इंजीनियर वहाँ पहले से मौजूद थे। चट्टान में सूराख़ कर रहे थे।

सूराख़ में उन्होंने डायनामाइट रखी फ़लीता लगाया, एक धमाका हुआ और धुआँ फैल गया। धुआँ दूर हुआ तो रमना ने देखा चट्टान के टुकड़े-टुकड़े हो गए थे। उसको ऐसा लगा, उसके दुश्मन का तो अन्त हुआ। कुदाल लेकर लगा पत्थरों को तोड़ने। गड्ढा एक फ़ीट और गहरा हो गया। मगर चट्टान, फिर वैसी की वैसी ही मौजूद थी। लोहे की तरह सख़्त और काली।

"अब क्या करेंगे?" उसने घबराकर इंजीनियर से पूछा।

"फिर डायनामाइट लगाएँगे!" इंजीनियर ने जवाब दिया—"जब तक पानी नहीं निकलेगा, यही करते रहेंगे। इस बार तुम डायनामाइट लगाओ।"

रमना ने चट्टान में सूराख़ करके उसमें डायनामाइट रखते हुए सोचा—'इनसान की बुद्धि कितनी शक्तिमान है! चट्टान के टुकड़े-टुकड़े कर सकती है!'

इस बार फ़लीते में उसने ही आग लगाई। थोड़ी देर तक तो फ़लीता जलने की सरसराहट होती रही, फिर एक धमाका हुआ। रमना ने सोचा—'यह धमाका मैंने किया है। रमना माँझी ने!'

इस प्रकार बीस बार चट्टान में डायनामाइट लगाना पड़ा। हर बार रमना कुदाल और फावड़ा लेकर गड्ढे को और गहरा करता, मगर फिर उसके नीचे से चट्टान अपना सिर निकालकर उसको मुँह चिढ़ाती। यह चट्टान थी या चुड़ैल? खोदते-खोदते एक महीना हो गया। कुआँ तीस फ़ीट गहरा हो चुका था और चट्टान वैसी-की-वैसी ही मौजूद थी। अब तो इंजीनियर भी घबरा गए थे। मगर वह छड़ी वाला युवा अब भी यही कह रहा था—"पानी यहाँ है! विज्ञान ग़लत नहीं हो सकता!"

इस बार रमना ने चारों कोनों पर दो-दो सूराख़ किए और हर सूराख़ में, आमतौर से दुगुनी डायनामाइट भरी। अब वह भी इस चट्टान से तंग आ गया था। अगर अबकी बार भी चट्टान अपनी जगह से नहीं हटी, तो वह कुआँ खोदना बन्द कर देगा। इंजीनियरों को भी अपनी ज़मीन से बाहर निकाल देगा। भगवान को अगर यह ही मंज़ूर है कि वे प्यासे मरें, एक बूँद पानी उन्हें न मिले, तो फिर इतनी मेहनत करके मरने से क्या फ़ायदा?

फ़लीते में आग लगा दी गई। आग सर-सर करती हुई आगे बढ़ती जा रही थी और रमना पीछे हटता जा रहा था। थोड़ी देर तक ख़ामोशी रही, रमना समझा फ़लीता बुझ गया, फिर आग लगाना चाहिए। वह कुएँ की तरफ़ बढ़ा ही था कि एक ज़बर्दस्त धमाका हुआ, रमना को एक इंजीनियर ने पीछे की तरफ़ खींच लिया। कुएँ में से पहले धुएँ का एक बादल निकला फिर पत्थर उड़कर आए। एक पत्थर रमना के पैर के पास ही आकर गिरा। इंजीनियर चिल्लाया—"देखो, रमना, देखो। आख़िर जीत हुई न हमारी!"

रमना ने पत्थर को ग़ौर से देखा, पत्थर पानी से गीला था। पागलों की तरह चिल्लाता हुआ रमना कुएँ के सूराख़ तक पहुँचा, अन्दर झाँका तो देखा, कुएँ की तह में पानी झिलमिल कर रहा था। जैसे धरती के अन्दर से आसमान निकल आया हो और उस पर तारे जगमग, जगमग कर रहे हों!

पहाड़पुर में कुआँ बनने की ख़ुशी में गाँववालों ने एक जश्न मनाने का फ़ैसला किया।

"राजापुर कौन जाएगा, नेवता लेकर?" बूढ़े घीसू काका ने सवाल किया और फिर मुस्कराकर रमना माँझी की तरफ़ देखा।

“मैं जाऊँगा!” रमना माँझी ने ऐलान किया।

मगर जाने से पहले रमना ने नए कुएँ से पानी भरा। उससे अपने सब कपड़े धोए। फिर सारे बदन पर चिकनी मिट्टी मलकर दस डोल से नहाया। फिर साफ़-सुथरे कपड़े पहने, बालों में तेल लगाया, कंघी की। फिर उसने अपने झोंपड़े को साफ़ किया। फटा-पुराना कम्बल दीवार से हटाया। नीचे तस्वीर में रम्भा नाच रही थी, मुस्करा रही थी।

कम्बल के चिथड़े उसने दूर फेंक दिए, नीचे से तस्वीर निकल आई। अब रमना को किसी का डर नहीं था; जिसका जी चाहे देखे, उसकी रम्भा कितनी सुन्दर है!

फिर वह राजापुर की तरफ़ चल खड़ा हुआ।

[लिप्यांतरण : डॉ. ज़ोया ज़ैदी; *नई धरती, नए इनसान;* कहानी-संग्रह से]

नीली साड़ी

बम्बई : चौंतीस युवतियाँ तीन वेश्यालयों में से पिछले हफ़्ते पकड़ी गईं। उनमें से तीन के चेहरों को दंड देने के लिए तेज़ाब से जला दिया गया था। पुलिस ने पाँच महिलाओं को रंडीख़ानों को चलाने और वेश्याओं की आमदनी पर रहने के जुर्म में गिरफ़्तार कर लिया है—एक ख़बर।

हुज़ूर! मैं सच कहूँगी, सब सच कहूँगी, और सच के सिवा कुछ न कहूँगी। मगर फ़ुर्सत है आपके पास और आपके समाज के पास ये सब बातें सुनने के लिए?

मेरा नाम सलमा है।

मेरे वालिद का नाम—ख़ुदा उन्हें जन्नत नसीब करे—करीमबख़्श था।

मेरे वालिद क्या करते थे? सच्ची बात ये है, हुज़ूर, कि वो कुछ नहीं करते थे। किसी ज़माने में ज़मींदार थे। बाद में, जब ज़मीनों पर सीलिंग लगी तो उनके बदले में जो मुआवज़े के काग़ज़ात मिले उनको बेचकर खाते रहे।

मेरी ज़ाए पैदाइश शिकोहाबाद की है।

और ये यू.पी. का एक पुराना क़स्बा है।

क़स्बा क्या है! पुराने खँडहर जैसे मकानों का मजमूआ है।

इन्हीं में से एक खँडहर जैसे मकान में मेरा जन्म हुआ था।

मेरी माँ मेरी पैदाइश का बोझ बर्दाश्त न कर सकीं। मेरे पैदा होते ही मर गईं बेचारी।

फिर मेरे वालिद ने दूसरी शादी कर ली।

मेरी सौतेली माँ का नाम करीमन था। वो ज़ात की नाइन थी। मगर सूरत-शक्ल की ज़रा अच्छी थी। जब ही तो मेरे वालिद साहब ने बीवी के मरने के दो महीने बाद उससे निकाह पढ़वा लिया। मोहल्लेवाले ये भी कहते थे कि उनका मामला करीमन के साथ पहले से चल रहा था।

करीमन मेरी सौतेली माँ ज़रूर थीं। मगर ईमान की बात ये है, हुज़ूर कि उसने कभी सौतेली माँ जैसा सलूक नहीं किया मेरे साथ। उसकी अपनी कोई औलाद नहीं थी इसलिए वो मुझे अपनी औलाद की तरह चाहती थी। उसने मुझे स्कूल पढ़ने भेजा, वो मुझे हमेशा सिनेमा साथ ले जाती थी और हर तरह के नाज़ उठाती थी।

जब मैं पन्द्रह बरस की हो हुई तब तक सिनेमा की पक्की शौक़ीन बन चुकी थी। सच बात तो यह है कि शिकोहाबाद जैसे मुर्दा क़स्बे में और कोई तफ़रीह की जगह भी तो नहीं थी। जब तक मैं कोई फ़िल्म देखती रहती तो ऐसा लगता कि मैं किसी दूसरी दुनिया में हूँ। एक रंगीन रूमानी दुनिया! जिसमें सब मर्द ख़ूबसूरत थे। न सिर्फ़ हीरो बल्कि विलेन भी—सब औरतें और लड़कियाँ हसीन थीं और सब अच्छे-अच्छे कपड़े पहने होते थे। फ़िल्मों से मैंने बहुत-कुछ सीखा, हुज़ूर, मगर ख़ासतौर से ये सीखा कि अपनी ज़िन्दगी की कठिनाइयों और महरूमियों से सिनेमा के अँधेरे में कैसे बचा जा सकता है और जो कुछ भी सीखा, मसलन—हिरोइनों की तरह के कपड़े पहनना, उनके जैसे बाल बनाना या कटवाना। उस ज़माने में साधना नई-नई 'लव इन शिमला' में आई थी। उसकी तरह 'फ्रिंज' मैंने भी बना ली कि मेरा माथा भी बड़ा था और 'फ्रिंज' किए हुए बालों की झालर मेरे चेहरे पर भी अच्छी लगती थी।

अगले दिन ही मेरे ख़ालाज़ाद भाई महमूद अली, जो मुझसे उम्र में चार-पाँच बरस बड़े होंगे, आए तो उन्होंने पहली झलक ही में पहचान लिया कि मैंने 'लव इन शिमला' देखकर अपने बाल काटे हैं। इसलिए वो हल्के से मज़ाक़ में कहने लगे—''क्यों, सलमा—लव इन शिमला तो देखा, लव इन शिकोहाबाद के बारे में क्या राय है?''

इतनी बेशर्मी की बात सुनकर मेरा चेहरा गुलाबी हो गया। समझ में न आया क्या जवाब दूँ। मैं जल्दी से वहाँ से भाग गई। महमूद भाई भी दो-चार फब्तियाँ कसकर वहाँ से चले गए। हाँ, जाते-जाते इतना कह गए कि दो दिन के बाद वो अलीगढ़ जा रहे हैं। किसी को सिनेमा चलना हो उनके साथ तो वो कल चल सकता है। मैंने अम्मा से पूछा—(मैं करीमन को अम्मा ही कहती थी) ''चलोगी अम्मा?'' मगर अम्मा ने कोई बहाना कर दिया। अब्बा तो सिनेमा जाने को ही तैयार नहीं थे। अम्मा ने कहा—''अपने घर का ही तो लड़का है। तू उसके साथ चली जाइयो बुर्क़ा ओढ़कर।''

अगले दिन मैं महमूद भाई के साथ सिनेमा हो ली। रात का वक़्त था। वो भी आख़िरी दिसम्बर की रात। कड़ाके की सर्दी थी। ताँगे में बैठी तो महमूद भाई पास बैठे। उनका हाथ न जाने किस तरह मेरे बुर्क़े के अन्दर आ गया। मेरा हाथ अपने हाथ में लेते हुए हुए बोले—''ओफ़् ओ! तुम्हारे हाथ तो बिलकुल ठंडे बर्फ़ हो रहे हैं।'' और अपने हाथों की गरमी मुझे पहुँचाते रहे। थोड़ी देर में मेरे हाथ भी उनके हाथों की तरह जलने लगे।

सिनेमा आ गया तो वो ताँगेवाले को पैसे देकर मुझे सिनेमा में ले चले। मैं हैरान रह गई जब मैंने देखा कि उन्होंने एक 'बॉक्स' रिज़र्व कर रखा था। यहाँ हम दोनों अकेले थे। इसलिए सिनेमा शुरू होने पर महमूद भाई ने मेरा बुर्क़ा उतार दिया और आहिस्ता-आहिस्ता उनका बाज़ू मेरे गिर्द आ गया। फ़िल्म काफ़ी बकवास थी मगर हीरो-हिरोइन की मुहब्बत के बहुत से सीन थे। जो मेरे लिए बहुत दिलचस्पी रखते थे।

जो नुक़्ते मेरी समझ में नहीं आते थे महमूद भाई का हाथ मेरी तरबियत करता रहा। एक सीन था जिसमें हिरोइन गिर पड़ती है। हीरो घबराकर भागता है और ज़मीन पर बैठकर पूछता है—"चोट लगी है?"

हिरोइन मुँह बनाकर कहती है—"बहुत लगी है।"

"कहाँ?" हीरो पूछता है।

"यहाँ।" वो टखने की तरफ़ इशारा करके जवाब देती है। वो टखना दबाने लगता है।

फिर वो कहती है—"यहाँ।" और घुटने की तरफ़ इशारा करती है।

वो घुटना दबाने लगता है।

फिर वो कहती है—"नहीं, वहाँ नहीं, यहाँ।"

"कहाँ?" वो पूछता है।

वो अपने सीने की तरफ़ इशारा करके जवाब देती है—"यहाँ।" हीरो के हाथ बेइख़्तियार सीने की तरफ़ बढ़ते हैं।...बढ़ते हैं—फिर एकदम रुक जाते हैं।

मगर महमूद भाई का हाथ नहीं रुका। और मैंने लज़्ज़त भरे दर्द को महसूस करके अपनी आँखें ज़ोर से भींच लीं।...

अगले दिन महमूद भाई तो अलीगढ़ चले गए और मैं उनकी याद को सीने से लगाए स्कूल चली गई।

स्कूल से लौटी तो दरवाज़े ही में बुर्क़ा उतारा और अन्दर घुस रही थी कि बुन्दू सक़्क़े से मुठभेड़ हो गई।

वो अन्दर से ख़ाली मशक कन्धे पर लटकाए बाहर निकल रहा था और मैं अन्दर जा रही थी। हम दोनों का आलिंगन होते-होते रह गया। दो पल के लिए हम दोनों एक-दूसरे के सामने ठिठककर रह गए। मैंने देखा कि सक़्क़े का लौंडा, जो मुझसे ज़रा ही बड़ा था और जिसके अभी मूँछें भी न निकली थीं, मुँह फाड़े मेरी तरफ़ टकटकी बाँधे देख रहा है। मैं भला सक़्क़े के लौंडे को कब ख़ातिर में लाने लगी थी। फिर भी घबराहट में मैं भी देखती की देखती रह गई। फिर भी बुन्दू को जल्दी होश आया और वो अचानक जैसे होश में आया हो, कन्नी काटकर मेरे पास से गुज़र गया। सिर्फ़ उसकी मशक की और उसके बदन की बू रह गई, मैं भी चौकन्नी होकर अन्दर चली गई और ये वाक़िया दोपहर के सन्नाटे में खोया रहा। किसी ने हमको देखा नहीं था। लेकिन, नशा-ए-हुस्न में डूबी हुई मेरी ख़ुशी का क्या ठिकाना! कल महमूद भाई जिस सूरत पर मर मिटे थे आज उसी सूरत को देखकर साँवला-सलोना सक़्क़े का लौंडा घनचक्कर हो गया था।

सक़्क़े के लौंडे को मैं भला कब मुँह लगानेवाली थी मगर मुझे ये अच्छा लगता था कि मेरे हुस्न के पुजारियों में एक और का इज़ाफ़ा हो गया था। उसके बाद जब

भी मुझे मौक़ा मिलता मैं किसी-न-किसी बहाने से बुन्दू के सामने आ जाती या उसे अपनी एक झलक दिखाकर फ़ौरन पर्दा कर लेती। जैसे ग़लती से सामना हो गया हो। वो बेचारा ये तो कभी उम्मीद ही नहीं कर सकता था कि ये मामला आगे बढ़ेगा। एक शरीफ़ज़ादी से छेड़छाड़ की सज़ा में अब्बा उसे मार-मार के अधमरा न कर डालते—मगर इस आनाकानी में मुझे बहुत मज़ा आता। वो मरे या जिए मुझे क्या ग़रज़?

गर्मियों की छुट्टियों में महमूद भाई फिर शिकोहाबाद आए।

कभी ख़ाला अम्मा के घर जाने के बहाने हम उनके यहाँ मिलते।

कभी वो कुछ-न-कुछ बहाना निकालकर हमारे यहाँ आ जाते।

कभी सिनेमा हम अम्मा को साथ लेकर चले जाते।

और कभी-कभी सिनेमा हम दोनों ही जाते। उन दिनों मैं नीली साड़ी पहनती। नीला मेरा महबूब रंग था और महमूद को भी बहुत पसन्द था—और तब 'बॉक्स' में बैठकर ही पिक्चर देखते। बल्कि पिक्चर बराएनाम ही देखी जाती!

एक बार सक़्क़े का लौंडा बुन्दू हमें वहाँ मिल गया और मैंने महमूद भाई से कह दिया—"ये बेचारा भी मेरा शिकार हो गया है।"

"बहुत ख़ूब!" महमूद भाई बोले—"तो शादी कर लो।"

"इससे शादी करे मेरी जूती!"

"फिर किससे शादी करोगी?"

"आपको मालूम है!" मैंने उनकी आँखों में आँखें डालकर बिलकुल हिरोइनों वाले अन्दाज़ में कहा।

"फिर तो अम्मा से बात करनी ही पड़ेगी!" वो हँसकर बोले। और मैंने उनकी बाज़ू में घुसकर कुछ खुसुर-फुसुर किया।

"सच! फिर तो देर नहीं करनी चाहिए।"

"हाँ, महमूद। वरना मैं मर जाऊँगी।"

"अरे, मरे तुम्हारे दुश्मन!"

उससे तीसरे दिन महमूद हमारे घर आया और अब्बा को बैठक में देखकर और अम्मा को सोता पाकर मुझसे आहिस्ता से बोला—"अम्मा इनकार कर रही हैं।"

"क्यों? मुझमें क्या बुराई है?"

"तुममें कुछ बुराई नहीं है। मगर अम्मा कहती हैं कि ख़ाला करीमन नाई ख़ानदान से हैं। सक़्क़े नाइयों में पठान लोग शादी करना नहीं चाहते।"

"सक़्क़े नाइयों का ज़िक्र क्यों किया?"

"आहिस्ता बोलो। अम्मा उठ जाएँगी। सक़्क़ों में शादी करने के तुम भी ख़िलाफ़ हो! हो ना?"

"हाय अल्ला, अब क्या होगा? मुझे तो अभी से उबकाइयाँ आने लगी हैं। न जाने कब भाँडा फूट जाए!"

''फ़िक्र क्यों करती हो, मेरी जान! हम तो अभी नहीं मरे। बस दो-चार दिन इन्तज़ार करो। फिर मैं कोई तरकीब निकालता हूँ!''

और वो चला गया।

उसके बाद मैं उससे कभी नहीं मिली।

तीन दिन बाद जब बुन्दू पानी की मशक डालने आया तो नज़र बचाकर एक लिफ़ाफ़ा मेरे पास से गुज़रते हुए डाल गया।

'इसकी ये हिम्मत?' मैंने सोचा। मगर ख़त के ऊपर पता महमूद की लिखाई में था।

मैंने अपने कमरे में दरवाज़ा बन्द करके लिफ़ाफ़ा खोला। अन्दर बस तीन सतहें थीं।

'जानेमन! आज तुम आधी रात के बाद वाली ट्रेन से आगरा आ जाओ। मैं वहाँ तुम्हें मिलूँगा। वहाँ मैंने क़ाज़ी का इन्तज़ाम कर रखा है?

—तुम्हारा महमूद।

नोट—नीली साड़ी पहनना।'

मैंने ख़त को कई बार पढ़ा। बिलकुल 'मुस्लिम सोशल' की फ़िल्मी सिच्युएशन थी। मैंने भी वैसी ही तैयारी की जैसी मुस्लिम सोशल की हिरोइन करती है।

दो-तीन जोड़े कपड़े निकाले, जो भी मेरे पास बेहतरीन थे। कॉटन की नीली साड़ी रात को पहनने के लिए निकाली। जो भी ज़ेवर मेरे पास थे उनको अटैची में रखा और सरदर्द का बहाना करके सवेरे से ही लेट रही।

गरमी की रातें थीं। ऊपर चबूतरे पर मेरे वालिद और वालिदा सो रहे थे। मैं नीचे सहन में अपने पलंग पर पड़ी थी। पास ही बुढ़िया फत्तो अपनी खाट पर बेहोश पड़ी थी। होश में होती जब भी वो बहरी थी और आँखों में मोतियाबिन्द उतरा हुआ था। सो जब रात के बारह बजे तो मैं चुपके से उठी, कोठरी में जाकर नीली साड़ी पहनी, बुर्क़ा ओढ़ा, अटैचीकेस हाथ में लिया और नंगे पाँव (जूतियाँ हाथ में उठाई हुई थीं) बाहर निकल गई।

गली के मोड़ पर पहुँची थी कि सामने बुन्दू खड़ा दिखाई दिया। ये कमबख़्त यहाँ इस वक़्त क्या कर रहा था? पास गई तो देखा कि वो तो मेरे रास्ते में अड़ा खड़ा है।

''बीबी! आप इस वक़्त कहाँ जा रही हैं?''

''तुम कौन होते हो मुझसे सवाल-जवाब करनेवाले?''

''ये समझ लीजिए कि मैं आपका हमशहर हूँ। आपके ख़ानदान का नमक खाया है इसलिए नमक का हक़ पूरा कर रहा हूँ। बीबी, वापस चली जाइए।''

मैं बुर्क़े में से मुँह निकाले दर्राती हुई सीधी चली गई। आख़िर वक़्त पर वो रास्ते से हट गया।

''बीबीजी मत जाइए।'' पीछे से उसकी आवाज़ आई।

''बीबीजी मत...'' वो वहीं खड़ा था इसलिए उसकी आवाज़ पूरी न आई।

''बीबीजी...''

"बीबी..."

फिर वो आवाज़—जो शायद मेरे ही ज़मीर की आवाज़ थी—आना बन्द हो गई।

स्टेशन पहुँचकर मैंने दो बजे वाली गाड़ी से आगरे का टिकट ख़रीदा और एक ज़नाने डिब्बे में बैठ गई।

आगरे पर वादे के मुताबिक़ महमूद मेरा इन्तज़ार कर रहा होगा।

इन्तज़ार की घड़ियाँ भी कितनी दिलचस्प होती हैं।

वहाँ वो मेरे इन्तज़ार में स्टेशन की घड़ी देख रहा होगा कि कब चार बजे और गाड़ी वहाँ पहुँचे।

और यहाँ मैं भी उसी इन्तज़ार का शिकार हूँ और चलती हुई ट्रेन के बन्द शीशे में से भविष्य की झलकियाँ मुझे नज़र आ रही हैं।

गाड़ी आगरा स्टेशन पर पहुँचती है।

चलती हुई गाड़ी ही में से मेरी नज़र लम्बे-चौड़े महमूद को ढूँढ़ निकालती है।

"महमूद!" मैं आवाज़ देती हूँ।

वो हल्की रफ़्तार हुई ट्रेन के साथ-साथ दौड़ने लगता है। डंडा पकड़कर डिब्बे में घुस आता है।

सब लोगों के सामने मुझे भींचकर गले लगा लेता है।

"सलमा! मेरी अच्छी सलमा! तुम आ गईं ना?"

उसकी एक दिन की बढ़ी हुई दाढ़ी मुझे अपने गालों पर अच्छी लगती है। गाड़ी ठहर जाती है।

वो मेरा अटैचीकेस सँभालता है। मुझे प्लेटफ़ॉर्म पर उतारता है। गेट से बाहर निकलते हुए कान में कहता है—"क़ाज़ीजी—ये लम्बी दाढ़ी वाले—हमारा बेचैनी से इन्तज़ार कर रहे होंगे। पूरे सौ रुपए वादा किया है उनको दूँगा इस बेवक़्त की शादी का!"

हम टैक्सी में बैठे। टैक्सी घड़-घड़ करती हुई रवाना हो गई।

रात के धुँधलके में शहर की रोशनियाँ अजीब-अजीब लग रही थीं। और ये टैक्सी तो ऐसे चलती है जैसे रेल चल रही हो। क्या लोहे के पहिए लगे हैं इसमें...

अरे, ये सब तो मेरी कल्पना थी। अभी तो मैं रेल ही में थी और रेल की घड़घड़ाहट मेरे कानों में। बाहर आगरे के शहर की धुँधली-धुँधली रोशनियाँ हल्की होती हुई ट्रेन में से दिखाई दे रही थीं।

इस बार ट्रेन एक झटके के साथ ठहर गई।

मैंने नीचे उतरने से पहले झाँककर देखा। मुसाफ़िरों की भीड़-भाड़ में कोई तुर्की टोपी पहने हुए सर दूसरे सरों के ऊपर से झाँकता हुआ दिखाई नहीं दिया। उतरनेवाले मुसाफ़िर—चढ़नेवाले मुसाफ़िर—खोंचेवाले, रेलवे बाबू। घमासान का आलम था। कोई ताज्जुब नहीं कि कोई आदमी इस भीड़ में खो जाए।

मैं जानकर खुले डिब्बे के दरवाज़े में खड़ी रही ताकि मैं ख़ुद भीड़ में न खो जाऊँ और महमूद को दूर से देखकर पहचान लूँ। मगर रेल चलने लगी और महमूद नहीं आया। मैं चलती गाड़ी से उतर गई।

अब प्लेटफ़ॉर्म तक़रीबन ख़ाली हो चुका था।

दूर-दूर तक मुझे कोई नज़र नहीं आया।...सिवाय एक छोटे क़द आदमी के जो मुझे घूर-घूरकर देख रहा था जो शायद इसी तरह हर अकेली लड़की को देखकर घूरता होगा। मैं जल्दी-जल्दी क़दम बढ़ाती हुई ज़नाने वेटिंग रूम में दाख़िल हुई। सोचा—महमूद को शायद कहीं देर लग गई होगी। चन्द मिनट में आता होगा। तब तक मैं मुँह-हाथ धोकर ताज़ादम हो जाऊँ।

वेटिंग रूम से बाहर निकली तो उसी छोटे क़द के आदमी को घूरते देखा। वो मैली-सी पतलून पर एक धारीदार बुशर्ट पहने था।

अब वो मेरी तरफ़ बढ़ा।

मैं इधर-उधर देखकर अन्दर वापस जानेवाली थी कि वो आदमी बोला—"सुनिए ज़रा।"

मैं ठिठककर रुक गई। सोचा—शायद महमूद ने इसे मुझे लाने के लिए भेजा हो।

"आप किसी का इन्तज़ार कर रही हैं?"

"जी हाँ।"

"किसका?"

"महमूद अली साहब का। आप उन्हें जानते हैं?"

"नहीं तो। मैं तो उन्हें नहीं जानता। मैं तो बॉम्बे फ़िल्म कम्पनी से इधर फ़िल्म-स्टार बनने के क़ाबिल लड़के और लड़कियाँ खोजने आया हूँ।...आप देखने में ख़ूबसूरत दिखाई देती हैं। मैंने सोचा शायद आपको दिलचस्पी हो..."

"जी नहीं। मुझे कोई दिलचस्पी नहीं है सिवाय महमूद अली साहब से मिलने के! अगर कोई लम्बे से साहब किसी लड़की को ढूँढ़ने आएँ तो आप मेहरबानी करके उन्हें इधर भेज दीजिए।" ये कहा और मैं दरवाज़े के अन्दर चली गई।

वो आदमी सिगरेट जलाकर सामने टहलने लगा।

मैंने कहने को तो कह दिया कि मुझे कोई दिलचस्पी नहीं। मगर फ़िल्मस्टार बनने में किसे दिलचस्पी नहीं है। मैंने सोचा—मुमकिन है ये आदमी झूठा हो या मुमकिन है सच बोलता हो...महमूद आएगा तो उसी से मशवरा करूँगी।

मगर सुबह से शाम हो गई और महमूद नहीं आया।

मैंने वहीं खाना मँगवाकर खा लिया।

अब मैंने सोचा—किसी वजह से अलीगढ़ जाना पड़ा होगा महमूद को। मुमकिन है यूनिवर्सिटी खुल गई हो।

सो मैं रात की गाड़ी से अलीगढ़ के लिए रवाना हो गई।

मुझे ये देखकर ताज्जुब हुआ—या शायद नहीं हुआ—कि वो छोटे क़द का आदमी भी उसी गाड़ी में सवार हुआ। मगर फिर उसने मुझसे कोई बात करने की जुर्रत नहीं की।

अलीगढ़ स्टेशन पर मैं उतरी तो मुझे ताज्जुब हुआ—या शायद नहीं हुआ—कि वो आदमी भी वहीं उतरा मगर फिर वो नज़र नहीं आया।

रात का वक़्त था। मैं वेटिंग रूम में जाकर बैठ गई। और सुबह का इन्तज़ार करने लगी। महमूद के हॉस्टल का पता मेरे पास मौजूद था।

सुबह होते ही मैं एक साइकिल रिक्शा पर सवार होकर वहाँ पहुँची, यूनिवर्सिटी सुनसान थी। उस कमरे में और कमरों की तरह ताला लगा हुआ था।

मगर बराबर का कमरा खुला था।

उसमें से चिक हटाकर एक नौजवान बाहर निकला। मुझे देखकर उसकी बाछें खिल गईं।

"आप किसी को ढूँढ़ रही हैं शायद?"

"हाँ। अपने कज़िन महमूद अली ख़ाँ साहब को।"

"महमूद की कज़िन हैं आप? पड़ोसी होने के नाते मेरा फ़र्ज़ है आपकी सेवा करना। वो तो अभी वापस नहीं आया। मैं ही अकेला हॉस्टल में हूँ। मेरा कमरा हाज़िर है। रिक्शावाले को रुख़्सत किए देता हूँ!"

न जाने उसकी आँखों की चमक मुझे क्यों अच्छी नहीं लगी और मैं—"जी नहीं, शुक्रिया।" कहकर बरामदे से उतरकर रिक्शा में बैठ गई।

"चलो वापस स्टेशन पर।"

जब वापस स्टेशन पर पहुँची तो उस छोटे क़द के आदमी को वहाँ टहलते हुए पाया।

शाम की ट्रेन से मैं वापस शिकोहाबाद चली आई। रात को पहुँची। वो आदमी भी उसी ट्रेन में सवार हुआ। मगर उसकी कोई बात नहीं हुई मुझसे।

रात को शिकोहाबाद पहुँचकर ताँगे पर सवार होकर मैं घर चली।

गली के नुक्कड़ पर ताँगा रुकवाया और मैंने ताँगे को रुकने के लिए कहा। क्योंकि अब मेरे पास के पैसे ख़त्म हो गए थे। सोचा, घर जाकर माँ-बाप से कहूँगी, किसी सहेली के यहाँ गई थी और उनसे ताँगे का किराया दिलवा दूँगी। मगर ड्योढ़ी तक ही पहुँची थी कि इरादा बदल गया।

अन्दर से अब्बा और करीमन बुआ की आवाज़ें आ रही थीं—

"इस लड़की को कभी सौतेली बेटी नहीं समझा। अपनी बेटी से बढ़कर पाला और ये हमारे ख़ानदान की नाक कटवाकर बम्बई चली गई फ़िल्म-स्टार बनने?"

"हाँ भई, मैं तो सिनेमा देखने को इसीलिए मना करता था। महमूद कहता है कि कब से उसके पीछे पड़ी हुई थी। उससे कहती थी दोनों साथ चलेंगे। तुम हीरो बनना।

मैं हिरोइन बनूँगी। मगर वो तो शरीफ़ का बच्चा है। उसने मना कर दिया तो किसी और के साथ भागी है अब!''

''दो-चार महीनों में ठोकरें खाकर आ जाएगी अपने चहेते बाप के पास!''

''क्या मुँह लेकर आएगी? अब आई तो मैं टाँगें तोड़ दूँगा उसकी...!''

मैं यहीं तक सुन पाई थी कि मुझे ताँगे का ख़याल आया। उलटे पैरों वहाँ से लौटी।

''वापस स्टेशन पर चलो।'' ताँगेवाले को कहा।

मगर रास्ते भर सोचती गई कि पैसे कैसे अदा करूँगी? शायद कोई ज़ेवर गिरवी रखना पड़े। मगर इस वक़्त रात को गिरवी कौन रखेगा?

मुझे ताज्जुब हुआ—या शायद नहीं हुआ—कि वो छोटे क़द का आदमी स्टेशन के बाहर ही टहल रहा था।

उसने ताँगा रुकते ही उसका किराया चुका दिया।

''आपने अच्छा किया कि वक़्त पर आ गईं? मथुरा की गाड़ी आनेवाली ही है। वहाँ से फ्रंटियर मेल पकड़नी है हमें।''

उसके पास मेरा टिकट पहले से ही मौजूद था।

गाड़ी आने से पहले उसने सिर्फ़ इतना कहा—''आप मुझ पर भरोसा रखिए। आपको हाथ नहीं लगाऊँगा। ज़नाने दर्जे में आप सफ़र करेंगी। कम्पनीवालों को आपको सुपुर्द करते ही मैं तो कलकत्ता चला जाऊँगा।...कुछ बंगाली चेहरे भी लाने हैं।''

वो अपनी बात का पक्का साबित हुआ।

ज़नाने दर्जे में सवार करके वो सिर्फ़ चाय और खाना पूछने आता था और हाँ, एक बार बहुत से फ़िल्मी पर्चे मुझे दे गया और कहने लगा—''अब देखिए, अगले महीने इन सबमें आपकी तस्वीरें छपेंगी।'' और मैंने सोचा कि महमूद जो इन सब पर्चों को पढ़ता था, ये देखकर कितना जलेगा।

मैंने अटैचीकेस को तकिया बनाकर बुर्क़े को रात को ओढ़ लिया था लेकिन बम्बई पहुँचते-पहुँचते वो अब ग़ैरज़रूरी हो गया था। मैंने उसे वहीं रेल के डिब्बे में छोड़ दिया।

बम्बई पहुँचकर उसने मुझे टैक्सी में बिठाया। ख़ुद ड्राइवर के पास बैठा। और कहा—''मैरीन ड्राइव चलो।''

''क्या कम्पनी का दफ़्तर वहाँ है?''

''हाँ, यही समझो। स्टूडियो तो हमारा दादर में है। ये सेठानी जी का अपना फ़्लैट है। वो तुम्हें अपने पास ही रखना चाहती हैं।''

''तुम्हारी कम्पनी की मालकिन एक औरत हैं?''

''हाँ, और क्या? जभी तो जब किसी लड़की को लेकर हम आते हैं तो रास्ते भर उनका ख़ास ख़याल रखना पड़ता है...।''

''क्या नाम है तुम्हारी सेठानी का?''

"मिस ललिता कुमारी। पहले वो भी हिरोइन होती थीं। मगर किसी और नाम से काम करती थीं। अब ज़रा मोटी हो गई हैं सो कम्पनी खोल ली है।"

फ़्लैट के दरवाज़े पर बोर्ड लगा था—'मिस ललिता कुमारी। फ़िल्म प्रोड्यूसर।'

मगर मैंने देखा कि एक जँगला भी लगा है दरवाज़े के बाहर गैलरी में जिसे एक चौकीदार ने खोला और फिर बन्द कर दिया। ताला लगा दिया।

मुझे ये देखकर ताज्जुब तो हुआ। मगर मेरे छोटे क़द के साथी ने इत्मीनान दिला दिया—"सेठानी बहुत वहमी हैं। हमेशा चोरों से डरती हैं कि कोई उनके हीरे-जवाहरात चुराकर न ले जाए?"

एक बढ़िया रूम में ले जाकर बिठाया गया।

छोटे क़द वाला आदमी बराबर वाले कमरे में चला गया। दरवाज़ा बन्द कर लिया।

न जाने क्यों मुझे यूँ महसूस हुआ कि कोई मुझे देख रहा है, परख रहा है। मगर कमरा ख़ाली था। कोई था ही नहीं। शायद ये मेरा वहम ही हो।

कुछ देर के बाद दरवाज़ा फिर खुला और वही नाटे क़द का आदमी एक मोटी औरत के साथ दाख़िल हुआ जो किसी ज़माने में बहुत ख़ूबसूरत रही होगी।

"अच्छा, नीली साड़ी! गुड बाई एंड गुड लक!"

और ये कहकर वो आदमी चला गया।

और सेठानी मेरी तरफ़ आई।

मुझे बड़े ग़ौर से देखा। फिर उनके चेहरे पर मुस्कराहट फैल गई। बड़े प्यार से मेरे सर को थपथपाते हुए कहा—"अभी तो तुम थकी हुई हो, कुछ खा-पीकर आराम करो। रात को तुम्हारा टेस्ट लेंगे। मुझे यक़ीन है कि तुम कामयाब होगी और ललिता कुमारी का नाम रोशन करोगी!"

ये कहकर उन्होंने ताली बजाई। एक नौकरानी एक ट्रे में कुछ मिठाई और दूध का गिलास लेकर आई।

"खाओ-पिओ!"

"आप नहीं खाएँगी?"

"नहीं, मैं अभी खा-पीकर उठी हूँ। ये सब तुम्हारे लिए हैं।"

ये कहकर उन्होंने एक मिठाई की डली मेरे मुँह में डाल दी। कहने लगी—"ये शगुन की मिठाई है।"

मिठाई का मज़ा तो अच्छा था। मगर उसमें कुछ कड़वाहट मिली हुई थी। मैंने सोचा पिस्ता या बादाम शायद कड़वा होगा।

फिर उन्होंने दूध का गिलास मेरी तरफ़ बढ़ाया।

"पियो मेरी जान!" उन्होंने बड़े प्यार से दूध अपने हाथ से पिलाया। दूध ख़ुशबूदार था। गुलाब की सी ख़ुशबू थी उसमें। मगर साथ में एक हल्की-सी कड़वाहट भी थी।

सेठानी ने अपना हाथ न हटाया जब तक मैंने दूध का गिलास ख़त्म न कर लिया और फिर उनकी आवाज़ एक दूसरी दुनिया से आई—"और भूल जाओ सब कुछ। अब तुम्हारी नई ज़िन्दगी शुरू होती है...।"

एक न ख़त्म होनेवाली रात में एक डरावना ख़्वाब देखती रही। देखती हूँ कि एक हाथ मेरे बाप ने पकड़ा हुआ है। दूसरा हाथ मेरी सौतेली माँ ने। एक टाँग महमूद ने पकड़ी हुई है। दूसरी टाँग उस नाटे क़द के आदमी ने जो मुझे बम्बई लाया था। और सेठानी की निगरानी में मेरे बदन में ये लम्बे-लम्बे आग के सूए घपोए जा रहे हैं। और मेरे बदन में से सारा ख़ून पानी बनकर निकल रहा है। न जाने कितनी देर ये ख़्वाब देखती रही। इसके बाद जब होश आया तो मैं एक गद्देदार पलंग पर पड़ी थी। मेरे सर के नीचे एक मख़मली तकिया था।

जब मैंने अपनी नाक खुजाने के लिए अपना हाथ लाना चाहा तो मालूम हुआ कि हाथ बँधा हुआ है। दोनों हाथ बँधे हुए हैं। टाँग सिकोड़नी चाही तो टाँग भी पाए से बँधी हुई है। दूसरी टाँग भी। सर भी इसी तरह किसी चीज़ से बाँधा गया है कि मैं सिर्फ़ सामने देख सकती हूँ। और मैं उस आरामदेह सूली पर चढ़ा दी गई हूँ और मेरे अन्दर से एक गाढ़ा-गाढ़ा माद्दा निकल रहा है जिसको मैं देख नहीं सकती, सिर्फ़ महसूस कर सकती हूँ।

इतने में सेठानी मेरे सामने खड़ी थीं।

कहने लगीं—"ऐशो-आराम करोगी या तक़लीफ़ उठाओगी इसका फ़ैसला तुम पर है। देर या सवेर सब राम हो जाती हैं। तुम भी ढल जाओगी। मगर अभी या कुछ और देर के बाद?"

मैंने पूछा—"आप क्या चाहती हैं?"

"मैं चाहती हूँ कि इस ख़ूबसूरत बदन को इनसानियत को आराम पहुँचाने के लिए इस्तेमाल करो। जो बिना ब्याहे हैं, उनके लिए एक रात की बीवी बनो, जो अपनी बीवियों की बदसूरती से भागे हुए हैं उनके बदन को तस्कीन पहुँचाओ। जो सियासी, समाजी, आर्थिक ज़िम्मेदारियों में दबे हुए हैं उनका दिल बहलाकर उनको इस क़ाबिल बनाओ कि वो हमारे समाज की ज़िम्मेदारियाँ उठा सकें!"

"तुम चाहती हो कि मैं रंडी बन जाऊँ?" मैंने ये सवाल सेठानी से किया—और अपने आप से भी—"अरे, मैं माँ बननेवाली हूँ। माँ!"

"तुम माँ कभी नहीं बनोगी। इस बार नहीं। किसी बार नहीं। देखना चाहती हो ये ऑपरेशन किस किसने किया है? और बग़ैर किसी लोहे के आले के?"

इतने में उसके इशारे पर एक के बाद एक आदमी आता गया और मेरी पायँती खड़ा होकर मेरी निगाह के दायरे से ओझल होता गया।

हिन्दू।

मुसलमान।

सिख।

क्रिश्चियन।

पूरबी भैया।

मद्रासी।

न जाने कहाँ-कहाँ से ये मुस्टंडे इकट्ठे किए गए थे।

अब मुझे इस गीलेपन का राज़ मालूम हुआ जो मेरी टाँगों के बीच में से बह रहा था। मगर मुझमें चीख़ने-चिल्लाने की ताक़त नहीं थी। मेरा कलेजा मुँह को आया और एक उबकाई के बाद मैंने कै कर दी और बेहोश हो गई।

जब फिर होश आया तो मेरी बाक़ायदा ट्रेनिंग शुरू हुई।

एक बार हुक्म की ख़िलाफ़वर्ज़ी की सज़ा कोड़े पड़ते थे और खाना बन्द।

दो बार हुक्म की ख़िलाफ़वर्ज़ी की सज़ा उन छह मुस्टंडों से मुँह काला कराना था।

तीन बार हुक्म की ख़िलाफ़वर्ज़ी की सज़ा एसिड मुँह पर फेंकना था। इसका मुज़ाहिरा मेरे सामने एक मासूम-सी बिल्ली पर कर दिया गया था जो एसिड से जलकर लोट-पोट कर वहीं मेरे सामने ढेर हो गई।

मैंने एक दरख़्वास्त की कि मुझे ये बताया जाए कि मुझे उस छोटे क़द के आदमी ने पहचाना कैसे कि ये घर से भागी हुई लड़की है। जवाब मिला—"तुम्हारी नीली साड़ी से। तुम्हारे आशिक़ ने दो सौ रुपए लेकर ये इत्तला दी थी कि उस ट्रेन से तुम आओगी और ये कपड़े पहने होगी।"

ये सुनने के बाद मैं तैयार हो गई। अब रह ही क्या गया था?

अगर मैं ये बताऊँ कि अगले छह बरस तक क्या हुआ तो एक ऐसी फ़ेहरिस्त तैयार हो जाएगी कि उसके छपते ही मुल्क में इंक़लाब आ जाएगा। मेरे ग्राहकों में कौन नहीं था...

अफ़सर, मिनिस्टर, बड़े-बड़े व्यापारी, राजा, महाराजा, नवाब, फ़िल्म-स्टार, फ़िल्म प्रोड्यूसर।

पहले मेरे साथ एक आदमी जाया करता था। धीरे-धीरे मुझ पर भरोसा होने लगा। फिर मुझे जो रुपया मिलता था उसमें से एक-तिहाई अपने पास रखने की इजाज़त मिल गई।

मैं अपना पुराना नाम भी भूल गई। नया नाम ही काफ़ी था—नीली साड़ी। मेरे पास हर शेड की नीली साड़ियाँ थीं। शिफ़ोन की नीली साड़ी, सिल्क की नीली साड़ी, बनारसी नीली साड़ी, कांजीवरम् की नीली साड़ी, जार्जेट की नीली साड़ी और सूटकेस के सबसे नीचे कॉटन की नीली साड़ी।

एक दिन मुझे छुट्टी थी (जुमा को ये छुट्टी मैं ज़रूर लिया करती थी)।

उस दिन न जाने क्या हुआ कि मुझे जुहू जाने की सूझी। उस दिन न जाने क्या हुआ कि मैंने वो पुरानी कॉटन की नीली साड़ी पहनी।

जुहू पहुँचकर मैंने नारियल पानी पिया। भेलपूरी खाई। कोई मुझे जानता नहीं था और मैं अपनी गुमनामी का फ़ायदा उठा रही थी। इधर-उधर घूमती रही।

एक जगह एक आदमी रेत के पुतले बना रहा था। मैंने भी उसकी फैली हुई चादर में बीस पैसे फेंक दिए।

उससे आगे बढ़ी तो क्या देखती हूँ ज़मीन में से दो उल्टी टाँगें उग आई हैं। मालूम हुआ कि किसी बेचारे को उलटा ज़मीन में गाड़ा गया है। पास ही चादर फैलाए एक आदमी पैसे इकट्ठे कर रहा था। मैंने उसे एक रुपया दिया और पूछा—ये आदमी कब निकलेगा? उसने कहा—सूरज छुपते उसे यहाँ से निकालूँगा। हिमालय पहाड़ की चोटी पर बरसों तपस्या की है तब जाकर ये कमाल हासिल कर पाया है कि शुतुरमुर्ग़ की तरह रेत में सर देकर दिनभर उलटा लटका रहता है।

मुझे न जाने क्या सूझी कि सूरज जब समन्दर में डूबने लगा तो फिर वहाँ पहुँच गई।

वो ढोंगी ढोल बजा रहा था। कह रह था—देखो-देखो, दुनिया का सबसे बड़ा कमाल! बारह घंटे रेत में दफ़न रहकर आदमी ज़िन्दा हो रहा है।

टाँगों में हरकत पैदा हो रही थी।

और फिर वो आदमी जो एक निकर पहने हुए था, निकल आया और मैं उसे देखकर हैरान रह गई। वो तो अपनी आँखों में से रेत निकाल रहा था। लोग तालियाँ मार रहे थे। पैसे खनाखन गिर रहे थे और मैं मुँह फाड़े देख रही थी। जैसे सचमुच कोई मुर्दा ज़िन्दा हो गया हो। और मैं एक चमत्कार देख रही हूँ।

क्योंकि मेरे सामने शिकोहाबाद का वो सक़्क़े का लौंडा खड़ा था—बुन्दू।

तालियाँ बजनी बन्द हो गईं।

लोग उमड़ते हुए अँधेरे में ग़ायब हो गए।

बुन्दू और उसका साथी पैसे बटोरने लगे।

आधे उस आदमी ने लिये, आधे बुन्दू ने।

फिर उस आदमी ने कहा—"अच्छा बे। मैं चलता हूँ। कल से तमाशा चौपाटी पर जमाएँगे।"

वो चलता बना।

और मैं वहीं खड़ी बुन्दू को देखती रही।

वो भी मुझे देख रहा था।

फिर वो आगे आकर मेरी तरफ़ देखता रहा।

मैंने कहा—"बुन्दू!"

उसने कहा—"जी बीबीजी।"

"तुम शिकोहाबाद से कब आए?"

''कोई साल भर हुआ है।''

''सब ख़ैरियत है?''

उसके चेहरे से पता चलता था कि सब ख़ैरियत नहीं है।

''अब्बा तो ख़ैरियत से हैं?'' मैंने कुरेदकर पूछा।

''अब्बा तो जन्नत को सिधारे।''

मैंने दिल ही दिल में इन्ना लिल्लाहेव इन्ना अलेहे राजीऊन पढ़ा।

''यहाँ कहाँ रहते हो?''

उसने कहा—''महालक्ष्मी के पास एक झोंपड़पट्टी है।''

''मुझे वहाँ ले चल सकता है?''

''बीबीजी...'' उसका चेहरा ख़ुशी और ताज्जुब से फटा का फटा ही रह गया।

''तुम्हारी बीबी साथ रहती है क्या?''

''बीबीजी—मेरी शादी नहीं हुई!''

''फिर तो ठीक है।...मैं तुम्हारे साथ रह सकती हूँ!''

उसका हाल तो ये था कि शादी मर्ग न हो जाए।

''चलिए बीबीजी।''

''चलो।''

सो हम उस महालक्ष्मी वाली झोंपड़पट्टी में आ गए।

झोंपड़ी उन पाइपों से तो अच्छी थी जो सड़क के किनारे-किनारे फैली हुई थी और जिनमें बेघर लोग आकर आबाद हो गए थे। और वो लोग उनसे अच्छे थे जो सड़क के किनारे फुटपाथ ही पर सोने के लिए मजबूर थे। झोंपड़ी में एक टूटी-फूटी खटिया थी। मैं उस पर लेटकर ऐसी सो गई जैसे दुनिया की ख़बर न हो। छह साल के बाद मैं सचमुच की छुट्टी मना रही थी।

सुबह को मैंने देखा कि बुन्दू झोंपड़ी के बाहर सो रहा था। मैंने उसे उठाया।

अन्दर आया तो पूछा—''मुझे तो बहुत अच्छी नींद आई। तुम भी अन्दर क्यों नहीं आ गए?''

''बीबीजी! अन्दर तो एक ही चारपाई थी और आप उस पर ऐसी थकी-हारी सो रही थीं जैसे—जैसे एक बच्चा सो रहा हो।''

''मुझे तो साथ में सोने की आदत है। तुम ही आ जाते!''

''बीबीजी—''

''नाम बताऊँ दो-चार के?'' और मैं बताने ही लगी थी। मगर उसने इतनी लजाजत से 'बीबीजी' कहा कि मैं चुप रह गई।

फिर वो कहने लगा—''क़ाज़ीजी जब निकाह पढ़ देंगे तब ठीक है।''

''क़ाज़ीजी?'' मुझे बेइख़्तियार हँसी आ गई।

''क़ाज़ीजी!'' मैं हँसती ही रही।

उसके चेहरे पर एक ऐसा भोलापन था कि मुझे उस पर ग़ुस्सा भी आ रहा था और हँसी भी आ रही थी।

''क्या तुम्हें नहीं मालूम कि मैं पिछले छह बरस से क्या करती रही हूँ?''

''बीबीजी—मैं नहीं जानना चाहता...।''

''...कि एक-एक रात में छह-छह को.....''

''बीबीजी, ख़ुदा के लिए चुप रहिए। मैं नहीं जानना चाहता...। क़ाज़ीजी निकाह पढ़ देंगे फिर जो जी चाहे मुझे बता देना।''

क़ाज़ीजी! और मुझे फिर हँसी का दौरा पड़ गया और मेरे मुँह से निकल गया—''क्या तुम समझते हो कि मैं एक सक़्क़े के लौंडे से ब्याह करूँगी?''

ये सुनकर वो चुप हो गया और बाहर चला गया।

दो घंटे के बाद खाने की चीज़ें लेकर आया और मेरे सामने रख दीं। बग़ैर एक लफ़्ज़ कहे अपना खाना बाहर ले गया और वहीं खाया।

मेरा जी तो अकेले खाने को नहीं चाहता था फिर भी जब भूख लगी तो ज़हर मार लिया।

दोपहर के बाद वो आया और कहने लगा—''मैं जा रहा हूँ। तुम झोंपड़ी का दरवाज़ा अन्दर से बन्द कर लेना। मेरे आने तक किसी के लिए न खोलना।''

''तुम कहाँ जाओगे?''

''रोज़ी कमाने।''

''सर रेत में देकर उलटे लटकने को तुम रोज़ी कमाना कहते हो?''

मैं जानती थी वो क्या जवाब देगा। मैं उस जवाब को सुनना चाहती थी। मैं चाहती थी कि वो कहे कि हर एक को अपने ढंग से रोज़ी कमाना पड़ता है। कोई रेत में सर देता है कोई— ? मगर उसने कुछ नहीं कहा और चला गया।

मैंने दरवाज़ा अन्दर से बन्द कर लिया और खटिया पर लेट रही।

थोड़ी देर में बाहर से सीटियाँ सुनाई देने लगीं।

मैंने ऐसी सीटियाँ पिछले छह बरस में बहुत सुनी थीं। मैं इनका मतलब समझती थी।

दो-एक ने दरवाज़े पर टक-टक भी की। लेकिन किसी की हिम्मत न हुई कि वो पुरानी लकड़ी का दरवाज़ा जो रस्सी से बँधा हुआ था, लात मार के तोड़ दे और अन्दर चला आए। ग़रीब भी बुराई करते हैं और अमीर भी। मगर ग़रीब की बुराई में अमीरों की सी वो बेहयाई नहीं होती।

वो देर रात को आया और कुछ खाना साथ लाया।

मैंने कहा—''क्या हुआ?''

उसने कहा—''वही, जो तुमने देखा था। मगर पैसे ज़्यादा मिले। शायद तुम्हारे आने की बरकत है।''

बरकत ? मेरे जी में तो आया कहूँ क्यों कचोके देते हो, मगर उसने शायद बिलकुल भोलेपन से कहा था। इसलिए मैं चुप रही।

उस रात को मैं सोचती रही कि ये मैं क्या कर रही हूँ। फिर मैंने सोचा कि कर क्या रही हूँ। छुट्टी पर हूँ।—छह बरस हो गए मेहनत करते-करते, कुछ दिन तो छुट्टी करूँ। यहाँ झोंपड़पट्टी में कौन मुझे ढूँढ़ने आएगा ?

बुन्दू रोज़ दो-तीन बजे जाता, रात गए आता। न मैं उससे पूछती कि क्या हुआ, न वो मुझसे पूछता कि मैंने क्या किया। न ही उसने उस पहले दिन के बाद कभी क़ाज़ीजी की बात छेड़ी।

वो अपने मैले-कुचैले बिस्तर का ढेर लेता और बाहर जाकर बिछा देता। मगर मेरे लिए वो नई दरी, नई चादर, नया तकिया ले आया था। खटिया को भी ठोक-पीटकर ठीक कर लिया था।

मगर मैं उस खटिया पर अकेली सोती थी। और वो बाहर फुटपाथ पर अकेला सोता था। इस तरह तीन हफ़्ते बीत गए।

मेरी पड़ोस में दो-तीन औरतों से दोस्ती हो गई। मैंने उन्हें बताया कि मेरे पति का देहान्त हो गया था और मैं बम्बई नौकरी ढूँढ़ने आई थी। यहाँ आकर बुन्दू सक़्क़े से मुलाक़ात हो गई थी। जिसने अपनी झोंपड़ी में मुझे पनाह दी थी। झूठ बोलने की मुझे आदत हो गई थी।

फिर एक दिन उसे आने में देर हुई तो मैंने सोचा कि आज मैं उससे कहूँगी कि तुम ये काम छोड़ दो।

वो कहेगा—'रोज़ी कमाने का एक ही ज़रिया आता है मुझे।'

मैं कहूँगी—'मुझे भी रोज़ी कमाने का एक ज़रिया ही आता है। मगर मैं वो छोड़ने को तैयार हूँ।'

फिर वो कहेगा—'तो क़ाज़ीजी को बुला लाऊँ ?'

और मैं कहूँगी—'हाँ, बुला लाओ।'

मगर वो उस रात न आया।

अगले दिन न आया।

तीसरे दिन न आया।

मैंने पड़ोसी औरतों से कहा। उन्होंने अपने मर्दों से कहा। उन्होंने कहा वो मालूम करेंगे। उस आदमी से पूछेंगे जिसके साथ वो काम करता है।

रात को एक आदमी उनमें से आया और कहने लगा—"बुन्दू तो जेल में है।"

"जेल में है ? क्यों ? उसने क्या किया ?"

"रेत में दफ़न होना ख़ुदकुशी के बराबर है। सिपाही को हफ़्ता नहीं खिलाया इसलिए वो आत्महत्या के जुर्म में पकड़कर ले गया। दूसरा आदमी भाग गया। अब बुन्दू जेल में है। जब तक कोई ज़मानत पर उसे न छुड़ाए, वह नहीं छूटेगा ?"

"कितनी ज़मानत देनी होगी?"

"दो हज़ार रुपए!" उस आदमी ने कहा जैसे दो लाख रुपए हों। मगर मैंने सोचा—'उससे कहीं ज़्यादा तो मैंने बचा के रखे हैं। शायद पाँच-छह हज़ार होंगे। मगर वो तो पैडर रोड वाले फ़्लैट में हैं!' (हमारी रहने की जगह बदलती रहती थी।)

मैं उसी शाम को पैडर रोड वाले फ़्लैट में पहुँची।

मुझे देखते ही ललिता कुमारी आग-बबूला हो गई—"मैं तो समझी थी तू मर गई या कोई भगाकर ले गया तुझे।"

मैंने आवाज़ को क़ाबू में करते हुए कहा—"मैं जा रही हूँ। अपना रुपया लेने आई हूँ।"

यह कहकर मैं अन्दर अपने कमरे में गई और अपना सूटकेस खोलकर रुपए और अपना ज़ेवर निकाला। ये कर ही रही थी कि एक मुस्टंडा आदमी देखा पीछे खड़ा है। हाथों पर लम्बे-लम्बे काले रबड़ के दस्ताने चढ़ाए हुए। हाथ में एक बोतल है। जिसमें मुझे मालूम था तेज़ाब रहता है।

"क्या कर रही है हरामज़ादी?"

छह साल के बाद आज न जाने कहाँ से मुझमें हिम्मत आ गई। मैं बोली—"अपना रुपया और ज़ेवर ले जा रही हूँ और देखती हूँ कौन मुझे रोकता है?"

उस बदमाश ने अपने सड़े हुए दाँतों की नुमाइश करते हुए कहा—"तो जाव—मेरी जान।"

और जब मैं उसके पास से गुज़रने लगी तो उसने मेरे मुँह पर तेज़ाब का वार किया।

जानती थी तेज़ाब का क्या असर होगा। मैं एक-दो औरतों को देख चुकी थी जो अपना गला-सड़ा चेहरा लिये अपनी ज़िन्दगी के आख़िरी दिन उस चकले में गुज़ार रही थीं क्योंकि कहीं और वो अपना मुँह दिखाने के क़ाबिल नहीं रह गई थीं।

मगर मैं तो मरने के लिए ही तैयार थी। क्यों न इस ज़ालिम को भी साथ लेती जाऊँ। मैंने अपने चेहरे की जलन की परवाह न करते हुए उसके हाथ से बोतल छीनकर उसको उसके सिर पर दे मारा। बोतल टूट गई और आधा तेज़ाब जो उसमें था वो उस आदमी के चेहरे पर गिर पड़ा। एक भयानक चीख़ उसके मुँह से निकली और उस चीख़ का निकलना था कि उसके खुले हुए मुँह में भी तेज़ाब गिर गया और वो आदमी फिर न चीख़ सका।

मेरा मुँह जल रहा था, फुँक रहा था, मगर वो रुपया और ज़ेवर अब भी मेरे हाथ में था। उसे लेकर मैं बाहर आई तो देखा पुलिस की रेड हुई है। ललिता कुमारी बड़े ठस्से से सोफ़े पर बैठी पुलिस इंस्पेक्टर से बात कह रही थी—"इंस्पेक्टर साहब! मेरी तो डांस क्लास अभी छूटी है। उसकी लड़कियाँ अपने-अपने घर जा रही हैं। आपको कुछ ग़लतफ़हमी हुई है।...क्या मँगाऊँ आपके लिए! कुछ ठंडा या गरम..."

"इंस्पेक्टर साहब!"

अब मैं उनके सामने ही खड़ी थी और तेज़ाब मेरे मुँह पर बह रहा था और मेरे गोश्त के लोथड़े लटक रहे थे—''इससे पहले कि मैं बेहोश हो जाऊँ—या शायद मर जाऊँ—मैं एक बयान देना चाहती हूँ। मेरा चेहरा जिस पर पट्टियाँ बँधी हैं, अब इस क़ाबिल नहीं है कि आप देखें लेकिन एक ज़माना था लोग इस चेहरे की तारीफ़ करते नहीं थकते थे।

बस, मुझे यही कहना था आपसे।

अब मुझे इजाज़त दीजिए।

बुन्दू मेरा इन्तज़ार कर रहा है।

वही एक आदमी है जो इनसान का चेहरा नहीं देखता।

उस चेहरे के पीछे जो रूह है उसको देखता है।

और अब मैंने फ़ैसला कर लिया है कि मुझे उसके पास जाना है क्योंकि क़ाज़ी साहब हमारा इन्तज़ार कर रहे हैं।''

[दो *हाथ;* कहानी-संग्रह से]

दो हाथ

दूर से कुत्तों के भौंकने की आवाज़ आई तो सखाराम की आँख खुल गई। हड़बड़ाकर उठ बैठा। कुत्ते कुछ ऐसे अन्दाज़ में भौंक रहे थे जैसे रो रहे हों। अँधेरा तो जब वह सोया था तब भी था। मगर उसको ऐसा महसूस हुआ जैसे अँधेरा कुछ और गहरा हो गया है। अमावस की रात थी। चाँदनी का तो सवाल ही नहीं। लेकिन तारे भी न जाने कहाँ ग़ायब हो गए हैं। बरसात का मौसम नहीं था। शाम को उसने देखा था कि आसमान पर बादल का एक छोटा-सा टुकड़ा भी कहीं नहीं है। शायद जाड़े की धुन्ध थी जिसने सितारों को अपनी काली चादर में लपेट रखा था। यह धुन्ध थी या धुआँ था या धुएँ का बादल था इनमें सखाराम का गला घुटता हुआ महसूस होता था।

शायद यह उसका वहम ही हो। भला अँधेरे से भी किसी का गला घुटा है! शायद! जैसे-जैसे वक़्त क़रीब आ रहा है मुझे घबराहट हो रही है। उसने अपनी कलाई पर लगी हुई घड़ी देखी। अँधेरे में चमकनेवाली सुइयाँ बता रही थीं कि चार बजने में पाँच मिनट हैं। बाज़ार के चौकीदार साढ़े चार बजे अपना पहरा ख़त्म करके अपने-अपने घर चले जाते हैं। पौ फटेगी साढ़े पाँच बजे। उसको दुकानों का सफाया करने में बस यही एक घंटा लगेगा।

चोरी उसके लिए कोई नई बात नहीं थी। पिछले तीन बरस में कई बार उसने जेल की हवा खाई थी। दो बार बम्बई की पुलिस ने उसे तड़ीपार किया था। इस बार तो उन्होंने उससे साफ़-साफ़ कह दिया था कि बम्बई में उसकी शक्ल भी नज़र आई तो सीधा उसका चालान कर देंगे, चाहे उसने कोई जुर्म किया हो या न किया हो।

सो सखाराम पूना चला आया था। मगर यहाँ का मौसम चोरों के लिए ठीक नहीं था। रात को लोग सर्दी के मारे सब दरवाज़े-खिड़कियाँ बन्द करके सोते थे। पुलिसवाले कमबख़्त भी हर वक़्त चक्कर लगाते रहते थे। दो-चार हवलदार उसको पहचानते भी थे—''क्यों सखाराम! बॉम्बे पुलिस ने कर दिया न तुझे तड़ीपार? याद रखना, हम तड़ीपार नहीं करते। ज़रा-सा शक भी हो तो सीधा जेलख़ाने में बन्द कर देते हैं।'' इन हालात में कोई शरीफ़ आदमी—या शरीफ़ चोर—करे तो क्या करे! दो-चार ही दिन में जेब में जो जमा-पूँजी थी, वह ख़त्म हो गई। सखाराम ने सोचा अपने गाँव वापस

चला जाए। पूना से सौ–सवा सौ मील पर ही था। मगर जाए तो कैसे! तीन बरस के बाद अपनी बीवी को क्या मुँह दिखाऊँगा? गाँव छोड़ते वक़्त उसने बिठोवा के मन्दिर में जाकर अपनी बीवी के सामने क़सम खाई थी कि वह उस वक़्त ही वापस आएगा जब उसके हाथ में चार पैसे होंगे ताकि साहूकार से अपनी ज़मीन छुड़ा ले, अपने झोंपड़े की मरम्मत करा ले और हल जोतने के लिए एक जोड़ी कोल्हापुरी बैलों को ख़रीद ले। बस इतनी सी दुनिया थी उसकी। दो एकड़ ज़मीन, एक जोड़ी बैल, एक हल, झोंपड़े की चार दीवारें और फूस की छत और सावित्री।

जब–जब उसे अपनी बीवी सावित्री की याद आती थी तो हर बार उसके दिल में दर्द की एक मीठी–मीठी सी टीस उठती थी। गाँव भर में एक छोकरी भी तो सावित्री जैसी नहीं थी। आम की कैरियों जैसी आँखें, यह लम्बे–लम्बे रेशम जैसे मुलायम बाल जिनका जूड़ा बनाकर उसमें एक जंगली फूल लगा लेती थी तो सखाराम के मन में कमल खिल उठते। दुबली–पतली मगर सुडौल जिस्म, नौ गज़ की साड़ी और फँसी हुई चोली में और भी ग़ज़ब ढाती थी। हँसमुख ऐसी कि घर में खाने को न हो फिर भी हर वक़्त हँसती–मुस्कराती रहती थी। कोई सहेली हमदर्दी जताती तो कहती—'मुझे क्या चिन्ता है! मेरे घरवाले के मेहनत करनेवाले दो हाथ सलामत चाहिए। सब दलिद्दर दूर हो जाएँगे।'

सावित्री का ख़याल आते ही सखाराम अँधेरे में मुस्करा दिया। उसने अपने हाथों को अपने सामने फैला दिया। वह एक हाथ से दूसरे हाथ को छूकर महसूस कर सकता था मगर वह अपने हाथों को न देख सकता था। इन दो हाथों ने, जो मेहनत से खुरदरे और सख़्त हो गए थे, क्या कुछ न किया था। हल चलाया था, बीज बोया था, सिंचाई की थी, नलाई और कटाई की थी, अनाज को छाजकर बोरियों में भरा था, बोरियों को उठाकर बैलगाड़ियों में रखा था। फिर वह सब बोरियाँ साहूकार के यहाँ पहुँचा आया था। और साहूकार ने बहीखाता खोलकर हिसाब बताया कि अनाज से क़र्ज़ा पूरा नहीं हुआ, उसको अपना बैल भी ब्याज में देना होगा। एक बैल तो पहले ही बूढ़ा और बीमार होकर मर चुका था। दूसरा साहूकार के हवाले किया और गाड़ी को इन्हीं दो हाथों से घसीटता हुआ घर वापस ले आया। उस दिन सखाराम ने बम्बई आने का फ़ैसला किया।

उसने सुना था कि शहर में काम बहुत है। मेहनत–मज़दूरी करनेवाले के दो हाथ होने चाहिए। मिलों में तो इन दो हाथों का कोई ख़रीदार न निकला सो उसने इन हाथों से बोझा उठाया था। अनाज की बोरियाँ मालगाड़ी से उतारकर ट्रकों में भरी थीं और ट्रकों से उतारकर गोदामों में भरी थीं और इन बोरियों में से उसको गेहूँ की ऐसी जानी–बूझी सोंधी–सोंधी ख़ुशबू आई कि उसने सोचा—मुमकिन है मेरे खेत से पैदा हुआ अनाज भी इन बोरियों में भरकर आ गया हो! कुछ गोदामों में ख़ुफ़िया तरीक़े से माल रात को उतारा जाता था। सखाराम जानता था यह काला बाज़ार है। मगर वहाँ मज़दूरी दुगुनी मिलती थी। चार रुपए के बजाय आठ रुपए रोज़। शाम को चार आने की ऊसल पाव

खाकर ऊपर से ठंडा पानी पी लेता और बस। सिनेमा की रंग-बिरंगी रोशनियाँ आँखें चमकाकर उसको बुलातीं, उसके रंगीन पोस्टरों की अधनंगी तस्वीरें उसको लुभातीं, मगर सखाराम सोचता मेरी सावित्री इन सबसे ख़ूबसूरत है। मैं इनको देखने के लिए क्यों अपनी मेहनत की कमाई ख़र्च करूँ ? उसकी अंटी में पाँच से दस, दस से बीस, बीस से पचास, सौ से दो सौ रुपए इकट्ठे होते जा रहे थे और उसको ऐसा महसूस हो रहा था कि उसका खेत, उसके बैल, उसका गाँव, उसकी सावित्री उसके क़रीब आते जा रहे हैं। और दिन भर मेहनत करने के बाद जब वह इन्हीं हाथों को तकिया बनाकर फुटपाथ पर सो जाता तो उसके ख़्वाब में सावित्री के पैरों की छागल सुनाई देती और वह अपने मछली जैसे सुडौल जिस्म को नौ गज़ की साड़ी में लपेटे उसके लिए भांकरी और साग और प्याज़ की गट्ठियाँ लाती और खेत की मुँड़ेर पर ही बैठकर वह खाना खाते। कभी-कभी बच्चों की तरह सावित्री निवाला बनाकर सखाराम को देती और कभी वह शरारत से सावित्री की उँगली काट लेता और जब वह इस पर खिलखिलाकर हँस पड़ती तो फिर वह निवाला बनाकर सावित्री के मुँह में देता और उसके नाज़ुक सफ़ेद दाँत सखाराम की मज़बूत खुरदरी उँगली को नरमी से अपनी पकड़ में ले लेते फिर दाँतों की जगह होंठ ले लेते। सावित्री के अंगूरों जैसे ऊदे और रस भरे होंठ—और सखाराम को महसूस होता कि वह नरमी और प्यार की एक लहर में डूबता जा रहा है—डूबता जा रहा है—और वह नहीं चाहता कि कोई उसे डूबने से बचाए।

एक दिन सखाराम सुबह को देर से उठा, अँगड़ाई लेकर रात भर की नींद का नशा दूर किया, फिर राम का नाम लेकर खड़ा हो गया तो उसे अपनी अंटी जहाँ वह सब रुपए रखा करता था हल्की लगी। घबराकर जल्दी से खोलकर देखा तो सब रुपया ग़ायब था। छह महीने की मेहनत पर पानी फिर गया।

"कहाँ है बदमाश ?" वह बेतहाशा चिल्लाया।

"कौन बदमाश ?" किसी ने पूछा।

"जो मेरे क़रीब यहाँ फुटपाथ पर सो रहा था, रात को बड़ी देर तक मुझसे मीठी-मीठी बातें करता रहा। मैंने उसको बताया—हाँ, मैंने ही उसको बताया था कि मेरे पास साढ़े तीन सौ रुपए जमा हो चुके हैं।"

एक बूढ़ा भिखारी, जो एक कोने में बैठा सब कुछ देखता रहता था और उस फुटपाथ की सब ख़बरें रखता था, बोला—"अरे, भीकू अब नहीं मिलेगा। वह तो कहीं बैठा तुम्हारे रुपए से दारू पी रहा होगा।"

पूरे तीन दिन उसने शहर की ख़ाक छानी। हर दारू बनाने और दारू बेचने के ग़ैरक़ानूनी अड्डे पर हो आया। बड़े-बड़े अजीब आदमियों से उसकी मुलाक़ात हुई। उसमें से कई चाहते थे कि वह भी दारू सप्लाई करने के धन्धे में लग जाए। एक ही महीने में उसका सारा नुक़सान पूरा हो जाएगा। मगर सखाराम को काम नहीं चाहिए था, उसको भीकू से बदला लेना था जिसने उसकी तीन महीने की मेहनत पर पानी

फेर दिया था। आख़िरकार चौथे दिन धारावी के एक झोंपड़े में वह भीकू को पकड़ पाया। वह एक मेज़ पर बोतल और गिलास और भुने हुए चनों की एक प्लेट रखे दारू पी रहा था।

सखाराम ने उसे गले से पकड़ लिया और चिल्लाया—"निकाल मेरे रुपए।"

भीकू नशे में था। फिर भी उसने इनकार नहीं किया। सिर्फ़ इतना कहा—"गला तो छोड़ो—देता हूँ, देता हूँ।"

सखाराम ने हाथ ढीला छोड़ दिया। भीकू ने अपनी जेब में हाथ डाला। मुट्ठीभर सिक्के निकालकर मेज़ पर डाल दिए। सखाराम ने झपट्टा मारकर उनको तो अपने क़ब्ज़े में किया। गिनकर बोला—"मगर तूने तो साढ़े तीन सौ रुपए चुराए थे। यह तो केवल तीन रुपए अस्सी पैसे हैं। बाक़ी कहाँ हैं?"

"यहाँ।" भीकू ने अपने पेट की ओर इशारा किया और फिर क़हक़हा लगाकर बोला—"सब पी गया। भई, बड़ा मज़ा आया! थैंक यू, थैंक यू, धन्यवाद!"

"धन्यवाद के बच्चे!" सखाराम ने फिर उसका गला पकड़ लिया पर दारू बेचनेवाला और उसके दो-चार साथी वहाँ आ गए और सखाराम का हाथ छुड़ा कर उलटा उसको मारने लगे।

"नहीं, छोड़ दो इसे।" भीकू ने हुक्म दिया और उन लोगों ने सखाराम को छोड़ दिया—"यह मेरा दोस्त है। ज़रा ग़ुस्से में आ गया था।" और फिर सखाराम की ओर देखकर बोला—"बैठो, बैठो, तुम भी पियो। अभी हम दो बोतलें और मँगा सकते हैं।"

"मैं नहीं पीता।" सखाराम ने कहा।

"यही तो मुश्किल है कि तुम पीते नहीं हो। तभी तो अंटी में इतने रुपए लिये फिरते हो। और फिर भी फुटपाथ पर सोते हो। पियो मेरे भाई, दारू तुम्हारे ही पैसे से आई है।"

यह कहकर उसने गिलास में दारू उँड़ेल दी और गिलास सखाराम की तरफ़ बढ़ाया।

सखाराम ने सोचा—'यह भी ठीक कहता है। मेरे पैसे ही की तो दारू पी रहा है।' उसने गिलास उठाकर मुँह से लगाया। एक बार तो बुरी बदबू आई। फिर दिल कड़ा करके वह पी गया। उसको पहले तो ऐसा लगा कि किसी ने चाक़ू से उसका गला अन्दर से चीर दिया है। मगर थोड़े ही समय में वह अनुभूति जाती रही। और उसका स्थान एक नरम-नरम गरमी ने ले ली जो उसकी देह में दौड़ी जा रही थी।

भीकू ने उसका गिलास फिर भर दिया था—"और पियो मेरे यार!"

सखाराम ने दूसरा गिलास भी पी लिया।

अब उसने गिलास वापस मेज़ पर रखा ही था और भीकू उसमें तीसरा पैग उँड़ेलने के लिए दारू की बोतल उठा ही रहा था कि उसकी दृष्टि उसकी कलाई पर पड़ी जहाँ एक सुनहरी पट्टे की घड़ी जगमगा रही थी।

"यह भी मेरे पैसे से ली है?" वह चिल्लाया।

भीकू ने कलाई से घड़ी उतारकर सखाराम को दे दी—"यह लो मेरे यार! आज ही एक स्मग्लर से पचास रुपए में ली है। असली विलायती घड़ी है। अँधेरे में भी समय बताती है।"

ढाई वर्ष के बाद आज भी वह घड़ी सखाराम की कलाई पर लगी हुई अँधेरे में समय बता रही थी। चार बजकर पाँच मिनट हुए थे। सखाराम ने सोचा—समय भी कितने धीरे-धीरे बीतता है! साढ़े चार बजे तो मैं अपना काम करूँ। और फिर उसको घड़ी से भीकू की याद आ गई। भीकू जो अब भी जेल की हवा खा रहा था परन्तु जिसने सखाराम के रुपए चुराकर उसको चोरी का मार्ग दिखाया था।

पहले छोटी-मोटी चोरियाँ फिर बड़ी चोरियाँ मगर कभी सखाराम के पास इतने पैसे नहीं हुए कि वह गाँव वापस जाकर अपनी ज़मीन छुड़ा लेता। दो बैल ख़रीद लेता, सावित्री के लिए दो-चार बढ़िया साड़ियाँ ख़रीद लेता। एक तो चोरी का माल दुकानदारों को कौड़ी के भाव बेचना पड़ता था। दूसरे जो आता था वह खाने, पीने-पिलाने में ख़र्च हो जाता था। जेल में फ़ज़लू ठीक कहता था—'यार, इस हराम की कमाई में बरकत नहीं होती है।'

पूना में एक दिन शाम को अँधेरा होते ही एक औरत का बटुआ छीनकर भागना चाहा। मगर उस कमबख़्त ने चीख़कर आसमान सिर पर उठा लिया। चारों ओर से लोग दौड़ पड़े थे। सखाराम ने बटुए में से दस-बीस रुपए के नोट निकालकर बटुआ सड़क पर फेंक दिया। और ख़ुद भागते-भागते एस.टी. के बस स्टैंड की ओर आ निकला। एक बस जाने को तैयार थी। वह उसी में सवार हो गया। बस चल पड़ी। कंडक्टर ने पूछा—"कहाँ जाओगे?"

सखाराम ने, जिसकी साँस दौड़ने से अब तक फूली हुई थी, जवाब दिया—"जहाँ भी बस जा रही है।"

बस कंडक्टर ने किसी स्थान का नाम लिया जो बस की घरघराहट में सुनाई न दिया। फिर उसने कहा—"सात रुपए होंगे।" सखाराम ने उसे चोरी का दस का नोट पकड़ा दिया बाक़ी रुपए लेकर जेब में रख लिये।

सुबह-सवेरे बस अपनी मंज़िल पहुँची तो सखाराम आँखें मलता हुआ उतरा। उसका विचार था कि कोई गाँव होगा। परन्तु यहाँ पहुँचकर देखा कि बड़ी रौनक़ है। अच्छा-ख़ासा क़स्बा है। बाज़ार भी है। बाज़ार में दुकानें भी हैं। दुकानों में सामान भी है। चोरी करने के योग्य सामान।

सखाराम ने फ़ैसला कर लिया कि दो-तीन रोज़ यहीं गुज़ारने चाहिए। कौन जानता है उसका भाग्य यहाँ ही खुल जाए! दिन भर वह बाज़ारों में घूमता। किस दुकान में क्या-क्या सामान है, उसको दिमाग़ में बैठाता रहा। कहाँ साड़ियाँ मिलती हैं, कहाँ गहने, कहाँ रेडियो। किस-किस दुकान में तिजोरियाँ हैं जो विश्वास है रुपयों से भरी होंगी। रात को चौकीदार बाज़ार का गश्त लगाते थे। मगर उसने देख लिया था कि साढ़े चार

बजे सुबह वे अपने-अपने घर चले जाते हैं। बस वही वक़्त ठीक रहेगा उसके काम के लिए। दो-चार दुकानों ही से उसका काम चल जाएगा और दुकानें खुलने के समय तक वह वहाँ से बहुत दूर निकल जाएगा।

शहर की सारी रौनक़ बाँध के कारण थी। अधिकतर लोग वहीं काम करते थे। सो सखाराम ने सोचा क्यों न बाँध को भी देख लिया जाए!

बाँध वाक़ई बड़ा जंगी था। दो पहाड़ियों के बीच में नदी के पानी को रोकने के लिए बाँध बनाया हुआ था। बड़े-बड़े बिजली के कारख़ाने भी थे। बाँध पर अब भी कुछ काम हो रहा था। सैकड़ों मज़दूर काम पर लगे हुए थे।

एक मज़दूर से सखाराम ने पूछा—"क्यों भई, यह इतना बड़ा बाँध क्यों बनाया है?"

उसने कहा—"तुम इतना भी नहीं जानते! यहाँ पानी इकट्ठा करके नहरें निकालेंगे जो सूखे खेतों में पानी पहुँचाएँगी।"

सखाराम ने सोचा—'और यह बिजलीघर भी पानी की शक्ति से चलते हैं। यहाँ बिजली बनती है जो इन तारों से दूर-दूर जाती है। जानते हो बम्बई को बिजली यहीं से जाती है।'

और सखाराम के दिमाग़ में बम्बई की लाखों जगमगाती हुई रोशनियाँ उभर आईं। इतनी दूर से बिजली वहाँ जाती है! फिर उसने सोचा—'मगर मेरा गाँव तो केवल चालीस मील दूर है। यहाँ से वहाँ तक तो यह बिजली जाती नहीं है। मुझे इस बिजली से फ़ायदा?'

एक ऊँचे टीले पर किसी मज़दूर ने टीन की छत का एक झोंपड़ा बनाया था। वह ख़ाली पड़ा था। रात को नज़र बचाकर सर्दी से बचने के लिए सखाराम उसी में पड़ा रहता। वहाँ से एक तरफ़ बहुत दूर बाँध पर लगी हुई रोशनियाँ नज़र आतीं, दूसरी तरफ़ शहर के मकानों और दुकानों की बत्तियाँ। वह सोचता—'इन रोशनियों के समुन्दर में यही झोंपड़ा एक अँधेरे का टापू है।' फिर सोचता—'शायद अँधेरा झोंपड़े में नहीं है मेरे मन में है!'

नहीं, यह अँधेरा कुछ और प्रकार का था। इसमें तो बाँध की रोशनियाँ भी डूब गई थीं। शहर की रोशनियाँ भी डूब गई थीं। अँधेरे के समुद्र की तह में दूर कहीं धुँधली-धुँधली सी टिमटिमा रही थी। उसका अपना गला ही घुटता नहीं मालूम होता था। ऐसा लगता था कोई दुनिया का गला घोंट रहा है। सम्भव है, यह मेरा वहम ही हो। उसने सोचा और एक बार फिर घड़ी की अँधेरे में चलनेवाली सुइयों की ओर देखा। चार बजकर बीस मिनट हुए थे। अब उसे चलना चाहिए। बाज़ार पहुँचने में कम-से-कम दस मिनट तो लगेंगे। यह सोचकर वह खड़ा ही हुआ था कि ज़मीन के अन्दर से एक गड़गड़ाहट की आवाज़ आई जैसे सुरंग में कोई रेल चल रही हो या हवाई जहाज़ बहुत नीचे उड़ रहा हो और छत पर गिरने ही वाला हो—साथ ही उसके पैर के नीचे से ज़मीन जैसे

सरक गई हो। क़दम डगमगाए तो उसने अँधेरे में दीवार का आधार लेने का प्रयत्न किया। हाथ से छुआ तो उसको ऐसा लगा जैसे दीवार भी लड़खड़ा रही है। उसने शाम को शराब पी होती तो वह समझता कि यह सब नशे का परिणाम है। परन्तु उसने तो चार दिन से दारू को हाथ भी न लगाया था। फिर यह सब क्या—

'भूचाल!' एकदम यह ख़याल बिजली की तरह उसके दिमाग़ में कौंधा और अगले ही क्षण झोंपड़े की लड़खड़ाती हुई दीवारें और खड़खड़ाती हुई टीन की छत एकदम उसके सिर पर आ रहीं।

जब उसको होश आया तो सबसे पहले जो चीज़ उसने महसूस की वह गन्धक की तेज़ बू थी, और एक दम घुटनेवाला धूल-मिट्टी का बादल। अँधेरा अब भी इतना घना था कि उसको चाक़ू से काट सकते थे। सखाराम को अपने माथे पर पानी की एक लकीर चलती हुई ज्ञात हुई। टटोलकर देखा तो मुँह से 'सी' निकल गई। सिर में गहरी चोट आई थी जिसमें से ख़ून रिस रहा था। टाँगों पर, बाजुओं पर, एक ओर चेहरे पर भी चोटें आई थीं। किन्तु यह समय साधारण चोटों की परवाह करने का नहीं था। ज़ख़्मों की टीस उसको झिंझोड़कर बेहोशी से बाहर निकाल लाई थी। और अब एक ही विचार उसके मस्तिष्क में घूम रहा था—इस झोंपड़े की तरह बाज़ार में दुकानों की दीवारें और छतें भी गिर गई होंगी। उसको ताले तोड़ने का कष्ट भी न करना पड़ेगा। उसने अपनी घड़ी देखी। पूरे साढ़े चार बजे थे। भूचाल आए केवल दस मिनट हुए थे।

टीन का पतरा, जो उसके सिर पर गिरा था, को हाथ से हटाकर वह उठ खड़ा हुआ। चारों तरफ़ गिरी हुई दीवारों की ईंटों के ढेर थे। अँधेरे में टटोलता, लँगड़ाता, गिरता-पड़ता वह अन्दाज़े से शहर की ओर चल खड़ा हुआ। अँधेरा अब एक हल्के धुँधलके में परिवर्तित हो रहा था। किन्तु बाँध पर और शहर में सब जगह बिजली की रोशनियाँ बुझ गई थीं। अब तो उसका काम और भी सुलभ हो गया था।

सारा शहर एकदम गिर पड़ा था, जैसे घर न हों, बच्चों के बनाए हुए मिट्टी के घरौंदे हों! ज़मीन से धूल के बादल उठ रहे थे। ईंटों, पत्थरों, टीन के पतरों के नीचे दबे हुए—मर्द, औरतें, बच्चे, जो मर गए थे, जो बिलकुल बेहोश नहीं हुए थे वे चिल्ला रहे थे, रो रहे थे, सिसक रहे थे, बिलख रहे थे, कराह रहे थे। एक ने एक छाया सी पास से गुज़रते देखी तो चिल्लाया—"भाई, मुझे ईंटों के इस ढेर में से निकालो। शायद मेरी टाँगें जाती रही हैं।" मगर सखाराम को उस समय एक ही धुन थी। वह किसी के प्राण बचाने के लिए तैयार नहीं था। आज भगवान ने उसे सचमुच छप्पर फाड़कर दौलत दी थी। ऐसा मौक़ा वह खोनेवाला नहीं था। दो हाथों से जितना कुछ समेट सकेगा, वह लेकर वहाँ से चल देगा। और जब तक लोगों को होश आएगा अपने गाँव अपनी सावित्री के पास पहुँच जाएगा।

अँधेरे में गिरता-पड़ता, सँभलता, ठोकरें खाता, वह बाज़ार की तरफ़ चला जा रहा था। कहीं-कहीं मकानों की दीवारें बीच सड़क पर आ रही थीं। ईंट-पत्थर के ढेर से

बचने के लिए सखाराम को गिरे हुए घरों में से रास्ता बनाना पड़ता। एक बार तो उसको महसूस हुआ कि उसका पैर किसी नरम चीज़ पर पड़ा है। शायद किसी की टाँग थी या हाथ था। एक हल्की सी 'आह' सुनाई दी और वह फिर आगे बढ़ गया।

सखाराम ने सुबह के धुँधलके में देखा कि बाज़ार में किसी भी दुकान की छत या दीवार सलामत नहीं बची थी। दुकानों पर सब सामान बिखरा पड़ा था या ईंट-पत्थरों के ढेर के नीचे दबा हुआ था। सबसे पहले सखाराम ने साड़ियों की दुकान से दस-पन्द्रह साड़ियाँ घसीटीं। एक साड़ी को दुहराकर ज़मीन पर फैलाया। उसमें सब साड़ियों का ढेर लगाया। कुछ कपड़े के थान डाले। पास की दुकान से दो रेडियो लेकर उनको रखा। एक ज्वेलर की दुकान के मलबे में गहने बिखरे हुए थे।

सखाराम ने टटोल-टटोलकर उठाए। यह देखने का समय नहीं था कि सोने के हैं या चाँदी के, एक तिजोरी औंधी पड़ी थी। उसको सीधा करने का प्रयत्न किया किन्तु वह टस से मस नहीं हुई। एक और दुकान का कैश बॉक्स उड़कर कहीं से कहीं पहुँच गया था। उसको खोलने की कोशिश की। बड़ा भारी था। ज़रूर रुपए भरे होंगे। जब न खोल सका तो बन्द का बन्द ही ढेर में शामिल कर लिया। साड़ी का गट्ठर बाँधा। अब तो वह इतना बड़ा हो गया था कि बड़ी कठिनाई से दोनों हाथों से उठाकर उसने सिर पर रखा था। वज़न काफ़ी था। उसकी टाँगें लड़खड़ाने लगीं। परन्तु उसने जी कड़ा करके क़दम बढ़ाया ताकि सुबह होने से पहले वहाँ से बाहर निकल जाए।

धीरे-धीरे आसमान से सवेरा उभर रहा था। पूरब की तरफ़ बादल, पहाड़ियाँ, बाँध, हल्की-हल्की परछाइयाँ-सी अब दिखाई दे रही थीं। धीरे-धीरे शहर के खँडहर भी धरती पर उभर रहे थे। हर तरफ़ सन्नाटा था और तबाही। ऐसा लगता था—शहर मर गया, दुनिया मर गई, केवल एक मनुष्य जीवित है और वह दोनों हाथों से दुनिया का धन बटोरकर ले जा रहा है...

नहीं (उसने सोचा) कोई और भी ज़िन्दा है! एक बच्चे के रोने की आवाज़ ने सखाराम को चौंका दिया। जैसे यह आवाज़ बाहर से न आई हो, ख़ुद उसके मन के अन्दर से आई हो। उसने मुड़कर देखा। एक घर की छत और दीवारें ढेर हो चुकी थीं। उन्हीं में एक ओर बाप मरा पड़ा था, पास ही माँ। और उन दोनों लाशों के क़रीब ही एक डेढ़ साल का बच्चा जो किसी कारण बच गया था, ईंटों के ढेर पर बैठा, दहाड़ मार-मारकर रो रहा था।

सखाराम ने बच्चे को देखकर फिर ऐसे नज़र फेर ली जैसे बच्चे ने उसकी चोरी पकड़ी हो। जल्दी-जल्दी क़दम बढ़ाता कि इतनी दूर पहुँच जाए कि बच्चे की आवाज़ उसके कानों तक न पहुँचे। मगर बच्चे ने पहले से भी ज़्यादा ज़ोर से रोना शुरू कर दिया। चलते-चलते क़दम आप से आप रुक गए। उसको ऐसा प्रतीत हुआ जैसे वह उसका अपना बच्चा हो, जो हमेशा उसके सपनों में आता था किन्तु जिसने अब तक सावित्री की कोख से जन्म न लिया था।

उसने मुड़कर बच्चे की तरफ़ देखा। सर पर गट्ठर उठाए उलटे पाँव उसके नज़दीक गया। सोचा—किसी तरह इस गठरी को भी ले चलूँ और इस बच्चे को भी उठा लूँ। मगर हाथ दो ही थे। एक बोझ को सँभाल सकते थे या बच्चे को गोद में ले सकते थे।

उसने सिर से गठरी उतार फेंकी। दौड़कर बच्चे के बाप के पास गया। बिचारे के सिर पर एक भारी पत्थर गिरा था। कब का दम तोड़ चुका था। माँ की नाड़ी पर हाथ रखा। हाथ-पाँव ठंडे हो चुके थे। फिर उसने बच्चे की तरफ़ हाथ फैलाया। बच्चा हुमककर उसकी गोद में आते ही ख़ामोश हो गया। जैसे उसे अपनी मंज़िल मिल गई हो!

सखाराम ने एक नज़र उस गठरी की तरफ़ देखा जिसमें दुनिया की हर दौलत मौजूद थी। फिर दोनों हाथों से बच्चे को सँभालकर अपनी छाती से लगा लिया और चल खड़ा हुआ।

दूर बाँध के पीछे सूरज बादलों में से अपना सिर निकालकर कोयना नगर की तबाही देख रहा था। मगर सूरज की एक नरम किरण सखाराम और उसकी छाती से लगे हुए बच्चे पर पड़ी और बच्चा, जिसकी आँख में अब तक आँसू थे, आप से आप मुस्करा दिया।

[*दो हाथ;* कहानी-संग्रह से]

दो चेहरे

फ़िल्मों की एक अलग दुनिया होती है, एक अलग भाषा होती है और फ़िल्मों के चरित्र अन्य मनुष्यों से भिन्न होते हैं।

एक तो 'हीरो' होता है। यह या तो लम्बा होता है या ठिंगना या दाढ़ी-मूँछ सफाचट या उसकी मूँछ जेट हवाई जहाज़ की तरह पतली और लम्बी होती है। वैसे हिरोइन या 'विलेन' को धोखा देने के लिए कभी-कभी नक़ली दाढ़ी लगाकर हीरो हकीम साहब या मौलाना या सरदार बन जाता है। हीरो साधारण तौर पर सिर्फ़ इश्क़ ही करता है, काम नहीं करता। मगर कभी-कभी हीरो डॉक्टर या बैरिस्टर या टैक्सी ड्राइवर भी होता है। लेकिन यह काम भी वह सिर्फ़ इश्क़ की ख़ातिर ही करता है। वह डॉक्टर इसलिए बनता है कि हिरोइन या उसके पति यानी उसके प्रतिद्वन्द्वी का इलाज कर सके। बैरिस्टर हुआ तो अदालत में हिरोइन को क़त्ल के झूठे इल्ज़ाम से बचा लेता है और टैक्सी ड्राइवर तो वह बनता ही इसलिए है कि हसीना उसकी टैक्सी में बैठे और वह मीटर चलाना भूल जाए और फिर हिरोइन टैक्सी में अपना बटुआ और दिल भूल जाए।

एक 'हिरोइन' होती है। हिरोइन कभी ग़रीब नहीं होती इसलिए कि उसे हर सीन में एक नया और महँगा फैंसी ड्रेस पहनना होता है। सीन नम्बर एक में सलवार-कमीज़, सीन नम्बर दो में भरतनाट्यम् की साड़ी, सीन नम्बर तीन में चूड़ीदार पाजामा और चाँदी के बटनोंवाली कश्मीरी क़मीज़, सीन चार में राजस्थानी घाघरा और चोली और सीन नम्बर पाँच में नाभि से छह इंच नीची साड़ी और नाभी से नौ इंच ऊँची बिकनी टाइप की चोली, सीन नम्बर छह-सात में मिनी स्कर्ट और चुस्त स्वेटर...। अगर ग़लती से कभी-कभार ग़रीब बाप की बेटी हुई तब भी हिरोइन नायलॉन की ओढ़नी, रेशमी घाघरा और चुस्त शलूका पहने होगी, जिस पर ऊपर से सफ़ेद रंग के पैबन्द लगे होते हैं, ताकि दूर ही से मालूम हो जाए कि हिरोइन के बाप को विलेन का क़र्ज़ चुकाना है और हिरोइन हर क़ुरबानी के लिए तैयार है।

एक विलेन होता है। वह या तो चारखाने की शर्ट, बृजिस और घुटनों तक के राइडिंग बूट पहने होता है और उसके हाथ में हंटर होता है, या वह काली शेरवानी और चूड़ीदार पाजामा धारण किए रहता है। उसके सिर पर तिरछी टोपी धरी होती है और उसके मुँह में एक लम्बा-सा सोने का सिगरेट होल्डर होता है। गरमी में भी विलेन हाथों में सफ़ेद

दस्ताने पहने रहता है और ओवरकोट (कॉलर ऊपर किया हुआ) और काली फ़्लैट हैट जिसका छज्जा आँखों पर झुका होता है ताकि पुलिस पहचान न सके। विलेन का कोई नाम या कोई मज़हब नहीं होता। उसके असिस्टेंट उसे केवल 'बॉस' कहकर पुकारते हैं। यह इसलिए कहा जाता है कि किसी मज़हब या किसी जातिवालों की भावनाओं को चोट न पहुँचे।

एक 'वैम्प' होती है जिसे लेडी विलेन भी कहा जा सकता है और कभी-कभी कहा भी जाता है। पहले ज़माने में हिरोइन सीधे-सादे कपड़े पहनती थी और उसके मुक़ाबले में 'वैम्प' चुस्त, शोख़ और फ़ैशनेबल कपड़े पहनती थीं, मगर आज के ज़माने में जब हिरोइन ने वैम्प जैसे कपड़े पहनने शुरू कर दिए हैं तो वैम्प 'डांसर' होती हैं लेकिन आजकल हिरोइनें भी डांस करने लगी हैं और किसी मौक़े पर नहीं तो अपनी सालगिरह की पार्टी ही में डांस प्रस्तुत कर देती हैं। ऐसी हालत में 'वैम्प' का महत्त्व कम होता जा रहा है। मगर फिर भी वैम्प वह होती है जो हीरो को लुभाने के लिए नाज़-नखरों और आँखों के इशारों से 'आजा आजा, गले लग जा' क़िस्म का गाना गाती है। विलेन से वेतन लेती है लेकिन दिल से हीरो को चाहती है और आख़िर में विलेन जिस गोली से हीरो की हत्या करना चाहता है उस गोली से 'वैम्प' की मौत हो जाती है—मगर हीरो के आलिंगन में। 'आख़िरकार मैंने तुम्हें पा ही लिया।' वह आख़िरी साँस के साथ कहती है और उसकी आँखें हमेशा के लिए बन्द हो जाती हैं।

वैसे फ़िल्मों में दूसरे चरित्र भी होते हैं जैसे साइड हीरो जो आमतौर पर हीरो का दोस्त होता है और 'साइड हिरोइन' जो हिरोइन की सहेली होती है और 'साइड हीरो' से मुहब्बत करती है। इनके अलावा 'साइड विलेन' जो विलेन का असिस्टेंट होता है। फिर एक कॉमेडियन होता है और उसकी प्रेमिका।

मगर इस समय हम वैम्प की कहानी सुनाना चाहते हैं। सुनिए—उसका नाम रानीबाला था। कभी वह हिरोइन हुआ करती थी, मगर इधर कोई आठ-दस बरस से वह वैम्प कैरेक्टर्स कर रही थी। हिरोइन तो वह मामूली थी। कभी 'सी' क्लास फ़िल्मों से आगे नहीं बढ़ी। लेकिन वैम्प बनकर उसने बड़ा नाम कमाया था—थी भी बला की ख़ूबसूरत। उसका जिस्म किसी बुततराश का तराशा हुआ मालूम होता था। उस पर वह कपड़े इतने चुस्त पहनती थी कि लगता था कपड़े उसने पहने ही नहीं हैं, बल्कि उसके जिस्म को उनके अन्दर ढाल दिया गया है। आँखें बड़ी-बड़ी व ख़ूबसूरत थीं। बाल घने और घुँघराले थे और उसकी आकृति अजन्ता-एलोरा की किसी मूर्ति की याद दिलाती थी।

रानीबाला कितनी ही हिरोइनों से अधिक सुन्दर थी। इसलिए वे उसके साथ काम करना पसन्द नहीं करती थीं। लेकिन डायरेक्टर और प्रोड्यूसर उसे अपनी फ़िल्मों में लेना सफलता की गारंटी समझते थे। कहा जाता था कि 'बी' क्लास हिरोइन के साथ रानीबाला को लो तो फ़िल्म 'ए' क्लास हिरोइन के दामों पर बिकती है। हीरो लोग भी उसके साथ काम करना पसन्द करते थे क्योंकि उसका व्यक्तित्व इतना आकर्षक था

कि सेट पर उसके होते हुए कोई हिरोइन की तरफ़ आँख उठाकर भी नहीं देखत्ता था। इसके अलावा वह बड़ी ख़ुशमिज़ाज थी। बात बड़ी दिलचस्प करती थी और फ़िल्मी दुनिया के बारे में उसको हज़ारों लतीफ़े और चुटकुले याद थे।

रानीबाला के बारे में प्रसिद्ध था कि जैसे वह सिनेमा के परदे पर नज़र आती है अपने व्यक्तिगत जीवन में उससे बिलकुल अलग है। जो डायरेक्टर या हीरो उससे ज़रूरत से ज़्यादा बेतक़ल्लुफ़ होने की कोशिश करते उनसे वह कह देती थी—"आपने मेरे पति को नहीं देखा। वह बॉक्सिंग का चैम्पियन और पहलवान भी है। सत्तर इंच का सीना है उसका।" और कोई भी उसके साथ ज़ोर-ज़बर्दस्ती करने का साहस नहीं कर सकता था। वैसे उसका कहना था—"कैमरे के सामने मुझसे जो चाहे करा लीजिए। उस वक़्त मैं आपकी नौकर हूँ। मगर इसके बाद मेरे जिस्म का मालिक मेरा शौहर है।"

उसका पति बॉक्सिंग चैम्पियन था। पहलवान, कहा जा सकता है, क्योंकि किसी ने उसको देखा नहीं था। रानीबाला ने कभी किसी से उसका परिचय ही नहीं कराया था। उसका कहना था—'मैं स्टूडियो को घर नहीं ले जाती, न घर को स्टूडियो में लाती हूँ।' तमाम फ़िल्म आर्टिस्टों में वह अकेली थी, जिसके साथ किसी ने नानी, दादी, बाप, माँ, मामू, भाई, बहन या आया किसी को स्टूडियो में आते नहीं देखा था। वह न स्टूडियोवालों को कभी अपने घर आने की दावत या इजाज़त देती थी। जब शूटिंग हो टेलीफ़ोन कर दो। वक़्त पर मोटर भेज दो। मोटर का हॉर्न बजते ही रानीबाला अपना मेकअप बॉक्स और अपना टिफ़िन कैरियर लिये बाहर आ जाएगी और मोटर में सवार हो जाएगी। उसके घर में कौन रहता है, कितने आदमी रहते हैं, यह किसी को मालूम नहीं था। लोगों को सिर्फ़ यह मालूम था कि उसका एक पति है। शायद एक बच्ची और बच्चा भी है क्योंकि एक स्टूडियो ड्राइवर ने एक बार अन्दर से एक बचकानी आवाज़ को 'बाई-बाई मम्मी' कहते हुए सुना था। मगर किसी सार्वजनिक उत्सव में—मुहूर्त हो या प्रीमियर—किसी ने उसके शौहर या औलाद को उसके साथ नहीं देखा था।

अब इन बातों को बरसों गुज़र चुके थे और रानीबाला के घर का भेद, भेद ही था। लोग कभी-कभी रानीबाला की उम्र के सिलसिले में अनुमान लगाते थे कि उसको फ़िल्मों में काम करते हुए कम-से-कम पन्द्रह साल हो गए हैं। अब उसकी उम्र तीस-बत्तीस बरस की ज़रूर हो गई होगी। मगर कमबख़्त अब भी जवान बल्कि नौजवान लगती है। एक बार एक पत्रकार ने इंटरव्यू लेते हुए प्रश्न कर ही डाला—"मिस रानीबाला, आपकी उम्र क्या है?"

"आपको कितने साल की लगती हूँ?"

"मुझे तो आप उन्नीस-बीस बरस की लगती हैं।"

"बस तो आप मुझे उन्नीस-बीस बरस की ही समझ सकते हैं। एक्ट्रेस की कोई उम्र नहीं होती। वह इतनी जवान या बूढ़ी होती है, जितनी सिनेमा के परदे पर नज़र आती है।"

रानीबाला हमेशा मेकअप करके स्टूडियो आती थी। बग़ैर मेकअप किसी ने उसको आज तक नहीं देखा था। इस सिलसिले में भी वह अपने विशिष्ट सिद्धान्त को व्यक्त करती थी—"औरत घर में रहती है—स्टूडियो में जो जाती है वह एक्ट्रेस होती है और एक्ट्रेस को हमेशा अपनी शक्ल-सूरत का ख़याल रखना चाहिए। मुझे उन एक्ट्रेसों से सख़्त नफ़रत है जो रात भर पार्टियों में मारी-मारी फिरती हैं सुबह को ऊल-जलूल मनहूस सूरत बनाए स्टूडियो में आती हैं। बाल बिखरे हुए, आँखों में चीपड़, दाँत गन्दे, तीन-तीन घंटे लगते हैं तब कहीं वे इस क़ाबिल होती हैं कि उनको कैमरे के सामने खड़ा किया जा सके..."

एक दिन जो सीन लिया जानेवाला था उसमें हीरो और हिरोइन एक तालाब के किनारे प्यार-मुहब्बत की बातें कर रहे हैं, 'वैम्प' वहाँ चोरी-छुपे जाती है और एक पेड़ के पीछे छिपकर उनकी बातें सुनकर जल रही है। ग़ुस्से में पीछे हटती है और धड़ाम से पानी में गिर जाती है। डायरेक्टर इस तरह वैम्प को कॉमेडी सीन में पेश करना चाहता था और उसके कहने के मुताबिक़ यह एक अछूता और अनोखा 'टच' था।

"मिस रानीबाला, आपको तैरना आता है? पाँच फ़ीट गहरा पानी है...।" डायरेक्टर ने स्टूडियो में बने हुए तालाब की तरफ़ इशारा करते हुए कहा।

"मैं डूबूँगी तो आपको साथ लेकर।" रानीबाला ने मुँह-तोड़ जवाब दिया और इस पर स्टूडियो में क़हक़हा पड़ गया।

रानीबाला को गर्व था कि आज तक उसने कोई सीन करने से इनकार नहीं किया, चाहे वह कितना ही कठिन हो। जहाँ जान का ख़तरा हो, वहाँ भी वह किसी दूसरी एक्ट्रेस को डुप्लीकेट के तौर पर काम करने की अनुमति नहीं देती थी। आग का सीन हो या दीवार पर से कूदना हो या घोड़े पर सवार होकर सरपट दौड़ना हो, हर सीन में वह कार्य स्वयं ही करती है। वह फ़िल्म लाइन में उस वक़्त आई थी जब हीरो-हिरोइन को तैरना, तलवार चलाना, मोटर चलाना और घूँसे चलाना आदि सब कुछ सीखना ज़रूरी था। वह पानी में गिरने के लिए फ़ौरन तैयार हो गई।

सीन के पहले डायरेक्टर ने ड्रेसमैन से कहा—"मिस रानीबाला के ऐसे ही दो-चार ड्रेस और तैयार रखो। शायद पहला शॉट ओके न हो..."

सीन लिया गया। रानीबाला बड़े अन्दाज़ से पीछे हटी, चेहरे पर क्रोध और जलन के उद्‌गार थे और यह स्थिति अन्तिम क्षण तक शेष रही—जब तक वह पानी में गिरी नहीं। गिरते-गिरते उसने अपने कैरेक्टर के अनुसार बनावटी अन्दाज़ में भयानक चीख़ मारी। तालाब में गिरने के बाद जब उसका सिर पानी से बाहर निकला तो उसने मुँह से कुल्ली का एक फ़व्वारा निकाला और हीरो ने हिरोइन की तरफ़ ग़ुस्से से मुक्का उठाया।

डायरेक्टर ने कहा—"कट..."

रानीबाला बाहर आ गई। सबने इतना अच्छा सीन करने के लिए उसे बधाई दी। मगर कैमरामैन ने कहा—"वह एक शॉट और लेना चाहता है, क्योंकि कैमरा घुमाने में उससे कुछ ग़लती हो गई थी।"

रानीबाला ने बदन सुखाया और ड्रेस बदला। सीन फिर लिया गया। रानीबाला फिर पानी में गिरी। अबकी बार कैमरा ट्रॉली के चलने से झटका खा गया।

कैमरामैन ने कहा—''एक टेक और।''

चार बार रानीबाला ने ड्रेस बदला और बदन सुखाया। चार बार वह पानी में गिरी। जब शॉट ओके हुआ वह पानी से निकलकर तौलिया लपेटे हँसती हुई अपने मेकअप रूम की ओर जा रही थी तो एक असिस्टेंट ने दूसरे के कान में कहा—''तुमने देखा?''

''मुझे तो लगता है चेहरे पर झुर्रियाँ पड़ चुकी हैं। मेकअप की तहें उन पर चढ़ी रहती हैं।''

अपने मेकअप रूम में रानीबाला ने अपना चेहरा देखा तो उसको भी वही दिखाई दिया जो बात असिस्टेंट डायरेक्टर कह रहे थे। उसने फ़ौरन कपड़े पहनने के बहाने मेकअपमैन और हेयर ड्रेसर लड़की दोनों को बाहर निकाल दिया।

पूरे डेढ़ घंटे के बाद रानीबाला निकली तो पूरा मेकअप उसने कर लिया था। अब वह जवान लगती थी—जैसे पहले; मगर तनिक घबराई हुई-सी। वह सीधी मोटर में जाकर बैठ गई और ड्राइवर से कहा—''जल्दी घर चलो। मेरी तबीयत कुछ ख़राब हो रही है।''

अगले दिन वह स्टूडियो में नहीं आई। मालूम हुआ कि पानी में भीगने के कारण उसे काली खाँसी हो गई।

तीसरे दिन पता चला कि निमोनिया होने का भय है। इसलिए डॉक्टरों ने किसी ख़ुश्क आब-हवा वाली जगह कुछ हफ़्ते आराम करने को कहा है।

फिर ख़बर आई कि रानीबाला की तबीयत अधिक ख़राब है। इलाज के वास्ते कई महीनों के लिए विलायत जाना पड़ेगा।

रानीबाला ने शूटिंग स्थगित कर दी। जितने मुँह उतनी बातें, कोई कहता कि काली खाँसी और निमोनिया के इलाज का तो बहाना था, असल में रानीबाला पुनः जवान होने के लिए बनारस के एक योगी से कायाकल्प करा रही है। कोई कहता था कि लन्दन में कोई डॉक्टर है जो प्लास्टिक सर्जरी से किसी भी अधेड़ उम्र की औरत को जवान बना देता है, वह उससे अपने चेहरे का ऑपरेशन कराने गई है।

तीन महीने बाद रानीबाला शूटिंग के लिए स्टूडियो वापस आई तो पहले से भी ज़्यादा जवान नज़र आ रही थी। सर्जरी का ऑपरेशन या कायाकल्प या जो कुछ जादू-टोना उसने कराया था, वह अत्यन्त सफल रहा क्योंकि अब उसकी उम्र अठारह-बीस साल से ज़्यादा नहीं लगती थी।

एक मशहूर कैरेक्टर एक्टर, जो बड़ा फक्कड़ था और जिसकी रानीबाला से बड़ी बेतक़ल्लुफ़ी थी, ने रानीबाला से कहा—''रानी! अब तो मेरा भी जी इश्क़ करने को चाहता है। अब तुम मुझे भाई साहब न कहा करो...''

रानी ने मुस्कराकर जवाब दिया—"तो अब से मैं आपको काका जी कहा करूँगी।"

इस पर एक अच्छा-ख़ासा फ़रमाइशी क़हक़हा बुलन्द हुआ और कैरेक्टर एक्टर अपना-सा मुँह लेकर रह गया। हैरानी उसे यह थी कि रानीबाला आमतौर से उससे तू-तड़ाक से बात करती थी, 'आप' तो उसने आज तक कहा न था। क्या वह कायाकल्प के पश्चात् अब सचमुच अपने आपको कमउम्र समझने लगी है?

लोगों ने रानीबाला में एक और परिवर्तन महसूस किया। वह पहले बड़ी बातूनी और हँसोड़ थी। लतीफ़े, चुटकुले, मज़ाक़ उसकी ज़बान की नोक पर रखे रहते थे। लेकिन अब वह एकदम गम्भीर-सी हो गई थी। कोई मज़ाक़ करता भी तो सिर्फ़ एक मुर्दा-सी मुस्कराहट से उसका जवाब दे देती थी।

किसी ने कहा—"रानी, तुम तो अब बहुत बदल गई हो, ख़ूबसूरती के साथ क्या संजीदगी का भी ऑपरेशन कराया है?"

रानी ने ठंडी साँस भरकर जवाब दिया—"यह ऑपरेशन ही ऐसा है। इनसानी सूरत में ही नहीं, इनसानी प्रकृति में भी बहुत बड़ी तब्दीली कर देता है।"

रानी की अनुपस्थिति में स्टूडियो वाले बातें करते। एक कहता—"रानी तो सीरियस हो गई है।"

दूसरा कहता—"मगर सूरत तो देखो! अठारह-उन्नीस बरस से ज़्यादा की नहीं लगती।"

तीसरा कहता—"मगर इसकी उम्र तो अब चालीस साल से कम नहीं होगी। मैं स्कूल में पढ़ता था तब रानीबाला की फ़िल्में देखा करता था।"

चौथा कहता—"इसी ख़याल ने तो उसे गम्भीर बना दिया है। हर वक़्त बेचारी सोचती रहती है कि देखने में तो जवान हो गई हूँ मगर उम्र तो सबको मालूम है। यह ख़याल किसी को भी सीरियस बना सकता है।"

रानीबाला अब भी घर से मेकअप करके आती...स्टूडियोवालों ने अनुमान लगाया था कि उसका मेकअप अब पहले से अधिक गहरा होता है। एक मेकअप वाले ने कहा—"मैं तो समझता हूँ कि कायाकल्प...यह सब मेकअप का जादू है जिसने रानी को जवान बना दिया है। किसी दिन पेंट्स पाउडर और रूज़ की परतें उतारकर देखो उसके नीचे क्या है?"

असिस्टेंट डायरेक्टर ने यह बात डायरेक्टर को बताई। उसने मज़ाक़-मज़ाक़ में प्रोड्यूसर से कहा। तय यह हुआ कि इस बार क्लाइमेक्स की आउटडोर शूटिंग की जाए तो रानीबाला को पुन: किसी झील या तालाब में धकेल दिया जाए। फिर देखें मेकअप धुलकर क्या निकलता है?

आउटडोर शूटिंग को गए तो उस दिन रानीबाला बड़ी प्रसन्न थी। कहने लगी—"शुक्र है, स्टूडियो की चारदीवारी से मुक्ति मिली! अब खुली हवा में साँस तो ले सकेंगे।"

डायरेक्टर ने कहा—"रानीबाला, तुम तो ऐसी बातें कर रही हो जैसे आज पहली बार आउटडोर शूटिंग को जा रही हो। हर बरस कम-से-कम दो-तीन महीने तो तुम आउटडोर करती ही हो।"

रानी ने उत्तर दिया—"मगर इस ऑपरेशन के बाद तो मैं पहली बार ही जा रही हूँ।"

झील बड़ी ख़ूबसूरत थी। सुना था बड़ी गहरी भी है। मगर रानी को तैरना आता था। उसने एक बार एक हीरो को भी डूबने से बचाया था।

डायरेक्टर ने उसे बताया—"मिस रानी, सीन यह है कि विलेन आपके पीछे दौड़ा आता है। आप अपनी इज़्ज़त बचाने के लिए झील में कूद पड़ती हैं। जब डूबने लगती हैं तो हाथ-पाँव मारती हैं, चीख़ती-चिल्लाती हैं। आवाज़ सुनकर हीरो आता है और झील में छलाँग लगा देता है। मगर उस समय आप डूब गई हैं। वह आपकी लाश को पानी से निकालकर लाता है।"

"यह झील ज़्यादा गहरी तो नहीं?" रानीबाला ने पानी की तरफ़ देखकर कहा।

डायरेक्टर ने हँसकर उत्तर दिया—"हयादार के लिए तो चुल्लू भर पानी भी काफ़ी होता है। मगर आपको तैरना तो आता है न?"

रानीबाला ने कहा—"आता तो है।" लेकिन जैसे उसे पूरा यक़ीन न हो वह फिर बोली—"बात यह है कि पानी में उतरे हुए बहुत दिन हो गए हैं। आप लोग तो किनारे मौजूद रहेंगे ना?"

"वह तो हम रहेंगे ही।" डायरेक्टर ने विश्वास दिलाया—"ज़रा भी ख़तरा हो, आपको आवाज़ दे दी जाएगी..."

कैमरा लगाया जा रहा था तो एक असिस्टेंट डायरेक्टर ने दूसरे से कहा—"चलो, आज रानीबाला की जवानी का सीक्रेट आउट हो जाएगा। झील का पानी मेकअप की सारी परतों को धो देगा।"

रिहर्सल के लिए रानीबाला और विलेन दोनों झील के किनारे दौड़कर आए। मगर डायरेक्टर ने कहा—"बस...बस! इतना ही काफ़ी है। अब टेक ही करते हैं। मैंने दो कैमरे लगा दिए हैं। एक लांग शॉट के लिए, एक मेड शॉट के लिए ताकि री-टेक न करना पड़े।"

दोनों कैमरे चालू किए गए।

डायरेक्टर बोला—"क्लैप।"

असिस्टेंट चिल्लाया—"भोला शिकार। सीन नम्बर 113। शॉट नम्बर सात। टेक वन।" फिर क्लैप बजाई और कैमरे के आगे से हट गया।

डायरेक्टर लाउड स्पीकर से चिल्लाया—"एक्शन।"

पेड़ के पीछे से रानीबाला भागती हुई आई। वह वाक़ई इस तरह बेतहाशा भाग रही थी कि सचमुच उसकी जान और इज़्ज़त ख़तरे में मालूम होती थी। पीछे-पीछे

ख़ौफ़नाक मूँछोंवाला विलेन था। इस उम्र में रानीबाला की टाँगों में बला की फुर्ती थी। वह सीधी झील की तरफ़ गई। रुकी, झिझकी और पीछे मुड़कर देखा। विलेन अब बिलकुल समीप आ गया था। रानी ने झील में छलाँग लगा दी।

विलेन किनारे पर ठिठककर रह गया। फिर वह दूसरी तरफ़ को भागा। उसको सीन में इतना ही करना था।

रानीबाला कितनी बला की एक्टिंग कर रही थी। दो बार उसने गोता खाया। दो बार वह उभरी और हाथ बाहर निकालकर चिल्लाई—"बचाओ-बचाओ, मुझे बचाओ..." बिलकुल जैसे डूब रही हो।

डायरेक्टर ने हीरो को इशारा किया। हीरो झील की तरफ़ भागा।

"मालती! मालती, मैं आ रहा हूँ।" यह कहकर वह भी छलाँग मारकर झील में कूद पड़ा।

इससे पहले कि हीरो तैरता हुआ उसके पास पहुँचे, रानीबाला का हाथ सिर्फ़ एक बार बाहर निकला, फिर डूब गया। मगर अब हीरो वहाँ पहुँच चुका था। उसने गोता लगाया जब बाहर निकला तो रानीबाला को सहारा दिए हुए था। झील के किनारे के क़रीब जब पानी कम हुआ तो हीरो ने ड्रामाई अन्दाज़ से रानीबाला को अपने हाथों में उठा लिया। एक्टिंग करते हुए भी हीरो महसूस कर रहा था कि रानीबाला का भार बहुत कम हो गया है। रानीबाला क्या बला की एक्टिंग कर रही थी, उसने साँस रोक रखी थी। हाथ बेजान से लटक रहे थे।

"देखो," एक असिस्टेंट ने संकेत करते हुए दूसरे के कान में कहा—"रानीबाला का सारा मेकअप धुल गया है।

हैरत की बात यह थी कि नीचे से झुर्रियाँ प्रकट नहीं हुई थीं बल्कि और भी जवान और निखरा हुआ चेहरा निकल आया था।

"कट-कट," डायरेक्टर ने कहा—"वंडरफ़ुल! रानीबाला, तुमने तो आज कमाल कर दिया!"

हीरो चिल्लाया—"मगर यह तो बेहोश हो गई है।"

पचास मील प्रति घंटा की चाल से दौड़ती हुई स्टूडियो की मोटर रानीबाला के घर पहुँची तो अन्दर का दरवाज़ा खुल गया और एक औरत की आवाज़ आई—"बेबी आ गई तू?"

स्टूडियो के आदमी बेहोश रानीबाला को लेकर अन्दर पहुँचे तो उन्होंने देखा कि एक बूढ़ा फ़ालिज़ का मारा पलंग पर पड़ा हुआ है और उसके पास ही अधेड़ उम्र की खिचड़ी बालों वाली एक औरत बैठी है जो किसी ज़माने में ख़ूबसूरत रही होगी और जिसकी शक्ल रानीबाला से मिलती-जुलती थी। सबने सोचा—'यह ज़रूर उसकी माँ होगी!'

"क्या हुआ मेरी बेबी को?" यह कहकर माँ उस सोफ़े की तरफ़ दौड़ी, जहाँ रानीबाला को लिटा दिया गया था।

इतने में स्टूडियो के दूसरे लोग एक डॉक्टर को लेकर आ गए। उसने नब्ज़ पर हाथ रखते ही सिर हिला दिया—"सॉरी, यह तो कब की मर चुकी है।"

बिस्तर पर पड़ा हुआ लकवाग्रस्त आदमी न गर्दन हिला सकता था, न ज़बान, मगर वह देख सकता था। शायद सुन भी सकता था। उसकी खुली हुई आँखों में आँसू उमड़ आए।

मगर रानीबाला की माँ बड़े जीवट की औरत थी, उसने सिर्फ़ इतना पूछा—"यह कैसे हुआ?"

डायरेक्टर ने बताया—"झील में डूबने का सीन था। मगर हम समझते थे कि यह तैरना जानती है।"

रानीबाला की माँ शायद इस आघात से यकायक पागल हो गई थी। अपने हाथों को देखती हुई वह एक अजीब भयानक अन्दाज़ में बोली—"मैंने अपने हाथों से अपनी बेबी को मार डाला—"

सब लोग एक-दूसरे का मुँह ताक रहे थे कि उसने कहा—"यह ख़बर कहीं न छपे।"

डायरेक्टर ने कहा—"यह तो छपवानी ही पड़ेगी। पिक्चर कैंसिल होगी तो लोग-बाग सवाल करेंगे ही..."

रानीबाला की माँ निर्णायक स्वर में बोली—"पिक्चर कैंसिल नहीं होगी।"

"मगर कैसे? रानीबाला की जगह कौन काम करेगा?"

"मैं करूँगी।"

अब सबको विश्वास हो गया कि रानीबाला की माँ बिलकुल पागल है।

"आप?" डायरेक्टर ने हैरत के साथ कहा—"रानीबाला की माँ?"

"मैं रानीबाला की माँ नहीं हूँ। रानीबाला हूँ।"

[*दो हाथ;* कहानी-संग्रह से]

क़िस्सा एक जले हुए स्टोव का

शान्ता अपने किचन में खड़ी प्राइमस स्टोव में हवा भर रही थी और सोच रही थी कि सारी बम्बई में अब गैस के सिलिंडर इस्तेमाल होते हैं, सिर्फ़ हमारे घर में यह दक़ियानूसी और ख़तरनाक चूल्हा क्यों है ?

उसका पति शेयर बाज़ार का दलाल था। हज़ार–पन्द्रह सौ रुपए हर महीने घर में लाता था। वे अब भी दो कमरों के फ़्लैट में ही रहते थे जिसका पुराना किराया सिर्फ़ पैंतालीस रुपए माहवार था। मगर फ़्लैट में ज़रूरत की सब चीज़ें थीं। सिर्फ़ एक गैस का चूल्हा नहीं था। अच्छा–बढ़िया रेडियो था क्योंकि हर शाम को छगनलाल मार्केट की ख़बरें बड़े ग़ौर से सुनता था और अपना लाल खाता लेकर उसमें बाज़ार की ऊँच–नीच लिखता जाता था। रेफ्रिजरेटर था क्योंकि छगनलाल और उसकी माँ को यह सहन नहीं था कि ज़रा–सा भी बचा हुआ खाना फेंक दिया जाए या किसी भिखारी को दे दिया जाए। दो भारी–भारी स्टील की अलमारियाँ थीं। एक में सबके कपड़े रहते थे। दूसरी अलमारी में छगनलाल अपने बहीखाते रखता था। व्हिस्की की बोतल रखता था जिसमें से नाप–तोलकर दो पेग हर रात को पीता था—ऐसी बाक़ायदगी और एहतमाम के साथ जैसे कोई पूजा करता था।

पहले वह नहाता–धोता, धुली हुई धोती बाँधता, फिर दीवार पर लगी हुई देवी–देवताओं की तस्वीरों को प्रणाम करता। तब व्हिस्की की बोतल, पानी की बोतल और गिलास लेकर बैठता था। उसकी माँ उस वक़्त हनुमानजी के मन्दिर से पूजा करके लौटती। छगनलाल माँ के दिए हुए प्रसाद को हाथ जोड़कर लेता और फिर व्हिस्की के एक घूँट के साथ निगल जाता। उसके कमरे में एक बहुत बड़ा छपरखट भी था, जिस पर छगनलाल शराब पीकर, खाना खाकर सो जाता था। बीवी छपरखट के नीचे ज़मीन पर बिस्तर करके सोती थी। सोने से पहले पति की टाँगें दबाती थी। और अक्सर टाँगें दबवाते–दबवाते ही वह खर्राटे लेने लगता था। शुरू–शुरू में हर तीसरे दिन, फिर हर महीने—छगनलाल का हाथ लटककर शान्ता के कन्धे को हिलाता था। चन्द मिनट के लिए उसको भी छपरखट पर आने की इजाज़त मिल जाती थी और मियाँ–बीवी के रिश्ते पर छगनलाल की वासना की मुहर लग जाती थी। और शान्ता फिर छपरखट से ज़मीन पर वापस आ जाती थी और बड़ी देर तक चुपचाप लेटी अँधेरे को तकती रहती थी।

शान्ता और छगनलाल की शादी को छह बरसें होने को आए थे। छगनलाल बीवी को राजकोट से ब्याहकर लाया था। उसकी सगाई जब हुई थी तो शान्ता का बाप राजकोट का बड़ा व्यापारी कहलाता था। उस वक़्त छगनलाल ने बम्बई में दलाली का धन्धा शुरू ही किया था। मुश्किल से दो-तीन सौ रुपए की आमदनी थी। लेकिन उसको और उसकी माँ को उम्मीद थी कि शान्ता का बाप दहेज़ में बड़ी रक़म देगा और उसकी मदद से छगनलाल का धन्धा चमक जाएगा। इसलिए जब माँ ने कहा कि शादी से पहले वह अपनी होनेवाली बीवी को देख ले तो छगनलाल ने हँसकर कहा था—''माँ, मुझे क्या देखना है! तूने देख लिया तो बस काफ़ी है। भैंगी न हो, कानी न हो, बहुत काली न हो कि मिलने-जुलनेवाले मुझ पर हँसें। बस और कुछ नहीं देखना। हाँ, दहेज़ में जो मिले, वह रक़म गिनकर सँभाल लेना।''

यह बात वह हँसी-हँसी में कहता था मगर सच्ची बात भी यही थी कि शान्ता दहेज़ में कितनी रक़म लाएगी, इसके अलावा छगनलाल को अपने ब्याह में, अपनी बीवी में कोई ख़ास दिलचस्पी नहीं थी।

लक्ष्मी शायद छगनलाल से और शान्ता के बाप से रूठी हुई थी। शादी के चन्द रोज़ पहले और दीवाली के चन्द रोज़ बाद शान्ता के बाप का दिवाला निकल गया था। और वह दहेज़ में वह रक़म न दे सका था जिसका छगनलाल की माँ से वादा किया था। शादी के कार्ड बँट चुके थे। फिर भी माँ ने बेटे से कहा था—''तू कहे तो अब भी इनकार कर दूँ?''

पर छगनलाल ने न जाने क्या सोचकर कह दिया था—''छोड़ो माँ! जो क़िस्मत में लिखा है वही तो होगा। अब दूसरी कहाँ से मिलेगी?'' और फिर कुछ सोचकर—''कम-से-कम तुम्हें खाना बनाने के झंझट से तो छुट्टी मिल जाएगी।''

शादी की रात को छगनलाल ने बीवी को देखा, जो परी या फ़िल्म-स्टार जैसी ख़ूबसूरत तो नहीं थी, लेकिन ब्याह के लाल जोड़े में अच्छी-ख़ासी लग रही थी। छगनलाल ने ख़ामोशी से अपना पति होने का अधिकार जताते हुए सोचा—'चलो, अच्छा है। सेहत के लिए अब बाहर मुँह काला करने की ज़रूरत नहीं रही।'

''कुछ बात कीजिए न।'' उसने एक रात हिम्मत करके कह ही दिया था—''मुझे अच्छा लगता है।''

''शी शी!'' छगनलाल ने उसे चुप रहने को कहा—''बेशर्म कहीं की! माँ बराबर वाले कमरे में सो रही है!''

और सो शान्ता के मन की दुनिया वीरान-सुनसान ही पड़ी रही।

इसके बाद शान्ता और छगनलाल के सम्बन्धों पर ऐसी काली नीरवता छा गई जिसमें कोई सितारा भी नहीं टिमटिमाता था।

तीसरे दिन से हर हफ़्ते, हर हफ़्ते से हर महीने जब शान्ता को छपरखट पर आने की दावत दी जाती थी तो वह पति की प्यास बुझाकर वहाँ से ख़ुद प्यासी ही लौटती और घंटों अँधेरे को तकती रहती।

शान्ता के बाप का देहान्त तो उसकी शादी के चन्द महीने बाद ही हो गया था। माँ पहले ही मर चुकी थी। इसलिए एक दफ़ा बम्बई आई तो राजकोट जाने का सवाल ही पैदा नहीं हुआ। दूर रिश्ते के मामा-मौसी थे, उनका कभी-कभार ख़त आ जाता था। लेकिन छगनलाल और उसकी माँ को उसका बीस पैसे डाक पर ख़र्च करना भी बुरा लगता था। सो शान्ता ने जवाब देना छोड़ दिया और कुछ समय के बाद यह सिलसिला भी बन्द हो गया। अब उसका सारा जीवन दो कमरों की सीमा में बन्द था। फिर भी वह अपने जीवन से असन्तुष्ट नहीं थी। उसका विचार था कि सब विवाहित औरतों का जीवन ऐसे ही बसर होता है। सुबह उठती हैं। झाड़ू देती हैं। पोंछा मारती हैं। चूल्हा जलाती हैं। चाय बनाकर पति को देती हैं। फिर खाना पकाती हैं। पति के लिए परोसती हैं। फिर थाली में लगाकर सास को देती हैं। पति के काम पर जाने के बाद कपड़े धोती हैं। सास की टाँगें दबाती हैं। दोपहर को घड़ी-दो घड़ी लेट लेती हैं या अपनी पड़ोसिनों से दो बातें कर लेती हैं। शाम को फिर वही चूल्हा-चक्की।

शान्ता ने सोचा—शुक्र है, आजकल चक्की चलाकर तो अनाज पीसना नहीं पड़ता! बिजली की चक्की से पिसा-पिसाया आटा आता है। दाल-चावल के दानों में से कंकर-पत्थर ज़रूर चुनने पड़ते हैं। रहा चूल्हा तो सब घरों में अब गैस जलती है। न जाने हमारे घर में क्यों यह मिट्टी के तेल से जलनेवाला चूल्हा है, जिसमें थोड़ी देर बाद साइकिल के पहिए की तरह हवा भरनी पड़ती है। शान्ता को न जाने क्यों किसी के सामने पम्प को जल्दी-जल्दी अन्दर-बाहर करके हवा भरते हुए शर्म आती थी। जैसे यह कोई ऐसा काम हो जो सिर्फ़ रात के अँधेरे में किया जाना चाहिए।

शान्ता को अपनी सास और पति से कोई शिकायत नहीं थी। सास उससे दिन-रात काम ज़रूर लेती थी और उस पर कड़ी नज़र रखती थी कि किससे हँसती-बोलती है। बाज़ार गई तो कितनी देर में वापस आती है। मगर ये सब तो सास के अधिकार होते हैं। वह तो अपने-आपको ख़ुशक़िस्मत समझती थी कि उसकी सास और उसका पति कभी उसे मारते नहीं, जैसे कि पड़ोस की कितनी ही बहुएँ कई बार पीटी जाती थीं। छगनलाल तो उससे ऊँची आवाज़ में बात भी नहीं करता था। सच तो यह है कि वह सीधा उससे तो कभी-कभार ही कोई मामूली बात कर लेता था, वरना हमेशा अपनी माँ के ज़रिए ही पत्नी को आदेश देता था—"माँ, उससे कहना मेरी क़मीज़ और बनियान धो दे।...माँ, उससे कहना आज सब्ज़ी में नमक ज़्यादा था।...माँ, उससे कहना आज पलंग की चादर और तकिए के ग़िलाफ़ ज़रूर बदल दे।" किसी ज़माने में तो शान्ता यह आख़िरी आदेश सुनकर मन ही मन में खिल उठती थी क्योंकि जिस दिन चादर और तकिए के ग़िलाफ़ बदले जाते थे, उस रात छपरखट के ऊपर से ख़ामोश बुलावा ज़रूर आता था।

शान्ता अक्सर सोचती—मेरी सास और मेरे पति कितने अच्छे हैं कि हमारे ब्याह को छह बरस होने को आए और मेरे यहाँ एक बच्चा भी नहीं हुआ, फिर भी कभी इन्होंने मुझे दोष नहीं दिया। और घरों में तो बहू के लड़की पैदा हो जाए तो उसे दोषी समझा जाता है और बहू तब ही अपने अधिकार पा सकती है जब उसने बेटा जना हो। न छगनलाल ने, न उसकी माँ ने सन्तानहीन होने का ताना शान्ता को दिया था, बल्कि माँ तो उसको लेकर डॉक्टरों, वैद्यों, हकीमों, यहाँ तक कि साधु-संन्यासियों के मठों पर भी गई थी, जिन्होंने दवाएँ, इंजेक्शन, यंत्र-मंत्र, तावीज़-गंडे सब कुछ दिया था। ज़्यादा से ज़्यादा माँ ने बेटे को बहू के सामने यह रिपोर्ट दी थी—"इस अभागिन की तो क़िस्मत ही में औलाद होना नहीं है।"

उसके बाद शान्ता ने देखा कि अक्सर माँ-बेटा खुसुर-फुसुर करते पाए जाते हैं। वह बात करते होते और वह उधर आ जाती तो सास डाँटती—"तू क्या कर रही है यहाँ? चल अपना काम देख। चूल्हे को यूँ अकेला नहीं छोड़ते। लापरवाही से आग लग जाती है।" और शान्ता किचेन में वापस जाकर फिर से स्टोव में हवा भरने लगती।

आज वह पम्प चलाकर हवा भरती जा रही थी और जी ही जी में अपनी ख़ुशक़िस्मती पर विचार कर रही थी, क्योंकि आज वह अपनी सास को और उसके ज़रिए अपने पति को वह ख़बर देनेवाली थी जिसका वे दोनों छह बरस से इन्तज़ार कर रहे थे। शक तो उसे कई दिन से हो रहा था लेकिन आज बात पक्की हो गई थी। म्युनिसिपल अस्पताल में (जहाँ वह बाज़ार जाने का बहाना करके गई थी) लेडी डॉक्टर ने जाँच करके शंका को सत्य में बदल दिया था और अब चन्द घंटों या चन्द मिनटों की देर थी जब वह यह बात छगनलाल की माँ को बता देगी। वह बहू को गले लगा लेगी। फिर वह अपने बेटे को बधाई देगी। उसके बाद शान्ता की ज़िन्दगी ही बदल जाएगी। इस घर में उसका स्थान ऊँचा हो जाएगा। मान बढ़ जाएगा। चन्द महीने के बाद बेटा हो गया (जैसा कि उसे यक़ीन था) तो फिर तो वह इस घर की रानी होगी, रानी! यह सोचकर वह हवा भरने के पम्प को और ज़ोर से चलाने लगी।

शान्ता ने पम्प चलाते हुए सोचा—यह शायद मेरी पूजा-पाठ और छगनलाल की माँ की दुआओं का असर है कि भगवान ने मेरी सुन ली। और मेरी कोख में सुख के फूल डाल दिए। यह कैसे हुआ था—यह सोचकर वह आप से आप ही मुस्करा दी।

कोई साल-भर की बात है, छपरखट से ख़ामोश बुलावा आए कई हफ़्ते बीत गए थे। छगनलाल उन दिनों कुछ परेशानियों में उलझा हुआ रहता था। शायद धन्धे में घाटा हो रहा था। जब भी आता व्हिस्की पीता, खाना खाता, अख़बार के पन्ने उलट-पलट करता और फिर छपरखट पर दीवार की तरफ़ मुँह करके सो जाता। और रात-भर शान्ता इस इन्तज़ार में गुज़ार देती कि शायद छगनलाल को उसकी ज़रूरत महसूस हो। उसका

तो अक्सर जी चाहता था कि कभी उसका पति उसे बेज़रूरत भी अपने पास बुलाए। ख़ासकर उन दिनों उसका मन चाहता था कि अपने पति की टाँगें दबाए, सर में तेल की मालिश करे, उससे पूछे कि तुम क्यों परेशान हो, क्या मैं तुम्हारी कोई सेवा कर सकती हूँ। मुझसे कुछ बात करके ही जी हल्का करो। मगर ऐसा कभी न होता। ऐसा कभी न हुआ।

शान्ता पुराने विचारों के एक परिवार में पली थी। उसने न नॉवेल पढ़े थे, न धार्मिक फ़िल्मों के सिवा दूसरी फ़िल्में देखी थीं। उसको नहीं मालूम था प्रेम-प्यार कैसा होता है। लेकिन उसे यह मालूम था छगनलाल दुखी होता है तो वह दुखी हो जाती है, ख़ुश होता है तो वह भी ख़ुश हो जाती है। वह जानती थी कि पति-पत्नी के बीच एक नाज़ुक-सा रिश्ता, एक अनोखा लगाव होता है जो अटूट होता है। अगरचे वह यह भी जानती थी दुनिया में पति-पत्नी एक-दूसरे को छोड़ भी देते हैं। सुना है, हिन्दुस्तान में भी कहीं-कहीं ऐसा होता है। मगर उसके लिए यह ऐसा ही था जैसा कि सुना था कि दो अमरीकन चाँद की धरती को छूकर लौट आए हैं।

फिर वह ज़माना आया जब छगनलाल को क़ानून की किताबों की सनक हो गई थी। जब देखो यह मोटी-मोटी किताबें पढ़ रहा है। शान्ता तो अंग्रेज़ी की एबीसी ही जानती थी लेकिन फिर भी इतना मालूम था उसे कि ऐसी मोटी-मोटी चमड़े की जिल्द-बँधी किताबें क़ानून के बारे ही में होती हैं। फिर 'लॉ' तो वह पढ़ ही सकती थी। फिर किसी वकील ने उसके घर आना शुरू किया। जब वे गंजे वकील साहब आते छगनलाल बीवी को रसोईघर में चाय बनाने के लिए भेज देता। और देर तक वे दोनों घुस-पुस करते रहते। बातें वे अंग्रेज़ी में करते थे, गुजराती या हिन्दी कम ही बोलते थे। एक बार तलाक़ का लफ़्ज़ शान्ता के कान में पड़ा था लेकिन उसकी समझ में नहीं आया कि वह किसके तलाक़ की बात कर रहे हैं। शायद वकील के पास कोई उलझा हुआ मुक़दमा आया था। उसके बारे में वह छगनलाल से मशवरा कर रहा था।

फिर एक बार उसने वकील को कहते सुना—'बहुत मुश्किल है, छगनलालजी।'

और एक बार उसका पति कह रहा था—'अगर आप इतना भी नहीं करा सकते तो वकील किस मर्ज़ की दवा है?'

एक दफ़ा चाय लेकर वह कमरे में गई तो वकील साहब कहते-कहते रुक गए थे कि...'देर भी लगेगी और आपका ख़र्चा बहुत होगा...' और फिर दोनों गुजराती की बजाय अंग्रेज़ी में बातें करने लगे थे। वह चाय की प्यालियाँ उनके पास रखकर चली आई थी। मगर दरवाज़े के पीछे से उसने छगनलाल को कहते सुना था—'यों तो सारी उमर जान नहीं छूटेगी...' और उसने सोचा था ये किससे जान छुड़ाना चाहते हैं? और उसके दिल में चोर की तरह यह ख़याल आया था—कहीं यह मुझसे छुटकारा पाने की तो नहीं सोच रहे? छगनलाल तलाक़ लेकर उसे छोड़ देगा? उसने पड़ोसियों से सुना था कि सरकार ने कोई क़ानून बनाया है जिससे हिन्दू धर्म को माननेवाले पति-

पत्नी भी एक-दूसरे से तलाक़ ले सकते हैं। उसने सोचा था सरकार ने क़ानून बनाया होगा, मगर सब क़ानून चलते थोड़े ही हैं। जैसे अछूतों के बारे में क़ानून बनाया था मगर उससे हरिजन और अछूत बराबर थोड़े ही हो गए ? यह तो उसने सपने में भी नहीं सोचा था कि ख़ुद उसके जीवन में तलाक़ का सवाल आकर खड़ा हो जाएगा।

शान्ता ने सोचा था—लेकिन छगनलाल को उससे तलाक़ लेने की वजह क्या हो सकती है ? वह उसकी और उसकी माँ की सेवा करती है, खाना पकाती है, घर की सफ़ाई करती है, कपड़े धोती है, कभी सिनेमा जाने की फ़रमाइश नहीं करती, नई साड़ियों और गहनों के लिए ज़िद नहीं करती। वह जानती थी कि बिना दहेज़ साथ लाए जो बहू होती है उसके क्या अधिकार समझे जाते हैं। उसके दिल में कभी भूल से छगनलाल के सिवा किसी दूसरे मर्द का ख़याल भी नहीं आया था। वह तो अपने पति को देवता समान समझती थी। वह कहता तो उसके पाँव धोकर पीती, उसकी पूजा करती। जब कभी छपरखट से बुलावा आया उसने ख़ामोशी से अपना फ़र्ज़ निभाया। यह और बात है कि गंगा की लहरों में डूबकर भी वह ख़ुद हर बार प्यासी ही रह गई थी। मगर यह तो उसकी अपनी बदक़िस्मती थी। इसे छगनलाल से क्या शिकायत हो सकती है। जहाँ तक उसका ख़याल था, उसको तो इसकी ख़बर भी न थी। वह तो हमेशा शान्ता के चले जाने के बाद गहरी चैन की नींद सो जाता था।

फिर उसको याद आया—इतने बरसों के बाद भी वह बेऔलाद थी। शायद इसीलिए छगनलाल उसे छोड़ना चाहता था। ज़रूर यही वजह होगी। मगर इसमें तलाक़ लेने की क्या ज़रूरत है ? अगर एक बीवी से औलाद न हो तो दूसरी बीवी कर लेनी चाहिए। सदियों से यही होता आया है। यह ठीक है कि दूसरी बीवी के ज़्यादा नाज़-नख़रे होते हैं। मगर यह तो क़िस्मत की बात है। भाग्यचक्र है। जो जिसकी जन्मपत्री में लिखा है वही होगा। वैसे पहली बीवी भी अगर जी-जान से सेवा करे तो पति उसका ख़र्चा भी उठाता रहता है। रोटी-कपड़ा तो दे ही देता है। शान्ता ने सोचा कि इससे पहले कि तलाक़ की बात आगे बढ़े, उसे छगनलाल की माँ से बात कर ही लेनी चाहिए।

"माँजी!" उसने मौक़ा पाकर कहा।

"क्या है री ?" छगनलाल की माँ ने किसी क़दर झिड़ककर कहा।

"कुछ बात करनी है।"

"क्या बात है ?"

"मैं अभागिन हूँ न ?"

"वह तो तू है ही। पाँच बरस से ज़्यादा हो गए। तूने एक चुहिया के बच्चे को भी जन्म नहीं दिया।"

"इसलिए मैं सोचती हूँ वे एक दूसरा ब्याह कर लेते तो अच्छा था..."

"पागल हो गई है या उसको इस बहाने से क़ानून के फन्दे में फसाना चाहती है!"

"जी, मैं समझी नहीं।"

"ऐसी भोली ही तो है। जानती नहीं अब क़ानून पास हो गया है कोई हिन्दू दूसरी बीवी नहीं कर सकता। क्या उस बेचारे को जेल भिजवाना चाहती है?"

बात ख़त्म हो गई। मगर शान्ता के दिल में खटकती रही। यह तो सरकार का बड़ा अन्याय है। दूसरी शादी क्यों नहीं करने देते? जब वह सौत लाने पर राज़ी है तो सरकार को इसमें दख़ल देने की क्या ज़रूरत है? मगर ऐसा है तब ही तो छगनलाल बेचारा तलाक़ देने की सोच रहा है। मगर तलाक़ हो गया तो उसे रोटी-कपड़ा कौन देगा? वह तो दुनिया में बेसहारा थी। ऐसी ज़िन्दगी से तो मौत अच्छी...

अगले चन्द महीनों में सोते-जागते मौत शान्ता के उपचेतन पर सवार रही। मेरे जैसे भाग्यहीनों को मौत भी नहीं आती। आत्महत्या करने के लिए बहुत बड़े जिगरे की ज़रूरत होती है। हाँ, वैसे ही उसे मौत आ जाए तो वह उसके लिए तैयार थी। कम-से-कम छगनलाल बेचारे को तो इस फ़िक्र से छुटकारा मिल जाएगा कि कैसे दूसरी शादी करे ताकि बाप-दादा का वंश आगे बढ़े।

बारिश होकर बम्बई में थोड़ी सर्दी हो गई थी। शान्ता बाहर बालकनी में सुबह-शाम खड़ी बौछार में भीगती रहती। वह सोचती—काश! मुझे निमोनिया हो जाए, मगर उसको तो एक छींक भी नहीं आई।

और फिर एक रात को जब वह ज़मीन पर लेटी ज़िन्दगी और मौत के बारे में सोच रही थी, उसके कन्धे को हल्के से छगनलाल के हाथ ने छुआ। कई महीने के बाद छपरखट से बुलावा आया था।

वह रात शान्ता कभी न भूल सकेगी। उस रात तो वह हुआ जो छह साल से आज तक न हुआ था।

पहले तो वह छगनलाल की आवाज़ सुनकर हैरान रह गई—"मेहरबानी होगी, ज़रा टाँग दबा दो। आज मैं बहुत थक गया हूँ।"

मेहरबानी? यह तो उसकी ख़ुशक़िस्मती थी कि इतनी-सी सेवा के लिए उसके पति ने आज उसे याद किया था। वह अँधेरे में भी अपने गालों को ख़ुशी से तमतमाता हुआ महसूस कर सकती थी।

टाँगें दबाते-दबाते शान्ता ने महसूस किया कि छगनलाल का बदन जाग उठा है। आज उसने इशारे से नहीं, जबान से आमंत्रण दिया—"आओ शान्ता, तुम भी लेट जाओ। दिन-भर काम किया है, थक गई होगी।"

शान्ता को ऐसा लग रहा था जैसे आज रात उसके लिए ख़ुशियों के सब दरवाज़े खुलते जा रहे हैं।

वह लेट गई, मगर ज़रा हटकर।

छगनलाल ने कहा—"मेरे पास आओ न!" और उसने शान्ता को अपने बाज़ुओं में समेट लिया।

'हे भगवान!' शान्ता की आत्मा ख़ुशी से नाच उठी और दिल की धड़कनों ने अचम्भे से पूछा—'आज क्या हो रहा है?'

छह बरस के बाद अपने पति के प्रेम का सहारा पाकर वह उसके सीने से लग गई। उसके भाव आँसू बनकर आँखों से निकल पड़े। उसकी सिसकियाँ बँध गईं।

"हाय, यह क्या! तुम रो रही हो!" छगनलाल ने नरमी से पूछा। आज उसे यह भी ख़याल न रहा था कि दूसरे कमरे में माँ सुनेगी तो क्या कहेगी।

शान्ता ने उसके कान में कहा—"ये आँसू तो ख़ुशी के हैं।" और वह बरबस अपने पति के सीने से लिपट गई। उसकी बाँहें छगनलाल के गले का हार बन गईं। दोनों के होंठ एक-दूसरे से जुड़ गए।

कहने को वही हुआ जो पहले भी कई बार हुआ था। लेकिन शान्ता के सूखे जीवन में बहार आ गई। अन्धे कुएँ में पानी के सोते उबल पड़े।

'मैं मर गई! मैं मर गई! मैं...ज़िन्दा हो गई, तुमने मुझे ज़िन्दा कर दिया, छगन!' हाय राम, यह क्या हुआ, उसके मुँह से पति का नाम निकल आया? यह सोचकर उस जादूभरे पल में भी वह सहम-सी गई। मगर आज की रात तो छगन ने न उसे मारा, न डाँटा सिर्फ़ उसका हाथ अपनी पत्नी को थपकता रहा। यहाँ तक कि हाथ का थपकना थम गया। अब छगन आराम की नींद सो रहा था।

शान्ता खिड़की में से आती हुई सितारों की धुँधली रोशनी में कुछ पल अपने पति को देखती रही। कितने आनन्द से वह सो रहा था! और यह आनन्द उसे किससे मिला था? अपनी पत्नी शान्ता से। मगर आज तो शान्ता का बदन भी बड़ी लज़्ज़तभरी थकावट से टूट रहा था। इतनी थकावट कि उसका जी छपरखट से उठने को न चाहता था। उसने सोचा—कुछ देर यहीं आराम कर लूँ। फिर नीचे अपने बिस्तर पर चली जाऊँगी। उसने अपना हाथ पति के हाथ पर रख दिया और नींद की एक लहर आई और उसकी आँखें उसमें डूब गईं।

उस रात के दो-तीन दिन बाद छगनलाल अंग्रेज़ी में छपे हुए कुछ फ़ॉर्म लाया और शान्ता से कहा—"तेरा इंश्योरेंस करा रहा हूँ। पूरे पचास हज़ार का। ले यहाँ दस्तख़त कर दे।"

शान्ता गुजराती में दस्तख़त कर रही थी कि छगनलाल बोला—"मैंने भी इंश्योरेंस कराया है। और तेरे नाम कर दिया है। अगर मुझे कुछ हो गया तो रुपया तुझे मिलेगा।"

"भगवान न करे तुम्हें कुछ हो।" शान्ता ने जल्दी से कहा—"कैसी बातें करते हो! सुहागिन की अर्थी तो पति के कन्धों पर ही जाती है।" अब तो वे दोनों दिन-दहाड़े एक-दूसरे से बातें करने लगे थे—"मेरा बीमा ज़रूर अपने नाम करवा लो।"

"तो फिर कर यहाँ दस्तख़त।" छगनलाल हँसते हुए बोला—"मगर यह पॉलिसी ऐसी है कि न मुझे मरना पड़ेगा न तुझे और बीस बरस बाद सब रुपया सूद समेत हमें अपनी ज़िन्दगी में ही मिल जाएगा।"

शान्ता कहना चाहती थी—'वह रुपया हमारे बच्चों की शादी-ब्याह के काम आएगा।' लेकिन उधर से अपनी सास को आता देखकर ख़ामोश हो गई। और छगनलाल काग़ज़ों पर दस्तख़त कराके ले गया।

अगले दिन छगनलाल शान्ता को पहली बार सिनेमा दिखाने ले गया। अड़ोस-पड़ोसवालों ने उसे बधाई दी कि पति उसका बड़ा ख़याल करने लगा है। एक ने तो यहाँ तक कहा—"अरी, यह तो ऐसे हो रहा है जैसे तुम्हारे ब्याह को अभी एक हफ़्ता-भर ही हुआ हो!"

"हाँ, और क्या!" शान्ता ने अजीब तरीक़े से मुस्कराकर कहा—"पिछले हफ़्ते ही तो हुआ है!"

उस महीने एक दिन की देर हुई तो शान्ता को उम्मीद की हल्की-सी किरण दिखाई दी। दो दिन की देर हुई तो उसका दिल ख़ुशी से धड़कने लगा। तीन दिन की देर हुई तो वह आप ही आप गुनगुनाने लगी। मगर अभी उसकी हिम्मत न हुई थी किसी से कहने की। चौथे दिन करवाचौथ का व्रत था। उसने हाथों में मेहँदी लगाई थी। अपने सुहाग को बरक़रार रखने के लिए, अपने पति की सलामती के लिए भगवान से प्रार्थना की थी। आज वह शाम को चाँद देखकर व्रत खोलेगी और फिर अपने पति का चन्दा जैसा मुख देखेगी। अगर आज वह उसे यह ख़ुशख़बरी भी दे सके! उससे न रहा गया। पति के काम पर जाते ही वह बाज़ार जाने के बहाने से म्युनिसिपल अस्पताल में हो आई।

लेडी डॉक्टर ने कहा—"करवाचौथ के दिन यह ख़ुशख़बरी लेकर घर जा रही हो, मुबारक हो!"

वहाँ से वापस आई थी कि छगनलाल की माँ बाहर जाती हुई मिली—"मैं मन्दिर जाती हूँ, तू खाना-पकाना कर लेना। और हाँ, छगन तेरे लिए नई साड़ी लाया है। आज तूने करवाचौथ का व्रत रखा है न? वह चाहता है तू आज ही वह साड़ी पहन ले।"

यह कहकर माँजी तो मन्दिर को सिधारीं और शान्ता जल्दी-जल्दी सीढ़ियाँ चढ़ती हुई अपने घर पहुँची। दरवाज़ा खोलकर देखा एक साड़ी का डिब्बा रखा है। जल्दी से खोला तो अन्दर से इतनी बढ़िया साड़ी निकली जैसी उसने आज तक कभी न पहनी थी। 'कितनी मुलायम है। बिलकुल जैसे रेशम!' उसने साड़ी को खोलते हुए सोचा—'बड़ी महँगी होगी, शायद नायलॉन है!'

उसने सोचा—आज का दिन ही तो यह साड़ी पहनने का है।

आज करवाचौथ का व्रत है।

आज मेरे हाथों में मेहँदी लगी है।

आज के दिन मैंने भगवान से अपने पति के लिए लम्बी उमर माँगी है।

आज वह ख़ुशख़बरी अपने पति को दूँगी कि उसका मन भी नाच उठेगा।

आज मैं खाना भी बढ़िया बनाऊँगी। हर वह चीज़ जो मेरे पति को पसन्द है।

मसालेदार भिंडी।

अरवी की तरकारी।

मटर-पुलाव।

पकौड़ियाँ। दही-बड़े।

दालवाली कचौरियाँ।

बेसन के लड्डू।

वह यह सोचती जा रही थी और बेख़याली में स्टोव में पम्प से हवा भरती जा रही थी।

स्पिरिट का शोला भड़क रहा था, आज कुछ ज़्यादा ही भड़क रहा था।

और उसके उपचेतन में कहीं दूर दबा हुआ यह ख़याल भी था कि जब सब घरों में गैस के सिलिंडर हैं जिनकी मदद से चूल्हा फ़ौरन जलाया जा सकता है तो हमारे यहाँ यह दक़ियानूसी और ख़तरनाक स्टोव क्यों?...

शायद इसके सवाल के जवाब में...

शायद उसके ज़रूरत से ज़्यादा हवा अन्दर पम्प करने से...शायद इसलिए कि चूल्हे पर और उसके गिर्द न सिर्फ़ मिट्टी का तेल, बल्कि स्पिरिट फैली पड़ी थी।

शायद शान्ता की अपनी ग़लती से...

शायद इत्तफ़ाक़िया हादसे से...

शायद किसी और वजह से...

मगर एक धमाका हुआ, छोटा-सा शोला एकदम बड़ा शोला बन गया, जिसने पल-भर में शान्ता के गिर्द लिपटी हुई नायलॉन की साड़ी को अपने लपेट में ले लिया। और वह साड़ी ऐसी भड़की कि शान्ता के सर से पैर तक एक जलती हुई मशाल हो गई।

शायद वह चीख़ी...

शायद वह चिल्लाई...

उसने देखा पड़ोसी-पड़ोसिनें दौड़े-भागे आ रहे हैं।

पानी लाओ!

पानी लाओ!

कम्बल लाओ!

मगर अब कुछ बाक़ी नहीं रह गया था, सिवाय आँखों के, जो छगनलाल की दीवार पर टँगी हुई तस्वीर को हसरत भरी निगाहों से देख रही थीं, जैसे कह रही हों—'मैं आपको यह ख़ुशख़बरी भी न दे सकी!' और फिर आँखें भी जल गईं। और जिस जलती हुई मशाल को कम्बल में लपेटा गया था वह सिर्फ़ शान्ता का मुर्दा शरीर था।

छगनलाल की माँ जब मन्दिर से पूजा करके वापस आई तो उसने अपना सिर पीट लिया—"हाय-हाय, मैं तो लुट गई! मैं अपने छगन को क्या मुँह दिखाऊँगी!"

तब तक छगन को इत्तिला दी गई और आँखों में आँसू लिये वह दाख़िल हुआ, पुलिस आ चुकी थी। लाश को पोस्ट-मार्टम के लिए ले जाना ज़रूरी था।

कोरोनर के कोर्ट में स्टोव के फट जाने के हादसे से मौत का फ़ैसला सुनाया गया। मगर डॉक्टरों की रिपोर्ट जो पढ़ी गई उससे छगनलाल को मालूम हुआ कि मरते वक़्त उसकी पत्नी गर्भवती थी।

उस दिन से किसी ने छगनलाल को कभी मुस्कराता न देखा।

उस दिन से मिट्टी के तेल के स्टोव पर उनके घर खाना पकना बन्द हो गया। अगले दिन ही छगनलाल की माँ ने गैस का सिलिंडर और चूल्हा मँगवा लिया। वह जानती थी कि छगनलाल की दूसरी बीवी कभी तेल के स्टोव पर खाना नहीं पकाएगी।

और उस मनहूस स्टोव को तो—जिसने बेचारी शान्ता की जान ली थी—उठाकर छगनलाल ने बाहर कूड़े के ढेर पर फेंक दिया।

[*तीन पहिए;* कहानी-संग्रह से]

सिनारियो फ़िल्म के तेरह ख़ाली डिब्बों का

एक के ऊपर एक बारह फ़िल्म के डिब्बे स्टूल पर धरे थे। तेरहवाँ डिब्बा इस टीन के कुतुबमीनार के ऊपर रखते हुए निर्मल ने सोचा—'वाह, मैंने भी क्या नाम रखा था अपने नॉवेल और अपनी फ़िल्म का—'नई धरती, नया आकाश।' धरती और आकाश में किसे दिलचस्पी है ? और वह भी नई धरती और नए आकाश में ? हाँ, कुछ 'नई' और 'नया' क़िस्म की फ़िल्म चल सकती है, जैसे—

नई मुहब्बत।
नया प्यार।
नई बहार।
नया इक़रार।
नई जवानी।
नई सजनी।
नया सजना।
नया गीत।
नया संगीत।
नई प्रीत...

मगर यह तो वही 'नई मुहब्बत' वाली बात ही हो गई। तो क्या हुआ ? हमारी फ़िल्मों का यही तो कमाल है। हर नई फ़िल्म जो बनती है, उसी पुराने ढाँचे पर बनती है। वही पुरानी कहानी। वही पुराना प्लॉट। वही पुराने कैरेक्टर। वही पुराने एक्टर और एक्ट्रेसें। वही पुराने ख़यालात। मगर पब्लिक हर फ़िल्म में कुछ नयापन भी माँगती है। सो इसका भी इन्तज़ाम है। कभी नया हीरो। कभी नई हिरोइन (मगर सूरत-शक्ल, अन्दाज़, आवाज़ वही पुराने हीरो-हिरोइनों जैसी)। हाँ, उनकी पोशाक बदलती रहती है। कभी शलवार-क़मीज़ प्रचलित हैं तो कभी गरारा, तो कभी चूड़ीदार। आजकल स्लैक्स और बेलबाटम का ज़माना है। फ़ैशनेबल औरतें पंजाबी देहातियों की तरह लुंगी पहने घूमती हैं। इसके बाद स्विमिंग कॉस्ट्यूम और बिकनी का ज़माना आएगा। और इसके बाद... ? दुनिया गोल है। इनसान के विकास का भी एक चक्कर है। इक्कीसवीं सदी में हम शायद जानवरों की तरह खालें लपेटने लगें। और पत्थर के

हथियारों से एक-दूसरे का शिकार करें। और इसके बाद ? फिर तो जानवरों की खाल लपेटने का तक़ल्लुफ़ भी क्यों ! क्या इनसान को ढाँपने को ख़ुद इनसान की अपनी खाल काफ़ी नहीं है। सारी दुनिया एक स्वीडिश या फ्रांसीसी आर्ट फ़िल्म हो जाएगी जो आज सिर्फ़ बग़ैर सेंसर के फ़िल्म सोसाइटी में दिखाई जाती है। कल वह आर्ट नहीं रहेगा। ज़िन्दगी की असलियत हो जाएगी। क्या तब हक़ीक़त से फ़रार करने के लिए ऐसी फ़िल्में बनाई जाएँगी जिनमें बुर्क़ापोश औरतें नक़ाब उलटकर अपने हुस्न की एक झलक दिखाएँगी ! और सिनेमाघरों में भरी हुई नंगी पब्लिक उनको देखकर अपनी कामुकता को शान्त करेगी ?

मैं भी क्या ऊटपटाँग बातें सोच रहा हूँ। यह अब एक ऐतिहासिक युग है। कम-से-कम मेरे अपने लिए। लोग कहते हैं—इनसान जब मौत के क़रीब होता है तो उस पर ज़िन्दगी की सब हक़ीक़तें खुल जाती हैं। मेरे हिसाब से मेरी मौत में—और मेरी फ़िल्म की मौत में—अब सिर्फ़ चन्द मिनट बाक़ी रह गए हैं। मगर अब तक तो मुझे कोई ज़िन्दगी का भेद नहीं मालूम हुआ। मैं कौन हूँ ? क्या हूँ ? क्यों हूँ ? इन तेरह डिब्बों में जिस फ़िल्म का निगेटिव रखा हुआ है, वह क्या है ? क्या वह एक आर्ट फ़िल्म है, हालाँकि इसमें तो एक औरत का नंगा जिस्म भी नहीं दिखाया गया। क्या यह एक कामयाब फ़िल्म है, हालाँकि किसी सिनेमा में किसी ने आज तक इसका एक टिकट भी नहीं ख़रीदा ? क्या यह बकवास है—एक पागल डायरेक्टर का पागलपन है ? क्या इसमें लगा तीन लाख रुपए सब बेकार गया—जैसा उसका फ़ाइनेंसर मूलचन्द भाई कहता है—'इससे अच्छा था मैं तीन लाख रुपए के नोटों को जलाकर उनसे चाय बना लेता !' मगर फिर वह उस मख़मल के डिब्बे में क्या रखा है ? कुछ नहीं रखा है—जो रखा था वह तो मूलचन्द भाई सब चीज़ों के साथ कुर्की कराके ले गया है।

बार-बार मूलचन्द भाई ने कहा था—'ऐ निर्मल, अब भी बता दे निगेटिव कहाँ है ? हम तेरे घर से एक तिनका भी उठाकर नहीं ले जाएँगे। सिर्फ़ निगेटिव पर क़ब्ज़ा चाहिए, और कुछ नहीं चाहिए।'

'सेठ, सब जलकर ख़ाक हो गया। अब तो न धरती है, न आकाश।'

'जल गया। कब ? कोई सबूत ?'

'चन्द घंटों ही में सबूत मिल जाएगा, सेठ !' और दिल ही दिल में निर्मल सोच रहा था कि कोई बहुत बड़ा झूठ तो नहीं बोला मैंने। सिर्फ़ चन्द घंटे की देर है; फिर तो निगेटिव जलकर ख़ाक हो ही जाएगा।

'अच्छा तो फिर अभी मैं यह सोने का तमग़ा ही लिये जाता हूँ। वापस चाहिए तो निगेटिव जो तुमने लेबोरेटरी से चुराकर मँगवा लिया है, मेरे यहाँ पहुँचवा दो।'

'मेडल शौक़ से ले जाओ। मुझे अब इसकी कोई ज़रूरत नहीं।'

'तुम्हें ज़रूरत नहीं है तो मैं सोचता हूँ कि यह मेडल तुम्हारी हिरोइन को देता जाऊँ। आख़िर दुर्गा ने भी तो बड़ी मेहनत की है तुम्हारी फ़िल्म के लिए और उसको पैसे भी

तुमने पूरे नहीं दिए। पाँच हज़ार का वायदा किया था। फिर सिर्फ़ तीन हज़ार दिए। क्यों ठीक है न?'

दुर्गा!...

दुर्गा!...

दुर्गा!...

सेठ सब सामान बटोरकर ले गया था और उस वीरान झोंपड़े में इस नाम की गूँज छोड़ गया था।

बारह स्लीपिंग पिल्ज़ (नींद लाने की गोलियाँ) लेने के बाद भी निर्मल के दिमाग़ में एक ही नाम गूँज रहा था और एक ही चेहरा घूम रहा था...

दुर्गा!...

दुर्गा!...

दुर्गा!...

दुर्गा!...

'अगर दुर्गा ने मुझे हिम्मत न दिलाई होती,' स्लीपिंग पिल्ज़ के असर से निर्मल के घूमते हुए दिमाग़ ने सोचा—'मैं तो कभी फ़िल्म नहीं बना सकता था।'

अगर दुर्गा की बेमिसाल एक्टिंग न होती तो 'नई धरती, नया आकाश' एक बेजान फ़िल्म होती जो कभी प्रेज़ीडेंट गोल्ड मेडल पाने का श्रेय न प्राप्त करती।

और अगर दुर्गा ने उससे बेवफ़ाई न की होती, अगर वह उसका हाथ छोड़कर मूलचन्द भाई के पास न चली गई होती तो आज वह इस आधी रात को इस बेताबी से मौत का इन्तज़ार न करता होता।

बम्बई में कम-से-कम पाँच-छह सौ 'फ़िल्म राइटर' हैं जिनके नाम कम-से-कम एक फ़िल्म के टाइटलों में परदे पर आ चुके हैं और जो एसोसिएशन के बाक़ायदा मेम्बर हैं।

इसमें नॉवेल लिखनेवाले भी हैं और कथाकार भी जो फ़िल्मों के डायलॉग लिखकर अपना गुज़ारा करते हैं।

इनमें साहबे-दीवान शायर और कवि भी हैं, जो पेट पालने के लिए म्यूज़िक डायरेक्टरों की धुनों पर तुकबन्दी करते हैं! (बक़ौल एक शायर के—कफ़न मौजूद है इस साइज़ का मुर्दा ले आइए!)

इनमें वे स्क्रीन प्ले राइटर भी हैं जो हफ़्ते-भर में विलायती तस्वीर या नॉवेल को हिन्दुस्तानी कपड़े पहना देते हैं।

और इन्हीं में वे चन्द सिरफिरे भी हैं जो तिजारती फ़ॉर्मूलों से तंग आकर, अपने पेट पर ख़ुद लात मारकर, अपनी उन कहानियों को फ़िल्माने की दौड़-धूप कर रहे हैं, जिनको हर व्यापारी प्रोड्यूसर रिजेक्ट कर चुका है, क्योंकि उनके ख़याल में उन कहानियों

में ज़िन्दगी की (और अक्सर उनकी ज़िन्दगी की) सच्चाई है, जीते-जागते, जाने-बूझे पात्र हैं, जो तिजारती फ़िल्मों की दुनिया में नहीं मिलते और जिनमें इनसान की अन्दरूनी ज़िन्दगी के किसी मनोवैज्ञानिक या समाजी पहलू को कलात्मक सुन्दरता से उजागर किया गया है।

ऐसा ही एक सिरफिरा अदीब निर्मल था। उसका ख़याल था कि सिनेमा सीमेंट और फ़ौलाद की तरह एक इंडस्ट्री नहीं है बल्कि एक आर्ट है जिसका मक़सद गानों और नाचों और सस्ते भावुक दृश्यों से लुभाकर लोगों की जेब से पैसे निकालना नहीं है बल्कि उनकी चेतना को जगाना है, उनके दिमाग़ों को झँझोड़ना है, उनको एक नई और बेहतर ज़िन्दगी की झलक दिखानी है ताकि उन्हें अपनी मौजूदा ज़िन्दगी की बेइन्साफ़ियों, कमियों, बुद्धिहीनता और वहमों से नफ़रत हो जाए।

उसका ख़याल था सिनेमा न नाविल है न अफ़साना, न थिएटर का ड्रामा है न डायलॉग राइटर का शब्दजाल है, बल्कि सिनेमा एक अलग आर्ट है, एक कला है जो दूसरी ललित कलाओं के मुक़ाबले में बहुत कम उमर है मगर जिसमें वर्तमान तिजारती युग की सी तेज़ी, तेज़ रफ़्तारी, तर्रारी है, और जो कैमरे के जादू से इनसानी ज़िन्दगी, मनोविज्ञान और चरित्र के उस पेचीदा और अँधेरे कोनों को रोशन कर सकती है जो और किसी आर्ट की पहुँच से बाहर है; और वह यह भी जानता था और मानता था कि इन सम्भावनाओं को साकार करने के लिए बहुत से लोगों को बहुत मेहनत करनी पड़ेगी, बहुत से ख़तरे मोल लेने पड़ेंगे, बहुत सी क़ुरबानियाँ देनी पड़ेंगी। लेकिन उसे नहीं मालूम था कि इस कला की तरक़्क़ी के लिए सबसे पहले उसे अपनी जान की भेंट चढ़ानी होगी।

जब वह देहली से बम्बई आया था तो औरों की तरह उसको हर प्रोड्यूसर के घर की घंटी नहीं बजानी पड़ी थी। उसका एक नॉवेल और दर्जनों अफ़साने छपकर काफ़ी मक़बूल नहीं तो काफ़ी मशहूर हो चुके थे। समालोचकों का ख़याल था कि अदब के आसमान पर एक नया सितारा चमका है।

लेकिन पब्लिशर के हिसाब के मुताबिक़ 'नई धरती, नया आकाश' नॉवेल की सिर्फ़ एक हज़ार कॉपियाँ छपी थीं। तीन सौ रुपए रॉयल्टी के मिले थे। रहे अफ़साने तो उर्दू-हिन्दी की पत्रिकाएँ पच्चीस रुपए से लेकर पचास रुपए तक मुआवज़ा देते थे। और वह साल-भर में दस-बारह अफ़सानों से ज़्यादा नहीं लिखता था, न लिख सकता था।

सो एक दिन उसको यह कहना पड़ा—"हमने यह माना रहें दिल्ली में, पर खाएँगे क्या?" और बम्बई के लिए बोरिया-बिस्तर बाँधना पड़ा।

बम्बई में आकर (जैसा उसका ख़याल था) उसको फुटपाथ पर न सोना पड़ा, न भूखा रहना पड़ा, न एक स्टूडियो से दूसरे स्टूडियो के चक्कर लगाने पड़े, न प्रोड्यूसरों, डायरेक्टरों, फ़िल्म-स्टारों की ख़ुशामद करनी पड़ी। उससे पहले ही उसकी ख्याति बम्बई पहुँच चुकी थी। जहाँ भी गया उसको हाथोहाथ लिया गया। काफ़ी आवभगत हुई। 'नई धरती, नया आकाश' नॉवेल के बारे में लोगों ने कहा कि यह 'लिटरेरी क्लासिक'

है। लेकिन उसको फ़िल्माने की हिम्मत उनमें नहीं है। लेकिन हफ़्ता-भर में एक कहानी बिक गई। स्क्रीनप्ले और डायलॉग का कॉन्ट्रैक्ट हो गया। एक हज़ार रुपए पेशगी मिल गए। इतनी रक़म तो निर्मल ने सारी उमर में नहीं देखी थी। उसने हिसाब लगाया कम-से-कम तीन नॉवेल लिखने पर इतनी रॉयल्टी मिल सकती है।

स्क्रीनप्ले डायलॉग पर साल-भर तक मेहनत करनी पड़ी। और बहुत जल्द निर्मल को मालूम हो गया कि प्रोड्यूसरों को सिर्फ़ उसकी कहानी का बुनियादी ढाँचा चाहिए था, उसका नाम चाहिए था, बाक़ी तो वे अपनी पसन्द का 'माल-मसाला' भरने पर तुले हुए थे और उन्होंने यह काम ख़ुद उसकी क़लम से कराया था। अपनी कहानी का ख़ून उसने ख़ुद किया था। अपने पात्रों का गला उसने ख़ुद घोंटा था, लेकिन फाँसी रेशम की रस्सी की थी।

मगर फ़िल्म—जिसकी कहानी पर उसका नाम था, मगर जो वाक़ई उसकी कहानी नहीं थी—कामयाब हो गई।

अगला कॉन्ट्रैक्ट बीस हज़ार रुपयों का हुआ।

जब यह कहानी पर्दे पर आई तो निर्मल के लिए पहचानना मुश्किल हो गया कि यह उसी की लिखी हुई कहानी है।

हर साल उसकी कहानी, उसके संवादों की क़ीमत बढ़ती गई। हर साल उसकी कला का स्तर गिरता गया।

मगर इस अर्से में निर्मल के पास एक फ़्लैट हो गया। फ़र्नीचर ख़रीद लिया गया, नौकर रख लिया। हर महीने घर रुपया भेजने लगा। माँ-बाप ख़ुश हो गए कि बेटा आख़िरकार कमाने लगा है।

मगर निर्मल का मन ख़ुश नहीं हुआ।

हर बार अपनी कहानी में जो चीज़ वह पेश करना चाहता था, वह फ़िल्मी बाज़ार के समझौतों से ख़त्म हो जाती थी। और उसकी जगह वही नाच और गाने, वही मार-धाड़, वही घटिया कॉमेडी—अगर वह अपने संवादों में भद्दे मज़ाक़ की निचली तह तक नहीं पहुँचता था तो डायरेक्टर या एक्टर ख़ुद डायलॉग लिखकर वह कमी पूरी कर देते थे।

और यह सिलसिला चलता रहता—यहाँ तक कि निर्मल की कला हमेशा-हमेशा के लिए सो जाती और वह भी फ़िल्म इंडस्ट्री की रुपया कमाने की मशीन का एक पुर्ज़ा बनकर रह जाता, अगर उस वक़्त उसकी मुलाक़ात दुर्गा से न हो जाती।

दुर्गा!

दुर्गा!

दुर्गा!

आधी रात की नीरवता में निर्मल को हर तरफ़ से यही नाम गूँजता सुनाई देता था। छत में लगे हुए पुराने पंखे की 'घूँ-घूँ' करती आवाज़ें। पास से गुज़रनेवाली रेल की

घड़घड़ाहट में और इससे भी ज़्यादा ज़ोर से ख़ुद अपने दिल की धड़कन में, जो स्लीपिंग पिल्ज़ के असर से अब बड़ी तेज़ी से धड़क रहा था, और सोते हुए दिमाग़ को याद दिला रहा था कि वे सबसे पहले कब, कहाँ और कैसे मिले थे।

'फ़िल्म फ़ोरम' नाम की संस्था की ओर से चेकोस्लोवाकिया की फ़िल्मों का एक फ़ेस्टिवल हो रहा था।

निर्मल शुरू से इस फ़िल्म सोसाइटी का मेम्बर था और हर विदेशी और हिन्दुस्तानी आर्ट फ़िल्म जो दिखाई जाती थी उसको देखने बाक़ायदगी से जाता था, क्योंकि कुछ देर के लिए वह जिस तिजारती फ़िल्मी वातावरण में डूबा हुआ था, उसको भूल जाना चाहता था। अब वह उन आर्ट फ़िल्मों को देखता तो सिनेमा के अँधेरे में उसको इतनी ही ख़ुशी और शान्ति मिलती थी जैसे ये फ़िल्में ख़ुद उसने बनाई हैं। मगर रोशनी होते ही वह टैक्सी स्टैंड की तरफ़ जल्दी-जल्दी क़दम उठाते हुए रात के अँधेरे में खो जाता कि कहीं कोई देखकर पहचान न ले कि 'यह जा रहा है निर्मलकुमार जिसने 'आ मेरे सजना' और 'प्रीत की रीत' क़िस्म की फ़िल्में लिखी हैं।'

और रात को देर तक वह जागता रहता और सिगरेट के धुएँ में अपने नॉवेल पर बनी फ़िल्म की झलकियाँ देखता रहता। उसने एक बात तय कर ली थी। यह नॉवेल वह किसी तिजारती प्रोड्यूसर को ख़राब करने के लिए नहीं देगा। अगर किसी बुद्धिमान कलाकार ने उसको न पसन्द किया तो वह ख़ुद उसकी फ़िल्म बनाएगा, चाहे इसको मुमकिन बनाने के लिए उसको दस घटिया नाच-गानों की तिजारती फ़िल्में क्यों न लिखनी पड़ें!

एक रात को वह चेकोस्लोवाकिया की एक मशहूर फ़िल्म देखने गया जिसमें अधिकतर फ़िल्म में दो ही कैरेक्टर थे। एक नौजवान नाज़ी फ़ौजी और एक चेकोस्लोवाकियन किसान औरत जिसका पति लड़ाई में नाज़ियों के हाथों मारा गया था। नाज़ी नौजवान, जो लगभग बच्चा ही लगता है, अपने एक ज़ख़्मी साथी को चेकोस्लोवाकियाई विधवा की घोड़ागाड़ी में डालकर उसे वियना ले जाना चाहता है। रास्ते-भर वह उस औरत को बन्दूक़ दिखाकर गाड़ी चलवाता रहता है और रास्ते-भर वह विधवा इस नौजवान नाज़ी को अपनी कुल्हाड़ी से मारकर अपने पति के ख़ून का बदला लेना चाहती है। यहाँ तक कि जब जर्मन फ़ौजी का साथी दम तोड़ देता है तो उसकी लाश को गाड़ी से उतारकर पत्थरों से ढाँपकर 'दफ़न' कर दिया जाता है। और तब उस नौजवान विधवा को मौक़ा मिलता है तो वह उस जर्मन फ़ौजी पर (जो दरअसल पन्द्रह-सोलह साल का लड़का ही है जिसे ज़बर्दस्ती नाज़ी फ़ौज में भर्ती कर लिया गया था) बरस पड़ती है। उसको मारती है, पीटती है, नोचती है, खसोटती है। ऐसा लगता है, वह पागल हो गई है। वह हँस रही है और उसकी आँखों से आँसू बह रहे हैं जैसे उसके दिल में भरी हुई नफ़रत, उसके मन का सारा ज़हर आँसू बनकर निकल गया है। धीरे-धीरे मारने की शारीरिक निकटता और सम्पर्क उन

दोनों के बीच एक मानवीय भावना जाग्रत् कर देता है और वे एक-दूसरे की बाँहों में लिपटकर सो जाते हैं।

निर्मल उस नौजवान चेकोस्लोवाकियन एक्ट्रेस की अदाकारी से बहुत प्रभावित हुआ। फ़िल्म ख़त्म हुई और रोशनी हुई तो निर्मल चश्मा साफ़ करने के बहाने से अपनी आँखें पोंछ रहा था। उसने देखा उसके क़रीब एक सुन्दर मगर गम्भीर-सी लड़की भी (जो अँधेरा होने के बाद आकर बैठ गई होगी) अपनी साड़ी के पल्लू से आँसू पोंछ रही है।

इतनी गम्भीर और दुखान्त फ़िल्म देखने के बाद भी उस लड़की को देखकर निर्मल को हँसी आ गई।

लड़की जवान थी, बच्ची नहीं थी। लेकिन उसका क़द (जो छह फ़ीट एक इंच लम्बे निर्मल के बराबर बैठे हुए और भी छोटा लगता था) इतना छोटा था कि सिनेमा की कुर्सी पर बैठकर उसके पैर ज़मीन पर नहीं टिक सकते थे और अब वह बच्चों की तरह कुर्सी से उतरकर अपने चप्पल तलाश कर रही थी।

निर्मल को हँसते सुनकर लड़की ने किसी क़दर रोषपूर्ण आँखों से उसकी तरफ़ देखा। और इतना लम्बा-तगड़ा आदमी देखकर देखती ही रह गई।

निर्मल जल्दी सिनेमा से बाहर निकल आया और आदत के अनुसार भीड़ से कतराता हुआ टैक्सी स्टैंड की तरफ़ लपका।

वहाँ कोई टैक्सी नहीं थी।

कुछ देर इन्तज़ार करने के बाद एक टैक्सी आती हुई दिखाई दी। निर्मल ने आवाज़ दी—''टैक्सी!''

लेकिन साथ ही एक ज़नाना आवाज़ भी बुलन्द हुई—''टैक्सी!''

टैक्सी आकर रुकी तो एक तरफ़ से निर्मल ने दरवाज़ा खोला। दूसरी तरफ़ से एक लड़की ने, उसी छोटे क़द की लड़की ने।

निर्मल लड़कियों से झेंपता था, शरमाता था, कतराता था। उसने कहा—''आप ले लीजिए।'' और पीछे हट गया।

लड़की टैक्सी में बैठ गई तो लड़की ने इधर-उधर निगाह की और जब कोई दूसरी टैक्सी नहीं नज़र आई तो पूछा—''आप कहाँ जाएँगे?''

''खार।'' निर्मल ने जवाब दिया।

''मुझे तो सिर्फ़ दादर तक ही जाना है।'' लड़की ने कहा और फिर कुछ झिझकते हुए ड्राइवर के बराबर वाली सीट की तरफ़ इशारा किया।

''चाहें तो आप भी आ जाइए। मैं दादर उतर जाऊँगी। उसके बाद आप आगे ले जाइएगा।''

निर्मल ने सुना था बम्बई में इस तरह साथ बिठाकर लड़कियाँ अनजाने मर्दों को ब्लैकमेल करती हैं, सो वह कुछ झिझका, अगरचे ड्राइवर के पास बैठने में कुछ

ज़्यादा ख़तरा नहीं था। वह सोच ही रहा था कि इस पेशकश को क़बूल करे या न करे कि इतनी देर में टैक्सी ड्राइवर ने कहा—''बाबूजी, आइए न, मेरा भी भला हो जाएगा। मुझे भी उधर अँधेरी ही जाना है।''

वह निहायत शरीफ़ाना तरीक़े से आगे को होकर बैठा था और आगे ही देख रहा था। सिर्फ़ कभी-कभी ड्राइवर के सामने लगे हुए आईने में एक किताबी चेहरे की झलक देख लेता था, जिस पर सड़क की रोशनियाँ झिलमिला रही थीं।

मगर उसके कान में लड़की की आवाज़ आई—''आपको पिक्चर कैसी लगी?''

उसने पीछे मुड़कर देखा कि लड़की सीट के अगले सिरे पर बैठी थी और उसकी टाँगें मुश्किल से टैक्सी के फ़र्श को लग रही थीं। जवाब देते वक़्त वह आप ही आप मुस्करा दिया—''तस्वीर तो सचमुच मास्टरपीस है। मगर उस लड़की ने कमाल कर दिया, अफ़सोस है कि हमारे मुल्क में ऐसी एक्ट्रेस नहीं है।''

लड़की के जवाब देने के अन्दाज़ में एक ललकार थी—''आपको कैसे मालूम कि ऐसी एक्ट्रेस नहीं है। हाँ, आप यह कह सकते हैं कि ऐसा काम करनेवाली कोई फ़िल्म-स्टार नहीं है। क्या हमारे डायरेक्टरों ने कभी कोशिश की है अच्छी एक्ट्रेस को तलाश करने की? वे तो सिर्फ़ चीनी की गुड़िया पेश करते रहते हैं।''

निर्मल ने कहा—''आप ठीक कहती हैं।'' और सोचने लगा यह छोटी-सी लड़की बातें तो दिलचस्प करती है।

लड़की ने बातचीत जारी रखते हुए कहा—''और एक बात यह भी है कि कहानी ही ढंग की न हो तो एक्ट्रेस बेचारी क्या कर सकती है! हमारे यहाँ कितने अच्छे नॉवेल लिखे गए हैं मगर मजाल है जो हमारे प्रोड्यूसरों ने उनमें से एक को भी फ़िल्माने का साहस किया हो।''

'लड़की पढ़ी-लिखी मालूम होती है,' निर्मल ने सोचा और पूछा—''किसी एक नॉवेल का तो नाम बताइए जो फ़िल्म बनाने के क़ाबिल है?''

''कई नाम बता सकती हूँ,'' लड़की ने कहा—''मगर सबसे ज़्यादा तो मुझे 'नई धरती, नया आकाश' पसन्द है।''

अपने नॉवेल का नाम सुनकर निर्मल को अचम्भा भी हुआ और ख़ुशी भी। लड़की बोलती गई—''अगर उसको ईमानदारी से बनाया जाए तो जो फ़िल्म हम देखकर आए हैं इस पाए की बन सकती है।''

''ईमानदारी से बनाने से क्या मतलब है आपका?'' उसने पूछा और सोचा न जाने मेरा दिल क्यों धड़क रहा है!

''मतलब यह है कि प्रोड्यूसर अपने फ़ॉर्मले (formula) लगाकर नॉवेल का सत्यानास कर दें जैसे...'' और वह कहते-कहते रुक गई।

''जैसे?'' निर्मल ने पूछा।

''जैसे इस नॉवेल का लेखक बेईमानी से अपनी कहानियों को तिजारती ढर्रे पर ले आया है। सच कहती हूँ, मेरा जी चाहता है कि वह निर्मल कुमार कहीं मिल जाए तो उसका मुँह नोच लूँ!''

निर्मल बेइख़्तियार घबराकर पीछे हो गया मगर उसने दिल ही दिल में शुक्रिया अदा किया कि अँधेरे में लड़की ने उसके चेहरे का उतार-चढ़ाव नहीं देखा था।

टैक्सी अब दादर के इलाक़े में पहुँच गई थी। एक चाल के पास लड़की ने ड्राइवर से कहा—''यहाँ रोक दो, भाई! मीटर कितना हुआ?''

निर्मल ने कहा—''रहने दीजिए। मैं तो आगे जा ही रहा हूँ।''

मगर लड़की ने किसी क़दर सख़्ती से कहा—''मैंने पहले ही कह दिया था कि दादर तक का किराया मैं दूँगी।''

ड्राइवर ने क़िस्सा ख़त्म करते हुए कहा—''ठीक है जी, पाँच रुपए अस्सी पैसे दे दीजिए।'' और यह कहकर उसने मीटर को उठाकर घंटी बजाई और फिर गिरा दिया।

निर्मल पिछली सीट पर जाने के बहाने से उतर गया और कनखियों से चाल को देखने लगा कि शायद कभी इस पते पर आने की ज़रूरत पेश आए।

लड़की ने ख़ुद ही कह दिया—''इस चाल का नाम है सोनावाला चाल। हम दूसरे माले पर रहते हैं।''

''अच्छा जी, नमस्ते।''

''नमस्ते।''

टैक्सी चल पड़ी। लड़की ने मुड़कर आवाज़ दी—''ज़रा ठहरिए।'' टैक्सी रुक गई।

''अपना नाम तो बताते जाइए।''

निर्मल एक पल के लिए झिझका। फिर बोला—''मैं निर्मल कुमार हूँ।''

अब उस लड़की की बारी थी हैरान होने की बारी थी।

'''नई धरती, नया आकाश' वाले निर्मल?''

''जी हाँ, वही। और आपका नाम?''

अब टैक्सी चल पड़ी थी। लेकिन लड़की की आवाज़ आई—''दुर्गा।''

और अब टैक्सी ड्राइवर ने निर्मल से हँसकर कहा—''क़द छोटा है, मगर छोकरी बुरी नहीं है।''

निर्मल को ड्राइवर की बेतक़ल्लुफ़ी बुरी लगी मगर ऐसे लोगों का कोई क्या कर सकता है, और फिर जब ड्राइविंग व्हील उनके हाथ में हो। फिर भी उसने अपने लहजे से उसे डाँटा—''जी!''

मगर ड्राइवर का मुँह कौन बन्द कर सकता है—''क्यों बाबूजी, आप वही निर्मल कुमार हैं जो फ़िल्म की स्टोरी लिखता है?''

''जी हाँ। हूँ तो वही!''

"बाबूजी, आपकी पिछली फ़िल्म 'आ मेरे सजना' बहुत अच्छी लगी। क्या फ़र्स्ट क्लास गाने हैं, और वह पतंग डांस तो वाह-वाह!..."

मगर उस वक़्त निर्मल ड्राइवर की बातें नहीं सुन रहा था। उसके कान एक नई लय, एक नए संगीत, एक नई धुन से गूँज रहे थे।

'दुर्गा!'...

'दुर्गा!'...

'दुर्गा!'...

दूसरी बार निर्मल और दुर्गा फिर 'फ़िल्म फ़ोरम' के शो में मिले।

निर्मल ने सोचा—यह तो घटिया रोमानी फ़िल्म का सिनारियो बनता जा रहा है। मैं तो उसूलन 'ब्यॉय मीट्स गर्ल' (लड़का लड़की से मिला) क़िस्म की घटना-प्रधान रोमांटिक कहानियों के ख़िलाफ़ हूँ। हालाँकि हर फ़िल्म में ऐसे ही सीन लिखने पड़ते हैं। कभी अमीर लड़की की मोटर बिगड़ जाती, ग़रीब लड़का गैरेज का मेकैनिक है, फ़ौरन कार ठीक कर देता है। या लड़का ज़मींदार का बेटा है, मोटर में गाँव देखने जा रहा है। लड़की गाँव की गोरी है। घड़ा लेकर पानी भरने जा रही है। मोटर की आवाज़ से घबराकर भागती है। घड़ा गिरकर टूट जाता है। लड़का उसके पीछे कार भगाता है। वह पत्थर मारके कार का शीशा तोड़ देती है। दोनों बराबर हो जाते हैं। फिर उनका प्यार करना तो लाज़मी हुआ।

या लड़का-लड़की दोनों मध्यवर्ग के हैं। दोनों सिनेमा देखने जाते हैं। बराबर की सीटों पर बैठते हैं। लड़का छह फ़ीट एक इंच लम्बा है। लड़की छोटी-सी है। सिनेमा ख़त्म होने के बाद दोनों एक-दूसरे को देखते हैं। लड़का बेइख़्तियार हँस पड़ता है। लड़की खिसिया जाती है। फिर टैक्सी स्टैंड पर मुलाक़ात होती है। टैक्सी एक ही है, दोनों उसको लेने की कोशिश करते हैं। फिर दोनों साथ टैक्सी में बैठकर जाते हैं। रास्ते में फ़िल्म के बारे में बातें होती हैं। लड़का एक नॉवेल लेखक है। उसने एक बहुत अच्छा नॉवेल लिखा है। मगर अब तिजारती फ़िल्मों के लिए कहानी-डायलॉग वग़ैरह लिखता है। लड़की नॉवेल की तारीफ़ करती है; नॉवलिस्ट की बुराई, कि अपने क़लम को उसने बेच डाला है।

जब लड़का नाम बताता है तो लड़की हैरान-परेशान रह जाती है और...

फिर दोबारा सिनेमा में उनकी मुलाक़ात होती है। अरे, यह तो उसकी अपनी आपबीती है! क्या ज़िन्दगी में भी ऐसे दिलचस्प वाक़ियात होते हैं? हाँ, तो फिर क्या हुआ! इस बार उसे सिनारियो लिखने की ज़रूरत नहीं थी। ज़िन्दगी, वक़्त, क़िस्मत, भगवान या कार्ल मार्क्स सिनारियो लिख रहा था। वे दोनों तो इस फ़िल्म में सिर्फ़ अदाकारी कर रहे थे, जो कुछ स्क्रिप्ट में लिखा था वे करते जा रहे थे। वक़्त गुज़रता गया और लिखनेवाले ने यह दिखाने के लिए कि वक़्त गुज़रता जा रहा है और दो अनजाने एक-दूसरे के क़रीब आते जा रहे हैं, उसका मोंटाज कुछ इस तरह बनाया था।

दोबारा वे फ़िल्म फ़ोरम के शो में मिले। एक-दूसरे को पहचाना। मगर उनकी सीटें पास-पास नहीं थीं। इंटरवल में मुलाक़ात हुई मगर भीड़ इतनी ज़्यादा थी और हर आदमी एक साथ बोल रहा था कि बात न हो सकी। निर्मल ने आलू के वेफरों का एक पैकेट दुर्गा की तरफ़ बढ़ाया। उसने कुछ कहकर ले लिया, जो सुनाई नहीं दिया। मगर मुस्कराहट से मालूम होता था, 'थैंक यू' कहा होगा।

फिर शो ख़त्म होने के बाद टैक्सी स्टैंड पर मुलाक़ात हुई, मगर आज टैक्सी नहीं थी। और न दुर्गा का इरादा टैक्सी लेने का था। उसने साफ़ कह दिया कि मेरे पर्स में आज इतने पैसे ही नहीं हैं। और जब निर्मल ने कहा—मैं आपको टैक्सी में पहुँचा दूँगा। तो उसने कहा—क्षमा कीजिएगा, मैं अनजाने लोगों के साथ रात को टैक्सी में नहीं जाती।

"तो आइए फिर जानकारी बढ़ाने के लिए सामनेवाले ईरानी रेस्तराँ में चाय पी लें। फिर मैरीन लाइंस स्टेशन से ट्रेन ले लेंगे।"

"तो चलिए।" दुर्गा ने कहा।

मगर दोनों का साथ-साथ चलना इतना आसान नहीं था। छह फ़ीट एक इंच का निर्मल लम्बे-लम्बे क़दम लेता था। छोटी-सी दुर्गा को उसका साथ देने के लिए भागकर चलना पड़ता था।

यह देखकर निर्मल ठहर गया—"माफ़ कीजिएगा। मैं बहुत लम्बे-लम्बे क़दम लेता हूँ न?"

दुर्गा की साँस फूल रही थी। फिर भी उसने ऊपर नज़र करके मुस्कराते हुए कहा—"मुझे आप जैसे लम्बे क़द के आदमी के साथ चलना अजीब लगता है, कोई देखेगा तो कहेगा एक अच्छे-ख़ासे आदमी के साथ एक ठिंगनी-बौनी जा रही है।"

"अजीब तो मुझे महसूस करना चाहिए। कोई देखेगा तो कहेगा—एक अप्सरा के साथ कोई राक्षस चला जा रहा है।"

फिर वे दोनों हँस पड़े एक-दूसरे की तरफ़ देखकर। निर्मल को नीचे देखना पड़ा। दुर्गा को ऊपर देखना पड़ा। मगर उस हँसी ने उनके दरम्यान जो झिझक और तक़ल्लुफ़ के पर्दे थे, वे हटा दिए। उस वक़्त से वे दोस्त हो गए।

अगले सीन में वे कई दिन के बाद पार्क में एक बेंच पर बैठे बातें कर रहे थे।

"दुर्गा, क्या तुमने कभी फ़िल्म में काम करने के बारे में सोचा है?"

"सच-सच बताऊँ?"

"अगर तुम मुझे इस क़ाबिल समझती हो।"

"मैं बम्बई इसी इरादे से आई थी। माँ-बाप को भी राज़ी कर लिया था कि बी.ए. करने के बाद टीचरी करने की बजाय फ़िल्म में काम करूँ।"

"तो तुम बी.ए. हो! किस मज़मून में?"

"सायकोलॉजी में।"

''फ़िल्म इंस्टीट्यूट के एक्टिंग कोर्स में दाख़िला क्यों नहीं लिया?''

''सच-सच बताऊँ?''

''बताओ?''

''मेरे पिता सरकारी नौकरी से इसी साल रिटायर हुए हैं। मेरी पढ़ाई पर अब अढ़ाई सौ रुपए माहवार नहीं ख़र्च कर सकते। उसके अलावा मैं चौबीस साल की हो गई हूँ।''

''चौबीस साल? तुम तो सोलह-सत्रह बरस की लगती हो!''

''लगती हूँ—अपने क़द की वजह से। लेकिन दो बरस में छब्बीस की हो जाऊँगी। फिर शायद कोई मुझे लेगा ही नहीं।''

''फिर क्या किया?''

''यहाँ आकर कितने प्रोड्यूसरों-डायरेक्टरों से मिली। एक फ़ाइनेंसर से भी मुलाक़ात हुई। वे कहते हैं—इतने छोटे क़द की लड़की हिरोइन नहीं बन सकती।''

''क्यों नहीं बन सकती! मैं कितनी ही हिराइनों के नाम बता सकता हूँ। देविका रानी ही को देख लीजिए।''

''मैंने सिर्फ़ यह बताया कि वे क्या कहते हैं। सब साइड-रोल ऑफ़र करते हैं—हिरोइन की सहेली, हिरोइन की बहन क़िस्म के। मगर एक शर्त पर।''

''वह क्या?''

''वह आप जानते हैं।''

''ओह! और वह तुम्हें मंज़ूर नहीं है?''

''नहीं। इसलिए अब मैंने फ़िल्मों का ख़याल ही छोड़ दिया है। अब लाइब्रेरियन का डिप्लोमा ले रही हूँ। छह महीने बाद किसी लाइब्रेरी में काम मिल जाएगा।''

''मगर लाइब्रेरियन की नाक पर तो ऐनक लगी होनी चाहिए।''

''वह मेरी नाक पर भी लग जाएगी। यह देखो...।'' और उसने अपने पर्स से एक ऐनक निकालकर लगा ली—''पढ़ने के लिए लगानी पड़ती है। अब तो मैं बच्ची नहीं लगती?''

''अब तुम एक ऐसी बच्ची लगती हो जिसने बच्चों के ड्रामे के लिए अपने पिता का चश्मा लगा लिया है।''

और वे दोनों हँस पड़े। यह हँसी बहुत ख़तरनाक है। (निर्मल अक्सर सोचता था) यह एक दिन हमें बहुत ख़तरनाक हद तक एक-दूसरे के क़रीब ले जाएगी।

वक़्त गुज़रता गया।

मोंटाज में नए टुकड़े आकर जुड़ते रहे। जैसे वह सीन जिस दिन निर्मल ने अपनी ज़िन्दगी और मौत का फ़ैसला किया और 'नई धरती, नया आकाश' नाम की फ़िल्म का मुहूर्त हुआ।

यह मुहूर्त (जैसे और मुहूर्त होते हैं) किसी स्टूडियो में नहीं हुआ। इस मुहूर्त में उन लोगों को नहीं बुलाया गया था—फ़ाइनेंसर्स, प्रोड्यूसर्स, डायरेक्टर्स, फ़िल्म-स्टार और छोटे-मोटे एक्टर—जिनको मिलाकर 'फ़िल्म इंडस्ट्री' कहा जाता है, और न इतने बड़े-बड़े 'मुहूर्त कार्ड' बँटे थे जो सर्दी में लिहाफ़ का काम दे सकते हैं, और जिनके लिफ़ाफ़ों में मैले कपड़े रखकर लांड्री में भेजे जा सकते हैं।

इस मुहूर्त के लिए न कोई मिनिस्टर बुलाया गया, न कोई राजनीतिक लीडर, न किसी फ़िल्म-स्टार से क्लैप दिलवाया गया, न किसी फ़ाइनेंसर से कैमरा चलवाया गया।

न लड्डू बँटे, न पेड़े, न ठंडी चाय और गरम कोकाकोला मेहमानों को पेश किया गया।

फिर भी यह एक श्रेष्ठ फ़िल्म का ऐतिहासिक मुहूर्त था। इस फ़िल्म को आगे चलकर प्रेज़ीडेंट गोल्ड मेडल मिलने वाला था। इस फ़िल्म की हिरोइन को मुल्क का सर्वश्रेष्ठ एक्ट्रेस का 'उर्वशी अवार्ड' मिलने वाला था। इस फ़िल्म का प्रोड्यूसर, राइटर, डायरेक्टर, एक्टर जीनियस कहलाया जाने वाला था। मगर इस फ़िल्म को बनाने में निर्मल कुमार की सब बचत लग जाएगी। उसका सारा फ़र्नीचर बिक जाएगा, फ़्लैट को छह हज़ार पगड़ी पर देकर फ़िल्म निगेटिव के बारह डिब्बे ख़रीदे जाएँगे और ख़ुद निर्मल एक टीन की छत के झोंपड़े में दो-ढाई सौ किताबों समेत रहने लगेगा, इस उम्मीद के साथ कि 'जब हमारी फ़िल्म चल जाएगी तो हम पुराने फ़्लैट से भी अच्छा घर किराए पर ले लेंगे।' और उस फ़िल्म के लिए सेठ मूलचन्द भाई से डेढ़ लाख रुपया क़र्ज़ लेना पड़ेगा जो दो बरस में सूद-दर-सूद मिलाकर तीन लाख रुपए हो जाएगा और वह हुंडियों के आधार पर मुक़दमा करके निर्मल के ख़िलाफ़ डिग्री ले लेगा और अलावा और चीज़ों के तीन तोले का प्रेज़ीडेंट गोल्ड मेडल भी कुर्की कराके ले जाएगा और निर्मल के पास सिर्फ़ फ़िल्म के निगेटिव के तेरह डिब्बे रह जाएँगे।

लेकिन यह सब तो भविष्य में होनेवाला था, जिसके बारे में उन दो व्यक्तियों को कुछ नहीं मालूम था जिन्होंने 'नई धरती, नया आकाश' के मुहूर्त में भाग लिया था।

एक था निर्मल।

एक थी दुर्गा।...

जगह थी निर्मल का दो कमरों का छोटा-सा फ़्लैट जहाँ आज दुर्गा पहली बार आई थी। इस फ़्लैट को निर्मल ने बड़े चाव से और बड़े सलीक़े से सजाया था। तस्वीरें। टेबल-लैम्प का बड़ा शेड जिस पर मुहूर्तों के दावती कार्ड, नए साल की मुबारकबाद के कार्ड, अख़बारों की कतरनें और तस्वीरें लगी हुई थीं।

लम्बी नीची कॉफ़ी टेबल जो अख़बारों, रिसालों, किताबों के बोझ से दबी जा रही थी। चारों तरफ़ दीवार से लगी हुई अलमारियाँ थीं जिनमें किताबों के अम्बार लगे हुए थे।

"बड़ा ऊटपटाँग कमरा है मेरा। तुम्हें तो क्या पसन्द आएगा!"

दुर्गा ने इधर-उधर देखा, किताबों की विशेष बू या ख़ुशबू को नाक सिकोड़कर सूँघा, फिर बोली—"नहीं, मुझे तो यह कमरा बहुत अच्छा लगता है।"

फिर वह किताबों की अलमारी के पास गई। इधर-उधर से किताबें निकालकर देखने लगी। एक पतली-सी किताब निकाली और कहने लगी—"आपने इस नॉवेल के साथ बड़ी बेइन्साफ़ी की है। सबसे पहले आपको इसकी फ़िल्म बनानी चाहिए थी।"

" 'नई धरती, नया आकाश'? जितने प्रोड्यूसरों ने पढ़ा है, सब कहते हैं बहुत अच्छा बल्कि महान नॉवेल है मगर इसको फ़िल्माया नहीं जा सकता।"

"और आप क्या कहते हैं?"

"मैंने बहुत दिनों से इसके बारे में सोचा नहीं।"

"अब सोच लीजिए। बहुत वक़्त पड़ा है।"

थोड़ी देर सोचने के बाद निर्मल ने कहा, दुर्गा की नक़ल करते हुए—"सच-सच बता दूँ?"

और दुर्गा ने मुस्कराकर निर्मल की नक़ल करते हुए कहा—"अगर आप मुझे इस क़ाबिल समझते हैं।"

"तो सुनिए। इस नॉवेल में वह सब है जिसको एक कुशल, संवेदनशील और योग्य डायरेक्टर एक सुन्दर फ़िल्म में ढाल सकता है।"

"क्या ऐसा कोई डायरेक्टर आपकी नज़र में है?"

निर्मल जो बेचैनी से अपनी लम्बी टाँगों को हिलाता इधर-उधर फिर रहा था, दीवार पर लगे हुए आइने के सामने ठहरा और बोला—"है नज़र में।"

"और वह कौन है?"

"सच-सच बता दूँ?"

"बताइए न।"

"वह मैं ख़ुद हूँ। आमतौर पर इस क़िस्म के दावे करना पसन्द नहीं करता हूँ। मैं बड़ा ख़ाकसार क़िस्म का आदमी हूँ। मगर न जाने क्यों आपके सामने ख़ाकसारी जताने को जी नहीं चाहता, सच बोलने को जी चाहता है।"

"शुक्रिया, कि आपने मुझे इस क़ाबिल समझा। आपको शायद यह सुनकर अचम्भा तो न होगा कि मैं भी ऐसा ही समझती हूँ।"

"शुक्रिया, मगर हम दो के ऐसा सोचने से क्या हो सकता है?"

"क्या नहीं हो सकता? एक हिम्मतवाले आदमी के सोचने से बहुत-कुछ हो सकता है। और फिर हम तो दो हैं।"

"आप मेरा साथ देंगी?"

"एक शर्त पर।"

"मंज़ूर है।"

"कहो कि 'तुम' मेरा साथ दोगी?"

"ज़रूर। जब से मैंने यह नॉवेल पढ़ा है, उस वक़्त से इसकी फ़िल्मी सम्भावनाओं पर विचार कर रही हूँ और उस दिन की प्रतीक्षा कर रही हूँ जब इसके जीते-जागते पात्र स्क्रीन पर प्रकट होंगे।"

"तुम इसमें मेरी क्या मदद कर सकती हो?"

दुर्गा ने निर्मल की आँखों में आँखें डालकर एक-एक लफ़्ज़ को बड़े यक़ीन के साथ अदा करते हुए कहा—"इस फ़िल्म के लिए मैं हर नामुमकिन बात कर सकती हूँ। मगर सबसे पहले मैं इस फ़िल्म की नूरा बन सकती हूँ...अगर आपको...मेरा मतलब है, तुमको...कोई एतराज़ न हो। देखा आपने, ख़ाकसारी जताने की बजाय मेरा भी बोलने को जी चाहता है।"

दुर्गा! नूराँ! दुर्गा! नूराँ! नूराँ! दुर्गा!

निर्मल के दिमाग़ के पर्दे पर दो तस्वीरें एक के बाद एक झलकती रहीं—दुर्गा! नूराँ! दुर्गा! नूराँ! ...एक नॉवेल-निगार के दिमाग़ की रचना थी, दूसरी जो हाड़-मांस की जीती-जागती नौजवान औरत थी—यहाँ तक कि दो तस्तीरें एक-दूसरे में घुल-मिल गईं, और आख़िर को एक हो गईं।

नूराँ के बारे में निर्मल ने लिखा था—"नूराँ औरत नहीं थी। मगर नूराँ बच्ची भी नहीं थी। नूराँ की आवाज़ में फूलों की नमी थी मगर उसके अन्दाज़ में फ़ौलाद भी था। कोई नहीं जानता था वह कितने बरस की है। शायद वह सोलह-सत्रह साल की ही थी, जैसी कि वह लगती थी। लेकिन कमउमरी में ही जीवन ने उसको इतने कड़वे पाठ पढ़ाए थे कि उसकी बुद्धि और सूझ-बूझ बड़ी-बूढ़ियों से ज़्यादा थी। नूराँ एक रूपवान मनहर सुन्दरी थी। नूराँ कुशलबुद्धि थी। देखने में वह एक नाज़ुक-सी, छोटी-सी लड़की थी। मगर वास्तव में नूराँ एक पूर्ण स्त्री थी, जो संसार की कोख से जन्म लेती है और जिसकी कोख में संसार जन्म लेता है।"

सचमुच! और यह सच्चाई निर्मल के मानस-पट पर इस तरह झलक गई थी जैसे बिजली की चमक अँधेरे का सीना चीरकर एक क्षण के लिए रोशनी कर दे। दुर्गा नूराँ बनने के लिए ही पैदा हुई थी और नूराँ का कैरेक्टर इसलिए लिखा गया था ताकि एक दिन दुर्गा इस फ़िल्मी ख़ाके में ज़िन्दगी का रंग भर दे।

आख़िरकार निर्मल बोला—"बिलकुल ठीक कहती हो। तुम ही नूराँ बन सकती हो। मिलाओ हाथ इस बात पर!"

मगर दुर्गा ने निर्मल के फैले हुए हाथ पर हाथ नहीं रखा।

"आप जानते हैं कि इस फ़िल्म को बनाने के लिए आपको बड़ी तपस्या करनी पड़ेगी, बड़ी क़ुरबानियाँ देनी पड़ेंगी?"

"जानता हूँ, दुर्गा। फ़िल्म-जगत् के व्यापारिक वातावरण से सम्बन्ध तोड़ना पड़ेगा।"

"...सूखी रोटी और ठंडे पानी पर गुज़ारा करना पड़ेगा।"

"यह भी जानता हूँ।"

"कोई पैसेवाला आपकी मदद नहीं करेगा।"

"जानता हूँ।"

"ऐसी संवेदनशील फ़िल्म बनानेवाले को तिजारती फ़िल्मों को लिखने का काम मिलना बन्द हो जाएगा।"

"जानता हूँ।"

"तो मिलाओ हाथ!"

दुर्गा ने कहा और जब उसका छोटा-सा हाथ उछलकर निर्मल के ताक़तवर पंजे की तरफ़ बढ़ा तो ऐसा महसूस हुआ कि एक छोटी-सी चिड़िया उड़कर अपने घोंसले में जा बैठी है, जहाँ गरमी है, और नरमी है और पूर्ण सुरक्षा है।

"तो फिर मुहूर्त कब करें?" निर्मल ने हँसकर पूछा।

"अभी। इसी वक़्त।"

"इसी वक़्त?"

"हाँ, इसी वक़्त। इसी जगह।"

"मगर कैसे?"

"मुहूर्त होता किस तरह है?"

"हीरो या हिरोइन या वे दोनों कैमरे के सामने आते हैं। एक छोटा-सा सीन एक्ट करते हैं। और उससे पहले फ़िल्म का नाम लेकर और...'मुहूर्त शॉट, टेक नम्बर वन' कहकर क्लैप बोर्ड के दोनों हिस्सों को एक-दूसरे से खटाक से मिला दिया जाता है। ऐसे होता है मुहूर्त।"

"हमारी फ़िल्म का मुहूर्त ऐसे ही होगा।" यह कहकर दुर्गा ने निर्मल को आरामकुर्सी की तरफ़ धकेलते हुए कहा—"तुम यहाँ बैठो। तुम हो हीरो।"

"मैं हीरो! मैंने तो कभी एक्ट नहीं किया!"

"वह तो मैंने भी कब किया है, सिवाय कॉलेज के ड्रामे में 'जोन ऑफ़ आर्क' बनने के।"

"कॉलेज के ड्रामे में तो मैंने भी मुहम्मद बिन तुग़लक का पार्ट किया था।"

"बस तो तुम हो गए हीरो। देखो वरना मैं काम नहीं करूँगी।"

जब निर्मल बैठ गया तो दुर्गा ने कहा—"और मैं हूँ हिरोइन।" वह ख़ुद कुर्सी के हत्थे पर बैठ गई। अब आवाज़ आती है—"नई धरती, नया आकाश! मुहूर्त शॉट, टेक नम्बर वन।" यह कहकर उसने अपने छोटे-छोटे हाथों से ताली बजाई। फिर निर्मल की तरफ़ देखकर पूरे विश्वास के साथ बोली—"यह धरती, यह आकाश पुराने हो चुके हैं। हम चैन नहीं लेंगे जब तक एक नई धरती, एक नया आकाश न बना लेंगे। एक दिन हमारे सपने ज़रूर पूरे होंगे।" ये शब्द उसने नॉवेल के ही दोहराए थे।

और यह कहकर हिरोइन ने हीरो के होंठों पर अपने होंठ रख दिए। निर्मल इस मनहर स्पर्श से कुछ बौखला-सा गया। मगर उसी क्षण दुर्गा चमककर अलग हो गई। और ज़ोर से चिल्लाई—"कट!...मुहूर्त मुबारक हो, मिस्टर निर्मल!"

और फिर दोनों हँस पड़े और एक-दूसरे को देखकर देर तक हँसते रहे, यहाँ तक कि उनकी आँखों में आँसू आ गए।

तीन महीने के बाद जब फ़िल्म चार रील बन गई और उसका ट्रायल हुआ तो बावजूद इसके कि अभी एडिटिंग पूरी नहीं हुई थी और बीच में कितनी ही जगह सीन अभी लिये नहीं गए थे, फिर भी देखनेवालों को ऐसा लगा कि हिन्दुस्तानी सिनेमा में एक इंक़लाब आ गया है। निर्मल ने एक्टर और डायरेक्टर दोनों हैसियतों से साबित कर दिया था कि एक कुशल और भावुक हृदयवाले को लम्बे-चौड़े अनुभव की ज़रूरत नहीं थी। अनुभव की पकड़ मज़बूत होनी चाहिए।

मगर फ़िल्म की जान तो दुर्गा की अदाकारी थी। एक ग़रीबों की बस्ती की अल्हड़ लड़की जिसका हुस्न और जवानी उसके मैले कपड़ों से फूट रहे थे—जो बचपन ही में अनाथ हो गई थी—न माँ न बाप, मगर तीन भाई-बहनों की सारी ज़िम्मेदारी उसके कन्धों पर थी—जो उन बच्चों की माँ भी थी, बाप भी, बहन भी—शुरू के सब सीन ग़रीबों की बस्ती के ही थे। ऐसा लगता था वह फ़िल्म नहीं है, ज़िन्दगी है। सिर्फ़ चुपके से बग़ैर किसी को बताए हुए किसी ने फ़िल्म बना दी है। मगर यह निर्मल जानता था और दुर्गा जानती थी और उनके साथ काम करनेवाले जानते थे कि इस हक़ीक़त, इस ज़िन्दगी को कलात्मक सादगी से पेश करने में कितनी मेहनत करनी पड़ती है। कितना ख़ून-पसीना एक करना पड़ता है। कैमरामैन इंस्टीट्यूट का पढ़ा हुआ एक लड़का था और उसने भी अपने असाधारण कोणों से, हाथ में कैमरा लेकर अदाकारों के साथ-साथ चलकर, मकानों की छतों पर चढ़कर, खाइयों और गन्दे गड्ढों में लेटकर, अपने आर्ट का प्रदर्शन किया था। और उस काले और सफ़ेद फ़िल्म में ज़िन्दगी की असलियत का रंग भर दिया था।

इस रात को ट्रायल देखकर उनकी प्रोडक्शन कम्पनी की मीटिंग एक ईरानी चायख़ाने में हुई। क्योंकि प्रोडक्शन मैनेजर के एकाउंट के मुताबिक़ आज उनकी कम्पनी 'आकाश फिल्म्ज़' सिर्फ़ एक-एक सिंगल चाय का ख़र्चा बर्दाश्त कर सकती है।

इस कांफ्रेंस में निर्मल और दुर्गा के अलावा कैमरामैन सुधीर, प्रोडक्शन मैनेजर माथुर और असिस्टेंट डायरेक्टर दादरकर शामिल थे।

निर्मल ने चाय पीते हुए कहा—"चार रील तक तो फ़िल्म हमने बिना पैसे के बना ली..."

दुर्गा ने बात काटकर कहा—"बिना पैसे के कैसे कहते हो? तुमने जेब से चार हज़ार रुपए जो बैंक में जमा थे वे लगा दिए। छह हज़ार में फ़्लैट बेच डाला। अपने

दोस्तों से क़र्ज़ लिया। लेबोरेटरी का क़र्ज़ा देना है। कैमरावालों का हिसाब भी तुम्हें ही चुकाना है...''

''वह तो ठीक है।'' निर्मल ने कहा—''सवाल यह है कि अब क्या किया जाए...''

माथुर ने कहा—''किसी फ़ाइनेंसर को ये चार रीलें दिखाकर क़र्ज़ा लेना चाहिए और उससे तस्वीर पूरी करनी चाहिए।''

''है कोई ऐसा फ़ाइनेंसर, जो तुम्हारे ख़याल में ऐसी फ़िल्म में बिना शर्त रुपया लगाएगा?''

''मुश्किल है,'' माथुर ने कहा—''शर्तें तो रखेगा। कम-से-कम तीन-चार गाने तो डालने होंगे हमें। एक-आध बॉक्स ऑफ़िस आर्टिस्ट भी लेना पड़ेगा।''

''मैं इस फ़िल्म में कोई समझौता नहीं करूँगा।''

''फिर तो हमें रुपया मिलना मुश्किल है...।'' दादरकर ने कहा।

और माथुर ने मेज़ पर हाथ मारते हुए कहा—''मुश्किल ही नहीं, नामुमकिन है, नामुमकिन!''

''तो फिर क्या किया जाए?'' निर्मल ने सवाल किया।

''कहीं न कहीं से रुपया तो लेना ही पड़ेगा।'' माथुर ने कहा—''और फ़ाइनेंसर जो रुपया लगाएगा, वह कुछ न कुछ तो शर्तें रखेगा ही!''

और न जाने क्या सोचते हुए दुर्गा ने आहिस्ता से कहा, जैसे वह अपने आपसे बात कर रही हो—''लेकिन इन शर्तों का असर 'नई धरती, नया आकाश' पर नहीं पड़ना चाहिए। यह फ़िल्म वैसे ही बनेगी जैसे निर्मल साहब चाहते हैं।''

औरों के सामने दुर्गा 'निर्मल साहब' कहती थी। वे दोनों घर जाने के लिए ट्रेन में सवार हुए। (पहले कम्पनी उन्हें फ़र्स्ट क्लास के पास बनवाकर देती थी, मगर अब कई दिन से वे थर्ड क्लास ही में आने-जाने लगे थे—और वह रात की भीड़ का वक़्त था। दोनों दरवाज़े के पास खड़े थे।)

''दुर्गा!'' निर्मल ने झुककर उसके कान में कहा।

''क्या कहा?'' दुर्गा ने रेल की घड़घड़ाहट की वजह से ऊँची आवाज़ में कहा।

''दुर्गा, बुरा तो न मानोगी?''

''नहीं, कहो। मेरा काम बहुत ख़राब है न?''

''हाँ दुर्गा। तुम्हारा काम बहुत...'' उसने थोड़ी देर रुककर कहा, फिर मुस्कराया, फिर कहा—''तुम्हारा काम बहुत-बहुत ही अच्छा है। मगर दुनिया को उसको देखने का मौक़ा नहीं मिलेगा।''

''क्यों नहीं मिलेगा?''

''इसलिए कि यह फ़िल्म पूरी नहीं होगी।''

''बस, तीन महीने में हिम्मत हार दी! याद नहीं मुहूर्त शॉट के लिए क्या डायलॉग बोला था?''

"क्या बोला गया था? मुझे तो इस वक़्त याद नहीं।"

"हमारे सपने एक दिन ज़रूर पूरे होंगे।"

इतने में दादर का स्टेशन आ गया। दुर्गा ने उतरते-उतरते निर्मल के हाथ को अपने छोटे-से हाथ से छुआ। कितनी नरमी, कितनी गरमी, कितनी दोस्ती, कितना प्यार, कितना भरोसा था उस स्पर्श में, फिर वह उतर गई और स्टेशन की भीड़ में ग़ायब हो गई।

रेल फिर चल दी। मगर निर्मल देर तक अपने हाथ को देखता रहा, जैसे उस पर दुर्गा के हाथ की छाप अब तक मौजूद हो।

दो दिन के बाद दुर्गा निर्मल के झोंपड़े जैसे कमरे में आई तो देखा एक प्रोड्यूसर बैठा है और कह रहा है—"निर्मल, अब इस बेकार फ़िल्म की डायरेक्शन-प्रोडक्शन के चक्कर से निकलो। और हमारी नई कहानी लिखने का कांट्रैक्ट कर लो।"

"कर ही लूँगा।" निर्मल ने जवाब दिया—"थोड़े दिन तक और अगर मेरी फ़िल्म न बन सकी।"

"फ़िल्म क्यों नहीं बनेगी?" दुर्गा ने आते ही ऐलान किया—"ज़रूर बनेगी!" और फिर प्रोडक्शन मैनेजर से मुख़ातिब होकर, जो एक कोने में रोनी शक्ल बनाए बैठा था—"माथुर, तुम अगली शूटिंग का इन्तज़ाम करो।"

प्रोड्यूसर, जो एक पंजाबी नौजवान था, उठ खड़ा हुआ—"मिस्टर निर्मल! सोच लीजिए। मैं दो दिन और आपके जवाब का इन्तज़ार करूँगा।"

जब वह चला गया तो निर्मल ने कहा—"तुम बड़ी ख़ुश नज़र आ रही हो! क्या कहीं से ख़ज़ाना मिल गया है या बैंक लूटकर आई हो?"

"यही समझो। रुपए का इन्तज़ाम हो गया है। तुम बजट बनाओ। कितना चाहिए?"

"झोंपड़ियों की शूटिंग तो हमने कर ली, दुर्गा। अब हमें अगले सीन लेने के लिये दो-एक ख़ास सेट बनाने पड़ेंगे। आलीशान बिल्डिंगों में शूटिंग करनी होगी। स्टाफ़ को तनख़्वाहें भी देनी होंगी। उस सबके लिए रुपया कहाँ से आएगा? कम-से-कम डेढ़ लाख रुपए चाहिए, तब जाकर हम इत्मीनान के साथ जैसी फ़िल्म हम चाहते हैं वैसी बना सकते हैं।"

"फ़िल्म वैसी ही बनेगी। डेढ़ लाख का इन्तज़ाम हो गया है।"

"कौन देगा?"

"मूलचन्द भाई।"

"वह क्यों देगा? ज़रूर वह शर्तें लगवाएगा—गाने डलवाएगा। सीन बदलवाएगा। कहेगा—कोई बॉक्स ऑफ़िस स्टार लो।

"नहीं निर्मल, तुम्हें इस तरह की कोई शर्त पूरी करने की ज़रूरत न होगी। बस हुंडियाँ साइन करनी होंगी।"

"वह मैं कर दूँगा। वह तो करना ही पड़ेगा।" निर्मल ने कहा, मगर उस वक़्त उसने इस पर ग़ौर न किया कि जब दुर्गा ने कहा था, 'तुम्हें इस तरह की कोई शर्त पूरी करने की ज़रूरत न होगी।' और उसके लहज़े में लफ़्ज़ 'तरह' पर हल्का-सा ज़ोर दिया गया था।

मूलचन्द भाई ने हुंडियाँ सामने रखीं।

"यह असल रक़म की है।"

निर्मल ने दस्तख़त कर दिए।

"यह सूद की है।"

निर्मल ने दस्तख़त कर दिए। फिर और कुछ हुंडियाँ सामने आईं, जिन पर कोई रक़म दर्ज नहीं थी।

"यह क्या है?"

"वक़्त पर रक़म वापस न हुई तो आगे जो सूद लगेगा यह उसकी है।"

निर्मल ने उन पर भी दस्तख़त कर दिए।

फिर सेठ ने एक लम्बा-चौड़ा कॉन्ट्रैक्ट सामने रखा।

"यह क्या है?"

"यह कुछ नहीं, जब तक हमारे पैसे नहीं लौटाएँगे, निगेटिव हमारे नाम गिरवी रहेगा।"

निर्मल ने पढ़े बग़ैर इस पर भी दस्तख़त कर दिए।

मूलचन्द भाई ने डेढ़ लाख की रक़म सामने रख दी।

"थैंक यू, सेठ साहब!"

"मुझे सेठ न कहो, सिर्फ़ मूलचन्द भाई कहो। और शुक्रिया अदा करना है तो दुर्गा बहन का करो जिन्होंने इतनी अच्छी फ़िल्म फ़ाइनेंस करने का मौक़ा हमको दिया है। हम तो समझे थे हमें भूल ही गई दुर्गा बहन।"

और फिर मूलचन्द भाई हुंडियों को अपने काले थैले में भरकर चला गया और निर्मल और दुर्गा अकेले रह गए।

"दुर्गा!..."

"कहिए।"

"फिर कहिए?"

"कहो।"

"उन हुंडियों पर दस्तख़त करने में कोई ग़लती तो नहीं की? यह सेठ कोई बेईमानी तो नहीं करेगा?"

"नहीं। अगर मूलचन्द भाई का रुपया वक़्त पर मिल गया तो कोई गड़बड़ नहीं करेगा?"

"दुर्गा, अगर तुमने भाग-दौड़ करके रुपए का इन्तज़ाम न किया होता तो मैं तो हिम्मत हार चुका था। तुम कितनी अच्छी हो!"

यह कहकर उसने दुर्गा को गले से लगा लिया। उसको चूम लेने को जी चाह रहा था। लेकिन आज दुर्गा की तरफ़ से कुछ खिंचाव महसूस हुआ।

"मैं अच्छी हूँ या बुरी हूँ, यह तो वक़्त आने पर मालूम होगा।" दुर्गा ने नरमी से अपने-आपको निर्मल के बाजुओं से छुड़ाते हुए कहा—"फ़िलहाल तो याद रखिए कि अगर अच्छी फ़िल्म बनानी है तो डायरेक्टर-एक्टर को अपनी हिरोइन से किसी क़दर दूर ही रहना चाहिए।" यह कहकर वह कुछ खिसियानी-सी हँसी हँसी।

निर्मल ने भी हँसकर कहा—"क्या हर रचना के लिए ब्रह्मचारी रहना ज़रूरी है?"

और फिर वे दोनों रुपया लेकर बैंक में जमा कराने और माथुर को इत्तला देने कि शूटिंग का इन्तज़ाम करे, चल पड़े।

और अब दो महीने बाद 'नई धरती, नया आकाश' की शूटिंग का आख़िरी दिन आन पहुँचा।

यह वह सीन था जब नूराँ अपने भाई-बहनों की ख़ातिर अपने आपको एक सेठ के हाथ बेच डालती है।

निर्मल ने मेकअप-रूम में डायलॉग रिहर्सल करते हुए दुर्गा से पूछा—"दुर्गा, हम मेलोड्रामा से हटकर हक़ीक़त-पसन्द तस्वीर बना रहे हैं। कहीं यह सीन ग़ैरहक़ीक़ी तो नहीं समझा जाएगा? क्या कोई लड़की अपने भाई-बहनों के लिए सचमुच अपनी लाज बेच सकती है?"

कुछ देर तक दुर्गा अपने आपको ख़ामोशी से आईने में देखती रही, फिर मुड़े बग़ैर जवाब दिया, क्योंकि आईने में उसका अक्स निर्मल ही की तरफ़ देख रहा था—"हाँ, निर्मल, औरत जिससे प्यार करती है, उसके लिए कुछ भी कर सकती है। कुछ भी!"

इससे पहले कि निर्मल इन शब्दों के महत्त्व के बारे में कुछ सोच सके स्टूडियो से बुलावा आ गया कि शॉट तैयार है; डायरेक्टर और हिरोइन का इन्तज़ार है।

स्टूडियो जाते हुए निर्मल ने कहा—"क्यों दुर्गा, आज हमारी तस्वीर पूरी हो जाएगी? तुम्हें कैसा लग रहा है?"

"सच-सच बता दूँ?"

"अगर तुम मुझे इस क़ाबिल समझती हो।"

"मुझे तो डर लग रहा है। लोग तस्वीर के बारे में क्या कहेंगे! मेरे काम के बारे में क्या कहेंगे!"

"घबराओ मत दुर्गा, सब ठीक हो जाएगा। तुमने ही तो कहा था हमारे सपने ज़रूर पूरे होंगे।" और फिर वे अपनी तस्वीर के आख़िरी सीन की शूटिंग के लिए स्टूडियो के दरवाज़े में दाख़िल हो गए और दरवाज़ा बन्द हो गया।

निर्मल का ख़याल था कि यह दरवाज़ा बन्द हो जाने के बाद कामयाबी के सब दरवाज़े खुल जाएँगे, मगर ऐसा न हुआ।

फ़िल्म का बैकग्राउंड म्यूज़िक एक अन्तर्राष्ट्रीय ख्यातिप्राप्त संगीतकार ने दिया था। मगर फ़िल्मवाले सब यही कहते थे—'इस म्यूज़िक डायरेक्टर का तो कभी नाम ही नहीं सुना हमने। कोई हिट गाना बनाया है इसने ?'

जब तस्वीर पूरी हो गई तो निर्मल ने दस-बारह चोटी के डिस्ट्रीब्यूटरों को ट्रायल के लिए बुलाया। साथ में कुछ अख़बारवालों को, अपनी कम्पनीवालों को, जिसमें अब मूलचन्द भाई भी शामिल था।

ट्रायल ख़त्म हुआ तो अख़बारवालों ने और निर्मल के साथियों ने, दोस्तों ने तालियाँ बजाईं लेकिन जब रोशनियाँ हुईं तो मालूम हुआ कि ज़्यादातर डिस्ट्रीब्यूटर तो पहले ही खिसक चुके थे। चार बाक़ी रह गए थे।

एक ने निर्मल से हाथ मिलाया। ऐसे जैसे किसी मुर्दे का संस्कार करने के बाद उसके वारिसों को तसल्ली देने के लिए हाथ मिलाया जाता है। ख़ामोशी से हाथ मिलाकर चला गया।

दूसरे ने भी यही किया। सिर्फ़ 'थैंक यू, मिस्टर निर्मल' कहा। फिर वह भी चला गया।

तीसरे से निर्मल ने ख़ुद पूछा—''क्यों, सेठजी, कैसी लगी पिक्चर ?''

उसने बड़े भोलेपन से कहा—''फ़िल्म पूरी देखें तो राय दें।''

''मगर जो आपने देखी है यही तो पूरी फ़िल्म है।''

''सिर्फ़ दो घंटे की ?''

''जी हाँ। एक घंटा पचास मिनट है।''

''और गाने! वे अभी नहीं लगाए न ?''

''जी, इसमें कोई गाना नहीं है।''

''एक भी नहीं।''

''जी नहीं।''

उसने जल्दी से हाथ मिलाया और कहा—''यह तो एवार्ड पिक्चर है, मिस्टर निर्मल, मेरी बात याद रखिएगा। इसे एवार्ड ज़रूर मिलेगा।'' फिर वह भी चला गया।

निर्मल चौथे सेठ की तरफ़ बढ़ा—''कहिए सेठ साहब, आपका क्या ख़याल है ?''

''अच्छी है। बहुत अच्छी है।''

निर्मल ख़ुश हुआ कि एक को तो अच्छी लगी, शायद यह किसी इलाक़े के लिए फ़िल्म डिस्ट्रीब्यूशन के लिए ले ले। मगर जल्दी ही मालूम हो गया कि सेठ साहब फ़िल्म की बात नहीं कर रहे थे। उसकी हिरोइन की बात कर रहे थे।

''छोकरी अच्छी है। कितने पैसे दिए आपने ?''

''जी, हमारे सब काम करनेवाले तो साझेदार हैं इस पिक्चर में। वैसे अब तक मिस दुर्गा दास को हमने तीन हज़ार रुपए दिए हैं।''

''हम दस हज़ार देगा। अपने पार्टनर ने एक पिक्चर शुरू किया है—'दिलरुबा', उसमें इसको फ़र्स्ट क्लास वैम्प बना देगा। विलेन के साथ जो सीन है, अच्छा किया है।''

निर्मल ने उसे टालने के लिए कहा—"बहुत अच्छा है। मैं मिस दुर्गा से कह दूँगा। वे आपको फ़ोन कर लेंगी।"

सबसे आख़िर में मूलचन्द भाई की बारी थी।

निर्मल ने कहा—"कहिए मूलचन्द भाई, आपको कैसी लगी?"

"हमको क्या समझ है, निर्मल साहब। आपने आर्ट और फ़िलासफ़ी भरी है। हम तो बनिए हैं बनिए! हमको तो यह बताओ हमारी रक़म कब मिलेगी?"

"जैसे ही कोई बिज़नेस हुआ सारी रक़म पहले आपके घर ही आएगी।"

"अच्छा तो नमस्ते, निर्मल साहब। नमस्ते, दुर्गा बहन।" और मूलचन्द भाई कनखियों से उन दोनों को देखते हुए चले गए।

सब अख़बारों में लम्बे-लम्बे आर्टिकल छपे कि 'नई धरती, नया आकाश' हिन्दुस्तानी फ़िल्मसाज़ी में एक इंक़लाब ले आई है। उसका मुक़ाबला विदेशी आर्ट फ़िल्मों से किया गया।

मगर बार-बार ट्रायल रखने पर भी कोई डिस्ट्रीब्यूटर फ़िल्म को लेने पर राज़ी न हुआ।

कई फ़िल्मी दलालों ने राय दी कि इसमें चार गाने और हेलेन का डांस डाल दीजिए, फिर हम बिज़नेस करा देंगे।

एक डिस्ट्रीब्यूटर ने कहा—"यह आर्ट फ़िल्म है, मैं ऐसी कितनी ही फ़िल्में चला चुका हूँ। आप मुझे दीजिए तो मैं इसे मॉर्निंग शो में चलाऊँगा। आर्ट फ़िल्म लोग सुबह-सवेरे ही देखना पसन्द करते हैं।"

निर्मल ने पूछा—"कितना एडवांस दे सकेंगे आप? हमको तीन लाख मूलचन्द भाई को लौटाने हैं।"

डिस्ट्रीब्यूटर ने कहा—"हम तो कमीशन पर चला देंगे। पब्लिसिटी का ख़र्चा निकालकर सिर्फ़ पच्चीस फ़ीसदी कमीशन लेंगे। बाक़ी जो आए आपका।"

"मगर एडवांस..."

"आर्ट फ़िल्मों को हम एडवांस नहीं दे सकते। आप तो बस प्रिंट बनवाकर हमें दे दीजिए। बाक़ी सब हम देख लेंगे।"

निर्मल ने मूलचन्द भाई से बात की। उसने डिस्ट्रीब्यूटर को गाली देकर कहा—"उस साले का क्या एतबार? हम तो बस आपको जानते हैं। हमारा चुकता कर दीजिए, फिर हमारी तरफ़ से आप पिक्चर चलाने के लिए काले चोर को दे दीजिए।" बात ख़त्म हो गई।

निर्मल को ऐसा लग रहा था कि बात हर तरफ़ से ख़त्म होती जा रही है। दरवाज़े बन्द होते जा रहे हैं।

स्टाफ़ के लोगों ने आना छोड़ दिया था। कोई आता था तो पैसे माँगने।

जिस दिन एवार्ड के लिए फ़िल्म देहली भेजनी थी उस दिन कोई ऐसा भी नहीं था जो स्टेशन पर जाकर बिल्टी कटा आता। निर्मल को ख़ुद जाकर क्यू में खड़ा होना पड़ा।

दुर्गा ने भी आना-जाना कम कर दिया था। वह अब फिर लाइब्रेरियन के डिप्लोमा के लिए पढ़ रही थी। अगले महीने उसका इम्तहान था।

निर्मल अक्सर सोचता था कि अँधेरे में साया भी इनसान से जुदा होता है।

आर्थिक कठिनाइयों से तंग आकर एक दिन निर्मल ने फ़ैसला किया कि उस प्रोड्यूसर के यहाँ चला जाए जो घर आकर कॉन्ट्रैक्ट ऑफ़र कर रहा था।

जब प्रोड्यूसर के यहाँ पहुँचा तो उसने बड़ी आवभगत की—''आइए-आइए, निर्मलजी! आप तो ईद का चाँद हो गए।'' फिर उसने असिस्टेंट को चिल्लाकर कहा—''अरे, निर्मलजी के लिए चाय लाओ। पेस्ट्री भी लाना।''

निर्मल समझा अब काम बन गया।

मगर प्रोड्यूसर अपनी पिक्चर की बजाय निर्मल की पिक्चर की बात कर रहा था—''निर्मलजी, बड़ी तारीफ़ सुन रहे हैं आपके पिक्चर की। अब के ट्रायल हो तो हमें ज़रूर बताइए।''

निर्मल ने कहा—''फ़िल्म का अभी एक ही प्रिंट बना है, और वह देहली गया हुआ है, एवार्ड के लिए।''

''एवार्ड तो समझिए आपकी जेब में है, निर्मल जी। सच तो यह है कि इस नॉवेल को फ़िल्माने की हिम्मत आप ही कर सकते थे। सब्जेक्ट के साथ कोई इन्साफ़ कर सकता है तो राइटर ही कर सकता है!''

आख़िरकार निर्मल ने हिम्मत करके बात छेड़ ही दी—''वह आप उस दिन आए थे न कहानी के बारे में बात करने?''

''कब?'' प्रोड्यूसर ने बड़े भोलेपन से कहा—''ओह! अब याद आया। छह-सात महीने हो गए उस बात को तो। इस अर्से में हमने तो दो राइटरों से कॉन्ट्रैक्ट कर लिया है। एक पिक्चर तो आधी हो गई। आइन्दा ज़रूरत हुई तो ज़रूर आपको तक़लीफ़ देंगे।''

''अच्छा, तो फिर मैं चला। नमस्ते।''

''नमस्ते, निर्मलजी। कभी-कभी आते रहिए।''

उस रात को इधर-उधर होता हुआ निर्मल थका-हारा घर पहुँचा तो देखा दरवाज़ा खुला है और अन्दर रोशनी हो रही है।

उसको मालूम था कि एक चाभी दुर्गा के पास है। मगर दुर्गा को कहाँ फ़ुर्सत है आजकल उससे मिलने आने की!

'काश, दुर्गा ही हो!' उसके दिमाग़ ने कहा।

'भाड़ में जाए दुर्गा!' उसके दिल ने कहा।

अन्दर गया तो देखा दुर्गा ही है। उसको देखकर मुस्कराती हुई उठ खड़ी हुई।

''निर्मल, तुमने रेडियो सुना?''

''तुम जानती हो मैं रेडियो नहीं सुनता। मेरा रेडियो कब का बिक चुका है।''

"निर्मल, हमें एवार्ड मिला है!" दुर्गा चिल्लाई।

"क्या मिला है?" निर्मल ने पूछा।

"एवार्ड। गोल्ड मेडल।"

"फिर कहो, क्या कह रही हो! मुझे यक़ीन नहीं आता!"

" 'नई धरती, नया आकाश' को प्रेज़ीडेंट गोल्ड मेडल मिला है।"

"देवी दुर्गा, मज़ाक़ मत करो। मैं पहले ही बहुत दुखी हूँ।"

"क्या मैं तुम्हें दुख देना चाहती हूँ? निर्मल, मैं सच कह रही हूँ, तुम्हारी फ़िल्म को—हमारी फ़िल्म को—देश का सबसे ऊँचा फ़िल्मी सम्मान मिला है। और मुझे—तुम्हारी हिरोइन को—बेहतरीन एक्टिंग के लिए 'उर्वशी' एवार्ड!"

अब जाकर निर्मल को यक़ीन आया।

"दुर्गा!" वह चिल्लाया।

"निर्मल!" वह चिल्लाई और दौड़कर निर्मल से लिपट गई।

निर्मल ने उसे बाँहों में लपेटकर ऊँचा उठा लिया, उसका मुँह चूम लिया।

निर्मल के कन्धे पर सिर रखकर वह रोने लगी—"निर्मल, मैंने कहा नहीं था कि तुम्हारे सपने एक दिन ज़रूर सच्चे होंगे।"

"तुम्हारे सपने?" निर्मल ने उसको आहिस्ता से ज़मीन पर उतारते हुए अचम्भे से दोहराया—"हमारे सपने कहो, दुर्गा।"

और दुर्गा ने कहा—"तुम्हारे सपने ही मेरे सपने हैं, निर्मल। चलो, अब मिठाई खिलाओ या कम-से-कम एक प्याली चाय पिलवाओ।"

अब मरनेवाले ने अपनी मौत का स्टेज सजा लिया था।

दो-चार मिनट की देर है, फिर सब जलकर ख़ाक हो जाएगा। निर्मल! उसके सपने! उसके फ़िल्म के निगेटिव 'नई धरती, नया आकाश'—मेरे बाद मेरी निशानी भी क्यों रह जाए? उसके सोते हुए दिमाग़ ने सोचा।

सो उसने तेरह डिब्बों में से फ़िल्म के फ़ीते को (जो तेरह नागिनों की तरह कुंडली मार रहा था) निकालकर ढेर लगा दिया था। उस पर जितनी किताबें और अख़बार बाक़ी रह गए थे, वे रख दिए थे। उन पर मिट्टी का तेल छिड़क दिया था। एक दियासलाई घिसने की देर थी और धरती-आकाश-ज़िन्दगी और मौत—सब एक हो जाएगा।

मगर उस फ़िल्म को जलाने का मुझे क्या अधिकार है? (स्लीपिंग पिल्ज़ के नशे में धुँधले होते हुए दिमाग़ ने सोचा।) यह फ़िल्म दुर्गा की भी तो है। कौन-सी दुर्गा की?—मेरी दुर्गा? मगर वह तो कब की मर चुकी है। वह नन्ही-मुन्नी छोटी-सी लड़की जिसको मैंने 'फ़िल्म फ़ोरम' के शो में बैठा देखा था...और यह दुर्गा जिसने मूलचन्द भाई से छह फ़िल्मों का कॉन्ट्रैक्ट किया है। यह तो एक फ़र्स्ट क्लास वैम्प है। बेवफ़ाई की मलिका! विश्वासघात की देवी!

वह दिन आज भी—इस हालत में भी जब उसके क़दम मौत के किनारे लड़खड़ा रहे थे—उसे याद था जब दुर्गा ने ख़ुद आकर उसे बताया था कि उसने मूलचन्द भाई की कम्पनी में काम करने का फ़ैसला कर लिया है।

''तुम जानती हो मूलचन्द भाई कौन है? क्यों इसने फ़िल्म कम्पनी बनाई है?''

''जानती हूँ।''

''यह भी जानती हो कि उसने वह पच्चीस हज़ार रुपए जो मुझे गवर्मेंट से इनाम के मिले थे अपने क़र्ज़े में वसूल कर लिये हैं, और अब वह मेरे फ़िल्म के निगेटिव पर क़ब्ज़ा करना चाहता है?''

''जानती हूँ। वह उसका क़ानूनी हक़ है।''

''क़ानूनी हक़ सब कुछ है? इख़लाक़ी हक़ कुछ नहीं?''

दुर्गा ने कोई जवाब नहीं दिया। सिर्फ़ सिर झुका लिया। निर्मल ने सवाल-जवाब जारी रखा।

''इस क़िस्म के आदमी से रिश्ता जोड़ने का मतलब समझती हो, दुर्गा?''

''समझती हूँ।'

''फिर भी तुम यह क़दम उठा रही हो?''

''हाँ।'' मगर इस हाँ में मायूसी थी, मजबूरी थी, कोई गर्व-भरा ऐलान नहीं था।

''वजह?''

''कई वजहें हो सकती हैं जो तुम्हें बताने से कोई फ़ायदा नहीं। यह समझ लो मैं ग़रीबी की ज़िन्दगी से तंग आ चुकी हूँ। कामयाबी चाहती हूँ। आराम की ज़िन्दगी बसर करना चाहती हूँ।''

अब निर्मल ने वह सवाल कर ही दिया जो उसकी ज़बान की नोक पर कब से काँप रहा था।

''तो तुममें और फ़ारस रोड की रंडी में क्या फ़र्क़ है?''

दुर्गा ने निर्मल की तरफ़ देखा और बोली—''कोई फ़र्क़ नहीं है। वह भी हालात से मजबूर है, मैं भी मजबूर हूँ।''

निर्मल ज़ख़्म को ज़हरीले नश्तर से कुरेदता रहा।

''अब मालूम हुआ कि इतनी आसानी से तुम कैसे इस फ़िल्म के लिए मूलचन्द भाई से फ़ाइनेंस ले आई थीं? तुम्हारा और उसका रिश्ता पुराना मालूम होता है!''

''हो सकता है।'' दुर्गा ने जवाब दिया।

''बदचलन! आवारा! एक तो चोरी, उस पर सीनाज़ोरी!'' निर्मल पागलों की तरह चिल्लाया—''तो पहले...''

और उसने एक झन्नाटेदार हाथ दुर्गा के गाल पर मारा जिसकी आवाज़ दुर्गा के जाने के बाद भी उसके कमरे में, उसके दिमाग़ में गूँजती रही। और इतने दिनों के बाद आज भी गूँज रही थी।

आज, जब सारे पड़ोसियों के सामने मूलचन्द भाई उसकी कुर्की लेकर आया, उसको बेइज़्ज़त करके उसके घर का सामान उठाकर ले गया, उसको अदालत से दीवालिया क़रार दिलवाया।

अब वह जो कुछ कमाएगा मूलचन्द भाई को देना पड़ेगा (और यह ख़याल उसी दम उसके दिमाग़ में आया।) उस रुपए में से मूलचन्द दुर्गा की क़ीमत जो मुक़र्रर हुई है उसकी क़िस्तें अदा करेगा।

और फिर वह पागलों की तरह हँसने लगा—'मैं मर जाऊँगा तो मूलचन्द भाई किससे रुपया वसूल करेगा? क़र्ज़दार को सज़ा दी जा सकती है। दीवालिए से रुपया वसूल किया जा सकता है। मगर मुर्दे से रुपया वसूल करने या मुर्दे को सज़ा देने का कोई तरीक़ा सुप्रीम कोर्ट को भी नहीं मालूम है।'

निगेटिव जब जल जाएगा तो न सिर्फ़ उसकी निशानी मिट जाएगी बल्कि दुर्गा की भी, दुनिया दुर्गा का आर्ट क्यों देखे, जब उसने ख़ुद उस आर्ट को बाज़ार में बेच डाला है?

यह सोचकर वह और ज़ोर-ज़ोर से हँसा।

फिर उसने अपनी झिलँगा चारपाई को फ़िल्म और काग़ज़ों के अम्बार के ऊपर रख दिया।

दियासलाई जलानेवाला ही था कि उसे वह फ़िल्म के ख़ाली डिब्बों का कुतुबमीनार नज़र आया।

ये ख़ाली डिब्बे क्यों जलें? इन्होंने क्या क़सूर किया है?

ये ख़ाली डिब्बे बाज़ार में आठ-आठ आने में बिकते हैं। किसी ग़रीब के काम आ सकते हैं।

सो उसने डिब्बों को उठा-उठाकर खिड़की से बाहर फेंकना शुरू किया। और उस वक़्त उसे यह ख़याल आया कि फ़िल्म को डिब्बों से निकालकर डिब्बों को बाहर फेंकना चाहिए ताकि वे न जलें। जैसे मरते हुए आदमी के कपड़े उतार लिये जाएँ ताकि उसके मरने के बाद किसी ज़िन्दा आदमी के काम आ सकें।

फिर चारपाई पर लेट गया। बड़ी नींद आ रही है। लेटने में कितना आराम है। सोचना नहीं चाहिए। सो जाना चाहिए—सो जाना चाहिए—मगर सोने से पहले उसे कोई काम करना था। क्या काम करना था? कोई बहुत ज़रूरी काम था। हाथ चारपाई से नीचे लटका तो दियासलाई की डिबिया बजी। अब उसके सोए हुए दिमाग़ को याद आया कि उसे सोने से पहले काग़ज़ों और फ़िल्म के फ़ीते के अम्बार को, जो उसकी चारपाई के नीचे पड़ा था, आग लगानी थी। अपनी जागती हुई ज़िन्दगी की आख़िरी कोशिश से उसने दियासलाई जलाई और काग़ज़ों में आग लगा दी। फिर आराम से चारपाई पर लेटकर सो गया—हमेशा के लिए सो गया।

मगर उसकी मौत जलने से नहीं हुई। ज़्यादा स्लीपिंग पिल्ज़ खाने से और धुएँ से घुटकर हुई।

मिट्टी के तेल में पानी की मिलावट थी। अख़बारों में आग लगी, मगर शोले नहीं भड़के।

निर्मल यह भूल गया था कि फ़िल्म का फ़ीता अब नाइट्रेट का नहीं, ऐसे मसाले का बनता है जो फ़ौरन आग नहीं पकड़ता। फ़िल्म झुलस गई, मगर उसके शोले निर्मल तक नहीं पहुँचे। हाँ, सिलोलाइड का ज़हरीला धुआँ आहिस्ता-आहिस्ता ऊपर उठता हुआ निर्मल के बेहोश जिस्म में दाख़िल होता रहा और धीरे-धीरे बड़े प्यार से उसका गला घोंटता रहा जैसे दुनिया ने धीरे-धीरे बड़े प्यार से उसका गला घोंटा था।

निर्मल का दाह-संस्कार बड़ी धूमधाम से हुआ।

सारे लोगों ने—मशहूर स्टार, बड़े और कामयाब डायरेक्टर, प्रोड्यूसर, राइटर, जिनको फ़िल्म इंडस्ट्री कहा जाता है—उसकी अर्थी को कन्धा दिया।

श्मशान भूमि में उसकी याद में तक़रीरें की गईं। उसको हिन्दुस्तानी फ़िल्म इंडस्ट्री का इंक़लाबी डायरेक्टर बताया गया जिसने अपनी पहली फ़िल्म बनाकर ही अपना लोहा मनवा लिया था। "हमें आज निर्मल मरहूम के कारनामे पर नाज़ है।" एक प्रोड्यूसर ने कहा—"वे मरकर हमें ज़िन्दा रहने का भेद बता गए हैं।" तक़रीर उनको एक डायलॉग राइटर ने लिखकर दी थी।

एक तक़रीर मूलचन्द भाई की हुई। उन्होंने आँखों में आँसू भरकर कहा—"हमें इस बात पर नाज़ है कि स्वर्गवासी निर्मल पर जब कड़ा वक़्त पड़ा और उनकी महान फ़िल्म 'नई धरती, नया आकाश' अधूरी पड़ी थी तो हमने आगे आकर उनको फ़ाइनेंस किया और उनकी फ़िल्म ख़त्म करने में उनकी सहायता की।"

ऐसी ही तक़रीर होती रही और चिता की लपटें लपककर आकाश की तरफ़ जाने की नाकाम कोशिश करती रहीं मगर काले-काले धुएँ के बादल न सिर्फ़ उस श्मशान पर बल्कि सारी धरती और सारे आकाश पर छा गए।

और एक कोने में पल्लू से सर ढाँके दुर्गा खड़ी रही। वह न कुछ सुन रही थी। वह न कुछ देख रही थी। वह सिर्फ़ याद कर रही थी। उस दिन को, जब 'फ़िल्म फ़ोरम' के शो में अँधेरे से रोशनी हुई थी और उसने उस लम्बे क़द के नौजवान को पहली बार देखा था जो उसके जीवन में उजाला करके ख़ुद अँधेरे की गोद में सो गया था। उसके बटुए में एक लाइब्रेरी के सेक्रेटरी के नाम ख़त था जो आज ही उसने लिखा था। और जिसमें उसने कहा था कि मैं आपके यहाँ ढाई सौ रुपए माहवार पर असिस्टेंट लाइब्रेरियन की हैसियत से काम करने को तैयार हूँ।

[*तीन पहिए;* कहानी-संग्रह से]

पिंजरा

ग्रेटर कैलाश में जब बिल्डिंग बननी शुरू हुई और लोगों ने देखा कि लोहे की सलाख़ें चारों ओर लगाई जा रही हैं, तो किसी ने कहा—यह कोई मॉडल जेल होगी। कोई कहता था—पागलख़ाना है यह। फिर बोर्ड लगा 'पिंजरा', तो विश्वास हो गया, वाक़ई यह जेल है। मगर यह जेल नए प्रकार की थी। अन्दर पॉलिश की हुई लकड़ी का फ़र्श बनाया गया था। उसी लकड़ी का ऊँचा 'बार' भी बनाया गया था। बार पर शराब की बोतलें सजी हुई थीं। जब पिंजरे के साइनबोर्ड के नीचे लिख दिया गया—प्रवेश-शुल्क 25 रुपए—तो लोगों को अन्दाज़ा हुआ कि यह नए प्रकार का कैबरे और बार है।

जिस दिन पिंजरे का उद्‌घाटन एक मंत्री के हाथों हुआ उस दिन वहाँ बड़ी चहल-पहल थी। दूर-दूर की कॉलोनियों से मोटरें भर-भर कर आने लगीं। अन्दर से संगीत सुनाई देने लगा। फिर एक काले शीशे की मोटर आई, जिसमें से 'क़ैदी-औरतें' निकलीं और सीधी अन्दर ले जाई जाने लगीं।

इन क़ैदियों की हाज़िरी एक काला सूट पहने बड़ी-बड़ी मूँछों वाला 'वार्डर' ले रहा था—

"यास्मीन!"

"हाज़िर श्रीमान्!"

"रूबी!"

"यस सर!"

"उर्वशी!"

"यस सर!"

"वाइलेट!"

"यस सर!"

कुछ ही दिन में 'पिंजरा' बार और कैबरे ग्रेटर कैलाश में जम गया। वो जो अविवाहित नौजवान थे, वो जो रँडुवे थे, वो जिन्हें अपनी बदमिज़ाज पत्नियों से शिकायत रहती थी—उनके लिए शाम बिताने का एक महँगा बहाना हाथ आ गया।

शाम होती तो पच्चीस रुपए का टिकट ख़रीदकर सब अन्दर आते। व्हिस्की की बोतल (जो सौ रुपए में मिलती थी) या एक पैग (जो दस रुपए में आता था) अन्दर करते और दोस्तों के साथ बैठकर गप्पें लगाते।

फिर रात का प्रोग्राम शुरू होता।

पहले यास्मीन एक ग़ज़ल पेश करती, फिर उर्वशी और रूबी क़व्वालियाँ पेश करतीं, जिनमें से अधिकतर फ़िल्मी क़व्वालियाँ होतीं। कभी कोई फ़रमाइश करता कि 'ज़ीनत' की क़व्वाली हो जाए : 'आहें न भरी शिकवे न किए,' किसी की माँग होती : 'मेरे सामने वाली खिड़की में इक चाँद-सा मुखड़ा रहता है' और फिर कॉलेज के लड़के चिल्लाते : 'महबूबा-महबूबा' हो जाए।

जब रात के बारह बजते और 'पिंजरा' बन्द होने में सिर्फ़ एक घंटा बाक़ी रह जाता तो वाइलेट अपना स्ट्रिपटीज़ डांस करती। संगीत की धुन पर पहले वो अपना रेशमी लिबास उतारती। फिर फ्रॉक उतारती, फिर ब्रेसियर उतारकर टॉप-लेस (Topless) हो जाती। इसके बाद रेशमी मोजे उतारती। आख़िर में पैंटीज़ (Panties) उतारती, जिसके नीचे वो एक छोटी-सी बिकनी पहने रहती। अब संगीत की धुन चरम सीमा पर पहुँचती और एक झटके के साथ वो बिकनी भी उतार फेंकती। मगर इस झटके के साथ रोशनी भी बुझ जाती और वाइलेट स्टेज़ से ग़ायब हो जाती।

हॉल तालियों से गूँज उठता और कुछ लोग बार-बार यह तमाशा इस आशा के साथ देखने आते कि शायद अगले दिन रोशनी बुझानेवाला एक-दो सेकंड के लिए रोशनी बुझाना ही भूल जाए तो मज़ा ही आ जाए। मगर रोशनी वाले को तनख़्वाह इसी बात की मिलती थी कि कहाँ और किस वक़्त रोशनी बुझाई जाए। भला वो भूल कब करनेवाला था?

वाइलेट को स्ट्रिपटीज़ करने के लिए दो सौ रुपए रोज़ मिलते थे। इसमें से पचास रुपए रोज़ तो उसका एजेंट ले जाता, जिसने यह कॉन्ट्रैक्ट कराया था। तीस रुपए रात को टैक्सी वाले को घर ले जाने के देने पड़ते। सप्ताह में एक दिन वो छुट्टी भी करती थी। वो रुपए भी कट जाते थे। इस तरह उसे महीने में कोई दो हज़ार रुपए की आय होती। पाँच सौ रुपए माहवार एक कमरे के लिए उस एंग्लो-इंडियन परिवार को देने पड़ते, जहाँ वो पेइंग-गेस्ट के रूप में रहती थी। बाक़ी रुपयों में से वो तीन-चार सौ रुपए महीना अपने माँ-बाप को भेजती, जो शुरू में तो अपनी 'आवारा और बदचलन' लड़की से रुपए लेने में शर्म महसूस करते थे। मगर ग़रीबी में काहे की शर्म? इसीलिए अब वो तीन-चार सौ रुपए महीना लेकर भी अपनी बेटी को कभी-कभी लिख भेजते कि इसमें हमारा गुज़ारा नहीं होता। हो सके तो कुछ और भेज दिया करे।

वाइलेट हमेशा वाइलेट नहीं थी। वाइलेट से पहले उसका नाम 'रोज़' था, उससे पहले वो 'गुलाब' थी।

मगर जो नाम उसके जन्म पर रखा गया था वो 'गुलनार' था। उसकी माँ आगरे की एक वेश्या थी। नाच-गाना ख़ानदानी पेशा था। कभी-कभी अपना शरीर भी बेच देती थी। जब उम्र-दराज़ हुई और गुलनार जवान हुई तो माँ ने पेशा छोड़ दिया और अपने तबलची से शादी कर ली। उसे आशा थी कि गुलनार (जिसकी उम्र उस समय

23–24 वर्ष की थी) अब धन्धा करके माँ का पेट भरेगी। मगर गुलनार की माँ ने भूल से लड़की को स्कूल में पढ़वाया था, इसलिए उसको ख़ानदानी पेशे से घृणा हो गई थी। लेकिन तबीयत रंगीन और रोमांटिक पाई थी। एक कॉलेज के लड़के से नज़र लड़ गई। प्यार बढ़ा, इश्क़ हो गया। माँ ने लाख समझाया—बेटी यह लड़का तुझसे विवाह नहीं करेगा। तू इस इश्क़–विश्क़ के चक्कर में न पड़। मगर गुलनार पर तो मुहब्बत का भूत सवार था। आख़िर में जब इश्क़ ने गुल खिलाया तो उसने अपने आशिक़ (जिसका नाम कमलदास था) से कहा—''अब वो उससे शादी का वादा पूरा करे।''

लड़के ने कहा—''हाँ, मेरी जान! बस महीने–दो महीने सब्र कर लो। फिर शादी हो जाएगी।''

गुलनार ने सोचा महीने–दो महीने की तो बात है। मगर लड़के ने उस दिन से आना–जाना कम कर दिया।

''कमल डार्लिंग! तुम तीन–तीन दिन तक नहीं आते हो।'' गुलनार ने बिसूरकर उससे कहा।

''गुलनार मेरी जान! अब कॉलेज छोड़कर बाप के धन्धे को सँभाला है। अक्सर शामें बिज़नेस में गुज़र जाती हैं। मगर तुम फ़िक्र न करो। शादी के बाद तो तुम मेरे पास रहोगी।''

इसके बाद कमल सप्ताह में केवल एक बार आने लगा। बहाना वही बिज़नेस की व्यस्तता का था। दो महीने से तीन महीने हो गए। न शादी हुई, न गुलनार ने एबोर्शन ही कराया कि उसके डॉक्टर ने उसके विरुद्ध राय दी थी।

दो महीने तक सुरक्षा के साथ एबोर्शन हो सकता था। अब चौथा महीना हो चुका था। अब डॉक्टर ने काफ़ी ख़तरा ज़ाहिर किया, बल्कि एबोर्शन करने से साफ़ इनकार कर दिया।

गुलनार ने फ़ैसला कर लिया कि अबके कमल आएगा तो उससे साफ़–साफ़ कहेगी कि वो तुरन्त शादी कर ले, नहीं तो बाद में जग–हँसाई होगी। शादी के केवल पाँच महीने बाद बच्चा हुआ तो बदनामी होगी। मगर कमल को शायद इसकी भनक कान में पड़ चुकी थी। इसके बाद वो आया ही नहीं।

सप्ताह भर बाद जब गुलनार ने बेशर्म होकर उसके दफ़्तर में फ़ोन किया तो मालूम हुआ कि वो अपने बाप के बिज़नेस के सम्बन्ध में यूरोप चला गया है।

पाँच महीने तक और गुलनार ने इन्तज़ार किया। फिर एक क्रिश्चियन मेटर्निटी अस्पताल में दाख़िल होकर अपना नाम मिसेज़ रोज़ लिखवाया (जो गुलनार ही का अंग्रेज़ी अनुवाद था।) पति का नाम मिस्टर माइकल लिखवा दिया। फिर एक बच्चे को जन्म दिया। बच्चा, सुन्दर माँ और स्मार्ट बाप का बेटा था। अच्छी शक्ल लेकर पैदा हुआ। लेकिन उसके पैदा होते ही गुलनार की ज़िम्मेदारियाँ बढ़ गईं। अर्थात् माँ–

बाप की देखभाल के साथ बच्चे का ख़र्च भी बढ़ने लगा। माँ-बाप की जमा-पूँजी जो थी वो ख़त्म हो चुकी थी।

उस समय एक आदमी—बाबू—आया जो कभी गुलनार की माँ का दलाल था।

गुलनार ने उससे कहा—''वो अपनी माँ का धन्धा नहीं करेगी।''

''पेशा करने को कौन कह रहा है? यह ज़माना वेश्याओं का नहीं है। वेश्याओं को सुन्दर सोसाइटी-गर्ल्ज़ का मुक़ाबला करना पड़ता है। मगर नाच-गाना अब भी होता है। तुम्हारी शक्ल अच्छी है, जैसी तुम्हारी माँ की शक्ल थी। जिस्म भी सुडौल है। फ्रॉक पहनती हो तो टाँगें भी ख़ूबसूरत दिखाई देती हैं। तुम गाने-नाचने पर तैयार हो जाओ तो मैं हज़ार रुपए महीने पर तुम्हें किसी होटल में रखवाए देता हूँ, मगर दिल्ली जाना होगा क्योंकि मार्केट वहीं है।''

गुलनार ने बच्चे को सँभाला और दिल्ली आ गई। बाबू को वो अंकल कहती थी। उसने उसे एक होटल प्रोप्राइटर से मिलवाया जिसका होटल डिफेंस कॉलोनी में था। रात को कैबरे होता था। उसके कोरस में मिस 'रोज़' की बढ़ोतरी हो गई।

मिस रोज़ ने गाकर, नाचकर लोगों का दिल लुभाया। सब उस पर ही नज़रें जमाए रखते थे। असल बात यह थी कि उसने माँ का पेशा ज़रूर छोड़ दिया था, मगर बचपन से उसने सब नाज़-अन्दाज़ बहरहाल सीख रखे थे। किस प्रकार शरीर का प्रदर्शन किया जाए कि छुपने पर भी सीना नग्न हो जाए। टाँगों को कहाँ तक नंगा रखा जाए। नीचे अंडरवियर कितना छोटे से छोटा होना चाहिए? यह सब बातें कैबरे के लिए ज़रूरी थीं। और उनकी सहायता से महीना-भर के अन्दर ही 'रोज़ी' कोरस से निकलकर सोलो परफ़ारमेंस करने लगी। पर उसकी तनख़्वाह में भी ढाई सौ रुपयों की बढ़ोतरी हो गई।

छह महीने बाद 'रोज़ी' ने एक और होटल वाले के साथ नया कॉन्ट्रैक्ट कर लिया। पन्द्रह सौ रुपए बाबू ले जाता था। मगर बाबू बड़े काम का आदमी था। उसने चारों ओर 'रोज़ी' के फ़ोटो छपवाकर उसकी इतनी शोहरत कर दी कि हर कैबरे वाले की नज़रें उस पर जमने लगीं।

कई बार बाबू ने अपना पुराना धन्धा भी करना चाहा अर्थात् शरीर की दलाली। लेकिन गुलनार उर्फ़ रोज़ी उससे बचती रही।

बाबू कहता—''अरी, बहुत बड़ा बिज़नेसमैन है, ऐश कराएगा ऐश!'' मगर गुलनार 'नहीं' कर देती और उस पर अड़ी रहती।

असल में गुलनार को कोई नैतिक झिझक नहीं थी। मगर कमल की याद उसके दिल में आज भी ताज़ा थी।

कमल ने कहा था—'गुलनार, मेरी जान! हमारे प्यार को देखकर दुनिया अनारकली के फ़र्ज़ी रोमांस को भूल जाएगी।'

कमल ने कहा था—'तुम्हारी आँखों में मुझे सारी दुनिया की सुन्दरता सिमटी नज़र आती है।'

कमल ने कहा था—'गुलनार, शादी के बाद तुम्हारा नाम उर्वशी रखूँगा अर्थात् 'आकाश की नर्तकी'। तुम्हारे शरीर में जादू है जादू!'

ऐसे प्यार को वो आसानी के साथ न तो भूल सकती थी और न भूलने के लिए तैयार थी।

नए होटल का मैनेजर जो रोज़ी को पितृ-कृपा की दृष्टि से देखता था और जिसने उसके गालों के चुम्बन के आगे कोई क़दम नहीं उठाया था, एक दिन कहने लगा—"रोज़ी, समय आ गया है कि दुनिया तुम्हारे उजले और चमकदार शरीर के दर्शन करे।"

"क्या मतलब ?" गुलनार ने पूछा।

"मतलब यह कि तुम अब से स्ट्रिपटीज़ किया करो। सारी दुनिया की लड़कियाँ सीनों की नग्नता को नग्नता नहीं समझतीं। तुम्हें भी दुनिया की सुन्दर लड़कियों के सीनों का मुक़ाबला करना है।"

यह कहकर उसने अंग्रेज़ी की एक पत्रिका खोलकर उसके सामने रख दी, जिसमें हर देश की सुन्दर लड़कियाँ 'टॉपलेस' अर्थात् बिना ब्लाउज़ या ब्रेसियर के दिखाई दे रही थीं। एक होटल में तो सब बेटरेसेज़ (अर्थात् खाना खिलाने वालियाँ) टॉपलेस ही थीं।

"वैसे तुम्हारे सीने में कोई ख़राबी हो तो उसकी परवाह नहीं। मैं किसी और लड़की से बात करता हूँ, क्योंकि हर लड़की चाहती है उसकी तनख़्वाह बढ़ जाए।"

"कितनी तनख़्वाह बढ़ जाएगी ?"

"फ़िलहाल केवल ढाई सौ रुपए। हम अधिक ख़र्च नहीं कर सकते। मगर आगे के लिए कुछ नहीं कहा जा सकता। तुम जानती हो, स्ट्रिपटीज़ ब्लाउज़ और ब्रेसियर से शुरू होता है, और बिकनी पर ख़त्म होता है। इसी तरह तनख़्वाह भी बढ़ती जाएगी। The sky is the limit उसने इस ढंग से यह अंग्रेज़ी का वाक्य दोहराया जिसमें वादा भी था, आशा भी थी और एक प्रकार की धमकी भी थी।

उस रात को रोज़ी का सीना नंगा हो गया।

उसे कपड़े उतारने का ढंग अच्छी तरह मालूम था।

पहले उसने ब्लाउज़ के बटन खोले। संगीत का धमाका हर बटन पर हुआ। फिर उसने बेपरवाही के साथ ब्लाउज़ उतारकर पियानो बजानेवाले पर फेंका। फिर ब्रेसियर पहने हुए डांस फ़्लोर के दो चक्कर लगाए फिर अपनी कमर एक अधेड़ उम्र के दर्शक की ओर करके कहा—Help me darling! उस ग्राहक ने काँपते हुए हाथों से ब्रेसियर का क्लिप खोला और रोज़ी डांस करती रही। हॉल तालियों से गूँज उठा, क्योंकि रोज़ी का सीना ही इतना सुन्दर और सुडौल था।

उस दिन 'पिंजरे' का मालिक भी आया हुआ था। शो ख़त्म होने के बाद वो बाबू से मिला और उससे कहा कि 'रोज़ी' को किसी तरह राज़ी कर ले वो उनके नए कैबरे में शामिल हो जाए।

बाबू ने कहा—''सेठ साहब, यह बहुत मुश्किल काम है। मिस रोज़ी आमतौर पर नए होटलों में काम नहीं करती। हाँ, छह महीने या साल भर बाद आपका 'पिंजरा' ज़रा मशहूर हो जाएगा और उसकी तीलियाँ सोने की हो जाएँगी। तब आपकी ऑफ़र पर विचार किया जा सकता है।''

''अरे, क्या बात करता है?'' सेठ ने बाबू को गाली देकर कहा—''हमारे 'पिंजरे' को क्या समझा है? उसकी तीलियाँ शुरू से ही सोने की हैं। बस खुलने की देर है। फिर देखो कैसे भाँति-भाँति के पंछी आते हैं वहाँ!''

उस रात को 'अंकल' बाबू ने रोज़ी से बात की। रोज़ी ने कहा—''आज सीना खोलकर तो रोज़ी मर गई है। उसकी जगह और कुछ नाम रखना पड़ेगा। तभी कहीं और काम कर सकती हूँ। चाहे वो 'पिंजरा' ही हो। मगर तीलियाँ सोने की होनी चाहिए, ताकि मैं अपने बच्चे के लिए आया रख सकूँ और मुझे हर रात को बच्चे को लादकर कैबरे में न लाना पड़े।''

''वो मैं सेठ से बात कर लूँगा। कम-से-कम डेढ़ सौ रुपए रोज़ लेंगे हम, रोज़ी।''

पिंजरे के सेठ ने सब शर्तें मान लीं। मगर एक अपनी शर्त भी रखी।

''रोज़ी को अपना नाम बदलना पड़ेगा। रोज़ी बड़ा आम-सा नाम है। हमारे ज्योतिषी ने बताया है कि एक लड़की 'वाइलेट' नाम की इस 'पिंजरे' की हर तीली को सोने का बना देगी। इसलिए हम रोज़ी का नाम वाइलेट रख रहे हैं। पूछ लो, मंजूर है ना?''

''मंजूर तो होगा ही सेठ साहब, रोज़ी का कहना है जब दाम मेरी इच्छा के होंगे तो नाम सेठ जी की इच्छा का रख लूँगी।''

इस प्रकार वाइलेट ने स्ट्रिपटीज़ करना शुरू कर दिया। पिंजरे के अन्दर पहले तो वो केवल ब्लाउज़ और ब्रेसियर ही उतारती थी। फिर सेठ ने उसे समझाया कि इसी पर न रुके बल्कि पूरी नग्न होने का प्रभाव पैदा करे।

''तुम्हारे शरीर को ढाँपने के लिए हम तुम्हारी खाल के रंग का ऐसा चुस्त लिबास मँगवा देंगे जैसा फ़िल्मों में हेलन अपने नंगे डांस में पहनती है।''

फिर वो लिबास भी गया। अब जब स्ट्रिपटीज़ होता तो 'वाइलेट' नीचे से फ्रॉक, अंडरवियर और पैंटीज़ उतार फेंकती तब तो बड़ी तालियाँ बजतीं।

धीरे-धीरे लोग इस स्ट्रिपटीज़ के भी आदी हो गए और जो पुराने ग्राहक थे वो पहचान गए कि डांसर नीचे भी रेशमी नायलॉन का लिबास पहने हुए है। लाख उसे, लाल, पीली, नीली रोशनियों से छुपाने की कोशिश करे, फिर भी असल असल ही थी और नक़ल नक़ल। नतीजा यह हुआ कि जो लोग आधी रात के बाद वाइलेट का कैबरे ही देखने आते थे उनकी संख्या में कमी होने लगी।

ग्राहकों का ध्यान आकर्षित करने के लिए सेठ ने एक और तरक़ीब सोची।

एक दिन उसने कहा—"वाइलेट, लोग तुम्हारे रेशमी लिबास से तंग आ चुके हैं। वो 'स्काइलार्क' रेस्तराँ में जाने लगे हैं, जहाँ शहज़ाद बिलकुल नंगा स्ट्रिपटीज़ पेश कर रही है। इसलिए हमारी भीड़ भी उस तरफ़ चली गई है। अब अगर यह हाल रहा तो हमारे यहाँ स्ट्रिपटीज़ तुम केवल मेरे सामने किया करोगी और अपने आपको मुझे दिवालिया ठहराने के लिए कोर्ट में जाना पड़ेगा।"

"तो क्या आप चाहते हैं कि मैं बिलकुल नंगी हो जाया करूँ!"

"कुछ ऐसा ही करना होगा या कम-से-कम कुछ ऐसा ही करना पड़ेगा, जिससे दर्शक यही समझें कि एक सेकंड के लिए डांसर बिलकुल नंगी हो गई है। बाद में लाइट ऑफ करके तुम्हारे ऊपर अँधेरे का पर्दा डाल देंगे।"

तनख़्वाह और बढ़ा दी गई। अब डांसर को दो सौ रुपए रोज़ मिलने लगे। एक सेकंड को नंगा होने के लिए यह रक़म ठीक ही थी।

पुलिस को पता चला। उसने बोगस कस्टमर भेजे। साथ ही सेठ को इशारा कर दिया कि आज पुलिस स्ट्रिपटीज़ का निरीक्षण करने आएगी। सेठ इसके लिए तैयार था। उसने अपने लाइटमैन को समझा दिया कि जैसे ही वाइलेट अपनी पैंटीज़ उतारने लगे बस उसी समय रोशनी बुझा दे। एक सेकंड की भी नग्नता नहीं होगी। पुलिसवालों ने कोई नग्नता नहीं देखी और सेठ साहब की तरकीब की प्रशंसा करते रिश्वत के रुपए जेब में डालकर वहाँ से रवाना हो गए।

उससे अगले दिन 'स्काइलार्क' रेस्तराँ पर छापा पड़ा और वहाँ की स्ट्रिपटीज़ शहज़ाद को गिरफ़्तार कर लिया गया। साथ में मैनेजर और प्रोप्राइटर को भी पकड़ लिया गया। यह और बात है कि कुछ दिनों में ही वो छूट गए और एक सप्ताह बाद शहज़ाद का डांस शुरू हो गया। मगर 'स्काइलार्क' एक सप्ताह बन्द रहा और इतने समय में 'पिंजरे' के सब पंछी वाइलेट का 'असल स्ट्रिपटीज़' देखने के लिए फिर 'पिंजरे' में जमा हो गए।

एक दिन बाबू ने वाइलेट से कहा—"एक बहुत बड़े सेठ आए हैं। आज रात को तुम उन्हें भा गईं तो वो तुम्हें रखैल रख लेंगे उचित तनख़्वाह पर।"

"कहाँ से आए हैं वो सेठ?" वाइलेट ने पूछा।

"सीधे इंग्लैंड से आ रहे हैं। मगर रहनेवाले हैं आगरा के।"

वाइलेट के मस्तिष्क में ख़तरे की घंटियाँ बजने लगीं।

"क्या नाम है उनका?"

"कमलदास, करोड़ों का बिज़नेस है उनका।"

मगर वाइलेट (रोज़ी या गुलनार) के कानों में एक ही नाम गूँज रहा था—

'कमलदास!'

'कमलदास!'

'कमल!'

'कमल!'

वो सारे दिन उस घड़ी का इन्तज़ार करती रही जब वो कमलदास के सामने अपना नंगा नाच पेश करेगी। कैसे उस ड्रामे को पूरा करेगी जो ख़ुद कमलदास ने शादी से इनकार करके शुरू किया था।

उस दिन उसने अपना शृंगार विशेष रूप से किया। बारह बजने से पहले ही वो अपना उतारनेवाला ड्रेस पहनकर तैयार हो गई। उसने पीछे से झाँककर सन्तोष कर लिया कि कमल आ गया है और आगे ही बैठा है। वो व्हिस्की पिए जा रहा था। मगर शक्ल से अब भी भोला-भाला कमल ही लगता था, जैसा दो वर्ष पहले आगरा में दिखाई देता था।

जब दस मिनट के इंटरवल के बाद वाइलेट के नाच का ऐलान हुआ तो वाइलेट ने लाइटमैन को बुलाकर कुछ बताया और उसको सौ रुपए का नोट भी बख़्शिश दिया।

आरम्भिक संगीत शुरू हुआ। फिर वाइलेट मैदान में संगीत के एक धमाके के साथ उतरी। आज वो मिश्री नर्तकी के रूप में आई थी, जिसके चेहरे पर रेशम का पर्दा पड़ा था। दो वर्ष में उसके शरीर में नया अनुपात पैदा हो गया था। कूल्हा और सीना उभर गया था। टाँगें अधिक सुडौल हो गई थीं। अब वो ऊँची एड़ी के जूते पहनकर डांस कर सकती थी। उसने सबसे पहले मिश्री स्टाइल से उपस्थितियों को सलाम किया, जो हरेक ने महसूस किया कि उसी के लिए किया गया है।

कमलदास भी इस जादुई इशारे के प्रभाव से न बच सका। उसने सोचा—जाने यह वाइलेट किस-किस चमन की ज़ीनत बन चुकी है, लेकिन उसकी शक्ल देखे बग़ैर भी उसके नाच के अन्दर एक आकर्षण झलकता है, जो उसकी मर्दानगी को ललकार रहा है। यद्यपि कमल ने वाइलेट की शक्ल देखे बग़ैर ही फ़ैसला कर लिया कि उसको किसी क़ीमत पर भी प्राप्त करके रहेगा।

नाच के साथ संगीत की धुन तेज़ होती गई। वाइलेट के कपड़े उतरने लगे। मगर, आज उसने पर्दा नहीं उतारा। पहले हरेरी सिल्क का लबादा उतारा, फिर कफतान उतारा, फिर ब्लाउज़, फिर ब्रेसियर। उसका नग्न सीना जैसे बाहर आने को बेचैन था।

कमल को जाने क्यों इस सीने में किसी जाने-बूझे शरीर की झलक नज़र आई।

फिर वाइलेट ने मिनी फ्रॉक उतारा। फिर पैंटीज़ उतारी। अब एक बिकनी रह गई थी। उसको उतारने में आज उसने ज़्यादा ही देर लगाई।

वाइलेट संगीत के साथ नाचती रही। अपने कूल्हे मटका-मटकाकर लोगों का दिल बहलाती रही। उसके नग्न जज़्बात के साथ खेलती रही। यहाँ तक कि कई लोग चिल्ला पड़े—"बिकनी भी उतारो..."

"बिकनी।"

"बिकनी।"

"उतारो।"

''उतारो।''

इन आवाज़ों में वो जानी-बूझी आवाज़ भी शामिल थी जिसे सुनने के लिए वाइलेट तड़प रही थी। एक आवाज़ जिसमें शाही आदेश भी था, और एक बचकानी इल्तिजा का अन्दाज़ भी—''बिकनी उतारो, डार्लिंग!''

यह सुनकर उसका नाच और तेज़ हो गया। उस क्षण उसके इर्द-गिर्द न सिर्फ़ 'पिंजरा' घूम रहा था बल्कि सारी दिल्ली घूम रही थी, सारी दुनिया घूम रही थी और उस घूमती हुई दुनिया में एक अतीत की याद उभर रही थी। उस क्षण की याद, जब कमलदास ने उससे पहली बार कहा था—''साड़ी उतार दो, डार्लिंग प्यार करनेवालों के बीच कोई भी पर्दा नहीं होना चाहिए।''

''साड़ी उतार दो, मेरी जान।''

''मेरी जान।''

''मेरी जान।''

''आना संडे के संडे।'' एक पुराना गीत उसके कानों में गूँज उठा।

''आना हर महीने।''

''आना हर साल।''

''आना दो साल के बाद।''

''दो साल के बाद।''

''दो साल।''

दो साल जो उसने इन्तज़ार में गुज़ारे थे, जिनके दौरान पहले छह महीने के बाद उसको एक बच्चे को जन्म देना पड़ा था और उसके बाद अब डेढ़ साल से उसकी देखभाल कर रही थी। अपने माँ-बाप के गुज़ारे के लिए और बच्चे के दूध के लिए उसको क्या कुछ न करना पड़ा था। गाना पड़ा था (उसकी आवाज़ ज़्यादा अच्छी नहीं थी), अपने शरीर का प्रदर्शन करना पड़ा था, नाचना पड़ा था (उसके शरीर में लोच था) कई बार मालिकों और मैनेजरों के साथ सोना भी पड़ा था, मगर निश्चित रखैल वो किसी की न बनी थी, इसलिए कि उसको मालूम था कि किसी-न-किसी दिन कमलदास ज़रूर आएगा और उसी दिन के लिए ही वो ज़िन्दा थी, मगर उसको मालूम नहीं था कि किस तरह और किस हालात में कमल से उसकी मुलाक़ात होगी तो वो बिलकुल नग्न होगी और उसका चेहरा नक़ाब (पर्दे) में छुपा होगा।

इन्तज़ार कराने की भी एक हद होती है। बैंड के संगीत पर थिरकते-थिरकते डांसर भी थक जाती है। आख़िर अपनी बिकनी उसको उतारनी ही पड़ी। लेकिन आज एक सेकंड के बाद रोशनी नहीं बुझी। आज उसने लाइटमैन को इस बात के लिए रिश्वत दे रखी थी कम-से-कम पाँच मिनट तक वो रोशनी को ठहराए रखेगा, जब तक वो नाचती रहेगी।

अब वो स्टेज पर नहीं नाच रही थी, बल्कि बेशर्मी से पच्चीस रुपए देनेवालों के बीच थिरक रही थी, कूल्हे मटका रही थी। नाचते-नाचते वो कमल की मेज़ के बिलकुल क़रीब आ गई। उसकी आँखों में आँखें डालकर उसने बड़ी बेहयाई, बेशर्मी से उसे घूरा, जैसे अपने नग्न शरीर का पूर्ण प्रदर्शन करना ज़रूरी हो, वो सौदा करने के लिए—जिसकी पेशकश कमलदास की तरफ़ से आई थी।

"देखो, मेरा शरीर देखो। क्या निश्चित इस क़ाबिल है कि तुम इसे ख़रीदो?"

"पचास हज़ार में।"

"सत्तर हज़ार में।"

"एक लाख में।"

"यह शरीर जो कभी तुम्हारा था। सिर्फ़ तुम्हारा।"

"मगर जब बच्चा मेरी कोख में था तो तुम इस शरीर को और उस बच्चे को छोड़कर चले गए थे। आज तुम्हें उसकी क़ीमत देनी पड़ेगी।"

यह सब उसने अपनी ज़बान से नहीं, अपने डांस से (जैसे ज़बाने-हाल से) कहा।

जब इस बेशर्मी के प्रदर्शन को पाँच मिनट हो गए तो लाइटमैन ने आख़िरकार रोशनी बुझा दी।

हाल तालियों से गूँज उठा।

"एक बार फिर!"

लोग पागल होकर चिल्ला रहे थे। आज उनका पैसा वसूल हो गया था और उन भेड़ियों की तरह जिनके मुँह को ख़ून लग गया हो, वो चिल्ला रहे थे। सीटियाँ बजा रहे थे।

कमल को पसीना आ रहा था क्योंकि उसको सन्देह हो रहा था कि यह शरीर उसका नग्न देखा हुआ है। वो वहाँ से भाग जाना चाहता था। अँधेरे में उसने उठने की कोशिश भी की। मगर पीछे से किसी के हाथ ने उसका रास्ता रोक लिया और कान में कहा—"कहो सेठ, कैसा माल है?"

इससे पहले कि वो उसका उत्तर दे, रोशनी फिर हो चुकी थी और एक बार फिर वही नर्तकी नग्न नाच रही थी। मगर इस बार एक अन्तर था।

उसके चेहरे का काला हरेरी सिल्क का पर्दा उतर चुका था और वो अपने दाएँ बाज़ू में अपने बच्चे को सँभाले नाच रही थी।

यह नाच उसने ठीक कमलदास की मेज़ के सामने किया। मेनका की तरह बच्चे को पेश किया। फिर पीछे हटी। फिर आगे बढ़ी। लोग समझे कि शायद यह भी नग्न नाच का कोई पैतरा है। बच्चा भी बिलकुल नग्न था।

नाचते-नाचते वो एक बार बिलकुल कमलदास के क़रीब आ गई और झुककर उसके कान में कहा—"इस हराम की औलाद को पहचानते हो डार्लिंग?"

वो बार-बार उसके क़रीब झुकी और कान में कहा—"मगर इस हराम की औलाद को ज़िन्दा रहने का कोई अधिकार नहीं है। इसलिए मैंने इसे मार डाला है।"

यह कहते-कहते वो ज़ोर से चिल्ला पड़ी और उसकी आवाज़ संगीत की धुन के ऊपर सुनाई दी—"इसलिए मैंने इसे मार डाला है।"

यह सुनकर सुननेवाले सकते में आ गए।

यह नाच था या ड्रामा?

यह कॉमेडी थी या ट्रेजेडी?

यह नग्न मेनका थी या कोई जल-परी या अग्नि-परी?

और फिर नाचते-नाचते मुर्दा बच्चे को उसने कमलदास की मेज़ पर पटक दिया।

"गुलनार! यह तुम्हें क्या हो गया?" कमल चिल्लाया।

नाचनेवाली के चेहरे पर एक मुस्कराहट खिल उठी—"आख़िर तुमने मुझे पहचान लिया न!"

उसके साथ ही संगीत बन्द हो गया।

सन्नाटे में 'पिंजरा' के प्रोप्राइटर की आवाज़ तेज़ हुई—"लाइट बुझाओ, लाइट बुझाओ।"

फिर रोशनी बुझ गई और सिर्फ़ चारों तरफ़ लगी हुई पिंजरे की सुनहरी तीलियाँ चमकती रहीं।

कोर्ट ने वाइलेट (जिसका पहला नाम रोज़ था और उससे पहले गुलनार) को पागल क़रार दिया, और बच्चे के क़त्ल के अपराध की सज़ा को स्थगित करते हुए उसको पागलख़ाने भिजवा दिया।

बच्चे के कफ़न-दफ़न के लिए पाँच सौ रुपए (अपने सेक्रेटरी के द्वारा) कमलदास ने भिजवाए।

कहते हैं पागलख़ाने की सलाख़ों को अब भी कभी-कभी 'पिंजरा' की तीलियाँ समझकर गुलनार (या रोज़ या रोज़ी या वाइलेट) पागलख़ाने की तरफ़ से दिए हुए अपने कपड़े फाड़ देती है और नग्न नाचने लगती है।

आख़िर पागल है न बेचारी!

[दो *हाथ*; कहानी-संग्रह से]

स्पर्श

उसका नाम देवेन्द्रकुमार था, मगर सारी फ़िल्मी दुनिया उसे 'डुपर स्टार' के नाम से जानती थी। उसके पब्लिसिटी मैनेजर ने उसे समझाया था कि 'सुपर स्टार' तो कई अभिनेता कहलाते हैं या कहलाते थे, मगर 'डुपर स्टार' एक ही हैं, और वो देवेन्द्रकुमार हैं।

'यह चेहरा कहीं देखा हुआ है! यह अलग बात है कि इस समय दर्द और तक़लीफ़ से कुछ बदला हुआ लगता है!' चित्रा भागवत ने एयरकंडीशंड 'ए' क्लास कमरे में घुसते हुए सोचा।

हर तरफ़ फूल ही फूल कमरे में भरे हुए थे, जो प्रोड्यूसर डायरेक्टर और दूसरे स्टार जो देवेन्द्रकुमार से मिलने आए थे, छोड़ गए थे। उनकी ख़ुशबू से एयरकंडीशंड कमरा महक रहा था।

फिर जैसे ही वो अस्पताल के पलंग के सिरहाने पहुँची, उसने उस चेहरे को पहचान लिया। दर्जनों बार रुपहले पर्दे पर वो उसे देख चुकी थी और सैकड़ों फ़िल्मी पत्रिकाओं के ऊपर उसके क्लोज़-अप देख चुकी थी। जब उसे कमरा नम्बर 144 में भेजा गया तो वो डर रही थी कि प्रतिदिन की तरह कोई सेठ या पेट्रो डालर्ज़ में डूबा हुआ अरब का कोई शेख़ होगा। उसके ख़्वाब और ख़याल में भी नहीं था कि उसका प्रिय, सारे भारत का प्रिय फ़िल्मी सितारा देवेन्द्रकुमार उस अस्पताल के पलंग पर लेटा होगा। उससे तो केवल यह कहा गया था कि उस बीमार के घाव तो सब भर गए हैं, मगर दो-तीन सप्ताह शारीरिक व्यायाम से इलाज की ज़रूरत है। उसके बाद ही उसे अस्पताल से छुट्टी दी जा सकती है।

"फ़िल्म-स्टार देवेन्द्रकुमार हैं न आप?" चित्रा भागवत ने मुस्कराकर ग़ैरज़रूरी प्रश्न किया।

"आप मुझे जानती हैं?" उत्तर में देवेन्द्रकुमार ने इतना ही ग़ैर-ज़रूरी प्रश्न किया, क्योंकि उसे तो पहचाने जाने की आदत हो गई थी।

"कौन नहीं जानता आपको? बताइए यह एक्सीडेंट कब और कैसे हुआ?" चित्रा ने डॉक्टरी अन्दाज़ में मुस्कराकर पूछा।

"मैं आपको सब सच बता दूँगा। मगर आप पहले बैठ तो जाइए।" देवेन्द्र ने उत्तर दिया—"कहानी लम्बी है और मैं किसी लेडी को इतनी देर तक खड़ा नहीं देख सकता।"

चित्रा भागवत कमरे की इकलौती कुर्सी को पलंग की ओर घसीटकर उस पर बैठ गई।

देवेन्द्र ने वही कहानी चित्रा को सुना दी जो वो कई सप्ताह से रिपोर्टरों को सुनाता रहा था। किस तरह वो एक ख़तरनाक सीन कर रहा था। वो जब भी कोई ख़तरनाक सीन करता है, ख़ुद ही करता है। कभी स्टंटमैन को डुप्लीकेट के तौर पर प्रयोग नहीं करता, क्योंकि वो नक़ली एक्टिंग करने का समर्थक नहीं और न अपने आपको ख़तरे में डालने से झिझकता है (यह बात वो बार-बार जताया करता था) सीन यह था : हीरो एक पहाड़ की चोटी पर एक रस्सी की मदद से चढ़ रहा है, जहाँ विलेन बँधी हुई रस्सी को अपने ख़ंजर से काट रहा है। जहाँ हीरो लटका हुआ है वहाँ से दो हज़ार फ़ीट नीचे एक गहरी घाटी है। इसलिए सुरक्षा की ख़ातिर रस्सी का आख़िरी सिरा देवेन्द्र के कोट के नीचे उसकी कमर के गिर्द बँधा हुआ था। मगर फिर भी उसे रस्सी के सहारे ही ऊपर चढ़ना था। रस्सी मज़बूत थी, लेकिन मूँज की बनी हुई थी, जिसके सख़्त रेशे बाहर निकले हुए थे। इसी रस्सी को पकड़कर उसको चढ़ना था। इसलिए रस्सी की रगड़ से उसके दोनों हाथ लहूलुहान हो गए। जब वो पहाड़ी पर चढ़ ही गया और हाथ से चट्टान की कगार को पकड़कर उसने अपने आप को ऊपर उठाने की कोशिश की तो ठीक उसी समय उसके लहुलूहान हाथ पत्थर पर से फिसल गए और वो पत्थरों से टकराता हुआ नीचे गिर गया। फिर ऊपर से फिसलती हुई रस्सी को रोक लिया गया था। मगर इतनी देर में उसके सारे शरीर में—चेहरे पर, कोहनियों पर, टाँगों पर पत्थरों से टकराकर बहुत गहरे घाव आए थे। ख़ैरियत यह हुई कि रस्सी को रोक लिया गया और वो सिर्फ़ पचास फ़ीट नीचे गिरा, वरना रस्सी छूट जाती तो फिर ज़िन्दा बचने की सूरत ही नहीं थी। फिर भी जब उसका गिरना रुका तो उसकी कमर पर जहाँ रस्सी का दूसरा सिरा बँधा हुआ था, वहाँ इतने ज़ोर का झटका लगा कि कई पसलियाँ टूट गईं।

"मैं तो उस समय बेहोश था जब मुझे ऊपर से खींचा गया। इसलिए जो सुना है वो बता रहा हूँ आपको। मगर मैं उन स्टंटमैन की होशियारी और शक्ति की प्रशंसा किए बग़ैर नहीं रह सकता जो रस्सी को ऊपर से पकड़े हुए थे और जिन्होंने मुझे बेहोशी की हालत में ऊपर खींचा।"

"बाप रे!" चित्रा भागवत ने यह सब सुनकर कहा—"इसका मतलब यह है कि आपको भगवान ने बचा लिया। ज़रा अपनी वो प्रसिद्ध हथेलियाँ तो दिखाइए जो सबसे ज़्यादा लहूलुहान हुई थीं।"

किसी क़दर झिझक के साथ 'डुपर स्टार' ने अपने दोनों हाथ कम्बल और चादर के अन्दर से निकाले। जैसी चेहरे की रंगत थी, उसी तरह यह हाथ भी गोरे थे। (जैसे साधारणत: पंजाबियों के होते हैं, चित्रा ने सोचा) मगर नरम और नाज़ुक हाथ नहीं थे। बड़े-बड़े गट्टे पड़े हुए खुरदरे हाथ थे। हाथों के घाव भर चुके थे। मगर चित्रा

की अनुभवी आँखों ने उसे विश्वास दिला दिया कि यह घाव एक रस्सी के फूँसड़ों की रगड़ से नहीं आए थे, बल्कि उन हाथों में कोई बहुत तेज़ चुभनेवाली चीज़ चुभी थी।

"अच्छा, अब ज़रा अपनी उँगलियों को फैला दीजिए—इस तरह।" उसने कहा और अपनी उँगलियों को फैलाकर दिखाया। नीचे सफ़ेद चादर थी। उस समय अपनी साँवली-सलोनी रंगत का चित्रा को तेज़ एहसास हुआ, क्योंकि मुक़ाबले में वो गोरे-गोरे बड़े-बड़े हाथ थे, जो बन्द थे और बेजान मांस के लोथड़े मालूम हो रहे थे। उसने यह भी देखा कि देवेन्द्रकुमार दायाँ हाथ बाएँ हाथ की मदद के बग़ैर उठा ही नहीं सकता था।

वह उँगलियाँ फैलाने की नाकाम कोशिश कर कहा—"यह मैं नहीं कर सकता, बहुत दर्द होता है।"

"आओ-आओ, कोशिश तो करो।" चित्रा ने कहा—"मैं तुम्हारी मदद करती हूँ।"

यह कहकर उसने धीरे से उन बड़े-बड़े, गोरे-गोरे बन्द हाथों को अपनी नाज़ुक साँवली उँगलियों से छुआ, बल्कि फैलाया। उस स्पर्श में प्यार भी था, ममता भी थी, हमदर्दी भी और गरमी भी। उसने देवेन्द्र की 'जमी' हुई उँगलियों को पिघलाया। धीरे-धीरे उनमें हरकत हुई और उन्होंने खुलने और फैलने की कोशिश की।

"शाबाश! शाबाश!" चित्रा ने देवेन्द्र को बच्चों की तरह पुचकारा, बहलाया और हिम्मत बढ़ाई—"उँगलियों को ज़रा और खोलो—और...और... !"

एक जगह जाकर उँगलियाँ ठहर गईं। देवेन्द्र ने मायूसी से अपने हाथ की ओर देखकर कहा—"अब और नहीं खुलतीं। तक़लीफ़ होती है, जैसे कोई सूई अँगूठे के नीचे चुभी हुई हो।"

"सूई?" चित्रा ने हैरत से दोहराया। वो अँगूठे को बराबर सहलाए जा रही थी, मगर असल में अपनी डॉक्टरी आँखों से और डॉक्टरी उँगलियों से अँगूठे की जाँच कर रही थी।

डुपर स्टार इतनी मेहनत कर उँगलियाँ खोलकर पसीने में नहाया हुआ था। मगर तक़लीफ़ की 'सूई' अब कम तक़लीफ़ दे रही थी। चित्रा का स्पर्श मरहम का काम कर रहा था।

चित्रा ने अँगूठे को सहलाते-सहलाते ज़रा ज़ोर से थपथपाया फिर अपना हाथ हटा लिया और कहा—"कल से इलाज और व्यायाम शुरू करेंगे।" यह कहकर वह उठ खड़ी हुई।

"आप चली जाएँगी?" डुपर स्टार ने बच्चों की तरह मुँह बिसूरकर पूछा और हाथ कम्बल और सफ़ेद चादर के अन्दर कर लिये।

"अब जाना ही होगा। दो-तीन और बीमारों को देखना है।" चित्रा ने कहा—"आज तो मैं आपसे केवल परिचित होने आई थी।"

देवेन्द्र ने मायूस होकर इधर-उधर देखा। किसी बहाने डॉक्टर चित्रा को रोका जाए? फिर उसकी नज़र उन फूलों पर पड़ी जो ड्रेसिंग टेबल पर सजे हुए थे।

''कुछ फूल तो लेती जाइए अपने साथ!'' उसने कहा।

''बहुत अच्छा। शुक्रिया!'' चित्रा ने कहा।

उसे सिखाया गया था कि बीमार की किसी बात को रद्द न करो। मगर वो निजी ज़िन्दगी में बढ़िया तोहफ़े लेने के विरुद्ध थी, क्योंकि उसमें ख़तरा भी हो सकता था। इसलिए उसने गुलाब का एक फूल एक टोकरी में सजे हुए फूलों में से निकाल लिया।

''मैं यह फूल ले जाऊँगी। बहुत-बहुत धन्यवाद, मिस्टर कुमार।''

चित्रा की चप्पलों की आवाज़ एयरकंडीशंड कमरे का दरवाज़ा बराबर होते ही विलुप्त हो गई। देवेन्द्र अपने ख़यालों के साथ अकेला रह गया। वो सोचने लगा—अपनी पत्नी दया के बारे में और अपनी गर्ल-फ्रैंड राधा के बारे में। ये दोनों प्रतिदिन उससे मिलने आती थीं। पत्नी सुबह को आती थी और राधा शूटिंग कर शाम को आती थी।

देवेन्द्रकुमार ने ज़िन्दगी में दर्जनों इश्क़ किए थे और सम्बन्ध तो सैकड़ों लड़कियों के साथ क़ायम किए थे—मगर एक दिन या एक रात के लिए। इनमें फ़िल्म-स्टार भी थीं, वैम्प भी, एक्स्ट्राज़ भी, कॉलेज-गर्ल्ज़ भी, एयर होस्टेसेज़ भी, कॉल-गर्ल्ज़ भी और मामूली दर्जे की वेश्याएँ भी। मगर उन्होंने उसकी ज़िन्दगी पर या उसके दिल पर कोई निशान न छोड़ा था। लड़कियों और नौजवान औरतों के साथ उसका बर्ताव बहुत सीधा-सादा और बहुत संक्षिप्त होता था। वो न झूठ बोलता था, न वादे आदि करता था। हाँ, अपनी प्रसिद्धि (या बदनामी) से फ़ायदा ज़रूर उठाता था। वो किसी लड़की से यह नहीं कहता था—'डार्लिंग, मुझे तुमसे मुहब्बत हो गई है। मैं तुम्हारे बग़ैर नहीं रह सकता।' वो तो बस इतना कहता था—'देखो भई! तुम हमें दिलचस्प और दिलकश लगती हो। क्या तुम मेरे साथ लंच या डिनर के लिए अमुक होटल में चल सकोगी?' साधारणत: वो लड़की 'हाँ' कहती थी और दो-चार घंटे साथ गुज़ारने के बाद कपड़े उतारने का समय आ जाता था। फ़िल्मों की मारी इस क़िस्म की लड़कियों के लिए 'न' कहने का प्रश्न ही पैदा नहीं होता था। देवेन्द्र का मर्दाना सौन्दर्याकर्षण प्रसिद्ध था। वो लड़कियाँ इस ताक में रहती थीं कि कब उसकी नज़र उन पर पड़े। मगर वो अपनी उपलब्धियों की डींग नहीं मारता था, किसी से उनका ज़िक्र नहीं करता था। फिर भी अन्दर ही अन्दर उसके एहसास, उसके अहं को ज़रूर शान्ति मिलती थी और उसके फ़िल्मी व्यक्तित्व को शक्ति मिलती थी।

सिर्फ़ दो लड़कियों ने उसके निमंत्रण को नरमी से ठुकरा दिया था। पहली से उसने शादी कर ली थी। दूसरी की प्रसिद्धि 'शेरनी' की थी। फ़िल्म इंडस्ट्रीज़ में वो man-eater (नर-भक्षी) कहलाती थी। जब देवेन्द्र की उससे पहली मुलाक़ात हुई तो वो उसके साथ एक पिक्चर में हिरोइन का रोल कर रही थी। उसके चलते-फिरते बनावटी

'रोमांसों' की भी हर ओर ऐसी ही चर्चा थी जैसी देवेन्द्र के रोमांसों की। मगर जब देवेन्द्र से उसकी पहली मुलाक़ात हुई तो उसने बे-झिझक 'हाय देवेन्द्र' कहकर उसके गले में बाँहें डाल दीं। देवेन्द्र के लिए इससे ज़्यादा प्रेम स्वीकृति और क्या हो सकती थी? मगर उस शाम को जब उसने राधा को होटल में चलने के लिए निमंत्रण दिया तो राधा ने बड़े नख़रे किए। भोली बनने का पोज़ बनाया। पूछने लगी—"होटल में क्या होगा?"

"तुम ख़ूब जानती हो क्या होगा?" देवेन्द्र ने कहा।

"मेरी माँ नहीं जाने देती होटलों-वोटलों में। कहती हैं—ऐसी जगहें ख़तरनाक होती हैं कुँवारी लड़कियों के लिए।"

"कुँवारी! यह अच्छा मज़ाक़ है, डार्लिंग।"

मगर राधा उस समय तक नहीं मानी जब तक कुछ दिन बाद उसने देवेन्द्र से न केवल यह कहलवा लिया—"मैं तुमसे मुहब्बत करता हूँ, डार्लिंग । मैं तुम्हारे बग़ैर नहीं रह सकता।" बल्कि यह भी कहलवा लिया—"यह मामला एक-दो दिन का नहीं है। मैं इसे हमेशा निभाऊँगा।" उस दिन से राधा ने उसे एक रात के लिए भी नहीं छोड़ा था। अब देवेन्द्र को मालूम हुआ कि फ़िल्म इंडस्ट्री वाले राधा को man-eater क्यों कहते थे।

हर तरफ़ उन दोनों के 'इश्क़' के चर्चे होने लगे, बल्कि छपने भी लगे। मगर रात के चाहे दो बज जाएँ, रात देवेन्द्र अपने घर ही जाकर गुज़ारता था। शुरू-शुरू में जब उनकी शादी हुई थी तो दया रात को उसका इन्तज़ार किया करती थी। डाइनिंग-टेबल पर खाना लगा हुआ और वो आरामकुर्सी पर ऊँघती हुई। उसकी सास ने पहली रात को ही उसे सिखाया था—"बेटी, धर्मपत्नी का फ़र्ज़ है कि जब तक पति घर न आ जाएँ, रात का खाना न खाए। सती-सावित्रियाँ ऐसी ही होती हैं।" मगर साल-भर के बाद जब उनका पहला बच्चा पैदा हुआ था तो देवेन्द्र ने उसे समझाया था कि वो खाना जल्दी खा लिया करे। "आख़िर तुम अब माँ बन गई हो—मेरे बेटे की माँ। अब तुम्हें इस बच्चे की ख़ातिर अपनी सेहत का ख़याल रखना है। जल्दी खाना खाओ, जल्दी सो जाओ। अपने फ़िल्म-एक्टर पति पर भरोसा रखो। उसको अपने लिए, तुम्हारे लिए, हमारे बच्चे के लिए दो रोटियाँ कमाने दो, जिसके लिए उसे दो शिफ़्ट प्रतिदिन करनी पड़ती हैं।" यह उसने नहीं कहा कि 'दो शिफ़्ट' केवल स्टूडियो में करनी पड़ती हैं या कहीं और, मगर पत्नी समझ गई थी और उस दिन से उसने रात को देवेन्द्र का इन्तज़ार करना छोड़ दिया।

उसकी ज़िन्दगी पहले ही दो हिस्सों में बँटी हुई थी, आज से तीन हिस्सों में बँट जाएगी—देवेन्द्र ने सोचा, क्योंकि उसका ख़याल था कि चित्रा भागवत की उँगलियों में ऐसा जादू था जिसके छूते ही उसके तन-बदन में विचलन पैदा हो जाती थी, मगर अगले क्षण वो तूफ़ान थम भी जाता था और चित्रा का 'स्पर्श' एक मरहम साबित होता था, जैसे वो ऐसा इंजेक्शन हो जिससे उसकी रगों में शहद भर जाता। वो इतनी बेचैनी

से चित्रा भागवत से अपनी मुलाक़ात का इन्तज़ार करने लगा, जैसे वो 17 वर्ष का नौजवान हो जिसकी पहली गर्ल-फ्रैंड ने कल को आने का वादा किया हो।

अगले दिन सुबह को जब चित्रा अस्पताल आई तो मिसेज़ देवेन्द्रकुमार कमरे से बाहर निकल रही थीं। दोनों की मुठभेड़ बरामदे में हुई।

"आप तो मिसेज़ कुमार हैं।" चित्रा ने पहचान कर कहा। उसने देवेन्द्रकुमार की लम्बे क़द वाली हसीन पत्नी के सैकड़ों फ़ोटो पत्रिकाओं में देखे थे। "आपसे आज मिलकर बहुत ख़ुशी हुई।"

दोनों ने गरमजोशी के साथ हाथ मिलाया।

"तो फिर आप वो फिजियो-थैरेपिस्ट (शारीरिक व्यायाम द्वारा उपचार करनेवाली) होंगी, जिनका ज़िक्र देव सारे समय करता रहा था।"

अब चित्रा ने दोनों में शरीर और चेहरों की साम्यता और हमरंगी देखी। मिसेज़ देवेन्द्र देवेन्द्रकुमार की दूर की रिश्तेदार थीं। बम्बई छुट्टी पर आई थीं। जब देवेन्द्रकुमार से उनकी पहली मुलाक़ात हुई और दोनों एक-दूसरे पर आशिक़ हो गए। एक महीने से कम अर्से में उनकी शादी हो गई।

चित्रा के नरम हाथ को दबाकर दया ने कहा—"मुझे विश्वास है कि मेरा पति सुरक्षित हाथों में है।"

"इसका मैं पूरा विश्वास दिलाती हूँ आपको। नमस्ते!" चित्रा ने कहा और रूम नम्बर 144 की ओर बढ़ गई।

"मैं कब से तुम्हारा इन्तज़ार कर रहा हूँ।" ज़िद्दी बच्चों की तरह मुँह बिसूरते हुए डुपर स्टार ने कहा—"कहाँ रह गई थीं?"

"सॉरी!" चित्रा ने अंग्रेज़ी में क्षमा-याचना की और फिर कहा—"मैं कुछ क्षणों के लिए मिसेज़ देवेन्द्रकुमार से बातें करने लगी थी। मेरे ख़याल में आपने मेरा परिचय उनसे करा ही दिया है।"

"अच्छा तो दया से बात कर रही थीं? क्या-क्या शिकायतें की मेरी उसने? मैंने तो उससे बस इतना कहा था कि मेरा इलाज एक ज़हीन और ख़ूबसूरत physio-therapist कर रही है।" देवेन्द्र ने कहा।

"इलाज तो अभी शुरू ही नहीं हुआ—अब शुरू होगा। मगर मिसेज़ कुमार हैं बहुत ख़ूबसूरत औरत! आप ख़ुशक़िस्मत हैं जो आपको ऐसी पत्नी मिली!"

"हाँ," देवेन्द्र ने सर हिलाकर कहा—जैसे इसका विश्वास उसको नहीं है—सब यही कहते हैं जब दया से पहली बार मिलते हैं। "कब शुरू करेंगी आप इलाज?"

उत्तर में चित्रा ने एक सरसरी नज़र दरवाज़े पर डाली, जैसे वो किसी का इन्तज़ार कर रही हो। दरवाज़ा खुला और एक नौजवान पोर्टेबल एक्सरे मशीन पहियों पर धकेलता हुआ अन्दर लाया।

"यह सब क्या है?" देवेन्द्रकुमार ने चित्रा से पूछा।

एक्सरे का सामान मेज़ पर रख दिया गया। मेज़ को ट्रॉली की तरह सरकाकर ठीक देवेन्द्रकुमार के तकिए के सामने कर दिया गया।

"अभी आपके दाएँ हाथ का एक्सरे करना है। हाथ बाहर निकालिए और फैलाइए।"

तक़लीफ़ तो उसे हुई मगर चित्रा की उँगलियों के जादू से उसकी उँगलियाँ भी खुल गईं।

एक्सरे कैमरे का एक 'क्लिक' हुआ और फिर सारे सामान और एक्सरे-प्लेट को बाहर ले जाया गया।

पाँच मिनट में चित्रा हाथ में गीली एक्सरे-प्लेट 'डार्क रूम' से लेकर आई।

"बिलकुल वही हाल है जैसा सन्देह था।" चित्रा ने एक्सरे-प्लेट देवेन्द्र को दिखाते हुए कहा—"एक शीशे की पतली किरच आपके अँगूठे के अन्दर घुसी हुई है। इसको निकालना पड़ेगा। मगर मुझे हैरत है कि उस पहाड़ पर शीशे की किरच कहाँ से आ गई!"

देवेन्द्र ने कोई उत्तर न दिया। साफ़ ज़ाहिर था कि इस तरह के प्रश्नोत्तर उसको पसन्द नहीं थे।

"आज मैं थक गया हूँ। मगर आप physio-therapist हैं या प्राइवेट जासूस? कब इलाज शुरू करेंगी?"

"अभी-अभी शुरू होगा आपका इलाज। लेकिन केवल बाएँ हाथ का। दाएँ हाथ का पहले ऑपरेशन होगा। जब शीशे की किरच निकल जाएगी तब उसका इलाज करेंगे।"

वो पलंग के गिर्द घूमकर दूसरी ओर चली गई ताकि उसके बाएँ हाथ के क़रीब हो सके। "अब आप मेरा हाथ पकड़ने की कोशिश कीजिए।" चित्रा ने कहा।

"बड़ी ख़ुशी से।" देवेन्द्र ने कहा। और यह रस्मी शब्द न थे। निश्चय ही बहुत सीधा-सादा और दिलचस्प नुस्ख़ा था। कौन एक ख़ूबसूरत लड़की का हाथ अपने हाथ में लेना नहीं चाहता?

"मज़बूती से पकड़िए।" देवेन्द्र ने ऐसा ही किया। लेकिन जब चित्रा ने हाथ खींचा तो उसका हाथ एक चिकनी मछली की तरह देवेन्द्र के पंजे से मुक्त हो गया। उसकी उँगलियों में अब ताक़त बिलकुल नहीं थी।

"फिर कोशिश कीजिए।" चित्रा ने चेतावनी दी।

इस बार देवेन्द्र ने अपनी उँगलियों को मज़बूती से पकड़ा और चित्रा को अपना हाथ छुड़ाने के लिए विशेष ज़ोर लगाना पड़ा। अब वो महसूस कर सकती थी कि भूतपूर्व किसान के हाथ में शक्ति वापस आ रही है।

"एक बार फिर कोशिश कीजिए।"

इस बार चित्रा को यह न कहना पड़ा, बल्कि देवेन्द ने ख़ुद कहा। चित्रा ने अपना नरम हाथ देवेन्द्र की सख़्त उँगलियों में दे दिया, जिनका अब काफ़ी अभ्यास हो गया था। अब देवेन्द्र ने चित्रा का हाथ मज़बूती से पकड़ लिया। हाथ में शक्ति कम थी, मगर फिर भी ऐसे नाज़ुक हाथ पकड़ने के लिए काफ़ी थी।

''मज़बूती से पकड़े रहिए।''

इस बार देवेन्द्र ने इतनी मज़बूती से चित्रा के हाथ को पकड़ा जैसे उसकी ज़िन्दगी का सारा आधार उसी पर हो और इस बार चित्रा को अपना हाथ छुड़ाने के लिए निश्चय ही ज़ोर लगाना पड़ा। इस खींचातानी में वो पसीने से सराबोर हो गई। आख़िर में उसका हाथ फिसलकर देवेन्द्र के पंजे से बाहर निकल आया।

मर्द और औरत का एक-दूसरे के हाथ को पकड़ना पुराना रोमांटिक पैतरा है। इस तरह हाथ पकड़ना फिजियो-थैरेपी का अंश समझा जाता है, लेकिन देवेन्द्र को ऐसा मज़ा आ रहा था जैसे यह व्यायाम रोमांस ही का एक अंश हो। शायद चित्रा को यह महसूस हो गया कि देवेन्द्र को उसका हाथ पकड़ने में आनन्द आ रहा है, इसलिए उसने पाँच बार यह क्रिया दोहराकर छुट्टी कर दी।

''तुम्हारी उँगलियों की पकड़ अभी से तेज़ और मज़बूत होती जा रही है। दो-चार दिन में नॉर्मल हो जाएँगी।'' चित्रा ने कहा।

अब उसने एक और 'खेल' प्रस्तावित किया।

उसने देवेन्द्र के अँगूठे को उसकी बाक़ी उँगलियों से मिला दिया और कहा—''ज़ोर से भींचिए।''

फिर उसने अपनी नरम और नाज़ुक उँगली बाहर निकालने की कोशिश की। पहली बार बग़ैर किसी दिक़्क़त के वो अपनी उँगली बाहर निकालने में सफल हो गई।

दूसरी बार वो इस खेल के लिए तैयार था। उसने अपने अँगूठे को दूसरी उँगली के साथ इतनी ज़ोर से भींचा कि चित्रा की उँगली उस 'फन्दे' में फँसकर रह गई। बच्चों की तरह देवेन्द्र अपनी सफलता पर हँस पड़ा।

चार बार और चित्रा ने कोशिश की, मगर हर बार वो अपनी उँगली छुड़ाने में असफल रही। जिन हाथों ने बचपन और जवानी में हल और ट्रैक्टर चलाया था, चमड़े का भारी डोल खींचा था, वॉलीबाल खेली थी और कबड्डी में काम आए थे, इनमें अब भी इतनी शक्ति तो थी कि एक महाराष्ट्रियन लड़की की उँगली को अपनी पकड़ से निकालने न दें। इसलिए चित्रा ने इस 'खेल' में हार मान ली। देवेन्द्र की ख़ुशी का ठिकाना न रहा।

अब चित्रा ने कहा—''अपनी उँगलियाँ फैलाओ।'' उसने नरमी से देवेन्द्र की उँगलियों को सहलाया। उसके कहने से, और उससे भी ज़्यादा उसके स्पर्श के जादू से, देवेन्द्र का सख़्त हाथ ढीला पड़ गया। मगर पाँच सप्ताह जो हाथ तंग पट्टियों की क़ैद में रहा था, उसकी उँगलियों की लचक और शक्ति बहुत कम हो गई थी। फिर

भी अब वो दोबारा नए सिरे से वापस आ रही थी। जैसे-जैसे वो एक बार मुट्ठी बन्द करता और फिर उँगलियाँ खोलता वो इस नई लचक और शक्ति को वापस आते हुए महसूस कर सकता था। उसको मालूम था कि एक औरत की उँगलियाँ क्या जादू जगा सकती हैं, लेकिन यह नहीं मालूम था कि वो यह चमत्कार भी कर सकती हैं कि बेजान उँगलियों में शक्ति भर दें।

अगली सुबह को जब डुपर स्टार को पहियों लगे स्ट्रेचर पर डालकर ऑपरेशन थिएटर में ले जाया गया तो वो आधा बेहोश था, क्योंकि सपने लाने की दवा उसको पहले ही दी जा चुकी थी। मगर उसके कान में एक संवाद की गूँज फिर भी सुनाई दे रही थी—'मैं हैरान हूँ कि एक काँच की किरच पहाड़ की चोटी पर कैसे पहुँच गई!' (यह चित्रा ने कहा था)।

'तुम क्या हो—फिजियो-थैरेपिस्ट या प्राइवेट जासूस?' (देवेन्द्र ने पूछा था)

जैसे ही उसे ऑपरेशन-टेबल पर ले जाया गया और उसके चेहरे को क्लोरोफ़ार्म की नक़ाब से ढका गया तो उसका आधा जागा हुआ अवचेतन पूरी तरह जाग उठा। गुलाबी-गुलाबी-सी धुन्ध थी, जिस पर उसका अवचेतन बँटता हुआ जा रहा था।

उसकी पत्नी दया वहाँ मौजूद थी—एक गुलाबी रंग का नाइट-गाउन पहने हुए। वो हमेशा की तरह ख़ूबसूरत थी, मगर उसका स्वरूप अप्राकृतिक सीमा तक लम्बा-चौड़ा था। मालूम होता एक हसीन औरत की हसीन लम्बी-चौड़ी मूर्ति है। वो अपनी बर्फ़ीली आवाज़ में कह रही थी (जिसमें कुछ व्यंग्य और कुछ कड़वाहट भी थी) 'देव, क्या तुम कृपा कर अपनी गर्ल-फ्रैंड से कह दोगे कि अपनी विग के लाल बाल तुम्हारे सफ़ेद कोट के कॉलर पर न छोड़ा करें।'

दूर से उसकी आवाज़ आई—'तुम्हारा क्या मतलब है इस मूर्खता भरे प्रश्न से?'

दया ने अपने राजसी अन्दाज़ से कहा था—'डार्लिंग, अब मुझे तुम्हारी गर्ल-फ्रैंड की आदत पड़ गई है। एक क्या मेरी ओर से छह गर्ल-फ्रैंड रखो। मगर मुझे एतराज़ तो यह है कि वो अपनी विग हर दूसरे-तीसरे दिन बदलती रहती है। उससे कहो कि बालों की रंगत का एक बार फ़ैसला कर ले। भूरे, मटियाले, काले या अमरीकन काल-गर्ल्ज़ जैसे लाल—जिस तरह के बाल चाहे, वही विग हमेशा प्रयोग करे।'

फिर यह सपना एक और सपने में बदल गया। फ़िल्म के एक सीन के लिए देव राधा के इश्क़ का खेल खेल रहा था। सीन बिना किसी संवाद का था। मगर था बहुत ज़ोरदार और उत्तेजक। देवेन्द्र अपने बोझ के नीचे राधा का मचलता हुआ सीना महसूस कर सकता था। सीने के उतार-चढ़ाव 'स्क्रिप्ट' में नहीं थे, न ज़बानी जो डायरेक्टर ने उनको बताया था, उसमें ही थे। बैक-ग्राउंड में सूरज टेक्नीकलर में डूब रहा था और पुरो-भाग में भारत के दो प्रसिद्ध प्रेमियों की जोड़ी इश्क़ कर रही थी, जब ही तो वो made for each other कहलाते थे। देवेन्द्र ने धीरे-से राधा के कान में कहा था—'जी

चाहता है, तुम्हें कच्चा खा जाऊँ।' राधा ने मुहब्बत की अधिकता में आँखें बन्द कर ली थी। फिर देवेन्द्र की नज़र राधा की लाल विग पर पड़ी और उसने धीरे-से पूछा—'यह तुम्हारी विग का रंग कौन चुनता है? आर्ट-डायरेक्टर तो कभी नहीं करता होगा?'

'क्या यह लाल रंग तुमको मर्दानगी पर बाध्य नहीं करता?' राधा ने धीरे-से पूछा।

'नहीं।' देवेन्द्र ने उत्तर दिया—'मर्दानगी का बुख़ार चढ़ा भी हो तो उतर जाता है। मतलब समझीं?'

'हाँ, ख़ूब समझती हूँ तुम्हारा मतलब। नपुंसक कहीं का! अगर मेरे बालों का रंग तुम्हें पसन्द नहीं है तो जाओ अपनी पत्नी के पास और उसके पेटीकोट में छुप जाओ। वो तो ख़िज़ाब से हमेशा अपने सारे बाल काले रखती है।'

देवेन्द्र धीरे से बोल रहा था। मगर राधा को जब किसी बात पर ग़ुस्सा आता था तो उसके लिए धीरे से बोलना असम्भव हो जाता था। वो इतने ज़ोर से बोली कि यूनिट के सारे लोगों ने उसकी आवाज़ सुनी और डायरेक्टर चिल्लाया—'कट-कट।' फिर उसने कहा—'मेरे ख़याल में यह शॉट दोबारा लेना पड़ेगा।'

डायरेक्टर ने धीरे से उन दोनों को समझाया कि शॉट में कोई डायलॉग नहीं है। 'मैं एक सीधी-सादी रोमांटिक फ़िल्म बना रहा हूँ, न कि नग्न यथार्थ की कलाकृति। सूर्यास्त का समय ख़त्म हो गया तो हमें कल फिर आना पड़ेगा। मेरा लाखों का नुक़सान हो जाएगा। कृपया यह शॉट हो जाने दो। जितनी फ़िल्म में मुहब्बत है उतनी ही करो। उससे ज़्यादा सेंसर को नहीं चाहिए।' फिर उसने गधों के आगे गाजर लटकाई। 'दो मिनट बाद वापसी में कार में जितनी मुहब्बत या नफ़रत का इज़हार करना है, कर लेना। मत भूलो कि तुम एक एक्टर हो और तुम एक एक्ट्रेस।'

यह पैतरा काम कर गया। उन्होंने वही किया जो करना चाहिए था। दोनों ने मुहब्बत का पोज़ बना लिया। जब होंठों तक आए तो देवेन्द्र ने फिर देखा कि विग की एक लट ने गिरकर कैमरे के लेंस को ढक दिया है।

शूटिंग पैक-अप हुई तो देवेन्द्रकुमार अपनी कार की बजाय राधा की जापानी गाड़ी 'त्यूता' में फ्रंट सीट पर बैठा। राधा अपनी गाड़ी ख़ुद चलाती थी और आज भी वही स्टीयरिंग व्हील सँभाले हुए थी। कार स्टार्ट हुई और ख़ामोशी से चलती रही। कोई एक मील आगे जाकर चौराहा आता था। सड़क सीधी रेस्ट-हाउस को जाती थी, जहाँ यूनिट के सब लोग ठहरे हुए थे। वहीं दो मिले हुए कमरे देवेन्द्र और राधा के लिए सुरक्षित थे, यद्यपि दोनों एक कमरे में ही अपना ज़्यादा समय गुज़ारते थे। दाईं ओर की सड़क ढलान पर थी और घूमकर शहर की ओर जाती थी। बाईं ओर की सड़क पहाड़ी की चोटी की ओर जाती थी। यह बहुत ख़तरनाक रास्ता समझा जाता था क्योंकि पहाड़ी की चोटी पर जाकर सड़क बिलकुल ख़त्म हो जाती थी।

राधा ने तेज़ी से बाईं ओर की सड़क पर गाड़ी डाल दी तो देवेन्द्र ने राधा से कहा—'डार्लिंग, यह सड़क विश्राम-गृह को नहीं जाती है।'

'जाती क्यों नहीं ?' वो चलती मोटर की रफ़्तार तेज़ करते हुए बोली—'यह तो सीधी हमें उस विश्राम-गृह तक ले जाएगी जहाँ हम हमेशा विश्राम कर सकेंगे।'

'यह क्या बकवास है ? पागल हो गई हो या फिर हिस्टीरिया का दौरा पड़ा है तुम्हें ? अगर तबीयत ठीक नहीं है तो मुझको ड्राइविंग करने दो। मुझे अफ़सोस है अगर मेरा कहना तुम्हें बुरा लगा है, मैं ड्राइव करता हूँ। तुम गाड़ी तो रोको ज़रा।'

'नहीं!' वो ज़ोर से चिल्लाई और एक्सीलेटर को दबा दिया। गाड़ी और तेज़ हो गई, लेकिन उसकी ज़बान गाड़ी से भी अधिक तेज़ थी—'तुम मुझे अब कभी ड्राइव नहीं करोगे। काफ़ी ड्राइव कर लिया है तुमने। जानम, समझ लो कि मैं मरने जा रही हूँ और तुम्हें अपने साथ ले जा रही हूँ, ताकि उस पत्नी के चंगुल से तुमको हमेशा के लिए छुटकारा मिल जाए। मरकर हम-तुम एक हो जाएँगे। ज़िन्दगी में तुम मेरे न हो सके तो अब हम साथ मरकर अमर हो जाएँगे।'

'राधा!' वो चिल्लाया—'गाड़ी रोको। तुम पागल कुतिया हो गई हो। आत्महत्या का नाटक कर मुझे हथियाना चाहती हो।' यह कहकर उसने राधा को एक ज़ोरदार थप्पड़ मार दिया।

'अच्छा तो तुमने मुझे मारा है। ख़ैर, तुम्हें अब कुछ सेकंड में हमेशा के लिए मार रही हूँ।'

'राधा! राधा! गाड़ी रोको। भगवान के लिए गाड़ी रोको। भगवान के लिए गाड़ी रोको। तुम पागल—पागल हो गई हो—यह सड़क अब ख़त्म हो रही है।'

'और हमारी ज़िन्दगी भी ख़त्म हो रही है।' राधा ने दाँत पीसकर उत्तर दिया।

'राधा!' देवेन्द्र ने आख़िरी बार आवाज़ दी और एक बार अपनी पूरी शक्ति से स्टीयरिंग व्हील को अपनी ओर खींचा। कार खड्ड में गिरने से तो बच गई, मगर साठ मील प्रति घंटा की रफ़्तार से पेड़ों के एक झुंड में टकरा गई। बेहोश होने से पहले देवेन्द्र ने अपने आपको राधा पर गिरा दिया था और हाथ ऊपर उठाया था ताकि मोटर के अगले शीशे की किरचें राधा के शरीर में न घुस जाएँ। मगर इस कोशिश में एक बारीक किरच देवेन्द्र के अँगूठे में चुभ ही गई।

यूनिट के बाक़ी लोगों ने उन्हें टूटी-फूटी हुई कार में बेहोश पड़ा हुआ पाया। देवेन्द्र के जगह-जगह घाव आए थे। उसकी पसलियाँ स्टीयरिंग व्हील से टकराकर टूट गई थीं और वो बिलकुल बेसुध पड़ा था। मगर उसके भारी शरीर ने राधा की जान बचा दी थी, जो बेहोश हो गई थी, मगर कोई खरोंच उसको न लगी थी।

निश्चय ही देवेन्द्र ने अपनी ज़िन्दगी की बाज़ी लगाकर राधा की जान बचाई थी। यह एक ऐसा कारनामा था जिसकी हद से ज़्यादा पब्लिसिटी की जा सकती थी। इस पब्लिसिटी से उनकी पिक्चर को भी बहुत लाभ होता। लेकिन असली बात मालूम होने पर कि देवेन्द्र एक्सीडेंट के समय राधा की कार में था, एक स्कैंडल भी खड़ा हो जाता। इसी बदनामी के डर से प्रोड्यूसर ने अपने पब्लिसिटी मैनेजर के द्वारा यह समाचार बाहर

न निकलने दिया, बल्कि यह फ़र्ज़ी कहानी प्रेस से छपवा दी कि किसी तरह एक स्टंट सीन करते हुए देवेन्द्र पहाड़ी से टकराकर घायल और बेहोश हो गया था। शूटिंग बम्बई से दूर महाबलेश्वर में हुई थी, इसलिए इस राज़ को छुपाना कुछ मुश्किल नहीं था। प्रोड्यूसर की सिर्फ़ एक दर्जन इंडियन व्हिस्की की बोतलें ख़र्च हुईं और सब लोगों ने क़सम खाई कि कोई बात बाहर न जाएगी। मगर क्लोरोफ़ार्म का नशा व्हिस्की के नशे से तेज़ होता है। इस नशे में सच और झूठ अलग-अलग हो जाते हैं । देवेन्द्र का आन्तरिक अस्तित्व सारा ड्रामा जानता था, और यही ड्रामा ऑपरेशन-टेबल पर एक बार उसके साथ गुज़रा।

जब छोटे-से ऑपरेशन के बाद अपने कमरे में देवेन्द्र ने आँखें खोलीं तो जैसे गुलाबी रेशमी पर्दे में से तीन औरतों को अपनी ओर प्यार, ममता और किसी क़दर परेशानी से घूरते पाया। ये थीं वो तीन औरतें जो उसकी ज़िन्दगी का अंग बन गई थीं, उनमें से एक को तो वो तीन-चार दिन से ही जानता था।

दया, जो उसकी पत्नी थी। ख़ूबसूरत, प्रभावशाली—मगर अपने अन्दाज़ में ठंडी बर्फ़।

राधा, जो एक बेहतरीन एक्ट्रेस थी और फ़िल्मों से भी ज़्यादा अच्छे और असली प्रेम-सीन निजी ज़िन्दगी में कर सकती थी।

चित्रा, जो फिजियो-थैरेपिस्ट थी, जिसने उससे किसी क़िस्म के सम्बन्ध पैदा नहीं किए थे, लेकिन जाने क्यों वो यह समझ बैठा था कि चित्रा का भी उसकी ज़िन्दगी में उतना ही महत्त्व है।

लेकिन तीनों से एक समय में वार्तामग्न होना उसके लिए सम्भव नहीं था इसलिए उसने कमज़ोरी का बहाना कर आँखें बन्द कर लीं। फिर भी दिमाग़ की आँखें तो खुली हुई थीं। अब उसको अवसर मिला था उन तीनों का मुक़ाबला करने का। दया बेशक सबसे ख़ूबसूरत थी, सबसे ज़्यादा पढ़ी-लिखी और सभ्य थी। मगर वो एक संगमरमर से तराशी हुई मूर्ति की तरह ठंडी थी या शायद उसने उसमें गरमी ढूँढ़ने की कोशिश ही नहीं की थी।

राधा एक भूखी शेरनी की तरह ख़ूबसूरत थी। हवस की मूर्ति। वो मुहब्बत भी एक भूखी शेरनी की तरह करती थी। लेकिन कभी-कभी उसे इतनी मुहब्बत से डर भी लगता था। फिर भी राधा के शरीर का मालिक होना उसके लिए गौरवपूर्ण था। सब हीरो इसीलिए देवेन्द्र से जलते थे।

तीसरी चित्रा थी। वो उम्र में उन दोनों से ज़रा बड़ी लगती थी। उसके व्यक्तित्व में एक गाम्भीर्य और ठहराव था, जैसे तूफ़ानी हवा चलकर थम गई हो। लेकिन यह नहीं मालूम था कि कब और किसके इशारे पर तूफ़ान फिर शुरू हो जाए।

उसका हुस्न भी 'चीख़ता' हुआ नहीं था। उसकी रंगत साँवली थी। चखने में ज़रूर नमकीन होगा। उसका चेहरा आकर्षक था, जैसे हीरा तराशा गया हो। उसकी ज़हानत उन दोनों से ज़्यादा थी। कैसा उसने पकड़ा था देवेन्द्र की 'झूठी' कहानी को! वो न

भावुक थी, न ज़रूरत से ज़्यादा बात करती थी। मगर उसका 'स्पर्श' बीमार को अच्छा कर देने की विशेषता रखता था। वो राधा की तरह हवस का फ़व्वारा नहीं थी जिसे जब जी चाहा एक फिरकी घुमाकर चला दिया। उसमें न राधा की हैवानियत थी, न दया की ज़रूरत से ज़्यादा सभ्यता और बनावट। उसका नाज़ुक, नरम और ममता से भरपूर स्पर्श बताता था कि जिस पर उसकी कृपादृष्टि हो गई वो घाटे में नहीं रहेगा। उसमें दया और राधा दोनों की विशेषताएँ थीं और दोनों की कमज़ोरियाँ नहीं थीं।

जब वो बिलकुल अच्छा हो जाएगा (उसने फ़ैसला किया) तो वो चित्रा से निजी रूप से मिलने की कोशिश करेगा, उसको जानने की कोशिश करेगा, उसके क़रीब आने की कोशिश करेगा। दया से वो शादी के बन्धन में बँधा हुआ ज़रूर था, मगर राधा के साथ उसका रिश्ता केवल 'शारीरिक' था और यह रिश्ता स्थायी नहीं था। शायद उसकी उम्र राधा की आवश्यकताओं के लिए ज़्यादा होती जा रही थी।

उसने इन तीनों से एक साथ मुलाक़ात करने के डर से अपनी आँखें बन्द कर लीं। वैसे तो वो इन तीनों का मुक़ाबला करने से ही थक गया था। जल्दी ही वो सो गया। शायद क्लोरोफ़ार्म का असर अब भी निश्चित रूप से दूर नहीं हुआ था।

ऑपरेशन की पट्टी खुल गई थी। देवेन्द्र को ख़ुशी थी कि आज चित्रा उसके हाथ को व्यायाम कराएगी।

वो निश्चित समय पर आई। क्लिप लगी हुई आधी आस्तीन के डॉक्टरी कोट में कितनी अच्छी लगती थी! उसके चेहरे पर हमेशा की तरह एक मेहरबान मुस्कराहट खेल रही थी।

''आज सुबह 'हम' कैसे हैं?'' उसने खिलते हुए पूछा—''हम तो बेचैनी से इन्तज़ार कर रहे हैं अपनी डॉक्टरनी का।''

''आपका मतलब है उन व्यायामों का, जो डॉक्टरनी आपको अभी कराएगी?''

''दोनों का—डॉक्टरनी का भी और उन व्यायामों का भी।''

''तो दोनों हाथ बाहर निकालिए। बल्कि मैं तो कहूँगी, अब आप उन्हें स्थायी रूप से बाहर ही रखिए। अब उन्हें छुपाने की कोई ज़रूरत नहीं।''

अपने हाथ निकालते हुए देवेन्द्र ने कहा—''बात यह है कि मैं अपने हाथों का प्रदर्शन नहीं कर सकता। यह मेरे सबसे बदसूरत अंग हैं। मुझे शर्म आती है, जब कोई मेरे हाथों को देखता है।''

नरमी से चित्रा ने उसका दायाँ हाथ अपने हाथ में लिया। बिजली का एक धीमा-सा करंट उसके हाथ से देवेन्द्र के हाथ तक पहुँचा—''शर्म की क्या बात है इसमें? आपके हाथों में गट्टे पड़े हैं—ईमानदारी से मेहनत करने में। जब आप खेती किया करते थे, जब आप अनाज उगाते थे, ताकि हम भारतीय भूखे न रहें। पंजाब के किसानों के हाथों के बग़ैर हममें से कितने ही भूखे मर जाते!''

कितनी सूझ-बूझ और अक़्ल थी उसकी बातों में! कितने नरम और नाज़ुक हाथ थे उसके! कितना शान्तिपूर्ण था उसका स्पर्श!

"मुट्ठी बन्द कीजिए।"

"अब हाथ खोलिए।"

"अपनी उँगलियों को इस तरह फैलाइए।"

"अब मेरा हाथ पकड़िए।" (यह तो ख़ुशी की बात है—देवेन्द्र ने सोचा)।

"ज़ोर से पकड़िए।"

"अब आपकी पकड़ में ज़ोर आता जा रहा है।" (काश, ऐसा ही होता!)

"शाबाश! अब तो आपके हाथों की शक्ति निश्चय ही वापस आती जा रही है।"

"मेरे ख़याल में आपको फिजियो-थैरैपी की ज़रूरत नहीं रही।" दो सप्ताह व्यायाम कराने के बाद एक सुबह चित्रा ने अपना फ़ैसला सुना दिया।

"आपको इस तरह अचानक अपने बीमारों को इतना बड़ा शॉक न देना चाहिए।" उसने यह मज़ाक़ के अन्दाज़ में कहा था, मगर उसको निश्चय ही एक धक्का-सा लगा था। "कुछ रोगियों को आपके सहारे की उम्र-भर ज़रूरत है।"

"उम्र-भर का सौदा तो मैंने केवल अपने पति के साथ किया है।"

"नहीं, मिस भागवत।"

"मिसेज़ भागवत।"

"तो आप विवाहित हैं?"

"जी हाँ, मिस्टर कुमार।"

"और मिस्टर भागवत क्या करते हैं?"

"वो एक आर्टिस्ट हैं—एक पेंटर।"

"कहाँ प्रदर्शन होता है उनकी पेंटिंग्ज़ का? मैं शायद उनकी कोई पेंटिंग ख़रीदना पसन्द करूँगा।"

"वो न अपनी तस्वीरों का प्रदर्शन करते हैं, न उनको बेचते हैं।"

"अच्छा, मैं समझा। कला के लिए कला के समर्थक मालूम होते हैं, क्या मैं उनकी पेंटिंग्ज़ देख सकता हूँ?"

"ज़रूर। मगर इसके लिए आपको किसी सुबह हमारे घर आना पड़ेगा। क्या मैं आपको अपना कार्ड दूँ, मिस्टर कुमार?"

चित्रा ने अपने बैग से एक छोटा-सा कार्ड निकालकर देवेन्द्र को दे दिया।

अगले दिन देवेन्द्र सुबह-सवेरे उठा। अपना सूटकेस ख़ुद पैक किया मगर उसे कमरे में ही छोड़कर बाहर निकला। अस्पताल के कॉरिडोर से होकर वो लिफ़्ट तक पहुँचा। नीचे उतरा। बाहर निकला। सुबह के धुँधलके में समुद्र की ताज़ा हवा अपने फेफड़ों में भरी। फिर टैक्सी-स्टैंड से एक टैक्सी ली। ड्राइवर को गाम देवी का पता बताया और कहा—"कोई घंटे भर रुकना पड़ेगा। मीटर चालू रखना।"

''बहुत अच्छा कुमार साहब!''

''तुम जानते हो मुझे?''

''डुपर स्टार को कैसे नहीं जानता?''

गाम देवी पहुँचकर तंग गलियों में से होते हुए एक जगह टैक्सी रुक गई। एक बच्चे से जो दूध का बर्तन लिये जा रहा था, देवेन्द्र ने भागवत का पता पूछा तो उसने ऊपर की मंज़िल की ओर इशारा कर दिया।

लकड़ियों की सीढ़ियों पर से होता हुआ देवेन्द्र ऊपर पहुँचा तो दरवाज़े पर बोर्ड लगा हुआ देखा—'डॉक्टर मिसेज़ चित्रा भागवत।'

क़रीब ही घंटी का बटन लगा हुआ था। उसने अपनी उँगली घंटी के बटन पर रख दी। अन्दर से घंटी की सुरीली आवाज़ आई। साथ में चित्रा की मराठी में आवाज़ सुनाई दी—''ईतकिया पहाटिस कौण असु शकेल?'' (इतनी सुबह कौन आ सकता है?)

एक मर्द की आवाज़ सुनाई दी—''कदाचित् तुजहा नवा मित्र आला असवा। डुपर स्टार ला जास्त वाट बघाइला लाव न कुस!'' (शायद वो तुम्हारा नया दोस्त होगा। डुपर स्टार को ज़्यादा इन्तज़ार न कराओ।)

दरवाज़ा खुला तो सामने चित्रा खड़ी थी। यह डॉक्टर चित्रा नहीं थी, घरेलू औरत चित्रा थी। बाल उलझे हुए थे। एक मलगजा-सा, मसला-सा 'हाउस कोट' पहने हुए थी। मगर चेहरे पर मुस्कराहट वही थी।

''वेलकम मिस्टर कुमार! मैं नहीं जानती थी कि आप इतनी जल्दी आ जाएँगे और इतनी सुबह—आइए, पधारिए।''

गैलरी में होती हुई वो उसको एक कमरे में ले गई, जो ड्राइंग-रूम भी था और एक पेंटर का स्टूडियो भी लगता था। चारों ओर पेंटिंग्ज़ दीवारों की ओर मुँह किए खड़ी हुई थीं। एक स्टैंड पर एक पेंटिंग बन रही थी, जो चित्रा की ही मालूम होती थी।

''यह मेरे पति हैं—अनिल भागवत।'' दूसरे कमरे से एक व्हीलचेयर पर एक ख़ूबसूरत मगर अधेड़ उम्र का आदमी प्रविष्ट हुआ तो चित्रा ने परिचय कराते हुए कहा। उसके बाल खिचड़ी की रंगत के थे, और चूँकि कंघा नहीं किया था, इसलिए खड़े हुए थे। खिड़की में से आई हुई रोशनी ने उसके गिर्द एक हाला बना दिया था।

''मुझे तो बताया गया था आप आर्टिस्ट हैं, मगर आप तो कोई सन्त लगते हैं!''

व्हील-चेयर पर बैठा हुआ अनिल भागवत यह सुनकर हँसा—''सन्त? भई ख़ूब कहा! मगर मेरे पापों की सूची सुनोगे तो हैरान रह जाओगे। दिखावे पर न जाओ मेरे दोस्त! अगर चित्रा ने मुझे पहले न बताया होता कि आप फ़िल्मों के डुपर स्टार हैं तो मैं आपको पंजाब का एक किसान ही समझता, जो बम्बई के गोरख-धन्धे में फँस गया है।''

''वैसे तो हूँ मैं एक पंजाबी,'' देवेन्द्र अपने गट्टे पड़े हुए हाथ दिखाते हुए बोला—''जो बम्बई के सीमेंट के जंगलों में रास्ता भूल गया है।''

यह था उनकी बेतक़ल्लुफ़ बातचीत का अन्दाज़।

इतनी देर में चित्रा ने बेड-रूम में जाकर बाल बनाए। नारंगी रंग की एक साड़ी पहन ली और वहाँ से अन्दर ही अन्दर किचन में चली गई। कुछ मिनट बाद वो एक ट्रे लिये हुए आई—तीन प्यालियाँ कॉफ़ी की। एक प्लेट बड़ों की और एक प्लेट पोर्नपोली की। साथ में तीन क्वार्टर प्लेटें भी रखी थीं।

अब उसका पति और डुपर स्टार पंजाबी किसानों और महाराष्ट्रियन किसानों की समस्याओं का ज़िक्र कर रहे थे। चित्रा ने ट्रे सामने मेज़ पर रख दी और दोनों को एक-एक क्वाटर प्लेट में बड़े और पोर्नपोली डालकर दी।

पोर्नपोली खाते हुए देवेन्द्र ने कहा—"मुझे निश्चय ही बहुत ज़्यादा भूख लगी है। यह सब मिसेज़ भागवत की डॉक्टरी की मेहरबानी से है, वरना मैं तो सुबह को उठकर बस एक गिलास सन्तरे का रस पीता हूँ।"

"मैं भी चित्रा का पुराना रोगी हूँ।" अनिल ने कहा और उसकी आँखें शरारत से चमक उठीं—"मगर मुश्किल यह है कि यह डॉक्टर कम हैं और स्कूल टीचर ज़्यादा! हर समय बीमारों को आदेश देती रहती हैं—ये करो, वो करो।"

"मगर ये करो, वो करो कहकर ही उन्होंने मेरे मुर्दा हाथों में जान डाल दी है।" देवेन्द्र ने कहा।

"यह तो ठीक है।" अनिल ने सहमति प्रकट की—"पाँच वर्ष हुए जब मैं पहली बार चित्रा से मिला था तो पोलियो से मेरे सारे शरीर की शक्ति ख़त्म हो गई थी। हमारी शादी के फेरे भी इसी व्हील-चेयर पर हुए थे। उन दिनों इसे चित्रा ही चलाती थी। अब तो मैं इस पर एक कमरे से दूसरे कमरे में मज़े से घूमता-फिरता हूँ। मगर फिर भी मैं कहूँगा कि यह मुँहफट बहुत है। एक सेठ साहब से कहने लगी—आपको दो बीमारी हैं—एक यह कि आप मोटे बहुत हैं और दूसरे यह कि आपके पास काला रुपया बहुत है। भला बताओ! ऐसे डॉक्टर के पास कौन आएगा?"

देवेन्द्र महसूस कर रहा था कि इन आपत्तियों के पर्दे में अनिल अपनी पत्नी की कितनी प्रशंसा कर रहा था।

कॉफ़ी ख़त्म करते ही वो खड़ा हो गया—"अब चलना चाहिए मुझे। थैंक्यू! आप दोनों का।"

"क्या मेरी पेंटिंग्ज़ नहीं देखना पसन्द करेंगे आप?" अनिल ने उससे प्रत्यक्ष प्रश्न किया।

"असल में तो मैं उन्हें ही देखने आया था, मगर चूँकि आपने अपनी सब तस्वीरों को पर्दे में रख छोड़ा है, इसलिए मैंने नहीं पूछा।"

"सबको अपनी पेंटिंग्ज़ दिखाना ऐसा लगता है जैसे पब्लिक में नंगे शरीर निकलना। इसलिए मैं किसी ग़ैर आदमी को अपनी तस्वीरें नहीं दिखाता।"

"इसका मतलब यह है कि आप मुझे ग़ैर नहीं समझते?"

"नहीं।" अनिल ने उसे विश्वास दिलाया—"आप तो अब हमारे दोस्त हैं। आप शौक़ से सब तस्वीरें देखिए और बताइए कि कौन-सी पेंटिंग आपको सबसे ज़्यादा पसन्द आई।"

चित्रा तस्वीरों के रुख़ बदलती गई और देवेन्द्र ने देखा कि हर तस्वीर चित्रा की ही थी। ऐसा लगता था कि अपनी सारी मुहब्बत (जिसका शारीरिक प्रदर्शन वो नहीं कर सकता था) आर्टिस्ट ने अपने आर्ट में ढाल दी थी। सब तस्वीरें चित्रा की थीं। डॉक्टर चित्रा की, फिजियो-थेरैपिस्ट चित्रा की। आधी आस्तीन के डॉक्टरी कोट में से उसके सुडौल साँवले बाज़ू निकले हुए थे। किसी में वो रोगी का हाथ अपने हाथ में लिये हुए थी, किसी में पाँव, किसी में टाँग को सहारा दे रही थी, किसी में कमर की मालिश कर रही थी, किसी में अपने रोगी को साइकिल चलाते हुए देख रही थी (वो साइकिल जो एक जगह ही खड़ी रहती है और केवल टाँगों और पैरों के व्यायाम के लिए काम आती है) मगर हर तस्वीर में चित्रा के चेहरे पर एक उम्मीद-भरी मुस्कराहट थी, जैसे वो ज़बान से कह रही हो—'तुम अच्छे हो जाओगे। ज़रा मेहनत और सब्र से काम लो।'

सबसे अच्छी तस्वीर जो देवेन्द्र को बहुत ज़्यादा पसन्द आई, उसमें चित्रा एक बच्चे को हाथ पकड़कर चलना सिखा रही थी। तस्वीर के नीचे लिखा था : 'पहला क़दम' मगर चित्रा के चेहरे पर नूरानी ममता का बेपनाह निखार था, जिसे आर्टिस्ट ने अपने ब्रुश की लकीरों, रंगों के चयन और अपनी मुहब्बत से पकड़ में ले लिया था।

"यह सबसे ख़ूबसूरत है।" देवेन्द्र ने घोषणा की—"मगर इसका नाम ग़लत है। इसका नाम होना चाहिए—'माँ'। मैं समझता हूँ कि इस तस्वीर में आपने सारी दुनिया की माताओं की ममता का निचोड़ पेश कर दिया है।"

अनिल ने कहा—"तुम जानते हो मैं चित्रा के काम को क्या कहता हूँ—री-एजूकेशन (दोबारा शिक्षा देना) फ्रांस में फिजियो-थेरैपी को शरीरांगों को दोबारा शिक्षा देना कहते हैं।"

"इनसानों को दोबारा शिक्षा देना क्यों नहीं?" देवेन्द्र ने प्रश्न किया।

"ख़ुद मुझे मिसेज़ भागवत ने दोबारा शिक्षा दी है, हर अर्थ में शिक्षा दी है।"

अब अनिल ने चित्रा को इशारा किया। उसने वो पेंटिंग अनिल को व्हील-चेयर पर दे दी। अनिल ने क़मीज़ की जेब से एक स्केचिंग पेन निकाला और तस्वीर के पीछे कुछ लिख दिया और तस्वीर देवेन्द्र को दे दी।

"मगर मैं तो समझा था कि आप कोई पेंटिंग बेचना नहीं चाहते?"

"अब भी नहीं बेचना चाहता। मगर तोहफ़ा तो दे सकता हूँ अपने दोस्त को।"

अब देवेन्द्र ने वो लिखाई पढ़ी जो अनिल ने तस्वीर के पीछे लिखी थी—'अपने नए दोस्त देवेन्द्र के लिए, इसलिए कि हम दोनों एक ही डॉक्टर के रोगी हैं : अनिल।'

अनायास देवेन्द्र की आँखों में आँसू आ गए। इतनी दोस्ती, इतनी मुहब्बत उसे ज़िन्दगी में कभी नसीब न हुई थी।

''थैंक्यू, मिस्टर भागवत।''

अनिल ने बनावटी ग़ुस्से से देवेन्द्र को देखा।

''माफ़ करना, भूल हो गई। मेरा मतलब था, थैंक्यू अनिल।''

''हाँ, यह बेहतर है।'' अनिल ने अपना हाथ बढ़ाते हुए कहा। दोनों ने गरमजोशी से हाथ मिलाया।

मगर चित्रा ने केवल हाथ जोड़कर उसे नमस्कार किया। उसके हाथों का स्पर्श अब एक याद बनकर रह गया था।

जब देवेन्द्र अस्पताल वापस पहुँचा तो वहाँ उसके लिए दो मोटरें इन्तज़ार कर रही थीं। एक उसके घर से आई थी और दया ने भेजी थी। ड्राइवर के साथ एक पर्चा भी भेजा था—'डार्लिंग, बच्चे की वजह से मैं इतना सवेरे नहीं आ सकी। माफ़ करना, सीधे घर चले आना। अपनी गर्ल-फ्रेंड से मिलना है तो शाम को मिल लेना।'

दूसरी मोटर राधा के घर से आई थी। उसका ड्राइवर बड़े भरोसे के साथ आगे बढ़ा और मोटर का दरवाज़ा खोलकर खड़ा हो गया।

''नहीं फर्नांडीस, राधा मेम साहब से कहना, मैं घर जा रहा हूँ।''

फिर वो अपनी गाड़ी में बैठ गया। एक तस्वीर को कलेजे से लगाए हुए, जिसे ख़ाकी काग़ज़ में दो साँवले हाथों ने बड़े सलीक़े से पैक किया था।

कुछ देर बाद जब वो अपने ड्राइंग-रूम की दीवार पर वो तस्वीर लगा रहा था तो शरारत-भरी नज़रों से दया ने उसे देखा और कहा—''तुम तो अपनी फिजियो-थैरेपिस्ट को घर ही ले आए!''

''डार्लिंग,'' उसने मुहब्बत से दया को देखते हुए उत्तर दिया—''घर तो यह अब होगा—सिर्फ़ इसके कारण, जिसने तुम्हारे आवारा पति को दोबारा शिक्षा दी है, री-एजूकेट किया है, इनसान बनाया है।''

[दो *हाथ*; कहानी-संग्रह से]

गेहूँ और गुलाब

ऊषा

धूप, गरमी, बदन को झुलसनेवाली लू, दोपहर का सन्नाटा, जो मीलों तक फैले हुए खेतों पर छाया हुआ था। दूर एक खेत में ट्रक चल रहा था, जिसकी धीमी-धीमी गड़गड़ाहट उस ख़ामोशी के माहौल में साफ़ सुनाई दे रही थी।

ऊषा ने एक फ़िल्मी पत्रिका के रंगीन पन्नों को पलटते हुए सोचा—मेरी भी क्या ज़िन्दगी है—शहर से पचास मील दूर, वीराने में यह दो कमरों का मकान, फैले हुए खेतों के समुद्र में जैसे एक नन्हा-सा जज़ीरा हो, और फिर कोई आराम भी तो मयस्सर नहीं—न बिजली के पंखे, रेफ्रीजरेटर का तो ज़िक्र ही क्या, बर्फ़ तक मयस्सर नहीं। न क्लब, न सिनेमा। बस एक बैटरीवाला यह रेडियो है, जिस पर सुबह-शाम रेडियो सीलोन से फ़िल्मी गाने सुनकर थोड़ी देर दिल बहला लेती हूँ। अब यह कमबख़्त बैटरी भी ख़राब हो गई। अगर रमेश आज शहर से इसे बनवाकर न लाया, तो देखना, कितना लड़ूँगी!

रमेश! उसका पति। तीन बरस उनकी शादी को हो गए थे। मगर इन तीन बरसों में कितनी तब्दीली आ गई थी उसमें। कभी-कभी तो ऊषा को ऐसा लगता कि जिस रमेश से उसकी मुलाक़ात नैनीताल में हुई थी, जिससे उसने पहले मुहब्बत और फिर शादी की थी, वह कोई और रमेश था और यह सरकारी फ़ार्म का डायरेक्टर रमेश कोई और ही रमेश है!

तीन बरस पहले वह अमरीका से एग्रीकल्चर की डिग्री लेकर आया था। लम्बा क़द, घने चमकीले बाल, चमकीली आँखें, ट्वेड का कोट और कोर्डो-राय की पतलून पहने बिलकुल ग्रैगरी पैक लगता था। नैनीताल में जितने खाते-पीते घरानों की लड़कियाँ उस सीज़न में आई हुई थीं, सभी तो उस पर लट्टू थीं। मगर रमेश की नज़र तो नैनीताल आते ही ऊषा पर पड़ चुकी थी, जिसने उसी साल आई.टी. कॉलेज से इंटरमीडिएट किया था। ऊषा के पिताजी इलाहाबाद के मशहूर वकील थे। उन्होंने भी रमेश को पसन्द कर लिया था। हालाँकि लड़का ग़रीब घर का था, मगर शरीफ़ और होनहार था। गवर्नमेंट स्कॉलरशिप पर अमरीका होकर आया था और अच्छी सरकारी नौकरी की तलाश में था।

शादी के बाद का एक साल उन्होंने कितनी हँसी-ख़ुशी से गुज़ारा था। रमेश को उत्तर प्रदेश सरकार के एग्रीकल्चर डिपार्टमेंट में अच्छी नौकरी मिल गई। आठ सौ रुपए महीना, रहने को बँगला, लखनऊ की रंगीन ज़िन्दगी, हज़रतगंज की रौनक़ और गहमा-गहमी, राजभवन का गार्डन, पार्टियाँ, ऊँचे सरकारी हलक़ों में मेल-जोल। कॉलेज के ज़माने से ही ऊषा की लखनऊ में काफ़ी जान-पहचान थी। अब तो वह मिसेज़ रमेश चन्द्र की हैसियत से लखनऊ की सोसाइटी की लोकप्रिय महिलाओं में गिनी जाने लगी थी।

लखनऊ में ऊषा को ज़िन्दगी की सब दिलचस्पियाँ मयस्सर थीं। बँगले को उसने बड़े सलीक़े से सजाया था। अपनी निगरानी में बाग़ लगवाया था। कितना ख़ूबसूरत था उनके लखनऊ वाले बँगले का बाग़! ख़ासतौर से गुलाब के पौधे, जो ऊषा ने ख़ुद लगाए थे और जिनको उसने महीनों अपने हाथ से पानी दिया था। कितनी मेहनत और मुहब्बत से इन पौधों को परवान चढ़ाया था और जिस दिन गुलाब का पहला फूल खिला था, उस दिन ऊषा को कितनी ख़ुशी हुई थी! बड़ी एहतियात से फूल को तोड़कर दिन-भर पानी में रखा। शाम को रमेश के आने से पहले अच्छी तरह से सिंगार किया। गुलाबी रंग की रेशमी साड़ी बाँधी और बाल बनाकर जूड़े में वही गुलाब का फूल सजाया। मगर ऊषा की दिन-भर की ख़ुशी ख़ाक में मिल गई, जब रमेश दफ़्तर से लौटा और और उसने जूड़े में सजे हुए गुलाब के फूल की तरफ़ कोई ध्यान ही नहीं दिया। मायूसी का वह लमहा एक ख़लिश की तरह दो बरस बाद भी ऊषा की याद में चुभ रहा था।

''क्यों जी...'' और ऊषा को उम्मीद थी कि इतना कहते ही रमेश की नज़र बालों पर लगे हुए गुलाब के फूल पर पड़ जाएगी।

''कहो, क्या है?''

''कुछ नहीं!''

''क्यों, कुछ कहना चाहती थीं न तुम?''

''तो बताओ, मैं आज कैसी लग रही हूँ?''

''जैसी हमेशा लगती हो...बहुत ख़ूबसूरत!''

''बस रहने दो, तुम्हारी तो नज़र ही बदल गई है!''

''मतलब?''

इसके जवाब में ऊषा ने रोना शुरू कर दिया और फिर भर्राई आवाज़ में बोली—''मतलब यह कि तुम्हें अब मुझसे मुहब्बत ही नहीं रही।''

रमेश इस इल्ज़ाम को सुनकर एक क्षण के लिए तो परेशान हो गया, मगर फिर मुस्कराकर बोला—''पागल हुई हो?...या किसी ने तुम्हारे कान भर दिए हैं? आख़िर तुम्हारे दिल में यह ख़याल कैसे आया कि मुझे तुमसे मुहब्बत नहीं रही?''

''तो फिर तुम मेरा नोटिस क्यों नहीं लेते? याद है, नैनीताल में जब हमारी मुलाक़ात हुई थी और हम दोनों के दिल मिले थे, मुहब्बत हुई थी, तो तुम मेरी हर

बात का नोटिस लेते थे। अब तो तुम मेरी तरफ़ देखते भी नहीं कि मैंने कौन-सी साड़ी पहनी है, कौन-सी ख़ुशबू लगाई है या मेरे बालों में कौन-सा फूल लगा हुआ है?''

अब पहली बार रमेश की नज़र ऊषा के जूड़े पर पड़ी और उसने फूल को सूँघने के बहाने चूमते हुए कहा—''ओहो!...इस गुलाब के फूल की वजह से हम पर डाँट पड़ रही है! अच्छा भई, इस फूल की शान में हम पूरी कविता कहे देते हैं। तुम्हारे बालों में यह गुलाब ऐसा लगता है, जैसे काले बादलों से सूरज झाँक रहा हो...या अँधेरी रात में गाँव के बाहर अलाव जल रहा हो...''

''बस रहने दो मज़ाक़!'' ऊषा ने आँसू पोंछकर अपनी हँसी को रोकते हुए कहा, और उनके वैवाहिक जीवन का यह पहला हादसा यूँ ही हँसी-मज़ाक़ में गुज़र गया। मगर ऊषा के दिल में एक अजीब-सी चुभन रह गई। बेइत्मीनानी और भी गहरी होती चली गई, जब रमेश ने दफ़्तर के वक़्त के बाद यूनिवर्सिटी की लेबोरेटरी में रिसर्च के लिए जाना शुरू कर दिया।

''सुबह से शाम तक तो दफ्तर में सिर खपाते हो। समझ में नहीं आता, तुम्हें रिसर्च की क्या ज़रूरत है?'' ऊषा ने छूटते ही कहा।

तब रमेश ने अपना इरादा ज़ाहिर किया—''यह दफ़्तर का काम तो मैं मजबूरी में करता हूँ, ऊषा! सिर्फ़ अपना और तुम्हारा पेट पालने के लिए। वरना मेरा इरादा एग्रीकल्चर पर रिसर्च करने का ही था। शाम को बेकार बैठने से तो अच्छा है कि मैं थोड़ा-बहुत वक़्त लेबोरेटरी में ही गुज़ार आया करूँ।''

''तो यह रिसर्च करने से क्या तुम्हारी तनख़्वाह बढ़ जाएगी?''

''नहीं, मेरी तनख़्वाह तो नहीं बढ़ेगी। मगर हो सकता है, हमारे सारे देश में गेहूँ की पैदावार बढ़ जाए, क्योंकि गेहूँ के पौधे को जो कीड़े खा जाते हैं उनकी रोक-थाम के लिए मैं रिसर्च करना चाहता हूँ।''

''बड़े देश-सेवक आए कहीं के! मैं पूछती हूँ देश ने तुम्हारे लिए क्या किया है? अमरीका से इतनी बड़ी डिग्री लेकर आए हो और सिर्फ़ आठ सौ रुपए की नौकरी मिली है!'' ऊषा की बेइत्मीनानी में यह हसरत भी शामिल थी कि उसके पति को डेढ़ हज़ार या दो हज़ार तनख़्वाह क्यों नहीं मिलती?

''तुमसे किसने कहा, मैं अमरीका से इतनी बड़ी डिग्री लेकर आया हूँ? सच पूछो, दो बरस परदेस में रह झक ही मारी। वहाँ के हालात और वहाँ की समस्याएँ यहाँ से इतनी भिन्न हैं कि वहाँ की खेती-बाड़ी की शिक्षा यहाँ किसी काम की नहीं। दूसरे यह कि आठ सौ रुपए कुछ कम नहीं होते। मुझे तो शिकायत सिर्फ़ यह है कि मुझे एक दफ़्तर में कुर्सी पर बैठा दिया गया है और मैं एक क्लर्क बनकर रह गया हूँ। कितना अच्छा होता, अगर मेरी पहली पोस्टिंग किसी एग्रीकल्चर फ़ार्म पर होती!''

ऊषा ने नाक-भौं चढ़ाकर कहा—"तो इसका मतलब है, तुम रोज़ शाम को लेबोरेटरी जाया करो और मैं तुम्हारा इन्तज़ार किया करूँ—न क्लब जाऊँ, न सिनेमा, न किसी से मिलने..."

"यह किसने कहा कि तुम घर ही बैठी रहा करो। तुम क्लब भी जा सकती हो। अपनी सहेलियों के यहाँ भी जा सकती हो। मना किसने किया है?"

उस दिन से उन दोनों का यह मामूल हो गया कि रमेश दफ़्तर से सीधा यूनिवर्सिटी चला जाता और ऊषा वक़्त काटने के लिए कभी फ़िल्म देखने चली जाती, कभी क्लब चली जाती और कभी अपनी सहेलियों के यहाँ चली जाती। रात को खाने पर मुलाक़ात होती, तो रमेश कहता—"बड़ी हिम्मत है तुम्हारी! न जाने कैसे तुम हर दूसरे-तीसरे दिन फ़िल्म देख लेती हो? मेरी आँखें तो कभी इतना स्ट्रेन बर्दाश्त न कर सकें।" यह हक़ीक़त भी थी कि अपनी नज़र की ऐनक के बावजूद रमेश को सिनेमा के पर्दे पर तस्वीरें धुँधली ही नज़र आती थीं और इसलिए जहाँ तक होता, वह सिनेमा जाने से कतराता था, मगर ऊषा कहती—"मेरा बस चले तो मैं रोज़ एक फ़िल्म देखूँ, बल्कि एक दिन में दो-दो फ़िल्में। सच कहती हूँ, तुम दीप कुमार की नई फ़िल्म 'आवारा शहज़ादा' देखो, तो 'जुम' हो जाओ।

"यह ज़ुम कैसे होता है?"

"मतलब यह कि वह इतना हैंडसम है कि देखनेवाले का दम ज़ुम से निकल जाए—ये हमारे कॉलेज का मुहावरा है।"

"तुम्हारे कॉलेज में हिन्दी, अंग्रेज़ी, साइंस, इकोनोमिक्स के अलावा फ़िल्म-स्टारों पर ज़ुम होना भी सिखाया जाता है क्या?"

मगर ऊषा पर इस तंज़-भरे रिमार्क का कोई असर नहीं हुआ और वह उसी जोश में दीप कुमार और उसकी फ़िल्मों की तारीफ़ करती रही—"इस वक़्त उसके मुक़ाबले का एक भी एक्टर नहीं है। रोमांटिक सीन तो ऐसे करता है कि क्या कोई हॉलीवुड का स्टार करेगा! और फिर जितना अच्छा एक्टर है, उतना ही अच्छा डायरेक्टर भी। 'आवारा शहज़ादा' में क्या काम किया है उसने! एक ही फ़िल्म में चार-चार मेकअप बदले हैं। शहज़ादा, भिखारी, दाढ़ीवाला सिख, टैक्सी ड्राइवर—ऐसी पंजाबी बोलता है कि हँसते-हँसते पेट में बल पड़ जाते हैं। और तो और, एक सीन में ग्वालिन का भेस बदलता है। इतनी अच्छी तरह औरत की एक्टिंग करता है कि पहले तो कोई पहचानता ही नहीं। जब दूसरा भेस बदलने के लिए नक़ली बालों वाली विग उतारता है, तब पता लगता है कि अरे यह तो शहज़ादा है। सच कहती हूँ, ग्वालिन के भेस में इतना ख़ूबसूरत लगता था, तुम भी देखो तो आशिक़ हो जाओ!"

रमेश ने हँसकर कहा—"हम तो उसे बिना देखे ही आशिक़ होने को तैयार हैं, इसलिए कि जो उस पर आशिक़ है, हम उस पर आशिक़ हैं।"

उन दोनों में अक्सर इस तरह के मज़ाक़ चलते रहते थे और अब तक न किसी ने बुरा ही माना था और न ही उनमें किसी तरह की ग़लतफ़हमी पैदा हुई थी। सो ऊषा

ने कहा—"तुम अपनी लेबोरेटरी की ख़बर सुनाओ। मैंने सुना है वहाँ एम.एस-सी. की कुछ ख़ूबसूरत लड़कियाँ भी रिसर्च करने आती हैं। इसलिए तुम रोज़ काम का बहाना करके जाते हो।"

रमेश हँसकर बोला—"है तो कुछ ऐसी ही बात, मगर मुश्किल यह है कि मुझे मुँह नहीं लगातीं...मैं सोचता हूँ, वहाँ तो अपनी दाल गली नहीं, अब घर पर ही रिसर्च करूँ।"

"घर पर! क्या यहाँ लेबोरेटरी बनाओगे?"

"लेबोरेटरी भी छोटी-मोटी बना लेंगे। मगर मुझे कुछ नई क़िस्म के गेहुँओं के बीजों पर रिसर्च करनी है, इसलिए या तो दस मील दूर यूनिवर्सिटी के फ़ार्म पर जाऊँ, जो मेरे लिए मुश्किल है या फिर अपने बँगले ही में छोटा-सा फ़ार्म बना लूँ।"

"मगर हमारे यहाँ उतनी जगह कहाँ है? मुश्किल से तीन-चार क्यारियाँ तो हैं अपने बाग़ में।"

"इतनी जगह भी काफ़ी है। अगर हम इन क्यारियों को तोड़कर हल चलवा दें, तो गेहूँ बो सकते हैं। परीक्षण के लिए थोड़ी-सी भी जगह हो जाए, तो अपना काम चल जाएगा।"

ऊषा ने तुनककर कहा—"ना बाबा ना! मैं अपनी क्यारियों में हल नहीं चलने दूँगी। यह ख़ूब रही कि मेरे इतने ख़ूबसूरत गुलाब के पौधों को उजाड़कर तुम वहाँ गेहूँ की फ़सल उगाओ। खेती-बाड़ी ही करनी है तो कोई और जगह तलाश करो।"

और फिर रमेश गम्भीर होकर बोला—"तो फिर ऐसा ही करना पड़ेगा।"

अगले हफ़्ते दफ़्तर से लौटकर रमेश ने ऊषा को यह ख़बर सुनाई कि उसका तबादला हो गया है और अब उसे लखनऊ सेक्रेटरिएट छोड़कर बरेली के क़रीब एक सरकारी फ़ार्म का काम सँभालना होगा।

और अब डेढ़ बरस से वे इसी फ़ार्म पर थे। मीलों तक फैले हुए ये खेत—ट्रैक्टरों की गरगराहट, गरमी में लू, जाड़े में पहाड़ों की तरफ़ से आती हुई बर्फ़ीली हवाएँ, बरसात में हर तरफ़ पानी-ही-पानी। सड़कें बिलकुल ही बन्द हो जाती थीं और उनका घर एक छोटा-सा जज़ीरा बन जाता था। वैसे भी ऊषा को अक्सर यही महसूस होता था कि रमेश ने उसे तंग करने के लिए एक वीरान-सी जगह पर लाकर क़ैद कर दिया है। यूँ फ़ार्म पर कई सौ किसान, मज़दूर, ट्रैक्टर ड्राइवर और ट्रक चलानेवाले काम करते थे, जो आधे मील की दूरी पर एक गाँव में रहते थे, लेकिन ऊषा क्योंकि शहर में पली-बढ़ी थी इसलिए उसे उस फ़ार्म से और वहाँ पर काम करनेवाले किसानों और मज़दूरों में कोई दिलचस्पी न थी।

एक बार होली के मौक़े पर रमेश उसे गाँव ले गया। रात को सारे स्टाफ़ ने मिलकर जलसा किया। देहाती गाने गाए। देहाती नाच नाचे, मिठाई बाँटी। रमेश ने सोचा कि

अकेले रहते ऊषा घबरा गई है। किसानों और मज़दूरों के इस जमघटे में जाकर उसका दिल बहल जाएगा। मगर जो फ़िल्मी गानों और फ़िल्मी नाचों को पसन्द करनेवाली थी, उसे ये देहाती नाच-गाने कहाँ पसन्द आनेवाले थे! तीन घंटे तक वह कुर्सी पर बैठी-बैठी बोर होती रही। आख़िर में रमेश को और उसे हार पहनाए गए। मगर ये हार गुलाब के फूलों से नहीं बनाए गए थे, बल्कि उनमें गेहूँ की बालें पिरोई गई थीं। और एक ट्रक ड्राइवर ने घबराहट के मारे हकलाते हुए कहा—"हमने अपने डायरेक्टर साहब और उनकी श्रीमतीजी को गुलाब के फूलों के बजाय गेहूँ की बालों के हार पहनाए हैं, क्योंकि हम किसानों के लिए तो गेहूँ में ही सारे जहाँ की ख़ूबसूरती है, ख़ुशबू है, ख़ुशहाली है, गेहूँ में ही हमारी ज़िन्दगी है।" अपनी गँवार बोली की वजह से शब्द उसके मुँह से ग़लत निकले थे—ख़ूबसूरती, ख़ुशबू, ख़ुशहाली, ज़िन्दगी। और घर पहुँचते ही ऊषा ने गेहूँ की बालों वाला हार उतार फेंका।

गेहूँ! गेहूँ! गेहूँ!

रमेश के साथ रहकर ऊषा को इस शब्द से ही नफ़रत हो गई थी। सुबह उठो तो गेहूँ का ज़िक्र, टहलने जाओ तो गेहूँ के खेतों में से। हर क़दम पर रमेश देश की खेती-बाड़ी की समस्याओं पर बातचीत शुरू कर देता—"देखो ऊषा, यह गेहूँ की नई क़िस्म जो मैंने उगाई है, उसका दाना सुर्ख़ और सख़्त होता है। इसे 'रिस्ट' की बीमारी नहीं लग सकती।" या "देखो ऊषा...यह रूसी नस्ल का गेहूँ है और इसके बराबर में अमरीकी नस्ल का गेहूँ उग रहा है। अब मैं कोशिश कर रहा हूँ, इन दोनों के मेल से एक नई क़िस्म का गेहूँ उगाऊँ। इसमें अमरीकी गेहूँ की तरह दाना बड़ा निकलेगा और रूसी गेहूँ की तरह गरमी-सर्दी, हर तरह का मौसम बर्दाश्त करने की ताक़त होगी! मैं सोचता हूँ, इस नई क़िस्म के गेहूँ का नाम 'शान्ति गेहूँ' रखूँ। क्यों, कैसा रहेगा यह नाम?"

और ऊषा जलकर कहती—"गेहूँ, गेहूँ, गेहूँ, तुम्हारे लिए दुनिया में कोई और बात ही नहीं रह गई है। तुम तो मुझे भी गेहूँ का एक दाना ही समझते हो।"

"बेशक।" रमेश हँसकर कहता—"तुममें और गेहूँ के दाने में बस ज़रा ही सा फ़र्क़ है।"

"क्या?"

"गेहूँ के दाने में इनसान की ज़िन्दगी है और तुम...मेरी जान हो, मेरी ज़िन्दगी..."

"बस रहने दो, झूठी ख़ुशामद तो कोई तुमसे सीख ले। कब से कह रही हूँ, जब बरेली जाओ, वहाँ किसी के बाग़ में से गुलाब की क़लमें ले आओ। मैं बँगले के सामने फूलों का बाग़ लगाऊँगी। मगर तुम्हें कुछ याद नहीं रहता।" और एक बार फिर रमेश वादा कर लेता कि इस बार वह बरेली जाएगा, तो गुलाब के पौधे ज़रूर लाएगा, मगर अगली बार फिर भूल जाता। और ऊषा गुलाब के फूलों के लिए तड़पती रहती, जैसे बिन औलाद औरत की ममता बच्चे को गोद में खिलाने के लिए तड़पती है।

गुलाब के फूल! सुर्ख़ मख़मली फूल। नन्ही-नन्ही गुलाबी कलियाँ, जैसे नन्हे-नन्हे बच्चे को देखकर मुस्करा रहे हों। ऐसा लगता था, ऊषा की सारी तमन्नाएँ सिमटकर फ़िल्मी पत्रिका के इस मुखपृष्ठ के रंगीन चित्र में आ गई थीं। नीचे लिखा था—"फ़िल्म-स्टार दीप कुमार के बाग़ का एक चित्र। दीप कुमार को फूलों से बहुत मुहब्बत है और उसके घर के बाग़ में बारह क़िस्म के गुलाब खिले हुए हैं। दीप कुमार के घर की बाक़ी तस्वीरें अन्दर देखिए।"

अन्दर दो पृष्ठों में दीप कुमार के बँगले 'आशा दीप' की रंगीन तस्वीर छपी हुई थी। ड्राइंग-रूम में पीले फूलदार पर्दे, नीले सोफ़ों पर रंग-बिरंगे कुशन, दीवार पर एक मशहूर आर्टिस्ट की बनाई हुई गुलाब के फूलों की पेंटिंग, ड्राइंग-रूम में रेफ़्रीजरेटर के ऊपर गुलाब के फूलों से भरा हुआ गुलदान। बेडरूम की खिड़की में गुलाब की झाड़ियाँ सिर उठाए हुए झाँकती हुईं। कितना शायराना माहौल है इस घर में! ऊषा ने सोचा—एक हमारा घर है, जिधर देखो, गेहूँ की बालें, बदबूदार खाद के नमूने, सोफ़ों के बजाय मूढे, रेफ़्रीजरेटर के बजाय घड़ा। रेडियो के बजाय बैटरी वाला ट्रांजिस्टर, जिसकी बैटरी हमेशा बिगड़ी ही रहती है। सच कहती हूँ, आज भी बैटरी न लाए तो...

दूर से जीप के हॉर्न की आवाज़ आई और ऊषा के ख़यालात का सिलसिला टूट गया। रमेश के स्वागत के लिए पलंग से उठ खड़ी हुई और साड़ी का पल्लू सँभालती हुई बरामदे की तरफ़ दौड़ी। रमेश के साथ डाक भी आई होगी। उसे कई फ़िल्मी पत्रिकाओं का इन्तज़ार था।

खेतों के बीच में से कच्ची सड़क पर धूल के बादल उड़ाती हुई जीप आई और एकदम ब्रेक की तेज़ आवाज़ के साथ रुक गई। रमेश के बराबर की सीट पर डाक का पुलिन्दा था। ऊषा बरामदे की सीढ़ियों से दौड़ती हुई नीचे आई...

"अरे-अरे, क्या करती हो? इतनी धूप में नंगे सिर दौड़ी चली आई। अगर लू लग गई तो?" रमेश जीप से उतरते हुए चिल्लाया—"चलो, अन्दर चलो, वरना कोई फ़िल्मी पत्रिका नहीं मिलेगी।"

"पहले ये बताओ, मेरी सब चीज़ें लाए हो या नहीं?" ऊषा ने बरामदे में ठिनककर कहा।

"सब कुछ लाया हूँ।" रमेश ने अपना हैट ऊषा के सिर पर रखते हुए कहा और जीप में से सामान उतारने लगा।

"बैटरी ठीक हो गई?"

"बिलकुल, ये लो। अब तुम रेडियो सीलोन की सारी बकवास सुन सकती हो।"

"और मेरी कोल्ड क्रीम?"

"कोल्ड क्रीम भी है। मगर रास्ते में गरम होकर तेल बन गया हो, तो मैं ज़िम्मेदार नहीं।"

"मेरे लिए और क्या लाए हो?"

"और कुछ नहीं, सिवाय तुम्हारी पत्रिकाओं और मेरी कुछ काम की चीज़ों के। गेहूँ, धान और तरकारियों के कुछ बीज हैं और कुछ पौधों की क़लमें हैं।"

"ये तो न हुआ कि मेरे लिए गुलाब की क़लमें भी ले आते!" ऊषा ठिनककर बोली।

"उनकी तुम फ़िक्र न करो। एक दिन जादू से मैं गुलाब के फूल तुम्हारे बाग़ में खिला दूँगा—अच्छा, अब अन्दर आओ, मुझे तुम्हें एक ज़रूरी बात बतानी है।"

रमेश ने क़मीज़ उतारी। बाथरूम में जाकर हाथ-मुँह धोया। फिर तौलिया लिये बाहर आया और डाक के पुलिन्दे में से एक लिफ़ाफ़ा निकालकर ऊषा की तरफ़ बढ़ाया।

"भई, ये पढ़ो, बड़ी मुसीबत आनेवाली है।"

"कैसी मुसीबत?"

"एक फ़िल्म कम्पनी यहाँ फ़ार्म पर शूटिंग करने आनेवाली है और हमें उनकी मेहमाननवाज़ी करनी पड़ेगी। सरकार का हुक्म है कि उन्हें हर क़िस्म की सहूलत दी जाए, क्योंकि सरकारी पॉलिसी यही है कि ऐसे प्रोड्यूसरों की मदद की जाए, जो प्रोजेक्ट्स वग़ैरह के बारे में फ़िल्में बनाना चाहते हैं। मुझे तो यह बड़ा बोरिंग प्रोग्राम लगेगा। काम का हरज होगा, वह अलग। मगर तुम तो ज़रूर ख़ुश होगी।"

"छोड़ो जी," ऊषा ने बेदिली से काग़ज़ लिफ़ाफ़े से बाहर निकालते हुए कहा—"कोई न्यूज़रील वाले होंगे। तुम्हारे खेतों में उगे हुए गेहुँओं के और तुम्हारे फ़ार्म पर चलते हुए ट्रैक्टरों के फ़ोटो लेकर चले जाएँगे।"

"कम्पनी का नाम तो पढ़ो!" रमेश ने शरारत से कहा।

"न्यूज़रील की भी कोई कम्पनी होती है? वो तो सरकार की तरफ़ से बनती है।"

"अरे भई, ये न्यूज़रील नहीं है—फ़ीचर फ़िल्म है।"

"क्या नाम है फ़िल्म का?"

"नया हिन्दुस्तान।"

"हीरो कौन है?"

"इस फ़िल्म का हीरो, राइटर, प्रोड्यूसर, डायरेक्टर एक ही आदमी है।"

"होगा कोई पूना फ़िल्म इंस्टीट्यूट का नया एपरेंटिस डायरेक्टर।"

"अरे नहीं भई, फ़िल्म इंडस्ट्री का मशहूर हीरो, डायरेक्टर, प्रोड्यूसर दीप कुमार है।"

"सच रमेश!"

"हाँ।"

"वह अपनी पूरी यूनिट के साथ हमारे फ़ार्म पर आ रहे हैं।"

और ऊषा ने रमेश के गले में बाँहें डालते हुए कहा—"सच रमेश! बड़ा मज़ा आएगा। मगर मेरे पास तो ढंग की कोई साड़ी भी नहीं है। ये लोग आएँगे तो मैं क्या पहनूँगी!"

दीप

"हाँ, तो मिस्टर दीप कुमार, इस वक़्त आप कौन-सी फ़िल्म की आउटडोर शूटिंग करने जा रहे हैं?"

"नया हिन्दुस्तान।"

"इस फ़िल्म के बारे में आप हमें कुछ बता सकते हैं?"

"ज़रूर! इस फ़िल्म में हम उन तब्दीलियों को दिखाना चाहते हैं जो कि हिन्दुस्तानी समाज में आज़ादी के बाद हुई हैं। हिन्दुस्तान की ज़्यादातर आबादी गाँवों में रहती है और खेती-बाड़ी करती है, इसलिए फ़िल्म का बैकग्राउंड एक मॉडल फ़ार्म है, जहाँ हीरो किसानों को खेती-बाड़ी के नए तरीक़े सिखाता है। दरअसल मैं कई बरस से यह महसूस कर रहा हूँ कि हमारी ज़्यादातर फ़िल्मों का माहौल और उनके कैरेक्टर्स पुराने हो चुके हैं। उनका ताल्लुक़ आज के हिन्दुस्तान से, आज के समाज की समस्याओं से बिलकुल नहीं है। इन फ़िल्मों को देखने से तो ऐसा लगता है, जैसे हम अभी तक उन्नीसवीं, बल्कि अठारहवीं सदी में रह रहे हों! कभी-कभी तो यह ख़याल होता है कि ऐसे कैरेक्टर्स किसी सदी में थे ही नहीं!"

"जैसे आपकी फ़िल्म 'आवारा शहज़ादा' में हीरो टीन की एक तलवार से एक दर्जन सिपाहियों को गिरा देता है और हिरोइन, जो एक चरवाहे की बेटी है, हर सीन में एक नया रेशमी लिबास पहनती है।"

"'आवारा शहज़ादा' को रियलिज़्म की कसौटी पर परखना एक ग़लती होगी। यह एक तफ़रीही फ़िल्म थी, जो लोगों को हँसने-हँसाने और उनका दिल ख़ुश करने के लिए बनाई गई थी। पब्लिक का दिल बहलाना तो आर्टिस्ट का पहला फ़र्ज़ होता है। इसके अलावा यह भी याद रखने की बात है कि 'आवारा शहज़ादा' से सरकार को कितना फ़ायदा हुआ है। 'आवारा शहज़ादा' के टिकटों पर जो टैक्स लगा है, उसका हिसाब किया जाए, तो मालूम होगा कि इस फ़िल्म ने सरकार को एक करोड़ रुपए का टैक्स दिया है—ये रुपया कहाँ जाएगा? नहरें, सड़कें, डैम और बिजली घर बनाने में ही ख़र्च होगा...इससे आप अन्दाज़ा लगा सकते हैं कि 'आवारा शहज़ादा' जैसी फ़िल्में भी कितनी अहम और ज़रूरी होती हैं!"

"सुना है, 'आवारा शहज़ादा' से आपको भी तो पचास लाख रुपए का मुनाफ़ा हुआ था?"

"हुआ होगा! रुपए-वुपए का हिसाब-किताब मेरे पास तो रहता नहीं। मेरे एकाउंटेंट के पास रहता है। मेरा मक़सद तो सिर्फ़ आर्ट की ख़िदमत करना है...और आर्ट के ज़रिए मुल्क और क़ौम की ख़िदमत करना..."

"जी हाँ, इसमें क्या शक है..."

यह इंटरव्यू बम्बई सेंट्रल स्टेशन पर फ्रंटियर मेल के एयरकंडीशंड डिब्बे के सामने हो रहा था। फ़िल्म की हिरोइन अलका और उसकी एंग्लो-इंडियन हेयर ड्रेसर फ़र्स्ट

क्लास के डिब्बे में बैठ चुकी थीं। दीप कुमार प्रोडक्शन की यूनिट के बाक़ी टेक्नीशियंस, असिस्टेंट्स और स्पॉट-ब्वायज़ और जूनियर आर्टिस्ट्स वग़ैरह सेकंड क्लास के डिब्बे में बैठ चुके थे। सिर्फ़ दीप कुमार जर्नलिस्टों और तमाशबीनों की भीड़ में घिरा हुआ प्लेटफ़ॉर्म पर खड़ा था...मगर जब उसके सेक्रेटरी ने आकर उसे याद दिलाया कि गाड़ी छूटने में सिर्फ़ पाँच मिनट रह गए हैं, तो दीप कुमार ने बड़े अदब से हाथ जोड़कर सबको नमस्कार किया और सबसे इजाज़त चाही।

''अच्छा तो भाई लोगो, अब इजाज़त दीजिए...कुछ और लोगों को भी रुख़सत करना है।'' और यह कहकर वह अपने रिज़र्व्ड केबिन में दाख़िल हुआ और दरवाज़ा बन्द हो गया।

''क्यों पारो, कहो, क्या इरादा है? चलती हो? टिकट की कोई फ़िक्र नहीं, क्योंकि पूरे केबिन पर क़ब्ज़ा करने के लिए मैंने पहले ही दो टिकट ख़रीदे हुए हैं—रहे कपड़े, वे दिल्ली में ख़रीद लेना।''

''नहीं जी, तुम जाओ! मैं तुम्हारे साथ हूँगी तो लोग न जाने क्या-क्या कहेंगे? देखते नहीं, कितने जर्नलिस्ट बाहर खड़े हैं!''

''खड़े हैं तो खड़े रहने दो! क्या मियाँ-बीवी का साथ-साथ सफ़र करना जुर्म है?''

''आम लोगों के लिए नहीं है। मगर तुम जैसे फ़िल्म-स्टार मामूली लोग थोड़े ही होते हैं। ज़रा सोचो तो, जब नई दिल्ली स्टेशन से आकर तुम अपने यूनिट का सामान और यूनिट के लोगों को प्राइवेट बस में सवार कराओगे, तो स्टेशन के बाहर तुम्हारे चाहनेवालों की भीड़ लग जाएगी। कॉलेज जानेवाली लड़कियाँ कॉलेज का रास्ता भूलकर तुम्हारे दर्शन करने खड़ी हो जाएँगी और बहुत-सी तो तुम्हारा ऑटोग्राफ़ लेने के लिए अपनी कॉपियाँ खोलकर तुम्हारे सामने बढ़ा देंगी। अगर उस वक़्त उन्होंने देखा कि उनका चहेता दीप अपनी बीवी के साथ सफ़र कर रहा है, तो उनको कितनी मायूसी होगी! ऐसी बातों से तुम्हारी मक़बूलियत को भी धक्का लग सकता है। एक फ़िल्म-स्टार की मक़बूलियत का असली राज़ यही है कि लाखों लड़कियाँ मन-ही-मन में उसे अपना चाहनेवाला तसव्वुर करती हैं। अगर वे अपने चहेते हीरो को उसकी बीवी के साथ देखेंगी, तो उनके सपने टूटकर चूर-चूर हो जाएँगे...इसलिए मैं घर पर ही ठीक हूँ।''

दीप को मालूम था, पारबती जो कह रही है, ठीक ही कह रही है, लेकिन जिस अन्दाज़ से वह कह रही थी, उसमें उसे तंज़ की हल्की-सी चुभन भी महसूस हुई थी। दीप शादी के पाँच साल बाद भी पारबती से मुहब्बत करता था। उसे यह भी मालूम था कि वह भी उससे ऐसी ही मुहब्बत करती है। लेकिन उसे शक था, बल्कि ये शक अब यक़ीन में बदलता जा रहा था कि वह 'महान कलाकार' दीप कुमार का रोब बिलकुल नहीं मानती, बल्कि उसकी इज़्ज़त भी नहीं करती। अक्सर दीप को यह भी महसूस होता था कि पारबती दिल ही दिल में उस पर हँस रही है। उसके महान कलाकार होने का मज़ाक़ उड़ा रही है। कभी-कभी वह उसके साथ ऐसा सलूक करती, जैसे

बुज़ुर्ग बच्चों के साथ करते हैं या अक़्लमन्द कमअक़्लों के साथ। और उस वक़्त दीप को अपनी ज़िन्दगी में एक अजीब क़िस्म की कमी महसूस होती, जैसे अपनी बेइन्तिहा दौलत के बावजूद वह कंगाल हो। जैसे अपनी बेपनाह मक़बूलियत के बावजूद वह गुमनाम हो। हालाँकि फ़िल्मी दुनिया में वह 'दी ग्रेट जीनियस' समझा जाता था, लेकिन पारबती के सामने वह एहसास-ए-कमतरी में रहता था। इसकी असल वजह यह भी थी कि उसका बाप बम्बई का मशहूर बैरिस्टर था जबकि दीप का बाप दो साल पहले तक दिल्ली के चाँदनी चौक में आलू-भटूरे का ठेला लगाता था। पारबती उन सब हिरोइनों से ख़ूबसूरत थी, जिनके साथ वह काम कर रहा था। पारबती इंग्लिश लिटरेचर से एम.ए. थी जबकि वह मैट्रिक फ़ेल था। शादी से पहले पारबती अपने बाप के साथ यूरोप और अमरीका घूम आई थी और पेरिस के Louvre म्यूज़ियम, रोम के सेंट पॉल गिरजा, लन्दन के हाइड पार्क की बातें वह ऐसी लापरवाही से किया करती थी, जैसे कोई बम्बई वाला दादर, माहिम या कालबादेवी का ज़िक्र कर रहा हो, जबकि दीप बम्बई आने से पहले दिल्ली के अलावा किसी और शहर तक में नहीं गया था। फ़िल्मी पत्रिकाओं में लेख छपते (जिनमें से अक्सर दीप के अपने पब्लिसिटी मैनेजर के लिखे होते) कि दीप कुमार की अदाकारी में दिलीप कुमार की संजीदगी और राजकपूर की शोख़ी का अनोखा संगम है। उसकी एक्टिंग का मुक़ाबला क्लार्क गेबिल और जेम्स स्टुवर्ट से किया जाता है। लेकिन जब वह घर आता, तो पारबती लारेंस ओल्यूबर या चरकासोफ़ की एक्टिंग का ज़िक्र इस अन्दाज़ में करती कि उनके मुक़ाबले में दीप कुमार अपने आपको हीन समझने लगता। उसकी फ़िल्म 'दिल के टुकड़े' की तारीफ़ में अख़बारों ने कॉलम के कॉलम लिख डाले थे, मगर पारबती ने सिर्फ़ इतना कहा—"क्यों इटालियन फ़िल्मों की नक़ल में अपना दिवाला निकालना चाहते हो?"

उसकी फ़िल्म 'आवारा शहज़ादा' ने कई बरस के रिकॉर्ड तोड़ डाले; लेकिन अपनी बीवी की ज़बान से उसने तारीफ़ का एक शब्द भी न सुना, सिवाय इसके—"चलो अच्छा है, तुम्हारे सारे पिछले क़र्ज़ उतर जाएँगे।"

मगर अब 'नया हिन्दुस्तान' फ़िल्म बनाकर दीप को यक़ीन था कि वह पारबती से भी अपनी कला का लोहा मनवा लेगा। इस फ़िल्म से वह दुनिया में इंक़लाब बरपा करना चाहता था कि किस तरह फ़िल्म से सारी क़ौम को जगाया जा सकता है और किस तरह लोगों के दिलों को तरक़्क़ीपसन्द ख़यालात और प्रगतिशील विचारों से प्रभावित किया जा सकता है। यह फ़िल्म वह एक नए ढंग से बनाना चाहता था इसलिए उसने फ़ैसला किया था कि उसमें ज़्यादा से ज़्यादा आउटडोर शूटिंग होगी। एक्स्ट्राज़ के बजाय सचमुच के मज़दूर उसमें काम करेंगे। सरकार से ख़त-व-किताबत के बाद उसने एक सरकारी मॉडल फ़ार्म पर शूटिंग करने की इजाज़त हासिल कर ली थी। इसलिए वह चाहता था कि इस सफ़र में पारबती भी उसके साथ हो और एक बार उसको भी यक़ीन आ जाए कि उसका पति एक घटिया क़िस्म का कलाकार, और घटिया क़िस्म

का डायरेक्टर और प्रोड्यूसर नहीं, बल्कि उच्च कोटि का एक्टर और डायरेक्टर है। मगर पारबती न मानी। उसने कहा—"जाऊँगी तो बच्चों की देखभाल कौन करेगा? और इस गरमी में मैं बच्चों को इतने लम्बे सफ़र पर ले जाना नहीं चाहती।"

"अच्छा तो पारो, अब तुम उतरो।" दीप ने कहा, जब गाड़ी की सीटी सुनाई दी—"बच्चों को मेरी तरफ़ से प्यार करना और रोज़ अपनी और बच्चों की ख़ैरियत का तार भेजती रहना।"

"और तुम भी अपना ख़याल रखना।" पारबती ने उठते हुए कहा—"धूप में शूटिंग करो तो हैट बराबर सिर पर रखना और नीबू का शरबत पीते रहना। ऐसा न हो कि लू लग जाए।" और फिर प्यार से ज़्यादा ममता-भरे अन्दाज़ में उसने दीप के बालों में हाथ फेरा। हल्के से उसके गाल पर थपकी दी और दरवाज़ा खोलकर गाड़ी से उतर गई—और दीप को एक सेकंड के लिए ऐसा महसूस हुआ, जैसे कोई बच्चा माँ से पहली बार जुदा होकर दूरदराज़ के सफ़र पर जा रहा हो और उसने सोचा—'पारो के बग़ैर मैं इतने दिन कैसे गुज़ारूँगा?'

गाड़ी प्लेटफ़ॉर्म से निकल गई और सारी भीड़ बाहर जाने लगी तो एक लड़की ने पारबती से पूछा—"क्यों जी, आप तो दीप कुमार से बड़ी देर तक बातें कर रही थीं। क्या लगती हैं आप उनकी?"

"जो भी लगती हूँ।" पारबती ने हँसकर जवाब दिया—"मैं भी उनकी फैन हूँ और उनके आर्ट की क़दरदान हूँ, सो ऑटोग्राफ़ लेने आ गई थी।"

गाड़ी बम्बई के सबर्बन एरियाज़ से गुज़र रही थी। स्टेशनों की रोशनियाँ इस तरह दौड़ती हुई नज़र आ रही थीं, जैसे मशालें हाथ में लिये कोई ग़ैर-इनसानी फ़ौज लड़ाई हारकर भागी जा रही हो।—महालक्ष्मी, लोअर परेल, एलफिंस्टन, दादर...स्टेशन के बाद स्टेशन...

...माटुंगा रोड, माहिम, बान्द्रा...

लेकिन दीप की कल्पना इसी रफ़्तार से उल्टी दिशा में दौड़ रही थी।

उन्नीस सौ इक्यासी, उन्नीस सौ अस्सी,...उन्यासी...अठहत्तर...

खार, शान्ताकुंज, विले पार्ले, अन्धेरी...

सत्तर, छिहत्तर, पचहत्तर, चौहत्तर, तिहत्तर...

1973—आठ बरस हुए, जब वह पहली बार दिल्ली से बम्बई आया था—मगर उस वक़्त उसका नाम दीप कुमार नहीं था—सूरज नारायण माथुर था। उस वक़्त वह एयरकंडीशंड डिब्बे में बैठकर नहीं आया था, बल्कि थर्ड क्लास में बग़ैर टिकट आया था, उस वक़्त उसके पास शार्क सिकन के सूटों और टेरेलीन और टेरीकॉट की क़मीज़ों से भरे हुए आठ सूटकेस नहीं थे, सिर्फ़ एक टीन का पुराना सन्दूक़ था, जिसमें दो पैंटें, दो क़मीज़ें थीं। घर के बने हुए सत्तू की एक थैली थी। जब भी उसे भूख लगती, वह सत्तू को पानी में घोलकर पी लेता...

गाड़ी पालखर के स्टेशन पर रुकी और डाइनिंग कार के वेटर ने आकर कहा—''डिनर का टाइम हो गया है, सरकार!''

''दिस वे, सर!'' डाइनिंग कार के मैनेजर ने ख़ुद उसका स्वागत किया और खिड़की के क़रीब की तरफ़ इशारा किया।

उसके स्टाफ़ के लोगों में से जो दूसरे फ़र्स्ट क्लास के डिब्बे में थे, वे भी आ गए थे। मगर वे दूसरी मेज़ों पर बैठे हुए थे।

''क्यों भई, अलका रानी खाना नहीं खाएगी क्या?'' दीप ने कैमरामैन भास्कर से पूछा।

''जी नहीं, वह और जूली रम्मी खेल रही हैं। अपने कम्पार्टमेंट में खाना मँगवाया है।''

दीप ने सोचा—चलो अच्छा ही है—दोनों यहाँ आतीं, तो बक-बक करके मेरा दिमाग़ चाट जातीं और आज की रात न जाने क्यों वह अकेला रहना चाहता था।

''क्या खाएँगे, सरकार?'' वेटर ने मीनू कार्ड पेश करते हुए बड़े अदब से पूछा।

खाने का ऑर्डर देते हुए दीप ने देखा कि दूसरी मेज़ों पर जो लोग बैठे हुए हैं, सबकी निगाहें उस पर हैं। दो पारसी लड़कियाँ उसकी तरफ़ देखकर आपस में खुसुर-फुसुर कर रही थीं। एक नौजवान रश्क-भरी निगाहों से दीप को घूर रहा था, जैसे दिल में सोच रहा हो—'उफ! कितना ख़ुशक़िस्मत है यह दीप कुमार! काश, मैं भी फ़िल्म-स्टार होता!'

टिकट चेकर दूसरे मुसाफ़िरों के टिकट देखने के बाद दीप की मेज़ के पास आया। मगर दीप का टिकट देखने के बजाय उसने अपनी नोटबुक उसके सामने कर दी—''इस पर ऑटोग्राफ़ दे दीजिए। मेरी बेटी आपकी फ़िल्मों को पसन्द करती है।''

और गाड़ी की रफ़्तार के साथ दीप की याद अतीत की तरफ़ जाने लगी। जब वह थर्ड क्लास में दिल्ली से बम्बई आ रहा था और उस दिन भी टिकट चेकर उसके डिब्बे में आया था और उससे पूछा था—'टिकट प्लीज़।'

और जब उसने खिसियानी-सी शक्ल बनाई थी, तो टिकट चेकर ने डाँटकर कहा था—'टिकट दिखाओ!' और जब वह टिकट न दिखा सका था, तो टिकट चेकर ने कितनी डाँट खिलाई थी—'तेरे बाप की गाड़ी है क्या, जो बग़ैर टिकट सफ़र कर रहा है? बता, कहाँ से बैठा है और कहाँ जा रहा है?'

उसने डर-डरकर कहा था—'दिल्ली से बैठा हूँ और बम्बई जा रहा हूँ।'

'तो निकाल टिकट के पैसे और पेनल्टी।' और फिर टिकट चेकर ने अपनी जेब से एक नोटबुक निकाली थी और उसे देखकर टिकट चेकर ने कहा था—'डेढ़ सौ रुपए निकालो, वरना अगले स्टेशन पर उतारकर पुलिस के हवाले कर दूँगा।'

पुलिस का नाम सुनकर वह और भी डर गया था। उसकी जेब में उस वक़्त सिर्फ़ दौ सौ रुपए थे। मजबूरन उसने क़मीज़ के अन्दर की जेब से वे रुपए निकालकर टिकट चेकर की तरफ़ बढ़ाए थे और फिर टिकट चेकर ने उसका बम्बई का टिकट बनाकर

उसे दिया था और पचास रुपए लौटाते हुए टिकट चेकर मुँह-ही-मुँह में बड़बड़ाया था— 'जाने कहाँ-कहाँ से चले आते हैं...आवारा कहीं के...'

कितने बरस गुज़र गए हैं इस बात को ?—आठ बरस ? आठ सौ बरस ? या शायद आठ हज़ार बरस ?

इन आठ बरसों में दुनिया कितनी बदल गई थी ! सूरज नारायण माथुर कितना बदल गया था !

बेख़याली में वह खाना खाता रहा और डाइनिंग कार की चौड़ी खिड़की के शीशे में से वह चाँदनी में चमकते हुए पेड़ों, झोंपड़ों और खेतों को पीछे की तरफ़ दौड़ता हुआ देखता रहा। मगर कुछ देर बाद उसे ऐसा मालूम हुआ कि उसके दिमाग़ की खिड़की के शीशे पर ख़ुद उसकी ज़िन्दगी की पिछली घटनाएँ नज़र आ रही हों, जैसे सिनेमा के पर्दे पर फ़िल्म नज़र आती है।

1973—जब 'हिन्दुस्तान फ़िल्म स्टूडियो' से धक्के मारकर उसे बाहर निकाला गया था, क्योंकि वह दरबान की नज़र बचाकर शूटिंग देखने अन्दर घुस गया था और उसके कपड़े मैले और फटे हुए थे और उसकी दाढ़ी भी बढ़ी हुई थी। दो वक़्त से खाना भी नहीं खाया था। गाल पिचके हुए थे और आँखें अन्दर को धँसी हुई थीं, क्योंकि फुटपाथ के पथरीले फ़र्श पर उसे नींद नहीं आती थी। और वह शक्ल से आवारा और गुंडा लगता था।

1974—जब वह 'पॉपुलर शू मार्ट' में सौ रुपए महीने पर नौकर था और दिन-भर लोगों के पैरों में जूते पहनाकर दिखाता था—मैले पैर, भद्दे पैर, काले पैर, गोरे, नाज़ुक और सुडौल पैर—उन दिनों तो उसे ख़्वाब में पैर-ही-पैर नज़र आते थे। और एक बार तो उसने ख़्वाब में देखा कि लाखों पैरों के नीचे से उसे रौंदा जा रहा है और उसका दम घुटकर निकलने ही वाला है।

उसी दिन उसे जूतों की दुनिया से हमेशा के लिए छुटकारा मिल गया था जब दुकान पर टेलीफ़ोन की घंटी बजी और उसके मालिक ने फ़ोन पर कई बार 'जी जनाब', 'यस सर', 'ओके' करके दीप (जो उस वक़्त सूरज ही कहलाता था) से कहा—"देखो, चार नम्बर के लेडीज़ सैंडिलों के जितने अच्छे-अच्छे और बढ़िया नमूने हैं, सब लेकर 'आइडियल स्टूडियो' में मिस राधारानी के पास चले जाओ। उनको अपनी नई फ़िल्म के लिए जूते ख़रीदने हैं—मगर सूरत ठीक करके जाना। तुम्हारी क़मीज़ भी फटी हुई है।"

वह दुकान के पीछे की कोठरी में गया, शेव बनाई, मुँह को अच्छी तरह से रगड़-रगड़कर धोया, फिर गन्दे तौलिए से मुँह को पोंछा, टीन के सन्दूक़ में से अपनी इकलौती अच्छी क़मीज़ निकाली, पतलून पर इस्त्री की, बालों में तेल डालकर कंघा किया और जाते वक़्त आईने में अपनी सूरत देखी।

दुबला वह ज़रूर था; मगर शक्ल व सूरत बुरी नहीं थी—कितने ही हीरो से अच्छी थी। चौदह जोड़ी जूतों के डिब्बे टैक्सी में डालकर वह 'आइडियल स्टूडियो' पहुँचा

और क्योंकि वह टैक्सी के अन्दर बैठा था, इसीलिए स्टूडियो के दरबान ने फ़ौरन दरवाज़ा खोल दिया...और चूँकि वह 'पॉपुलर शू मार्ट' का कार्ड लेकर मिस राधारानी को जूतों की ट्राई देने आया था और शक्ल व सूरत से गुंडा नहीं लगता था, इसलिए उसे धक्के मारकर बाहर नहीं निकाला गया, बल्कि फ़ौरन मिस राधारानी के मेकअप रूम में ले जाया गया।

"मैंने कह दिया है, मैं उसके साथ काम नहीं करूँगी। आप देखते नहीं, वह बिलकुल गंजा हो गया है!" राधारानी डायरेक्टर देसाई को डाँट रही थी, जब दीप (जो अभी तक सूरज ही कहलाता था) वहाँ पहुँचा।

"मैडम, मैं पॉपुलर शू मार्ट से आया हूँ।" मगर कुछ सेकंड तक राधारानी ने उसे कोई जवाब नहीं दिया, बल्कि उसकी तरफ़ टकटकी बाँधे उसे घूरती रही। फिर बोली—"अच्छा, जूते दिखाओ—कोई अच्छा नमूना भी है?"

वह डिब्बों में से सैंडिल निकाल-निकालकर दिखाता रहा और राधारानी और देसाई के बीच हीरो को लेने या न लेने के बारे में बहस चलती रही...कोई गंजा तो कोई मोटा, कोई ज़रूरत से ज़्यादा लम्बा तो कोई ज़रूरत से ज़्यादा छोटा। जो हीरो राधारानी को पसन्द थे, वे दूसरी फ़िल्मों में बिज़ी थे और छह महीने से पहले शूटिंग के डेट्स भी नहीं दे सकते थे और प्रोड्यूसर को फ़िल्म बहुत जल्द शुरू करनी थी।

"इससे तो अच्छा है, आप कोई नया लड़का ले लें।" राधारानी तुनककर बोली।

"मगर काम के लड़के मिलते कहाँ हैं...तुम तो ऐसे कह रही हो, जैसे नया लड़का लड़का न हुआ, जूता हुआ!"

"हाँ, तो फ़र्क़ भी क्या है? जूते और हीरो जब पुराने हो जाते हैं, तो फेंक दिए जाते हैं। उनके बजाय नए जूते और नए हीरो...हाँ, यह सैंडिल मेरे फ़िट है।" यह बात उसने दीप (या सूरज) से कही थी, जो राधारानी के पैरों में बैठा एक के बाद दूसरा जूता पहना रहा था।

और फिर आँखों-ही-आँखों में राधारानी और देसाई के दरमियान न जाने क्या-क्या इशारे हुए! सैंडिल का बिल वसूल करने जब वह डायरेक्टर के कमरे में पहुँचा, तो देसाई ने छूटते ही पूछा—"क्यों मिस्टर, फ़िल्म में काम करोगे?" और सूरज के मुँह से कुछ न निकला, सिवाय—"जी, जी...जी...एक गिलास पानी।"

1975—जब वह सूरज नारायण माथुर से दीप कुमार बन चुका था और उसके पास सात फ़िल्मों के कॉन्ट्रैक्ट थे और उसके बैंक के लॉकर में तीन लाख रुपया 'ब्लैक' का था। कार और बँगला भी ख़रीद चुका था। इन्कम टैक्स भी देने लगा था। लेकिन इन्कम टैक्सवालों को लगता था, दीप की असल आमदनी बहुत ज़्यादा है, जबकि वह झूठे काग़ज़ात जमा करके अपनी आमदनी कम बताता है। इसलिए इन्कम टैक्सवालों ने उसके रहन-सहन को देखते हुए कई हज़ार रुपए के इन्कम टैक्स का

नोटिस भेज दिया। इसलिए किसी अच्छे इन्कम टैक्स के सॉलिसिटर से मशवरा करना ज़रूरी हो गया था। उसके सेक्रेटरी ने टीकाचन्द का नाम बताया।

दीप अपनी 'ब्यूक' में बैठकर अपने कॉन्ट्रैक्ट्स की फाइल लेकर मालाबार हिल पर इन्कम टैक्स सॉलिसिटर मिस्टर टीकाचन्द के बँगले पर पहुँच गया। हालाँकि वह ख़ुद भी 'वर्ली सी फ़ेस' पर एक हज़ार रुपए महीना के फ़्लैट में रहता था और अपने फ़्लैट की इंटीरियर डेकोरेशन को बहुत अच्छा समझता था, लेकिन सॉलिसिटर टीकाचन्द के ड्राइंग-रूम की इंटीरियर डेकोरेशन को देखकर वह प्रभावित हुए बग़ैर नहीं रह सका था—हर तरफ़ किताबों की ऊँची-ऊँची अलमारियाँ, क़ीमती क़ालीन, ख़ूबसूरत पर्दे, बढ़िया और आरामदेह फ़र्नीचर, सोफ़े, दीवान, क़ालीन के पुराने बुत—हर चीज़ मकान मालिक की नफ़ासत का ऐलान करती थी।—फिर ड्राइंग-रूम की दीवार, फिर लम्बी खिड़की में समुद्र का ख़ूबसूरत मंज़र।

काम की बातें ख़त्म करने के बाद सॉलिसिटर टीकाचन्द ने दीप का अपनी बेटी पारबती से परिचय कराया, जो उस साल एम.ए. इंग्लिश लिटरेचर का इम्तहान दे रही थी। पारबती को देखकर दीप को लगा कि उस घर की सारी ख़ूबसूरती उस नाज़ुक-सी लड़की में सिमट आई है, जो किचन में जाकर अपने हाथों से पकौड़े भी तल सकती है—डाइनिंग टेबल पर बड़े सलीक़े से बैठकर चाय उँड़ेल सकती है और साथ-साथ बायरन की शायरी और शेक्सपियर के ड्रामों पर बहस भी कर सकती है। और दीप, जिसने न कभी ऐसा घर देखा था, न किसी ऐसी लड़की से मिला था, यह सोचता हुआ बाहर निकला कि मेरी सारी दौलत और शोहरत किस काम की, अगर पारबती जैसी बीवी न मिले।

1976—जब बड़ी धूमधाम से उसकी शादी पारबती से हुई—और उसकी अपनी कम्पनी दीप कुमार प्रोडक्शन की स्थापना हुई।

1977—जब उनका पहला बच्चा हुआ, जिसका नाम जगदीप रखा गया और जब दीप प्रोडक्शन की फ़िल्म 'आसमानी चूड़ियाँ' की सिल्वर जुबली हुई। कम्पनी को दस लाख का फ़ायदा हुआ, जिससे दीप ने अपना स्टूडियो बनवाना शुरू किया और उनकी दूसरी औलाद एक बच्ची हुई, जिसका नाम जमना रखा गया। उसी साल दीप और पारबती का पहला झगड़ा हुआ। झगड़े की वजह यह थी कि जब दीप ने अपनी नई फ़िल्म 'हाय मेरी जान' के बारे में पारबती से उसकी राय पूछी, तो उसने मुँह बनाकर कहा था—'मेरी पसन्द और नापसन्द से क्या होता है? पब्लिक तो पसन्द करती है ना! सिल्वर जुबली तो ज़रूर होगी न—बस तो फिर काफ़ी है।' और दीप को ऐसा लगा, जैसे उसकी कामयाबी के शरबत में किसी ने कुनैन घोल दी हो।

1978—जब दीप की फ़िल्म 'मोरे बालम' की गोल्डन जुबली हुई और उसने जुहू पर एक बँगला ख़रीदा। पचास हज़ार फ़र्नीचर पर और तीस हज़ार बाग़ और लॉन लगाने पर ख़र्च किए।

1979—जब दीप प्रोडक्शन की फ़िल्म 'लाल सलाम', जो ग़रीबों की ज़िन्दगी के बारे में थी, फ़्लाप हुई। दीप कुमार के बाग़ के फूलों को 'फ़्लावर शो' में पहला इनाम मिला। उसका बच्चा पहली बार स्कूल गया और बच्ची ने 'मम्मी' कहना शुरू किया। दीप ने डॉक्टरी सर्टीफ़िकेट हासिल करके शराब का परमिट बनवाया।

1980—जब 'आवारा शहज़ादा' ने पिछले सब रिकॉर्ड तोड़ दिए और दीप को ज़रूरत से ज़्यादा मुनाफ़ा होने लगा, तो उसके ऑडिटर ने मशवरा दिया कि उसे टैक्स से बचने के लिए फ़ौरन ऐसी फ़िल्म शुरू कर देनी चाहिए, जिसमें नुक़सान दिखाया जा सके और फिर 'नया हिन्दुस्तान' का मुहूर्त हुआ।

गाड़ी एक झटके के साथ किसी छोटे-से स्टेशन पर खड़ी हुई और मुसाफ़िर डाइनिंग कार से निकलकर अपने डिब्बों की तरफ़ चले। दीप कुमार ने वेटर से कहा कि दो सोडे की बोतलें ला दे और फिर अपने केबिन में जाकर दरवाज़ा बन्द किया। सूटकेस में से व्हिस्की की बोतल निकाली और गिलास में एक पैग उड़ेला। फिर उसने तीन तस्वीरों का तह होनेवाला चमड़े का फ्रेम निकाला, जो सफ़र में हमेशा उसके साथ रहता था—एक तरफ़ उसके बच्चे, दूसरी तरफ़ बच्चों और उसके बीच में मुस्कराती हुई पारबती की तस्वीर।

"वैल पारो!" उसने गिलास उठाया और एक ही घूँट में ख़ाली कर दिया। पाँचवें पैग के बाद उसने पारबती की तस्वीर को ग़ौर से देखा और बड़बड़ाया—"तुम मुझ पर हँसती क्यों हो, पारो? मेरा मज़ाक़ उड़ाती हो। इसलिए कि मेरा बाप ग़रीब था और तुम्हारा बाप अमीर इसलिए कि मैं मैट्रिक फ़ेल हूँ और तुम एम.ए. पास इसलिए कि तुम क्लासिकी संगीत और भरतनाट्यम्, रुसी बैले और इटालियन फ़िल्में पसन्द करती हो और मैं 'आवारा शहज़ादा' जैसी घटिया फ़िल्में बनाकर रुपए कमाता हूँ। क्यों, यही बात है न?"

सातवें पैग के बाद उसने गुलाबी आँखों से पारबती की तस्वीर को घूरा—"सारी दुनिया मेरी इज़्ज़त करती है, लाखों मेरे काम को सराहते हैं, मेरी तारीफ़ करते हैं, मैं जहाँ जाता हूँ मेरे चाहनेवालों की भीड़ जमा हो जाती है, तीन हज़ार ख़त हर महीने मेरे पास आते हैं, इतनी Fan Mail किसी भी स्टार की नहीं है, मगर तुम मेरी इज़्ज़त नहीं करतीं, पारो? तुम मुझसे मुहब्बत तो करती हो, मगर ऐसी मुहब्बत नहीं चाहिए, पारो! मैं चाहता हूँ, तुम मुझे अपने बराबर का सा समझो, मेरी इज़्ज़त करो।"

और नवें पैग के बाद उसने फिर पारबती की तस्वीर से सम्बोधित होकर कहा—"तुम अपने-आपको समझती क्या हो, पारो! माना, तुम हसीन हो, पढ़ी-लिखी हो, अमीर बाप की बेटी हो। मगर दुनिया में हज़ारों और भी लड़कियाँ हैं। समझीं, पारो... नहीं समझीं, तो मैं तुम्हें समझाऊँगा...फिर हँस रही हो...मत हँसो, पारो, मत हँसो...मत हँसो..."

मगर उसकी मदहोश आवाज़ की गूँज केबिन ही में खोकर रह गई। वह नशे से चूर होकर सो गया, मगर पारो की तस्वीर इसी तरह मुस्कराती रही।

ट्रैक्टर की स्टीयरिंग व्हील को सँभाले रमेश अपने पैरों तले मोटर की धड़धड़ाहट को महसूस कर रहा था। जब कभी वह ट्रैक्टर चलाता था, उसके तन–बदन में अजीब सनसनी दौड़ जाती थी। उसका दिल एक अजीब–सी ख़ुशी से भर जाता और उसे लगता—वह एक मॉडल फ़ार्म का डायरेक्टर नहीं, एक फ़ौज़ का सिपहसालार है जो हमला करता और दुश्मनों को पीसता हुआ चला जा रहा है। और यह ट्रैक्टर नहीं, जिस पर वह सवार है बल्कि नेपोलियन का जंगी घोड़ा है, हिटलर का टैंक है...नहीं हिटलर के टैंक तो रूस की तोपों के सामने बुरी तरह मार खा गए थे, मगर उसका ट्रैक्टर और उसके पीछे लगे हुए हार्डस्टर की कलदार और तेज़ दराँतियाँ पकी हुई फ़सलों को इस तरह काट रही थीं, जैसे सिर के घने बालों में नाई की मशीन चलती है। उसने पीछे मुड़कर देखा तो उसे ऐसा महसूस हुआ, जैसे खेत की हज़ामत होती जा रही है। फिर वह मन–ही–मन में इस तुलना पर मुस्करा दिया। उसने सोचा—कोई अच्छी तुलना होनी चाहिए।

कृश्न चन्दर ने किसान की दराँती की साहित्यकार की क़लम से, आर्टिस्ट के ब्रुश से तुलना की थी, क्योंकि इसी दराँती से किसान ज़मीन के कैनवस पर कैसे–कैसे शाहकारों को तरतीब देता है। अगर दराँती किसी पुराने ज़माने के किसान का क़लम थी—रमेश ने सोचा—तो हार्डस्टर कम्बाइन आज के किसान का टाइपराइटर है, जिस पर खटाखट नए इनसान की कहानी लिखी जा रही है...नहीं, यह तुलना भी ठीक नहीं रही।

रमेश ने सोचा—काश! वह साहित्यकार होता, आर्टिस्ट होता, तो अपने दिल के एहसासात को ख़ूबसूरती से ज़ाहिर कर सकता था।

जब भी वह फ़ार्म पर किसी भी मशीन से काम करता तो सोचता—दस साल पहले इतने बड़े खेत की फ़सल काटने के लिए सैकड़ों किसानों, उनकी औरतों और बच्चों को कम–से–कम दस दिन लगते और अब सारा काम कुछ ही घंटों में एक ट्रैक्टर और एक कम्बाइन से हो सकता है। उसे ऐसा लगता था, जैसे इंक़लाब वह नहीं था, जो सियासतदानों ने अपनी धुआँधार तक़रीरों से बरपा किया था। बल्कि इंक़लाब यह है, जो इस फ़ार्म की मशीनें अब किसानों की ज़िन्दगी में बरपा कर रही हैं—वे मशीनें, जो किसानों को जानवरों की तरह काम करने की मजबूरी से आज़ाद कर रही हैं, जो देश में अनाज की पैदावार बढ़ा रही हैं, जो हिन्दुस्तान के देहात का नक़्शा बदल रही हैं।

सामने दूसरा ट्रैक्टर गंगू चला रहा था। अठारह बरस का किसान का छोकरा, जिसके बाप–दादा सैकड़ों बरसों से ज़मींदारों की ज़मीनें बोते, ज़मींदारों की फ़सलें काटते और ख़ुद आधे पेट भूखे रहते आए थे, जिन्होंने हल और दराँती के अलावा कोई औज़ार नहीं देखा था, जो कभी रेल में बैठकर बरेली शहर भी नहीं गए थे। उन्हीं की औलाद गंगू आज इस फ़ार्म का बेहतरीन ड्राइवर है। हिन्दी में लिख–पढ़ सकता है। रमेश की

तरह ख़ाकी नेकर, क़मीज़ और हैट पहनता है। उसका बूढ़ा बाप अब भी बरसों की आदत से मजबूर होकर ज़मींदार की औलाद से और हर सरकारी अफ़सर से 'जी हजूर' करके बात करता है। मगर गंगू का मिज़ाज बदल चुका है। उसने बरेली जाकर ट्रैक्टर चलाना सीखा है। वह सुबह को हिन्दी का अख़बार पढ़ता है, रात को रेडियो से ख़बरें सुनता है, हफ़्ते में एक बार बरेली जाकर फ़िल्म देखता है और न कभी किसी के सामने गिड़गिड़ाता है, न 'हजूर-हजूर' करता है। और रमेश ने सोचा—मैं आर्टिस्ट होता—तो गंगू की बड़ी ख़ूबसूरत तस्वीर बनाता और उसके नीचे लिख देता—'हिन्दुस्तान का नया किसान,' पसीने में नहाया हुआ, सियाह गठा हुआ बदन, ट्रैक्टर के पहिए को सँभाले हुए मज़बूत हाथ, थोड़ी ऊपर को उठी हुई और बेख़ौफ़ नज़र आसमान पर...

सामने आसमान पर भूरे-भूरे बादल उठ रहे थे। क्या ख़ूबसूरत मंज़र था! दूर तक लहलहाते हुए खेत, गेहूँ की सुनहरी बालें धूप में चमकती हुईं। उत्तर की तरफ़ आम के पेड़ों के झुंड, उनके सामने दो पहाड़ियों की धुँधली-धुँधली क़तार धीरे-धीरे गहरे सियाह बादलों के पर्दे में छुपती जा रही थी। रमेश ने सोचा—इससे बढ़कर सुन्दर चित्र दुनिया में हो ही नहीं सकता, और न ही ट्रैक्टर की गड़गड़ाहट से प्यारा कोई संगीत हो सकता है। इसलिए कि इस मशीनी संगीत में ताक़त है, एक नया पैग़ाम है।

"कट!"

वातावरण में एक ऊँची आवाज़ गूँजी। मगर रमेश के दिमाग़ में उभरते हुए विचारों पर उस आवाज़ का कोई असर नहीं हुआ। एक सीटी बजी, मगर उसका भी रमेश पर कोई असर नहीं हुआ और वह ट्रैक्टर चलाता रहा, हार्डस्टर कम्बाइन की चर्खी चलती रही। उसकी नोकदार दराँतियाँ फ़सल काट रही थीं। सामने आसमान पर बादल नज़र आ रहे थे। गेहुँओं की बालों पर सूरज की आख़िरी किरणें नाचती रहीं।

"कट! कट!"

किसी दूसरी दुनिया से आवाज़ आई। सीटियाँ ज़ोर-ज़ोर से बजने लगीं। मगर रमेश का पैर ट्रैक्टर की ब्रेक पर नहीं गया...

"ट्रैक्टर रोको!"

उसके बिलकुल क़रीब आकर कोई चिल्लाया, तो रमेश ने घूमकर देखा कि दीप कुमार का असिस्टेंट है और उसके पीछे-पीछे हाँपता-काँपता, फ़सल पर फिसलता-गिरता दीप कुमार भागा आ रहा है। अब रमेश ने ब्रेक लगाकर ट्रैक्टर रोका और इंजन बन्द होते ही उसके विचारों का सिलसिला भी टूट गया।

"अरे भई, क्या करते हो? शॉट बिलकुल ख़राब कर दिया। इधर के खेत पर तो लाइट ही नहीं है। फिर कट करके हमें मिड-शॉट में जाना था।"

अब रमेश को याद आया, वह फ़सल ही नहीं काट रहा है। दीप की फ़िल्म 'नया हिन्दुस्तान' के एक शॉट में हिस्सा ले रहा है। क्योंकि दीप ख़ुद ट्रैक्टर नहीं चला

सकता था, इसलिए उसने रमेश से दरख़्वास्त की थी कि लांग शॉट में वह ट्रैक्टर चला दे। उन दोनों का क़द और बदन एक जैसा ही था। दीप भी रमेश की तरह ख़ाकी नेकर, क़मीज़ और हैट पहने था। दूर से पता भी न चलेगा, कौन है? जब कैमरा क़रीब आएगा, तो दीप को ट्रैक्टर को ब्रेक लगाकर उतरते हुए दिखा दिया जाएगा।

"थैंक यू, रमेश," दीप ने ट्रैक्टर पर सवार होते हुए कहा—"ज़रा ये तो बताओ, ब्रेक कैसे लगते हैं?"

रमेश ने उसे सब कल-पुर्ज़े समझाए और नीचे उतर आया। कैमरामैन कैमरा लगा रहा था। उसके पीछे दीप के आर्टिस्टों और असिस्टेंटों की भीड़ लगी हुई थी और उन्हीं में खड़ी ऊषा भी तमाशा देख रही थी।

"कहो, ऊषा, अब तो मैं भी फ़िल्म-स्टार हो गया ना?" रमेश ने पसीना पोंछते हुए बीवी से पूछा।

"हैं! क्या कहा?" ऊषा का ध्यान कहीं और था। उसकी निगाहें दीप पर जमी हुई थीं।

"कुछ नहीं, तुम शूटिंग देखो, मैं घर जाता हूँ। रेडियो पर मौसम की ख़बरें सुननी हैं।" और वह लम्बे-लम्बे क़दम उठाता हुआ वहाँ से चला गया।

अगला शॉट शुरू हो गया। गंगू ने आकर ट्रैक्टर को एक बार फिर स्टार्ट किया। दीप ने कुछ गज़ चलाया और फिर जैसे ही प्लेबैक पर लता मंगेशकर की रिकॉर्ड की हुई तान, 'ओ...ओ...ओ...जी...ओ...' सुनाई दी, दीप ने मुड़कर देखा, मुस्कराकर ब्रेक लगाया और ट्रैक्टर से कूदकर बाईं तरफ़ भागा। कैमरे ने घूमकर उसको फ़ोकस में रखा। खेत में से अलका रानी रेशमी घाघरा, चोली और क्रेप की ओढ़नी ओढ़े हुए निकली, लता मंगेशकर की आवाज़ में तान लगाती हुई, 'ओ...ओ...ओ...ओ...जी...ओ...' दीप ने उसका पीछा किया। वह खेत में छुप गई। दीप ने उसे ढूँढ़ निकाला। वह फिर भागी, छुपी और आख़िरकार दीप ने लपककर उसे पकड़ ही लिया। प्लेबैक पर लता मंगेशकर चिल्लाई—"छोड़ो, छोड़ो जी मोरी कल्लइया," मगर अलका रानी साथ-साथ होंठ हिलाना भूल गई और असिस्टेंट डायरेक्टर चिल्लाया—"कट-कट।"

दीप ने घड़ी देखी। कैमरामैन ने आसमान की तरफ़ देखा और दीप ने ऐलान कर दिया—"शूटिंग पैकअप!"

अलका रानी अपनी नक़ली चोटी जूली को देते हुए चिल्लाई—"कम ऑन डार्लिंग, चलकर ठंडे पानी से नहाएँगे।"

दूसरे असिस्टेंट डायरेक्टर ने उसको सैंडिल पहनाई और वह जूली का हाथ पकड़कर अपने पैरों में पड़ी पायल को छनकाती हुई चल दी।

"कहिए, ऊषा जी, आप चल रही हैं न?"

"हाँ-हाँ, चलिए।"

काफ़ी दूर तक उनको खेतों के बीच में पगडंडी के रास्ते से जाना था।

रास्ते में ऊषा ने कहा—"आप इतने सारे काम कैसे कर पाते हैं? एक्टिंग, डायरेक्शन, प्रोडक्शन की सारी ज़िम्मेदारियाँ! मैं तो सोच-सोचकर हैरान रह जाती हूँ।"

दीप ने मुस्कराकर कहा—"इसमें कमाल की कौन-सी बात है? अगर कोई काम भी अच्छा न किया जाए, तो आदमी जितने काम चाहे, कर सकता है।"

"क्यों, आप मुझसे तारीफ़ कराना चाहते हैं?" और उसने सोचा—काश, ये शब्द कभी पारो की ज़बान से सुने होते। मगर ऊषा से उसने कहा—"तो फिर बताइए कि मेरे काम में आपको क्या बात अच्छी लगती है? एक्टर की हैसियत से भी और डायरेक्टर की हैसियत से भी..."

कुछ सोचकर ऊषा बोली—"अच्छा, बताती हूँ। डायरेक्टर की हैसियत से लगता है, जैसे सारी दुनिया का दर्द आपके दिल में सिमट आया हो! आप ज़िन्दगी के जिस रुख़ को भी अपनी फ़िल्म में दिखाते हैं, उसके साथ आपकी पूरी हमदर्दी झलकती है। 'लाल सलाम' में आपने ग़रीबों का हाल दिखाया है। 'आवारा शहज़ादा' में जब शहज़ादा डाकू के भेस में अमीरों को लूटकर उनकी दौलत ग़रीबों में बाँटता है...बड़ा ही बेहतरीन सीन है वह...और फिर गाने भी तो ग़ज़ब के होते हैं आपकी फ़िल्मों के।...एक्टर की हैसियत से तो आप कमाल करते हैं। जो रोल भी करते हैं, उसमें बिलकुल खो जाते हैं और सबसे बड़ी बात तो यह है कि आपके रोमांटिक सीन बड़े ग़ज़ब के होते हैं...आप बुरा न मानें तो एक बात कह दूँ..."

"हाँ-हाँ, कहिए, मैं तो आपकी बातें बड़ी दिलचस्पी से सुन रहा हूँ।"

"हमारे कॉलेज की सभी लड़कियाँ ये कहती हैं कि जब वे आपको स्क्रीन पर 'लव सीन' करते देखती हैं, तो ऐसा महसूस करती हैं, जैसे ख़ुद आपसे..." और शर्म के मारे उसकी ज़बान रुक गई।

"प्रेम कर रही हों...? क्यों?"

"हाँ।" ऊषा ने सिर हिलाकर कहा।

फिर कुछ देर तक दोनों ख़ामोशी से चलते रहे और शाम के हसीन सन्नाटे में ऊषा के लम्बे बालों से शैम्पू की, कपड़ों से इत्र की और उसके जिस्म से उसकी जवानी की ख़ुशबू आती रही। ऊषा ने उसके बारे में जो कुछ भी कहा था, उससे उसके दिल को एक अजीब क़िस्म की ख़ुशी महसूस हो रही थी।

सिगरेट सुलगाने के बहाने से वह रुका, ऊषा भी रुक गई। सिगरेट जलाते हुए दीप ने ऊषा को भरपूर निगाहों से देखा। ऊषा ने निगाहें झुका लीं।

एक बार दीप का हाथ बेइख़्तियार ऊषा की क़मर की तरफ़ बढ़ा। मगर कुछ सोचकर रुक गया।

"कहिए, आपकी ज़िन्दगी यहाँ कैसे गुज़रती है?" फिर क़दम बढ़ाते हुए दीप ने सवाल किया।

"हमारी भी क्या ज़िन्दगी है, दीप जी!"

"अब ये दीप जी का तक़ल्लुफ़ रहने भी दो, ऊषा, मेरा नाम सिर्फ़ दीप है।"

"आप तो नफ़सियात के माहिर हैं। आप समझ सकते हैं, ऐसे माहौल में कैसी ज़िन्दगी गुज़र सकती है! बेमक़सद, बेरंग, बेमज़ा ज़िन्दगी है अपनी तो..."

"कोई काम क्यों नहीं कर लेतीं आप? आप तो पढ़ी-लिखी हैं?"

"पढ़ी-लिखी कहाँ हूँ! इंटर तक पढ़ा था कि शादी हो गई। टीचर होने के लिए भी तो ग्रेजुएट...मगर आप हँस क्यों रहे हैं? मेरा मज़ाक़ उड़ा रहे हैं क्या?"

"नहीं-नहीं, मैं तो इसलिए हँस रहा हूँ कि मैं भी सिर्फ़ इंटरमीडिएट तक पढ़ा हूँ। फिर भी देखिए, काम करता हूँ।"

"मगर आप तो फ़िल्म में काम करते हैं।"

"तो आप भी फ़िल्म में काम कर सकती हैं।"

"जी, मैं!" ऊषा को ऐसा लगा, जैसे उसके कानों में मधुर घंटियाँ बजने लगी हों—"मगर मुझे काम कौन देगा, दीप जी?"

"सिर्फ़ दीप कहो तो मैं ही काम दे सकता हूँ, ऊषा।"

"सच, दीप!"

"हाँ, ऊषा, मैं झूठ नहीं कह रहा हूँ। फ़िल्म-स्टार बनने के लिए सिर्फ़ दो चीज़ों की ज़रूरत है—ख़ूबसूरती और समझदारी। हमारी बहुत-सी फ़िल्म-स्टार ख़ूबसूरत हैं और कुछ तो अब ख़ूबसूरत भी नहीं रहीं। जैसे हमारी अलका रानी है, जो अब तक दस बरस की शोहरत के भरोसे पर चल रही है। मगर तुम तो ख़ूबसूरत होने के साथ-साथ समझदार भी हो और हाई सोसाइटी के सब आदाब जानती हो।"

"आप मज़ाक़ तो नहीं कर रहे हैं? देखिए, ये मेरी सारी ज़िन्दगी का सवाल है!"

"नहीं, ऊषा, मैं मज़ाक़ नहीं कर रहा हूँ, मगर शायद मुझे ऐसा कहना नहीं चाहिए था। रमेश साहब सुनेंगे तो क्या कहेंगे?"

"मैं उनकी बीवी हूँ, लौंडी नहीं। अपना अच्छा-बुरा ख़ुद समझती हूँ।"

इतने में बँगला आ गया। अन्दर रोशनी हो रही थी और रेडियो पर ख़बरें सुनाई दे रही थीं। बँगले के बराबर में ही चार ख़ेमों का कैम्प लगा हुआ था। एक में दीप, दूसरे में अलका रानी और जूली, तीसरे में कैमरामैन और असिस्टेंट और चौथे में कुछ जूनियर असिस्टेंट्स, और स्पॉट-ब्वायज़...

ऊषा ने दीप को रुख़सत किया—"अच्छा, मिस्टर दीप, आप चलिए, मुँह-हाथ धोइए, मैं अभी चाय भिजवाती हूँ।"

ऊषा अन्दर कमरे में चली गई, जहाँ रेडियो के क़रीब बैठा रमेश ग़ौर से ख़बरें सुन रहा था। दूर से बादलों की कड़क और गड़गड़ाहट सुनाई दी। बिजली की एक लहर आसमान को चीर गई, मगर ऊषा का ध्यान इस तरफ़ बिलकुल न गया कि तूफ़ान आनेवाला है।

रेडियो एनाउंसर कह रहा था कि केन्द्रीय सरकार के खाद्य विभाग ने ये घोषणा की है कि इस बरस हिन्दुस्तान में और सब सालों से ज़्यादा अनाज पैदा हुआ है। गेहूँ की जो फ़सल अब पककर कटाई के लिए तैयार है, अगर बारिश से पहले कट गई, तो यक़ीन के साथ कहा जा सकता है कि इस बरस काल का कोई डर नहीं रहेगा।

''सुना तुमने, ऊषा!'' रमेश ने बीवी की तरफ़ मुस्कराकर कहा—''कटाई करने में हमारा फ़ार्म तो सबसे आगे है। इन फ़िल्म वालों ने बार-बार ट्रैक्टर को रुकवाया न होता, तो आज ही सारी फ़सल कट जाती। मुझे उम्मीद है, गेहूँ की पैदावार में हमारा फ़ार्म सब पर बाज़ी ले जाएगा।''

''फ़सल, ट्रैक्टर, गेहूँ, कटाई, क्या इनके अलावा दुनिया में कोई और बात नहीं रह गई है? कभी मेरा भी ख़याल किया करो।''

''क्यों? क्या हुआ? तबीयत तो ठीक है? दिन-भर धूप में खड़े-खड़े लू तो नहीं लग गई है? न जाने इन फ़िल्मवालों की बकबक से कब निजात मिलेगी!''

ऊषा का जवाब सुनकर वह हक्का-बक्का रह गया। एकदम चिल्लाकर वह बोली—''वे लोग बकबक नहीं कर रहे हैं। एक अच्छी फ़िल्म बना रहे हैं। बकबक तो तुम करते हो, तुम! हर वक़्त बीज, खाद, नलाई, कटाई, कोई और बात नहीं रह गई तुम्हारे लिए।''

''अरे, आज तुम्हें क्या हुआ है, ऊषा?'' रमेश ने हैरान होकर पूछा।

इधर रेडियो पर घोषणा हो रही थी—''उत्तर प्रदेश के तराई के इलाक़े में ज़बर्दस्त तूफ़ान, आँधी और बारिश आनेवाली है। सब काश्तकारों को चाहिए कि फ़सल की कटाई पूरी करके अनाज गोदामों में रख दें, वरना बारिश की वजह से नुक़सान पहुँचने का ख़तरा है। पहाड़ी इलाक़ों में पिछले चौबीस घंटों में बारह इंच बारिश हुई है। इसलिए नदियों में बाढ़ आने का भी ख़तरा है। नदी के किनारे वाले इलाक़ों को होशियार रहना चाहिए।''

''ऊषा, हमारी फ़सल!'' रमेश के मुँह से एक चीख़ निकल गई और एक क्षण के लिए वह अपना और ऊषा का सारा झगड़ा भूल गया। उसके दिमाग़ में सिर्फ़ एक फ़िक्र, एक धुन रह गई, किस तरह फ़सल को बचाया जाए!

बरामदे में पीतल का एक घंटा लटका हुआ था ऐसे ही मौक़ों के लिए। फ़ार्म पर काम करनेवालों को हिदायत थी कि उसके बजते ही डायरेक्टर के घर पर जमा हो जाएँ। रमेश ने मुँगरी लेकर घंटा पीटना शुरू कर दिया और कुछ ही देर में दर्जनों आदमी दौड़ते हुए आ गए।

''गंगू, सब आदमियों को जमा करो।'' रमेश इस तरह आदेश दे रहा था, जैसे जंग से पहले कमांडर अपने अफ़सरों को आदेश देता है—''जितनी कटाई होकर खेतों में पड़ी है, उसे बारिश होने से पहले फ़ौरन गोदामों में पहुँचाना है और पिछले

कोने पर जो खेत रह गया है, उसमें अभी कटाई करना बाक़ी है। एक ट्रैक्टर और कम्बाइन तुम चलाओ। एक मैं सँभालता हूँ। फ़ार्म पर जितने मर्द, औरत, बच्चे हैं, सबसे कहो, दराँतियाँ लेकर पिल पड़ें। बारिश होने से पहले सारा खेत कट जाना चाहिए।''

''बहुत अच्छा, रमेश बाबू, मगर...''

''मगर-वगर कुछ नहीं, गंगू। ये काम होना ही चाहिए।''

''अँधेरे में कटाई कैसे होगी, हुज़ूर?'' गंगू का बूढ़ा बाप हाथ जोड़कर बोला।

रमेश को ऐसा लगा, जैसे जंग से पहले किसी जनरल को मालूम हो कि उसके सिपाहियों के पास गोला-बारूद नहीं है। अब दुश्मन का मुक़ाबला कैसे करेंगे।

सब ख़ामोश हो गए, मगर पीछे से एक आवाज़ आई—''अँधेरे का इन्तज़ाम मैं किए देता हूँ, रमेश जी!''

सबने मुड़कर देखा। दीप कुमार एक चमकीले रंग का ड्रेसिंग गाउन पहने खड़ा कह रहा था—''हमारे जेनेरेटर और आर्क-लैम्प कब काम आएँगे?''

रमेश को ऐसा महसूस हुआ जैसे निहत्थे लड़ते-लड़ते एक चमकती हुई तलवार उसके हाथ में आ गई हो।

''कितने आर्क-लैम्प हैं आपके पास?''

''आठ हैं। जिस खेत में कटाई करनी है, उसके लिए काफ़ी हैं।'' और फिर उसने चिल्लाकर अपने असिस्टेंट से कहा—''अपने आदमियों से कह दो, जेनेरेटर और आर्क-लैम्प सब खेत के किनारे-किनारे लगा दें। चलो, जल्दी करो। ज़रा भी देर नहीं होनी चाहिए।''

यह कहकर उसने अपना ड्रेसिंग गाउन उतार फेंका और रमेश के साथ खेत की तरफ़ भागा। ऊषा ने महसूस किया कि उस वक़्त रमेश और दीप दोनों ने उसकी हस्ती को भुला दिया है।

खेत के चारों तरफ़ आर्क-लैम्प रोशन करा दिए गए। ट्रैक्टरों ने कटाई का काम शुरू कर दिया। सौ से ज़्यादा मर्द, औरतें, बच्चे दराँतियाँ लेकर फ़सल पर टूट पड़े। बाक़ी लोग कटी हुई फ़सल को उठाकर गोदामों की तरफ़ दौड़ने लगे। आसमान पर काले-काले बादल उमड़े ही चले आ रहे थे। हवा में ठंडक और तेज़ी बढ़ती ही चली जा रही थी। बिजली बार-बार चमक और कड़क रही थी। बारिश किसी भी क्षण शुरू हो जाएगी और आधी कटी हुई फ़सल को उड़ाकर तितर-बितर कर देगी। हर आदमी, हर औरत, हर बच्चे के दिमाग़ में बस यही एक धुन थी कि किसी तरह बारिश और तूफ़ान से पहले फ़सल को बचा लिया जाए।

रमेश ट्रैक्टर को इस तरह चला रहा था, जैसे वह ट्रैक्टर न हो टैंक हो! वह गेहूँ की फ़सल न काट रहा हो, बल्कि दुश्मन के मोर्चों को पीसता हुआ आगे बढ़ रहा हो! मगर गंगू बेफ़िक्री से अपना ट्रैक्टर चला रहा था। एक देहाती गीत गुनगुना रहा

था। आर्क की रोशनी में उसने देखा कि उसके पास ट्रैक्टर की सीध में मुखिया की बेटी गौरी दराँती चला रही है। गौरी वैसे तो साँवली थी, मगर इस रोशनी में कितनी सुन्दर दिखाई दे रही थी। वह गौरी, जो बचपन में गंगू के साथ खेली थी, मगर अब दो बरस से शरमाने और घूँघट निकालने लगी थी।

''ओ गौरी, हट जा सामने से। गंगू महाराज की सवारी आती है।'' वह हँसकर चिल्लाया और गौरी में भी उस वक़्त न जाने कहाँ से हिम्मत आ गई—''अरे जाओ, जाओ, अपना रास्ता लो। गौरी की दराँती तुम्हारे ट्रैक्टर-फ्रैक्टर से ज़्यादा फ़सल काट सकती है।''

कुछ ही दूर गंगू का बाप भी अपने झुर्रियाँ पड़े हाथों से दराँती चलाता रहा।

उसके क़रीब गौरी के छोटे भाई-बहन—मन्नू और रज्जी—छोटी-छोटी दराँतियाँ लिये काम कर रहे थे। और खेत की मेंड़ पर खड़ी ऊषा ये सब देख रही थी। उसे ज़िन्दगी में पहली बार यह महसूस हो रहा था कि सब काम कर रहे हैं और वह बेकार है।

उसने देखा कि एक बूढ़ी औरत काँपते हाथों से दराँती चला रही है। शायद उसकी चुंधी आँखों से दिखाई नहीं देता।

ऊषा ने सोचा—'कहीं ये बेचारी अपना हाथ न काट ले!'

और फिर ऊषा उसके पास जाकर बोली—''लाओ जी, मुझे दो। तुम आराम करो।'' और उसने दराँती हाथ में ले ली। मगर उसे जल्दी ही मालूम हो गया कि कटाई का काम जो देखने में बहुत आसान मालूम होता है, इतना आसान काम नहीं है। ज़मीन पर उकड़ूँ बैठने से उसकी टाँगें अकड़ गईं। उसकी रेशमी साड़ी काँटों में उलझकर फट गई। गेहूँ की सख़्त बालों से उसके हाथों और बाँहों में ख़राशें पड़ गईं। कई बार ऐसा हुआ कि उसने जड़ें पकड़कर दराँती चलाई, लेकिन फिसल गई। एक डंठल भी नहीं कटा। एक बार तो उसने अपना हाथ ही काट लिया।

'हाय राम! मैं भी कितनी बेकार हूँ! इतना काम भी नहीं कर सकती!' उसने सोचा। इतने में गौरी की बहन रजनी ने उसका हाथ पकड़कर कहा—''काकी, ऐसे नहीं, ऐसे काटते हैं।'' उसने दराँती चलाकर दिखाया कि इसे सीधा नहीं, थोड़ा टेढ़ा करके चलाते हैं।

''हट जाओ सामने से!'' रमेश ग़ुस्से में चिल्लाया। उसने देखा कि उसके ट्रैक्टर के बिलकुल सामने कोई औरत फ़सल काट रही है।

''कौन? ऊषा, तुम?''

''हाँ तो क्या हुआ! तुम समझते हो, मैं इतना काम भी नहीं कर सकती?''

''शाबाश, बस अब तो थोड़ा-सा खेत रह गया है। इन औरतों से कहो कि जितनी कटाई हो गई है, उसे उठा-उठाकर गोदामों में रखें और ज़रा जल्दी—ये देखो, बूँदें पड़ने लगी हैं।''

ऊषा के हाथों पर, जो पहली बार मेहनत का काम कर रहे थे, बारिश की एक बूँद पड़ी और वह चिल्लाई—"अरे, सब जल्दी करो, जल्दी।"

उसने देखा, गौरी कटी हुई फ़सल का एक बहुत बड़ा गट्ठा सिर पर उठाने की कोशिश कर रही है और वह फ़ौरन उसकी मदद को दौड़ पड़ी।

जैसे ही बूँदें गिरनी शुरू हुईं, हर एक के काम में तेज़ी आ गई। दराँतियाँ ज़ोर-ज़ोर से चलने लगीं। ट्रैक्टरों की गड़गड़ाहट तेज़ होती गई। फ़सल ढोनेवालों के क़दम तेज़ी से उठने लगे।

और फिर विजय का वह क्षण भी आया, जब रमेश ने अपने ट्रैक्टर और कम्बाइन से खेत का आख़िरी कोना भी काट डाला। अब बूँदाबाँदी शुरू हो गई थी। हवा भी तेज़ चल रही थी। कटी हुई फ़सल उड़ने लगी थी। मगर काम करनेवाले होशियार थे। उन्होंने गेहूँ की एक बाल को भी उड़कर खेत से बाहर न जाने दिया था।

"गंगू, बस," रमेश चिल्लाया—"ट्रैक्टरों को वापस ले चलो। नहीं तो भीगकर ख़राब हो जाएँगे।"

उसी वक़्त बारिश शुरू हो गई। और सीटी के साथ दीप की आवाज़ हवा में गूँजी—"कट।"

रमेश ने आवाज़ की तरफ़ मुड़कर देखा। दीप कैमरे के इधर छतरी लिये खड़ा था।

"क्या तुमने इस सबकी फ़िल्म उतारी है?" रमेश ने किसी क़दर चिढ़कर कहा था।

"हाँ, और क्या? ऐसा सीन रोज़ थोड़े मिलता है! क्या क्लाइमेक्स बना है! मज़ा आ गया!"

और रमेश ने सोचा—ये फ़िल्म वाले ज़िन्दगी को अपने ही दृष्टिकोण से देखते हैं। उनकी बला से, चाहे कोई मरे या जीए। काल पड़े या बाढ़ आए। फ़सल जल जाए या बह जाए। ये अपने कैमरे चलाते रहते हैं। अपनी फ़िल्म में क्लाइमेक्स देखते रहते हैं।

"मगर तुम्हारी फ़िल्म के क्लाइमेक्स में तो हीरो ट्रैक्टर छोड़कर गाना गाता हुआ हिरोइन के पीछे भागता है।" उसने जलकर कहा।

"वह सब बदल गया। अब क्लाइमेक्स यही होगा।"

अब मूसलाधार बारिश हो रही थी। ऊषा, जिसकी फटी हुई साड़ी बारिश से भीगकर उसके बदन से चिपक गई थी, दूर से चिल्लाई—"अरे भई, बहस घर चलकर करना। भीगकर निमोनिया हो गया तो?"

"रमेश बाबू, रमेश बाबू!" कोई नदी की तरफ़ से दौड़ता हुआ चला आ रहा था।

"क्या है, मातादीन?"

इससे पहले कि मातादीन कोई जवाब दे, एक आर्क-लैम्प धमाके के साथ फटा। जलते हुए बल्ब पर बारिश की बूँद गिर गई और एकदम सारे बल्ब फ्यूज़ हो गए। अँधेरे में आवाज़ आई—"रमेश बाबू, नदी में बाढ़ आ गई।"

रमेश ने ऐसे ख़तरे के लिए फ़ार्म पर रेत के बोरे भरवाकर रख दिए थे। वह चिल्लाया—"गंगू! मातादीन! सब लोगों को साथ लो और रेत की बोरियाँ नदी के किनारे पहुँचवाओ। मैं भी वहीं जाता हूँ।"

बिजली चमकी तो उसने देखा, ऊषा और दीप वहीं खड़े भीग रहे हैं—"ऊषा, तुम घर जाओ और दीप साहब आप भी। आप अपने साथियों को, उनके सामान को ख़ेमों से हमारे घर ले आइए।"

"ये सब काम मेरे आदमी देख लेंगे। मैं आपके साथ ही चलता हूँ।"

"ये जान-जोखो का काम है, मिस्टर दीप, कोई फ़िल्म का सीन नहीं लिया जा रहा है!"

जब वह नदी के किनारे पहुँचा, जहाँ बाँध तोड़कर पानी की एक तेज़ धारा, ढलान की तरफ़ बह रही थी तो उसने देखा कि फ़ार्म के सब लोग, जो थोड़ी देर पहले दराँतियाँ चला रहे थे, अब रेत की बोरियाँ उठा-उठाकर ला रहे हैं। रमेश उनको बाँध के टूटे हुए हिस्से में डलवाता रहा—"इधर नहीं, उधर—अरे, ये बोरियाँ इधर रखो।"

बिजली चमकी तो उसने देखा कि बोरियाँ रखवानेवालों में दीप भी है। हैरत और ग़ुस्से से वह चिल्लाया—"मिस्टर दीप, यहाँ क्या कर रहे हैं? जाइए-जाइए, आपको कुछ हो गया तो इल्ज़ाम मुझ पर आ जाएगा।"

उसी वक़्त एक आदमी ने आकर कहा—"रमेश बाबू, जल्दी कीजिए, बाँध एक जगह से और टूट गया है।"

सो अँधेरे में बाँध को बाँधने की जद्दोजहद रात-भर जारी रही। यहाँ तक कि सवेरे का धुँधलका हो गया। बारिश भी अब कुछ कम हो गई थी। थककर रमेश और दीप दोनों रेत की बोरियों पर बैठ गए और लोग काम ख़त्म करके अपने-अपने घर जाने लगे।

"कहिए, मिस्टर दीप कुमार, आप जैसे कलाकार को इस रात अपनी फ़िल्मों के बारे में बहुत कुछ मिल गया होगा?"

रमेश ने यह बात कुछ इस तरह से कही, जैसी उसकी तारीफ़ भी कर रहा हो, और छुपे हुए शब्दों में उस पर चोट भी कर रहा हो।

"इसमें क्या शक है! मगर मालूम ये हुआ कि ज़िन्दगी फ़िल्म से भी ज़्यादा दिलचस्प और ड्रामेटिक है।"

"जी हाँ, आपको तो ये सब फ़िल्म का सिनारियो मालूम होता होगा। हीरो और विलेन दोनों मौजूद हैं।" उसने दीप की आँखों में आँखें डालकर कहा—"सिर्फ़ हिरोइन की कमी है।"

"तो लीजिए, हिरोइन भी आ पहुँची।" दीप ने, जो खेतों की तरफ़ मुँह किए बैठा था, उधर इशारा किया और रमेश ने देखा, उसकी बरसाती पहने, खेतों में से होती हुई ऊषा चली आ रही है। वह क़रीब आई तो उन्होंने देखा कि उसके कन्धे पर थर्मस लटका हुआ है और हाथ में बिस्कुटों का डिब्बा है।

"आप लोगों के लिए चाय लाई हूँ," उसने कहा—"रात भर भीगे हैं, कहीं सर्दी न लग जाए!"

वह चाय गिलास में उड़ेल रही थी कि नदी की तरफ़ से ठंडी हवा का एक झोंका आया और दीप कुमार ने ज़ोर से छींका।

"पहले इन्हें दो। ये बम्बई के नाजुक लोग हैं। कहीं निमोनिया न हो जाए।"

इस तरह की चोट कसकर रमेश को बड़ा मज़ा आता था।

दोनों को चाय देकर ऊषा किनारे की तरफ़ गई, जहाँ से बाँध टूटा था। उस जगह को झुककर देखने लगी।

"ये सारा हिस्सा टूट गया था क्या? बड़ी ख़ैरियत हुई कि तुम लोग आ गए, नहीं तो..."

इतना ही कह पाई थी कि उसके भीगे हुए सैंडिल किनारे की चिकनी मिट्टी पर फिसले और वह नदी के तेज़ रफ़्तार बहाव में जा पड़ी।

"ऊषा!" दीप और रमेश एक-साथ चिल्लाए। और इससे पहले कि रमेश कुछ करे, दीप कुमार पानी में कूद गया।

रमेश, जो तैराकी का माहिर था, कुछ दूर किनारे-किनारे बहाव के रुख़ पर दौड़ा और फिर पानी में कूदा और कूदते ही उसे मालूम हुआ कि उसे ऊषा ही को नहीं, दीप को भी बचाना पड़ेगा। ऊषा को रमेश ने थोड़ा-बहुत तैरना सिखाया है और वह किसी-न-किसी तरह अपने को सँभाले हुई थी। सिर्फ़ तेज़ बहाव का डर था कि कहीं से कहीं न पहुँचा दे लेकिन दीप? उसको तो हाथ-पाँव मारना भी न आता था। डुबकियों पर डुबकियाँ खा रहा था। रमेश ने उसे सँभालना चाहा। मगर दीप ने घबराकर रमेश को इस बुरी तरह पकड़ा कि उसे भी नीचे ले बैठा। एक डुबकी खाकर जब दोनों एक-दूसरे में गुड़मुड़ पानी के ऊपर आए तो तैरते-तैरते ऊषा ये देखकर चीख़ पड़ी कि रमेश ने एक ज़ोर का घूँसा दीप की कनपटी पर रसीद किया और वह बेचारा बेहोश होकर उलट गया। मगर उसी दम रमेश ने उसके घुँघराले बाल मज़बूती से बाएँ हाथ में पकड़ लिये और उसे उसी तरह घसीटता हुआ दाहिने हाथ से तैरता हुआ ऊषा के क़रीब पहुँचा। थककर और बोझल बरसाती में उलझकर वह भी डुबकी खाने ही वाली थी कि रमेश क़रीब पहुँच गया। उसने पहला काम ये किया कि एक ज़ोर का झटका मारकर बरसाती को उतार फेंका। ऊषा की तरफ़ दाहिना हाथ बढ़ाकर चिल्लाया—"मेरा हाथ मज़बूती से पकड़ लो, ऊषा, और किनारे की तरफ़ तैरने की कोशिश करो। मुझे इस बजरबट्टू को भी सँभालना है।"

जान के ख़तरे के बावजूद बजरबट्टू का शब्द सुनकर और दीप कुमार के बेहोश चेहरे को देखकर ऊषा को हँसी आ गई। और जब उसने रमेश के ट्रैक्टर चलानेवाले मज़बूत हाथ में अपने हाथ को महसूस किया, तो उसको लगा कि तूफ़ान थम गया है और अब उसको कोई ख़तरा नहीं है।

गंगू

दीप कुमार प्रोडक्शन वालों को स्टेशन छोड़कर रमेश और ऊषा जीप में वापस आ रहे थे।

"रमेश!"

"हूँ!"

"मुझे माफ़ कर दिया तुमने?"

"क़सूर तो मेरा था, ऊषा।"

"तुम्हारा!"

"हाँ, मेरा। गुलाब के फूल भी ज़िन्दगी में इतने ही अहम हैं, जितने गेहूँ।"

"फिर?"

"फिर मैंने सरकार को लिख दिया है कि फ़ार्म के लोगों के लिए भी एक सिनेमा होना चाहिए ताकि हम लोग भी दीप कुमार की फ़िल्म देख सकें। ख़ासतौर से उसकी अगली फ़िल्म, 'नया हिन्दुस्तान', जिसकी शूटिंग हमारे फ़ार्म पर हुई है।

"और?"

"इस बार छुट्टी मिलेगी तो मैं पिछले साल की तरह यहीं बैठकर रिसर्च नहीं करूँगा।"

"फिर क्या करोगे?"

"हम दोनों बम्बई जाएँगे। दीप कुमार ने अपने स्टूडियो में आने की दावत दी है। इसकी शूटिंग देखेंगे।"

"मुझे शूटिंग देखने का कोई ख़ास शौक़ नहीं है।"

"मुझे तो शौक़ है। मैं दीप कुमार को उसके काम के माहौल में देखना चाहता हूँ। मुझे ऐसा लगता है कि वह बुरा आदमी नहीं है। मगर हर आदमी का अपना काम होता है। अपना माहौल होता है, उसके बाहर वह बौखला जाता है। जैसे नदी में कूदकर वह बेचारा बौखला गया था। मुझे यक़ीन है कि अगर स्टूडियो में मुझे कैमरे के सामने मेकअप करके खड़ा कर दिया जाए, तो डर के मारे मुझे पसीना आ जाए। जानती हो, जाते वक़्त दीप मुझसे क्या कह गया है? कहता था—रमेश, तुम्हारे फ़ार्म पर इन पन्द्रह दिन में मैंने ज़िन्दगी के बारे में बहुत-कुछ सीखा है। इस नई समझ-बूझ की झलक तुम्हें मेरी अगली फ़िल्म में मिलेगी।—तब ही मैं यहाँ सिनेमा बनवाना चाहता हूँ और

दीप कुमार की फ़िल्में दिखाना चाहता हूँ।''

''फिर दीप कुमार का ज़िक्र ?''

''क्यों ? तुम उससे कुछ ख़फ़ा मालूम होती हो। तुमसे अलग में कुछ कह रहा था क्या ? लगता है, कुछ ऐसी-वैसी बात कह दी, जिससे तुम नाराज़ हो गईं।''

''वह अपने को समझता क्या है! कहने लगा, मिसेज़ रमेश, आप फ़िल्मों में कामयाब नहीं हो सकतीं। आपकी आँखें किसी क़दर बड़ी और नाक किसी क़दर छोटी है। बड़ा आया लम्बी नाक वाला!''

इतने में उनका घर आ गया। जीप से उतरकर रमेश बोला—''आओ, अब तुम्हें एक चीज़ दिखाऊँ।''

''दिखाओ, तो फिर मैं तुम्हें एक बात बताऊँगी।''

''वह देखो, तुम्हारे गुलाब कितने ख़ूबसूरत खिले...''

गुलाब की झाड़ियाँ मकान के पीछे बाग़ में लगी थीं, मगर उनमें फूल एक भी नहीं था।

''ये फूल किसने चुराए ?''

''मैंने, रमेश बाबू!''

गंगू खड़ा मुस्करा रहा था और उसकी झोली में सुर्ख़, गुलाबी, सफ़ेद गुलाब के ताज़ा-ताज़ा फूल भरे हुए थे।

''क्षमा कीजिए, रमेश बाबू, मैंने आपकी आज्ञा के बिना फूल तोड़ लिये हैं। मगर बात ये है कि आज मेरी शादी है...सो मैंने...मगर आप चाहें तो ये फूल ले लीजिए।''

''नहीं, गंगू,'' ऊषा जल्दी से बोली—''तुम सब फूल ले जाओ। मेरी तरफ़ से दुल्हन को भेंट देना...और हाँ, शादी हो जाए तो गुलाब की एक क़लम यहाँ से ले जाना और अपने घर के बाहर ज़रूर लगाना। समझे!''

''जी, ज़रूर। तो मैं ये सब ले जाऊँ ?''

''ले जाओ,'' रमेश ने इजाज़त दी—''मगर एक फूल मुझे दे जाओ!'' और उसने गंगू की झोली में से एक गुलाब निकाल लिया। गंगू दोनों को नमस्ते करता हुआ वहाँ से चला गया।

''देखा तुमने, गंगू भी गुलाब के फूलों को कितना पसन्द करता है ?''

''मगर ये भी देखा, गंगू ट्रैक्टर चलाकर गेहूँ कितना पैदा करता है!''

''गंगू बड़ा ख़ुश नज़र आता है।''

''शादी भी तो गौरी से हो रही है। जानते हो, कितनी ख़ूबसूरत है वह ?''

''तुमसे ज़्यादा ख़ूबसूरत थोड़े ही है।''

''गंगू के दिल से पूछो!''

''अच्छा तो मेरे दिल से भी पूछो!'' और यह कहकर उसने ऊषा के जूड़े में गुलाब का फूल लगा दिया और उसके बालों को हल्के से चूमते हुए कहा—

"अब बताओ वह बात!"

"लाओ कान यहाँ।"

"सच!"

"हूँ।"

"एक छोटी-सी नन्ही-मुन्नी ऊषा!"

"ऊँहूँ...एक छोटा-सा, नन्हा-मुन्ना-सा रमेश।"

"ऊषा, वह देखो!"

ऊषा ने मुड़कर देखा।

गुलाब की झाड़ियों पर एक छोटी-सी, नन्ही-मुन्नी-सी गुलाब की कली एक मासूम बच्चे की तरह मुस्करा रही थी।

[*गेहूँ और गुलाब*; कहानी-संग्रह से]

लाल और पीला

चारों दीवारों पर तस्वीरें बनी हुई थीं। श्यामवर्ण कृष्ण गोरी-गोरी, पतली कमर वाली गोपियों से खेल रहे थे। सफ़ेद पैरोंवाले हंस कमल के फूलों के बीच पानी में खड़े थे। एक मुग़ल शहज़ादी झरोखे से अपने घुड़सवार प्रेमी को झाँक रही थी। महात्मा बुद्ध समाधि लगाए मुक्ति के ध्यान में खोए हुए बैठे थे। एक राजपूत सुन्दरी दर्पण में अपना प्रतिबिम्ब देखने में तल्लीन थी...सुन्दर चेहरा, सुडौल कटीली आँखें, उभरे हुए वक्ष, लम्बे-लम्बे काले बाल, खिले हुए फूल, नाचते हुए मोर...और ऊपर छत पर रंग-बिरंगे बादल नीले आकाश में तैर रहे थे और इन बादलों में से होता हुआ भगवान इन्द्र का सुनहरा रथ चला जा रहा था...

गोपाल के उस छोटे अँधेरे-से कमरे में कला का संसार आबाद था, कल्पना का माया बाज़ार लगा हुआ था। यहाँ सौन्दर्य था, रोमांस था, रंगीनी थी, मिठास थी, शान्ति थी।

मगर जब खिड़की में से उसने बाहर देखा तो वहाँ यथार्थता का संसार बसा हुआ नज़र आया। नीचे गली के बीचोबीच एक गन्दी नाली बह रही थी। एक तरफ़ कूड़े का ढेर लगा हुआ था, एक खुजली का मारा हुआ कुत्ता एक मरियल-सी, गन्दी-सी बिल्ली को काटने के लिए दौड़ रहा था। मोटे-मोटे चूहे कूड़े के ढेर में ऐसी शान्ति से घूम रहे थे जैसे यह उनके सैर करने की कोई पहाड़ी सड़क हो। गन्दी नाली के किनारे एक अधनंगा बच्चा दिशा-फ़रागत के लिए बैठा था। नुक्कड़वाली पनवाड़न की दुकान के सामने कुछ देहाती खड़े बीड़ी पी रहे थे और पनवाड़न से हँसी-मज़ाक़ कर रहे थे। बच्चे, जो एक-दूसरे के पीछे लगे हुए रेल का खेल खेल रहे थे, एक तरफ़ से आए और छुकछुक करते, सीटी बजाते हुए दूसरी तरफ़ से गुज़र गए। सामने 'चाल' के पीछे ही एक एल्यूमिनियम के बर्तनों का कारख़ाना था, जिसकी ठकठक, खटखट, धड़धड़ दिन-रात चलती रहती थी। 'चाल' की छत से मिली हुई कारख़ाने की चिमनी थी जो हरदम धुआँ उगलती रहती थी और जब हवा इधर की होती, धुआँ इन सब 'चालों' की खिड़कियों में से अन्दर आ जाता और प्रत्येक चीज़ पर—दीवारों पर, कपड़ों पर, बिस्तरों पर—काला पाउडर मल देता। इसलिए जहाँ तक होता, गोपाल अपने कमरे की खिड़कियाँ बन्द ही रखता था, कहीं कारखाने का धुआँ

उसकी तस्वीरों को खराब न कर जाए...इसके अतिरिक्त खिड़की के बाहर का दृश्य उसे सदा बहुत बुरा लगता था। जब भी वह खिड़की खोलता, उसे गन्दगी के ढेर और गन्दी नाली देखकर बेहद कष्ट होता था और जितनी जल्दी सम्भव होता बन्द करके फिर अपने कला-भवन में बन्द हो जाता, सुन्दर चित्रों में गुम हो जाता और बाहर की यथार्थता और उसकी गन्दगी, बदबू और शोर को भूल जाता।

मगर आज गरमी बहुत थी, बन्द कमरे में दम घुट रहा था। इसलिए धुएँ की परवाह न करते हुए गोपाल ने खिड़कियों के पट खोल दिए। बाहर से ठंडी हवा के साथ बदबू का एक झोंका आया और उसके साथ ही कारख़ाने की चिमनी के धुएँ का ग़ुबार। मगर आज उसने खिड़की खुली रखी और देर तक गली में आने-जानेवालों को देखता रहा—एक नई नज़र से, और आज उसे यह गली एक नई गली नज़र आई...

गोपाल एक मज़दूर था। वह सामने वाले एल्यूमिनियम के कारख़ाने में काम करता था। मगर वह एक कलाकार भी था, जो पेट पालने के लिए मज़दूरी करने पर मजबूर था। उसने अपने जीवन को दो भागों में बाँट रखा था। चौबीस घंटों में से आठ घंटे वह कारख़ाने की गरम और बदबूदार हवा में पसीने में नहाए हुए मैले-कुचैले कपड़े पहने, मज़दूरों के साथ काम करता। बाक़ी सोलह घंटे वह कल्पना और कला की दुनिया में विचरता—एक रोमानी दुनिया में, जहाँ न मज़दूर थे, न कारख़ाने, न धुआँ, न बदबू, न गन्दी नाली। बस सुन्दर रंग थे, सुन्दर चेहरे थे, फूलों से ढकी हुई हरी-भरी वादियाँ थीं, ऊँचे-ऊँचे बर्फ़ीले पहाड़ थे। जब तक वह अपने कमरे में रहता, इसी दुनिया में खोया रहता। कारख़ाने से जो कुछ भी मज़दूरी मिलती उसमें से कमरे का किराया देने और एक समय खाना खाने के बाद जो कुछ बचता उससे रंग ख़रीदता ऑयल-पेंट, वाटर-कलर, कैनवस, काग़ज़—और चित्र बनाता रहता। देवताओं के चित्र, जिनकी आकृति उसके मस्तिष्क में बचपन से जमी हुई थी : उन सुन्दर स्त्रियों के चित्र, जो केवल उसकी कल्पना में बसती थीं, उन फूलों के चित्र, जिन्हें उसने कभी सूँघा नहीं था, उन फलों के चित्र, जिनको वह कभी ख़रीदकर खा न सका था...कुछ घंटों के लिए वह सोता तो भी वह इन चित्रों को सपने में देखता रहता। कभी-कभी सपने में उसे कोई ऐसा सुन्दर दृश्य दिखाई दे जाता कि वह बेचैनी से उठ खड़ा होता और रोशनी जलाकर पेंट करना आरम्भ कर देता। उसने सैकड़ों कैनवस लाल-पीले कर डाले थे। जब कैनवस ख़रीदने के दाम न होते, तो काग़ज़ पर चित्र बनाता, काग़ज़ समाप्त हो जाते तो दीवारों पर, छत पर, यहाँ तक कि टूटी हुई कुर्सी के तख़्ते पर भी दोनों तरफ़ उसने चित्र बना डाले थे...

मगर जिन चीज़ों के वह चित्र बनाता, उनका उसके अपने जीवन से कोई दूर का सम्बन्ध भी नहीं था। इस जीवन में भला सौन्दर्य कहाँ था! वहाँ तो ग़रीबी, मेहनत, गन्दगी, बदबू थी और गोपाल का विचार था कि इन चीज़ों का कला से कोई सम्बन्ध

नहीं है। कला का केवल सुन्दर चीज़ों से सरोकार होना चाहिए और ख़ूबसूरती गोपाल को केवल अपनी कल्पना में मिल सकती थी...

गोपाल चित्र क्यों बनाता था ? उसका उत्तर शायद वह आप भी न दे सकता था। उसका कोई चित्र आज तक न बिका था। किसी पत्र में उसके चित्रों का उल्लेख कभी न हुआ था। कला की दुनिया में कोई उसका नाम भी न जानता था। फिर वह चित्र क्यों बनाता था ?

शायद इसलिए कि उसका पिता त्योहारों के अवसर पर मिट्टी से देवी-देवताओं की मूर्तियाँ बनाया करता था और बचपन से गोपाल को अपने पिता के रंग चुराकर काग़ज़ पर रेखाएँ खींचने का शौक़ हो गया था। शायद इसलिए कि स्कूल में ड्राइंग की क्लास के सिवाय और किसी काम में उसका जी न लगता था और ड्राइंग-मास्टर ने उसके बनाए हुए चित्रों को देखकर उसकी हिम्मत बढ़ाई थी। शायद इसलिए कि गोपाल ग़रीब था और एक गन्दी गली में एक बदबूदार 'चाल' में रहता था और उसे अपने मन की भड़ास निकालने की दिल में सौन्दर्य, नरमी, और प्रेम की एक अजीब प्यास थी जिसको वह चित्र बनाकर ही बुझा सकता था।

गोपाल चित्र क्यों बनाता था ? शायद इसलिए कि जब वह सत्रह बरस का था, उसने एक लड़की से प्रेम किया था—एक लड़की से, जो उसके पड़ोस में रहती थी, जो सुन्दर थी, जो अमीर बाप की बेटी थी और ग़रीब गोपाल की पहुँच से बाहर थी और इसलिए इस प्रेम का वह कभी प्रदर्शन न कर सका था। वह मुहब्बत उसके दिल-ही-दिल में घुटी रही थी, मगर बुझी नहीं थी। राख में दबी हुई चिनगारी की तरह वह चुपचाप सुलगती रही थी—और बरसों बाद, जब वह अपना क़स्बा छोड़कर बम्बई आ गया था और वह लड़की एक डिप्टी कलक्टर के चार बच्चों की माँ बन चुकी थी—अब भी मुहब्बत की वह भावना गोपाल के दिल में सुलग रही थी। और उसको व्यक्त करने का भी इन तस्वीरों के सिवाय दूसरा कोई तरीक़ा नहीं था। गोपाल ने रजनी को सिर्फ़ देखा था, कभी उससे बात भी न कर पाया था। बस दूर से उसकी पूजा की थी और इसलिए अब भी बड़े आदर और श्रद्धा से अपने चित्रों में गोपाल उसकी पूजा कर रहा था, कभी सरस्वती के रूप में, तो कभी राजपूत राजकुमारी के रूप में, कभी मुग़ल शहज़ादी की पोशाक़ में तो कभी राजपूत राजकुमारी के सिंगार में। पुजारी की निगाहों ने रजनी को एक साधारण लड़की से अमर सुन्दरता की एक पुतली बना दिया था—एक कवित्वमयी रचना, एक देवी—जिसका इस दुनिया की चलती-फिरती, बोलती-चालती सुन्दर लड़कियों से कोई सम्बन्ध न था, जिसकी आँखें मृग-शावक की आँखें थीं, कमर इतनी पतली जैसे थी ही नहीं और हाथों की उँगलियाँ इतनी नाज़ुक...

आज गोपाल फिर रजनी की याद को एक नए चित्र के साँचे में ढालना चाहता था। अगले महीने शहर में एक कला-प्रदर्शनी होनेवाली थी और गोपाल उसमें एक

नया चित्र बनाकर भेजना चाहता था—ऐसा चित्र जिसमें उसकी सारी कला का निचोड़ हो, जो सचमुच अद्वितीय हो, जिसे देखकर हर कोई उसकी निपुणता का लोहा मानने पर मजबूर हो जाए...कौन जानता है, शायद उस चित्र को पुरस्कार भी मिल जाए...मगर उसका असली ध्येय न पुरस्कार था, न प्रसिद्धि। वह तो अपने मन में सुलगते हुए प्रेम को कला के रूप में अमर कर देना चाहता था—रजनी का एक ऐसा चित्र बनाकर, जिसमें उसका सारा सौन्दर्य, उसकी जवानी, उसकी आँखों की मस्ती, उसके सुडौल शरीर का हर अंग ऐसी सुन्दरता से उभर आए कि दुनिया देखे और वाह-वाह करे। शायद रजनी भी इस चित्र को कहीं देखे...और इतने वर्षों के बाद इस चित्र की ज़बान से गोपाल अपने गूँगे प्रेम का सन्देश रजनी तक पहुँचा सके...

हाँ, तो आज वह रजनी का चित्र बनाना चाहता था, मगर नहीं बना सकता था। ख़ाली कैनवस चौखटे पर चढ़ा हुआ उसके ब्रुश की मार का इन्तज़ार कर रहा था, मगर रजनी के गालों में लाली भरने के लिए गुलाबी रंग चाहिए था और आज गोपाल के पास लाल रंग ख़त्म हो चुका था। बाज़ार से नया रंग ख़रीदने के लिए पैसे भी जेब में नहीं थे। इतना लाल रंग भी नहीं था कि तस्वीर में रजनी के माथे पर बिन्दी ही बना सके...

फिर उसने सोचा कि मैं रजनी की तस्वीर नहीं, बल्कि भगवान कृष्ण के बालकपन की तस्वीर बनाऊँगा : उनके सुन्दर श्याम शरीर में बचपन का भोलापन और नरमी भर दूँगा, उनके चेहरे पर अमर बचपन की चंचलता और चपलता होगी... मगर आज उसके पास नीला रंग भी तो नहीं था।

तो फिर फूलों से ढकी हुई एक हरी-भरी पहाड़ी--दूर सूरज डूब रहा हो—सुन्दर पहाड़िनें सिरों पर गागरें उठाए झरने से पानी ला रही हों—मगर उसके पास हरा रंग भी नहीं था।

लाल रंग नहीं था। गुलाबी नहीं था। हरा नहीं था। नीला नहीं था। सुनहरा नहीं था। गेरुआ नहीं था—बस एक रंग बाक़ी रह गया था—काला, स्याह रंग—क्योंकि इस रंग का अब तक उसने अपने चित्रों में कभी उपयोग न किया था।

मगर काले रंग से कोई सुन्दर रोमानी चित्र थोड़े ही बनाया जा सकता है! काला तो उदासी का रंग है, ग़रीबी और बदसूरती का रंग है। काले रंग में रजनी की तस्वीर नहीं बनाई जा सकती, बाल-गोपाल की तस्वीर नहीं बन सकती, न किसी सुन्दर राजकुमारी की, न शहज़ादी की। न हरी-भरी फूलों से लदी पहाड़ी की, न रंगीले सूर्यास्त की। इस बदसूरत अशुभ रंग से तो बस अँधेरी, गन्दी बदबूदार गली की तस्वीर ही बन सकती है...

इस गली की तस्वीर? नहीं-नहीं, यह कैसे हो सकता है? भला ऐसे भयानक दृश्य की तस्वीर कौन देखना पसन्द करेगा! मगर...

इस बार गोपाल ने खिड़की के बाहर झाँककर नीचे गली को देखा तो उसे 'चालों' की टेढ़ी-मेढ़ी दीवारों में, उनके ऊपर छाई हुई चिमनी और उससे निकलते हुए धुएँ में, खेलते हुए बच्चों में, पनवाड़न की दुकान के आगे लगी हुई भीड़ में एक अजीब, अनोखा कलात्मक नक़्शा उभरता हुआ दिखाई दिया। 'चालों' की दीवारें एक-दूसरे पर इस बेढंगे अन्दाज़ से गिरी पड़ रही थीं, जैसे लड़खड़ाते हुए शराबी एक-दूसरे का सहारा लेने की कोशिश कर रहे हों। दीवारों के साए ज़मीन पर काले त्रिकोण बना रहे थे। रोशनी और साया, साया और रोशनी। ढलते हुए सूरज की तिरछी किरणों ने एक तरफ़ की दीवारों पर पीला-पीला उजाला कर रखा था और दूसरी तरफ़ साया। प्रकाशमान दीवारों पर काली-काली खिड़कियाँ ऐसी लगती थीं जैसे अन्धी दृष्टिहीन आँखें हों। खेलते हुए ग़रीब बच्चे कठपुतलियाँ लगते थे और उनके लम्बे, तिरछे साए ऐसे लग रहे थे जैसे उनके भयानक भविष्य की परछाईं अभी से उनके साथ लगी हो। मरियल बिल्ली के पीछे दौड़ता हुआ खुजली-मारा कुत्ता किसी हज़ारों वर्ष पुराने युग की याद दिला रहा था जब जंगल का क़ानून चलता था और हर बलवान पशु अपने से कमज़ोर पशु को हड़प कर जाना अपना अधिकार समझता था। दीवार में नीचे खड़े हुए मज़दूरों की मैली धोतियों में से निकली हुई काली टाँगें ऐसी लगती थीं, जैसे वे पतले-पतले काले स्तम्भ हों, जिन पर उस सारी ऊँची इमारत का बोझ हो। और खपरैल की तिकोनों के ऊपर कारख़ाने की चिमनी एक बड़ी डरावनी उँगली की तरह आसमान की तरफ़ इशारा कर रही थी—उसमें से निकलता हुआ धुआँ आसमान में इस तरह फैल रहा था जैसे कोई काली शैतानी पताका हवा में लहरा रही हो।

गोपाल को, जो इस गली से और इसकी हर चीज़ से नफ़रत करता था, आज इस दृश्य में एक तस्वीर उभरती नज़र आई, एक भयानक तस्वीर। मगर उसे ऐसा महसूस हुआ कि शायद इस अँधेरे, बदसूरत, भयानक दृश्य को पेंट कराने के लिए ही भाग्य ने उससे सारे सुन्दर लाल, पीले, नीले और हरे रंग छीन लिये थे...

और फिर उसने सोचा—अच्छा, ऐसा है तो यही सही! दो साल से मैं देवी-देवताओं, राजकुमारियों और शहज़ादियों की रंग-बिरंगी तस्वीरें बनाता रहा हूँ, मगर दुनिया ने उन्हें आँख उठाकर भी नहीं देखा। मैं अपने कला के मन्दिर में रजनी की पूजा करता रहा हूँ, मगर उसने कभी मुझे भूले से भी याद नहीं किया। मैंने उसके चरणों में इन्द्र धनुष के सारे रंग धर दिए, मगर उसने मेरी भेंट को कभी स्वीकार न किया। मैंने अपनी कला के लिए मज़दूरी करके, भूखा रहकर, अपनी नींद, आराम और अपने ख़ून की भेंट दी, मगर उसका वरदान मुझे क्या मिला?..अब मैं यह भयानक चित्र बनाकर ही इस दुनिया और इस समाज से बदला लूँगा ताकि लोग देखें कि कहाँ और किस हाल में और किस वातावरण में ग़रीब गुमनाम कलाकार अपना जीवन बिता रहे हैं। और उसी क्षण चित्र का नाम भी बिजली की तरह कौंधता हुआ

उसके दिमाग़ में आ गया—'जहाँ मैं रहता हूँ!' अपने रंगों के डिब्बे को उठाकर वह खिड़की तक लाया और उसमें से लाल, नीले, पीले और हरे रंगों की ख़ाली पिचकी हुई ट्यूब उसने बाहर गली में फेंक दी और काले रंग की एक भरी हुई ट्यूब ऐसे उठा ली जैसे यही उसका हथियार हो।

दो दिन और दो रात वह बराबर इस चित्र पर काम करता रहा। खाना-पीना नहाना-धोना, कपड़े बदलना—सब कुछ भूल गया... उसके दिमाग़ में धुन थी तो यही कि इस अँधेरी, गन्दी गली की तस्वीर में उस सारे समाज की तस्वीर खींचकर रख दे, जो इस अँधेरे और इस गन्दगी को परवान चढ़ाती है—यहाँ तक कि उसके कैनवस पर न सिर्फ़ गली की आकृति नज़र आने लगी, बल्कि उस गली की आत्मा भी उभर आई। इस आत्मा की चेतना गोपाल को पहली बार हुई थी—तस्वीर बनाते हुए उसने अपनी गली को एक नए ढंग से देखा था—और उसकी निगाह गली की गन्दगी और अँधेरे को चीरती हुई उस मनुष्यता तक पहुँची थी जो इस गन्दगी और अँधेरे में छिपी हुई थी। अब गोपाल ने देखा कि उसकी गली ईंट-पत्थर-लकड़ी के ढेरों से मिलकर नहीं बनी बल्कि उन इनसानों की ज़िन्दगी के ताने-बाने से बनी है, जो इसमें रहते हैं। पहली बार उसने देखा कि यहाँ के रहनेवाले जान-बूझकर गन्दे नहीं रहते—बल्कि गन्दा रहने पर मजबूर हैं। उसने देखा कि पनवाड़न की दुकान के सामने लगा हुआ नल सिर्फ़ दो-तीन घंटे के लिए चलता—वह भी बड़े सवेरे, जब आस-पास की सब 'चालों' की औरतें अपनी-अपनी गागरें लेकर पानी भरने आती हैं और पानी की एक-एक क़ीमती बूँद पर कितना लड़ाई-झगड़ा होता है और फिर नल में पानी आना बन्द हो जाता है और कितनी ही औरतें ख़ाली गागरें लिये म्यूनिसिपैलिटी को गालियाँ देती हुई वापस चली जाती हैं। सो उसने अपने चित्र में सुबह का समय ही रखा और दिखाया कि औरतों की क़तार ख़ाली गागरें लिये प्रतीक्षा में खड़ी है। एक गागर नल के नीचे रखी है और नल में से पानी की एक बूँद—सिर्फ़ एक बूँद—टपक रही है। अब गोपाल ने देखा कि इस गली के निवासी गन्दे हों, मगर बुरे नहीं थे; वे आपस में लड़ते थे, गाली-गलौज करते थे, मगर उनके दिलों में क्रोध और लोभ नहीं था। वे मेहनत-मज़दूरी से झुके-झुके परेशान ज़रूर रहते थे, मगर उनके चेहरों पर से मुस्कराहट बिलकुल ग़ायब न हुई थी। वे अब भी हँस सकते थे और हँसते थे और गोपाल ने कोशिश भी कि यह सब कुछ उसके चित्र में आ जाए। मगर जब तस्वीर बनकर तैयार हुई तो गोपाल को सन्तोष न हुआ। उसे महसूस हुआ कि चित्र में किसी तत्त्व की कमी है—गली की उस आत्मा की कमी, जो वहाँ के वासियों की हँसी, मुस्कराहट, चीख़-पुकार और बच्चों के खेल-कूद में व्यक्त होती थी। उस आशा की कमी थी, जो उस गली के रहनेवालों के दिल में अभी तक ज़िन्दा थी—मगर उस आत्मा को, उस आशा को, उस तड़प और उत्साह को, उस गली के भविष्य को कैसे इस चित्र में दिखाए? रात भर गोपाल खिड़की में बैठा यही सोचता

रहा, मगर उसकी समझ में न आया—यहाँ तक कि सवेरा हो गया और सोती हुई गली आँखें मलती जाग उठी। औरतें फिर लाइन बनाकर नल के पास आ खड़ी हुईं। पनवाड़न ने अपनी दुकान खोलकर झाड़ना-पोंछना शुरू कर दिया। यही सब कुछ तो उसने अपनी तस्वीर में भी दिखाया था। मगर जब उसकी निगाह छतों पर से होती हुई ऊपर उठी तो एकदम उसे पता चल गया कि उसकी तस्वीर में किस चीज़ की कमी है। सुर्ख़ी की कमी...

सारे आकाश पर ऊषा की लाली फैली हुई थी, जैसे किसी सुन्दरी ने—जैसे रजनी ने—सोकर उठते ही अपने चेहरे पर पाउडर-सुर्ख़ी मल ली हो। और इस गुलाबी आकाश की पृष्ठभूमि में गली की गन्दगी और स्याही और उभर आई थी। मगर यह मौत की स्याही नहीं थी, रात की स्याही थी—काली रात जो अब ख़त्म हो रही थी, सवेरे की सुर्ख़ी में घुलती जा रही थी...

उसकी तस्वीर के आकाश को भी सवेरे की, नए दिन की आशा की सुर्ख़ी से जगमगा उठना चाहिए। यह भावना बिजली की तेज़ी के साथ उसके दिमाग़ में चमकी। मगर यह सुर्ख़ी आए कहाँ से! उसके पास लाल रंग तो था ही नहीं, न बाज़ार से ख़रीदने को पैसे थे...

चित्र के आकाश में सुर्ख़ी तो ज़रूर होनी चाहिए...

गोपाल को याद आया कि उसी दिन तस्वीर को प्रदर्शनी के लिए भेजना था...।

मगर सुर्ख़ी न हुई तो तस्वीर पूरी न होगी, अधूरी रहेगी। अधूरी ही नहीं, झूठी होगी...

सुर्ख़ी कहाँ से आए!

ऊपर आसमान पर सुर्ख़ी छाई हुई थी, मगर गोपाल के हाथ वहाँ तक न पहुँच सकते थे कि ऊषा के चेहरे से उतारकर अपनी तस्वीर में सुर्ख़ी भर दे।

तो क्या तस्वीर अधूरी रह जाएगी!

नहीं-नहीं...

गोपाल को ऐसा लग रहा था कि तस्वीर अधूरी रही तो उसका जीवन, उसकी मेहनत, उसकी कला, सब बेकार हो जाएगी...

तीन रातें जागने के बाद उसका सर चकरा रहा था, हाथ-पाँव ताप से जल रहे थे, तमतमा रहे थे...

उसे अपना कमरा, सारे चित्र—महात्मा बुद्ध, भगवान कृष्ण, सावित्री और शकुन्तला, मुग़ल शहज़ादी और राजपूत राजकुमारी और हर एक चेहरे में से रजनी की याद झाँकती हुई, कमल के फूल, हरी-भरी वादियाँ—हर चीज़ घूमती हुई लग रही थी। बस सिर्फ़ एक चीज़ अपनी जगह पर क़ायम थी—उसकी नई बनाई हुई तस्वीर, जो पूरी होने के लिए, शाहकार बनने के लिए, सुर्ख़ी की कुछ बूँदों की प्यासी थी...

न जाने कैसे और कब गोपाल उस टूटे हुए शीशे के सामने खड़ा हो गया जिसमें देखकर वह दाढ़ी बनाया करता था। दर्पण में अपनी सूरत देखकर वह डर गया। दाढ़ी बढ़ी हुई, बाल उलझे और धूल में अँटे हुए, क़मीज़ के कॉलर पर काले पेंट के धब्बे, आँखों में लाल-लाल डोरे और तमतमाते गालों पर सुर्ख़ी—बुख़ार में जलते हुए, खौलते हुए, दौड़ते हुए ख़ून की सुर्ख़ी...

कला-प्रदर्शनी में सबसे अधिक भीड़ 'जहाँ मैं रहता हूँ' के सामने थी। पहला इनाम भी उसी को मिला था।

कला को समझनेवाले, कला को परखनेवाले, कला को ख़रीदनेवाले, कला को बेचनेवाले, कला की दलाली करनेवाले, कला की पूजा करनेवाले, कला के बारे में लम्बी-चौड़ी डींगें मारनेवाले, सभी वहाँ मौजूद थे। सभी गोपाल के चित्र की प्रशंसा कर रहे थे—

"यह है सच्ची कला!"

"ज़िन्दगी का यथार्थ रूप!"

"कितनी जान है इस तस्वीर में! मुँह से बोलती है!"

"गोपाल ने चित्र नहीं बनाया, जीवन को दर्पण दिखाया है।"

"मगर दो सौ रुपए बहुत हैं इस तस्वीर के।"

"कला का कोई मूल्य नहीं होता।"

"इस चित्र से रोमानी कला का युग समाप्त होता है और नई प्रगतिशील कला के युग का आरम्भ होता है।"

"कितनी गहरी निगाह है आर्टिस्ट की—हर छोटी-से-छोटी चीज़ तक पहुँची है।"

"ऐसा लगता है, कलाकार ने महीनों इस गली में जा-जाकर वहाँ के जीवन का गहरा अध्ययन किया है।"

"इस पूरी गली को सिर्फ़ काले रंग से पेंट किया, इस ख़याल की भी दाद देनी पड़ती है।"

"कितनी उदासी है इस स्याही में, कितना दुख, कितना दर्द, कितना गहरा सन्नाटा—जैसे एक गली की तस्वीर न हो, दुनिया के सारे ग़रीबों के जीवन की तस्वीर हो!"

"हाँ, मगर आसमान पर जो ऊषा की लाली है, असल कमाल तो यही है कि जिससे तस्वीर का मतलब ही बदल जाता है। बजाय निराशा के, यह चित्र जनता को उसके प्रकाशमय भविष्य की झलक दिखाता है।"

"यह सुर्ख़ रंग का इस्तेमाल सचमुच ख़ूब किया है!"

"और यह मामूली लाल रंग नहीं है—ख़ून जैसा सुर्ख़ जिसमें हल्की-हल्की स्याही दौड़ती जा रही है।"

"आर्टिस्ट ने जान-बूझकर यह रंग लगाया है—मानो नए सवेरे की लाली जनता के ख़ून से जन्म लेती है।"

"जनता के ख़ून से, या कलाकार के ख़ून से?"

और इस पर सब ठट्ठा मारकर हँस पड़े। इतने में किसी ने कहा—"गोपाल आर्टिस्ट को भी देखा?"

सबकी निगाहें घूम गईं—"कहाँ? किधर?"

"वह क्या है! दुबला-सा, सूखा-सा नौजवान जो दीवार का सहारा किए दूर से अपनी तस्वीर की तरफ़ देख रहा है।"

"नहीं जी, वह नहीं हो सकता। इतना बड़ा कलाकार और ऐसे फटे-पुराने कपड़े..."

"मगर मैं कहता हूँ, यही है गोपाल।"

"बीमार मालूम होता है बेचारा! चेहरे का रंग तो देखो! बिलकुल पीला। मानो शरीर में ख़ून है ही नहीं!"

[*अलिफ़ लैला 1956—यानी पत्थर की सेज पर हज़ार रातें*; कहानी-संग्रह से]

सुहागरात

आज उनकी सुहागरात थी।

टोटो टीकमचन्द और लक्ष्मी लालचन्द।

टोटो टीकमचन्द, जो बयालीस साल का था, जिसका सिर गंजा था, जिस पर वह गंजे फ़िल्म-स्टारों की तरह विग पहनता था, जो क्रिकेट क्लब में रमी खेलता था, जो महालक्ष्मी रेस कोर्स पर घोड़े खेलता था, जो विदेशी मोटरें सस्ते दामों पर देहली के दूतावासों से ख़रीदा करता था और इस धन्धे में उसने लाखों रुपए कमाए थे, और दो बड़ी-बड़ी मोटरें आज उसके पास थीं, लेकिन जब से गवर्नमेंट ने यह सारा धन्धा स्टेट ट्रेडिंग कॉर्पोरेशन के लिए महफ़ूज़ कर लिया था, उसने बम्बई ही में सेकंडहैंड कारों का धन्धा शुरू कर दिया था। उसकी पहली शादी बीस बरस की उम्र में हो गई थी—'एक सीधी-सादी, तक़रीबन अनपढ़ लड़की से, मगर भगवान की मेहरबानी से वह चन्द बरस बाद ही कोई औलाद पैदा किए बग़ैर ही चल बसी थी और उस वक़्त से सेकंडहैंड कारों के साथ उसने सेकंडहैंड बीवियों का भी धन्धा शुरू कर दिया था। एक के बाद एक कितनी ही जवान और अधेड़ विधवाओं से और तलाक़शुदा औरतों से उसने दोस्ती की थी, कई से जितना प्यार कर सकता था, उतना प्यार भी किया था लेकिन उसके पासपोर्ट में और उसके टर्फ़ क्लब के मेम्बरशिप कार्ड में 'मिसेज़' का खाना ख़ाली ही रहा था।

लक्ष्मी लालचन्द इकतालीस बरस की थी। वह अपने माँ-बाप की तीन बेटियों और दो बेटों में सबसे बड़ी थी। वह डॉक्टरी पढ़ रही थी कि उसके बाप का देहान्त हो गया और इतने बड़े परिवार को सँभालने की ज़िम्मेदारी उसके सिर आ पड़ी। मेडिकल कॉलेज से नाम कटवाना पड़ा। इंश्योरेंस से जो रुपया मिला, उसको लक्ष्मी ने बड़ी हिफ़ाज़त से अपने बाप के एक दोस्त के बिज़नेस में लगा दिया, जिससे लगभग दो-तीन हज़ार रुपए साल का मुनाफ़ा मिल जाता था। तीन कमरों का फ़्लैट पुराने किराए, डेढ़ सौ रुपए माहवार, पर था। उसमें से एक कमरा सबलेट देती थी। कभी कोई छात्र ले लेता, कभी कोई बिन ब्याहा सरकारी मुलाज़िम। मगर सबसे पहले एक प्राइवेट नर्स उसमें आकर रही थी, जिससे लक्ष्मी को मालूम हुआ कि डॉक्टरों से ज़्यादा आमदनी तो प्राइवेट नर्सों को होती है, चालीस रुपए रोज़ के मिलते हैं और डॉक्टरों से! अस्पतालों

में मैनेजरों से और खाते-पीते (और बीमार होते हुए) हल्के में जान-पहचान और दोस्ती हो जाए, तो महीने में बीस-पच्चीस दिन (या रात) तो काम मिल ही सकता था। सो लक्ष्मी भी प्राइवेट नर्स बन गई। वह अपना काम मेहनत से ही नहीं, बड़े लगाव से करती। उसके बीमार कहते थे कि आधी बीमारी तो लक्ष्मी की मुस्कराहट देखकर ही ग़ायब हो जाती है। इसलिए उसकी माँग बहुत थी। आमदनी भी अच्छी-ख़ासी होने लगी थी, जिससे लक्ष्मी ने अपने दोनों भाइयों और बहनों को पढ़ाया-लिखाया, उनकी शादियाँ कीं, बुढ़ापे में अपनी माँ की सेवा की। अपनी शादी करने का उसको ख़याल ही नहीं आया और जब आया, तो बहुत देर हो चुकी थी। अब तो उसकी बहनों-भावजों के दो-दो, तीन-तीन बच्चे हो चुके थे। इस उम्र में शादी रचाना उसे न अच्छा लगता था, न ज़रूरी। वैसे उसके मर्द दोस्त काफ़ी थे। हफ़्ते में एक-दो बार वह किसी के साथ खाना खाती, एक-आध पैग व्हिस्की का या एक-दो गिलास बीयर के ले लेती, किसी क्लब या रेस्तराँ में डांस कर लेती और महीने में एक-आध बार किसी दोस्त के साथ सो जाती। उसकी ज़िन्दगी की कमी कुछ देर के लिए पूरी हो जाती और अगले दिन वह अपने काम पर मुस्कराती हुई पहुँच जाती।

लक्ष्मी के ऐसे ही आरज़ी दोस्तों में एक टोटो टीकमचन्द भी था, जिसके साथ लक्ष्मी कई बार उसकी मोटर में सवार होकर नाइट ड्यूटी के बहाने बर्सोवा के साहिल की गरम रेत पर रात गुज़ार आई थी। और उनकी दोस्ती इस तरह आरज़ी फ़्लर्टेशन की सतह पर चलती रहती, अगर टोटो को एक हल्का-सा हार्ट अटैक न पड़ जाता और उसको ब्रीज कैंडी अस्पताल में दाख़िला न लेना पड़ता। नर्स की हैसियत से, दोस्त की हैसियत से लक्ष्मी ने रात-दिन बग़ैर कोई फ़ीस लिये अपने इस बीमार की न सिर्फ़ तीमारदारी की, बल्कि ऐसी देखभाल की, जैसी कोई माँ अपने बच्चे की करती है। और जब टोटो को मालूम हुआ कि ज़िन्दगी हमेशा सेकंडहैंड कारों और किराए की सेकंडहैंड औरतों के सहारे नहीं गुज़ारी जा सकती। एक वक़्त आता है, जब इनसान के अकेलेपन को दोस्तियों और मुलाक़ातों और आरज़ी माशूक़ों से नहीं भरा जा सकता। बरसों टोटो ने यह कहकर शादी को टाल दिया था कि बाज़ार में दूध मिलता हो, तो गाय क्यों पाली जाए, लेकिन अब उसे मालूम हुआ कि गाय का प्यार, गाय की ममता, गाय की संगत और चीज़ है और गाय के मिल्क पाउडर का डिब्बा उसका बदला नहीं हो सकता। उसको भरने के लिए ज़िन्दगी के फ़ार्म पर 'मिसेज़' का ख़ाना भरना पड़ता है, उसके लिए एक बीवी की ज़रूरत होती है।

सो बयालीस बरस के कुँआरे ने इकतालीस बरस की कुँआरी को अस्पताल के पलंग पर पड़े-पड़े प्रपोज़ कर दिया था। इकतालीस बरस की कुँआरी इस सवाल से, इस तजवीज़ से बौखला-सी गई थी, शरमा-सी गई थी और उसने एक क्षण के लिए अपना मुँह फेर लिया था। क्या मैं अपनी आज़ादी को क़ुरबान कर दूँ?—उसने अपने

मन से पूछा था, और वह 'नहीं' कहने के लिए सिर उठा ही रही थी कि सामने वाश-बेसिन के ऊपर लगे हुए आईने में उसको अपना चेहरा नज़र आ गया था, जिस पर इकतालीस बरस की मेहनत की ज़िन्दगी ने अपने नक़्श-निगार बना दिए थे, उसके सिर पर बँधे हुए रूमाल के नीचे से उसके खिचड़ी जैसे बाल दिखाई दे रहे थे और उसको एकदम ख़याल आया कि सियाह बाल कम होते जाएँगे और सफ़ेद बालों की तादाद ज़्यादा होती जाएगी और कोई ख़िज़ाब और कोई हेयर डाई या हेयर डू उसके थके हुए, बूढ़े होते हुए दिल को जवान न बना सकेगा। अचानक उसे ख़याल आया, यह सवाल, यह तजवीज़, फिर कोई न करेगा, या अब या कभी नहीं। और उसने 'हाँ' कह दी।

आज ही उनकी शादी हुई थी। टोटो के माँ-बाप तो मर चुके थे, मगर लक्ष्मी ने अपनी बूढ़ी माँ के ख़याल से सात फेरे फिरना मंजूर कर लिया था, वरना इस उम्र में दुल्हन बनना उसे कुछ अच्छा नहीं लगता था। शादी हो गई थी, शाम को एक शानदार होटल में रिसेप्शन भी हो गया था, जिसमें टोटो के सब दोस्त-यार, उसकी सेकंडहैंड मोटरों के ख़रीदार, उसकी सेकंडहैंड औरतें और उनके सेकंडहैंड शौहर, लक्ष्मी के मरीज़, उसके डॉक्टर, उसके दोस्त और वे भी जो 'दोस्त' से ज़्यादा रह चुके थे, उसकी सहेलियाँ, जो कॉलेज में उसके साथ पढ़ती थीं और उनके पहले या दूसरे शौहर—ग़रज़ काफ़ी हंगामा था। व्हिस्की के बाद शैम्पेन का दौर चला, और अब जबकि वे बारह बजे रात को टोटो के एयरकंडीशंड फ़्लैट में आख़िरकार अकेले हुए थे, तो उन दोनों के सर में धीमा-धीमा दर्द हो रहा था, आँखें बन्द हुई जा रही थीं। शायद हैंग ओवर था, मगर साथ में किसी क़दर मायूसी का भी एहसास था, जैसे मिठाई अन्दर से कड़वी नहीं तो फीकी ज़रूर निकली हो।

आज उनकी भी सुहागरात थी।

सखाराम, जो महाराष्ट्र के एक गाँव से आया था।

गौरी, जो राजस्थान के एक गाँव से आई थी।

सखाराम के गाँव में, सारे ज़िले में, सारे इलाक़े में सूखा पड़ रहा था। हज़ारों किसान अपने गाँव, अपने खेत, अपने घर छोड़ने पर मजबूर हो गए थे।

गौरी का गाँव जैसलमेर के पास था, जहाँ चारों तरफ़ रेत का समन्दर ठाठें मारता था। वहाँ तो बारह महीने सूखा पड़ता था। सात-सात बरस तक बारिश की एक बूँद न पड़ती थी। गौरी ने अपनी अठारह बरस की उम्र में सिर्फ़ दो बार बारिश के चन्द छींटे पड़ते देखे थे। मगर इन बूँदों से भी रेत के समन्दर में हरियाली के टापू उभर आए थे। उनकी हरी-हरी तरावट आज भी गौरी के सूखे जीवन में याद बनकर जब उभरती थी, तो उसका मन खिल उठता था।

सखाराम के परिवार ने जब अपना गाँव छोड़ा तो उनको दो दिन रोटी खाए हो गए थे। ख़ाली पेट उनको बीस मील चलना था, तब वे उस सरकारी कैम्प में पहुँच सकेंगे,

जहाँ सड़क बनाने के लिए पत्थर तोड़ने का काम हो रहा था। बीमार, भूखी माँ ने तो रास्ते में ही दम तोड़ दिया, रह गया एक बूढ़ा बाप और सखाराम। दोनों ने पत्थर तोड़ने की नौकरी कर ली।

दिन-भर धूप में मेहनत करते। पीने को पानी तक न मिलता। शाम को मज़दूरी मिलती, तो राशन लाकर बाजरे की मोटी-मोटी रोटियाँ पकाकर खा लेते और एक-एक रोटी सुबह खाने के लिए रख लेते। दिन भर अफ़सरों, ठेकेदारों, मुक़ादमों की डाँट-डपट, झिड़कियाँ, गालियाँ सुनते। बाप को तो बरसों पुरानी आदत थी। वह कहता था—बुरा मानने से क्या फ़ायदा ? यह सब तो हमारे भाग्य में ही लिखा है। मगर सखाराम ने गाँव के स्कूल में चार जमातें पास की हुई थीं। उसने स्कूल के मास्टरजी से और बी.डी.ओ. साहब से 'समाजवाद', 'ग़रीबी हटाओ' और 'लोकराज' के शब्द सुने हुए थे। धुँधला-धुँधला-सा कुछ थोड़ा-बहुत पता हो गया था कि इन शब्दों का मतलब क्या है। उसका बाग़ी मन यह अपमान बर्दाश्त नहीं कर सकता था। रात-दिन ट्रक आते-जाते थे, जिनमें से कई सीधे बम्बई जाते थे। बम्बई शहर, जो सखाराम ने ख़्वाब में देखा था, जिसकी सुनहरी झलक वह कई बार सिनेमा के परदे पर देख चुका था। एक रात को चुपके से वह एक ख़ाली ट्रक में छुपकर बैठ गया था। रास्ते में सवेरे ट्रक एक पेट्रोल पम्प पर रुका, तो सरदार जी ड्राइवर ने उसे पकड़ लिया और पंजाबी में गाली देकर ट्रक से उतर जाने को कहा। सखाराम की आँखों में आँसू आ गए और सरदारजी का दिल पसीज गया। उन्होंने रास्ते में ढाबे में दो रोटियाँ भी खिलाईं और बम्बई लाकर छोड़ दिया।

गौरी पन्द्रह बरस की हुई, तो उसकी माँ को चिन्ता हुई कि लड़की का ब्याह कर दिया जाए। मगर सूखे के कारण गाँव में न सिर्फ़ गेहूँ का, बल्कि लड़कों का भी अकाल था। जैसे ही लड़का सोलह-सत्रह बरस का होता था, वह मुँह उठाकर जैसलमेर, जयपुर, दिल्ली, कलकत्ता या बम्बई का रुख़ करता था। गाँव में ठहरकर करता भी क्या ? न खेती ही हो सकती थी, न आस-पास कोई कारख़ाना या मिल, जहाँ काम मिल जाता। सो दो बरस तक गौरी के माँ-बाप लड़के को ढूँढ़ते रहे जिसके हाथ में गौरी का हाथ पकड़ाकर वे अपना समाजी फ़र्ज़ पूरा करें और बैकुंठ जाने की तैयारी शुरू करें। फिर एक दिन पास के गाँव का एक छोकरा, जो छोकरा तो नहीं था, बत्तीस-तैंतीस बरस की पक्की उम्र का आदमी था, घूमता-फिरता आ निकला। उसकी नज़र गौरी पर पड़ी तो देखता ही रह गया। सूरत-शक्ल से भला आदमी लगता था। कपड़े भी शहर के फ़ैशन के पहने था। तंग मोहरी की पतलून और फूलोंवाली शर्ट। गौरी के बाप ने उससे बात की, तो उसने बताया कि उसे बाबू कहते हैं। बम्बई में एक मिल में काम करता है। तीन सौ रुपए महीना कमाता है। गौरी के माँ-बाप के मुँह में पानी भर आया। घुमा-फिराकर उससे शादी की बातचीत की, तो उसने कहा—सोच तो मैं भी रहा हूँ कि ढंग की लड़की मिल जाए, तो इस बार शादी करके उसे बम्बई ले जाऊँ।

गौरी को वह आदमी पहले कोई ख़ास पसन्द न आया, पर यह सुनकर उसके मन में भी बम्बई के लड्डू फूटने लगे। और जब उसके बाप ने कहा—लड़की तो हमारे यहाँ भी ब्याह के क़ाबिल है, मगर तुम्हें पसन्द हो तो...तो गौरी के सारे तन-बदन में एक सनसनी दौड़ गई। और फिर वह कितना अच्छा निकला कि दहेज़ में दो सौ रुपए से ज़्यादा रक़म भी नहीं माँगी।

वह कहने लगा—बस, इतना ही कि हम बम्बई पहुँच जाएँ। फिर तो मैं इन्तज़ाम कर लूँगा।

नतीजा यह हुआ कि दो दिन बाद दूल्हा दो-चार दोस्तों को लेकर आया और गौरी को ब्याह के ले गया।

एक रात बाबू ने गाँव में बिताई। मगर गौरी को हाथ भी नहीं लगाया। कहने लगा—जल्दबाज़ी अच्छी नहीं होती। अभी तो तुम्हें सारी ज़िन्दगी बितानी है। और गौरी के मन में हल्का-सा शक गुज़रा कि उसने यह क्यों नहीं कहा कि अभी तो हम दोनों को सारी ज़िन्दगी साथ बितानी है। और फिर बाबू दूसरी तरफ़ मुँह करके सो गया।

अगले दिन वह गौरी को रेल में बिठाकर बम्बई ले आया और आते ही छह सौ रुपए में उसे एक औरत के हाथ बेच दिया। वह गौरी को देखकर सिर्फ़ पाँच सौ रुपए देने को कहती थी, मगर बाबू ने कहा—सौ रुपए ज़्यादा मिलने चाहिए। इसलिए कि मेरी ब्याहता होते हुए भी मैंने इसे हाथ भी नहीं लगाया। तुम तो काफ़ी रक़म वसूल कर लोगी।

पहले तो गौरी रोई, चीख़ी, चिल्लाई, बाबू को गालियाँ दीं, कोसा, फिर उस औरत ने उसे कमरे में बन्द कर दिया। प्यासा रखा, लेकिन गौरी तो भूख और प्यास, दोनों की आदी थी...उस औरत ने उसे हंटरों से मार-मारकर अधमरा कर दिया। जब गौरी ने हाँ में सर हिलाया, तब जाकर उसे खाने को मिला। हंटरों की मार पर औरत ने मरहम लगाया। गौरी को नहलाया-धुलाया। धुली हुई साड़ी पहनने को दी और एक गहरे कटाव का ब्लाउज़ दिया, जिसमें से उसका राजस्थानी सीना आप बाहर निकला पड़ता था। फिर बाहर के कमरे में एक सेठ से भाव-ताव किया। दो सौ रुपए पेशगी वसूल किए। फिर दरवाज़ा खोलकर गौरी को दिखलाया। गौरी ने शर्म के मारे सिर झुका रखा था। औरत कहने लगी—शरमा मत, बेटी! यह तेरी सुहागरात है। सेठजी को अपना मुखड़ा दिखला।

उस दिन औरत ने सुहागरात शब्द इस्तेमाल न किया होता, तो आज गौरी कब की पेशा करते-करते पुरानी भी हो गई होती। लेकिन उसके मन के अन्दर 'सुहागरात' का ऐसा अनोखा, अछूता, पवित्र और सुन्दर तसव्वुर था कि उस बूढ़े सेठ के साथ 'सुहागरात' बिताने के ख़याल से ही उसको उबकाई आ गई। सेठ ने कहा—मोटर में घूमने चलोगी? जुहू में मेरा बँगला है। वहीं रात बिताएँगे। सुबह होते ही तुम्हें ड्राइवर छोड़ जाएगा।

गौरी को दूसरा चारा भी क्या था? शरमाती, लजाती, घूँघट लटकाती, सेठजी के साथ जाकर मोटर में बैठ गई। रोशनियों से सजे हुए शहर के बीचोबीच से मोटर दौड़ने लगी और सेठजी उसकी तरफ़ सरकने लगे। खिसकते-खिसकते वह उसके बिलकुल पास आ गए। अब गौरी उनकी गरम-गरम साँस को अपने गाल पर महसूस कर सकती थी। फिर वह साँस और क़रीब आ गई। उसके होंठों तक आ पहुँची। गरम साँस के साथ ही सेठ से पायरिया की बदबू का भभका आया, तो गौरी को बड़े ज़ोर की उबकाई आई।

सेठ घबराकर पीछे हट गया। बोला—तुझे उल्टी आए है क्या? गौरी ने सिर हिलाकर हाँ की, तो सेठ ने ड्राइवर को मोटर रोकने को कहा। सड़क पर रोशनी कम और अँधेरा ज़्यादा था। गौरी ने मोटर से सर निकालकर उल्टी करने की कोशिश की, तो सेठ ने उसे डाँटा, मोटर को गन्दा करेगी? चल, बाहर निकल, सड़क के किनारे बैठकर उल्टी कर!

गौरी मोटर से बाहर निकली और सड़क के किनारे पेड़ों के अँधेरे को ग़नीमत जानकर वहाँ से भाग खड़ी हुई। और उस दिन से आज तक वह भागती ही रही थी। यहाँ तक कि एक दिन सखाराम ने जिसका शरीर गठा हुआ था, जो जवान था, जिसकी रंगत धूप में काम करने से ताँबे की तरह हो गई थी, मगर जब वह मुस्कराता था, तो उसके दाँत मोतियों की तरह चमकते थे, उसका हाथ थामकर कहा था—'ऐ गौरी, मुझसे शादी करेगी?'

वे दोनों फुटपाथ पर नहीं रहते थे, मगर आज अपनी सुहागरात फुटपाथ पर बसर करने पर मजबूर थे। सखाराम पाँच और आदमियों के साथ खोली में रहता था। जब बहुत गरमी लगती, तो सखाराम और दो-एक और आदमी बाहर फुटपाथ पर सो जाते, मगर उनके साथियों में कई ऐसे थे, जो फुटपाथ पर सोने की ज़िल्लत के मुक़ाबले में गरमी के बावजूद बन्द खोली में सोना बेहतर समझते थे। रही गौरी, सो शुरू-शुरू में किसी अँधेरी फुटपाथ पर किसी बुढ़िया भिखारिन के पास सो जाती थी। दिन-भर घरों में जाकर मसाला पीसती, बर्तन माँजती, कपड़े धोती। फिर एक औरत को जब मालूम हुआ कि वह फुटपाथ पर सोती है, तो उसने रहम खाकर अपने घर के बरामदे में गौरी को सोने की इजाज़त दे दी। वहाँ ही वह एक चटाई बिछाकर सो जाती थी।

गौरी जब सखाराम से मिली, तो उसको ऐसा महसूस हुआ कि यह नौजवान भरोसे के क़ाबिल है और ऐसे आदमी के साथ मिलकर गृहस्थी बनाई जा सकती है। जब सखाराम ने उससे पूछा—क्यों, तेरी शादी तो नहीं हुई?

तो गौरी ने कुछ सोचकर कह दिया—नहीं तो! क्योंकि उस भयानक नाटक को, जो बाबू ने उसके साथ किया था, वह अब शादी ही नहीं समझती थी।

फिर सखाराम ने पूछा—क्यों री, सच-सच बोल, किसी ने तेरे शरीर को हाथ तो नहीं लगाया?

तो वह चमककर बोली—नहीं रे! तू मुझे क्या समझता है? क्या मैं ऐसी-वैसी हूँ?

जब सखाराम ने आगे सवाल किया—मुझसे शादी करेगी?

तो उसने शरमाकर गरदन झुका ली और धीरे से कह दिया—हाँ।

सखाराम को जब मिल से छुट्टी मिलती और गौरी को अपने काम से फ़ुर्सत मिलती, तो कई दिनों तक वे दोनों चालों और झोपड़पट्टियों के चक्कर लगाते कि शायद कहीं कोई खोली या कोई झोंपड़ी रहने को मिल जाए। गौरी ने तनख़्वाह में से कोई सौ रुपए बचाकर रख छोड़े थे और सखाराम के पास तो ढाई सौ रुपए से भी ज़्यादा रक़म थी, लेकिन कोई खोली दो-ढाई हज़ार से कम 'पगड़ी' में नहीं मिल सकती थी। एक झोंपड़ी के लिए भी लोग कम-से-कम हज़ार रुपए माँगते थे। चलते-चलते उनके पाँव दुख गए। एक सड़क से गुज़र रहे थे कि देखा, लोहे के मोटे-मोटे पाइप पड़े हैं, जिनमें छोटे क़द का आदमी तो खड़ा भी हो सकता है। गौरी यह देखकर हैरान रह गई कि इनमें भी लोग आबाद हैं। दोनों सिरों पर मैले, गन्दे चीथड़ों के और टाट के टुकड़ों को जोड़कर परदे लटका रखे हैं और उन लोहे के बड़े-बड़े पाइपों में लोग रहते हैं। औरतें खाना पका रही हैं, बच्चे खेल रहे हैं। पूरी गृहस्थी बसी हुई है।

हम भी ऐसा एक नलका क्यों न ढूँढ़ लें? गौरी ने कहा।

सखाराम ने कहा—क्या हम गटर के नलके में रहेंगे?

गौरी बोली—अब भी तो गटर ही में रहते हैं।

सखाराम ने इधर-उधर नज़र दौड़ाकर कहा—मगर इन गटर के नलकों में से ख़ाली तो एक भी नहीं।

इतने में एक आदमी उनकी तरफ़ घूरता हुआ उनके पास आया—क्यों, रहने को जगह चाहिए?

गौरी ने घूँघट कर लिया। सखाराम ने कहा—हाँ भाई, चाहिए तो!

सौ रुपए हैं तुम्हारे पास?

हाँ। सौ रुपए तो हो जाएँगे।

तो बस, यहाँ आ जाओ। मैं इतने बड़े पाइप में अकेला रहता हूँ, इसके बीच में परदा लटका लेंगे। एक तरफ़ तुम रहना, दूसरी तरफ़ मैं। जब तक पाइप गटर में न उतारे जाएँ, तुम यहाँ सो सकते हो।

सखाराम ने उस आदमी का शुक्रिया अदा किया और कहा—तो हम आज रात ही को आ जाएँ?

हाँ-हाँ, ज़रूर, मगर पचास रुपए पेशगी दे जाओ। पाइप तुम्हारे लिए रिज़र्व रहेगा। बिलकुल जैसे टिकट ख़रीदकर सिनेमा में कुर्सी रिज़र्व रहती है।

सखाराम ने पचास रुपए उस आदमी को दे दिए।

उसी शाम को मन्दिर में उनका ब्याह हो गया। वे पति-पत्नी बन गए।

फिर अपना सामान साथ लेकर वे उस नलकों की बस्ती में पहुँचे।

आदमी उनका इन्तज़ार कर रहा था।

लो जी, मैंने तुम्हारे लिए सब इन्तज़ाम कर रखा है। उधर तुम्हारा दरवाज़ा है, इधर मेरा। गौरी जल्दी से पाइप की दूसरी तरफ़ चली गई। आज उसकी सुहागरात इस नलके में बसर होगी। मगर फिर भी सुहागरात तो होगी। गौरी ने अपने शरीर में एक सनसनी-सी दौड़ती हुई महसूस की। मगर अभी उसने पाइप के मुँह से परदा उठाया ही था और अपना सामान अन्दर रखने ही वाली थी कि सखाराम भागा हुआ आया और बोला—चलो, गौरी, हमें यहाँ नहीं ठहरना।

रास्ते में गौरी ने पूछा—मगर वे पचास रुपए, जो हमने उस आदमी को दिए थे, उनका क्या होगा?

भाड़ में गए वे रुपए! सखाराम ने चलते-चलते इतने ज़ोर से कहा कि गौरी डर के मारे चुप हो गई। फिर सखाराम ख़ुद ही बोला—जानती है, क्या कहता था वह मुझसे?

बड़ी बेशरमी की बात थी रे?

गौरी पूछना चाहती थी कि वह क्या बात थी, मगर वह कुछ न बोली।

फिर सखाराम ख़ुद ही बोला—कह रहा था कि मैंने तुम्हें अपने पाइप में साझी बनाया है। अब मुझे अपनी बीवी में बराबर का हिस्सेदार समझो!

हाय राम! गौरी के मुँह से निकला और उसने बेइख़्तियार घूँघट नीचे कर लिया।

चल री! आज की रात कहीं फुटपाथ पर ही गुज़ारनी पड़ेगी!

टोटो के बेडरूम में बहुत बड़ा पलंग था। पास ही एक बड़ा ऊँचा कश्मीर का बना हुआ लैम्प स्टैंड था, जिस पर लाल लैम्प शेड लगा हुआ था। लाल रंग का ही पलंगपोश था। क़ालीन का रंग भी लाल था। दीवारों पर गुलाबी पेंट किया हुआ था। हर चीज़ सुहागरात के लिए तैयार थी। सिवा दूल्हा-दुल्हन के।

लक्ष्मी बाथरूम से शिफ़ॉन का गुलाबी नाइट गाउन पहनकर निकली, तो देखा कि टोटो का गंजा सिर गुलाबी रोशनी में चमक रहा है और वह अपनी विग को एक काठ के बने हुए सिर पर रख रहा है। लक्ष्मी को बिग के बारे में मालूम था। मगर आज की रात उसे धीमी-धीमी गुलाबी रोशनी में न जाने क्यों एकदम ऐसा लगा, जैसे टोटो अपना कटा हुआ सिर ड्रेसिंग टेबल पर सजा रहा है और किसी और का माँगा हुआ गंजा सिर अपनी गरदन पर रख लिया है।

डार्लिंग! टोटो की गरदन पर रखा हुआ, माँगा हुआ सिर कह रहा था—मैं भी कपड़े बदल लेता हूँ। और फिर टोटो लपककर बाथरूम में बन्द हो गया।

लक्ष्मी ने अपने गाउन का ऊपर का बटन खोलते हुए सोचा—आज सचमुच मैंने बहुत पी ली है। उसका न सिर्फ़ सिर घूम रहा था, बल्कि बड़ी घुटन महसूस हो रही थी। हर तरफ़ की खिड़कियाँ भी तो बन्द थीं। उसने सड़क की तरफ़ की खिड़की खोल ली। तीसरी मंज़िल से नीचे झाँककर देखा, तो फुटपाथ पर सोते हुए लोगों की क़तार ऐसी लगी, जैसे चादरें लपेटे मुर्दे पड़े हों। मगर उन मुर्दों में भी एक जगह हरकत नज़र

आ रही थी। एक मर्द और एक औरत पास लेटे हुए एक-दूसरे की तरफ़ देख रहे थे। फिर लक्ष्मी ने देखा, मर्द का हाथ आहिस्ता-आहिस्ता औरत के हाथ की तरफ़ बढ़ रहा था। फिर उन दोनों के हाथ एक-दूसरे को छू रहे थे। और इतनी दूर से भी लक्ष्मी को महसूस हुआ कि सिर्फ़ एक हाथ को हाथ से छू लेने से औरत या लड़की या जो भी थी, उसके सारे तन-बदन में एक झुरझुरी-सी दौड़ गई। इतने में टोटो स्लीपिंग सूट पहनकर बाहर निकल आया और लक्ष्मी को खुली खिड़की के पास खड़े हुए देखकर बोला—डार्लिंग, यह तुम क्या कर रही हो ? गरमी लग रही है, तो एयर-कंडीशन किस काम के लिए है ? फिर उसने अपनी बीवी का हाथ पकड़कर उसे एक तरफ़ हटा दिया। और लक्ष्मी ने सोचा कि टोटो के छूने से मेरे शरीर में वैसी झुरझुरी क्यों नहीं पैदा हुई ? फिर टोटो ने खिड़की बन्द कर दी और एयर-कंडीशन का बटन दबाकर चालू कर दिया।

कम ऑन, डार्लिंग। टोटो ने पलंग पर लेटते हुए सोती हुई आवाज़ में कहा—बहुत रात हो गई है, अब सो जाना चाहिए। आज बहुत थक गए हैं।

लक्ष्मी भी पलंग के दूसरे हिस्से पर अपने तकिए पर सिर रखकर लेट गई।

एयर-कंडीशन में से ठंडी हवा आ रही थी। टोटो ने पायँती से कम्बल उठाकर ओढ़ लिया और दूसरी तरफ़ को करवट ले ली।

लक्ष्मी ने भी अपना कम्बल अपने ऊपर डाल लिया और देर तक कमरे की गुलाबी छत को, गुलाबी लैम्प शेड को और गुलाबी दीवारों को ताकती रही।

फिर उसको टोटो के खर्राटे लेने की आवाज़ आई।

ऐसा लगता था, जैसे कोई आख़िरी साँसें ले रहा है।

लक्ष्मी ने भी दूसरी तरफ़ करवट ले ली। उसका हाथ लैम्प के स्विच तक गया, फिर अँधेरे से डरकर उसने हाथ हटा लिया। और लैम्प गुलाबी दीवारों, गुलाबी छत, गुलाबी कम्बलों और गुलाबी क़ालीन पर गुलाबी रोशनी बिखेरता रहा। और आख़िरकार लक्ष्मी की नशे से बोझिल आँखें भी बन्द हो गईं।

गौरी के हाथ में सखाराम का हाथ था।

सखाराम के हाथ में गौरी का हाथ था।

एक हाथ से दूसरे हाथ में होती हुई...

एक गरमी,

एक नरमी,

एक बिजली की रौ,

एक सनसनी,

एक झुरझुरी दौड़ती रही।

और दोनों लेटे-लेटे अपनी खुली हुई आँखों से सड़क के किनारे लगे हुए हंडे को देखते रहे।

ऊपर अँधेरी बिल्डिंग के सिर्फ़ एक फ़्लैट की खिड़कियों में गुलाबी रोशनी थी। वे उस रोशनी को झिलमिलाते देखते रहे।

कितने ख़ुशक़िस्मत हैं वे मियाँ-बीवी, जो इस गुलाबी रोशनी वाले कमरे में सो रहे हैं। गौरी ने सखाराम के हाथ को हल्के से दबाते हुए सोचा।

रात का एक बजा।

बसें आनी-जानी बन्द हो गईं।

रात के दो बजे।

टैक्सियाँ चलनी भी बन्द हो गईं।

रात के तीन बजे।

फुटपाथ पर सन्नाटा छा गया। यहाँ से वहाँ तक मुर्दों की क़तारें लगी हुई थीं। सिर्फ़ सखाराम और गौरी ज़िन्दा थे। और जाग रहे थे। मगर उनके ऊपर बिजली का हंडा अपनी एक आँख से उनको घूर रहा था।

भगवान करे, सखाराम ने सोचा, इस हंडे की आँख फूट जाए।

फिर दूर कहीं चार बज रहे थे और पूरब का आसमान मलगजा-सा दुपट्टा लग रहा था।

और फिर सखाराम और गौरी की प्रार्थना सुन ली गई।

एकदम हंडे की रोशनी गुल हो गई। ऊपर तीसरे माले के फ़्लैट में जलती हुई गुलाबी रोशनी भी बुझ गई।

उसी वक़्त ज़मीन के अन्दर से एक भयानक गड़गड़ाहट की-सी आवाज़ आई, जैसे कोई बड़ा हवाई जहाज़ ज़मीन के अन्दर उड़ रहा हो। हवा जैसे रुक गई थी।

फिर उसी क्षण सखाराम और गौरी को ऐसा महसूस हुआ, जैसे कोई उनके पलंग को बड़े ज़ोर से हिला रहा है। मगर वे पलंग पर नहीं, पत्थर की सेज पर लेटे हुए थे।

घुप्प अँधेरे में लोगों के चीख़ने-चिल्लाने, इधर-उधर भागने-दौड़ने की आवाज़ें आ रही थीं। बिल्डिंग के जीने से साए दौड़ते हुए नीचे उतर रहे थे। गन्धक की बू कहीं से आ रही थी।

भूकम्प है...भूकम्प!

ज़लज़ला...ज़लज़ला!

बिजली फ़ेल हो गई है!

फिर एक मर्द की आवाज़ आई—डार्लिंग एयर-कंडीशनर भी तो फ़ेल हो गया है!

मैं तो रोशनी जलाकर सोती हूँ। वह बन्द हुई, तो मेरी आँख खुल गई।

ज़मीन ने एक और झटका लिया, तो औरतें और बच्चे चीख़ने लगे।

डार्लिंग! बिल्डिंग की दीवार के पास से हट जाना चाहिए!

हाँ, कहीं, बिल्डिंग हमारे ऊपर न गिर पड़े!

फुटपाथ से लोग टटोल-टटोलकर सड़क पर आते जा रहे थे। सिर्फ़ दो काले साए हाथ से हाथ पकड़े हुए जीने पर टटोल-टटोलकर चढ़ रहे थे।

तीसरा माला है उनका।

हाँ...हाँ। उसके कान में किसी ने कहा—तीसरे माले पर ही चल रहे हैं।

टटोलकर बेड़रूम में सखाराम और गौरी दाख़िल हुए। उनके पैरों के नीचे नरम-नरम क़ालीन महसूस हुआ।

अँधेरे में किसी चीज़ से ज़ोर से दोनों टकराए और पलंग पर गिर पड़े।

चारों तरफ़ अँधेरा था। सारी दुनिया उस वक़्त अँधेरी थी, अन्धी थी।

मगर पलंग पर नरम-नरम गद्दा बिछा हुआ था।

गौरी के जलते हुए गालों को तकिए बड़े नरम और ठंडे-ठंडे लगे।

ज़मीन का दम घुट रहा था। ज़मीन करवटें ले रही थी। ज़मीन हिल रही थी। ज़मीन बैचेन थी। ज़मीन आसमान की तरफ़ उछल रही थी। आसमान ज़मीन की तरफ़ आता महसूस हो रहा था।

सारे शहर में हाहाकर मचा हुआ था।

भूकम्प आहे! भूकम्प आहे!

ज़लज़ला है...ज़लज़ला!

भूचाल! भूचाल!

बिल्डिंगों से दूर रहो! न जाने किस वक़्त गिर पड़ें!

दुनिया की हर चीज़ पर उस क्षण भय तारी था।

मगर गौरी को दो मज़बूत बाँहें अपने अन्दर समेटे हुए थीं।

[*गेहूँ और गुलाब*; कहानी-संग्रह से]

❂❂❂